IAN RANKIN

Mädchengrab

D1858626

GOLDMANN
Lesen erleben

Buch

Eigentlich ist John Rebus, ehemals Detective Inspector bei der Polizei in Edinburgh, in Rente. Doch statt untätig zu Hause zu sitzen, geht er nun in der »Cold Case«-Abteilung alten ungelösten Verbrechen nach. Als ihn eine Frau um Hilfe bittet, deren Tochter nach einer Silvesterfeier zur Jahrtausendwende nicht mehr aufgetaucht war, sieht es zunächst nach einem hoffnungslosen Fall aus. Bis sich herausstellt, dass im Lauf der Jahre immer wieder junge Mädchen in einem ähnlichen Gebiet verschwanden wie damals Sally Hazlitt. Zuletzt erst vor wenigen Tagen. Um weiter zu ermitteln, braucht Rebus die Hilfe seiner ehemaligen Kollegin Siobhan Clarke – und gefährdet durch seine unorthodoxen Methoden prompt ihre Karriere. Und dann bestätigt ein schockierender Fund seine schlimmsten Befürchtungen …

Weitere Informationen zu Ian Rankin
sowie zu lieferbaren Titeln des Autors
finden Sie am Ende des Buches.

Ian Rankin

Mädchengrab

Kriminalroman

Aus dem Englischen
von Conny Lösch

GOLDMANN

Die Originalausgabe erschien 2012
unter dem Titel »Standing in Another Man's Grave«
bei Orion Books, London

Dieses Buch ist auch als E-Book erhältlich.

MIX
Papier aus verantwortungsvollen Quellen
FSC® C014496

Verlagsgruppe Random House FSC® N001967
Das FSC®-zertifizierte Papier *München Super* für dieses Buch
liefert Arctic Paper Mochenwangen GmbH.

1. Auflage
Taschenbuchausgabe Juni 2014

Umschlaggestaltung: UNO Werbeagentur, München,
unter Verwendung eines Entwurfs
von RME Roland Eschlbeck/Rosemarie Kreuzer
Umschlagfoto: plainpicture/Hanka Steidle
mb · Herstellung: Str.
Druck und Einband: GGP Media GmbH, Pößneck
Printed in Germany
ISBN 978-3-442-48091-3
www.goldmann-verlag.de

Besuchen Sie den Goldmann Verlag im Netz

R.I.P. Jackie Leven

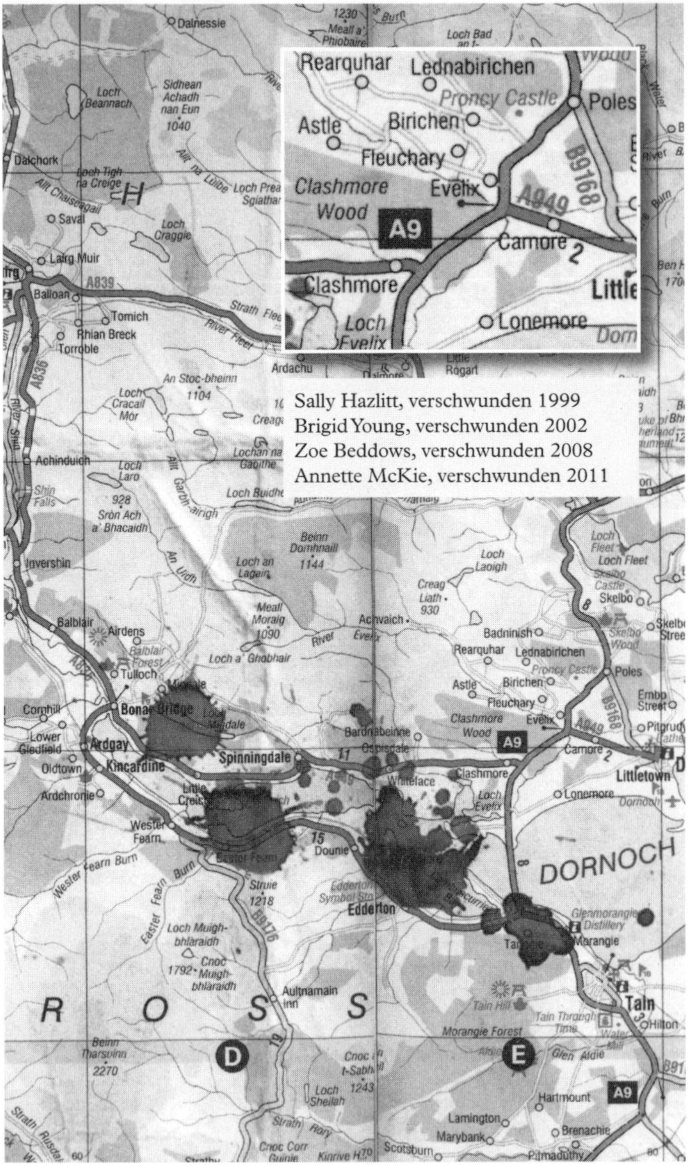
Rearquhar
Lednabirichen
Proncy Castle
Poles
Astle
Birichen
Fleuchary
Clashmore
Wood
Evelix
A949
B9168
A9
Camore
2
Clashmore
Little
Loch
Evelix
Lonemore
Sally Hazlitt, verschwunden 1999
Brigid Young, verschwunden 2002
Zoe Beddows, verschwunden 2008
Annette McKie, verschwunden 2011
Dalnessie
Loch Beannach
Sidhean Achadh nan Eun
1040
Dalchork
Loch Tigh na Creige
Loch Craggie
Saval
Lairg Muir
A839
Balloan
Tomich
Rhian Breck
Torroble
Strath Fleet
River Fleet
Ardachu
A836
An Stoc-bheinn
1104
Loch Cracail Mòr
Achinduich
Loch Laro
Shin Falls
928
Sròn Ach a' Bhacaidh
Loch Buidhe
Beinn Domhnaill
1144
Loch an Lagain
Loch Laoigh
Creag Liath
930
Loch Fleet
Skelbo
Invershin
Meall Moraig
1090
Achvaich
River Evelix
Badninish
Balblair
Airdens
Balblair Forest
Loch a' Ghobhair
Rearquhar
Lednabirichen
Proncy Castle
Poles
Tulloch
Astle
Birichen
Embo Street
Cornhill
Bonar Bridge
Loch Migdale
Fleuchary
Clashmore Wood
Evelix
A949
B9168
Pitgrudy
Lower Gledfield
Ardgay
Bardnabeinne
Ospisdale
A9
Camore
2
Oldtown
Kincardine
Spinningdale
Whitelace
Clashmore
Littletown
Ardchronie
Little Creich
Loch Evelix
Lonemore
Wester Fearn
Dounie
DORNOCH
Wester Fearn Burn
Easter Fearn Burn
Struie
1218
Edderton
Glenmorangie Distillery
Morangie
Loch Muigh-bhlaraidh
Cnoc Muigh-bhlaraidh
1792
B9176
Aultnamain Inn
Tain Hill
Tain
Hilton
R O S S
Morangie Forest
Glen Aldie
Beinn Tharsuinn
2270
D
E
Cnoc an t-Sabhail
1243
Loch Sheilah
Hartmount
A9
Lamington
Marybank
Brenachie
Strath Rory
Cnoc Corr Guinie
Scotsburn
Pitmaduthy

Prolog

I

Er hatte sich lieber nicht zu dicht ans offene Grab gestellt.

Vor ihm die geschlossenen Reihen der Trauernden. Die Sargträger waren mit Nummern versehen – sechs an der Zahl, angefangen mit dem Sohn des Verstorbenen. Noch fiel kein Regen, aber er hatte sich bereits angekündigt. Der Friedhof, am südöstlichen Stadtrand gelegen, war relativ neu. Rebus hatte den Gottesdienst ausgelassen, auch auf die Getränke und Sandwiches im Anschluss würde er verzichten. Er musterte die Hinterköpfe: hochgezogene Schultern, Schniefen, Niesen und Geräusper. Sicher kannte er ein paar Leute hier, aber wahrscheinlich nicht viele. Als sich zwischen zwei Trauernden eine Lücke auftat, gelang es ihm, einen kurzen Blick auf das Grab zu werfen. Die Ränder waren mit grünem Stoff abgedeckt, als sollten die Tatsachen verschleiert werden. Leise gemurmelte Worte, aber er konnte nicht alles verstehen. Von Krebs war jedenfalls keine Rede. Jimmy Wallace sei »grausam dem Leben entrissen worden«, er hinterließ eine Witwe und drei Kinder, außerdem fünf Enkel. Die Enkel standen bestimmt irgendwo vorn, fast schon alt genug, um zu begreifen, was hier vor sich ging. Ihre Großmutter hatte einen einzigen durchdringenden Klagelaut von sich gegeben und wurde nun getröstet.

Herrgott noch mal, er brauchte eine Zigarette.

Wie gut hatte er Jimmy Wallace gekannt? Seit vier oder fünf Jahren hatte er ihn nicht mehr gesehen, davor aber hatten sie zehn Jahre oder sogar länger im selben Revier gearbeitet. Auch wenn Wallace ein Uniformierter gewesen war und nicht vom CID, hatte er sich doch gern mit ihm unterhalten. Flachsereien, Tratsch und gelegentlich auch mal eine hilfreiche Information. Vor sechs Jahren war Wallace in Rente gegangen, und ungefähr zur selben Zeit bekam er die Diagnose, dann folgten Chemo und Haarausfall.

Erduldet mit dem für ihn so typischen Humor …

Na schön, dann aber lieber schlecht gelaunt und noch am Leben. Er konnte das Zigarettenpäckchen in seiner Tasche fühlen, wusste, dass er nur ein paar Meter zurückzugehen brauchte, um sich hinter einem Baum eine anzustecken. Das erinnerte ihn an seine Schulzeit, als überdachte Fahrradständer dem Direktor die Sicht aus seinem Zimmer versperrten. Gelegentlich waren auch Lehrer aufgetaucht und hatten um Feuer oder um eine Zigarette gebeten oder aber gleich die Herausgabe des ganzen verfluchten Päckchens verlangt.

Jeder in der Gemeinde kannte ihn …

Auch die Kriminellen, die er hinter Schloss und Riegel gebracht hatte. Vielleicht waren sogar ein paar von ihnen gekommen, um ihm die letzte Ehre zu erweisen. Der Sarg wurde ins Grab gesenkt, die Witwe schluchzte erneut, oder war das eine der Töchter? Wenige Minuten später war alles vorbei. Er wusste, dass die mechanische Buddelmaschine schon bereitstand. Damit hatte man das Loch gegraben, und genauso wurde es auch wieder zugeschüttet. Der Erdhügel war ebenfalls mit grünem Stoff überzogen. Alles sehr geschmackvoll. Die Mehrzahl der Trauernden war bereits gegangen. Ein Mann mit zerfurchtem Gesicht und hängenden Mundwinkeln stopfte sich die Hände in die Taschen seines schwarzen Mantels und kam zur Begrüßung kaum merklich nickend auf ihn zu.

»John«, sagte er.

»Tommy«, erwiderte Rebus seinerseits mit einem Nicken. »Wir müssen wohl auch bald dran glauben, was?«

»Noch nicht.«

Die beiden Männer gingen auf die Friedhofstore zu.

»Soll ich dich mitnehmen?«

Rebus schüttelte den Kopf. »Hab den Wagen draußen stehen.«

»Der Verkehr ist die Hölle – wie immer.«

Rebus bot Tommy Beamish eine Zigarette an, doch dieser behauptete, er habe vor zwei Jahren aufgehört. »Mein Arzt hat mir erklärt, dass die Dinger das Wachstum hemmen.«

Rebus zündete sich eine an und inhalierte. »Wie lange bist du jetzt nicht mehr dabei?«, fragte er.

»Zwölf Jahre, und es werden immer mehr. Hab Glück gehabt. Vielen geht's wie Jimmy – bekommen die goldene Uhr überreicht, und schon sind sie unter der Erde.«

»Rosige Aussichten.«

»Arbeitest du deshalb immer noch? Hab gehört, du bist bei den ungelösten Fällen gelandet.«

Rebus nickte. Sie hatten fast das Tor erreicht. Der erste Wagen fuhr an ihnen vorbei, hinten saßen Familienangehörige, die Blicke unbeirrt geradeaus gerichtet. Ihm fiel nichts mehr ein, was er Beamish sagen könnte. Unterschiedliche Dienstgrade, unterschiedliche Reviere. Er versuchte sich an die Namen von Kollegen zu erinnern, die sie vielleicht beide kannten.

»Ach, na ja …« Vielleicht rang Beamish mit demselben Problem. Er streckte ihm die Hand entgegen. Rebus schlug ein. »Bis zum nächsten Mal, hm?«

»Solange keiner von uns beiden in den Holzpyjama steigt.«

Beamish ging mit einem Schnauben, klappte den Mantelkragen gegen den Regen hoch. Rebus trat die Zigarette mit dem Absatz aus, wartete einige Augenblicke, dann ging er zu seinem Wagen.

Der Verkehr in Edinburgh war wie prophezeit die Hölle.

Behelfsampeln, gesperrte Straßen, Umleitungen. Überall Stau. Größtenteils wegen des Baus einer Straßenbahnverbindung zwischen Flughafen und Innenstadt. Als er stand, überprüfte Rebus die Mailbox seines Handys und stellte wenig erstaunt fest, dass er keine einzige Nachricht hatte. Kein dringender Fall verlangte seine Aufmerksamkeit. Sein Gebiet waren die, die lange tot waren, Mordopfer, die die Welt längst vergessen hatte. Bei der SCRU, der Serious Crime Review Unit, einer Einheit für die nochmalige Untersuchung von Kapitalverbrechen, lagen aktuell elf Fälle. Sie reichten zurück bis ins Jahr 1966, der jüngste war von 2002. Sofern es Gräber gab, die man besuchen konnte, war Rebus dort gewesen. Manchmal legten Freunde und Verwandte dort noch Blumen ab, und wenn es Karten gab, hatte er sich die Namen notiert und zu den Akten gelegt – obwohl er nicht ganz sicher war, wozu das gut sein sollte. Als er den CD-Player im Auto anstellte, drang Jackie Levens Stimme tief und durchdringend aus den Lautsprechern. Er sang davon, im Grab eines anderen Mannes zu stehen. Rebus' Blick verengte sich. Einen Augenblick lang war er wieder auf dem Friedhof und starrte die Köpfe und Rücken an. Er griff auf den Beifahrersitz und fummelte das Textblatt aus der CD-Hülle. Das Stück hieß »Another Man's Rain«. Davon sang Jackie: im Regen eines anderen zu stehen.

»Wird Zeit, dass du dir mal die Ohren untersuchen lässt«, brummte Rebus vor sich hin. Jackie Leven war auch schon tot. Dabei war er bestimmt ein Jahr jünger gewesen als er selbst. Sie stammten beide aus Fife. Er fragte sich, ob ihre Schulfußballmannschaften jemals gegeneinander angetreten waren – das war so gut wie die einzige Gelegenheit, bei der sich Kinder aus verschiedenen Schulen begegneten. Aber egal: Er war sowieso nie in die erste Mannschaft gewählt worden, sondern hatte immer nur die Aufgabe bekommen, sein Team vom schweinekalten Spielfeldrand aus anzufeuern, während die anderen angriffen, Tore schossen und sich gegenseitig beschimpften.

»And standing in every bastard's rain«, sagte er laut. Der Wagen hinter ihm hupte. Der Fahrer hatte es eilig. Termine und wichtige Leute warteten auf ihn. Die Welt würde untergehen, wenn der Verkehr nicht bald ins Rollen kam. Rebus fragte sich, wie viele Stunden seines Lebens er auf diese Art schon verschwendet hatte. Oder mit Observieren. Oder dem Ausfüllen von Formularen, Anträgen und Stundenzetteln. Auf seinem Handy war eine Nachricht eingegangen. Der Chef.

Dachte, Sie hätten 3 gesagt!

Rebus schaute auf die Uhr. Es war fünf nach. In schätzungsweise zwanzig Minuten würde er im Büro sein. Früher hatte er noch Blaulicht und Sirene im Wagen gehabt. Vielleicht wäre er damit jetzt auf die Gegenfahrbahn ausgeschert und hätte dem Schicksal vertraut, dass er schon nicht in der Notaufnahme landen würde. Heute hatte er nicht mal mehr einen ordentlichen Dienstausweis, weil er kein Beamter mehr war. Er war jetzt Polizist im Ruhestand, der als zivile Hilfskraft weiter für die Lothian and Borders Police tätig war. Sein Chef war der einzige offiziell noch im Dienst befindliche Beamte seiner Abteilung. Und er war alles andere als glücklich über seine Versetzung in die »Gerontologie«. Genauso wenig wie über die Besprechung um 15 Uhr und Rebus' Verspätung.

Warum so eilig?, simste Rebus zurück, nur um ihn zu ärgern. Dann drehte er die Musik lauter und spielte dasselbe Stück noch einmal. Jackie Leven schien immer noch im Grab eines anderen Mannes zu stehen.

Als wäre der Regen nicht schon schlimm genug …

II

Er streifte sich den Mantel von den Schultern und tropfte damit quer durchs Büro bis zum Haken an der Wand ganz hinten.

»Danke, dass Sie sich herbequemt haben«, sagte Cowan.

»Entschuldigung, Danny.«

»Daniel«, korrigierte ihn Cowan.

»Tut mir leid, Dan.«

Cowan saß an einem der Schreibtische. Da seine Beine nicht ganz bis auf den Boden reichten, blitzten über den schwarzen Lederschuhen seine roten Socken mit dem Paisleymuster auf. In der untersten Schreibtischschublade bewahrte er Schuhcreme und -bürsten auf. Rebus wusste das, weil er eines Tages, als Cowan nicht im Raum war, die Schublade aufgezogen hatte, natürlich nicht ohne vorher auch einen Blick in die anderen beiden darüber geworfen zu haben.

»Was suchst du?«, hatte Elaine Robison gefragt.

»Hinweise«, hatte Rebus erwidert.

Robison stand jetzt vor ihm und reichte ihm einen Becher Kaffee.

»Wie war's?«, fragte sie.

»War halt eine Beerdigung«, antwortete Rebus und führte den Becher an die Lippen.

»Wenn wir jetzt anfangen könnten«, platzte Cowan dazwischen. Der graue Anzug wirkte irgendwie verkehrt an ihm. Die Schultern schienen zu stark gepolstert und die Aufschläge zu breit. Unbeirrbar fuhr er sich mit einer Hand durchs Haar.

Rebus und Robison nahmen neben Peter Bliss Platz, der schwerfällig schnaufte, selbst wenn er sich gar nicht bewegte. Aber so ging das schon seit zwanzig Jahren, und wahrscheinlich war es in den zwanzig Jahren davor auch nicht anders gewesen. Er war nur wenig älter als Rebus und länger in der Abteilung als alle anderen. Jetzt hatte er die Hände vor dem mächtigen Bauch verschränkt, als wolle er das Universum herausfordern, ihn mit etwas zu überraschen, das er nicht schon gesehen hatte. Ganz gewiss hatte er viele wie Detective Sergeant Daniel Cowan gesehen und hatte dies Rebus an dessen erstem Tag in der Abteilung auch mitgeteilt: »Der sitzt auf dem hohen Ross und glaubt, wir sind seiner nicht würdig. Hält sich für zu gut, aber die Chefs wissen das und haben ihn hier aufs Abstellgleis geschoben, damit er ein kleines bisschen runterkommt.«

Vor seiner Pensionierung hatte Bliss den Dienstgrad eines Detective Inspectors – genau wie Rebus. Elaine Robison war Detective Constable gewesen und schrieb die Tatsache, dass sie es nie weiter gebracht hatte, dem Umstand zu, dass sie ihrer Familie stets Priorität vor der Karriere eingeräumt hatte.

»Und zwar völlig zu Recht«, hatte Rebus gesagt und hinzugefügt (nachdem er sie über einige Wochen besser kennengelernt hatte), dass seine eigene Ehe den Kampf gegen den Job schon sehr früh verloren hatte.

Robison war gerade erst fünfzig geworden. Sohn und Tochter waren aus dem Haus und nach dem Collegeabschluss aus beruflichen Gründen in den Süden gezogen. Auf ihrem Schreibtisch standen gerahmte Porträts der beiden neben anderen Fotos, die Robison selbst auf der Sydney Harbour Bridge und im Cockpit eines kleinen Flugzeugs zeigten. Sie hatte kürzlich angefangen, sich die Haare zu färben, woran Rebus gar nichts auszusetzen hatte, allerdings hätte sie auch grau meliert noch zehn Jahre jünger ausgesehen. Möglicherweise konnte sie noch für fünfunddreißig durchgehen – ebenso wie Cowan.

Cowan hatte, wie Rebus vermutete, die Stühle angeordnet. Sie standen in einer geraden Reihe vor seinem Schreibtisch, damit ihn alle ansehen mussten.

»Haben Sie eine Wette verloren, oder warum tragen Sie solche Socken, Danny?«, fragte Rebus hinter seinem Becher.

Cowan überging die Frage mit einem dünnen Lächeln. »Hab ich richtig gehört, John? Sie haben einen Antrag gestellt und wollen wieder in den Dienst zurück?« Er wartete darauf, dass Rebus das Gerücht bestätigte. Das Rentenalter war heraufgesetzt worden, und das bedeutete, dass sich Leute aus Rebus' Jahrgang erneut bewerben konnten.

»Die Sache ist die«, fuhr Cowan fort und beugte sich vor, »die werden *mich* um ein Referenzschreiben bitten. Wenn Sie so weitermachen, wird das sicher kein Fanbrief.«

»Sie bekommen trotzdem ein Autogramm von mir«, versicherte ihm Rebus.

Schwer zu sagen, ob Peter Bliss' Schnaufen nur die Klangfarbe gewechselt hatte oder ob er ein Lachen unterdrückte. Robison hielt den Blick gesenkt und grinste. Cowan schüttelte bedächtig den Kopf.

»Darf ich Sie alle daran erinnern«, sagte er ruhig, »dass diese Abteilung gefährdet ist? Wenn sie aufgelöst wird, wird nur einer von uns wieder in den Schoß der Kirche aufgenommen.« Er zeigte mit dem Finger auf seine eigene Brust. »Ein Ergebnis wäre also schön. Von Fortschritten mal ganz zu schweigen.«

Sie wussten alle, wovon er sprach. Das Crown Office war gerade dabei, eine Abteilung für ungelöste Fälle in ganz Schottland aufzubauen, die Cold Case Unit. Wenn diese ihr Arbeitsaufkommen übernahm, würden ihre Stellen gestrichen. Die CCU würde dann über einen Datenbestand von dreiundneunzig Fällen verfügen, die zum Teil bis in die vierziger Jahre zurückreichten, darunter auch die der Lothian and Borders Police. Wenn die CCU erst einmal ihre Arbeit aufnahm, stand zwangsläufig die Frage im Raum, ob das kleinere Team in Edinburgh überhaupt noch gebraucht wurde. Geld war knapp. Es wurden bereits kritische Stimmen laut, die Beschäftigung mit alten ungelösten Fällen diene einzig und allein dazu, Mittel von aktuellen (und dringenderen) Ermittlungen in der Stadt und deren Umkreis abzuziehen.

»Ein Resultat wäre schön«, wiederholte Cowan. Dann sprang er von seinem Schreibtisch auf, ging drum herum, pflückte einen Zeitungsausschnitt von der Wand und wedelte eindrucksvoll damit herum.

»Cold Case Unit, England«, las er vor. »Verdächtiger wegen Mordes an einem Teenager vor beinahe fünfzig Jahren angeklagt.« Er hielt ihnen den Ausschnitt vor die Nasen. »DNA … Tatortanalyse … von ihrem Gewissen geplagte Zeugen. Wir wissen doch, wie so was funktioniert, also warum setzen wir es dann nicht um?«

Er schien eine Antwort zu erwarten, doch es kam keine. Das Schweigen zog sich in die Länge, bis Robison entgegnete: »Wir haben nicht immer die Ressourcen. Von Beweisen will ich gar nicht erst anfangen. DNA-Tests lassen sich schlecht durchführen, wenn die Kleidung des Opfers nicht mehr auffindbar ist.«

»Wir haben aber doch genug Fälle, in denen die Kleidung noch vorhanden ist, oder nicht?«

»Dürfen wir dann auch alle Männer der Stadt um eine DNA-Probe bitten, um sie mit den Spuren abzugleichen?«, legte Bliss nach. »Und wie machen wir das mit denjenigen, die gestorben oder weggezogen sind?«

»Gerade wegen Ihrer positiven Einstellung habe ich Sie so ins Herz geschlossen, Peter.« Cowan legte den Ausschnitt auf seinen Schreibtisch und verschränkte die Arme. »In Ihrem eigenen Interesse«, sagte er. »Nicht in meinem – ich bin fein raus –, in *Ihrem* Interesse.« Er machte eine Kunstpause. »In Ihrem Interesse sollten wir Resultate erzielen.«

Wieder herrschte Stille im Raum, unterbrochen nur von Bliss' Schnaufen und Robisons Seufzen. Cowans Blick ruhte auf Rebus, aber dieser war damit beschäftigt, den letzten Tropfen Kaffee aus seinem Becher zu schlürfen.

III

Auch Bert Jansch war schon tot. Rebus hatte im Lauf der Jahre einige Solokonzerte von ihm in Edinburgh gesehen. Jansch war in Glasgow geboren worden, hatte sich seinen Namen aber in London gemacht. An jenem Abend legte Rebus nach der Arbeit allein in seiner Wohnung ein paar Pentangle-Alben auf. Er war kein Experte, aber er konnte Janschs Gitarre von der des anderen Gitarristen in der Band, John Renbourn, unterscheiden. Soweit er wusste, lebte Renbourn noch – möglicherweise in Borders. Oder war das Robin Williamson? Er hatte seine Kollegin Siobhan Clarke einmal zu einem Konzert von Renbourn und Williamson mitgenommen, war mit ihr zum Biggar Folk Club gefahren, ohne ihr zu sagen, warum. Als die beiden Musiker die Bühne betraten – dabei aussahen, als hätten sie sich gerade eben erst aus zwei Sesseln vor einem lodernden Kaminfeuer erhoben –, hatte er sich zu ihr gebeugt.

»Einer von den beiden ist in Woodstock aufgetreten«, hatte er geflüstert.

Irgendwo hatte er noch die Einrittskarte vom Biggar-Konzert. So was hob er oft auf, obwohl er wusste, dass der ganze Kram weggeworfen werden musste, wenn er mal nicht mehr war. Neben seinem Plattenspieler lag ein Plektrum aus Plastik. Er hatte es vor Jahren gekauft, war in ein Musikaliengeschäft spaziert und hatte dem jungen Mann an der Kasse erklärt, wegen der Gitarre würde er vielleicht später noch mal wiederkommen. Der Verkäufer hatte erwähnt, dass das Plektrum von einem Hersteller namens Jim Dunlop stamme, einem Schotten, der auch Effektgeräte baue. In den Jahren danach hatte Rebus die komplette Schrift von dem Plektrum abgerieben, es aber nie an einer Gitarre ausprobiert.

»Ich kann ja auch kein Flugzeug lenken«, sagte er sich.

Er betrachtete die Zigarette, die er zwischen zwei Fingern hielt. Vor ein paar Monaten erst war er beim Gesundheitscheck gewesen und hatte die üblichen Ermahnungen zu hören bekommen. Auch sein Zahnarzt hielt ständig Ausschau nach den ersten Anzeichen für etwas Schlimmes. So weit, so gut.

»Jede Glückssträhne ist irgendwann einmal vorbei, John«, hatte ihm sein Zahnarzt eingebläut. »Vertrau mir.«

»Nimmst du darauf auch Wetten entgegen?«, hatte Rebus erwidert.

Er machte die Zigarette im Aschenbecher aus und zählte nach, wie viele noch im Päckchen waren. Acht, was bedeutete, dass er an diesem Tag bislang zwölf geraucht hatte. Das war gar nicht so schlecht. Früher hätte er um diese Zeit das erste Päckchen längst aufgeraucht und schon ein neues angebrochen. Er trank auch nicht mehr so viel: zwei Bier am Abend und vielleicht noch einen Whisky oder drei vor dem Zubettgehen. Auch jetzt hatte er ein Bier neben sich stehen – sein erstes heute. Weder Bliss noch Robison hatten Lust gehabt, nach Dienstschluss noch was trinken zu gehen, und Cowan hatte er nicht gefragt. Cowan blieb oft bis spät im Büro. Ihre Abteilung war im Polizeipräsidium in der Fettes Avenue untergebracht, was Cowan Gelegenheit gab, zufällig ein paar Vorgesetzten zu begegnen, Menschen, die ihm möglicherweise nützlich sein würden, sofern ihnen auffiel, dass er sie ausnahmslos korrekt ansprach und stets sauber polierte Schuhe trug.

»So was nennt man Stalking«, hatte Rebus Cowan einmal

aufgeklärt, als er ihn dabei erwischte, wie er ein bisschen zu herzlich über einen abgelutschten Witz lachte, den der Assistant Chief Constable auf dem Gang erzählte. »Und mir ist aufgefallen, dass Sie ihn nie korrigieren, wenn er Sie Dan nennt…«

Irgendwie tat Cowan ihm aber auch leid. Gewiss gab es weniger kompetente Beamte, die es sehr viel weiter gebracht hatten. Und das machte Cowan zu schaffen, es nagte so sehr an ihm, dass er schon fast ganz hohl war. Mit der Folge, dass das Team darunter litt, und das war sehr schade. Einige Seiten seines Jobs gefielen Rebus durchaus. Stets verspürte er so etwas wie angespannte Vorfreude, wenn er eine alte Akte aufschlug. Manchmal gab es Kisten um Kisten, jede davon nahm ihn mit auf eine Reise in die Vergangenheit. Vergilbte Zeitungen enthielten nicht nur Berichte über das fragliche Verbrechen, sondern auch andere Artikel über nationale oder internationale Angelegenheiten, außerdem Sport und Werbung. Er ließ Elaine Robison raten, was 1974 ein Haus gekostet hatte, und las Peter Bliss, der sich noch an die Namen von Spielern und Managern erinnerte, alte Fußballergebnisse vor. Aber irgendwann kam immer der Punkt, an dem Rebus zu dem Fall zurückkehrte, sich wieder in Details, Vernehmungen, Beweise und Aussagen von Angehörigen vertiefte: *Jemand glaubt, er sei damit davongekommen… Jemand* weiß, *er ist damit davongekommen.* Er hoffte, alle diese Mörder waren noch irgendwo da draußen, und je mehr sie über Fortschritte in der Spurensicherung und Kriminaltechnologie lasen, desto mulmiger wurde ihnen. Vielleicht mussten sie den Raum verlassen und sich in die Küche setzen, wenn ihre Enkelkinder *CSI* oder *Waking the Dead* im Fernsehen sahen. Vielleicht konnten sie den Anblick von Zeitungspapier nicht ertragen, nicht in Ruhe Radio hören oder die Fernsehnachrichten sehen aus Angst, der Fall würde wieder aufgenommen.

Rebus hatte Cowan einen entsprechenden Vorschlag gemacht: Bringen Sie die Medien dazu, regelmäßig über Fortschritte zu berichten, echte oder erfundene, damit die Täter Angst bekommen.

»Möglicherweise lässt sich auf die Art ja was lostreten.«

Aber Cowan schien nicht gerade darauf erpicht: Erfanden die Medien nicht schon genug Geschichten?

»In dem Fall würden sie sich ja keine ausdenken«, hatte Rebus beharrt, »sondern *wir.*« Aber Cowan hatte einfach nur weiter den Kopf geschüttelt.

Die Platte war zu Ende, und Rebus hob die Nadel vom Vinyl. Es war noch nicht mal neun, viel zu früh, um ins Bett zu gehen. Gegessen hatte er bereits; auch schon entschieden, dass im Fernsehen nichts Sehenswertes lief. Die Flasche Bier war leer. Er ging ans Fenster und sah auf das Wohnhaus gegenüber. Zwei Kinder in Schlafanzügen starrten ihn aus der Wohnung im ersten Stock an. Als er winkte, sprangen sie davon. Jetzt rannten sie mitten im Zimmer im Kreis, hüpften auf Zehenspitzen, alles andere als schläfrig, und er kam in ihrem Universum nicht mehr vor.

Er wusste aber, was sie ihm hatten sagen wollen – da draußen lag die große weite Welt. Und das konnte nur eins bedeuten.

»Pub«, sagte Rebus laut, griff nach seinem Handy und seinen Schlüsseln. Dann schaltete er den Plattenspieler und den Verstärker aus, warf noch einen Blick auf das Plektrum und steckte es ein.

Teil eins

A man disappears down barsteps
With a piece of wounded sky …

1

Er war allein im Büro, als das Telefon klingelte. Cowan und Bliss waren in der Kantine, Robison hatte einen Termin beim Arzt. Rebus nahm den Hörer ab. Es war der Empfang.

»Hier ist eine Dame, die DI Magrath sprechen möchte.«

»Da sind Sie im falschen Büro gelandet.«

»Sie ist sich aber ganz sicher.«

Rebus sah Bliss mit einem Softdrink in der einen und einem Sandwich in der anderen Hand ins Büro zurückkommen, den oberen Rand einer Chipstüte zwischen den Zähnen. »Bleiben Sie mal dran«, sagte er in den Hörer. Dann zu Bliss: »Schon mal von einem DI namens Magrath gehört?«

Bliss legte das Sandwich auf seinen Schreibtisch und nahm die Tüte aus dem Mund.

»Der hat den Laden hier aufgebaut«, erklärte er Rebus.

»Wie meinst du das?«

»Er war der erste Chef der SCRU – wir sind sozusagen alle seine Kinder.«

»Wie lange ist das her?«

»Ungefähr fünfzehn Jahre.«

»Unten ist jemand, der ihn sucht.«

»Na, dann viel Glück.« Bliss sah Rebus' Miene. »Er ist nicht tot, er hat sich vor sechs Jahren in den Ruhestand verabschiedet. Ein Haus oben im Norden an der Küste gekauft.«

»DI Magrath arbeitet schon seit sechs Jahren nicht mehr hier«, erklärte Rebus in das Mundstück des Hörers.

»Kann dann bitte jemand anders mit ihr sprechen?«

»Wir haben hier ganz schön zu tun – worum geht's denn?«

»Eine Vermisstenanzeige.«

»Fällt eigentlich nicht in unser Ressort.«

»Anscheinend kennt sie DI Magrath persönlich. Er hat ihr seine Karte gegeben.«

»Hat sie auch einen Namen?«, fragte Rebus.

»Nina Hazlitt.«

»Nina Hazlitt?«, wiederholte Rebus für Peter Bliss. Bliss dachte einen Augenblick nach, dann schüttelte er den Kopf.

»Und was genau will sie von uns?«, fragte Rebus den Mann unten am Empfang.

»Wär's nicht einfacher, wenn ihr sie das selbst fragt?«

Rebus überlegte. Bliss saß an seinem Schreibtisch und packte sein Krabbensandwich aus – er holte sich immer dasselbe aus der Kantine. Cowan müsste ebenfalls bald auftauchen, seine Finger würden nach Chips mit Speckgeschmack riechen. Vielleicht war ein Ausflug nach unten gar keine so schlechte Idee.

»Fünf Minuten«, sagte er in den Hörer und beendete das Gespräch. Dann fragte er Bliss, ob man sich in der Abteilung je mit Vermissten beschäftigt hatte.

»Meinst du, wir haben nicht schon genug zu tun?« Bliss stieß mit der Schuhspitze an ein halbes Dutzend muffig riechender Kisten, die sich neben ihm stapelten.

»Vielleicht hatte sich Magrath vor seiner Versetzung hierher ja auf Vermisstenanzeigen spezialisiert.«

»Soweit ich weiß, war er ganz normal beim CID angestellt.«

»Kanntest du ihn?«

»Wir haben immer noch Kontakt. Magrath ruft mich hin und wieder zu Hause an, um zu sehen, ob es die SCRU noch gibt. Er hat mich damals eingestellt – und das war mehr oder weniger das Letzte, was er gemacht hat, bevor er die goldene

Uhr überreicht bekam. Nach ihm kam Eddie Tranter, und danach war Cowan an der Reihe.«

»Was höre ich da?« Cowan kam zur Tür herein. Er rührte mit einem weißen Plastiklöffel in einem Cappuccino. Rebus wusste, dass er den Löffel ablecken würde, bis auch der kleinste Rest Schaum verschwunden war, um ihn dann im Papierkorb zu entsorgen. Anschließend würde er den Kaffee schlürfen und dabei seine E-Mails am Computer lesen. Und im Raum würde es nach geräuchertem Speck und essigsauren Krabben riechen.

»Zigarettenpause«, sagte Rebus und warf sich sein Jackett über.

»Aber nicht zu lange«, ermahnte ihn Cowan.

»Werde ich schon vermisst?«, fragte Rebus und warf ihm im Weggehen eine Kusshand zu.

Der Empfangsbereich war nicht groß, und sie war kaum zu übersehen, weil sie die Einzige war, die in der Stuhlreihe Platz genommen hatte. Als Rebus näher trat, sprang sie auf. Die Tasche auf ihrem Schoß fiel zu Boden, und sie bückte sich, um den herausgefallenen Inhalt aufzusammeln. Zettel, mehrere Stifte, ein Feuerzeug, Sonnenbrille und ein Handy. Rebus beschloss, ihr lieber nicht zu helfen, wartete, bis sie wieder stand, Kleidung und Haare geordnet und sich gefasst hatte.

»Ich bin Nina Hazlitt«, erklärte sie und streckte ihm die Hand entgegen.

»John Rebus«, erwiderte er. Ihr Händedruck war fest, mehrere goldene Armreifen tanzten an ihrem Handgelenk. Sie trug ihr rotblondes Haar zu einem Bob frisiert, so nannte man das wohl, und war schätzungsweise Ende vierzig. Sie hatte Lachfältchen auf beiden Seiten ihrer blassblauen Augen.

»Ist DI Magrath in Rente?« Rebus nickte, statt eine Antwort zu geben, und sie reichte ihm eine Visitenkarte, die alt und fleckig war, die Kanten wellten sich bereits. »Ich habe versucht ihn anzurufen …«

»Diese Nummer ist schon lange nicht mehr aktuell. Was führt Sie her, Ms Hazlitt?« Er gab ihr die Karte zurück und steckte die Hände in die Taschen.

»Ich habe 2004 mit DI Magrath gesprochen. Er hat sich viel Zeit für mich genommen.« Die Worte purzelten aus ihr heraus. »Zum Schluss konnte er mir doch nicht helfen, aber er hat getan, was er konnte. Nicht alle waren so – und daran hat sich nichts geändert. Also dachte ich, dass ich ihn vielleicht erneut aufsuchen sollte.« Sie hielt inne. »Ist er wirklich schon in Rente?«

Rebus nickte erneut. »Seit sechs Jahren.«

»Sechs Jahre …« Sie starrte mit leerem Blick an ihm vorbei, als würde sie sich fragen, was nur mit all der Zeit geschehen war.

»Man hat mir gesagt, es gehe um eine Vermisstenanzeige«, half er ihr auf die Sprünge.

Sie blinzelte sich zurück ins Hier und Jetzt. »Meine Tochter Sally.«

»Wann ist sie verschwunden?«

»Silvester 1999«, erwiderte Hazlitt.

»Und seither keine Spur von ihr?«

Die Frau senkte den Blick und schüttelte den Kopf.

»Das tut mir leid«, sagte Rebus.

»Ich gebe aber nicht auf.« Hazlitt atmete tief durch und sah ihm in die Augen. »Das kann ich nicht, bevor ich nicht die ganze Wahrheit kenne.«

»Das verstehe ich.«

Ihr Blick wurde weicher. »Das habe ich schon so oft gehört …«

»Natürlich.« Er drehte den Kopf Richtung Fenster. »Hören

Sie, ich wollte gerade rausgehen und eine rauchen – vielleicht können Sie auch eine vertragen?«

»Woher wissen Sie, dass ich rauche?«

»Ich habe den Inhalt Ihrer Handtasche gesehen, Ms Hazlitt«, sagte er und geleitete sie zur Tür.

Sie spazierten über die Auffahrt zur Hauptstraße. Die von ihm angebotene Silk Cut lehnte sie ab, bevorzugte ihre eigenen Mentholzigaretten. Als sein billiges Feuerzeug streikte, kramte sie in ihrer Tasche nach einem Zippo.

»Man sieht nicht gerade viele Frauen mit den Dingern«, bemerkte er.

»Es hat meinem Mann gehört.«

»Hat?«

»Nach Sallys Verschwinden hat er nur noch ein Jahr gelebt. Die Ärzte sprachen von Embolie. Ein ›gebrochenes Herz‹ gibt man üblicherweise nicht als Todesursache an.«

»Ist Sally Ihr einziges Kind?«

Hazlitt nickte. »Sie war gerade achtzehn geworden. Noch sechs Monate, und sie wäre mit der Schule fertig gewesen. Sie wollte auf die Uni, Englisch studieren. Tom war Englischlehrer …«

»Tom war Ihr Ehemann?«

Sie nickte. »Das ganze Haus stand voller Bücher; kaum verwunderlich, dass er sie damit angesteckt hat. Als sie klein war, hat er ihr immer Gutenachtgeschichten vorgelesen. Eines Abends bin ich ins Zimmer gekommen, und statt eines Bilderbuchs lasen sie gerade *Große Erwartungen.*« Die Erinnerung brachte sie zum Lächeln, und ihre Gesichtsfältchen traten hervor. Obwohl sie die Zigarette erst zur Hälfte geraucht hatte, schnippte sie sie auf die Fahrbahn. »Sally hatte mit ein paar Freunden ein Ferienhaus nicht weit von Aviemore gemietet. Das Geld für ihren Anteil am Mietpreis hat sie von uns zu Weihnachten bekommen.«

»Zur Jahrtausendwende«, bemerkte Rebus. »Ich nehme an, das war nicht billig.«

»In der Tat. Es war ein Haus für vier Personen, und sie sind da zu sechst rein. Dadurch war es etwas günstiger.«

»Ist sie Ski gefahren?«

Hazlitt schüttelte den Kopf. »Ich weiß, dass der Ort vor allem dafür bekannt ist, und zwei der Mädchen konnten tatsächlich Ski fahren, aber Sally wollte nur so mit. Sie waren in Aviemore selbst – und gleich auf zwei Partys eingeladen. Alle haben gedacht, sie sei auf der jeweils anderen. Es gab keinen Streit oder so.«

»Hatte sie getrunken?«

»Das nehme ich an.« Hazlitt knöpfte ihre dünne Jacke zu, um sich vor der Kälte zu schützen. »Um Mitternacht rechnete ich mit einem Anruf, obwohl ich wusste, dass sie mit ihrem Handy vermutlich keinen guten Empfang hatte. Am nächsten Morgen dachten ihre Freundinnen, sie hätte jemanden kennengelernt und würde irgendwo ihren Rausch ausschlafen.« Sie hielt abrupt inne und sah ihm in die Augen. »Aber das hätte nicht zu ihr gepasst.«

»Hatte sie einen Freund?«

»Sie hatten sich im Herbst getrennt. Er wurde damals auch vernommen.«

Rebus hatte keinerlei Erinnerung an den Fall, aber Aviemore lag auch im Norden, weit weg von Edinburgh.

»Tom und ich mussten nach Schottland fahren …«

»Von?«, unterbrach Rebus sie. Er war davon ausgegangen, dass sie trotz ihres englischen Akzents in der Stadt lebte.

»London«, erklärte sie. »Crouch End – kennen Sie das?« Rebus schüttelte den Kopf. »Wir hatten Glück – Toms Eltern halfen uns nach unserer Hochzeit, das Haus zu kaufen. Sie waren zu etwas Geld gekommen.« Sie hielt inne. »Tut mir leid, das hat alles gar nichts damit zu tun.«

»Hat man Ihnen das so gesagt?«, vermutete er.

»Sehr viele Polizeibeamte«, gestand sie mit einem weiteren verzagten Lächeln.

»Wie kam es, dass Sie mit DI Magrath gesprochen haben?«, fragte Rebus nun wirklich neugierig.

»Ich habe mit *allen* gesprochen – allen, die bereit waren, mir zuzuhören. DI Magraths Name war in einem Zeitungsartikel erwähnt worden. Sein Spezialgebiet waren ungelöste Kriminalfälle. Und nach dem zweiten …« Sie merkte, dass er ihr aufmerksam zuhörte, und holte tief Luft, als würde sie sich auf einen Vortrag vorbereiten. »Mai 2002, an der A834 bei Strathpeffer. Ihr Name war Brigid Young. Sie war vierunddreißig und arbeitete als Buchprüferin. Ihr Wagen stand mit einem Platten an der Straße. Sie selbst wurde nie wiedergesehen. Jedes Jahr verschwinden so viele Menschen …«

»Aber etwas an diesem Fall ist besonders?«

»Na ja, der Ort liegt an derselben Straße …«

»Ach so?«, sagte Rebus.

»Strathpeffer liegt gleich an der A9 – sehen Sie auf der Karte nach, wenn Sie mir nicht glauben.«

»Klar«, sagte Rebus.

Sie sah ihn verärgert an. »Den Ton kenne ich. Sie fragen sich wohl, ob ich noch ganz bei Trost bin.«

»Wie kommen Sie darauf?«

Sie ignorierte ihn und erzählte weiter. »Der dritte Fall ereignete sich 2008 – ein Gartencenter auf der Straße zwischen Stirling und Auch…« Sie runzelte die Stirn. »Der Ort, wo das Gleneagles Hotel steht.«

»Auchterarder?«

Sie nickte. »Eine Zweiundzwanzigjährige namens Zoe Beddows. Ihr Wagen stand noch den ganzen folgenden Tag und auch den darauf auf dem Parkplatz. Deshalb wurde man misstrauisch.«

Rebus hatte seine Zigarette bis auf den Filter geraucht. »Ms Hazlitt…«, fing er an. Aber sie hob die Hand, um ihm Einhalt zu gebieten.

»Ich habe das schon zu oft gehört, um nicht zu wissen, was Sie sagen wollen. Es gibt keine Beweise, keine Leichen, also hat kein Verbrechen stattgefunden. Ich bin bloß eine Mutter, die nicht nur ihr einziges Kind, sondern auch den Verstand verloren hat. Kommt das ungefähr hin, Inspector?«

»Ich bin kein Inspector«, erwiderte er leise. »Ich war mal einer, aber ich bin im Ruhestand und in ziviler Funktion für die Polizei tätig. Außerhalb der Abteilung für ungelöste Fälle habe ich keinerlei Befugnisse, und das bedeutet, dass ich Ihnen nicht helfen kann.«

»Aber worum handelt es sich denn sonst, wenn nicht um ungelöste Fälle?« Ihre Stimme war jetzt lauter und leicht zittrig.

»Möglicherweise fällt mir jemand ein, mit dem Sie sprechen könnten.«

»Sie meinen beim CID?« Sie wartete darauf, dass er nickte, schlang die Arme um den Körper und wandte sich ab. »Von dort komme ich gerade. Der zuständige Inspector war kaum bereit, mir guten Tag zu sagen.«

»Vielleicht ja doch, wenn ich zuerst mit ihm spreche.« Rebus griff in sein Jackett nach dem Telefon.

»Es war eine *sie*. Hat sich mit Clarke vorgestellt.« Sie wandte sich ihm erneut zu. »Verstehen Sie, es ist wieder passiert. Und es wird immer wieder passieren.« Sie hielt inne und schloss ganz fest die Augen. Eine einzelne Träne bahnte sich ihren Weg über ihre linke Wange. »Sally war nur die Erste…«

2

»Hey, warte«, sagte Rebus und stieg aus dem Wagen.

»Was ist los?« Detective Inspector Siobhan Clarke neigte den Kopf in Richtung des Gebäudes, aus dem sie gerade gekommen war. »Halten dich schlechte Erinnerungen davon ab reinzukommen?«

Rebus betrachtete einen Moment lang die triste Fassade der zweistöckigen Polizeiwache am Gayfield Square. »Bin gerade erst gekommen«, behauptete er, obwohl er tatsächlich bereits gut vier oder fünf Minuten in seinem Saab gesessen und am Lenkrad herumgespielt hatte.

»Sieht aus, als hättest du Pause.«

»Gut kombiniert.« Sie lächelte und machte ein paar Schritte auf ihn zu, gab ihm ein Küsschen auf die Wange. »Wie ist es dir ergangen?«

»Mir? Ich lebe in Saus und Braus.«

»Du meinst, du ergibst dich dem Nikotin und dem Alkohol?«

Rebus zuckte mit den Schultern, erwiderte ihr Lächeln, schwieg aber.

»Um deine Frage zu beantworten«, sagte sie, »ich bin auf ein spätes Mittagessen aus. Im Leith Walk gibt es einen Imbiss, wo ich meistens hingehe.«

»Falls du mich bittest, dich zu begleiten, dann nur unter gewissen Bedingungen.«

»Und welche wären das?«

»Keine Chips mit Speckgeschmack und keine Krabben.«

Sie dachte einen Augenblick nach. »Könnte ein Dealbreaker sein.« Dann gestikulierte sie Richtung Saab. »Wenn du den hier stehen lässt, kriegst du einen Strafzettel, auf der anderen Straßenseite gibt's gebührenpflichtige Parkplätze.«

»Für eins achtzig die Stunde? Ich bin Rentner, schon vergessen?«

»Willst du nachsehen, ob auf dem Parkplatz was frei ist?«

»Ich liebe die Gefahr.«

»Dies ist ein Stellplatz für Streifenwagen – ich hab schon gesehen, wie Zivilfahrzeuge abgeschleppt wurden.« Sie drehte sich um und ging die Stufen wieder hinauf, bat ihn, eine Minute zu warten. Er merkte, dass sein Herz schneller schlug als gewöhnlich, und legte eine Hand darauf. Sie hatte recht, ihm war wirklich nicht danach, seine alte Wache zu betreten – dort hatte er bis zu seiner Pensionierung mit ihr gearbeitet. Ein halbes Leben als Polizist, und plötzlich hatte anscheinend niemand mehr Verwendung für einen. Er dachte wieder an den Friedhof und an Jimmy Wallace' Grab, und unwillkürlich schauderte es ihn. Dann schwang die Tür vor ihm auf, und Clarke winkte mit etwas. Es war ein rechteckiges Schild mit der Aufschrift POLIZEI IM EINSATZ.

»Im Notfall steckst du das hinter die Windschutzscheibe«, erklärte sie. Er schloss den Saab auf und legte das Schild hinein. »Und im Gegenzug«, setzte sie hinzu, »lädst du mich jetzt auf eine Ofenkartoffel ein …«

Und zwar nicht irgendeine, sondern eine Ofenkartoffel mit Hüttenkäse und Ananas. Die Ausstattung des Ladens beschränkte sich auf klebrige Resopaltische und Plastikbesteck. Außerdem gab es Pappbecher für Tee, die Bändchen der Beutel hingen einfach über den Rand.

»Elegant«, sagte Rebus, fischte seinen Teebeutel heraus und legte ihn auf die dünnste Papierserviette, die er je gesehen hatte.

»Isst du nichts?«, fragte Clarke, die gekonnt ihre Kartoffel anschnitt.

»Zu viel zu tun, Siobhan.«

»Gefällt dir das Leben als Archäologe noch?«

»Gibt schlimmere Jobs da draußen.«

»Zweifellos.«

»Was ist mit dir? Zufrieden mit der Beförderung?«

»Das Arbeitspensum wird mit höherem Dienstgrad nicht gerade geringer.«

»Aber du hast ihn dir verdient.«

Das wollte sie nicht leugnen. Stattdessen nahm sie einen Schluck Tee und schaufelte Hüttenkäse auf ihre Gabel. Rebus versuchte sich zu erinnern, wie viele Jahre sie zusammengearbeitet hatten – genau betrachtet waren es gar nicht so viele gewesen. Heutzutage sahen sie sich nicht mehr annähernd so häufig. Sie hatte einen »Freund« in Newcastle. An den Wochenenden war sie oft dort unten. Und dann gab es da noch die paarmal, als sie ihn angerufen oder ihm eine SMS geschickt hatte und er sich unter einem Vorwand vor einem Treffen gedrückt hatte, dabei wusste er nicht mal, warum – auch nicht in dem Moment, in dem er ihr die Absage geschickt hatte.

»Du kannst es nicht ewig vor dir herschieben, weißt du«, sagte sie jetzt und fuchtelte mit der Gabel vor seiner Nase herum.

»Was?«

»Du willst mich doch um einen Gefallen bitten.«

»Was für ein Gefallen soll das sein? Kann ein alter Freund nicht einfach nur mal so zum Quatschen vorbeikommen?«

Sie hielt seinem Blick stand und kaute.

»Na gut«, räumte er ein. »Es geht um die Frau, die heute Morgen bei dir war.«

»Sally Hazlitt?«

»Sally ist die Tochter«, korrigierte er sie. »Du hast mit Nina gesprochen.«

»Und danach ist sie direkt zu dir? Woher hat sie das gewusst?«

»Was gewusst?«

»Dass wir mal Kollegen waren.«

Eine Sekunde lang dachte er, sie wollte »Freunde« sagen. Aber nichts dergleichen. Sie hatte sich für »Kollegen« entschieden, genau wie sie zuvor »Zivilfahrzeug« gesagt hatte.

»Das hat sie nicht gewusst. Sie wollte zu einem DI Magrath, der früher die SCRU geleitet hat.«

»Um sich an seiner Schulter auszuheulen?«, vermutete Clarke.

»Ihre Tochter ist seit zwölf Jahren spurlos verschwunden.«

Clarke sah sich in dem voll besetzten Imbiss um, wollte sichergehen, dass niemand mithörte, senkte dann trotzdem ihre Stimme. »Wir wissen beide, dass sie längst drüber weg sein müsste. Vielleicht ist es dafür aber auch schon zu spät, in dem Fall braucht sie eher eine Therapie als uns.«

Einen Augenblick lang herrschte Schweigen. Clarke schien das Interesse an ihrem Essen verloren zu haben. Rebus nickte Richtung Teller.

»Hat mich zwei fünfundneunzig gekostet«, beklagte er sich. Dann: »Sie war wohl der Ansicht, du hättest sie zu schnell abgebügelt.«

»Verzeih mir, wenn ich um halb neun Uhr morgens nicht immer die reine Liebenswürdigkeit bin.«

»Aber hast du sie angehört?«

»Natürlich.«

»Und?«

»Und was?«

Rebus ließ die Stille einen Augenblick in der Luft hängen. Draußen auf dem Gehweg eilten Menschen vorbei. Er war davon überzeugt, dass jeder von ihnen eine eigene Geschichte zu erzählen hatte, aber einen verständnisvollen Zuhörer zu finden war nicht immer einfach.

»Also, wie steht's mit den Ermittlungen?«, fragte er schließlich.

»Welchen?«

»Im Fall des vermissten Mädchens. Ich dachte, darüber hat sie mit dir gesprochen.«

»Sie hat am Empfang angegeben, sie habe Informationen.« Clarke griff in ihre Jacke und zog ein Notizbuch hervor, blätterte es auf der entsprechenden Seite auf. »Sally Hazlitt«, las sie, »Brigid Young, Zoe Beddows. Aviemore, Strathpeffer, Auchterarder, 1999, 2002, 2008.« Sie klappte das Buch wieder zu. »Du weißt genauso gut wie ich, dass das verdammt dünn ist.«

»Anders als die Schale der Kartoffel da«, erwiderte Rebus. »Und ja, ich gebe dir recht, das ist verdammt dünn – erst mal jedenfalls. Also erzähl mir von dem jüngsten Neuzugang.«

Clarke schüttelte den Kopf. »Nicht wenn du so darüber denkst.«

»Na gut, nicht ›Neuzugang‹, sondern Vermisste.«

»Sie ist seit drei Tagen verschwunden, was bedeutet, dass immer noch die Möglichkeit besteht, dass sie einfach nach Hause spaziert und sich wundert, was die ganze Aufregung soll.« Clarke stand auf und ging zum Tresen, kehrte nur wenige Augenblicke später mit einer Frühausgabe der *Evening News* zurück. Das Foto war auf Seite fünf. Es zeigte ein mürrisch dreinblickendes Mädchen von fünfzehn Jahren mit langen schwarzen Haaren und einem Pony, der ihr in die Augen hing.

»Annette McKie«, fuhr Clarke fort, »von ihren Freunden ›Zelda‹ genannt – nach dem Computerspiel.« Sie sah das Gesicht, das Rebus machte. »Heutzutage spielen die Leute Computerspiele; man muss nicht mehr ins Pub gehen und Geld in eine Maschine stecken.«

»Gemein warst du schon immer«, nuschelte er und widmete sich wieder der Lektüre.

»Sie hat den Bus nach Inverness genommen, wollte auf eine Party«, fuhr Clarke fort. »Sie hatte jemanden online kennengelernt, der sie eingeladen hat. Wir haben das überprüft, es kommt hin. Dann hat sie dem Fahrer gesagt, ihr sei schlecht, also hat er an einer Tankstelle in Pitlochry gehalten und sie aussteigen lassen. Zwei Stunden später wäre der nächste Bus gekommen, aber sie meinte zum Fahrer, sie wolle trampen.«

»In Inverness ist sie nie angekommen«, sagte Rebus und betrachtete erneut das Foto. Trotzig: War das die richtige Umschreibung? Das Foto wirkte gestellt, als kopierte das Mädchen einen Look und einen Stil, die ihr eigentlich fremd waren. »Wie sieht's mit dem Familienleben aus?«, fragte er.

»Nicht besonders rosig. Sie hat die Schule geschwänzt, Drogen genommen. Die Eltern haben sich getrennt. Der Vater lebt in Australien, die Mutter mit Annettes drei Brüdern in Lochend.«

Rebus kannte Lochend: alles andere als ein schönes Viertel, aber die Adresse in Edinburgh erklärte, warum Clarke damit zu tun hatte. Er beendete die Lektüre des Artikels, ließ die Zeitung aber aufgeschlagen auf dem Tisch liegen. »Nichts auf ihrem Handy?«

»Nur ein Foto, das sie einem Bekannten geschickt hat.«

»Was für ein Foto?«

»Hügel … Felder. Wahrscheinlich am Stadtrand von Pitlochry aufgenommen.« Clarke starrte ihn an.

»Du kannst hier wirklich nichts tun, John«, sagte sie und klang sogar verständnisvoll.

»Wer hat denn gesagt, dass ich das will?«

»Du vergisst, wie gut ich dich kenne.«

»Vielleicht hab ich mich ja verändert.«

»Vielleicht. Aber dann müsstest du erst mal das Gerücht aus der Welt schaffen, das mir zu Ohren gekommen ist.«

»Welches Gerücht?«

»Dass du dich um die Wiederaufnahme in den Dienst beworben hast.«

Er starrte sie an. »Wer will schon ein altes Wrack wie mich?«

»Gute Frage.« Sie schob den Teller von sich weg. »Ich muss zurück.«

»Bist du nicht beeindruckt?«

»Wovon?«

»Dass ich dich nicht gleich auf dem Weg hierher ins erste Pub gezerrt habe.«

»Zufällig sind wir an gar keinem Pub vorbeigekommen.«

»Dann wird's daran liegen«, sagte Rebus und nickte vor sich hin.

Wieder am Gayfield Square schloss er den Saab auf und wollte ihr das Schild zurückgeben.

»Behalt's ruhig«, sagte sie. »Kannst es vielleicht noch mal brauchen.« Dann überraschte sie ihn mit einer Umarmung und einem Küsschen auf die Wange, bevor sie in der Station verschwand. Rebus stieg in den Wagen, legte das Schild auf den Beifahrersitz und starrte es an.

POLIZEI IM EINSATZ

Einsatzpolizei – Polizei im Einsatz, was war das überhaupt für ein Unterschied? Warum nicht einfach POLIZEI? Er betrachtete das Wort, das in seinem Leben eine so große Rolle gespielt hatte, wobei er sich mit jedem Jahr, das verstrich, fragte, was es eigentlich bedeutete und wie er da reinpasste. *Du kannst hier wirklich nichts tun*… Sein Handy teilte ihm mit, dass er eine Nachricht bekommen hatte.

Irre ich mich, oder ist das der Versuch, einen Weltrekord im besonders langsamen Zigarettenrauchen aufzustellen?

Wieder einmal Cowan. Rebus entschied sich gegen eine Antwort. Stattdessen nahm er eine Visitenkarte aus der Tasche. Nina Hazlitt hatte sie ihm im Tausch gegen eine von seinen gegeben. Auf der eine Seite Angaben zu DI Gregor Magrath, auf der anderen eine hingekritzelte Telefonnummer mit Hazlitts Namen darunter. Er legte sie auf den Sitz neben sich, schob sie unter das Plastikschild und ließ den Motor an.

3

Es dauerte fast eine Woche, bis die ersten Akten eintrafen. Rebus hatte einen ganzen Tag damit verbracht, die richtigen Leute in den richtigen Abteilungen der Central Scotland Constabulary und der Northern Constabulary ausfindig zu machen. Central war für das Gartencenter in der Nähe von Auchterarder zuständig, wobei man Rebus zunächst gesagt hatte, er müsse mit der Tayside Police sprechen. Northern war sowohl für Aviemore wie auch für Strathpeffer zuständig, aber dort gab es wiederum verschiedene Bereiche, was bedeutete, dass er sowohl mit Inverness als auch mit Dingwall telefonieren musste.

Angeblich sollte ja alles vereinfacht werden. Es gab Pläne, die acht Regionen zu einem einzigen Polizeiapparat zusammenzufassen, aber das half Rebus nicht, als er merkte, dass der Telefonhörer in seiner Hand heiß wurde.

Bliss und Robison hatten gefragt, was er vorhabe, und er hatte sie zu einem Getränk in die Cafeteria eingeladen und es ihnen erklärt.

»Und wir sagen dem Chef nichts davon?«, hatte Robison gefragt.

»Nicht wenn ihr nicht müsst«, hatte Rebus erwidert.

Schließlich sah ja ein Aktenordner wie der andere aus, oder nicht? Die erste Akte, die eintraf, kam aus Inverness. Die Unterlagen rochen feucht, und die Schutzhülle des Ordners wies blasse Stockflecken auf. Das war die Akte über Brigid Young. Nachdem Rebus sich eine halbe Stunde darin vertieft hatte, kam er zu dem Schluss, dass hier viel unnützes Material gesammelt worden war. In Ermangelung von Hinweisen hatten die örtlichen Beamten jede Person vernommen, die sie zu fassen bekamen, und damit nichts erreicht, außer den Ordner um unzählige Seiten ausschweifender Gesprächsprotokolle anwachsen zu lassen. Die Fotos vom Fundort des Wagens brachten beinahe genauso wenig Licht ins Dunkel. Young hatte einen weißen Porsche mit cremefarbenen Sitzen gefahren. Ihre Handtasche war nicht gefunden worden und ebenso wenig ihr Schlüsselanhänger. Die Aktentasche stand auf dem Beifahrersitz. Kein Terminkalender, der fand sich an ihrem Arbeitsplatz in Inverness. Sie hatte ein Meeting in Culbokie gehabt und war unterwegs zu einem weiteren in einem Hotel am Ufer des Loch Garve. Ihr Handy hatte sie nicht benutzt. Weder hatte sie sich damit Hilfe organisiert wegen des platten Reifens, noch hatte sie dem Kunden im Hotel Bescheid gegeben, dass sie aufgehalten worden war. Dafür gab es einen einfachen Grund: Sie hatte das Handy bei dem vorangegangenen Termin vergessen. Der Ordner enthielt auch Familienfotos und Zeitungsausschnitte. Man würde Brigid Young wohl eher als gutaussehend denn als hübsch bezeichnen: Sie hatte ein starkes, breites Kinn und eine sehr sachliche Art, in die Kamera zu blicken, als wäre der Fototermin nur eine von vielen Aufgaben auf ihrer Liste. Auf einem Notizzettel stand, dass die Aktentasche genau wie alles andere im Wagen der Familie zurückgegeben worden war, ebenso der Porsche selbst. Einen Ehemann gab es nicht: Sie hatte allein in einem Haus am River Ness gelebt. Die Mutter wohnte ebenfalls in der Gegend, in demselben Haus wie Brigids Schwester. Die Akte war seit 2002 immer wieder sporadisch ergänzt worden. Zum ersten Jahrestag von Brigids Verschwinden hatte es einen Aufruf mit der Bitte um Hinweise gegeben, und der Fall war in einer Sendung des Lokalfernsehens nachgestellt worden, doch nichts davon hatte die Ermittlungen vorangebracht. Die letzte Aktualisierung war das Gerücht, dass ihre Firma in Schwierigkeiten stecke, was wiederum die Theorie befeuerte, sie habe sich aus dem Staub gemacht.

Am Ende seines Arbeitstages beschloss Rebus, die Akte mit nach Hause zu nehmen, anstatt sie im Büro liegen zu lassen und zu riskieren, dass Cowan sie fand. In seiner Wohnung breitete er alles auf dem Esstisch im Wohnzimmer aus. Schon bald wurde ihm klar, dass es keinen Sinn ergab, alle Unterlagen ständig wieder in die Fettes Avenue zurückzuschleppen, er fand noch ein paar Reißzwecken in der Schublade und pinnte die Fotos und Zeitungssausschnitte an die Wand über dem Tisch.

Ende der Woche hatten sich Fotos von Zoe Beddows und Sally Hazlitt zu denen von Brigid Young gesellt, und die Unterlagen nahmen nun nicht mehr nur den Tisch, sondern auch weite Teile des Bodens und des Sofas ein. Er konnte Nina Hazlitt im Gesicht ihrer Tochter wiedererkennen: Sie hatten denselben Knochenbau, dieselben Augen. In der Akte befanden sich auch Fotos von den Tagen nach ihrem Verschwinden, als Dutzende von Freiwilligen die Hänge absuchten, unterstützt von einem Helikopter der Bergrettung. Er hatte sich eine Karte von Schottland gekauft und sie ebenfalls an die Wand gepinnt, mit dickem rotem Filzstift den Verlauf der A9 von Stirling nach Auchterarder, von Auchterarder nach Perth und von dort durch Pitlochry und Aviemore nach Inverness und weiter eingezeichnet, bis ganz nach oben an die Nordküste bei Scrabster, nicht weit hinter Thurso – wo es außer der Fähre nach Orkney nichts mehr gab.

Rebus saß in seiner Wohnung, rauchte und dachte nach, als er ein Hämmern an der Tür hörte. Er rieb sich die Augenbrauen, versuchte den Kopfschmerz zu vertreiben, der sich dazwischen sammelte, ging in den Flur und öffnete die Tür.

»Wann wird endlich der Fahrstuhl repariert?« Ein breit gebauter, kahl rasierter Mann in Rebus' Alter stand dort und atmete schwer. Rebus spähte an ihm vorbei zu der Treppe, die er gerade hinaufgestiegen war.

»Was zum Teufel willst du hier?«, fragte er.

»Hast du vergessen, was für ein Tag heute ist? Ich hab mir schon Sorgen gemacht.«

Rebus sah auf die Uhr. Es war beinahe acht. Sie hatten eine Verabredung – alle zwei Wochen gingen sie zusammen was trinken. »Hab die Zeit vergessen«, sagte er und hoffte, dass es nicht zu sehr nach einer Entschuldigung klang.

»Du bist nicht ans Telefon gegangen.«

»Muss es wohl auf lautlos gestellt haben.«

»Wenigstens liegst du nicht tot auf dem Teppich im Wohnzimmer, das ist die Hauptsache.«

Cafferty grinste, was bei ihm bedrohlicher wirkte als ein grimmiger Blick bei den meisten anderen Männern.

»Ich hol meinen Mantel«, sagte Rebus. »Warte hier.«

Er ging zurück ins Wohnzimmer und drückte die Zigarette aus. Sein Handy lag unter einem Stapel Papiere – auf stumm gestellt, wie er vermutet hatte. Ein Anruf in Abwesenheit. Sein Mantel lag auf dem Sofa, und er zog ihn über. Die regelmäßigen Verabredungen hatten kurz nach Caffertys Entlassung aus dem Krankenhaus angefangen. Man hatte ihm gesagt, dass er einen Herzstillstand erlitten und Rebus ihn zurückgeholt habe. Was nicht ganz der Wahrheit entsprach, wie Rebus betonte. Trotzdem bestand Cafferty darauf, einen trinken zu gehen und sich auf diese Weise zu bedanken. Zwei Wochen später hatten sie sich wieder verabredet und so weiter und so weiter.

Früher war Cafferty die Nummer eins in Edinburgh gewesen – der berüchtigste Verbrecher der ganzen Stadt. Drogen, Prostitution, Schutzgelderpressung. Heutzutage hielt er sich eher im Hintergrund, falls er überhaupt noch mitmischte: Rebus war sich da nicht ganz sicher. Er wusste nur, was Cafferty ihm erzählte, und konnte sich nicht überwinden, auch nur die Hälfte davon zu glauben.

»Was ist das?«, fragte Cafferty vom Eingang zum Wohnzimmer. Er zeigte auf die Dokumente an der Wand, betrachtete die auf Tisch und Boden verteilten Akten.

»Ich hab gesagt: Warte draußen.«

»Ist nie ein gutes Zeichen, wenn einer Arbeit mit nach Hause nimmt.« Cafferty trat ein, die Hände in den Hosentaschen vergraben. Rebus brauchte nur noch seine Schlüssel und das Feuerzeug … Wo zum Teufel waren die bloß?

»Raus!«, befahl er.

Aber Cafferty studierte schon die Landkarte. »Die A9 – gute Straße.«

»Ach was.«

»Bin früher selbst oft da langgefahren.«

Rebus hatte Schlüssel und Feuerzeug gefunden. »Ich bin so weit«, sagte er. Cafferty hatte es jedoch überhaupt nicht eilig zu gehen.

»Legst immer noch die alten Platten auf, was? Vielleicht solltest du das ausmachen …« Er nickte in Richtung der Nadel, die über die Auslaufrille eines Rory-Gallagher-Albums kratzte. Rebus hob den Tonarm und schaltete die Anlage aus.

»Zufrieden?«, fragte er.

»Das Taxi wartet unten«, erwiderte Cafferty. »Sind das ungelöste Fälle?«

»Geht dich nichts an.«

»Woher willst du das wissen?« Cafferty bedachte Rebus erneut mit seinem Grinsen. »Ausschließlich Frauen, den Bildern nach zu urteilen. War nie mein Stil …«

Rebus starrte ihn an. »Und was hast du auf der A9 getrieben?«

Cafferty zuckte mit den Schultern. »Illegale Müllentsorgung, könnte man sagen.«

»Du meinst, du hast Leichen verschwinden lassen?«

»Bist du schon mal auf der A9 gewesen? Heideland und Wälder, Forstwege, die mitten ins Nichts führen.« Cafferty hielt inne. »Aber eine wunderschöne Landschaft.«

»Im Lauf der Jahre sind dort ein paar Frauen verschwunden – du weißt nicht zufällig was darüber?«

Cafferty schüttelte den Kopf. »Ich könnte mich aber umhören – wenn du willst.«

Einen Augenblick herrschte Schweigen im Raum. »Ich denk drüber nach«, sagte Rebus schließlich. Dann: »Wenn du mir einen Gefallen tust, sind wir dann quitt?«

Cafferty machte Anstalten, Rebus eine Hand auf die Schulter zu legen, aber Rebus wich zurück.

»Komm, gehen wir einen trinken«, sagte er und geleitete seinen Besucher nach draußen vor die Wohnungstür.

4

Als er wieder nach Hause kam, war es halb elf. Er füllte den Wasserkocher und machte sich einen Tee, dann kehrte er ins Wohnzimmer zurück, knipste nur die Lampe und die Stereoanlage an. Van Morrison: *Astral Weeks*. Der Nachbar unter ihm war alt und taub. Über ihm wohnten Studenten, die nie viel Krach machten, nur hin und wieder eine Party feierten. Und auf der anderen Seite der Wohnzimmerwand … Tja, er hatte keine Ahnung, wer dort wohnte. Hatte es nie herausfinden wollen. Marchmont – die Gegend von Edinburgh, die er sein Zuhause nannte – zeichnete sich durch eine hohe Fluktuation aus. Viele der Wohnungen waren vermietet, die meisten auf Zeit. Cafferty hatte im Pub darüber geschimpft. *Früher hat sich jeder um jeden gekümmert … Mal angenommen, du würdest bei dir zu Hause auf dem Boden liegen, wie lange würde es dauern, bis es jemand merkt?*

Rebus hatte eingewandt, dass es früher auch nicht besser gewesen sei. Er habe mehr als genug Wohnungen und Häuser betreten, deren Bewohner tot im Bett oder in ihrem Lieblingssessel lagen. Fliegen und Gestank, dazu ein Haufen Rechnungen unter dem Briefkastenschlitz. Vielleicht hatte mal jemand angeklopft, aber mehr auch nicht.

Früher hat sich jeder um jeden gekümmert …

»Ich wette, du hast dich auch um Leute gekümmert, stimmt's, Cafferty?«, murmelte Rebus. »Und anschließend hast du ihre Leichen verscharrt.« Er betrachtete die Karte und trank seinen Tee. Er war ein paarmal über die A9 gefahren. Eine frustrierende Straße, nur streckenweise zweispurig. Viele Touristen, auch mit Wohnwagenanhängern, die das Überholen in den zahlreichen Kurven und vor uneinsehbaren Hügelkuppen schwierig machten. Laster und Lieferwagen kämpften sich die Steigungen hinauf. Inverness lag nur knapp über hundert Meilen nördlich von Perth, aber die Fahrt konnte zweieinhalb bis drei Stunden in Anspruch nehmen. Und wenn man dann ankam, befand man sich zu allem Überfluss auch noch in Inverness. Ein Radiomoderator, den Rebus gerne hörte, hatte den Ort in einem Wortspiel als »Dolphinsludge« bezeichnet. Bestimmt gab es im Moray Firth ein paar zählebige Delphine, und Rebus hatte keinen Zweifel daran, dass das mit dem Eismatsch ebenfalls hinkam.

Auchterarder … Aviemore … Strathpeffer … Und jetzt Pitlochry. Er hatte Cafferty schließlich doch einen Teil der Geschichte erzählt unter dem Vorbehalt, dass es sich wahrscheinlich lediglich um einen Zufall handelte.

Cafferty hatte eine nachdenkliche Miene aufgesetzt und den Whisky in seinem Glas geschwenkt. Im Pub war nicht viel los gewesen – komisch, dass die Leute schnell austranken und weiterzogen, sobald Cafferty die Räumlichkeiten betrat. Der Barmann hatte nicht nur die leeren Gläser von dem Tisch abgeräumt, den sie sich ausgesucht hatten, sondern ihn auch noch extra abgewischt.

Und die ersten beiden Runden waren aufs Haus gegangen.

»Ich glaube kaum, dass ich dir helfen kann«, hatte Cafferty eingeräumt.

»Ich hab dich nicht um Hilfe gebeten.«

»Trotzdem … Wenn Kriminelle verschwunden wären, Leute, die sich möglicherweise mit anderen angelegt haben, mit denen sie …«

»Soweit ich weiß, handelt es sich um ganz normale Frauen – Zivilpersonen, könnte man sagen.«

Daraufhin hatte Cafferty ausführlich die Strafen ausgemalt, die er für angemessen hielt, sollten die Täter gefasst werden, und Rebus schließlich gefragt, wie er es fand, wenn jemand weniger bekam, als er verdiente – zu kurze Haftstrafen; zu milde Bestrafungen.

»Das fällt nicht in meinen Aufgabenbereich.«

»Aber trotzdem… Überleg nur, wie oft ich den Gerichtssaal als freier Mann verlassen habe oder nicht mal dort auftauchen musste.«

»Das hat mich schon gewurmt«, gab Rebus zu.

»Gewurmt?«

»Angekotzt. Gigantisch angekotzt. Und mich jedes Mal entschlossener gemacht, so was beim nächsten Mal nicht mehr zuzulassen.«

»Und jetzt sitzen wir hier und trinken zusammen.« Cafferty stieß mit seinem Glas das von Rebus an.

Rebus hatte nicht gesagt, was er wirklich dachte: *Hätte ich auch den Hauch einer Chance, würde ich dich immer noch hinter Gitter bringen.* Stattdessen hatte er seinen Whisky ausgetrunken und war aufgestanden, um sich noch einen zu holen.

Die erste Seite von *Astral Weeks* war zu Ende, und was vom Tee übrig war, war jetzt kalt. Er setzte sich, zog sein Handy und die Visitenkarte von Nina Hazlitt aus der Tasche und gab ihre Nummer ein.

»Hallo?« Eine Männerstimme. Rebus zögerte. »Hallo?« Diesmal ein bisschen lauter.

»Entschuldigung«, sagte Rebus. »Ist das die richtige Nummer? Ich wollte mit Nina Hazlitt sprechen.«

»Warten Sie, hier ist sie.« Rebus lauschte, während das Telefon weitergereicht wurde. Im Hintergrund hörte er den Fernseher.

»Hallo?« Diesmal war es ihre Stimme.

»Tut mir leid, dass ich so spät noch anrufe«, sagte Rebus. »Hier ist John Rebus. Aus Edinburgh.«

Er hörte, wie sie tief Luft holte. »Haben Sie …? Gibt es was Neues?«

»Nein, nichts.« Rebus hatte das Plektrum aus der Tasche gezogen und spielte jetzt in seiner freien Hand damit herum. »Ich wollte Sie nur wissen lassen, dass ich Sie nicht vergessen habe. Ich habe mir die Akten geben lassen und sehe sie mir an.«

»Allein?«

»Vorläufig schon.« Er hielt inne. »Verzeihen Sie die Störung …«

»Das am Telefon war mein Bruder. Er wohnt bei mir.«

»Ach so«, sagte Rebus und wusste nicht, was er noch sagen sollte. Das Schweigen zog sich hin. »Dann wurde Sallys Fall also wieder aufgenommen?« In Nina Hazlitts Stimme lag eine Mischung aus Hoffnung und Angst.

»Nicht offiziell«, betonte Rebus. »Kommt drauf an, was ich herausfinde.«

»Irgendwelche Ergebnisse bislang?«

»Ich hab erst angefangen.«

»Sehr nett von Ihnen, dass Sie sich die Mühe machen.«

Rebus fragte sich, ob die Unterhaltung ohne ihren Bruder im Hintergrund genauso schleppend verlaufen wäre und warum zum Teufel er überhaupt aus heiterem Himmel angerufen hatte – spätabends, wenn nur echte Neuigkeiten einen Anruf rechtfertigten, etwas, das nicht bis zum Morgen warten konnte. Er hatte ihr kurzzeitig Hoffnungen gemacht.

Falsche Hoffnungen …

»Na ja«, sagte er. »Dann will ich Sie mal nicht länger stören.«

»Noch mal danke. Und bitte rufen Sie jederzeit an.«

»Aber lieber nicht so spät.«

»Jederzeit«, wiederholte sie. »Es ist gut zu wissen, dass sich etwas tut.«

Er beendete das Gespräch und starrte die Papierstapel vor sich an.

»Gar nichts tut sich«, brummte er, steckte das Plektrum wieder in die Tasche und stand auf, um sich einen letzten Drink einzuschenken.

5

Der Name des Beamten war Ken Lochrin, er war seit drei Jahren pensioniert. Mit ein bisschen Betteln hatte Rebus seine Telefonnummer bekommen. Er war in Zoe Beddows' Akte auf den Namen gestoßen. Anscheinend hatte Lochrin lange an dem Fall gearbeitet. Seine Hand- und Unterschrift tauchten über zwei Dutzend Mal auf. Nachdem er sich vorgestellt hatte, plauderte Rebus erst einmal fünf Minuten lang über das Rentnerdasein, erzählte Geschichten und erklärte die Arbeitsweise der SCRU.

»Also, ich vermisse die Arbeit kein bisschen«, hatte Lochrin gesagt. »Zu dem Zeitpunkt, als ich meinen Schreibtisch räumen musste, hat's nur noch genervt.«

»War es nicht auch frustrierend, den Fall Zoe Beddows nicht abschließen zu können?«

»Wenn man das Gefühl hat, kurz davor zu stehen, ist es viel schlimmer – aber so war es bei ihr nicht. Irgendwann kam der Punkt, an dem wir uns neuen Fällen zuwenden mussten – ist natürlich was anderes, wenn man sich auf die ungelösten Fälle beschränken kann. Sie gehören also dieser neuen Initiative des Crown Office an?«

»Nicht direkt. Wir sind ein kleineres Team in Edinburgh.«

»Wie sind Sie denn dann auf Zoes Fall gestoßen?«

»Über die junge Frau, die auf dem Weg nach Inverness verschwunden ist.«

»Aber Zoe ist doch schon vor vier Jahren verschwunden.«

»Eben…« Rebus gefiel, dass Lochrin das Mädchen beim

Vornamen nannte. Das bedeutete, dass sie für ihn eine Person und nicht nur ein Fall war.

»Das habe ich mich auch gefragt.«

»Was?«, drängte ihn Rebus.

»Ob es eine Verbindung geben könnte. Aber wie gesagt – vier Jahre …«

»2002 gab es schon mal einen Fall, in der Nähe von Strathpeffer«, sagte Rebus.

»Klingt, als hätten Sie mit dieser Frau gesprochen – der von dem Fall in Aviemore.«

»Nina Hazlitt?«

»Deren Tochter an Silvester verschwunden ist.«

»Sie kennen sie?«

»Ich weiß, dass sie nach Zoes Verschwinden immer mal wieder im Präsidium in Stirling aufgekreuzt ist.«

»Inzwischen geht es aber um mehr«, fühlte sich Rebus verpflichtet zu sagen. »Es ist auch noch ein Mädchen namens Annette McKie verschwunden.«

»Bekannt unter dem Spitznamen Zelda – ich lese täglich zwei Zeitungen. Auf die Art komme ich wenigstens mal aus dem Haus, wenn auch nur bis zum Zeitungsladen. Sonst würde ich meine Frau in den Wahnsinn treiben.«

»Ich habe Sie gar nicht gefragt, wo Sie wohnen, Mr Lochrin …?«

»Tillicoultry – weltberühmt für sein Möbelhaus.«

Rebus lächelte. »Ich glaube, ich war sogar schon mal da.«

»Genau wie halb Schottland. Sie versuchen also, eine Verbindung zwischen diesem neuen Mädchen und Zoe Beddows herzustellen? Außerdem vielleicht zu Strathpeffer und Aviemore?«

»So ungefähr.«

»Und Sie wollten mich nach dem Foto fragen?«

Rebus schwieg einen Augenblick. »Welches Foto?«

»Das Zoe einem Freund geschickt hat. Hatte ich das nicht gerade erwähnt? Wahrscheinlich Zufall, aber ich denke, Sie sollten das prüfen.«

»Es stand in der Akte von Zoe Beddows«, erklärte Rebus Siobhan Clarke. Er fuhr sich geistesabwesend durch die Haare. »Es hätte mir auffallen müssen, aber es lag unter einem Vernehmungsprotokoll. Nur eine einzige Erwähnung. Nicht einmal ein enger Freund. Und ohne Nachricht. Nur das Bild, verschickt am Tag ihres Verschwindens …«

Er stand mit Clarke im Gang vor den Büros des CID am Gayfield Square. Clarke hatte die Arme beim Zuhören verschränkt, aber jetzt hob sie eine Hand, um ihn zu unterbrechen.

»Du hast die Akten? *Alle* Akten?«

»Ja.«

»Und das ist mit DS Cowan abgesprochen?« Sie verdrehte die Augen. »Warum frage ich dich überhaupt? Natürlich nicht – du hast es für dich behalten.«

»Du kennst mich zu gut.«

Clarke dachte einen Augenblick nach. »Kann ich das Foto sehen?«

»Ich muss erst mit dem Empfänger sprechen.« Rebus hielt inne. »Na ja, vielleicht nicht unbedingt *ich*.«

»Glaubst du, ich mache das für dich?«

»Annette McKie hat an dem Tag, an dem sie verschwand, ein Foto von ihrem Handy verschickt. 2008 hat Zoe Beddows genau dasselbe getan an genau derselben Straße. Findest du etwa, wir sollten das ignorieren?«

»Was ist mit den anderen – Strathpeffer und Aviemore?«

»Brigid Young hatte ihr Handy nicht dabei. Und konnte man damals überhaupt schon Fotos von Handys verschicken?«

Ein Mann tauchte im Türeingang auf. Groß, schlank, feiner Anzug.

»Da bist du ja«, sagte er.

Clarke rang sich ein gequältes Lächeln ab. »Da bin ich«, wiederholte sie. Der Mann starrte Rebus an, wartete darauf, dass er sich vorstellte.

»John Rebus«, ließ sich Rebus herab und streckte ihm eine Hand hin. Die beiden Männer begrüßten sich. »Ich bin von der SCRU.«

»DCI Page«, erklärte Clarke.

»James Page«, präzisierte Page.

»Sie haben sich aber verändert«, sagte Rebus. Page sah ihn verständnislos an. »Led Zeppelin«, erklärte Rebus. »Der Gitarrist.«

»Ah ja, richtig. Der hieß genauso.« Page versuchte es endlich doch mit einem Lächeln, bevor er sich an Clarke wandte. »Besprechung in fünf Minuten.«

»Ich werde da sein.«

Pages Blick blieb eine Sekunde zu lang an ihrem hängen. »Hat mich gefreut«, sagte er zu Rebus.

»Interessiert Sie gar nicht, warum ich hier bin?«

»John …« Clarkes Tonfall sollte Rebus warnen, aber es war zu spät. Er hatte bereits einen Schritt auf Page zu gemacht.

»Ich nehme an, dass Sie hier verantwortlich sind, also sollten Sie wissen, dass es möglicherweise eine Verbindung zwischen Annette McKie und einer Reihe anderer Vermisstenfälle gibt.«

»Ach?« Page sah von Rebus zu Clarke und wieder zurück. Dann fing das Handy in seiner Hand an zu vibrieren, und er blickte auf das Display. »Ich muss da rangehen«, entschuldigte er sich. Dann an Clarke gewandt: »Schreib mir bitte eine kurze Zusammenfassung, ja?« Er drehte sich wieder ins Büro und hielt sich das Handy ans Ohr.

Einige Sekunden lang herrschte Stille im Gang.

»Brauchst du Hilfe?«, fragte Rebus.

»Treib's nicht zu weit.« Sie verschränkte erneut die Arme; er fragte sich, ob es eine Abwehrhaltung war. Er hatte im Seminar »Körpersprache und wie man sie entschlüsselt« am Polizei-College kaum aufgepasst. Durch die geöffnete Tür hatte Rebus freien Blick auf Pages Rücken. Gepflegter Haarschnitt, keine Knitterfalten im Jackett. Er war wohl nicht viel älter als dreißig, höchstens fünfunddreißig. Die DCIs wurden auch immer jünger …

»Ich dachte, du hättest einen Freund in Newcastle?«, fragte Rebus beiläufig.

Clarke funkelte ihn böse an. »Du bist nicht mein Vater.«

»Wenn ich's wäre, hätte ich vielleicht ein paar gute Ratschläge zur Hand.«

»Ausgerechnet du willst mir einen Vortrag über Beziehungen halten?«

Rebus tat, als würde er zurückschrecken. »Lieber nicht«, räumte er ein.

»Gut.«

»Dann ist die kurze Zusammenfassung für Mr Dazed and Confused also das Einzige, was wir zu besprechen haben?« Er versuchte es mit einem versöhnlichen Tonfall und einem freundlichen Gesicht. »Du willst doch auch, dass das gründlich gemacht wird. Und niemand macht das besser als ich, würde ich meinen …«

Einen Augenblick lang blieb sie standhaft, dann gab sie ein Geräusch von sich, das Frustration gemischt mit Resignation verriet.

»Na, komm schon rein«, sagte sie.

In dem engen Büro drängten sich die Detectives, telefonierten oder starrten ihre Computerbildschirme an. Rebus kannte ein paar Gesichter und begrüßte den ein oder anderen mit einem Zwinkern oder einem Nicken. Die Schreibtische und Stühle sahen aus, als wären sie irgendwo beschlagnahmt worden. Der Durchgang zu Clarkes Ecke war schmal und verwinkelt, Papierkörbe und Stromkabel mussten umschifft werden. Sie setzte sich und ging die Papiere neben ihrer Tastatur durch.

»Hier«, sagte sie und reichte ihm ein unscharfes Foto. Darauf war ein Feld mit einer Baumreihe zu sehen, im Hintergrund Berge. »Gesendet von ihrem Handy am Tag ihres Verschwindens kurz nach zweiundzwanzig Uhr. Das ist natürlich nicht der Zeitpunkt, zu dem das Foto gemacht wurde. Es lässt eher auf späten Nachmittag schließen. Von den Busreisenden kann sich niemand erinnern, dass sie Fotos aus dem Fenster heraus schoss, aber andererseits hat ihr auch niemand große Aufmerksamkeit geschenkt, bis sie sagte, sie müsse sich gleich übergeben.«

Rebus betrachtete die Landschaft. »Das kann so gut wie überall sein. Habt ihr das an die Presse rausgegeben?«

»Es wurde in einigen Meldungen erwähnt, aber wir sind nicht davon ausgegangen, dass es was zu bedeuten hat.«

»Jemand da draußen muss das wiedererkennen. Das ist Weideland – irgendein Farmer wird wissen, wo das ist. Ist der Wald vielleicht der Forstverwaltung unterstellt?« Er blickte auf und sah, dass sie lächelte.

»Was?«, fragte er.

»Ich hatte nur gerade denselben Gedanken.«

»Das kommt, weil du vom Besten gelernt hast.« Ihr Lächeln kippte. »War nur Spaß«, versicherte er. »Zwei Doofe ein Gedanke, du weißt schon.« Er sah wieder auf das Foto. »Wem hat sie das geschickt?«

»Einer Schulfreundin.«

»Ihrer besten Freundin?«

»Irgendeiner Freundin.«

»Hat sie öfter Fotos verschickt?«

»Nein.«

Rebus sah Clarke an. »Bei Zoe Beddows war es dasselbe – das Bild wurde an jemanden geschickt, den sie eher flüchtig kannte. Ohne Nachricht – wie auch hier, nicht wahr?«

»Ja, genau«, stimmte ihm Clarke zu. »Aber was hat das zu bedeuten?«

»Vielleicht wurde das Bild in Panik verschickt«, spekulierte Rebus. »Vielleicht ein Hilfeschrei.«

»Oder?« Clarke wusste, dass da noch mehr war. Ihre Blicke trafen sich.

»Das weißt du so gut wie ich.«

Sie nickte langsam. »Der Entführer hat das Bild abgeschickt – eine Art Visitenkarte.«

»Wir haben noch einiges zu tun, bevor wir das mit Sicherheit sagen können.«

»Hält uns aber nicht davon ab, darüber nachzudenken.«

Rebus wartete eine Weile, bevor er weitersprach. »Also willst du jetzt, dass ich euch in der Angelegenheit helfe, oder nicht?«

»Vielleicht vorübergehend.«

»Wirst du dann Mr Physical Graffiti dazu bringen, meinen Chef davon in Kenntnis zu setzen?«

»Früher oder später werden dir die Led-Zeppelin-Songs ausgehen.«

»Aber bis dahin hab ich noch jede Menge Spaß«, sagte Rebus mit einem Lächeln.

»Dir kommt das sehr gelegen, oder? Du musst dich nicht vor Cowan wegen der Akten rechtfertigen. Und du kannst weiterhin Kontakt zu Nina Hazlitt halten.«

»Wie kommst du darauf, dass ich das möchte?«

»Weil sie dein Typ ist.«

»Ach ja? Wie ist denn mein Typ?«

»Verwirrt, bedürftig, beschädigt…«

»Ich weiß nicht, ob das fair ist, Siobhan.«

»Warum bist du denn sonst auf einmal so defensiv?«

Sie betrachtete seine Arme, er ihre. Beide hatten sie sie vor der Brust verschränkt.

6

In der Akte über Zoe Beddows fanden sich Adresse und Telefonnummer ihres Bekannten Alasdair Blunt. Als Rebus anrief, sprang ein Anrufbeantworter an. Eine Männerstimme; Schotte, gebildet: *Alasdair und Lesley sind anderweitig beschäftigt. Bitte hinterlassen Sie eine Nachricht oder versuchen Sie es auf Alasdairs Handy.* Rebus notierte sich die Nummer, beendete das Gespräch und gab sie ein. Es klingelte und klingelte. Er starrte die Wände seines Wohnzimmers an. Clarke hatte ihn gebeten, alle Akten an den Gayfield Square zu schleppen.

»Seid ihr sicher, dass ihr Platz dafür habt?«, hatte er entgegnet.

»Wir schaffen Platz.«

Niemand ging ans Telefon. Rebus starrte aus dem Fenster auf die Straße runter. Ein Ordnungshüter prüfte Anwohnerparkausweise und Parkscheine. Rebus hatte seinen Saab auf einer durchgestrichenen gelben Linie geparkt. Er beobachtete den Mann, der das POLIZEI IM EINSATZ-Schild mit finsterem Blick durch die Windschutzscheibe musterte und dann die Straße rauf- und runtersah. Seine Jacke war ihm mehrere Nummern zu groß, ebenso wie die Schirmmütze. Er nahm sein Gerät und setzte an, die Ordnungswidrigkeit aufzunehmen. Rebus seufzte, wandte sich vom Fenster ab und legte auf. Er wollte gerade noch einmal Blunts Anrufbeantworter anrufen, um eine Nachricht zu hinterlassen, als sein Handy vibrierte. Eingehender Anruf. Nummer unterdrückt.

»Hallo?« Rebus fand, mehr Informationen habe derjenige am anderen Ende der Leitung nicht verdient.

»Sie haben mich gerade angerufen.«

»Alasdair Blunt?«

»Richtig. Mit wem spreche ich?«

»Mein Name ist Rebus, Sir. Ich bin von der Lothian and Borders Police.«

»Ach ja …?«

»Es geht um Zoe Beddows.«

»Wurde sie gefunden?«

»Es gibt da ein paar Einzelheiten, die Sie mir bestätigen müssten. Sie betreffen das Foto, das sie Ihnen von ihrem Handy aus geschickt hat.«

»Heißt das, Sie ermitteln noch?« Er klang argwöhnisch.

»Wäre das nicht im Sinne ihrer Familie und Freunde?«

Blunt schien darüber nachzudenken, sein Tonfall wurde merklich sanfter. »Doch natürlich. Tut mir leid, ich hatte heute einen schweren Tag.«

»Was arbeiten Sie, Mr Blunt?«

»Ich bin im Vertrieb. Aber nicht mehr lange, wenn's nicht bald bergauf geht.«

»Könnte helfen, wenn Sie ans Telefon gingen – ich hätte ja auch ein neuer Kunde sein können.«

»Dann hätten Sie auf meinem anderen Handy angerufen, das ich geschäftlich nutze. Deshalb konnte ich auch nicht rangehen, als Sie anriefen.«

»Verstehe.«

Blunt atmete geräuschvoll aus. »Also, wie kann ich helfen?«

»Ich habe mir die Fallunterlagen angesehen, und anscheinend gibt es von dem Foto, das Ms Beddows Ihnen geschickt hat, keine Kopie.«

»Weil es gelöscht wurde.«

Rebus stützte sich mit seinem Gewicht auf die Sofalehne. »Das ist schade. Gab es dazu keine Nachricht? Nur das Foto?«

»Genau.«

»Und was war drauf zu sehen?«

Blunt hatte offenkundig Mühe, sich zu erinnern. »Berge … Himmel … Auf der einen Seite eine Art Feldweg.«

»Bäume?«

»Kann sein.«

»Sie haben den Ort nicht erkannt?«

Blunt zögerte. »Nein«, sagte er endlich.

»Das klingt, als wären Sie sich nicht sicher.«

»Ich bin mir absolut sicher.«

Rebus schwieg noch einen Augenblick, damit Blunt fortfuhr.

»Sind wir fertig?«, fragte dieser.

»Nicht ganz. Um wie viel Uhr haben Sie das Foto bekommen?«

»Irgendwann am Abend.«

»Geht's genauer?«

»So gegen neun oder zehn.«

»Und was glauben Sie, wann das Bild aufgenommen wurde?«

»Ich habe keine Ahnung.«

»Schien die Sonne, oder war's bereits dämmrig?«

»War keine tolle Aufnahme.« Blunt machte eine Pause. »Dämmerung, denke ich.«

Genau wie bei Annette McKie, stellte Rebus fest. »Darf ich fragen, wie Sie mit Ms Beddows bekannt waren?«

»Sie hat mir die Haare geschnitten.«

»Waren Sie mit ihr befreundet?«

»Sie hat mir die Haare geschnitten«, wiederholte Blunt. Rebus dachte einen Augenblick nach. Wie viele Friseurinnen speicherten die Kontaktdaten ihrer Kunden auf dem Handy? Und schickten ihnen Fotos?

»An welches Ihrer Handys wurde das Foto geschickt, Mr Blunt?«

»Was spielt das für eine Rolle?«

»Hat Ihre Frau das Bild gesehen? Wollte sie wissen, wer Zoe ist? Hat sie das Foto gelöscht?«

»Das spielt doch alles überhaupt keine Rolle.« Blunt klang erneut verärgert.

»Aber war es so? Haben Sie sich mit Zoe getroffen? Vielleicht in Ihrem Wagen – eine kleine Ausfahrt irgendwo auf einem Feldweg?«

»Erst war ich nicht sicher«, sagte Blunt leise. »Ich glaube *nicht*, dass das Foto irgendwas mit uns zu tun hatte. Es war kein Ort, an dem wir schon mal gemeinsam waren …«

»Ist es damals rausgekommen?«

»Nicht alles.«

Rebus sah Zoe Beddows' Akte an. Unvollständig. Wie die meisten. Polizisten brachten am Ende eines langen Arbeitstages immer nur das zu Papier, von dem sie glaubten, dass es wichtig war.

»Mr Blunt, es fällt mir nicht leicht, das zu formulieren, aber standen Sie jemals unter Tatverdacht?«

»Nur in den Augen meiner Frau.«

»Aber Sie haben es überstanden, Sie und Lesley?«

»Lesley kam später. Judith hat mich verlassen.« Blunt hielt inne. »Zoe hatte viele ›Freunde‹, wenn Sie verstehen, was ich meine. Wir hatten uns mehrere Monate vor ihrem Verschwinden schon nicht mehr gesehen.«

»Und außerdem gibt es nichts, das Sie mir zu dem Foto sagen könnten?«

»Nur dass es das Ende meiner Ehe war.«

»Sind Sie sicher, dass Sie nicht auch etwas dazu beigetragen haben, Mr Blunt?«

Die Verbindung wurde unterbrochen. Rebus erwog, noch

einmal anzurufen, entschied sich aber dagegen. Höchstwahrscheinlich würde Blunt gar nicht mehr drangehen. Stattdessen widmete er sich noch einmal der Akte von Zoe Beddows, deren Inhalt auf dem Esstisch ausgebreitet lag. Er wusste, er würde sie noch einmal lesen müssen, jede einzelne Zeile. Aber er war ziemlich sicher, dass nichts über Zoe und ihre »vielen Freunde« darin zu finden sein würde. Falls einer von ihnen vernommen worden war, so war dabei nicht herausgekommen, in welcher Beziehung der Betreffende zu der Vermissten stand. Faulheit oder falsch verstandene Diskretion seitens der Ermittler? Sie mussten gewusst haben, was die Presse daraus machen würde: eine Geschichte. In der die Tatsachen verzerrt und der Öffentlichkeit eine ganz andere Version verkauft worden wäre. Das hätte wohl dazu geführt, dass um Zoe Beddows weniger getrauert worden wäre. Rebus hatte das schon ein Dutzend Mal erlebt. Prostituierte hatten es »drauf angelegt« oder »sich selbst in Gefahr gebracht«; wer ein chaotisches Leben führte, durfte nicht mit Mitgefühl seitens der Masse der Zeitungsleser rechnen, die Familie und ein regelmäßiges Einkommen hatten und sich nur allzu genüsslich an allen Einzelheiten eines solchen Schicksals weideten.

Rebus vermutete, dass bewusst entschieden worden war, sämtliche Spekulationen aus dem Fall herauszuhalten. Was für jemanden, der nach Jahren in den Fall einstieg, problematisch war: Die Geschichte war nicht vollständig. Rebus erwog, Ken Lochrin noch einmal anzurufen, verschob es aber auf später. Stattdessen rief er Clarke an. Sie meldete sich mit einer Frage.

»Was?«

»Ich hab mir's noch mal überlegt«, sagte Rebus. »Das Zeug in meiner Wohnung, ich hab's sortiert und an die Wand gepinnt – wäre es nicht einfacher, wenn wir von hier aus arbeiten?«

»Das sind polizeiliche Ermittlungen, John, kein Hobby. Die Sachen müssen auf die Wache.«

»Verstanden.« Ein wartender Anruf. Rebus schaute aufs Display. »Wir sehen uns in einer Stunde«, sagte er zu Clarke. Dann zu Daniel Cowan: »Rebus am Apparat.«

»John, das gefällt mir nicht, das gefällt mir kein bisschen.«

»Ich nehme an, der DCI hat sich gemeldet?«

»Wenn es ein ungeklärter Fall ist, dann sollte sich die SCRU darum kümmern. Sie sollten *hier* sein.«

»Glauben Sie mir, Sir, wenn's nach mir ginge …«

»Papperlapapp, John. Wollen Sie sich auf die Art bei den großen Jungs einschleimen?«

»Ich bin ein Teamplayer, Sir – fragen Sie Bliss und Robison, die würden ihre Hand für mich ins Feuer legen.«

»Die müssen Sie aber nicht für sich gewinnen. Vergessen Sie nicht, was ich gesagt habe: Ohne meine Zustimmung bleiben Sie Rentner.«

»Und dabei habe ich mich immer schon so sehr nach Ihrer Zustimmung gesehnt, Danny …«

Cowan schien kurz davor zu schreien, als Rebus das Gespräch beendete.

7

»Sie können hier nicht einfach reinspazieren.«

Es war der folgende Morgen, und der uniformierten Beamtin am Eingang der Wache am Gayfield Square gefiel Rebus' Anblick ganz und gar nicht. Er konnte das durchaus verstehen: Wahrscheinlich waren seine Augen blutunterlaufen, er hatte kein sauberes Hemd gefunden, und sein Rasierapparat brauchte unbedingt eine neue Klinge. Er hatte ihr seinen Ausweis gezeigt und wartete jetzt auf den Summer, der ihm die verschlossene Tür zum Treppenhaus öffnete.

»Bei wem haben Sie einen Termin?«

»Ich wurde vorübergehend ins CID versetzt.«

»Das steht aber nicht auf Ihrem Ausweis.«

Rebus beugte sich vor, bis sein Gesicht die Trennscheibe aus Plexiglas beinahe berührte. »Wollen wir das Spiel jetzt jeden Morgen spielen?«

»Der gehört zu mir, Juliet«, sagte Siobhan Clarke, die gerade von draußen hereinkam. »Gewöhnen Sie sich ruhig schon mal an seine Visage.«

»Er muss sich eintragen und unterschreiben. Dann kann ich ihm einen Besucherausweis ausstellen.«

Clarke starrte die Frau an. »Wirklich? Ich meine, muss das *wirklich* sein, Juliet? Er arbeitet bis auf Weiteres an den Ermittlungen im Fall McKie.«

»Dann hätte man mir das sagen müssen.«

»Wahrscheinlich hat jemand gepennt – kann ja mal vorkommen, oder?«

»Ich bin übrigens auch noch da«, schaltete sich Rebus ein, der sich ausgeschlossen fühlte.

Schließlich musste die Beamtin doch grinsen – aber eher in Richtung Clarke als Rebus. »Ein ordentlicher Nachweis bis Dienstschluss …«

»Pfadfinderehrenwort.«

»Ich dachte, Sie wären nie bei den Pfadfindern gewesen.« Das Grinsen wurde breiter, als sie auf den Knopf drückte, um sie durchzulassen.

Clarke führte Rebus ins Herz des Gebäudes. »Du wirst ein Passbild brauchen«, sagte sie. »Hast du eins zur Hand?«

»Hab nie eins gebraucht.«

Sie sah ihn an. »Hast du keinen Pass?«

»Hab mir nie die Mühe gemacht, ihn verlängern zu lassen. Ich bin zufrieden, dort wo ich bin.«

Sie sah ihn wieder an. »Wann bist du zum letzten Mal raus aus der Stadt – nur zum Vergnügen, meine ich?«

Er zuckte beiläufig mit den Schultern, während sie ihn weiter musterte, dieses Mal seine Klamotten.

»James sieht die Beamten unter sich gerne ordentlich gekleidet.«

»Vielleicht befindest du dich ja öfter mal unter ihm – im Gegensatz zu mir.«

»Muss ich mich drauf gefasst machen, dass das jetzt die ganze Zeit so weitergeht?« Sie bedachte ihn mit einem strengen Blick und erkundigte sich dann nach dem Verbleib der Akten.

»Zu Hause.« Er sah, dass sie protestieren wollte, und hob eine Hand. »Ich widersetze mich ja gar nicht. Ich war nur bis drei Uhr morgens wach und bin alles durchgegangen. Dann hab ich verschlafen und hatte keine Zeit mehr, sie einzupacken.«

»Womit du der einzige Experte im Haus wärst, bis jemand Zweiter die Chance bekommt, einen Blick hineinzuwerfen?«

»Man könnte mich für unverzichtbar halten.«

»Das bist du nicht mal annähernd, John.« Sie befanden sich vor den Büros des CID. Die Tür stand wie gewöhnlich weit offen, zwei Detectives hatten bereits an ihren Schreibtischen Platz genommen. Beim Eintreten stieg Rebus der Geruch von frischem Kaffee in die Nase. Die Kanne stand auf einem Aktenschrank. Clarke schenkte ihnen beiden ein.

»Hat jemand Milch geholt?«, fragte sie. Köpfe wurden geschüttelt.

»Dann bin ich wohl die Rettung«, sagte James Page und kam mit großen Schritten ins Büro, einen Ein-Liter-Milchkarton in der einen, eine braune Ledertasche in der anderen Hand.

»Hallo«, sagte er zu Rebus.

»Guten Morgen, Sir.«

»Wir sprechen uns hier mit Vornamen an, John.« Page reichte Clarke die Milch, behielt Rebus aber weiterhin im Blick. »Gibt's was Neues aus Ihren Akten?«

»Sie sind alles andere als vollständig. Zoe Beddows hatte ein Verhältnis mit einem verheirateten Mann – er ist es, dem sie das Foto geschickt hat. Aber das habe ich erst erfahren, als ich mit ihm sprach. In der Akte wird er lediglich als ein Bekannter geführt.«

»Und das Foto?«

»Er hat es nicht mehr. Seiner Beschreibung nach waren darauf Berge, Himmel und ein Feldweg zu sehen.«

»Wie auf dem Foto, das Annette McKie verschickt hat«, bemerkte Clarke.

Rebus sah sich genötigt, die Aussage zu korrigieren. »*Falls* sie es selbst verschickt hat.«

»Keine vorschnellen Schlussfolgerungen«, entgegnete Page. »Was ist mit Aviemore und Strathpeffer?«

»Ich hab ein bisschen im Internet recherchiert«, sagte Clarke. »Es ist erst seit 2005 oder 2006 möglich, Bilder vom Handy zu senden.«

»Ach?« Page runzelte die Stirn. »Vorher nicht?«

»Könnte sich lohnen, das Foto, das wir haben, Zoe Beddows' Liebhaber zu zeigen«, schlug Rebus vor. »Auch wenn es unwahrscheinlich ist, dass es sich um dieselbe Stelle handelt. Und dann möchte ich noch etwas vorschlagen…«

Rebus merkte, dass Siobhan Clarke die Luft anhielt, weil sie damit rechnete, dass er etwas Falsches sagte.

»Und zwar?«

»Wir müssen das Foto in Umlauf bringen. Irgendjemand muss doch was damit anfangen können.«

»Um zwölf gibt's eine Pressekonferenz«, sagte Page.

»Ach ja?« Clarke klang genervt, als erfahre sie erst jetzt davon.

»Die Mutter setzt eine Belohnung aus. Zehntausend Pfund, glaube ich.«

»Das ist eine schöne Stange Geld«, befand Rebus. »Für jemanden, der in Lochend lebt…«

»Brauchst du mich auf der Pressekonferenz, James?«, fragte Clarke.

»Wir werden alle anwesend sein – wir müssen den Menschen vermitteln, wie engagiert wir arbeiten.« Er brach ab, als ihm Rebus' Hemd und Bartstoppeln ins Auge fielen. »Vielleicht doch nicht alle, John.«

»Wie Sie meinen, James.«

»Öffentliche Wahrnehmung, Sie wissen schon…« Page schenkte ihm ein schmallippiges Lächeln, drehte sich um und ging zu seinem Büro. Er stellte seinen Kaffee ab und zog einen Schlüssel aus der Tasche, um die Tür aufzuschließen.

»Ich bin sicher, das war früher, als ich hier gearbeitet habe, ein Schrank«, sagte Rebus mit gedämpfter Stimme zu Clarke.

»War's auch«, bestätigte sie. »Aber James scheint's zu gefallen.«

Die Tür schloss sich hinter Page. Der Raum musste so gut wie sauerstofffrei sein und, wenn sich Rebus recht erinnerte, auch ohne Tageslicht. Dennoch schien es James Page darin gut zu gehen.

»Habe ich die Prüfung bestanden?«, fragte er Clarke.

»Gerade so.«

»Ist mein erster Tag, vergiss das nicht – mir bleibt mehr als genug Zeit, mich zu blamieren.«

»Wie wär's, wenn du's zur Abwechslung einfach mal sein lässt? Wenigstens einmal in deinem Leben …«

8

Der Schuldirektor hatte ihnen sein Büro angeboten, aber Clarke hatte abgelehnt. Als sie mit Rebus draußen im Gang wartete, erklärte sie ihm, was sie sich dabei gedacht hatte.

»Zu einschüchternd. In dem Zimmer ist man sonst nur, wenn man Ärger hat. Wir wollen, dass er sich entspannt und redet.«

Rebus nickte zum Zeichen, dass er ihrer Meinung war. Er blickte aus einem Fenster auf den Spielplatz. Das Fenster war doppelt verglast, aber die Scheiben waren trotzdem beschlagen. Das Holz des Rahmens war vor Feuchtigkeit schon ganz schwammig.

»Ein neuer Anstrich könnte nicht schaden«, meinte Clarke.

»Das oder ein Totalabriss.«

»Neue Schulen für alle, wenn wir erst unabhängig sind.«

Rebus sah sie an. »Was soll das heißen ›wir‹? Schon vergessen, dass du einen englischen Akzent hast?«

»Heißt das, ich werde deportiert?«

»Zur Not behalten wir dich.« Rebus zog die Schultern zurück, als ein Teenager in Schuluniform in den Gang trat und zögerlich auf sie zukam. Dem Jungen fielen die Haare in die Augen, und er trug seine gestreifte Krawatte mit einem übergroßen Knoten gebunden.

»Bist du Thomas?«, fragte Rebus.

»Thomas Redfern?«, ergänzte Clarke.

»Ja.« Auch wenn er augenscheinlich kein Kaugummi im Mund hatte, klang es so.

»Du bist mit Annette in einer Klasse?«

Redfern nickte.

»Geht das in Ordnung, wenn wir uns hier unterhalten?«

Der Junge zuckte mit den Schultern und vergrub die Hände tief in den Hosentaschen.

»Ich hab der Polizei schon gesagt …«

»Das wissen wir«, unterbrach ihn Clarke. »Wir müssen nur noch ein paar Dinge klären.«

»Hast du das Foto noch?«, fragte Rebus. »Das Zelda dir geschickt hat?«

»Ja.«

»Darf ich es sehen?« Rebus streckte die Hand aus. Redfern zog ein Handy aus der Brusttasche seines Blazers und schaltete es ein.

»Tut mir leid, dass wir dich aus dem Unterricht holen mussten«, sagte Clarke.

Der Junge schnaubte. »Doppelstunde Chemie.«

»Kannst dir ja auf dem Rückweg Zeit lassen.«

Er hatte das Foto gefunden und drehte das Handy so, dass sie das Display sehen konnten. Rebus nahm es ihm aus der Hand. Er fand nicht, dass das Bild unscharf genug war, um aus einem fahrenden Bus oder durch eine Scheibe aufgenommen worden zu sein. Er hatte das Gefühl, der Fotograf müsse aufrecht gestanden und wahrscheinlich ungefähr seine Größe gehabt haben.

»Wie groß ist Zelda?«, fragte er.

»Bisschen kleiner als ich.« Redfern zeigte auf seine Schulter.

»Ungefähr eins fünfundsechzig?« Rebus nickte vor sich hin.

»Sie kann auf einem Felsen oder so gestanden haben«, gab Clarke zu bedenken.

»Hat sie dir keine Nachricht geschickt?«, fragte Rebus den Jungen.

»Nein.«

»Hat sie dir öfter SMS geschickt?«

»Ab und zu – wenn eine Party anstand.«

»Wusstest du, dass sie nach Inverness wollte?«

»Sie hat's ja allen erzählt.«

»War aus der Schule sonst niemand eingeladen?«

»Timmy, aber ihre Eltern wollten sie nicht fahren lassen.«

»Die Mädchen hatten aus dem Internet von der Party erfahren?«

»Von irgendeinem Kerl, mit dem sie getwittert haben«, bestätigte Redfern. »Ein Jahr älter, geht aber noch zur Schule. Wir haben's ihr ja gleich gesagt …«

»Was?«, fragte Clarke.

»Dass sie vorsichtig sein soll. Online-Bekanntschaften, das weiß man doch …«

»Sind nicht immer, wonach es den Anschein hat?« Clarke nickte. »Also, wir haben den Jungen überprüft, er ist sechzehn und heißt Robert Gilzean.«

»Ja, das haben mir die anderen Polizisten auch schon gesagt.«

Während Clarke das Gespräch in Gang hielt, blätterte Rebus durch ein paar weitere Fotos auf dem Handy. Teenager, die Grimassen schnitten, Stinkefinger zeigten, sich Kusshände zuwarfen. Auf keinem war Annette McKie zu sehen.

»Wie gut kennst du Zelda?«

Er zuckte die Achseln.

»Wart ihr schon zusammen auf der Grundschule?«

»Nein.«

»Also geht ihr jetzt wie lange in dieselbe Klasse … drei Jahre?«

»Könnte hinkommen.«

»Warst du mal bei ihr zu Hause?«

»Auf ein oder zwei Partys. Die meiste Zeit war sie in ihrem Zimmer.«

»Ach was?«

Redfern wurde beinahe rot. »Computerspiele«, erklärte er. »Hat damit angegeben, wie gut sie war.«

»Du klingst nicht, als wärst du besonders beeindruckt gewesen.«

»Spiele sind schon okay, aber mir sind Bücher lieber.«

»Das ist ja erfreulich«, sagte Clarke mit einem Lächeln.

»Was hast du gedacht, als du das Foto bekommen hast?« Rebus gab ihm das Handy zurück.

»Eigentlich gar nichts.«

»Hast du dich nicht gewundert? Eine SMS um zehn Uhr abends – so was hat sie doch sonst nie gemacht.«

»Ja, kann sein.«

»Und hast du ihr zurückgeschrieben?«

Redfern sah ihn an und nickte. »Ich dachte, sie hat die falsche Taste gedrückt, und das Bild sollte gar nicht an mich gehen.«

»Aber auf deine SMS hat sie nie geantwortet?«

»Nein. Sie hat Timmy mehrere SMS aus dem Bus geschickt. In der letzten stand, dass ihr schlecht war.« Der Junge hielt inne. Er sah von Rebus zu Clarke und wieder zurück. »Sie ist tot, oder?«

»Das wissen wir nicht«, erwiderte Clarke sanft.

»Aber sie ist tot.« Redferns Blick fixierte Rebus, und Rebus war schlecht im Lügen…

Rebus wollte die Tür zu James Pages Büro öffnen, aber sie war verschlossen. Er war allein im CID-Raum. Hier gab es keinen Fernseher, aber Clarke hatte ihm gezeigt, wie er die Pressekonferenz auf ihrem Computer verfolgen konnte. Er zog ein paar Schreibtischschubladen auf, fand aber nichts

Interessantes. Die Veranstaltung wurde aus einem Hotel um die Ecke übertragen. Rebus hatte sich auf der Rückfahrt von der Schule zwei Putenbrustpasteten bei Gregg's geholt. Sie waren längst verputzt, nur ein paar Krümel Blätterteig hingen noch an seinem Hemd und seiner Jacke. Die Lothian and Borders Police hatte eine eigene Kamera im Hotel, so dass Rebus die ungeschnittenen Bilder auf Clarkes Bildschirm verfolgen konnte – ohne Ton. Er hatte den Lautstärkeregler nicht gefunden, weshalb er jetzt im Büro auf und ab ging, anstatt am Schreibtisch zu sitzen. In Clarkes Schublade hatte er Nurofen gefunden und sich zwei in die Brusttasche gesteckt – immer gut, so was zur Hand zu haben. Kaffee hatte er schon genug getrunken, und Teebeutel gab es außer Pfefferminz und Roibusch anscheinend keine.

Als er wieder vor dem Bildschirm saß, hatte die Veranstaltung schon angefangen. Rebus schlug einmal auf das Plastikgehäuse, aber es kam immer noch kein Ton. Ein Radio konnte er auch nicht entdecken. Er hätte aufstehen und sich die Pressekonferenz in seinem Wagen anhören können, aber das hätte vorausgesetzt, dass einer der Lokalsender sie übertrug. Stattdessen blieb er also sitzen und sah zu. Wer auch immer die Kamera bediente, hätte sicher von einer Gebrauchsanweisung oder einem Besuch beim Optiker profitiert. Die Schärfe stimmte nicht, und man sah mehr vom Tisch als von den Leuten, die dahintersaßen. Manche standen auch. Page wurde von Siobhan Clarke und einem Detective Constable namens Ronnie Ogilvie flankiert. Hinter Annette McKies Mutter und dem ältesten ihrer Brüder stand ein Mann, den Rebus halbwegs kannte. Der Mann drückte der Mutter die Schulter, immer wenn er spürte, dass sie kurz davor war wegzusacken. Einmal legte sie ihre Hand auf seine, als wollte sie sich bedanken. Annettes Bruder ergriff ebenfalls das Wort und las ein vorbereitetes Statement ab. Er wirkte einigermaßen selbstbewusst, blickte in den Raum und gab den Fotografen reichlich Gelegenheit, Aufnahmen zu machen, während sich seine Mutter die Tränen von den geröteten Augen tupfte. Rebus wusste nicht, wie der junge Mann hieß, er schätzte ihn auf siebzehn oder achtzehn: kurze Haare vorn spitz hochgegelt, Aknespuren im Gesicht. Er war blass, hager und gewitzt. Aber jetzt bewegte sich das Kamerabild. Page war an der Reihe. Anscheinend war er bereit – beinahe darauf versessen –, Fragen entgegenzunehmen. Nach ein paar Minuten kam es jedoch zu einer Unterbrechung, Page wandte sich nach links. Die Kamera fing Annette McKies Mutter ein, die aus dem Raum stürzte, die Hand vor den Mund geschlagen, entweder von Trauer überwältigt oder kurz davor, sich zu übergeben. Der Mann ging ihr hinterher, ließ den Sohn an seinem Platz zurück. Dieser sah Page an, als suche er Rat: Sollte er bleiben oder gehen? Die Kamera schwenkte durch den Raum, fing andere Kameras ein, Journalisten, Detectives. Die Doppeltür war hinter der Mutter zugeschlagen.

Die Kamera zeigte den gemusterten Teppichboden.

Dann wurde der Bildschirm schwarz.

Rebus blieb, wo er war, bis das Team allmählich wieder im Büro eintrudelte. Ogilvie sah Rebus und schüttelte den Kopf, ersparte sich aber jeden Kommentar. Page wirkte verärgert darüber, dass sein Auftritt abgewürgt worden war – wenn die Fernsehnachrichten etwas herausgreifen würden, dann den Abgang der Mutter. Er steckte den Schlüssel ins Schloss, öffnete die Tür und verschwand in seinem Wandschrank. Clarke bahnte sich einen Weg zwischen den Schreibtischen hindurch, blieb nur einmal mit dem Fuß an einem verirrten Kabel hängen. Sie reichte Rebus einen Schokoriegel.

»Danke, Mama«, sagte er.

»Hast du's gesehen?«

Er nickte. »Aber ohne Ton – hat Page die Handyfotos erwähnt?«

»Offenbar sind sie ihm nach dem Abgang der Mutter entfallen.« Sie wickelte ihren eigenen Schokoriegel aus und biss hinein.

»Wer war der Mann hinter ihr?«, fragte Rebus.

»Ein Freund der Familie.«

»Hat er die Belohnung ausgesetzt?«

Clarke sah ihn an. »Okay, spuck's aus.«

»Ich hab noch gar nicht reingebissen.« Als er ihr damit kein Lächeln entlocken konnte, lenkte er ein. »Sein Name ist Frank Hammell. Ihm gehören zwei Pubs und mindestens ein Club.«

»Kennst du ihn?«

»Ich kenne seine Pubs.«

»Den Club nicht?«

»Der ist irgendwo draußen im Wilden Westen.«

»Soll heißen?«

»West Lothian.« Rebus nickte Richtung Bildschirm. »Ganz schön anhänglicher Typ ...«

»Ist er sonst nicht so?«

»Nur, wenn er jemandem richtig nahesteht.«

Clarke kaute langsamer. Sie dachte nach. »Und was sagt uns das?«

»Dass wir vorsichtig sein sollten?«, erwiderte Rebus schließlich. »Wenn er der ›Freund‹ der Mutter ist, und sie ist ungehalten, dann kannst du drauf wetten, dass er's auch ist.«

»Deshalb die Belohnung?«

»Wegen der offiziellen Belohnung mache ich mir keine Sorgen – eher wegen der, die er möglicherweise klammheimlich ausgesetzt hat.«

Clarke sah Richtung Pages Tür. »Meinst du, wir sollten ihm das sagen?«

»Das musst du entscheiden, Siobhan.« Während sie noch

darüber nachdachte, stellte ihr Rebus eine weitere Frage. »Was ist noch mal aus Annettes Vater geworden?«

»Hat sich nach Australien abgesetzt.«

»Wie heißt er?«

»Derek irgendwie … Derek Christie.«

»Nicht McKie?«

»So heißt die Mutter – Gail McKie.«

Rebus nickte langsam. »Und der Junge auf der Pressekonferenz …?«

»Darryl.«

»Geht er noch zur Schule?«

Clarke rief Ronnie Ogilvie quer durch den Raum zu: »Was macht Darryl McKie?«

»Ich glaube, er hat gesagt, er ist Barmanager«, erwiderte Ogilvie. »Und er nennt sich Christie, nicht McKie.«

Clarke sah Rebus an. »Achtzehn ist ein bisschen jung für einen Manager«, wandte sie ein.

Rebus' Mundwinkel zuckten. »Kommt drauf an, wem die Bar gehört«, sagte er und stand auf, um ihr den Stuhl zu überlassen.

9

»Wie in alten Zeiten«, sagte Rebus. »Und endlich sehe ich mal ein bisschen was von Schottland.«

Sie saßen in Clarkes Wagen, einem noch neu riechenden Audi. Der Ausflug war Rebus' Idee gewesen – sie wollten sich den Ort anschauen, an dem Annette McKie zum letzten Mal gesehen wurde; die Gegend mit dem Foto abgleichen. Sie hatten Edinburgh Richtung Norden verlassen, waren über die Forth Road Bridge nach Fife gefahren, mit Tempo 60 an kilometerlangen Baustellen vorbeigekrochen, hatten auf dem Weg nach Perth Kinross umschifft und waren schließlich auf der A9 gelandet. Die Straße war nicht mal zweispurig, und offenbar steckten sie mitten im nachmittäglichen Berufsverkehr. Rebus nahm eine CD aus der Tasche und kassierte dafür das Kate-Bush-Album, das Clarke eingelegt hatte.

»Wer hat dir das erlaubt?«, beschwerte sie sich.

Er brachte sie mit einem »Sch!« zum Schweigen und drehte das dritte Stück laut auf. »Hör einfach zu«, sagte er. Dann nach ein paar Minuten: »Also, was singt er da?«

»Wie meinst du das?«

»Im Refrain.«

»Irgendwas von wegen ›standing in another man's rain‹.«

»Sicher?«

»Hör ich's falsch?«

Rebus schüttelte den Kopf. »Ich dachte nur, er würde … Ach, egal.« Er wollte die CD auswerfen, aber sie bat ihn, sie drinzulassen. Sie blinkte und scherte aus, um zu überholen.

Der Audi hatte nicht gerade wenig PS. Trotzdem schaffte sie es gerade so, der entgegenkommende Fahrer ließ protestierend sein Fernlicht aufblitzen.

»Willst du mir was beweisen?«, fragte Rebus.

»Ich will nur ungefähr zur selben Zeit in Pitlochry eintreffen wie Annette. Ist das nicht der Sinn der Sache?« Clarke drehte sich zu ihm um. »Und wolltest du nicht nach der Stelle Ausschau halten, an der das Foto aufgenommen wurde?«

»Hier ist es nicht«, murmelte er, suchte aber trotzdem die wolkenverhangene Landschaft mit den Augen ab. Sie fuhren an einem Schild für eine Beatrix-Potter-Ausstellung in Birnham vorbei. Clarke überholte einen weiteren Laster, musste dann aber scharf bremsen, als sie eine Radarkamera entdeckte, wodurch auch der Laster gezwungen war langsamer zu fahren, was der Fahrer mit heftigem Hupen und wütendem Scheinwerferleuchten quittierte. Die Jackie-Leven-CD war zu Ende, und Rebus fragte, ob er wieder Kate Bush auflegen solle, aber sie schüttelte den Kopf.

»Wo zum Teufel wollen die alle hin?« Rebus schaute auf den Verkehr vor ihnen. »Ist doch keine Hochsaison.«

»Eigentlich nicht«, pflichtete sie ihm bei. Dann, fast schon zu beiläufig: »Wie geht es eigentlich Cafferty?«

Rebus starrte sie an. »Woher soll ich das wissen?«

Sie schien einen Augenblick überlegen zu müssen, wie sie die Frage beantworten sollte. »Ich habe mit den Complaints gesprochen …«

Die Complaints waren die Abteilung für interne Ermittlungen. »Mit Fox?«, riet Rebus. »Ich seh ihn vor mir, wie er sich durchs Präsidium schleimt.«

»Es wird geredet, John – über dich und Cafferty, über eure kleinen Trinkgelage.«

Rebus ließ das erst mal sacken. »Ist Fox hinter mir her? Du

solltest dich nicht mit diesen Drecksäcken abgeben, Siobhan. Könnte ansteckend sein.«

»Das sind keine Drecksäcke, das weißt du genau. Und um deine Frage zu beantworten: Du bist nicht mehr im Dienst, und damit ist äußerst fraglich, ob Fox dir was anhaben könnte, selbst wenn er wollte.« Sie hielt inne, den Blick unbeirrt auf die Straße gerichtet. »Andererseits, Cafferty und du, ihr habt eine lange gemeinsame Geschichte …«

»Und?«

»Gibt's was, das die von der Inneren finden könnten, falls sie danach suchen?«

»Du weißt, was ich von Cafferty halte«, erwiderte Rebus kühl.

»Das muss ja nicht heißen, dass es keine gegenseitigen Gefälligkeiten gab.«

Rebus nahm einen Schluck aus der Plastikwasserflasche, die Clarke bei dem Tankstopp in Kinross gekauft hatte.

»Fox will dich überreden, mich zu verpfeifen, ist es das?«

»Er hat nur gefragt, ob wir uns noch häufig sehen.«

»Und dann lässt er rein zufällig den Namen Cafferty fallen?« Rebus schüttelte langsam den Kopf. »Was hast du ihm erzählt?«

»Aber es stimmt doch, oder? Dass du dich mit Cafferty triffst.«

»Cafferty glaubt, er sei mir was schuldig wegen der Sache im Krankenhaus.«

»Und deshalb zahlt er dir jetzt lebenslang alle Getränke?«

»Ich zahl schon noch selbst.«

Sie überholte einen Tesco-Lieferwagen. Ganz vorn in der Schlange fuhren drei Sattelschlepper, die erbarmungslos langsam wurden, als die Straße plötzlich anstieg. Auf einem Schild, an dem sie gerade vorbeigefahren waren, wurde schweren Fahrzeugen empfohlen, sich seitlich zu halten, damit andere überholen konnten, aber niemand scherte sich darum.

»Da vorn wird's zweispurig«, sagte Clarke.

»Wir sind sowieso schon fast in Pitlochry«, entgegnete Rebus. Dann, mit gesenkter Stimme: »Danke für die Warnung.«

Sie nickte, starrte geradeaus, die Hände fest ums Lenkrad geklammert. »Pass einfach auf, dass Fox nichts in die Finger bekommt, das er gegen dich verwenden kann, hm?«

»So wie ich den einschätze, schießt er nicht scharf. Ist noch eine Zigarettenpause drin?«

»Du hast doch selbst gesagt: Wir sind fast da.«

»Ja, aber an Tankstellen darf man nicht rauchen.« Deshalb war er in Kinross auf den Parkplatz gegangen, während Clarke getankt und Getränke gekauft hatte.

»Fünf Minuten«, sagte sie. »Nur noch fünf Minuten …«

Zehn Minuten später – nicht dass Rebus auf die Uhr gesehen hätte – fuhren sie von der A9 ab und nach Pitlochry rein, vorbei an der Tankstelle, an der der Bus gehalten und Annette McKie hatte aussteigen lassen. Clarke fuhr durch die Stadt. Es gab nur eine Hauptstraße, Schilder wiesen den Weg zum Festival Theatre, dem Wasserkraftwerk und den Whiskybrennereien Edradour und Bell's.

»Als Kind war ich mal an dem Wasserkraftwerk«, meinte Clarke. »Eigentlich, um die Lachse springen zu sehen.«

»Und gab es welche?«

»Keinen einzigen.«

»Andererseits muss man eine Stadt mit gleich zwei Whiskybrennereien einfach lieben …«

Zwei Minuten später hatten sie das andere Ende von Pitlochry erreicht. Sie wendete in drei Zügen und fuhr denselben Weg wieder zurück. An der Hauptstraße gab es eine kleine Polizeiwache, die aber nicht ständig besetzt war. Um dem Protokoll zu genügen, hatte Clarke vor ihrer Abfahrt das Tayside Polizeipräsidium in Perth angerufen und den zuständigen Inspector vor Ort über ihren Besuch in Kenntnis gesetzt. Sie hatte betont, dass ein Begrüßungskommitee nicht notwendig sei.

»Wir wollen uns wirklich nur mal umsehen.«

Sie blinkte, um auf das Tankstellengelände zu fahren. Kaum stand der Wagen, schnallte Rebus sich ab, stieg aus und setzte sich Richtung Bürgersteig in Bewegung, Zigarette und Feuerzeug bereits zur Hand. Er sah Clarke im Laden verschwinden. Eine Frau mittleren Alters stand an der Kasse, Clarke zeigte ihr den Dienstausweis sowie zwei Fotos, eines von Annette McKie und das Bild, das Thomas Redfern erhalten hatte. Direkt gegenüber der Tankstelle befanden sich die Bell's Destillerie und dahinter Türme, die, wie Rebus vermutete, zu einem Hotel gehörten. Ein weiterer Wagen fuhr auf das Tankstellengelände. Der Mann, der ausstieg, sah nach Geschäftsmann aus: weißes Hemd, blassgelbe Krawatte. Um sich gegen den kalten Wind zu schützen, schlüpfte er in sein Jackett, das an einem Haken im Wagen gehangen hatte. Er schloss den Tankdeckel seines Wagens auf, blickte dann aber Richtung Gehweg und sah, dass dort jemand rauchte. Blitzschnell überlegte er es sich anders und ging auf Rebus zu, schenkte ihm ein wohlmeinendes Nicken, bevor er sich selbst eine anzündete.

»Heute Abend soll's Frost geben«, fing er an.

»Hauptsache keinen Schnee«, erwiderte Rebus.

»Hoffentlich sperren sie nicht den Drumochter Pass, das wäre das Letzte, was ich brauchen kann.«

»Schneetore?«, vermutete Rebus.

»Genau. Der letzte Winter war die Hölle.«

»Fahren Sie nach Inverness?«

Der Mann nickte. »Was ist mit Ihnen?«

»Wir fahren zurück nach Edinburgh.«

»In die Zivilisation, was?«

»Scheint mir hier doch noch ganz zivilisiert.« Rebus blickte zur Stadt hin.

»Keine Ahnung – ich halte immer nur kurz zum Tanken.«

»Sind Sie viel unterwegs?«

»Gehört zu meinem Job. Fünf-, sechshundert Meilen die Woche, manchmal mehr.«

Er gestikulierte in Richtung seines Fahrzeugs. Dahinter konnte Rebus sehen, dass die Frau an der Kasse mit einem Kopfschütteln auf eine von Clarkes Fragen reagierte. »Der Wagen ist noch keine zwei Jahre alt und pfeift schon auf dem letzten Loch«, sagte der Mann. »Wie macht sich der Audi?«

»Ganz in Ordnung.« Rebus' Zigarette war aufgeraucht. »Was genau verkaufen Sie?«

»Wie lange haben Sie Zeit?«

»Sagen wir mal fünfzehn Sekunden.«

»Dann gebe ich Ihnen zwei Stichworte: ›Logistik‹ und ›Lösungen‹.«

»Danke für die Erleuchtung.« Rebus sah, wie Clarke wieder zum Audi ging.

»Gern geschehen.« Der Mann zückte sein Handy und prüfte den Nachrichteneingang, während Rebus die Tankstelle überquerte.

»Was dabei rausgekommen?«, fragte er und glitt auf den Beifahrersitz.

»An dem Tag hat sie nicht gearbeitet«, erwiderte Clarke. »Die Angestellten, die Dienst hatten, wurden schon vernommen. Einer erinnerte sich, wie Annette reinkam und fragte, ob sie das Klo benutzen dürfe. Sie hat eine Flasche Wasser gekauft und ist dann weiter in die Stadt.«

»Wirklich reizend von dem Busfahrer, dass er nicht auf sie gewartet hat.«

»Der Mann ist fix und fertig. Er hat sich nur an die Vorschriften seiner Firma gehalten.«

Rebus spähte durch die Windschutzscheibe auf der Suche nach einer Überwachungskamera.

»Sie ist auf den Aufzeichnungen tatsächlich zu sehen«, bestätigte Clarke. »War mit ihrem Handy zugange.«

»Vielleicht ein Rendezvous?«

»Sie hat keine Verwandten oder Freunde in Pitlochry.« Clarke dachte einen Augenblick nach. »An der Hauptstraße gibt's noch eine Überwachungskamera, aber von der wurde sie nicht erfasst, und keiner der Ladenbesitzer erinnert sich, sie gesehen zu haben.«

»Also wurde sie gleich von hier aus mitgenommen.«

»Vielleicht.«

»Oder ist sie einfach übers freie Feld gelaufen?«

»Sie war ein Mädchen aus der Stadt, John. Warum hätte sie das machen sollen?«

Rebus hatte nicht mehr zu bieten als ein Schulterzucken. Clarke sah auf die Uhr. »Ist jetzt schon eine halbe Stunde nach ihrem Aufbruch. Sie kann durch die Stadt gegangen sein, ohne von jemandem gesehen zu werden. Vielleicht hat sie den Daumen erst am Ortsausgang rausgestreckt.« Sie ließ den Motor an und legte einen Gang ein. Als sie von der Tankstelle fuhren, winkte der Geschäftsmann Rebus zu.

»Der verkauft Lösungen«, klärte er Clarke auf.

»Dann sollte er uns unterstützen …«

Als sie Pitlochry erneut durchquert hatten, gab es eigentlich keine andere Möglichkeit, als wieder auf die A9 zu fahren. Sie hatten die Wahl: Richtung Süden nach Perth oder Richtung Norden nach Inverness. Clarke zögerte.

»Fahr noch ein paar Meilen weiter«, meinte Rebus. »Die Landschaft verändert sich; vielleicht wird sie der auf dem Foto ähnlicher.«

»Wir fahren aber nicht bis Aviemore, das sage ich dir.«

»Aus dem Skifahreralter bin ich raus.«

»Meinst du nicht, damit könntest du Nina Hazlitt beeindrucken?«

»Was? Mit Skifahren?«

»Wenn du ihr erzählst, dass du im Zuge deiner Ermittlungen in Aviemore warst.«

»Alles zu seiner Zeit.«

»Aber zwölf Jahre später? Glaubst du im Ernst, dass es da noch was zu finden gibt?«

»Nein«, musste Rebus einräumen und legte wieder die Kate-Bush-CD ein. Anscheinend sang sie über ihre Liebe zu einem Schneemann.

10

Kaum waren sie wieder auf der A9, wurde die Fahrbahn wegen einer Baustelle einspurig, und der Verkehr bewegte sich nur noch im Schneckentempo voran. Eine Absperrung trennte die Fahrbahn vom Gegenverkehr, so dass es keine Möglichkeit zum Wenden gab.

»Wir stecken fest«, meinte Clarke.

»Umfassende Belagsarbeiten«, las Rebus von einem der Schilder ab. »In den kommenden vier Wochen ist mit Verkehrsbehinderungen zu rechnen.«

»So wie's aussieht, sind wir in vier Wochen immer noch hier.«

»Dann lass uns die gemeinsame Zeit genießen.«

Sie schnaubte. »Immerhin wird tatsächlich gearbeitet.«

Das stimmte. Auf der abgesperrten Fahrbahn trugen Männer in gelben Schutzwesten Werkzeuge hin und her oder fuhren Bagger. Die Warnleuchten an den verschiedenen Fahrzeugen ließen den Himmel in einem orangefarbenen Licht erscheinen. Die Geschwindigkeitsbegrenzung betrug 40 Stundenkilometer.

»30 wäre jetzt Luxus«, meckerte Clarke. »Laut Tacho fahren wir 15.«

»In der Ruhe liegt die Kraft«, konstatierte Rebus.

»Das war schon immer dein Motto, was?« Sie rang sich ein schmales Lächeln ab. Rebus betrachtete die Arbeiter.

»Fahr doch mal ran«, schlug er vor.

»Was?«

»Wenn sie von hier getrampt ist, dann können die das unmöglich übersehen haben.«

Eine Reihe Leitkegel trennte die innere und die äußere Spur, aber sie waren in großen Abständen aufgestellt, so dass sich der Audi problemlos hindurchlenken ließ. Clarke zog die Handbremse.

»Nicht die schlechteste Idee, was?«, sagte Rebus.

Als sie ausstiegen, kam ein Mann auf sie zu. Clarke hatte ihren Dienstausweis schon zur Hand. Der Mann erstarrte.

»Was ist passiert?«

Er war Mitte fünfzig, graue Locken lugten unter seinem Schutzhelm hervor. Rebus hatte den Eindruck, dass er unter der Weste und der orange leuchtenden Arbeitshose noch mehrere Schichten Kleidung trug.

»Haben Sie von dem verschwundenen Mädchen gehört?«, fragte Clarke.

Der Mann sah von Clarke zu Rebus und wieder zurück, dann nickte er.

»Ich habe Ihren Namen nicht verstanden«, setzte Rebus hinzu.

»Bill Soames.«

»Sind Sie hier der Schichtleiter, Mr Soames?« Rebus nickte über Soames' Schulter in Richtung der Arbeiter. Diese hatten inzwischen ihre Tätigkeiten unterbrochen.

»Wahrscheinlich haben sie Angst, Sie könnten vom Finanzamt oder von der Einwanderungsbehörde sein«, erklärte Soames.

»Wäre das ein Problem?«, fragte Clarke.

»Definitiv nicht«, versicherte Soames und hielt ihrem Blick stand. Dann machte er eine halbe Drehung und gab den Männern ein Zeichen weiterzuarbeiten. »Am besten unterhalten wir uns im Büro.«

Er führte sie an dem Audi vorbei und an der von ihrem

Belag befreiten Fahrbahn entlang, am Rand lagen aufgehäufte Asphaltbrocken. Provisorische, mit Dieselgeneratoren betriebene Lampen trugen das Ihre zum Lärm und Gestank bei.

»Arbeiten Sie auch nachts?«, fragte Clarke.

»Zwölf-Stunden-Schichten«, bestätigte Soames. »Die Leute von der Nachtschicht finden Sie da drin.« Er zeigte auf den Wohncontainer, an dem sie gerade vorbeigingen. »Sechs Betten, eine Dusche und eine Küche, die man besser nicht betritt.« Außerdem standen dort drei Dixiklos sowie ein weiterer Wohncontainer, dessen Fenster mit Schutzgittern versehen waren. Soames öffnete die Tür und bat sie herein. Er schaltete das Licht und einen elektrischen Heizofen an. »Ich könnte auch schnell einen Tee machen …«

»Danke, aber es wird nicht lange dauern.« Auf dem einzigen Tisch im Raum lagen Pläne für die Straßenarbeiten. Soames rollte sie auf, um Platz zu schaffen.

»Setzen Sie sich«, bat er.

»Dann stammen die Arbeiter also aus Polen?«, sagte Rebus. Soames sah ihn fragend an, und Rebus nickte in Richtung des Wörterbuchs auf dem Tisch. Englisch-Polnisch/Polnisch-Englisch.

»Nicht alle«, erwiderte Soames. »Aber einige. Mit ihrem Englisch ist es oft nicht weit her.«

»Was heißt Asphalt auf Polnisch?«

Soames lächelte. »Stefan ist der Vorarbeiter. Sein Englisch ist besser als meins.«

»Schlafen die Arbeiter auf der Baustelle?«

»Wäre sonst ein weiter Heimweg jeden Tag.«

»Und gekocht wird auch hier? Im Prinzip wohnen sie also auf der Straße?«

Soames nickte. »So ist es.«

»Was ist mit Ihnen, Mr Soames?«, fragte Clarke.

»Ich wohne in der Nähe von Dundee. Meistens schaffe ich es trotz der Schufterei abends nach Hause.«

»Gibt es auch einen Leiter der Nachtschicht?«

Soames nickte und sah auf die Uhr. »Er wird in anderthalb Stunden hier sein. Mir wäre lieber, er würde mich nicht beim Plaudern erwischen.«

»Botschaft angekommen«, sagte Clarke, ohne dass es nach einer Entschuldigung klang. »Sie haben also von Annette McKie gehört?«

»Natürlich.«

»Hat schon jemand mit Ihnen gesprochen?«

»Von der Polizei, meinen Sie?« Soames schüttelte den Kopf. »Sie sind die Ersten.«

»Wahrscheinlich ist sie von Pitlochry Richtung Norden getrampt. Sie muss also hier vorbeigekommen sein.«

»Wäre sie zu Fuß gegangen, wäre das jemandem aufgefallen.«

»Das haben wir auch gedacht.«

»Ist es aber nicht. Ich habe die Männer gefragt.«

»Alle?«

»Alle«, bestätigte Soames. »Zu der Zeit, als das Mädchen in der Gegend war, war die Tagschicht dran.«

»Aber der Wohncontainer der Nachtschichtleute hat Fenster«, gab Rebus zu bedenken. »Haben Sie die betreffenden Männer auch gefragt?«

»Nein«, gestand Soames. »Kann ich aber machen. Geben Sie mir eine Nummer, dann melde ich mich bei Ihnen.«

»Wäre einfacher, wenn Sie jetzt sofort fragen würden.«

»Aber manche schlafen vielleicht noch.«

»Wecken Sie sie.« Rebus hielt inne. »Bitte.«

Soames dachte einen Augenblick nach, bevor er eine Entscheidung traf. Er presste die Handinnenflächen auf die Tischplatte und stand auf.

»Und während wir warten«, setzte Rebus hinzu, »könnten wir vielleicht kurz mit Stefan sprechen …«

Als Soames die Tür zumachte, rutschte Clarke näher an den Heizofen heran, um sich die Hände zu wärmen.

»Kannst du dir das vorstellen? Rund um die Uhr bei Wind und Wetter zu arbeiten?«

Rebus durchschritt den Raum, musterte die an einer Pinnwand aushängenden Gesundheits- und Sicherheitsvorschriften sowie Briefe und Formulare, die sich neben dem Wörterbuch stapelten. Ein Ladegerät lag ebenfalls dort, aber kein Handy. Ein Kalender zeigte das Foto eines blonden Models auf einem knallroten Motorrad.

»Ist halt ein Job«, meinte er. »Heutzutage ist das eine Menge wert.«

»Also, was denkst du?«

»Sie kann auf keinen Fall hier vorbeigekommen sein, ohne gesehen zu werden.«

Clarke nickte. »Vielleicht hat sie einen Umweg über die Felder gemacht.«

»Warum hätte sie das tun sollen?«

»Um keine Pfiffe zu provozieren.« Sie sah ihn an. »Das kommt immer noch vor.«

»Du musst es ja wissen.«

»Allerdings, ja.« Sie sah sich um. »Was meinst du, was die hier in ihrer Freizeit machen?«

»Trinken, Karten spielen, Pornos gucken.«

»Du musst es ja wissen«, äffte sie ihn nach, als die Metalltür stockend aufging. Dort stand ein Mann Anfang vierzig mit verschleiertem Blick und grau melierten Siebentagebart. Sein Blick traf den von Rebus.

»Hi, Stefan«, sagte Rebus. »Ich hoffe doch, du bist sauber geblieben?«

Stefan Skiladz hatte über die Hälfte seines Lebens in Schottland verbracht, drei Jahre davon im Gefängnis, verurteilt wegen schwerer Körperverletzung nach einem Saufgelage in der Wohnung eines Freundes in Tollcross. Rebus hatte damals vor Gericht gegen ihn ausgesagt, und obwohl Blut auf Skiladz' Kleidung und seine Fingerabdrücke auf einem Küchenmesser gefunden worden waren, hatte Skiladz auf nicht schuldig plädiert.

Sie saßen zu dritt am Tisch, während Rebus all dies ausführte. Kaum war er fertig, brach Skiladz das Schweigen mit einer Frage:

»Worum zum Teufel geht es hier eigentlich?«

Clarke schob ihm das Foto von Annette McKie zu.

»Sie wird vermisst. Wurde zuletzt in Pitlochry gesehen, von wo aus sie Richtung Norden weitertrampen wollte.«

»Und?« Skiladz nahm das Foto, sein Gesicht verriet keinerlei Emotion.

»Ihr fahrt doch bestimmt öfter nach Pitlochry rein«, erwiderte Rebus. »Tabak und Wodka besorgen.«

»Kommt vor.«

»Vielleicht hatte jemand Mitleid mit ihr.«

»Und hat sie hier abgesetzt? Dann hätte sie besser warten sollen, bis einer kommt, der sie ein Stück weiter mitnimmt.« Skiladz blickte von dem Foto auf. »Oder etwa nicht?«

»Wahrscheinlich schon.«

»Würden Sie das Foto bitte behalten und rumzeigen?«, fragte Clarke.

»Sicher.« Er warf einen weiteren Blick darauf. »Hübsches Mädchen. Ich habe eine Tochter, die sieht ihr ein bisschen ähnlich.«

»Hat Ihnen das geholfen, von der schiefen Bahn runterzukommen?«

Skiladz starrte Rebus an. »Ich hab aufgehört zu saufen.

Und meine fünf Sinne wieder beisammen.« Er tippte sich mit einem geschwärzten Finger an die Stirn. »Und ich lasse mich in keinen Streit mehr reinziehen.«

Rebus dachte einen Augenblick nach. »Hatte einer der anderen hier schon mal Ärger?«

»Mit dem Gesetz, meinen Sie? Warum sollte ich Ihnen das verraten?«

»Weil wir dann vielleicht nicht noch mal mit den Kollegen von der Einwanderungsbehörde oder vom Finanzamt herkommen müssten. Und während wir noch dabei wären, die Papiere und Vorstrafen eines jedes Einzelnen zu überprüfen, käme Ihr Name bereits in den Nachrichten …«

Skiladz' Blick bohrte sich in Rebus. »Sie waren schon damals ein Arschloch. Bloß noch nicht so alt und so fett.«

»Dem kann ich kaum widersprechen.«

»Also, wie lautet Ihre Antwort?«, setzte Clarke hinzu.

Skiladz drehte sich zu ihr. »Der ein oder andere«, sagte er.

»Der ein oder andere was?«

»Hatte in der Vergangenheit schon mal Probleme.«

Sie stand auf und fand einen Block liniertes Papier, den sie ihm hinlegte, wobei sie darauf achtete, das Foto nicht zu verdecken.

»Schreiben Sie die Namen auf«, sagte sie.

»Das ist doch bescheuert.«

Sie hielt ihm den Stift hin, bis er ihn nahm. Als sie ihm eine Minute später den Block wegzog, standen dort drei Namen.

»Tagschicht?«, fragte sie.

»Nur der erste.«

»Thomas Robertson«, las sie laut. »Klingt nicht polnisch.«

»Der ist Schotte.«

Die Tür ging wieder auf. Bill Soames stand dort. Er sah zu, wie Clarke das Blatt aus dem Block riss, zusammenfaltete und in ihre Tasche steckte.

»Nichts«, sagte er und schloss die Tür. »Niemand hat sie gesehen.« Dann legte er eine Hand auf Skiladz' Schulter: »Alles klar, Stefan?«

»Kann ich jetzt gehen?«, fragte Skiladz Rebus.

»Das müssen Sie den Inspector fragen, nicht mich.« Rebus zeigte auf Clarke. Sie nickte Skiladz zu, und er stand auf.

»Was war denn los?«, fragte Soames.

Rebus wartete, bis Skiladz draußen war. »Mr Skiladz war uns bei unseren Ermittlungen behilflich«, erklärte er Soames. »Die einen weiteren Besuch erforderlich machen.« Er erhob sich und streckte Soames die Hand hin.

Soames sah aus, als hätte er noch Fragen, aber Rebus öffnete bereits die Tür. Clarke schüttelte Soames die Hand und stellte ihm ihrerseits eine letzte Frage.

»Wie weit müssen wir noch fahren, bis wir wieder nach Süden umdrehen können?«

»Etwas über eine halbe Meile, wenn Sie vor einem U-Turn in einer gefährlichen Kurve nicht zurückschrecken.«

»Ganz im Gegenteil.« Clarke lächelte ihn an und folgte Rebus.

Wieder im Wagen fragte sie ihn nach seiner Einschätzung.

»Wir können nicht einfach da reinplatzen und Leute vernehmen«, erwiderte er. »Die von der Tayside Constabulary müssen wenigstens davon in Kenntnis gesetzt werden.«

»Einverstanden.«

»Also sprichst du morgen Vormittag mit Tayside und fährst später noch mal her. Dann ist das Ganze astrein.«

»Du willst nicht mit?«

Rebus schüttelte den Kopf. »Ich bin nur die Aushilfskraft.«

»Bislang warst du dein Geld wert.«

»Vielleicht musst du das Mr. Communication Breakdown auch mal sagen.«

Clarke lächelte. »Was ist mit Stefan Skiladz?«

»Vielleicht sollte man den mal genauer überprüfen, aber ich bezweifle, dass was Konkretes dabei rauskommt.«

Sie nickte und ließ den Wagen an. »Möglich, dass ich dich auf ein Getränk einladen muss, wenn wir wieder in Edinburgh sind.«

»Wie kommst du darauf, dass ich noch nichts vorhabe?«

»Bist nicht der Typ dafür«, gab sie zurück und blinkte in der Hoffnung, dass sich irgendwann doch einmal eine Lücke in dem scheinbar endlosen Konvoi aus Lastern auftun würde.

11

Rebus ließ sich schließlich auf zwei Bier einladen. Danach brachte er sie wieder zum Wagen, schlug aber das Angebot, nach Hause gefahren zu werden, aus.

»Liegt doch überhaupt nicht auf deiner Strecke«, erklärte er.

»Also nimmst du entweder ein Taxi oder säufst weiter.«

»Trainierst du jetzt wieder dein detektivisches Gespür?«

»Heute lief's doch ausgezeichnet. Aber wenn du morgen wieder am Gayfield Square das Bier vom Vorabend ausschwitzt…«

»Verstanden.« Er salutierte scherzhaft, sah dann dem Audi nach, der langsam außer Sichtweite fuhr. In der Stadt war wenig los, mehr als genug Taxis konkurrierten um das kaum vorhandene Geschäft. Rebus hob die Hand und wartete. Zwanzig Minuten später schon bezahlte er den Fahrer, legte ein Pfund Trinkgeld drauf und stieg vor einem Pub namens The Gimlet aus. Es lag neben einem stark befahrenen Kreisverkehr an der Calder Road, eine der Hauptverkehrsadern von Westen in die Stadt hinein. Die Gegend war gemischt bebaut – Autohäuser, kleinere Industriegebäude; daneben aber auch zweistöckige Reihenhäuser mit der üblichen Phalanx an in den Himmel ragenden Satellitenschüsseln.

Das Gimlet gab es schon seit den sechziger Jahren. Es befand sich in einem gedrungenen, kastenförmigen Gebäude, davor stand eine Klapptafel, die für Quiz- und Karaokeabende sowie günstiges Ganztagsfrühstück warb. Rebus war seit Jahren nicht mehr hier gewesen. Er fragte sich, ob der Laden immer noch als Basar für Ladendiebe und Einbrecher fungierte.

»Es gibt nur eine Möglichkeit, das festzustellen«, sagte er sich.

Musik dröhnte aus den Boxen, eine elegante Blondine verlas im Fernsehen die Sportnachrichten. Ein halbes Dutzend missmutige Säufer musterten Rebus, als dieser zum Zapfhahn ging. Er sah sich an, welche Biere es dort gab, dann warf er einen Blick in den Kühlschrank mit der Glastür.

»Eine Flasche India Pale Ale«, entschied er. Die Barfrau war jung, hatte tätowierte Arme und eine ganze Reihe Piercings im Gesicht. Rebus nahm an, dass sie die Musik ausgesucht hatte, egal ob sie den Gästen gefiel oder nicht. Während sie sein Bier einschenkte, fragte er, ob Frank später noch käme.

»Welcher Frank?«

»Hammell – das ist doch noch sein Laden oder nicht?«

»Keine Ahnung.« Sie warf die leere Flasche mit mehr Kraft als unbedingt nötig in einen Eimer. Rebus gab ihr einen Zwanzigpfundschein, den sie mit einem Schwarzlichtscanner prüfte, bevor sie die Kasse öffnete.

»Was ist mit Darryl?«, versuchte es Rebus erneut.

»Sind Sie von der Zeitung?« Sie legte das Wechselgeld auf den Tresen, anstatt es ihm in die Hand zu geben. Es bestand aus ein paar Münzen sowie drei der zerknittertsten Fünfpfundscheine, die Rebus seit Langem untergekommen waren.

»Raten Sie noch mal«, sagte er.

»Das ist ein Bulle«, rief einer der Säufer. Rebus drehte sich zu dem Mann um. Er war Mitte sechzig und hatte ein Glas dunklen Rum vor sich, außerdem drei leere Gläser.

»Kennen wir uns?«, fragte Rebus.

Der Mann schüttelte den Kopf. »Hab aber recht.«

Rebus nahm einen Schluck Bier. Es war kalt und ein bisschen schal. Die Tür zu seiner Linken ging klappernd auf. Ein Schild verwies auf den »Biergarten« ebenso wie auf die Toiletten. Der Mann, der hereinkam, hustete, während er sein Päckchen Zigaretten in die Tasche steckte. Er war gut eins fünfundachtzig groß, kahl rasiert und trug einen schwarzen dreiviertellangen Mantel zu dunkler Hose und Polohemd. Eigentlich einleuchtend, dass es im Gimlet einen Aufpasser gab. Rebus war nur zufällig gerade in dessen Pause eingetroffen, das war alles. Der Mann starrte ihn durchdringend an, er wusste, dass Rebus ein Fremder war, und erfasste sofort die Stimmung im Raum.

»Problem?«, fragte er.

»Bulle«, sagte die Barfrau.

Der Türsteher blieb einen halben Meter vor Rebus stehen und musterte ihn von oben bis unten.

»Zu alt«, befand er.

»Danke für das Vertrauen. Ich hatte gehofft, mit Frank oder Darryl sprechen zu dürfen.«

»Geht es um Annette?«, fragte einer der Säufer. Der Türsteher verwarnte ihn mit einem Blick und wandte sich dann wieder Rebus zu.

»Dafür gibt es offizielle Wege«, sagte er, »die Sie bewusst umgangen haben.«

»Mir war nicht klar, dass ich Franks Rechtsbeistand vor mir habe.« Rebus nahm noch einen Schluck Bier, stellte sein Glas ab und griff in die Tasche nach seinen Zigaretten. Ohne weitere Worte ging er zur Tür und ließ sie hinter sich zuschwingen. Wie vermutet war der »Biergarten« ein rechteckiger, von Unkraut überwucherter Flecken aus rissigem Beton. Keine Tische oder Stühle, nur leere Alufässer und Bierkästen.

Auf den Mauern reichlich Stacheldraht, daran verirrte Plastikfetzen. Rebus zündete seine Zigarette an und ging im Kreis. Weiter weg stand ein Hochhaus, ein Pärchen auf einem Balkon lieferte sich ein Schreiduell. Die Autofahrer im Kreisverkehr bekamen davon nichts mit. Es war nur eine weitere kleine Szene in einer Welt, die voll davon war. Rebus fragte sich, ob sich die Tür hinter ihm wohl öffnen ließ und was sich dahinter verbarg. Er blickte auf die Uhr und auf sein Handydisplay, vertrieb sich so die Zeit. Als von der Zigarette nur noch der Filter übrig war, schnippte er ihn auf den Boden, wo er sich zu Dutzenden anderen gesellte. Dann öffnete Rebus die Tür und ging wieder hinein.

Der Golem war nicht in Sicht. Vermutlich war er zurück auf seinem Posten. Die Barfrau aß eine Tüte Chips. Rebus sah, dass sein Bier nicht mehr dort war, wo er es hingestellt hatte.

»Ich dachte, Sie wären fertig«, erklärte sie ihm genüsslich.

»Darf ich Sie auf ein Getränk einladen?«, fragte er.

Es gelang ihr nicht, ihr Erstaunen zu verbergen, aber schließlich schüttelte sie den Kopf.

»Schade«, sagte Rebus und nickte in Richtung ihrer Piercings. »Ich hätte gerne gewusst, ob was ausläuft, wenn Sie trinken …«

Draußen war der Türsteher dabei, in sein Handy zu sprechen. »Er ist hier«, sagte er, als er Rebus entdeckte. Dann reichte er ihm das Handy.

»Hallo?«

»Donny ist nicht davon überzeugt, dass Sie wirklich Bulle sind.«

»Offiziell bin ich das auch nicht. Ich verstärke nur vorübergehend das Team, das im Fall von Annettes Verschwinden ermittelt.«

»Können Sie sich ausweisen?«

»Sprechen Sie mit DI Clarke. Entweder mit ihr oder mit DCI Page. Mit wem habe ich übrigens das Vergnügen?«

»Darryl Christie.«

Rebus erinnerte sich an den jungen Mann auf der Pressekonferenz: stachlige Haare, bleiches Gesicht. »Das mit Ihrer Schwester tut mir leid, Darryl.«

»Danke. Wie heißen Sie?«

»Rebus. Ich war beim CID und bearbeite jetzt alte ungeklärte Fälle.«

»Wieso wurden Sie hinzugezogen?«

»Das müssen Sie Page und seine Leute fragen.« Rebus zögerte. »Sie klingen nicht gerade begeistert.«

»Ich wär's, wenn Page ebenso viel Zeit auf die Arbeit verwenden würde wie auf die Pflege seiner Haut.«

»Wahrscheinlich bin ich gut beraten, nichts dazu zu sagen.«

Darryl Christie gab eine Art Prusten von sich. Er klang nicht wie ein Achtzehnjähriger. Oder besser gesagt, er klang wie ein Achtzehnjähriger mit viel Selbstvertrauen, der zu schnell hatte erwachsen werden müssen.

»Teilt Frank Hammell Ihre Bedenken bezüglich der Ermittlungen?«, erkundigte sich Rebus.

»Was geht Sie das an?«

»Ich halte ihn für einen Mann, der den Dingen auf seine ganz eigene Art auf den Grund zu gehen versteht.«

»Und?«

»Und ich denke, er sollte uns mitteilen, wenn er etwas herausfindet. Ansonsten könnte sich das später vor Gericht negativ auswirken.« Rebus hielt erneut inne. »Wahrscheinlich wird Mr Hammell glauben, dass eine ordentliche Verhandlung gar nicht nötig sein wird, jedenfalls nicht, wenn er gleichzeitig als Richter und Geschworener fungieren kann.«

Rebus wartete darauf, dass Darryl Christie etwas sagte. Er hatte dem Türsteher Donny den Rücken zugekehrt und ging mit dem geliehenen Handy auf den Kreisverkehr zu, beobachtete den vorüberziehenden Verkehr. Schließlich sprach er in die Stille hinein.

»Frank Hammell ist ein Mann mit Feinden, Darryl. Das wissen Sie so gut wie ich. Denkt er vielleicht, dass sich einer davon Annette geschnappt hat?« Weiterhin Stille.

»Verstehen Sie, mein Gefühl sagt mir, dass das eine falsche Fährte ist, und ich möchte nicht, dass Sie und Ihre Mutter ihm dahingehend folgen.«

»Wenn Sie was wissen, spucken Sie's aus.«

»Vielleicht sollte ich zuerst mit ihm sprechen …«

»Das wird nicht möglich sein.«

»Darf ich Ihnen meine Nummer geben, nur für alle Fälle?« Wieder war Schweigen in der Leitung, bis Darryl Christie Rebus bat loszulegen. Er gab ihm seine Handynummer und buchstabierte seinen Namen. »Frank hat möglicherweise schon von mir gehört.«

Christie ließ sich mit der Formulierung der nächsten Frage einen Augenblick Zeit. Rebus beobachtete die vorüberziehenden Scheinwerfer und wartete.

»Werden Sie meine Schwester finden?«

»Wir tun unser Möglichstes, mehr kann ich Ihnen nicht versprechen.«

»Nehmen Sie's ihr bloß nicht übel.«

»Wem soll ich was nicht übel nehmen?«

»Unserer Mutter, dass sie mit Frank Hammell zusammen ist.«

»So läuft das nicht, Darryl.«

»Dann zeigen Sie mir, wie's läuft. Fangen Sie endlich an.«

Die Verbindung war unterbrochen. Rebus zündete sich eine weitere Zigarette an, während er das Gespräch in Gedanken noch einmal durchging. Der Junge war knallhart, und er hatte was in der Birne. Er machte sich große Sorgen um seine Schwester. Rebus drückte ein paar Tasten, bis ihm das Display die Nummer des letzten Anrufs anzeigte. Er nahm sein eigenes Handy und gab die Ziffern ein, speicherte den Kontakt unter dem Namen Darryl. Als die Zigarette geraucht war, ging er wieder ins Gimlet und gab Donny Doorman sein Handy zurück.

»Das hat aber gedauert.«

Rebus schüttelte den Kopf. »Das mit deinem Chef ging ganz schnell. Aber danach hab ich noch eine von diesen erstklassigen Chat-Lines angerufen. Viel Spaß mit der nächsten Rechnung…«

Teil zwei

I see the dead men shuffling in their bones
Young girls laughing on their mobile phones …

12

Was hatte Cafferty nur an sich?

Selbst am helllichten Vormittag in einem vollen Imbiss hielten die Gäste Abstand zu ihm. Rebus hatte einen Tisch in einer Ecke gefunden. Der daneben blieb, einmal frei geworden, unbesetzt. Manche gingen darauf zu, sahen dann aber die schwergewichtige Gestalt in der schwarzen Lederjacke und überlegten es sich anders.

»Den Tag muss ich mir im Kalender anstreichen«, hatte Cafferty gesagt. »*Du* willst dich mit *mir* treffen.« Daraufhin hatte er einen abgestandenen Kaffee mit Milch vernichtet und einen zweiten verlangt, wobei er herummaulte, die Becher würden wohl aus einer Puppenstube stammen.

Er kippte gerade Zucker in seinen zweiten Kaffee, als ihn Rebus nach Frank Hammell fragte.

»Hammell? Dem brennt schneller die Sicherung durch, als mir lieb ist. Kapiert einfach nicht, dass seine Taten Folgen haben.«

»Hilf mir auf die Sprünge… Hat er mal für dich gearbeitet?«

»Früher.« Caffertys Handy, das auf dem Tisch lag, fing an zu vibrieren. Er sah nach, wer anrief, ging aber nicht dran. »Geht's um das vermisste Mädchen?«

Rebus nickte.

»Ich hab Hammell im Fernsehen gesehen«, fuhr Cafferty fort. »Ganz schöne Belohnung, die er da ausgesetzt hat.«

»Warum, glaubst du, hat er das gemacht?«

Cafferty dachte nach. Er wusste, worauf Rebus hinauswollte: Ein Mann wie Hammell kam an Informationen ran, ohne dafür zahlen zu müssen. »Er liebt sie«, erwiderte er schließlich. »Die Mutter, meine ich. Das ist seine Art, ihr's zu zeigen. Du weißt, dass er ihren Ehemann brutal eingeschüchtert hat?«

Rebus schüttelte den Kopf.

»Deshalb hat sich der arme Kerl nach Neuseeland verpisst.«

»Australien, hab ich gehört.«

»Kommt aufs selbe raus – andere Seite der Erdkugel. Das ist der Mindestabstand, den er zu Frank Hammell halten will.«

»Was ist mit dem Bruder des vermissten Mädchens?«

Cafferty dachte einen Augenblick nach. »Klär mich auf.«

»Sein Name ist Darryl Christie – er hat den Nachnamen seines Vaters behalten. Hat auf der Pressekonferenz gesprochen. Und managt mindestens eine von Hammells Bars.«

»Das wusste ich nicht.« Rebus konnte sehen, dass Cafferty die Information abspeicherte.

»Scheint ein aufgeweckter Junge zu sein.«

»Dann soll er sich da so schnell wie möglich rausziehen.«

»Wie viele Läden gehören Hammell denn?«

Caffertys Mundwinkel zuckten. »Schwer zu sagen, das weiß nicht mal ich. Ein halbes Dutzend Pubs und Clubs, denke ich. Aber natürlich hat er in viel mehr die Finger drin. Der trifft sich auch mit Leuten in Glasgow und Aberdeen.«

Was bedeutete, er traf sich dort mit Männern wie Cafferty.

Rebus beobachtete, wie Cafferty seinen Kaffee umrührte. »Klingt, als würde dich das immer noch interessieren«, meinte er.

»Nennen wir's ein Hobby.«

»Manche Hobbys entpuppen sich als sehr zeitintensiv.«

»Irgendwas muss man als Rentner ja machen. Das war dein Fehler. Du hattest den ganzen Tag nichts zu tun, also bist du wieder eingestiegen.«

Cafferty schöpfte ein bisschen Milchschaum von seinem Kaffee ab und löffelte ihn sich in den Mund.

»Hast du eine Ahnung, wer was gegen Hammell haben könnte?«

»Anwesende ausgenommen?«, grinste Cafferty. »Unzählige, würde ich schätzen, aber ich glaube nicht, dass die ein Mädchen mit reinziehen würden.«

»Was, wenn doch?«

»Dann würden sie's Hammell wissen lassen, und er würde hochgehen. Wenn das passiert, dürft ihr's euch nicht entgehen lassen.«

»Sollen wir ihn observieren?«

»Sowieso. Kann mich erinnern, dass ihr in grauer Vorzeit auch die ein oder andere Beschattungsaktion gegen mich laufen hattet.«

»Und wir haben dich in flagranti erwischt.«

Cafferty zuckte wieder mit den Mundwinkeln. »Lass uns das lieber nicht vertiefen.«

»Na ja, ich glaube, das müssen wir, wenn auch nur kurz.«

Cafferty sah ihn an. »Und wieso?«

»Weil mich die von der Inneren auf dem Kieker haben.«

»Hm.«

»Zum Beispiel wissen die, dass wir ein paarmal zusammen weg waren.«

»Das muss ihnen jemand gesteckt haben.«

»Das warst doch nicht du, oder?« Caffertys Gesicht blieb ungerührt.

»Weißt du, es würde mir sogar einleuchten«, fuhr Rebus fort. Er hatte die Hände um seinen Kaffeebecher gelegt, aber seitdem er sich hingesetzt hatte, hatte er noch keinen einzigen Schluck genommen. »Eigentlich kann ich mir kaum eine bessere Möglichkeit vorstellen, um mich in die Scheiße zu reiten. Du gehst immer mal wieder auf ein paar Getränke und einen Plausch mit mir aus, damit alle denken, wir sind die dicksten Freunde …«

»Jetzt bin ich aber beleidigt.«

»Jedenfalls hat jemand mit denen geredet.«

»Ich nicht.« Cafferty schüttelte langsam den Kopf und legte seinen Löffel auf den Tisch. Wieder vibrierte sein Handy.

»Bist du sicher, dass du da nicht rangehen willst?«, fragte Rebus.

»Ich kann nichts dafür, dass ich so populär bin.«

»Das Wort solltest du vielleicht erst mal im Wörterbuch nachschlagen.«

»Was ich mir von dir alles bieten lassen muss …« Caffertys Augen waren plötzlich dunkle Tunnel, die an noch dunklere Orte führten.

»Na bitte«, sagte Rebus und lächelte gequält. »Ich wusste doch, dass du irgendwo da drin lauerst und nur darauf wartest, endlich rauskommen zu dürfen.«

»Mir langt's«, sagte Cafferty, stand auf und schnappte sich sein Handy. »Du solltest lieber nett zu mir sein, Rebus. Manchmal denke ich, ich bin der einzige Freund, der dir geblieben ist.«

»Wir waren nie Freunde und werden nie welche sein.«

»Bist du da sicher?« Statt auf eine Antwort zu warten, bahnte sich Cafferty einen Weg zwischen den Tischen hindurch, was für einen so großen und dicken Mann gar nicht so einfach war. Rebus lehnte sich zurück und betrachtete die anderen Gäste. Er wünschte, die von der Inneren hätten sie beobachtet und ihnen zugehört, wenigstens dieses Mal; vielleicht wären sie dann beruhigt.

13

»Habt ihr mich vermisst?«, fragte Rebus, als er in das Büro der SCRU spazierte.

»Warst du weg? Ist mir gar nicht aufgefallen.« Peter Bliss hievte Akten und Ordner aus einer großen Plastikkiste. Ein paar Blätter fielen herunter, glitten über den Boden. Elaine Robison half, sie aufzulesen.

»Wie läuft's am Gayfield Square?«, fragte sie.

»Der Kaffee ist nicht annähernd so gut wie unserer.«

»Ich meinte den Fall.«

Rebus zuckte mit den Schultern. »Ich bin nicht sicher, ob alle davon überzeugt sind, dass es eine Verbindung zu den anderen Vermisstenfällen gibt.«

»Dass die Sache schwierig werden würde, war dir doch von vornherein klar, John.«

»Anscheinend hab ich aber heute Glück – kein Cowan in Sicht.«

»Er ist bei irgendeiner Besprechung«, erklärte Bliss und setzte sich an seinen Schreibtisch. »Bettelt um seine Versetzung.«

»In die CCU«, ergänzte Robison und stemmte die Hände in die Hüften. »Anscheinend ist da in der Chefetage was frei.«

»Ich hatte den Eindruck, unser lieber Teamleiter hasst ungeklärte Kriminalfälle.«

»Aber Beförderungen mag er. Sie müssten ihn zum Detective Inspector machen.«

»Damit wäre er auf der Überholspur zum Detective Chief Inspector und noch höher«, sagte Bliss kopfschüttelnd.

»Na ja, die Garderobe dafür bringt er mit, wenn auch sonst nichts.« Rebus drehte sich um und wollte gehen.

»Bleibst du nicht noch auf eine Tasse von unserem berühmten Kaffee?«, fragte Robison.

»Termine, Termine«, redete sich Rebus heraus.

»Lass dich bald mal wieder blicken«, rief sie ihm nach, als er aus der Tür verschwand.

ETHIC AND STANDARDS stand an der Wand neben der Bürotür, aber alle nannten sie Complaints. Rebus probierte, ob offen war. Die Tür gab nicht nach. Kombinationsschloss. Er klopfte, presste sein Ohr an die Tür, klopfte erneut. Weiter hinten im Gang befand sich das Büro des Deputy Chief Constable und dahinter das des Chief Constable. Rebus war schon lange zu keiner Standpauke mehr herbestellt worden. Während seiner Jahre im Polizeidienst hatte er diese Bürohengste kommen und gehen sehen. Ständig hatten sie großartige neue Ideen, Verbesserungen, die sie unbedingt einführen wollten, als könnte man den Job durch Strategiemeetings und Gesprächsgruppen ändern – »Complaints and Conduct«, »Professional Standards«, »Ethics and Standards«. Rebus hatte mal einen Polizisten gekannt, der Ärger mit der Inneren bekam, weil sich einer seiner Nachbarn beschwert hatte, dass seine Hecke zu hoch sei. Das Verfahren hatte knapp ein Jahr gedauert, und danach hatte der Polizist keinen Bock mehr auf seinen Job gehabt.

Volltreffer für die von der Inneren.

Rebus gab auf und fuhr mit dem Fahrstuhl runter in die Cafeteria. Mit einer Flasche Irn Bru und einer Packung Karamellwaffeln ging er zu einem Tisch am Fenster. Von dort aus sah man auf den Sportplatz, wo manchmal Beamte in ihrer Freizeit Rugby spielten. Aber nicht jeden Tag. Der Stuhl machte einen Heidenlärm, als Rebus ihn unter dem Tisch hervorzog. Er setzte sich und erwiderte den starren Blick des Mannes, der ihm nun gegenübersaß.

»Malcolm Fox«, stellte er fest.

Fox leugnete es nicht. Er war zwanzig Jahre jünger als Rebus und an die zehn Kilo leichter. Ein bisschen weniger grau. Die meisten Polizisten sahen aus wie Polizisten, aber Fox hätte auch zum mittleren Management einer Kunststofffabrik gehören oder vom Finanzamt sein können.

»Hallo, Rebus«, sagte Fox. Vor ihm stand ein Teller mit nichts drauf außer einer Bananenschale. Das Glas daneben enthielt Leitungswasser aus der Karaffe an der Kasse.

»Ich dachte, wir sollten uns vielleicht mal kennenlernen.« Rebus nahm einen Schluck Irn Bru und unterdrückte ein Rülpsen.

»Ich weiß nicht, ob das so eine gute Idee ist.«

»Wir arbeiten im selben Gebäude: Gibt es einen Grund, weshalb wir nicht zusammen an einem Tisch sitzen sollten?«

»Jeden erdenklichen.« Fox klang keineswegs streitsüchtig, er sprach völlig emotionslos. Er besaß das gelassene Selbstvertrauen von jemandem, der weiß, dass er sich auf einer anderen Ebene befindet als die Leute in seinem Umfeld.

»Weil Sie Beweise gegen mich sammeln?«

»Die Polizei ist heute eine andere als die, die Sie kennen. Die Methoden haben sich geändert und auch die Einstellungen.« Fox machte eine Pause. »Glauben Sie wirklich, dass Sie da noch reinpassen?«

»Wollen Sie mir sagen, ich soll meine Bewerbung zurückziehen?«

»Das ist allein Ihre Entscheidung.«

»Wer hat Ihnen von mir und Cafferty erzählt?«

Fox' Gesichtsausdruck veränderte sich, und Rebus merkte, dass er einen Fehler begangen hatte. Der Mann wusste, woher Rebus diese Information hatte: Siobhan Clarke. Das gab Minuspunkte.

»Fragen Sie sich mal Folgendes«, fuhr Rebus fort. »War's vielleicht Cafferty selbst? Über einen Mittelsmann? Nur um mir die Chancen zu versauen?«

»Am besten hätten Sie sich einfach von ihm ferngehalten.«

»Das lässt sich nur schwer abstreiten.«

»Warum haben Sie's nicht getan?«

»Vielleicht habe ich gehofft, dass ihm was rausrutscht – ich bearbeite ungeklärte Fälle, schon vergessen?«

»Und ist ihm was rausgerutscht?«

Rebus schüttelte den Kopf. »Bislang nicht. Aber bei den ganzen Leichen, die Caffertys Weg pflastern, besteht immer die Chance.«

Fox blickte nachdenklich, als er sein Wasser trank. Rebus packte die Karamellwaffel aus und biss hinein.

»Die Akte über Sie«, sagte Fox schließlich, »reicht bis in die Siebziger zurück. Um genau zu sein, wird die Bezeichnung ›Akte‹ dem nicht gerecht; das Ding nimmt eine ganze Regalbreite ein.«

»Ich wurde ein paarmal zum Direx zitiert«, räumte Rebus ein. »Aber nie der Schule verwiesen.«

»Ich frage mich, weshalb, Glück oder Gerissenheit?«

»Ich hatte immer gute Gründe für das, was ich getan habe – und ich konnte Ergebnisse vorweisen. Meine Vorgesetzten wussten das zu schätzen.«

»›Man sollte einem Rebellen stets Platz einräumen‹«, zitierte Fox. »Das hat ein ehemaliger Chief Constable über Sie geschrieben. ›Einem‹ war unterstrichen.«

»Ich konnte Ergebnisse vorweisen«, wiederholte Rebus.

»Und wie sieht's jetzt aus? Denken Sie, Sie können Fälle lösen, ohne dabei die Vorschriften zu missachten? Heutzutage ist kein Platz mehr für Rebellen.«

Rebus zuckte mit den Schultern. Fox musterte ihn einen Augenblick.

»Sie sind vorübergehend an den Gayfield Square versetzt«, sagte er. »Dadurch haben Sie wieder Kontakt zu DI Clarke.«

»Und?«

»Seit Ihrer Pensionierung hat sie erfolgreich einiges von dem wieder vergessen, was Sie ihr beigebracht haben. Sie wird Karriere machen.« Fox hielt inne. »Es sei denn ...«

»Wollen Sie sagen, ich sei ein schlechter Einfluss? Siobhan hat ihren eigenen Kopf. Daran wird sich nichts ändern, nur weil ich mich ein oder zwei Wochen lang in ihrer Nähe aufhalte.«

»Ich hoffe nicht. Aber damals hat sie Ihnen ein paarmal den Rücken freigehalten.«

»Ich habe keine Ahnung, wovon Sie reden.« Rebus setzte erneut die Flasche an.

Fox gelang es, sich ein Lächeln abzuringen, wobei er Rebus betrachtete wie ein skeptischer Arbeitgeber einen unterqualifizierten Stellenbewerber. »Wir sind uns schon einmal begegnet.«

»Wirklich?«

»Mehr oder weniger – wir haben an demselben Fall gearbeitet, als ich noch beim CID war.«

»Daran kann ich mich nicht erinnern.«

Fox zuckte mit den Schultern. »Das überrascht mich nicht – ich glaube, Sie waren bei keinem einzigen Briefing.«

»Wahrscheinlich hatte ich auch so genug zu tun.«

»Immer ein Pfefferminzbonbon auf der Zunge, damit man den Alkohol nicht riecht.«

Rebus sah ihn durchdringend an. »Hab ich Sie irgendwann mal nicht gegrüßt? Geht's darum? Habe ich Ihnen im Sandkasten die Süßigkeiten weggenommen, und jetzt wollen Sie sich rächen?«

»So kleinlich bin ich nicht.«

»Sind Sie sicher?«

»Ziemlich sicher.« Fox stand auf. »Noch was«, sagte er. »Sie wissen, dass eine ärztliche Untersuchung erforderlich ist? Wenn Sie sich tatsächlich bewerben sollten, meine ich.«

»Ich habe die Konstitution eines Ochsen«, behauptete Rebus und schlug sich mit einer Faust auf die Brust. Er blickte Fox hinterher, als dieser den Raum verließ, dann aß er seine Karamellwaffel auf und ging nach draußen in die Raucherecke.

14

Rebus hatte endlich die Akten an den Gayfield Square überführt. Er achtete darauf, dass Page sah, wie er sie Siobhan Clarke auf den Schreibtisch packte. Er musste dreimal gehen, der Saab parkte draußen, das POLIZEI IM EINSATZ-Schild gut sichtbar.

»Danke für die Hilfe«, sagte Rebus in den Raum hinein. Er schwitzte, weshalb er sein Jackett auszog und es über Clarkes Stuhl hängte. Eine Beamtin kam und erkundigte sich, was das für Kisten seien.

»Vermisstenfälle«, erklärte er. »Drei, zwischen 1999 und 2008. Alle Personen wurden zum letzten Mal an oder in der Nähe der A9 gesehen, genau wie Annette McKie.«

Sie hob den Deckel der obersten Box und blickte hinein. Sie war kaum größer als eins fünfundfünfzig, hatte kurze dunkle Haare und trug einen Pagenschnitt. Sie erinnerte ihn an irgendeine Schauspielerin – vielleicht Audrey Hepburn.

»Ich bin John«, sagte er.

»*Sie* kennt doch jeder.«

»Dann befinde ich mich im Nachteil.«

»Detective Constable Esson. Aber Sie können mich ruhig Christine nennen.«

»Sieht aus, als würden Sie ständig am Bildschirm kleben«, sagte er.

»Das ist mein Job.«

»Ach ja?«

Sie setzte den Deckel wieder auf die Kiste und schenkte

ihm ihre ungeteilte Aufmerksamkeit. »Ich bin der Link zur Online-Community.«

»Das heißt, Sie verschicken E-Mails?«

»Ich kontaktiere Netzwerke, John. Vermisstennetzwerke. Ich poste auf Twitter und Facebook, außerdem habe ich die Lothian and Borders Website aktualisiert.«

»Um herauszufinden, ob Annette McKie gesehen wurde?«

Esson nickte. »Und ich habe das Foto so weit wie möglich gestreut. Eine Anfrage kann den Globus in Sekunden umrunden.«

»In diesen Netzwerken«, fragte Rebus, »stößt man dort auch auf Einzelheiten über historische Fälle?«

Esson warf erneut einen Blick auf die Kisten. »Kann gut sein – soll ich's mal probieren?«

»Würden Sie das machen?«

»Geben Sie mir die entsprechenden Namen und Geburtsdaten, auch Fotos, wenn es welche gibt…« Sie hielt inne. »Ich dachte, Ihrer Theorie nach sind die Opfer alle tot?«

»Bislang ist es wirklich nur eine Theorie. Möglicherweise lohnt es sich, sie in Frage zu stellen, meinen Sie nicht?«

»Doch, na klar.«

»Namen, Geburtsdaten, Fotos?«

Sie nickte. »Und alles, was sonst noch relevant ist: besondere Kennzeichen, wo sie zuletzt gesehen wurden…«

»Verstanden«, sagte Rebus. »Und danke.«

Sie nahm seinen Dank mit leichtem Erröten an und ging zurück an ihren Schreibtisch. Rebus fand einen Notizblock und machte sich daran, Besonderheiten des Falles von Sally Hazlitt und der anderen festzuhalten. Zwanzig Minuten später ging er mit diesen Informationen und einer Auswahl an Fotos zu Esson. Sie wirkte belustigt.

»Haben Sie schon mal was von E-Mails gehört?«

»Stimmt was mit meiner Handschrift nicht?«

Sie lächelte, schüttelte den Kopf und las eine Zeile seiner Aufzeichnungen, die sich auf Zoe Beddows bezog, laut vor. »›Mochte Männer‹?«

»Ihnen wird schon einfallen, wie Sie das besser formulieren können.«

»Das will ich hoffen.« Sie betrachtete die Fotos. »Ich werde sie so gut wie möglich einscannen. Sie haben nichts mit einer höheren Auflösung?«

»Ich fürchte nicht.«

»Na gut.«

»Wie ich sehe, hast du dich schon mit Christine bekannt gemacht«, sagte Siobhan Clarke und trat an den Schreibtisch heran. Über einer Schulter hatte sie eine Tasche hängen, und unter ihrem Arm klemmte ein Laptop. »Lass dich bloß nicht zu einem ihrer Ballerspiele überreden. Die mäht alles nieder.«

Esson wurde erneut rot, während Rebus Clarke zu ihrer kleinen Parzelle folgte.

»Wie war's in Pitlochry?«, fragte er.

»Schön.«

»Die Polizeiwache?«

»Brauchbar.« Clarke sah zu Esson rüber. »Das Ding mit den Online-Spielen ist nämlich, dass du dabei Leute kennenlernst.«

»Annette McKie hat Online-Spiele gespielt«, merkte Rebus an.

»Und Christine hat Kontakt zu Dutzenden ihrer Mitspieler. Wenn einer von denen auch nur einen Mucks von Zelda hört, wird Christine es erfahren …« Sie brach ab und starrte die Kisten an. »Ah, sehr gut. Dann sind sie jetzt also hier …« Sie suchte demonstrativ das Büro nach einem freien Schreibtisch ab.

»Gibt's vielleicht noch einen anderen Raum, den wir benutzen können?«, fragte Rebus.

»Ich krieg das mal raus.« Sie entledigte sich ihres Mantels und ließ sich auf ihren Stuhl sacken, noch bevor ihr das Jackett auffiel, das darüberhing.

»Ich nehm's weg«, sagte Rebus.

»Nein, lass nur.« Sie klappte den Laptop auf. »Ich hab die Vernehmungen hier«, erklärte sie. »Nur Audio.«

»War jemand von Tayside dabei?«

»Ein Inspector, extra aus Perth angereist. War nicht gerade Liebe auf den ersten Blick.«

»Aber du hast mit allen gesprochen, mit denen du sprechen musstest?«

Sie nickte und rieb sich vor Müdigkeit die Augen.

»Soll ich dir einen Kaffee holen?«, erbarmte sich Rebus.

Sie sah ihn an. »Also stimmt doch, was man so sagt – es gibt für alles ein erstes Mal.«

»Und auch ein letztes, wenn du rumstänkerst.«

»Tut mir leid.« Sie gestattete sich ein Gähnen. »Die beiden Polen arbeiten nachts. Stefan Skiladz hat übersetzt. Beide hatten früher in ihrer Heimat mit Kleinkriminalität zu tun. Bandenkram. Prügeleien und Ladendiebstahl. Sie schwören, dass sie, seit sie hier sind, sauber geblieben sind. Ich werde die Namen im System überprüfen, nur um sicherzugehen. Skiladz habe ich schon eingegeben, er hat die Wahrheit gesagt – seit seiner Entlassung aus dem Gefängnis lag nichts mehr gegen ihn vor.«

»Warum hab ich das Gefühl, dass du dir das Interessanteste bis zum Schluss aufhebst?«

Sie sah ihn wieder an. »Vielleicht komme ich doch auf das Angebot mit dem Kaffee zurück«, sagte sie.

Rebus tat ihr den Gefallen. Bei seiner Rückkehr sah er, dass sie an dem PC auf ihrem Schreibtisch arbeitete. Sie nahm den Becher mit einem dankenden Nicken entgegen.

»Thomas Robertson«, sagte sie, »arbeitet Tagschicht. Nächte

mag er nicht; die verbringt er lieber in den Kneipen von Pitlochry. Auf eine Barfrau ist er ganz besonders scharf, wobei er nicht gesagt hat, dass die Anziehung auf Gegenseitigkeit beruht. Er hat behauptet, er habe nur einmal Schwierigkeiten gehabt, als er sich nach einem Streit mit seiner damaligen Freundin vor einem Club in Aberdeen der Festnahme widersetzte.«

»Und?«

»Das ist nicht die ganze Wahrheit.« Sie trommelte mit einem Fingernagel auf den Bildschirm und neigte ihn, damit Rebus besser sehen konnte. Robertson war wegen versuchter Vergewaltigung angeklagt, das Opfer hatte er erst am selben Abend kennengelernt, der Übergriff fand in einer Gasse hinter dem Club statt. Er saß zwei Jahre im Gefängnis von Peterhead und war noch keine zwölf Monate wieder auf freiem Fuß. Rebus rechnete kurz nach. Zoe Beddows war im Juni 2008 verschwunden, nur zwei Monate vor Robertsons Verhaftung.

»Was meinst du?«, fragte Clarke.

»Was sagt er über Annette McKie?«

»Er streitet ab, sie gesehen zu haben. Sagt, sie hätten den ganzen Nachmittag gearbeitet. Ihm wäre nicht mal aufgefallen, wenn ein Supermodel vorbeigeschlendert wäre.«

Rebus betrachtete Robertsons Polizeifoto: kurzes schwarzes Haar, jede Menge Stoppeln und ein finsterer Blick. Dunkelbraune Augen, kantige Züge.

»Ich glaube, mit dem müssen wir uns noch mal unterhalten, und zwar ein bisschen förmlicher«, sagte Clarke. »Und vielleicht auch die Gegend um die Baustelle absuchen lassen. Da sind Wald und Felder, außerdem ein Stück Fluss.«

»Die Nadel im Heuhaufen suchen«, meinte Rebus. Er merkte, dass Christine Esson direkt hinter ihm stand und ein paar Blätter in der Hand hielt, die er ihr abnahm.

»Zwei Aufsätze«, erklärte sie. »Beide beschäftigen sich damit, wo Mörder ihre Opfer ablegen. Ein bisschen Lektüre für Sie.«

»Sie können das wohl nicht zufällig kurz zusammenfassen?«

»Ich hab's nicht gelesen, nur ausgedruckt. Davon gibt's jede Menge, falls Sie das interessiert.«

Das tat es nicht, aber als Rebus Clarkes Blick sah, verzichtete er darauf, Esson dies mitzuteilen.

»Das hilft mir sehr«, sagte er stattdessen.

»Danke, Christine«, ergänzte Clarke, als Esson wieder an ihren Schreibtisch zurückkehrte. Dann zu Rebus: »So ist sie nun mal.«

»Das sind ungefähr dreißig Seiten, die Hälfte davon besteht aus Gleichungen.«

Clarke nahm ihm die beiden Texte aus der Hand. »Ich kenne einen der Autoren – dem Ruf nach, meine ich. Ich frage mich, ob sich James schon überlegt hat, einen Profiler hinzuzuziehen.«

»Und vielleicht auch noch ein Hexenbrett …«

»Die Zeiten haben sich geändert, John.«

»Zum Besseren, da bin ich sicher.«

Sie wollte ihm die Aufsätze zurückgeben, aber er rümpfte die Nase.

»Wirf du erst mal einen Blick drauf«, sagte er. »Du weißt, wie sehr ich deine Meinung schätze.«

»Christine hat sie *dir* gegeben.«

Rebus schaute zu Esson rüber. Esson schaute zurück. Er rang sich ein Lächeln und ein Nicken ab und legte die Ausdrucke oben auf die Kisten.

»Willst du dabei sein, wenn ich James die Neuigkeiten überbringe?«, fragte Clarke.

»Eigentlich nicht.«

»Wahrscheinlich hätte ich dich fragen sollen, was *du* so getrieben hast.«

»Ich? Nicht viel.« Rebus hielt inne. »Nur dass du meinetwegen jetzt Ärger mit der Inneren hast. Wahrscheinlich sollte ich mich dafür entschuldigen …«

Clarke starrte ihn an. »Raus damit«, sagte sie.

15

Am Abend kam Rebus kaum dazu, seine Post zu öffnen und eine Platte aufzulegen, als auch schon das Telefon klingelte. Er sah auf dem Display nach der Nummer: unterdrückt.

»Hallo?«, meldete er sich. Er stand in der Küche und starrte den spärlichen Inhalt seines Kühlschranks an.

»Rebus?«

»Wer will das wissen?«

»Frank Hammell.«

»Hat Ihnen Darryl meine Nummer gegeben?«

»Schieben Sie Ihren Arsch hier ins Gimlet und lassen Sie uns reden.«

»Bevor ich mich darauf einlasse, muss ich Sie was fragen.«

»Schießen Sie los.«

»Gibt's bei Ihnen um die Zeit noch was zu essen?«

Eine Pizza vom Lieferservice war die Antwort. Sie war noch warm und wartete auf ihn. Sonst war niemand in der Kneipe, nur Donny an der Tür. Kein laufender Fernseher, keine Musik, niemand hinter dem Tresen.

»Ist ja wie auf einem Geisterschiff hier«, merkte Rebus an, nahm ein Stück Pizza aus der Schachtel und ging zur Bar. Hammell stand dahinter, die Arme auf der polierten Oberfläche ausgestreckt. Er war ungefähr eins achtundsiebzig, optisch eine Mischung aus Unternehmer- und Schlägertyp. Er trug ein dunkelblaues Hemd mit offenem Kragen, die Ärmel hochgekrempelt. Sein dichtes, grau meliertes Haar war ordentlich frisiert. Aus der Nähe konnte Rebus zwischen Oberlippe und Nase eine Narbe erkennen. Eine Augenbraue war lädiert. Ein Mann, der keinen Rückzieher machte, wenn es hitzig wurde.

»Ich nehme einen Malt, falls Sie mich fragen wollten.«

Hammell drehte sich um und griff nach einer Flasche Glenlivet, der Korken quietschte, als er ihn aufzog. Er machte sich nicht die Mühe abzumessen, sondern schenkte großzügig ein. »Kein Wasser, nehme ich an«, sagte er und setzte Rebus den Drink vor. Dann mit aufgehaltener Hand: »Macht genau fünf Pfund.«

Rebus starrte ihn an, lächelte und gab ihm das Geld. Hammell legte es nicht in die Kasse, sondern stopfte es sich in die Tasche. Draußen hatte nichts darauf hingewiesen, dass sie observiert wurden, und Rebus fragte sich, was wohl in Malcolm Fox' Kopf vor sich gehen würde, sollte er je von dem Treffen erfahren.

»Sie sind also John Rebus«, sagte Hammell. Eine Stimme wie ein tiefes Gurgeln; als müsste er sich räuspern. Rebus hatte mal einen Sträfling gekannt, der so sprach, weil jemand versucht hatte, ihn in seiner Zelle mit einem Handtuch zu erwürgen.

»Ich denke, der bin ich«, sagte er. »So wie Sie Frank Hammell sind.«

»Hab früher öfter von Ihnen gehört. Sie wissen, dass ich mit Cafferty kooperiert habe?«

»So wie er es darstellt, hat man eher den Eindruck, Sie hätten *für* ihn gearbeitet ...«

»Damals hat er Sie gehasst. Sie hätten mal hören sollen, was er Ihnen und Ihren Lieben alles antun wollte ...« Hammell machte eine Pause, um das Gesagte sacken zu lassen. Er ging an den Tisch in der Ecke und holte die Pizza, stellte die Schachtel auf den Tresen und Rebus nahm sich ein Stück.

»Ist nicht übel«, ließ Rebus ihn wissen.

»Das will ich hoffen. Ich hab denen gesagt, was ich mit ihnen mache, wenn der Käse zu viele Fäden zieht.«

Hammell nahm selbst auch einen Bissen. »Ich kann's nicht ausstehen, wenn der Käse Fäden zieht…«

»Sie sollten Restaurantkritiken schreiben.«

Einen Moment lang herrschte Schweigen, während die beiden Männer aßen. »Wissen Sie, was ich denke?«, fragte Hammell schließlich. »Ich glaube, die haben gar keinen Käse draufgemacht.«

»Auch eine Lösung«, stellte Rebus fest.

»Sie und Cafferty«, fuhr Hammell fort und wischte sich den Mund mit dem Handrücken ab, »sind heutzutage also beste Freunde, was?«

»Scheint sich rumzusprechen.«

»Haben Sie sich schon mal gefragt, was er so treibt?«

»Ständig.«

»Das Arschloch sagt, er hat sich zur Ruhe gesetzt – als ob Wohnzimmergolf und Hausschlappen je sein Stil gewesen wären…«

Rebus zog ein Taschentuch heraus, um sich das Fett von den Fingern zu wischen. Ein Stück Pizza war genug.

»Schmeckt sie Ihnen nicht?«, fragte Hammell.

»Bin doch nicht so hungrig, wie ich dachte.« Rebus hob den Whisky an die Lippen.

»Darryl sagt, Sie bearbeiten alte Fälle. Wie kommt es, dass Sie sich plötzlich für Annette interessieren?«

Rebus überlegte, was er antworten sollte. »Vielleicht gibt es da ein Muster.«

»Wie meinen Sie das?«

»Im Lauf der Jahre sind noch andere junge Frauen verschwunden. Drei sind uns bekannt, der erste Fall war 1999. Alle an der A9 oder in der Nähe.«

»Davon höre ich zum ersten Mal.«

»Ich wollte, dass Sie's wissen.«

Hammell starrte Rebus an, seine Augen verengten sich. »Warum?«

»Weil Sie wahrscheinlich längst eine Liste Ihrer Feinde erstellt haben, von denen Sie glauben, dass sie Annette in ihrer Gewalt haben könnten.«

»Wie kommen Sie darauf, dass ich Feinde habe?«

»Wegen der Branche, in der Sie tätig sind. Da gibt es wohl ein gewisses Berufsrisiko.«

»Sie denken, ich hab's auf Ihren alten Freund Cafferty abgesehen? Geht es darum – Sie wollen ihm den Arsch retten?«

»Wenn Sie Cafferty ans Leder wollen, sind Sie herzlich eingeladen, aber ich glaube, Sie würden einen Fehler machen.« Rebus stellte sein halb leeres Glas ab. »Wie geht es Annettes Mutter?«

»Was meinen Sie wohl? Es zerreißt sie. Glauben Sie wirklich, da draußen ist ein krankes Arschloch, das so was schon mal getan hat? Wie kann es sein, dass er unter dem Radar geblieben ist?«

»Bislang ist das nur eine Theorie …«

»Eine, an die Sie glauben?«

»Eine Theorie«, wiederholte Rebus. »Aber Sie sollten sie als Möglichkeit im Kopf behalten, damit es nicht zu hässlich wird.«

»Na schön.«

»Wie lange arbeitet Darryl schon für Sie?«

»Schon seitdem er noch auf der Schule war.«

»Mir ist aufgefallen, dass er den Namen seines Vaters behalten hat.«

Hammell funkelte Rebus böse an. »Der Junge kann machen, was er will – das ist ein freies Land.«

»Ich nehme an, der Vater weiß von Annette?«

»Natürlich.«

»Sie kennen die Familie schon eine Weile.«

»Was geht Sie das an?«

Rebus zuckte mit den Schultern und beobachtete Hammell beim Denken.

»Kann ich Ihnen in irgendeiner Weise entgegenkommen?«, fragte Frank Hammell schließlich. Rebus schüttelte den Kopf. »Ein bisschen Bargeld vielleicht? Eine Kiste Schnaps?«

Rebus tat, als würde er es sich überlegen. »Vielleicht berechnen Sie mir einfach nichts für die Pizza.«

»Wie kommen Sie darauf, dass ich sie überhaupt bezahlen musste?«, schnaubte Hammell.

16

Siobhan Clarke wohnte in einer Wohnung mit hohen Decken im ersten Stock eines georgianischen Reihenhauses in einer Seitenstraße der Broughton Street. Morgens brauchte sie nur fünf Minuten zu Fuß zur Arbeit, und ihr gefiel die Mischung aus Bars und Restaurants in der Gegend. Oben auf dem Hügel gab es ein Multiplexkino, nicht weit entfernt einen Veranstaltungsort für Konzerte, und im Leith Walk fand sich jeder Laden, den man sich erträumen konnte. Hinter dem Haus hing eine gemeinschaftliche Wäscheleine, und im Lauf der Jahre hatte Clarke die meisten ihrer Nachbarn persönlich kennengelernt. Edinburgh stand in dem Ruf, kalt und unnahbar zu sein, aber das war nie ihr Eindruck gewesen. Einige Einwohner waren schüchtern oder verschwiegen, wollten einfach ohne größeres Aufhebens und ohne Zwischenfälle ihr Leben leben. Ihre Nachbarn wussten, dass sie Polizistin war, hatten sie aber noch nie um Hilfe oder um einen Gefallen gebeten. Als in eine der Wohnungen im Erdgeschoss eingebrochen wurde, gaben sich alle große Mühe, Clarke zu verstehen zu geben, dass sie ihr keine Vorwürfe machten, obwohl der oder die Täter nie gefasst wurden.

Heute hatte sie über einen abendlichen Besuch im Fitnesscenter nachgedacht und sich sogar schon umgezogen, sich dann aber doch aufs Sofa geworfen und stattdessen die Fernsehzeitung durchgeblättert. Als ihr Handy piepte, weil sie eine Nachricht empfangen hatte, beschloss sie, diese zu ignorieren.

Dann läutete es an der Tür. Sie ging in den Flur und drückte auf die Taste der Sprechanlage.

»Ja?«, fragte sie.

»DI Clarke? Hier ist Malcolm Fox.«

Clarke sog Luft durch die Zähne. »Woher wissen Sie, wo ich wohne, oder ist das eine blöde Frage?«

»Darf ich reinkommen?«

»Nein, dürfen Sie nicht.«

»Aus einem bestimmten Grund?«

»Ich erwarte jemanden.«

»Möglicherweise DCI Page?«

Verdammt, die von der Inneren wussten aber auch wirklich alles …

»Haben Sie etwas zu verbergen, DI Clarke?«, fragte Fox.

»Ich mag mein Privatleben.«

»Ja, ich auch. Nach unserer zufälligen Begegnung neulich ging ich davon aus, dass Sie unsere kleine Unterhaltung vertraulich behandeln würden.«

»Dann hätten Sie das sagen sollen.«

»Ich kann verstehen, dass John Rebus ein alter und guter Freund ist. Wahrscheinlich haben Sie keine Bedenken, ihm Informationen anzuvertrauen.« Obwohl zwei Türen, siebzehn Steinstufen und ein Durchgang zwischen ihnen lagen, hatte sie das Gefühl, als wäre sein Mund nicht weiter als zwei Zentimeter von ihrem Gesicht entfernt. Sie konnte jeden einzelnen seiner Atemzüge hören.

»John Rebus erweist sich im Kontext der Ermittlungen im Fall McKie als unschätzbare Hilfe«, erklärte sie.

»Sie meinen, bislang hat er sich noch nicht wie sonst in eine unmögliche Lage gebracht – jedenfalls nicht, soweit Ihnen bekannt ist.«

»Warum lassen Sie ihn nicht einfach in Ruhe?«

»Warum begreifen *Sie* nicht, dass er genauso unberechenbar ist wie eh und je? Erzählen Sie mir nicht, Ihr Leben war nicht leichter, bevor es Rebus gelungen ist, sich seinen Platz bei den McKie-Ermittlungen zu erschleichen …«

»Wie meinen Sie das?«

»Was glauben Sie wohl, warum er das gemacht hat? Und welche Informationen er seinem Freund Cafferty zuschiebt? Die Arbeit an ungeklärten Kriminalfällen ist das eine, jetzt aber hat er Zugang zu sämtlichen Büros des CID am Gayfield Square.«

»Sie wissen ja nicht, was Sie da reden.«

»Ich erkenne einen korrupten Polizisten, sobald ich ihn sehe. Rebus hat seit so vielen Jahren immer wieder gegen die Vorschriften verstoßen, dass es für ihn gar keine mehr gibt. Wenn es nach ihm ginge, wäre sein Weg grundsätzlich der einzig richtige, egal wie falsch er uns anderen erscheinen mag.«

»Sie kennen ihn nicht«, beharrte Clarke.

»Dann helfen Sie mir, ihn kennenzulernen – erzählen Sie mir von den Fällen, an denen Sie gemeinsam gearbeitet haben.«

»Damit Sie alles verdrehen? Ich bin doch nicht blöd.«

»Ganz im Gegenteil, das weiß ich – und jetzt haben Sie die Chance, Ihren Vorgesetzten zu beweisen, was Sie draufhaben, zufällig sind das die Leute, mit denen ich täglich zu tun habe.«

»Ich verpetze meinen Freund, und dafür legen Sie ein gutes Wort für mich ein, wenn's um meine Beförderung geht?«

»Solche wie John Rebus sollten längst ausgestorben sein, Clarke. Die Eiszeit kam und ging, nur er schwimmt immer noch herum, obwohl sich alle anderen weiterentwickelt haben.«

»Lieber erschlage ich Darwin mit einem Vorschlaghammer, als dass ich mich wie *Sie* weiterentwickele.«

Sie hörte ihn seufzen. »Wir sind gar nicht so verschieden«,

sagte er leise und klang müde dabei. »Wir arbeiten beide gewissenhaft und viel. Ich kann Sie mir gut bei der Inneren vorstellen, vielleicht nicht gleich dieses Jahr oder im nächsten, aber irgendwann mal.«

»Wohl kaum.«

»Mein Instinkt täuscht mich normalerweise nicht.«

»Und trotzdem liegen Sie, was Rebus angeht, völlig daneben.«

»Das wird sich noch herausstellen. In der Zwischenzeit sollten Sie sich in seiner Gegenwart in Acht nehmen – das meine ich ernst. Sie können mich jederzeit anrufen, wenn Sie das Gefühl haben, er baut Mist – oder droht zu versinken …«

Sie ließ die Sprechtaste los und ging zurück in ihr Wohnzimmer, durchquerte es bis zum Fenster und spähte nach links und rechts auf die Straße hinunter.

»Wo zum Teufel ist der hin?«, fragte sie sich, als sie Malcolm Fox nirgends entdecken konnte. Dann sah sie die Nachricht auf ihrem Handy. *Bin nur 5 Minuten von Ihnen entfernt und hoffe, wir können uns noch ein bisschen über Ihren Freund Rebus unterhalten.*

Die hatten also ihre Privatadresse *und* ihre Handynummer.

Und sie wussten von Page.

Sie setzte sich wieder vor den Fernseher, aber in ihrem Kopf schwamm alles.

»Sport«, sagte sie, stand auf und sah sich nach ihrer Tasche um.

17

Rebus war fast zu Hause, als er eine SMS bekam. Sie stammte von Nina Hazlitt.

Missoni Hotel. Schon zu spät für einen Drink?

Also blieb er auf dem Melville Drive und bog an der Kreuzung Buccleuch Street links ab. Dann fiel ihm etwas ein, und er fuhr links ran. Erneut nahm er sein Handy, ließ sich die Liste der letzten Anrufe anzeigen und übertrug Hammells Handynummer in sein Adressbuch. Fünf Minuten später parkte er auf der George IV Bridge. Ein Hotelmitarbeiter fragte ihn, ob er einchecken wolle. Der Mann war jung und durchtrainiert, er trug einen Kilt mit Zickzackmuster. Rebus schüttelte den Kopf.

»Ich bin nur zu Besuch«, sagte er.

Neben der Rezeption befand sich eine Bar. Rebus konnte Nina Hazlitt nicht sehen, also schickte er ihr eine Nachricht, dass er da war. Die Leute an der Bar waren offensichtlich in Cocktaillaune. Rebus beschloss, ein weiterer Whisky könne nicht schaden, höchstens dem Röhrchen, falls er blasen musste. Zwei Minuten später war Hazlitt bei ihm und gab ihm zur Begrüßung ein Küsschen auf die Wange, als sei dies die natürlichste Sache der Welt.

»Haben Sie schon gegessen?«, fragte sie. »Das Restaurant soll gut sein – sonst gibt's auch noch ein Fischlokal nebenan.«

»Nein danke«, versicherte er. »Wie sieht's mit Ihnen aus?«

»Ich hab im Zug was gegessen.«

Einer der Barkeeper fragte, was sie trinken wolle. Sie musterte Rebus.

»Das ist nicht so ganz Ihre Art von Etablissement«, vermutete sie.

»Nicht so ganz«, gab er zu.

»Vielleicht sollten wir woanders hingehen.«

»Um die Ecke ist die Bow Bar.«

Sie wartete, bis er den Whisky getrunken hatte, und als sie das Hotel verließen, hakte sie sich bei ihm unter.

»Wie geht's Ihrem Bruder?«, fragte Rebus.

Sie wirkte nervös, als versuchte sie sich zu entsinnen, woher er von ihm wusste.

»Er ist neulich Abend ans Telefon gegangen«, erklärte Rebus.

»Ah«, sagte sie. Dann: »Es geht ihm gut.«

»Hat er auch einen Namen?«

»Alfie.«

»War er nur zu Besuch oder …?«

»Sind Sie immer so neugierig?«, fragte sie lachend. Dann streckte sie einen Arm aus und zeigte auf die Bow Bar: »Ist es hier?«

Rebus hielt ihr die Tür auf. Sie warf einen Blick ins Innere und bezeichnete es als »charmant«. Am Fenster war gerade ein Tisch frei geworden. Rebus brachte die leeren Gläser an den Tresen und bestellte sich ein India Pale Ale und für sie einen Wodka Tonic. Hier war es gerade laut genug – keine Chance, dass jemand ihre Unterhaltung belauschen konnte. Wieder am Tisch stießen sie mit ihren Gläsern an.

»Und? Wie läuft's?«, fragte sie.

»Es tut sich was. Ich habe einen Fuß in der Tür bei den Ermittlungen im Fall Annette McKie.«

»Geht man inzwischen von einer Verbindung aus?«

»Die Möglichkeit wird nicht mehr ausgeschlossen.«

»Immerhin ein Fortschritt.« Sie wirkte sofort energischer, ließ die Schultern nicht mehr hängen, ihre Augen leuchteten.

»Bislang gibt es keine Beweise. Und um ehrlich zu sein, der Fall McKie wirft auch noch ganz andere Möglichkeiten auf. Die Fotos sind die eigentliche Verbindung.«

»Fotos?«

Er begriff, dass sie davon noch gar nichts wusste. »Von Annette McKies Handy wurde ein Foto verschickt, das eine Landschaft in der Dämmerung zeigt. Dasselbe bei Zoe Beddows.«

Sie brauchte einen Augenblick, um die Information zu verarbeiten. »Das kann kein Zufall sein. Was ist mit Brigid Young?«

»Damals war die Technik noch nicht so weit.«

»Sally hatte ihr Handy dabei, als sie nach Aviemore fuhr.«

»Ja, das hatten Sie erwähnt.«

»Ich weiß aber nicht, ob sie damit Fotos verschicken konnte.« Sie dachte nach. »Ein paar ihrer alten Schulfreunde haben für sie eine Seite auf Friends Reunited erstellt.«

»Das ist nett.«

»Dort stehen Fotos von Sally – von Schulausflügen, Partys, Konzerten …«

»Kann man rausbekommen, wer sich das ansieht?«

»Ich glaube nicht.«

»Könnte sich lohnen, es herauszufinden.«

»Warum?« Sie starrte ihn mit zusammengekniffenen Augen an. »Glauben Sie, jemand hat sie entführt? Und sich dann online als einer ihrer Freunde ausgegeben …?« Sie war laut geworden, und Rebus bedeutete ihr, leiser zu sprechen. Sie nahm zwei Schluck von ihrem Drink und rang um Fassung.

»Ich werde mich erkundigen«, sagte sie. »Bei Sallys Freunden.«

Rebus dankte ihr und entschloss sich zu einem Kurswechsel, indem er sie fragte, was sie zurück nach Edinburgh führte.

»Sie natürlich«, erwiderte sie schlicht.

»Ich?«

»Sie sind der erste Mensch seit sehr langer Zeit, der mich ernst genommen hat. Und als Sie neulich Abend angerufen haben …«

»Haben Sie beschlossen, alles stehen und liegen zu lassen?«

»Ich bin selbstständig. Mein Büro ist da, wo gerade mein Laptop steht.«

»Was machen Sie?«

»Ich bin im Verlagswesen, könnte man sagen. Ich lektoriere anderer Leute Bücher, lese Korrektur, manchmal mache ich auch Recherchen.«

»Klingt interessant.«

Sie rang sich ein Lachen ab. »Sie sind kein sehr überzeugender Lügner – aber es *kann* wirklich interessant sein. Das letzte Buch, an dem ich gearbeitet habe, war eine Enzyklopädie der Mythen und Legenden. Es ging um die britischen Inseln – auch ziemlich viel um Schottland.«

»Ach ja?«

»Wussten Sie, dass unter der Royal Mile ein Drache begraben liegt?« Sie überschlug kurz etwas im Kopf. »Möglicherweise sitzen wir gerade auf einem seiner Flügel.«

»In dieser Stadt herrscht kein Mangel an Geschichten – ich habe Alibis gehört, die weniger glaubwürdig klangen.«

Sie lächelte. »Eine Zeit lang war ich Lehrerin so wie Tom, nur an der Grundschule. Ich habe im Unterricht für mein Leben gern Märchen erzählt. Wenn man erst mal die Aufmerksamkeit der Kinder gewonnen hat, kann man sich ihrer sicher sein.«

Sie verstummte. Er wusste, dass sie wieder an ihre Tochter dachte; er bezweifelte, dass Sally überhaupt je länger als einige

Minuten am Tag aus ihren Gedanken verschwand. Sie setzte immer wieder an, ihr Glas auf dem Tisch abzustellen, doch es passierte nicht. Es war sowieso fast nur noch Eis darin.

»Soll ich noch was holen?«, fragte Rebus.

»Meine Runde.«

»Ich hab noch«, sagte er, er hatte sein Bier kaum angerührt. »Hab den Wagen draußen stehen, und das ist heute nicht mein erstes.«

Sie beschloss, trotzdem noch einen Wodka zu trinken, und griff in die Tasche auf der Suche nach ihrem Geld. Rebus spielte mit dem Untersetzer, während er auf ihre Rückkehr wartete.

»Also«, sagte sie, als sie sich am Tisch vorbeizwängte und wieder setzte, »jedenfalls haben Sie's geschafft, die Akten über diese anderen armen Frauen auszugraben.«

»Die Unterlagen sind nicht so vollständig, wie mir lieb wäre.« Er sah ihren Blick. »Das kommt vor – Sachen werden verlegt; vieles wird gar nicht aufgeschrieben …«

»Oh.«

»Nicht dass es bei Sally Lücken gibt«, versicherte er ihr.

»Wäre es wohl möglich, dass ich …? Nein, bestimmt nicht.« Sie senkte den Blick.

»Ich möchte bezweifeln, dass Sie die Akten trösten würden. Sie würden sie sicher …«

»Verstörend finden?«

»›Kalt‹, wollte ich sagen. Niemand, der an dem Fall gearbeitet hat, kannte Sally persönlich, verstehen Sie?«

Sie nickte. »Sie wollen mich schützen.«

»Ich weiß nicht, ob ich es so formulieren würde.«

Sie beschäftigten sich eine Weile mit ihren Getränken. Rebus wusste nicht, was er sagen sollte. Der Gedanke, dass Nina Hazlitt in der Luft hing, gefiel ihm nicht, aber so war es. Die Vergangenheit hatte sie in ihrer Gewalt und ließ sie nicht los. Auch er arbeitete mit der Vergangenheit, aber er konnte sie jederzeit in einer Kiste verschwinden lassen.

»Zieht es hier?«, fragte er.

»Nein, nein.«

»Ich dachte, Sie würden zittern.«

»Das passiert mir manchmal. Kennen Sie die Redensart, jemand ist gerade über mein Grab gegangen?«

»Ich hab sie nie richtig verstanden.«

»Jetzt, wo Sie's sagen, ich bin nicht sicher, ob ich sie verstehe. Sicher, dass Sie nichts mehr trinken wollen?«

»Soll ich wegen Trunkenheit am Steuer verhaftet werden?«

»Könnten Sie sich nicht rausreden?«

»Heutzutage nicht mehr.«

Sie wurde wieder nachdenklich. »Wenn Sie an ungeklärten Fällen arbeiten, müssen Sie häufig mit Familien zu tun haben, die jemanden verloren haben …« Sie sah, dass er nickte. »Ich spreche auch mit vielen Betroffenen. Hauptsächlich übers Internet. Wussten Sie, dass in England und Wales keine Todesurkunde ausgestellt werden kann, egal wie lang eine Person schon vermisst wird? Das ist die Hölle für die Angehörigen – es bedeutet, dass sie den Nachlass nicht regeln können. Hier oben wird einem nach sieben Jahren vom Gericht die sogenannte Todesvermutung bescheinigt.«

»War das so bei Ihnen?«

Sie schüttelte den Kopf. »Eine *Vermutung* ist nicht das, was ich brauche. Ich muss wissen, was passiert ist.«

»Auch noch nach so langer Zeit?«

»Auch noch nach so langer Zeit«, wiederholte sie. Dann seufzte sie, trank ihr Glas in zwei Zügen aus und fragte, ob er sie zurück zum Hotel begleiten würde.

»Mit Vergnügen«, sagte er.

Als sie die Victoria Street hinaufgingen, gestand er ihr, dass er noch nie zuvor im Missoni gewesen war.

»Ich möchte bezweifeln, dass ich es mir normalerweise würde leisten können«, erklärte sie, »aber ich habe einen Last-Minute-Deal bekommen.« Der Mann im Kilt war anscheinend nicht mehr an der Tür. Sie blieben vor den Stufen stehen, beide zündeten sich eine Zigarette an und schwiegen gesellig, während Verkehr und Fußgänger an ihnen vorbeizogen.

»Die Zimmer sind ganz schön«, sagte sie schließlich. »Eigentlich ...« Sie sah in ihre Tasche. »Eigentlich wollte ich Ihnen was geben, aber ich hab's oben vergessen.« Sie sah zu ihm auf. »Möchten Sie ...« Aber er schüttelte schon den Kopf.

»Würden Sie dann hier warten, bis ich es geholt habe?«

»Sicher.«

Sie drückte ihre Zigarette aus und ging hinein. Drei Minuten später war sie wieder da mit einem Buch in der Hand.

»Hier«, sagte sie und reichte es ihm.

Rebus las laut den Titel: »*Die britischen Inseln: Mythen und Magie*. Ist das das Buch, für das Sie recherchiert haben?« Sie nickte und sah ihm zu, wie er ein paar Seiten durchblätterte.

»Danke«, sagte er. »Das meine ich ernst. Ich fange gleich heute Abend damit an.«

»Hören Sie, wegen eben ... Ich hoffe, Sie haben das nicht als unmoralisches Angebot aufgefasst?«

Er schüttelte erneut den Kopf. »Kein Problem, Nina. Das wäre sehr schmeichelhaft gewesen. Fahren Sie morgen wieder zurück?« Sie machte eine Handbewegung in Richtung des Gebäudes auf der anderen Straßenseite. »Ich muss noch ein bisschen forschen.«

»In der National Library?«

»Ja.«

»Beruflich?«

Sie nickte. »Ich denke, ich werde eine weitere Nacht bleiben ...«

Eine Einladung schwang mit – oder zumindest ein Aufhänger –, aber Rebus ignorierte das.

»Sie werden die Erste sein, die ich anrufe – wenn es etwas Neues geben sollte«, sagte er stattdessen.

»Ich setze alle meine Hoffnungen in Sie, John. Ich kann Ihnen nicht genug danken.« Sie bewegte sich auf ihn zu, um ihn auf die Wange zu küssen, doch er wich ihr aus, nahm stattdessen ihre Hand in seine und schüttelte sie. Ihr Händedruck wirkte beinahe leidenschaftlich, ihr ganzer Körper schien zu vibrieren.

»Vielleicht können wir uns das nächste Mal über Mythen und Legenden austauschen«, sagte er.

Sie nickte, wandte den Blick ab und eilte zurück ins Hotel. Rebus stieg in seinen Wagen, drehte den Schlüssel im Zündschloss, blickte sich um und wendete.

Die ganze Heimfahrt über rechnete er mit einem Anruf von ihr, aber er kam nicht.

18

Lochend um Mitternacht.

Darryl Christie schlich sich nach draußen. Er war erst vor einer Stunde nach Hause gekommen.

Seine Mutter bekam nichts mehr mit, seit sie Schlaftabletten verschrieben bekommen hatte. Darryls jüngere Brüder Joseph und Cal teilten sich das Zimmer neben dem von Annette. Darryls Zimmer war der ehemalige Wintergarten unten. Er hatte Verdunkelungsrollos angebracht, als er dort eingezogen war. Mehrmals hatte Frank Hammell ihnen angeboten, ein größeres und schöneres Haus für sie zu suchen, aber Darryls Mutter war in Lochend aufgewachsen wie auch schon ihre Eltern. Alle ihre Freunde wohnten in Fußnähe – und außerdem würden Darryl und Annette sowieso bald ausziehen. Sie wurden erwachsen, wollten ihr eigenes Leben leben.

Darryl hatte jeden Zentimeter im Zimmer seiner Schwester abgesucht und nichts gefunden, das ihr Verschwinden erklären konnte. Er hatte sogar Kontakt zu einigen ihrer engsten Freunde aufgenommen, aber niemand hatte eine Idee. Auch war es Darryl gewesen, der ihrem Vater die Nachricht von Annettes Verschwinden überbracht hatte, nachdem er Gail klargemacht hatte, dass es jemand tun musste.

»Du bist der Mann im Haus, Darryl«, hatte sie gesagt und nach der Wodkaflasche gegriffen.

Besuch hatten sie mehr als genug gehabt. Menschen, die Darryl kaum kannte, wollten ihm ihr Beileid aussprechen,

Gail eine Weile Gesellschaft leisten und sich an ihrer Trauer weiden. Ihre engsten Freunde waren zu Leibwächtern geworden, wehrten neugierige Nachbarn und Gaffer ab. Das Telefon klingelte ein Dutzend Mal täglich, und Gails Handy musste ständig aufgeladen werden.

Darryl hatte versucht sich möglichst rauszuhalten und sich in sein Zimmer zurückgezogen. Er konnte die Stimmen im Wohnzimmer und in der Küche hören, und oft wollten sie ihm Tee, Bier oder ein Sandwich anbieten, klopften an seine Tür und riefen ihn. Und wenn am Abend alle verschwunden waren, fühlte sich das Haus kalt und leer an, Joseph und Cal gingen auf Zehenspitzen, um ihre Mutter nicht zu stören, erledigten ihre Hausaufgaben, ohne daran erinnert werden zu müssen, machten sich notfalls selbst was zu essen. Wenn Darryl anderswo gebraucht wurde, sagte er ihnen: »Jetzt habt ihr die Verantwortung. Wenn's dringend ist, ruft mich an.«

Frank Hammell hatte ihn gefragt, ob er sich freinehmen wolle, aber er hatte den Kopf geschüttelt.

»Die Bullen sind nutzlos, Darryl«, hatte Hammell gesagt. »Aber ich hab meine Fühler ausgestreckt. Wir werden der Sache auf den Grund gehen, so oder so.«

Draußen vor dem Haus blieb Darryl stehen, um den Himmel zu betrachten. Viele Sterne sah man nie – Lichtverschmutzung, zu viel Helligkeit überall. Auf dem Bürgersteig und den Windschutzscheiben der Autos bildete sich schon der erste Nachtfrost. Viele Menschen waren noch wach – Fernseher leuchteten hinter Wohnzimmerfenstern; Musik drang von einer Party irgendwo weiter weg herüber; ein bellender Hund, der unbedingt wieder reingelassen werden wollte. Darryl ging an die Ecke und schüttelte dem Mann, der dort stand, die Hand.

»Ich dachte, wir gehen zu Fuß«, sagte Cafferty. »Nicht weit – nur damit wir uns nicht den Arsch abfrieren.«

»Klar«, sagte Darryl und schob die Hände in die Taschen.

»Wir sind uns noch nicht begegnet, oder?«, fragte Cafferty.

»Nein.«

»Ist nur, weil ich manchmal ein Gesicht vergesse, und wenn ich demjenigen dann das nächste Mal begegne, wirkt das total respektlos.« Er blickte den jungen Mann an. »Das soll mir mit dir nicht passieren, Darryl.«

»Okay, Mr Cafferty.«

»Wie lange arbeitest du schon für Frank?«

»Eine ganze Weile.«

»Früher hat er für mich gearbeitet, hast du das gewusst?«

»Ihr Name ist ein paarmal gefallen.«

»Wahrscheinlich ohne große Begeisterung.« Ein Taxi fuhr mit heruntergelassenem Seitenfenster vorbei, der Fahrer suchte eine Adresse. Cafferty beobachtete ihn, Darryl ebenfalls.

»Man kann nie vorsichtig genug sein, stimmt's?«, sagte der ältere Mann mit einem kraftlosen Lächeln. Dann: »Ich hätt's gleich sagen sollen, tut mir leid wegen deiner Schwester. Wenn ich irgendwie helfen kann, musst du's nur sagen.«

»Danke.«

»Frank muss nichts davon erfahren – das kann zwischen uns beiden bleiben. Wenn das für dich okay ist, Darryl.« Cafferty schien den jungen Mann genau zu betrachten. »Ich bin deinem Dad ein paarmal begegnet.«

»Wirklich?«

»Bloß im Pub, weißt du? Er war mit Frank befreundet.«

»Ja, das war er.«

»Aber wie sagt man so schön, die Liebe macht vor der Freundschaft nicht Halt.« Als Cafferty um die nächste Ecke bog, merkte Darryl, dass sie einen kleinen Rundgang gemacht hatten, der ihn wieder nach Hause führte. »Mir gefällt, dass du den Namen deines Vaters behalten hast«, sagte Cafferty. »Hast du noch Kontakt zu ihm?«

Darryl nickte.

»Na, dann sag ihm einen schönen Gruß von mir.«

»Mach ich. Hören Sie, ich hoffe, es macht Ihnen nichts aus, dass ich Sie das frage, aber warum wollten Sie mitten in der Nacht mit mir spazieren gehen?«

Cafferty schmunzelte, schniefte und griff in seine Tasche nach einem Taschentuch.

»Kennst du einen Bullen namens Rebus?«, fragte er, als er sich die Nase putzte.

»Ich hab mit ihm gesprochen.«

»Er hat mir gegenüber deinen Namen erwähnt. Ich hab viele Freunde in dieser Stadt, Leute, die dafür sorgen, dass ich alle Informationen bekomme, die ich brauche. Vielleicht denkst du, dass Frank auch viele Freunde hat, aber die sind nicht von der Sorte, der man immer vertrauen kann. Was glaubst du, würde er tun, wenn sich herausstellt, dass einer von denen deine Schwester entführt hat? Was, wenn die sie als Druckmittel einsetzen?«

»Die Polizei geht von was anderem aus.«

»Und die haben ja immer recht, oder wie? Komm schon, Darryl, wir wissen es doch besser. Ich hab gehört, dass du ein schlaues Kerlchen bist, und deshalb sind wir heute Abend zusammen hier. Die Feinde von Frank Hammell werden dich jetzt auch als ihren Feind betrachten. Weshalb es durchaus Sinn ergibt, einen Freund wie mich zu haben. Mehr verlange ich nicht.« Cafferty unterstrich das Gesagte mit einer ausholenden Geste. »Erzähl mir ruhig alles, was du glaubst, sagen zu dürfen, ich höre zu. Irgendwann bist du dann vielleicht sogar so weit, aus Franks Schatten herauszutreten …«

»Und dann werden Sie mir helfen?«

»Ich bin für dich und deine Familie da, Darryl. Jederzeit, wenn du mich brauchst.«

»Frank meinte, Sie haben sich zur Ruhe gesetzt.«

»Hab ich vielleicht auch.«

»Wozu dann das Interesse?«

»Sagen wir mal, wir haben eine gemeinsame Geschichte.«

»Offene Rechnungen?«

»Möglich …«

Draußen vor dem Haus gaben sie sich wieder die Hand.

»Wohnst immer noch zu Hause, hm?«, merkte Cafferty an.

»Vorerst.«

»Ich hab ein paar Wohnungen, die du dir mal ansehen könntest.«

Aber Darryl schüttelte den Kopf.

»Du weißt, was du willst – das gefällt mir an dir.« Cafferty tätschelte den Arm des jungen Mannes, drehte sich um und ging davon. Darryl sah ihn allmählich in der Dunkelheit verschwinden, dann hob er den Kopf und blickte noch einmal in den Nachthimmel. Jetzt waren da viele Sterne, mehr als genug. Man musste nur dran glauben …

19

»Ich hatte schon immer was für Perth übrig«, sagte Siobhan Clarke. »Allerdings nicht speziell für diese Gegend hier.«

Sie stand mit Rebus draußen vor dem Polizeipräsidium und leistete ihm beim Rauchen Gesellschaft. Das Gebäude selbst war ein hoch aufragender Betonklotz aus den sechziger oder siebziger Jahren. Gegenüber Wohnhäuser und daneben eine Tankstelle.

»Wann bist du denn schon in Perth?«, fragte Rebus.

»Bei Auswärtsspielen. Das St Johnstone's Stadion ist direkt an der M90.«

»Du besuchst Auswärtsspiele?« Rebus klang ungläubig.

Clarke war Anhängerin des Hibernian FC. Früher hatte sie Rebus ein paarmal zu Heimspielen mitgenommen, damals als man in den Stadien noch rauchen durfte. Er konnte sich an kein einziges Tor erinnern, nur an eine Abfolge von 0:0 unentschieden, die einzig durch Nikotin und einen Halbzeitpausen-Pie erträglich wurden.

»Diese Woche wird in Edinburgh gespielt, falls du Lust hast«, sagte sie. »Hab's mir schon gedacht«, setzte sie hinzu, als sie sah, was für ein Gesicht er machte. »Also, was hast du gestern noch so getrieben?«

»Hab mir einen ruhigen Abend gemacht, bisschen was gelesen.«

»Die Aufsätze, die Christine aus dem Internet hat?«

»Um Himmels willen.«

»Was denn dann?«

»Was gibt's da zu grinsen? Ich *kann* lesen, was denkst du denn.«

Hinter ihnen räusperte sich jemand. Er stand im Eingang, und es fehlte nicht viel, dann hätte er auch noch auf die Armbanduhr geklopft.

»Wenn Sie dann so weit sind …«, sagte er.

Der uniformierte Inspector hieß Peter Lightheart und war derselbe Polizist, der Clarke am vorangegangenen Tag in Pitlochry begleitet hatte. Clarke hatte ihm Rebus bei ihrer Ankunft am Vormittag vorgestellt, woraufhin Rebus die ihm hingestreckte Hand hastig geschüttelt und verkündet hatte, er brauche eine kurze Zigarettenpause, dann könnten sie loslegen.

Lighthearts Gebahren strafte seinen Namen Lüge. Clarke hatte Rebus bereits gewarnt, dass es dem Mann an Geduld, Verstand und Raffinesse fehle: »Das heißt, wir müssen ihn möglichst aus der Vernehmung raushalten.«

»Zwei Sekunden noch«, sagte Rebus und zeigte an, dass er fast fertig geraucht hatte. Zur Ablenkung fragte Clarke Lightheart, ob der Suchtrupp bereits Anweisungen erhalten habe.

»Selbstverständlich«, erwiderte Lightheart. »Die sind wahrscheinlich schon eine ganze Stunde bei der Arbeit.«

»Wie viele Beamte?«

»Ein Dutzend.«

»Ein Durchsuchungsbeschluss für die Schlafunterkünfte liegt vor?«

Lightheart nickte, er wirkte genervt, weil sie es für nötig hielt, sich zu vergewissern.

»Warum hier?«, fragte Rebus und warf seinen Zigarettenstummel weg.

»Wie bitte?«, entgegnete Lightheart.

»In Pitlochry gibt es eine funktionsfähige Polizeiwache. Wir hätten doch auch dort mit ihm sprechen können.«

»Aber die haben kein brauchbares Vernehmungszimmer«, erklärte Clarke. »Und nicht die Technik.«

Das hieß: Videokamera und ein Tonbandgerät. Ein uniformierter Beamter überprüfte gerade beides, als Lightheart, Clarke und Rebus nacheinander den Raum im Erdgeschoss betraten.

Leere cremefarbene Wände, von einem Rauchverbotsschild und einigen stümperhaft eingekratzten Graffiti einmal abgesehen. Die Kamera hing hoch oben in einer Ecke, war auf den Tisch und die drei Stühle ausgerichtet. Dort saß Thomas Robertson, klammerte sich an der Tischplatte fest, ein Knie wippte nervös. Wahrscheinlich dachte er: Das sieht alles verdammt ernst aus. Und genau das war beabsichtigt.

»Bereit?«, fragte Lightheart den Beamten.

»Ja, Sir. Wir zeichnen bereits auf.«

Lightheart ließ sich Robertson gegenüber nieder, und Clarke nahm den einzig verbliebenen freien Stuhl. Rebus hatte nichts dagegen. Er lehnte sich an die Wand, direkt in Robertsons Blickfeld. Lightheart wartete, bis der Beamte gegangen war, dann widmete er sich den Formalitäten: Stellte die Anwesenden vor, gab Ort, Datum und Uhrzeit an. Kaum war er fertig, ergriff Robertson das Wort.

»Die werden mich rausschmeißen«, klagte er.

»Warum?«

»Sie haben mich jetzt zwei Tage hintereinander aus der Schicht gezerrt.«

»Wir haben unsere Gründe, Mr Robertson«, erklärte Clarke. Sie hatte die Einzelheiten über die Umstände seiner früheren Festnahme und Verurteilung ausgedruckt. »Wenn Sie uns gestern die Wahrheit gesagt hätten, säßen wir jetzt vielleicht nicht hier.«

»Ich habe die Wahrheit gesagt.«

»Wir wollen großzügig sein und behaupten, Sie haben

die Schwere Ihres Vergehens ein bisschen heruntergespielt.« Clarke las das Anklageprotokoll laut vor. Robertsons Blick traf den von Rebus, aber er entdeckte keinerlei Mitgefühl darin. Als Clarke fertig war, herrschte einen Moment lang Schweigen im Raum.

»Nach Ihrer eigenen Darstellung hatten Sie sich nach einem Streit mit Ihrer Freundin der Festnahme widersetzt«, stellte Clarke fest. »Nein, Mr Robertson – das war versuchte Vergewaltigung, und die Frau hatten Sie gerade erst kennengelernt.«

»So war das nicht – wir waren beide blau. Am Anfang war sie genau so scharf drauf wie ich …«

Clarke hielt ihm ein Foto entgegen, das das Opfer im Krankenbett zeigte.

»Platzwunden, Prellungen, Schürfwunden und ein blaues Auge. Sie wollen mir doch nicht weismachen, dass sie darauf scharf war?«

»Das ist alles ein bisschen aus dem Ruder gelaufen …« Er rutschte auf seinem Stuhl herum. Er war immer noch derselbe Mann wie auf dem Verbrecherfoto, das Clarke Rebus gezeigt hatte, aber etwas in ihm hatte sich verändert. Das Leben hatte ihn härter gemacht. Vielleicht das Gefängnis – wo er mit anderen Sexualstraftätern eingesperrt gewesen sein musste. Oder auch einfach nur das Alter. Er war mal ein attraktiver Mann gewesen, aber damit war es jetzt vorbei.

»Wo sind Sie aufgewachsen?«, fragte Clarke und tat, als würde sie in ihren Aufzeichnungen nach Einzelheiten suchen. Schneller Kurswechsel: typische Verhörtechnik. Robertson durfte nicht zur Ruhe kommen. Rebus war noch nie dabei gewesen, wenn Clarke eine Vernehmung führte.

Lightheart schon, am vorangegangenen Tag, und Rebus hoffte, der Mann hatte kapiert, dass er sie besser nicht unterbrach.

»Nairn«, erwiderte Robertson.

»Das ist nicht weit von Inverness, oder?«, vergewisserte sie sich.

»Schon noch eine ganze Strecke«, sagte er.

»Welche Straße ist das?«

Er sah sie fragend an. »Die A96.«

»Sie wurden 1978 geboren?«

»Das ist richtig.«

»In Nairn?«

»Korrekt.«

Clarke sah demonstrativ in ihren Aufzeichnungen nach. Robertson fuhr sich nervös mit der Zunge über die Lippen.

»Erinnern Sie sich an die Jahrtausendwende, Mr Robertson?«

Lightheart, dem es nicht gelang, sein Erstaunen über die Frage zu verbergen, wandte den Kopf in Clarkes Richtung.

»Hä?«, fragte Robertson.

»Silvester 1999 – jeder erinnert sich, wo er damals war.«

Robertson musste nachdenken. »Wahrscheinlich in Aberdeen. Bei Freunden.«

»›Wahrscheinlich?‹«

»Aberdeen, sicher.«

Clarke notierte sich das. Beim Schreiben stellte sie schon die nächste Frage. »Hatten Sie seit Ihrer Entlassung aus dem Gefängnis Beziehungen?«

»Sie meinen Frauen?«

Sie sah ihn an. »Oder Männer.«

Er schnaubte. »Nein danke.«

»Dann also Frauen«, lenkte sie ein.

»Ein paar.« Er fuhr sich mit den Händen übers Gesicht, seine Bartstoppeln erzeugten ein kratzendes Geräusch. Auf seine Fingerknöchel waren Sterne tätowiert, offensichtlich in Heimarbeit.

»Und jetzt gibt's da eine Barfrau in Pitlochry?«

»Gina, ja.«

»Weiß sie, dass Sie gesessen haben?«

»Ich hab's ihr erzählt.«

»Dieselbe Geschichte, die Sie uns verkaufen wollten?« Clarke starrte ihn über den Tisch hinweg an. »Vielleicht sollte ich das mal überprüfen…«

»Hören Sie, ich hab's doch schon gesagt – ich hab das Mädchen nicht gesehen!«

»Wir wollen versuchen, die Ruhe zu bewahren«, riet Lightheart.

»2008 haben Sie im Nordosten gelebt?«, fragte Clarke in die Stille hinein.

»Was?«

»Die versuchte Vergewaltigung, sie fand im Hinterzimmer eines Nachtclubs in Aberdeen statt.«

»Na und?«

»Also haben Sie dort gewohnt?«

»Mehr oder weniger.«

Clarke zitierte aus ihren Notizen: »›Schlief bei Freunden auf dem Boden‹ – Sie waren damals ohne feste Anstellung?«

»Stimmt.«

»Haben aber Arbeit gesucht?«

»Ja.«

»Sind dabei ein bisschen rumgekommen?«

»Was soll das alles?« Robertson sah alle drei abwechselnd an. »Was habt ihr hier vor?«

»Wie gut kennen Sie die A9, Mr Robertson?«

Als er nicht antwortete, fragte Clarke ihn erneut.

»Na, da arbeite ich schließlich«, fauchte er.

»Ganz ruhig«, ermahnte ihn Lightheart.

»Hören Sie, gestern ging's die ganze Zeit darum, ob ich dieses Mädchen gesehen habe oder nicht, aber jetzt reden Sie auf einmal von 1999 und 2008 und Gott weiß was noch. Okay, ich hab ’ne Zeit gesessen. Okay, ich hab Ihnen nicht die ganze Wahrheit gesagt – ist ja auch nichts, was man überall rumposaunt.« Er beugte sich vor. »Ich bin nicht stolz drauf«, betonte er. Nachdem er das klargestellt hatte, lehnte er sich auf seinem Stuhl zurück, der knarzend protestierte.

Clarke ließ die Stille im Raum stehen, beschäftigte sich erneut mit ihren Unterlagen.

»Sie waren zur Jahrtausendwende also nicht in Aviemore?«, fragte sie schließlich.

»Nein«, erwiderte Robertson und klang plötzlich müde.

»Sind Sie sicher?«

»Was zum Teufel soll ich in Aviemore gewollt haben?«

»Vielleicht waren Sie eingeladen.«

»War ich nicht.«

»Ist ja nicht *so* weit von Aberdeen entfernt.«

Robertson schüttelte nur langsam den Kopf.

»Strathpeffer?« Er sah sie an. »Das würde ich nicht mal auf der Landkarte finden.«

»Auchterarder?«

»Nein.«

»Und Sie haben Annette McKie am Tag ihres Verschwindens nicht gesehen?« Clarke hielt ein Foto des vermissten Mädchens hoch, so dass Robertson es sehen konnte.

»Zum hundertsten Mal – nein.«

»Einige Beamte durchsuchen gerade den Wohncontainer, in dem Sie übernachten. Wollen Sie uns vielleicht sagen, was sie dort finden werden?«

»Dreckige Wäsche.«

»Sonst noch was? Ein bisschen Haschisch oder Speed?«

»Nicht dass ich wüsste.«

»Pornos vielleicht?«

»Einer der Jungs hat einen Laptop.«

»Dann wird der Laptop mitgenommen und untersucht.«

»Damit katapultieren Sie mich auf der Beliebtheitsskala ganz weit nach oben.«

»Wissen Ihre Arbeitskollegen, dass Sie im Gefängnis waren?«

»Irgendwas sagt mir, dass sie's bald erfahren werden.« Der Blick, mit dem er Clarke bedachte, hatte sich verhärtet. »Sie können mir das mit dem Mädchen nicht in die Schuhe schieben, deshalb muss irgendwas anderes her. Und wenn gar nichts anderes geht, dann sorgen Sie dafür, dass ich rausfliege …«

»Sie stehen nicht unter Anklage«, Clarke sammelte ihre Papiere ein.

»War's das?« Robertson sah sich im Raum um. Clarke nickte Lightheart zu, und er beendete die Vernehmung mit allen Formalitäten.

»Haben Sie ihn im Streifenwagen hergebracht?«, fragte sie.

»Ja«, erwiderte Lightheart. »Sollen wir ihn auf demselben Weg zurückschicken?«

Clarke sah Robertson an. Er wischte sich gerade den Schweiß von den Handflächen an der Hose ab.

»Er kann den Bus nehmen«, sagte Clarke und verließ den Raum.

20

»Kein gutes Zeichen«, sagte Clarke, als sie das Büro am Gayfield Square betrat. DC Christine Esson stand neben Clarkes Schreibtisch und wirkte genervt.

»Was ist los?«, fragte Clarke.

»Am besten seht ihr euch das mal an.«

Sie folgten Esson an ihren Computer, bauten sich jeweils links und rechts von ihr auf, während sie sich setzte und daran zu schaffen machte.

»Twitter?«, fragte Rebus.

Clarke sah ihn an. »Wow, du kennst Twitter?«

»Selbstverständlich«, erwiderte Rebus.

»Es gibt ein Netzwerk für vermisste Personen«, erklärte Esson. »Die verbreiten Informationen über Twitter. Annette McKie hat einen eigenen Hashtag …«

Clarke warf Rebus einen weiteren Blick zu. »Damit wird sie zum Trending Topic«, erklärte sie.

»Aha.«

Der Bildschirm war voller Nachrichten, alle endeten mit *#annettemckie.*

»Die meisten«, sagte Esson, »sind mit Annettes Profil verlinkt, damit ihre Personenbeschreibung die Runde macht. Aber seht euch das hier mal an.« Sie markierte eine Meldung.

Polizei verhört Bauarbeiter auf der A9 nördlich von Pitlochry! #annettemckie

»Und dann das«, setzte sie hinzu und markierte eine weitere Meldung.

Polizei sucht Wälder an der A9 nördlich von Pitlochry ab – jede Menge Bullen #annettemckie

»Jeweils von unterschiedlichen Leuten gepostet«, bemerkte Clarke.

»Einheimische, wie's aussieht«, ergänzte Esson. »Hier ist noch was.«

Beim U-Turn wären mir die Bullen fast reingefahren, kamen von der Baustelle, fuhren Richtung Süden. Sirene und Blaulicht – die haben jemanden!! #annettemckie

»Anscheinend sind die von der Tayside Constabulary mit dem für sie typischen Feingefühl vorgegangen«, murmelte Rebus und richtete sich auf.

»Ich glaube, du kapierst nicht, was los ist, John.« Clarke wandte sich an Esson. »Zeig's ihm.«

Mit ein paar flinken Klicks und Eingaben folgte Esson der Anweisung. »Es gibt jetzt schon ein halbes Dutzend Blogeinträge«, sagte sie, »dazu die Lokalpresse. Ronnie musste bereits ein paar Reporter abwimmeln.«

Wie auf ein Stichwort klingelte das Telefon auf Ronnie Ogilvies Schreibtisch. Er nahm ab, sagte ein paar Worte, legte den Hörer weg, stand auf und kam auf sie zu.

»Die BBC«, sagte er. »Wollen wissen, ob es stimmt, dass wir Annette McKie mit drei weiteren Vermissten in Verbindung bringen.«

»*Das* haben die aber nicht auf Twitter gelesen«, sagte Esson.

»Nina Hazlitt?«, riet Clarke und fixierte Rebus. Er zuckte mit den Schultern.

»Hast du kürzlich noch mal mit ihr gesprochen?«, bohrte Clarke weiter.

»Gestern Abend«, gestand Rebus.

Esson las die Tickermeldungen der BBC Scotland auf ihrem Bildschirm. »Hier ist es«, verkündete sie.

Nur ein einziger Absatz – kein Video oder Foto:

Die Mutter eines Mädchens, das Silvester 1999 in Aviemore verschwand, erklärte, Detectives in Edinburgh prüften, ob zwischen dem ungeklärten Fall ihrer Tochter und dem der Schülerin Annette McKie, die seit einer Fahrt von Edinburgh nach Inverness vor zwei Wochen vermisst wird, eine Verbindung bestehen könnte. Es ist anzunehmen, dass weitere vermisste Frauen 2002 und 2008 ebenfalls auf diesem Straßenabschnitt verschwanden. Nina Hazlitt, deren achtzehnjährige Tochter Sally von einem Silvesterausflug nach Aviemore nicht mehr zurückkehrte, hofft, dass neue Hinweise – darunter von den Handys der Opfer gesendete Fotos – zur Aufklärung der von ihr so genannten »A9-Entführungen« beitragen können.

Darunter befanden sich ein Link zur McKie-Pressekonferenz sowie ein Foto von der aus dem Saal flüchtenden Gail McKie. Ogilvies Telefon klingelte erneut. Ebenso Clarkes Handy. Sie sah zu James Pages Tür.

»Wenn schon, denn schon«, sagte sie. Aber eigentlich war das überflüssig. Die Tür wurde aufgerissen, und DCI Page erschien, das Telefon ans Ohr gepresst, im Türrahmen. Sein ausgestreckter Zeigefinger schien auch Rebus zu meinen und wies dann Richtung Gang. Clarke ging voraus, Rebus folgte unmittelbar.

Kaum hatten sie das Büro verlassen, beendete Page das Gespräch und schloss die Tür. Dann verschränkte er die Arme.

»Irgendwelche Erklärungen?«, fragte er.

»Wofür, James?«, fragte Clarke zurück.

»Habt ihr euch eben auf Christines Bildschirm Filmchen von lustigen Katzenbabys angesehen, oder was?«

»Nein, James. Wir haben bei Twitter und der BBC recherchiert.«

»Dann wisst ihr ja, wovon ich spreche.«

»Natürlich – aber ich verstehe trotzdem nicht, was es da zu

erklären gibt. Heutzutage ist jeder Reporter. Wenn ein Streifenwagen an zwei aufeinanderfolgenden Tagen an derselben Stelle auf der A9 auftaucht, bekommen die Leute das mit und reden darüber. Früher hat man das am Gartenzaun getan, heute gibt es Twitter und Konsorten. Dagegen können wir nichts machen.«

»Eher im Gegenteil, eigentlich sollten wir dafür sorgen, dass noch viel mehr geredet wird«, meldete sich Rebus zu Wort. »Wir sollten die Leute zum Plaudern bringen, ihrem Gedächtnis auf die Sprünge helfen …«

Page starrte ihn finster an. »Was ist mit dieser Nina Hazlitt? Woher bezieht sie ihre Informationen?«

»Das sind doch eher Spekulationen als Informationen«, schaltete sich Clarke ein. »Es ist dieselbe Geschichte, die sie immer schon verbreitet hat. Neu ist nur, dass die Medien jetzt eine vermisste Person als Aufhänger haben.«

Page dachte darüber nach, ließ Rebus aber nicht aus den Augen. Clarke sah ihn ebenfalls an, beschwor ihn insgeheim, die Klappe zu halten.

»Wir müssen das Foto von Annette McKies Handy in Umlauf bringen«, erklärte Rebus, Clarke ignorierend. »Wenn die Leute eine Story wollen, dann sollten wir ihnen eine geben, sie für uns arbeiten lassen. So wie's aussieht, ist das unsere einzige Chance herauszufinden, wo das Foto entstanden ist.«

»Du solltest mit einer Erklärung vor die Presse treten«, ergänzte Clarke. »Dieses Mal nur du allein. Um ein paar Dinge klarzustellen.«

Page gab sich Mühe, nicht allzu begeistert zu wirken.

»Meinst du?«

»Auf jeden Fall«, setzte Rebus hinzu. »Sie sollten den wildesten Spekulationen entgegentreten und dafür sorgen, dass das Ganze im Rahmen bleibt.«

»Es sollte nicht zu formell wirken«, fuhr Clarke fort. »Vielleicht draußen vor der Wache.«

»Das macht sich nicht gut auf den Fotos«, wandte Page ein. »Vielleicht vor dem Präsidium? Kannst du dich mit unseren Leuten von der Abteilung für Öffentlichkeitsarbeit in Verbindung setzen, Siobhan?«

»Natürlich.«

»Zeigen Sie der Presse das Foto«, beharrte Rebus. »Die werden es Ihnen aus den Händen reißen.«

Page schien die Szene bereits vor Augen zu haben. Er nickte.

»Müsste allerdings noch heute passieren«, drängte Clarke. »Solange die Geschichte brandheiß ist.«

»Ich brauche eine komplette Zusammenfassung von euch beiden. Komplett *und* schnell.« Dann fiel ihm etwas ein, und er sah an seinen Klamotten herunter.

»Dein Anzug sieht super aus«, versicherte Clarke.

21

Nach dem Briefing in Pages sauerstofffreiem Büro ging Rebus auf eine Zigarette nach draußen. Er stellte sich auf den Parkplatz gerade noch außerhalb des Blickfelds möglicherweise lauernder Journalisten und gab Nina Hazlitts Nummer in sein Handy ein, aber sie meldete sich nicht. Aus irgendeinem Grund hatte er die Tätowierungen auf Thomas Robertsons Fingerknöcheln vor Augen. Im Anklageprotokoll waren sie nicht erwähnt, weshalb er sich fragte, ob er sie sich erst im Gefängnis hatte stechen lassen. Robertson war kaum dem Teenageralter entwachsen, als Sally Hazlitt verschwand; aber das musste ihn nicht automatisch entlasten. Zoe Beddows war nicht lange vor Robertsons Übergriff vor dem Nachtclub verschwunden. Die Tat war brutal und dumm gewesen – die Schreie des Opfers waren sofort gehört worden. Konnte sich dieselbe Person einfach so vier Frauen geschnappt haben, ohne Spuren zu hinterlassen? Rebus bezweifelte es. Was nicht bedeutete, dass Robertson Annette McKie nichts angetan haben konnte.

Dass er sie nicht gesehen, verfolgt und irgendwo liegen lassen haben konnte. Manchmal musste man Zufälle in Betracht ziehen – dieselbe Straße; Handyfotos. Ein Song fiel ihm ein – »Connection«; nicht das Original von den Stones, sondern die Coverversion einer Band namens Montrose. Er hatte das Album gekauft und gedacht, sie käme aus dem gleichnamigen Ort, aber es waren Amerikaner. Gab es eine Verbindung, oder gab es keine? Die Willenskraft einer Mutter genügte, damit zufällige Ereignisse plötzlich miteinander in Zusammenhang standen. Prompt klingelte sein Handy, und er nahm es ans Ohr.

»Hallo«, sagte er.

»Tut mir leid«, erklärte Nina Hazlitt, »ich musste erst rausgehen. Handys werden in Bibliotheken nicht gerne gesehen.«

»Waren Sie gerade dabei zu recherchieren?«

»Ja.«

»Aber für ein Gespräch mit der BBC hat die Zeit noch gelangt?«

»Es war eine Nachrichtenagentur. Die haben es wohl weitergegeben.«

»Was Sie denen gesagt haben, kann nur von mir gekommen sein.«

»Oh.« Sie hielt inne. »Bekommen Sie jetzt Ärger?«

»Würde Sie das stören?«

»Natürlich.«

»Da bin ich nicht so sicher, Nina.«

Er wartete auf eine Antwort, hörte aber nur den vorüberziehenden Verkehr auf der Georg IV Bridge.

»Erinnern Sie sich noch an das Buch, das Sie mir gegeben haben?«, fuhr er fort. »Ich hab's gestern Nacht angefangen. Vieles, woran die Menschen früher fest geglaubt haben, hat sich als bloße Erfindung entpuppt.«

»Machen Sie sich ruhig über mich lustig, John. Glauben Sie bloß nicht, dass Sie der Erste sind.«

»Ich mache mich nicht über Sie lustig.«

»Sie denken, dass ich Dinge sehe, die gar nicht existieren.« Sie hielt inne. »Dafür habe ich keine Zeit. Die Agentur will in einer Stunde ein Interview mit mir aufzeichnen. Alle müssen davon erfahren, John. Da draußen gibt es jemanden, der weiß, was geschehen ist.«

»Ich bin auf Ihrer Seite, Nina.«

»Ich brauche verdammt noch mal niemanden auf meiner Seite! Ich bin bislang auch ohne Hilfe von Typen wie Ihnen ausgekommen …« Ihre Stimme klang jetzt schrill und überschlug sich bei den letzten Worten.

»Nina?«

»Ich hab's nicht so gemeint.« Sie holte tief Luft, gewann die Fassung zurück. »Ich hab's wirklich nicht so gemeint.«

»Schon okay.«

»Wenn Sie nicht wollen, dass ich mit denen rede, dann sagen Sie's.«

»DCI Page wird eine Erklärung abgeben. Warten Sie ab, was er zu sagen hat, dann entscheiden Sie selbst, was Sie tun, okay?«

»Okay.«

»Sind Sie heute Abend noch in der Stadt?«

»Ich hab's mir anders überlegt – ich nehm den Zug um sechs.« Sie zögerte. »Ich hätte nachdenken sollen, bevor ich mit dem Journalisten gesprochen habe. Ich hoffe, Sie halten mich immer noch für vertrauenswürdig.«

»Mal sehen.«

»Sie haben versprochen, dass ich's als Erste erfahre, John. Ich gehe davon aus, dass Sie Wort halten.«

»Grüßen Sie Ihren Bruder von mir.«

»Ich hoffe, wir sehen uns mal wieder, John. Melden Sie sich.«

Er beendete das Gespräch.

Im CID-Raum waren weder Page noch Clarke zu finden. Rebus ging zu Christine Esson an den Schreibtisch und fragte, ob sie einen Kaffee trinken wolle.

»Ich rühre das Zeug nicht an.«

»Tee?«

Sie schüttelte den Kopf. »Heißes Wasser, *das* mag ich. Sie

sollten mal sehen, wie ich in Cafés angeguckt werde.« Also machte er sich selbst einen Kaffee und brachte ihr das Getränk ihrer Wahl.

»Wer Sie ausführt, kommt billig weg«, meinte er. Anscheinend hatte sie wieder Twitter aufgerufen.

»Wie funktioniert das?«, fragte er und zog sich einen Stuhl heran.

Sie zeigte es ihm, und er bat sie, das Foto von Sally Hazlitts Handy online zu stellen.

»Twitter, Facebook, YouTube – und was Ihnen sonst noch einfällt.«

»Kein Problem«, sagte sie. »Und welcher Text dazu?«

»Wir müssen rausfinden, wo es aufgenommen wurde, das ist alles.«

»Sonst noch was?«

Rebus dachte einen Augenblick nach, dann nickte er. »Kann ich Custard Pie irgendwie dabei zusehen, wenn er sein Ding für die Ungewaschenen da draußen durchzieht?« Sie blickte ihn verständnislos an. »Pages Presserendezvous«, klärte Rebus sie auf.

»Dürfte kein Problem sein«, sagte Esson.

»Mit Ton, wenn möglich.«

»Natürlich.« Sie hielt inne, ihr Blick verengte sich. »Custard Pie?«

»Page und Plant«, sagte Rebus. Dann erst sah er ihren Gesichtsausdruck. »Vergessen Sie's. Stellen Sie mir einfach nur die Verbindung her, ja?«

22

Am frühen Abend las Rebus weiter in dem Buch, das Nina Hazlitt ihm geschenkt hatte. Er konzentrierte sich dabei auf die Kapitel über Schottland, verschlang Geschichten über Kannibalen, Gestaltwandler, Hexen und Ungeheuer. Als ihm der Türsummer einen Besucher ankündigte, ging er ans Fenster. Er konnte die Person vor der Haustür nicht richtig erkennen, aber Cafferty war es nicht. Sein Handy piepte. Eine SMS von Clarke.

Lässt du mich rein?

Rebus ging in den Flur und drückte auf den Summer. Als er die Wohnungstür öffnete, hörte er sie unten durch die Tür kommen. Er ging hinaus ins Treppenhaus und beugte sich über das Geländer.

»Was war los nach der Pressekonferenz?«, rief er.

»Ich wurde ins Büro des Chief Constable bestellt. Er wollte seine eigene Zusammenfassung.« Sie kam die Treppe heraufgaloppiert. Er wusste, dass sie manchmal ins Fitnessstudio ging. Das hatte sie zumindest früher getan.

»Gehst du noch joggen?«, fragte er.

»Manchmal am Wochenende – aber so, dass es nicht anstrengend ist.« Sie blickte über seine Schulter in die Wohnung. »Werde ich nun hereingebeten, oder …?«

Rebus zögerte eine Sekunde, dann ließ er sie ein. Im Wohnzimmer angekommen fragte er sie, ob sie etwas trinken wolle.

»Nein danke«, sagte sie.

»Ist aber doch bloß ein Freundschaftsbesuch, oder?«

Sie zuckte mit den Schultern, hatte gar nicht richtig zugehört. »Das Foto aus Annette McKies Handy ist jetzt in Umlauf.«

»Ja«, sagte Rebus. »Wir warten, dass uns jemand die Stelle zeigt.« Er machte eine Pause. »Du wolltest noch etwas sagen …«

»In der Fettes Avenue ist mir Malcolm Fox über den Weg gelaufen«, erzählte sie endlich.

»Ach?«

»Wie du dir vorstellen kannst, war er nicht gerade begeistert davon, dass ich mit dir geredet habe.«

»Ist wohl nicht seine Art, von *irgendwas* ›begeistert‹ zu sein.«

»Mit James hat er auch gesprochen und ihn gefragt, weshalb du zu dem McKie-Fall hinzugezogen wurdest.«

»Will er erreichen, dass ich wieder abgezogen werde?«

»Ich bin mir nicht sicher.«

»Zumindest wird mich Page jetzt als noch größere Bürde betrachten.«

»Ich war gezwungen, dich zu verteidigen.« Sie ließ sich auf der Armlehne des Sofas nieder, als wolle sie nur kurz bleiben. Rebus' Buch lag auf dem Boden neben dem Sessel, und sie verdrehte den Hals, um den Titel zu lesen.

»Mythen und Magie?«

»Und Altweibergeschichten«, setzte Rebus hinzu. »Und? Ist es dir gelungen, deinen Chef zu überzeugen?«

»Denke schon.«

»Mit den Waffen einer Frau?«

Sie sah ihn kühl an.

»Tut mir leid«, entschuldigte sich Rebus. »Aber er ist nun mal ein Lackaffe – ich weiß es, und du weißt es auch.«

»Ist er nicht. Du siehst nur, was du sehen willst. Hat es überhaupt schon mal einen Vorgesetzten gegeben, den du nicht von vornherein abgelehnt hast?«

»Viele.« Rebus hielt inne. »Früher.«

»Jetzt ist aber nicht mehr früher, John. Und James ist gut in dem, was er macht. Du hast doch das Team gesehen, das er zusammengestellt hat – kommen dir diese Leute unmotiviert vor?«

»Nein«, musste Rebus zugeben.

»Gibt es etwas, das sie tun sollten, aber nicht tun?«

»Nein«, wiederholte er.

»Na also.«

»Page gehört zu den Guten, willst du das sagen?«

Doch die große Schottlandkarte, die an die Wand über dem Esstisch gepinnt war, hatte sie abgelenkt. Der Streckenverlauf der A9 war rot hervorgehoben.

»Die wollte ich noch abhängen«, sagte Rebus. Clarke ging auf die Karte zu, sah sie aber gar nicht an, sondern die drei großen Einkaufstüten auf dem Tisch.

»Die Sachen muss ich noch wegräumen«, bemerkte Rebus beiläufig, konnte Clarke aber nicht täuschen. Sie zog ein paar Blätter aus der ersten Tüte.

»Du hast Kopien gemacht«, sagte sie. »Von den ganzen Akten …«

»Nicht von allen«, entgegnete Rebus. »Nur die offiziellen Berichte und Aussagen. Die Zeitungsartikel hab ich weggelassen.«

»Du lieber Himmel, John.«

»Du hast doch gesehen, wie's im Büro zugeht, Siobhan. Ich hab die ganzen Kisten da hingeschleppt, und bis jetzt wurden sie nicht mal aufgemacht.«

»Vielleicht ist es dir entgangen, aber wir hatten ein bisschen was zu tun.«

»Du wolltest einen Raum dafür auftreiben.«

»Und das werde ich auch, wenn du mir Zeit lässt.« Sie hielt inne. »Aber darum geht's hier doch gar nicht. Du hast Kopien gemacht, bevor du die Kisten übergeben hast. Du hattest nie vor, die Finger davon zu lassen.«

»Mir ist oft langweilig, Siobhan. Ich vertreibe mir die Zeit mit lesen …«

Sie warf ihm einen weiteren Blick zu. »Für die von der Inneren ist das ein gefundenes Fressen.«

»Nur wenn sie's erfahren.«

»Wie kommst du drauf, dass sie's nicht erfahren?«

Rebus zuckte mit den Schultern. »Ich hab immer so gearbeitet, Siobhan – das weißt du.«

»Und deshalb halten die Leute, mit denen du zusammenarbeitest, auch nie lange durch. Kannst du dich noch an Brian Holmes und Jack Morton erinnern?« Sie sah, wie sich sein Gesicht verfinsterte. »Okay, tut mir leid, das war unter der Gürtellinie.«

»Hat Fox die Namen bei eurer kleinen Plauderei fallen lassen?«

»Der hat's auf dich abgesehen, John. Er war sogar bei mir zu Hause.«

»Wann?«

»Gestern Abend. Hat mich gewarnt, mich beschworen, ich sollte mich lieber auf seine Seite schlagen, nicht auf deine.« Sie schob die Blätter wieder in die Einkaufstüte und fragte ihn, ob er das Interview mit Nina Hazlitt gesehen habe.

»Kam das im Fernsehen?«

Clarke schüttelte den Kopf. »Ein Webcast irgendeiner Nachrichtenagentur. Hazlitt hat sich bei uns bedankt.«

»Nett von ihr.«

»Sie macht sich gut vor der Kamera. Keine Anzeichen von Wahnsinn.«

»Sie ist ja auch nicht wahnsinnig.« Doch Rebus erinnerte sich an das letzte Telefonat, als ihre Stimme fast schon hysterisch geklungen hatte.

»Man muss sie trotzdem ein bisschen zügeln, wenn das überhaupt möglich ist.«

»Und ich bin der Mann dafür? Hast du dir das ausgedacht oder Page?« Rebus wartete auf eine Antwort, aber es kam keine. »Hat er dich hierhergeschickt?« Er ging ans Fenster und spähte auf die Straße. »Wartet er in seinem Wagen? Was fährt er?«

Ungefähr zwanzig Meter entfernt stand ein BMW in zweiter Reihe. Jemand saß hinter dem Lenkrad.

»Warum hast du ihn nicht mit reingebracht? Meinst du, deine weiblichen Reize wären in männlicher Begleitung nicht zur Geltung gekommen?«

Sie funkelte ihn böse an. »Das war meine Idee, John. Und hätte ich ihn mit hochgebracht, wärst du jetzt raus aus dem Fall.« Sie zeigte auf die Tüten.

»Der wär mir eh nicht ins Haus gekommen.«

Eine Sekunde lang schloss sie die Augen. Auf ihrem Handy ging eine SMS ein.

»Das wird er sein«, brummte Rebus. »Wird sich fragen, warum das so lange dauert.«

Clarke las die Nachricht und wandte sich zur Tür. »Wir sehen uns morgen«, sagte sie leise.

»Setzt er dich bei dir ab, oder fahrt ihr zu ihm?«

Sie ließ sich nicht darauf ein, ging einfach. Rebus blieb am Fenster stehen, beobachtete, wie sie das Gebäude verließ und auf den Wagen zuging. Die Scheinwerfer leuchteten auf und strahlten sie an wie eine Schauspielerin auf der Bühne.

Die Beifahrertür öffnete und schloss sich wieder, im BMW wurde geredet. Dann rollte der Wagen langsam die leicht abschüssige Arden Street hinunter auf die Kreuzung zu, vorbei an Rebus' Wohnhaus. Fahrer und Beifahrerin starrten stur geradeaus. Er wünschte sich, Clarke würde hochsehen, aber sie tat es nicht.

»Charmant und elegant wie immer«, murmelte er vor sich hin.

Siobhan Clarke befand sich in einer heiklen Lage, irgendwo zwischen Page und Fox, und er sah, wie weh ihr das tat.

Wie weh *er* ihr tat.

Sie war gut in ihrem Job, hatte es verdient, eine Stufe aufzusteigen und ein störungsfreies Leben zu führen – und dann kam John Rebus reinspaziert, machte sich nicht mal die Mühe, die Schuhe abzutreten, und verteilte überall seinen Dreck, ohne es überhaupt nur zu merken.

Ja, toll gemacht, John.

Er zündete eine Zigarette an und schenkte sich ein halbes Glas Whisky ein. Dann setzte er sich an den Esstisch, die Augen auf die Straßenkarte gerichtet. Nach einer Weile musste Whisky nachgeschenkt und der Aschenbecher geleert werden.

Ihm wurde bewusst, wie trostlos sich der Raum ohne Musik anfühlte, aber er konnte keine Platte finden, die zu seiner Stimmung passte. Er überlegte, ob er Siobhan Clarke anrufen und sich entschuldigen sollte. Oder vielleicht doch nur eine SMS schicken – was Kurzes, Nettes. Stattdessen landete er in seinem Sessel mit dem Buch, das Nina Hazlitt ihm gegeben hatte. Es waren keine Schlangen begraben unter Edinburgh, und in Loch Ness schwammen keine Ungeheuer. Das war reiner Aberglaube, Ergebnis eines fundamentalen menschlichen Bedürfnisses nach Erklärungen, Antworten, Gründen.

Als ihm die Augen zufielen, fand er das völlig in Ordnung. Wieder mal eine Nacht, in der er es nicht bis ins Schlafzimmer schaffen würde.

23

Die Beamtin an der Anmeldung am Gayfield Square ließ Rebus immer noch nur widerwillig herein. Jeden Morgen druckte sie ihm einen neuen Besucherausweis, und am Ende jedes Tages musste er ihn ihr zurückgeben.

»Könnten Sie mir der Einfachheit halber nicht einen für die ganze Woche ausstellen?«, schlug Rebus vor, während er versuchte sich an ihren Namen zu erinnern.

»Vielleicht sind Sie ja gar keine ganze Woche mehr hier«, entgegnete sie.

»Denken Sie an die Umweltschäden, die Sie mit Ihrer Pedanterie anrichten.«

»Die Dokumente werden wiederverwertet.« Sie reichte ihm den neuen Tagesausweis. »Stets sichtbar an der Kleidung tragen, denken Sie dran.«

»Immer.«

Gleich auf der Treppe nahm er das Schildchen ab und steckte es in die Jackentasche. Im Büro wurde bereits gearbeitet. Er nickte Ronnie Ogilvie zu und ging zu Christine Esson, um sie zu fragen, ob sie etwas Neues entdeckt habe, das sie ihm zeigen wolle.

»Nur die hier«, sagte sie.

Er nahm ihr die Ausdrucke aus der Hand.

»Das sind digital manipulierte Fotos«, erklärte sie. »Ich kenne jemanden unten im Süden bei der Polizei, einen Softwarefachmann.«

Rebus starrte abwechselnd in die drei Gesichter. Sally Hazlitt, Brigid Young und Zoe Beddows waren gealtert, die Fotos zeigten sie jeweils so, wie sie möglicherweise inzwischen aussahen. Hazlitt hatte sich am stärksten verändert – was nicht verwunderlich war, da sie am längsten vermisst wurde. Eine Frau von dreißig Jahren, deren Augen und Wangenknochen denen ihrer Mutter glichen. Beddows und Young sahen den Frauen zum Zeitpunkt ihres Verschwindens ähnlicher. In Youngs Gesicht zeigten sich ein paar zusätzliche Falten, die Augenränder waren jetzt dunkler, und sie hatte leicht hängende Mundwinkel. Beddows war noch keine dreißig, ihre Gesichtszüge waren nach wie vor markant, hatten aber ihren jugendlichen Glanz verloren.

»Was meinen Sie?«, fragte Esson.

»Ziemlich gut«, gab Rebus zu.

»Er hat noch ein paar gemacht – mit verschiedenen Frisuren …«

Rebus nickte, und sie wusste, was er dachte.

»Hilft uns nichts, wenn sie tot sind«, sagte sie.

»Ich denke, wir sollten die Bilder in Umlauf bringen. Aber holen Sie zuerst Pages Erlaubnis ein.«

»Mr Trampled Underfoot?« Sie schenkte Rebus ein Lächeln. »Ich habe meine Hausaufgaben gemacht.«

Pages Tür wurde aufgerissen, der DCI fixierte Rebus und beorderte ihn mit einer knappen Kopfbewegung zu sich. Rebus holte sich zuerst einen Becher Kaffee, dann klopfte er und trat ein. Für einen Besucherstuhl war in dem Büro kein Platz. Am Tag zuvor, als sie zu dritt dort gestanden hatten, war der Raum zur Sauna geworden. Doch er passte zu Page, einem Mann, der strikte Rahmenbedingungen zu schätzen wusste und keinen Platz zum Manövrieren brauchte.

»John«, sagte er und setzte sich an seinen Laptop.

»Ja, James?«

»Schön, Sie hier so früh zu sehen.«

Rebus nickte nur, machte sich auf alles gefasst.

»Das zeugt von Motivation, aber wir brauchen vor allem auch Konzentration.«

»Immer.«

Damit wollte Page Zeit gewinnen, während er noch überlegte, wie er auf das eigentliche Thema zu sprechen kommen sollte. Rebus entschied, ihm die Mühe zu ersparen.

»Hat es mit der Inneren zu tun?«, riet er.

»Gewissermaßen.« Sollte heißen: Ja, insbesondere und definitiv.

»Tut mir leid, falls es den Anschein hat, ich würde Altlasten mit mir herumschleppen«, sagte Rebus. »Seien Sie versichert, dass diese keinerlei Einfluss auf meine Arbeit haben werden.«

»Gut. Und wie kommen Sie mit Ihrer Arbeit voran?«

»Langsamer, als mir lieb ist.«

»Ihnen ist klar, dass Annette McKie oberste Priorität für uns hat?«

»Selbstverständlich.«

»Und wir dürfen uns nicht von historischen Fällen ablenken lassen.«

»Nina Hazlitt lässt sich von mir nichts sagen. Sie hat Jahre auf diese Gelegenheit gewartet.«

»Ist sie noch in Edinburgh?«

»Soweit ich weiß, ist sie gestern Abend nach London zurückgefahren.«

»Na ja, das ist doch schon mal was.« Er legte die Handflächen aneinander, als wolle er beten, ließ den Mund auf den Fingerspitzen ruhen.

»Sie haben nicht zufällig Siobhan Clarke heute Morgen gesehen?«, fragte Rebus und versuchte so gelassen wie möglich zu klingen.

Page schüttelte den Kopf und sah auf die Uhr. »Ist nicht ihre Art, sich zu verspäten.«

»Es sei denn, sie ist spät ins Bett gekommen.«

Page starrte ihn an. »Ich habe sie um Viertel nach neun zu Hause abgesetzt, falls Sie darauf anspielen.«

Rebus heuchelte Erstaunen. »Nein, so war das nicht gemeint. Ich dachte nur …« Sein Handy unterbrach ihn. Siobhan Clarkes Name erschien auf dem Display.

»Wenn man vom Teufel spricht«, sagte er und hielt sich das Telefon ans Ohr.

»Wo bist du?«, fragte Clarke.

»Im Büro. Warum?«

»Ich parke draußen. Komm lieber runter.«

»Was ist passiert?«

»Robertsons Pritsche ist unberührt geblieben. Er ist gestern Nacht nicht zurückgekommen …«

24

Wieder auf der M90, nachdem sie endlich den zähen Vormittagsverkehr in Edinburgh hinter sich gelassen hatten. Unterwegs Richtung Perth und A9. Kurzer Boxenstopp, Tee und trockene Croissants. Kate Bush sang immer noch von Schneemännern. Als sie die Forth Road Bridge überquerten, fragte Rebus Clarke, ob ihr etwas auffallen würde. Sie musterte ihn und schüttelte den Kopf.

»Kein Gerüst mehr auf der Eisenbahnbrücke.«

Sie blickte nach rechts und sah, dass er recht hatte.

»Kann mich nicht erinnern, wann ich sie das letzte Mal ohne gesehen habe«, setzte er hinzu.

»Stimmt«, pflichtete sie ihm bei. Dann: »Hör mal, tut mir leid wegen gestern Abend.«

»Mir auch. Hoffentlich hast du dich hinterher nicht noch mit James gestritten.«

Sie schaute ihn an. »Wie kommst du denn da drauf?«

»Nur so.« Er machte eine wirkungsvolle Pause. »Ich war bei ihm in seiner Schuhschachtel, als du angerufen hast …«

»Und?«

»Er hat mir wegen der Inneren auf die Finger geklopft.«

»Und?«, wiederholte sie zunehmend gereizt.

»Und gar nichts«, betonte Rebus. »Ich hatte nur das Gefühl, dass ihr beiden vielleicht … Du weißt schon … Vielleicht eine Meinungsverschiedenheit hattet … Bevor er dich bei dir abgesetzt hat. Und falls ich den Anlass dafür geliefert haben sollte, tut es mir leid.«

»Manchmal kannst du ein richtiges Arschloch sein, John.« Sie schüttelte den Kopf.

»Das hab ich schon öfter gehört«, räumte er ein. »Und glaub mir, ich bin nicht stolz drauf.«

»Doch, du bist stolz drauf.« Sie sah ihn wieder an. »Das bist du wirklich.«

Sie fuhren schweigend weiter, Rebus starrte in die Landschaft – die ausgedehnten Hügel unweit von Kinross; ganz kurz konnte man einen Blick auf Loch Leven werfen; die Aussicht öffnete sich, als die Straße eine Kurve machte und sie Perthshire erreichten. Auf den Gipfeln der fernen Ochils lag Schnee (jedenfalls glaubte er, dass es die Ochils waren; er hatte keine Lust, Clarke zu fragen). Als ihr Handy klingelte, drückte sie einen Knopf am Lenkrad und meldete sich mit lauter, den Motorenlärm übertönender Stimme.

»DI Clarke.«

»Hier Lightheart.« Der dumpfe Bass des Inspectors schien zusammen mit Kate Bush aus den Lautsprechern zu dringen. Clarke drückte eine weitere Taste, um die CD auf stumm zu stellen.

»Wie ist der aktuelle Stand?«, fragte sie.

»Anscheinend hat er tatsächlich den Bus zurück genommen. Der Fahrer hat ihn in der Nähe der Baustelle abgesetzt. Dann haben die Männer kurzen Prozess mit ihm gemacht – denen hat nicht gefallen, dass ihre Wohncontainer durchsucht worden sind. Also ist er nicht geblieben, hat gesagt, er würde nach Pitlochry laufen. Und das war das Letzte, was sie von ihm gesehen haben.«

»Also ist er abgehauen«, fasste Clarke zusammen.

»Sieht ganz danach aus.«

»Hat schon jemand mit seiner Freundin gesprochen?«

»Sie meinen das Barmädchen? Bis jetzt nicht.«

»Könnte er bei ihr untergekrochen sein?«

»Das wäre die Lösung all unserer Probleme.«

»Wäre das zuallererst überprüft worden, hätte ich mir diese verfluchte Fahrt hier sparen können.«

»Soll ich's überprüfen?«

»Nein, ich rede selbst mit ihr, wenn ich da bin.«

Rebus hatte es sehr wohl gehört – *ich*, nicht *wir* …

»Sind Sie in Pitlochry?«, fragte nun Lightheart.

»Ja, aber ich muss zurück nach Perth – um elf Uhr haben wir eine Besprechung, zu der ich nicht zu spät kommen darf.«

»Dann halten Sie sich ran. Wir reden nachher weiter.«

Sie beendete das Gespräch und blinkte, um einen Laster zu überholen.

»Soll ich die CD wieder lauter drehen?«, fragte Rebus schließlich.

Clarke schüttelte den Kopf. Ein bisschen später beschloss sie, ihm eine Frage zu stellen.

»Du glaubst nicht, dass er's war, oder?«

»Nein.«

»Weil ihm zu leicht die Sicherung durchbrennt und so einer keine Jahre verstreichen lässt, bis er wieder zuschlägt.«

»Genau«, pflichtete Rebus ihr bei.

Sie nickte. »Warum ist er dann abgehauen?«

»Menschen wie er sind so – sie handeln instinktiv; ohne vorher nachzudenken.« Rebus fand, jetzt dürfe auch er mal eine Frage stellen. »Hat die Durchsuchung was ergeben?«

»Die meinen, es könnte sich lohnen, ein paar Taucher in den Loch Tummel zu schicken.«

»Und? Lohnt es sich?«

»Das muss James entscheiden.«

»Was ist mit Robertsons Kram?«

»Mehr oder weniger, was du prophezeit hast. Eine halbe Unze Cannabis, ein paar billige DVDs.«

»Pornos?«

»Auch.«

»Hardcore?«

»Kein Sadomaso, falls du das meinst.« Sie sah ihn wieder an. »Und das von dem Mann, der nichts von Profilern hält.«

»Gesunder Menschenverstand ist billiger.«

Sie quälte sich ein Lächeln ab. Das Eis zwischen ihnen schmolz. »Das Buch in deiner Wohnung – hast du das von Nina Hazlitt?«

»Wie kommst du denn darauf?«

»Auf ihrer Facebook-Seite steht, dass sie Bücher lektoriert, unter anderem über Mythen und Legenden.«

»Wusstest du, dass ›Ring-a-Roses‹ von der Pest handelt?«

»Ich dachte, das weiß jeder.«

Rebus versuchte es noch einmal: »Sawney Bean?«

Clarke dachte einen Augenblick nach. »War das ein Kannibale?«

»Nur dass er wahrscheinlich nie existiert hat. Das war Propaganda gegen die Jakobiter, jedenfalls besagt das eine Theorie. Es braucht nicht viel, um ein Gerücht zu streuen.«

»Wird der Burry Man auch in dem Buch erwähnt?«, fragte Clarke.

»Natürlich. Hast du den etwa mal gesehen?«

»Vergangenen August. Ich bin mit dem Wagen nach Queensferry gefahren, da ist er rumgelaufen. Er hat sich von aller Welt Getränke spendieren lassen und war von oben bis unten voller Kletten; keine Ahnung, wie der pinkeln geht.« Sie hielt inne. »Ob Nina Hazlitt einen neuen Kinderschreck aufbauen will?«

»Das habe ich sie mehr oder weniger auch gefragt.«

»Und?«

»Es hat ihr nicht gefallen.«

»Sie ist von Beruf Lektorin.«

»Na und?«

»Sie schafft Ordnung, John. Wenn eine einzige Person für

das Verschwinden all dieser Frauen verantwortlich gemacht werden kann, dann bringt das Sinn in etwas ansonsten Sinnloses.«

»Womit wir wieder bei der Psychologie wären.«

»Was anderes haben wir ja auch nicht, oder?«

»Wir haben Menschen, die anscheinend nicht mehr da sind.«

»Das schon.«

Als sie ihn fragte, ob er eine CD aussuchen wolle, wusste er, dass sie ihm seinen jüngsten Ausfall vergeben hatte.

25

Das Tummel Arms machte erst in einer Stunde auf, aber die Tür war nicht abgeschlossen. Auf der Atholl Road in Pitlochry war der Vormittag hell und geschäftig. Nachbarn standen mit Einkaufstüten oder Hundeleinen auf den Gehsteigen und tratschten. Sie waren Besucher gewohnt und beachteten Clarke und Rebus keinen Augenblick.

»Hallo?«, rief Clarke und drückte die Tür des Pubs auf. Es roch nach Scheuerpulver. Hocker und Stühle standen auf den Tischen, damit der Boden gewischt werden konnte. Eine Frau kam von der Damentoilette und wedelte mit einem Putzlappen.

»Wir suchen Gina Andrews«, erklärte Clarke.

Die Frau schob sich eine abtrünnige Strähne hinters Ohr. »Die ist beim Bäcker. Wird aber nicht lange dauern.«

»Wir warten, wenn das in Ordnung ist?«

Die Putzfrau zuckte mit den Achseln, dann verschwand sie wieder.

»Vertrauensselige Menschen hier oben«, bemerkte Rebus und beäugte die unbewachte Reihe mit Spirituosen.

»Nicht wirklich«, erwiderte Clarke und nickte in Richtung der Überwachungskamera über der Tür. Dann ging die Tür auf, und eine weitere Frau kam mit einem großen Plastiktablett herein, auf dem sich einzeln verpackte Brötchen und Sandwiches stapelten. Sie hievte es auf die Bar und atmete geräuschvoll aus.

»Polizei?«, fragte sie und wandte sich ihren Gästen zu.

»Genau«, sagte Clarke.

»Wegen Tommy?«

»Thomas Robertson, ja.«

»Sein Wagen steht noch hinten.«

»Wie lange schon?«

»Erst seit gestern Abend.«

»War er hier?«

Gina Andrews schüttelte den Kopf. Sie war Mitte dreißig, klein und gedrungen und hatte schulterlanges blondes Haar. Sie hatte genau die Qualitäten, die die Arbeit hinterm Tresen erforderte: Sie war freundlich, aber, wenn es sein musste, bestimmt; mit ihr legte man sich besser nicht an.

»Er muss hergefahren sein, aber reingekommen ist er nicht. Einer der Stammgäste hat mir erzählt, dass sein Wagen dasteht, deshalb hab ich ihm eine SMS geschickt.«

»Und er hat nicht geantwortet?«

Sie schüttelte erneut den Kopf und fing an, die Brötchen auf einen metallenen Servierteller zu stapeln. Auf jedem Päckchen klebte ein bedrucktes Etikett, das verriet, womit die Brötchen belegt waren.

»Was wissen Sie über ihn, Ms Andrews?«

»Er ist in Ordnung. Trinkt und lacht gerne.«

»Ist er Ihr ...?«

Andrews blickte von ihrer Arbeit auf. »Mein Liebhaber? Nein, so ernst ist es nicht.«

»Nur ein Freund?«

»Für gewöhnlich.«

»Würden Sie sagen, dass er jähzornig ist?«

»Wenn's blöd läuft, schon.«

»Wissen Sie, wo er gestern Morgen war?«

»Nein.«

»Er hat der Polizei auf der Wache in Perth ein paar Fragen beantwortet.«

»Wegen des vermissten Mädchens?«

»Wie kommen Sie darauf?«

Andrews schnaubte. »Das ist hier nicht gerade Downtown Chicago. Das mit dem Mädchen ist eine Riesensache. Ich hab gehört, die Polizei war auf der Baustelle.«

»Wussten Sie, dass Mr Robertson vorbestraft ist?«

»Er hat mir erzählt, dass er im Knast war.«

»Hat er gesagt, warum?«

»Randale vor einem Nachtclub. Tommy wollte eingreifen, und ihr habt euch dann ausgerechnet ihn gekrallt.« Sie hatte einen Teller vollgepackt und machte sich nun an den nächsten.

»Tatsächlich war's versuchte Vergewaltigung«, sagte Rebus. Sie erstarrte einen Augenblick.

»Das Opfer war ziemlich traumatisiert«, ergänzte Clarke.

»Und das macht ihn zum Verdächtigen?« Sie setzte ihre Arbeit fort, aber mit etwas weniger Elan.

»Hat er sich Ihnen gegenüber denn immer anständig verhalten?«, erkundigte sich Clarke.

»Er ist total nett.« Sie dachte eine Sekunde nach. »Haben Sie ihm gesagt, dass Sie mich ins Bild setzen wollen?«

»Spielt das eine Rolle?«

»Es könnte erklären, warum er den Mut verloren hat. Warum er bis zum Parkplatz kam, sich aber nicht zu mir reingetraut hat.«

»Und warum hat er dann den Wagen stehen lassen?«, fragte Clarke.

»Keine Ahnung.«

»Darf ich ihn mir mal ansehen?«, setzte Rebus hinzu.

»Nur zu.«

Mit einem Nicken bedeutete Clarke Rebus, dass er den Wagen untersuchen könne. Sie würde bleiben, es gab weitere Fragen, die gestellt werden mussten.

Draußen nahm sich Rebus eine Zigarette und ging zur Rückseite des Gebäudes. Auf dem Kiesparkplatz konnten maximal vier Fahrzeuge abgestellt werden, ein Schild besagte, dass er für die Mitarbeiter reserviert war. Robertson hatte sich daran nicht gestört: Seiner Ansicht nach gehörte er praktisch zur Familie. Jetzt stand dort nur ein klappriger Ford Escort, größtenteils blau, wobei eine Tür und einer der vorderen Kotflügel jeweils eine andere Farbe hatten als der Rest. Die hintere Stoßstange gab's nicht mehr, ein Rücklicht war kaputt. Es war ein abgeschiedener, von keinem anderen Gebäude aus einsehbarer Ort. Rebus untersuchte den Kies um den Wagen herum auf Spuren eines Kampfes, dann spähte er durch eine der Scheiben. Der Wagen war verschlossen, im Innern herrschte Unordnung: leere Chipstüten und Softdrink-Dosen, Zeitungen und Tankquittungen. Er notierte sich das Nummernschild und machte noch einmal eine Runde ums Fahrzeug. Die Steuerplakette war fast abgelaufen, möglicherweise würde ein entgegenkommender Mechaniker etwas geschmiert werden müssen, damit der Wagen noch mal zugelassen wurde. Mindestens zwei Reifen waren glatter als Bobby Charltons Glatze an einem stürmischen Tag. Als er mit der Schuhspitze gegen den getunten Auspuff trat, wackelte dieser heftig.

Im Pub verabschiedete sich die Putzfrau gerade. Rebus hielt ihr die Tür auf. Andrews war mit ihrer Arbeit fertig und machte sich jetzt an die nächste Aufgabe: Sie stellte saubere Gläser in die Regale. Rebus zuckte mit den Schultern, um Clarke anzuzeigen, dass er keine neuen Erkenntnisse gewonnen hatte. Sie reagierte mit derselben Geste.

»Er versteckt sich nicht zufällig bei Ihnen zu Hause?«, fragte Rebus Andrews.

»Ihre Bekannte hier hat mir das gerade auch schon unterstellt.« Sie wandte sich ihnen zu und verschränkte die Arme:

Die Geste hatte nichts Defensives, dem Gesichtsausdruck nach zu schließen eher das Gegenteil.

»Das heißt also ›nein‹.« Rebus zeigte auf die hübsch präsentierten Brötchen.

»Kann ich eins kaufen?«

»Die gibt's in der Bäckerei.«

»Roastbeef mit Meerrettich«, sagte er.

Der Wettbewerb, wer wen länger anstarren konnte, dauerte gute zehn Sekunden, die er nutzte, um Geld auf den Tresen zu legen. Sie gab nach und überreichte ihm das erstbeste Brötchen, das ihr in die Finger kam, mit Schinken und Senf, aber Rebus bedankte sich trotzdem.

»Ms Andrews glaubt«, teilte ihm Clarke mit, »er sei wieder in den Nordosten. Dort hat er Freunde, zu denen er Kontakt hält.«

»Namen?«

»Keiner, an den sie sich erinnern kann.«

Rebus' Gesichtsausdruck sagte alles: *Tolle Hilfe*.

Dann biss er in sein Brötchen.

Ihre nächste Station war der Bautrupp, wo Bill Soames und Stefan Skiladz ihnen ein alles andere als begeistertes Willkommen bereiteten.

»Haben Sie vor, alle Männer zu verscheuchen, die hier arbeiten?«, fragte Soames, die Hände in den Jackentaschen. Der Verkehr war ein einziges Dieselknurren, sie konnten kaum atmen und mussten schreien. Der Himmel zog sich zu, die Temperaturen fielen, und Nebel kroch aus dem Tal herauf.

»Sieht wohl eher danach aus, als hätten ihn seine Kollegen vertrieben«, erwiderte Clarke.

»Tommy hat nie einen Vorwand gebraucht, um in die Stadt zu fahren«, sagte Skiladz.

»Sie haben nichts von ihm gehört?«, fragte Rebus.

»Nichts.«

»Sein Wagen parkt hinter dem Tummel Arms.«

»Überrascht mich nicht.«

»Er ist aber nicht reingegangen«, ergänzte Clarke.

»Hierher ist er auch nicht zurückgekommen.«

»Sind Sie sicher?«

Soames starrte Rebus durchdringend an. »Wollen Sie etwa sagen, wir lügen?«

Rebus versuchte sein Schulterzucken möglichst gleichgültig aussehen zu lassen. »Vielleicht wurden Sie ja angelogen. Fehlt was von seinen Sachen?«

Soames überließ Skiladz die Antwort.

»Nichts«, sagte der Pole.

»Sehen Sie, wenn ich vorhätte, mich aus dem Staub zu machen«, fuhr Rebus fort, »würde ich doch erst mal ein paar Sachen packen.«

»Vielleicht war er durcheinander«, sagte Soames. »Ihr hattet ihn gerade gegrillt, ihm seine Vergangenheit vorgehalten.«

»Und hier hat man ihn mit Tee und Mitgefühl begrüßt?« Rebus' Lächeln war schmallippig und humorfrei.

»Wir decken ihn nicht. Sehen Sie sich um.« Soames machte eine ausladende Armbewegung. »Kein schöner Ort zum Versteckspielen.«

»Hat Ihr Suchtrupp was gefunden?«, unterbrach ihn Skiladz.

»Nein«, gestand Clarke.

»Weil es nichts zu finden gibt. Sie verschwenden Zeit und Geld, und ich glaube nicht, dass das Mädchen überhaupt bis hierhergekommen ist – jedenfalls nicht zu Fuß.«

»Und das bedeutet, Sie haben wieder mal einen Unschuldigen in die Scheiße geritten«, setzte Soames hinzu. Dann mit einem Blick zu Clarke: »Entschuldigen Sie meine Ausdrucksweise.«

»Wir verschwenden hier unsere Zeit«, sagte Clarke zu Rebus.

»Hat Stefan Ihnen das nicht gerade gesagt?«, meinte Soames.

Aber Clarke war schon auf dem Weg zum Wagen.

26

James Page hatte ganze Arbeit geleistet.

Essons Bilder der künstlich gealterten Vermissten waren an einige bevorzugte Medienvertreter herausgegeben worden. Den Fernsehleuten gefielen sie, sie sollten am Abend in den schottischen Nachrichten gezeigt werden. Außerdem trafen inzwischen Hinweise auf den Ort ein, an dem das von Annette McKies Handy gesendete Foto entstanden sein könnte. Einige hatten sogar selbst Fotos geschickt, um ihre Vermutung zu belegen. Page hatte an einer Wand des CID-Raums Platz geschaffen, und Esson hatte die Fotos dort aufgehängt. Ständig trafen neue ein. Page führte Clarke und Rebus in sein Büro.

»Ist er ernsthaft tatverdächtig?«, lautete Pages erste Frage.

»Ich bin nicht sicher«, gab Clarke zu.

»Die Tatsache, dass er abgehauen ist …«

»Aber er ist auch der Typ dafür: einer, der handelt, ohne nachzudenken.«

»Ein unsteter Geist«, sagte Rebus, »der nie lange irgendwo zu bleiben scheint.«

»Haben wir eine Ahnung, was sein Ziel sein könnte?«

»Aberdeen oder ein Ort in der Nähe«, spekulierte Clarke.

»Lohnt es sich, die Grampian Police zu verständigen, damit man dort die Augen offen hält?«

»Kann nicht schaden.«

Page sah auf die Uhr. »In einer Stunde muss ich den Chief über den aktuellen Stand in Kenntnis setzen. Gibt's noch was Handfesteres?«

»Alle arbeiten unter Hochdruck.«

»Bislang allerdings ergebnislos. Und je länger diese Situation anhält …«

»Wenn Annette mitgenommen wurde«, sagte Rebus, »dann von jemandem, der unterwegs nach Norden war. Haben wir Hinweise oder Fotos für den entsprechenden Abschnitt der A9 bekommen?«

»Sie meinen zwischen Pitlochry und Inverness?« Page blickte prüfend auf seinen Computerbildschirm. »Soweit ich sehen kann, nein«, erklärte er.

»Wir brauchen eine schöne große Wandkarte«, sagte Rebus. »Und viele bunte Reißzwecken …«

Während des restlichen Tages riefen ständig Leute an oder mailten ihre Gedanken und Vermutungen. Einige hatten keine konkreten Ideen, sondern wollten einfach nur mal sagen, dass das Team hervorragende Arbeit leistete. An diesem Punkt wurde den Anrufern dann gedankt, und sie wurden sanft aus der Leitung geworfen mit der Begründung, dass noch andere warteten.

Rebus war nach Hause gefahren und mit seiner eigenen Karte wiedergekommen, die er jetzt mit Posterkleber an der Wand befestigte.

»Ich sehe, Sie haben die A9 schon markiert«, bemerkte Esson. »Das ging aber schnell.«

Ja, und auch bei Auchterarder, Strathpeffer und Aviemore gab es schon Nadeleinstiche.

»Okay«, sagte Esson und nahm einen Schluck heißes Wasser, bevor sie die Liste vortrug: »Appin, Taynuilt, Salen, Kendal, Inveruglas, Lochgair, Inchnadamph …«

»Langsamer«, beschwerte sich Rebus. »Ich weiß nicht mal, wo die Hälfte von denen liegt. Und den letzten Ort haben Sie sich ausgedacht.«

»Ich war schon mal in Inchnadamph«, meldete sich Ronnie Ogilvie zu Wort, eine Hand auf dem Mundstück seines Telefonhörers.

»Aber John hat nicht ganz unrecht«, sagte Clarke. »Wir sehen lieber bei Google Maps nach, und erst wenn wir wissen, wo die Orte liegen, stecken wir unsere Fähnchen in die Wandkarte.« Sie sah sich im Raum um. »Alle damit einverstanden?«

Zustimmendes Nicken ringsum.

»Teil die Liste auf, Christine«, sagte Clarke zu Esson. Sie sah, dass Rebus die zugeschickten Fotos betrachtete und mit dem aus McKies Handy verglich. »Sind welche dabei, mit denen du was anfangen kannst?«

»Zwei.« Er tippte mit dem Finger drauf. Clarke musste ihm zustimmen.

»Wo sind die aufgenommen?«, fragte sie.

»Das eine ist die A838 südlich von Durness.«

»Das ist ganz weit oben im Nordwesten, oder?«

Rebus zeigte es ihr auf der Karte. »Meilenweit von allem entfernt.«

»Was ist mit dem anderen?«

»Die A836. Ein kleiner Ort namens Edderton.«

»Wo liegt der?«

Rebus zuckte mit den Schultern, weshalb Clarke an ihren Computer ging und diesen für sich arbeiten ließ. Wenig später hatte sie die Antwort.

»Am Dornoch Firth«, sagte sie. »Nur zwei Meilen abseits der A9 im Norden von Tain.«

»Wo der Glenmorangie herkommt?«, fragte Rebus.

»Das weißt du besser als ich.«

Rebus verfolgte den Verlauf der A9 nördlich von Inverness. Sie überquerte die Black Isle und umrundete den Cromarty Firth, führte dann wieder ins Landesinnere bis zum Dornoch Firth und folgte von dort aus dem Küstenverlauf bis Wick.

Tain war markiert, ebenso die A836. Da oben gab's nicht viele Hauptverkehrsstraßen, dafür aber tausende und abertausende Hektar Wildnis.

»Wir haben jede Menge Alternativen zur Auswahl«, mahnte Clarke, als Ogilvies Telefon erneut klingelte. »Also, lasst uns weitermachen.«

27

Am Ende des Tages fühlten sie sich wie betäubt. Ogilvie sagte, er sei bereit, eine Stunde länger zu bleiben und Telefondienst zu schieben. Clarke schüttelte den Kopf.

»Wir brauchen alle eine Pause. Ich habe einen Streifenbeamten gebeten, bis neun Uhr zu übernehmen. Danach notiert sich die Zentrale die Telefonnummern, und wir rufen am Vormittag zurück. Trotzdem: gute Arbeit von allen – ich mein's ernst.«

Normalerweise hätte Page das gesagt, aber er steckte im Präsidium in der Fettes Avenue mal wieder bei einem Briefing. Clarke rieb sich die Anspannung von der Stirn, als sie vor die Wandkarte trat. Rebus stand mit nachdenklichem Blick davor.

»Morgen gibt's noch mehr zu tun«, prophezeite er, »wenn wir Glück haben.«

»Wegen der manipulierten Vermisstenfotos? Glaubst du wirklich, dass Leute anrufen, die glauben, sie hätten die Frauen gesehen?«

»Wäre schön.« Er drehte sich zu ihr um. »Also, was hältst du davon?«

Sie betrachtete die Karte. »Wie viele Stimmen entfallen auf Edderton?«

»Bis jetzt vier.«

»Wahrscheinlich entspricht das der Einwohnerzahl.«

Rebus rang sich ein Lächeln ab. »Drei für Lochgair, aber das liegt hier ganz im Westen.« Er tippte auf die Karte. »Am Loch Fyne.«

»Und zwei für Durness«, ergänzte Clarke. Die Karte war mit Nadeln gespickt, und weitere steckten in der Wand darunter.

»Irgendwas aus England?«, erkundigte sich Clarke.

»Oder Wales und Nordirland?«

Sie blies die Wangen auf und stieß Luft aus. »Fällt das nicht in das Ressort eines Profilers?«

»Fang gar nicht erst an.«

»Ich sag's ja nur.« Sie lächelte müde. Dann betrachtete sie erneut die Karte: »Du denkst immer noch an die A9?«

»Oder deren Nebenstraßen.«

»Das sind bislang – wie viele? – sechs vorgeschlagene Stellen.«

»Sechs, und es kommen ja immer noch Hinweise rein.«

Sie nickte und blickte hinter sich, um sich zu vergewissern, dass sie kein anderer aus dem Team hören konnte. Trotzdem senkte sie die Stimme. »Was, wenn es gar nichts bedeutet? Wir grenzen die Stelle ein, vielleicht sind wir sogar davon überzeugt, die richtige gefunden zu haben … Aber was, wenn sich daraus nichts weiter ergibt?«

»Dann versuchen wir was anderes.«

»Aber was?«

»Sei mal ein bisschen zuversichtlicher, Siobhan. Wenn du zum Schluss sagen kannst, dass du Zeit investiert und dein Allermöglichstes getan hast …«

»Dann wird uns die Familie sicher eine nette Dankeskarte schicken.«

»Vielleicht, vielleicht aber auch nicht.« Rebus legte ihr eine Hand auf die Schulter. »Egal was du heute Abend machst, achte drauf, dass es nichts hiermit zu tun hat.«

Sie nickte zustimmend. »Dasselbe gilt für dich«, sagte sie.

»Selbstverständlich«, erwiderte er. »Vielleicht mache ich eine hübsche kleine Landpartie …«

Aber erstmal ein oder zwei Pubbesuche in der Stadt. Im Gimlet stand jemand anders an der Tür. Er telefonierte und schien Rebus nicht für gefährlich zu halten. Drinnen war einiges los, dieselbe Barfrau wie bei seinem vorangegangenen Besuch. Er zwinkerte ihr zu, blieb aber nicht auf ein Getränk am Tresen. Die zweite Kneipe, die er ansteuerte, wirkte noch weniger auf Vordermann gebracht. Das Tytler befand sich inmitten einer Wohnsiedlung im Norden, die zu großen Teilen bald abgerissen werden sollte. Die Gäste sahen so aus, als würde ihnen dasselbe Schicksal blühen. Wieder entschied sich Rebus dagegen zu bleiben, ein kurzer Wortwechsel mit dem einsilbigen Barmann, und schon fuhr er weiter. Diesmal eine längere Strecke, in westlicher Richtung raus aus der Stadt in das Ödland von West Lothian. Broxburn, Bathgate, Blackburn und Whitburn. Urwüchsige Städte; ehemalige Bergarbeitergemeinden. Jo-Jo Binkie's lautete der Name über der Tür eines ehemaligen Art-déco-Kinos an der Hauptstraße, die von bankrotten Geschäften und Immobilienverkaufsschildern dominiert wurde. Drei massige Türsteher starrten Rebus nach Kräften an. Sie trugen allesamt Armbinden an den Jacken, die sie als SECURITY kenntlich machten, dazu Hörmuscheln an schmalen Kabeln, die irgendwo im Zwischenraum zwischen Hals und Kragen verschwanden.

»Alles klar, Freundchen?«, fragte einer von ihnen, jede Menge Narben im Gesicht und eine Nase, die mindestens schon einmal gebrochen war.

»Alles bestens«, sagte Rebus und wollte an ihm vorbei. Aber eine Hand hielt ihn auf.

»Sind Sie verabredet?«, wollte der Türsteher wissen.

»Kann sein.«

»Heute ist nämlich Pärchenabend, also, wenn Sie's nicht auf einen Dreier abgesehen haben …«

»Das Altenheim ist die Straße runter«, setzte einer der anderen Türsteher hinzu. »Vielleicht wird da ein bisschen getanzt.«

Rebus grinste. »Darf ich das für mein Buch klauen?«

»Was für ein Buch?«

»Ich nenne es *Arschlöcher sagen immer die komischsten Sachen.*«

Der junge Mann kam näher. »Ein Arschloch bin ich also? Vielleicht sollten wir mal nach hinten gehen und das klären …«

Der dritte Türsteher, der am erfahrensten wirkte und seine Meinung bislang für sich behalten hatte, klopfte seinem jungen Kollegen auf die Schulter.

»Ganz ruhig, Marcus. Unser Freund hier ist von der Polizei.«

Rebus starrte Marcus durchdringend an. »Da liegt er richtig. Und ich bin nur deshalb so alt geworden, weil ich mich nie auf einen Kampf einlasse, den ich nicht gewinnen kann. Kleiner Tipp …«

Rebus wandte sich dem Anführer der Gruppe zu.

»Wen suchen Sie denn?«, fragte der Mann. Geschorener Schädel, gepflegter, grau melierter Schnurr- und Kinnbart. Auch er war ein Überlebender.

»Mr Hammell«, sagte Rebus.

»Weiß er, dass Sie kommen?«

»Nicht direkt.«

»Vielleicht will er Sie ja gar nicht sehen.«

»Sagen Sie ihm, es geht um Annette.«

Der Türsteher dachte kurz nach, bearbeitete dabei das Kaugummi in seinem Mund.

»Kennt Mr Hammell Sie?«

Rebus nickte.

»Na schön. Folgen Sie mir.«

Im Foyer war ein halber Hektar roter Teppich ausgelegt.

Von der Decke strahlten unzählige winzige Glitzerlichter, und den Eintritt zahlte man an einem alten Kassenhäuschen. Hinter zwei doppelten Schwingtüren hörte Rebus stampfende Tanzmusik, ein paar betrunkene Frauen jauchzten. Der Türsteher hatte an einem schmalen Treppenaufgang in der Ecke Halt gemacht und ein rotes Absperrseil gelöst. Auf dem Schild daneben stand *Nur für Mitarbeiter.* Sie stiegen hinauf zur Galerie, die Musik aus der Anlage brachte die Wände zum Wackeln.

»Dieser Marcus braucht einen Türsteher ganz für sich allein«, meinte Rebus.

»Allmählich werden in der Branche nur noch ganz Junge genommen, wie sonst überall auch.«

Am oberen Treppenabsatz angekommen sah Rebus, dass noch einige der alten Kinosessel stehen geblieben waren, Reihen aus weichem Velours warteten auf ein Publikum, das niemals mehr kommen würde. Eine Diskokugel gab sich große Mühe, die Tänzer unten zu unterhalten. Rote und blaue Lichter pulsierten. Der Türsteher führte Rebus an der letzten Stuhlreihe vorbei zu einer Bürotür, klopfte und trat ein, bevor er dazu aufgefordert wurde. Rebus ließ er vor der Tür stehen. Eine halbe Minute später kam er wieder heraus, die Tür blieb diesmal offen, und machte Rebus Zeichen hineinzugehen.

»Danke«, sagte Rebus. »Ehrlich.« Der Türsteher nickte, war sich bewusst, dass er jetzt einen Gefallen guthatte.

Das Büro überraschte Rebus, weil es groß, freundlich und modern war. Helle Holzmöbel, dazu ein ockerfarbenes Ledersofa. An den Wänden hingen gerahmte Plakate von alten Filmen, darunter viele, die Rebus in seiner Jugend gesehen hatte.

»Die haben wir gefunden, als wir das Haus gekauft haben«, erklärte Frank Hammell.

»Auf dem Dachboden gammelten hunderte davon einfach

vor sich hin. Ich glaube, sie sollten wärmedämmend wirken.« Er war hinter seinem Schreibtisch hervorgekommen, um Rebus die Hand zu geben. Nachdem dieser eingeschlagen hatte, hielt er sie fest und fragte Rebus, ob es Neuigkeiten gäbe.

»Nicht viele«, erklärte Rebus. »Darf ich mich setzen?«

Hammell nahm ein Ende des Sofas und Rebus das andere. An diesem Abend trug Hammell stonewashed Jeans, dazu braune Halbschuhe. Ein versilberter Gürtel spannte im Kampf gegen den Bauch, den er umfasste. Ein weißes kurzärmeliges Hemd, am Kragen offen. Er fuhr sich mit einer fleischigen Hand durchs Haar.

»Rob ist ein Gentleman«, sagte er und nickte Richtung Tür.

»Auf jeden Fall hat er ein paar graue Zellen mehr als dieser Donny the Doorman im Gimlet.«

»Muskeln und Hirn treffen selten aufeinander. Es wird immer schwerer, gute Männer zu finden.« Hammell machte eine abfällige Handbewegung. »Aber egal, ich überlasse es Darryl, die Leute anzuheuern und wieder zu feuern. Also, was führt Sie her, Rebus?«

»Ich hatte gehofft, Sie könnten mir sagen, wo Thomas Robertson ist.«

»Darf ich *Ihnen* eine Frage stellen?«

»Nur zu.«

»Wer zum Teufel ist Thomas Robertson?«

Rebus starrte ihn durchdringend an, doch Hammell hielt seinem Blick stand, anscheinend hatte er das Spielchen schon einmal gespielt. »Eine Person, die wir vernommen haben«, erklärte Rebus schließlich.

»Okay.«

»Und jetzt wird er vermisst.«

»Glauben Sie, dass er Annette entführt hat?«

»Nein, aber ich bin ziemlich sicher, dass *Sie* das glauben.«

Hammell streckte beide Arme aus, die Handflächen nach

oben. »Ich hab noch nie von ihm gehört, bis Sie hier hereinspaziert sind«, protestierte er.

»Er hat auf der Baustelle nördlich von Pitlochry gearbeitet. Ist in die Stadt gegangen und ward seither nicht mehr gesehen.«

»Dann ist er also flüchtig?«

»Ihm wird nichts vorgeworfen.«

»Wie kommt es dann, dass Sie ihn im Visier hatten?«

»Er hat eine Vorgeschichte.«

»Entführung?«

Rebus schüttelte den Kopf. »Körperverletzung.«

»Und jetzt haben Sie ihn vernommen und wieder gehen lassen?«

»Wir haben seine Unterkunft durchsucht und nichts gefunden, das ihn mit Annette in Verbindung bringt.«

Hammell wirkte nachdenklich. »Wie soll ich eigentlich von ihm erfahren haben?«

»Gerüchte im Netz.«

»Das einzige Netz, das mich interessiert, ist das der gegnerischen Mannschaft in Tynecastle.« Er hielt inne. »Ich hab die Nachrichten gesehen … Die Fotos von den anderen Frauen. Und das Bild, das Annette geschickt hat … Kann ich Gail irgendwas sagen, irgendwas, das ihre Stimmung hebt?«

»Wir haben jede Menge Hinweise bekommen. Morgen oder übermorgen werden wir prüfen, was in die engere Auswahl kommt.«

»Aber niemand hat Annette gesehen? Ihr Bild kursiert jetzt überall …«

Rebus sagte nichts. Hammell stand auf, ging an seinen Schreibtisch, zog eine Schublade auf und holte eine Flasche Wodka hervor.

»Auch einen?«

Als Rebus den Kopf schüttelte, nahm Hammell ein Glas

aus der Schublade und schenke sich gut zwei Zentimeter ein.

»Wie geht es Annettes Mutter?«, fragte Rebus.

»Was glauben Sie wohl?«

Es wurde nicht angeklopft. Die Tür ging einfach auf, und ein junger Mann, den Rebus als Darryl Christie wiedererkannte, stand im Türrahmen. Als er sah, dass Hammell Besuch hatte, nuschelte er eine Entschuldigung.

»Ihr beide solltet euch kennenlernen«, sagte Hammell und machte dem jungen Mann Zeichen einzutreten. Rebus nahm an, Christie würde es zu schätzen wissen, wenn er sich erhob.

»Wir haben telefoniert«, erklärte er und streckte seine Hand aus. »Ich bin John Rebus.«

»Geht's um Annette?«

»Nur ein Zwischenbericht«, versicherte ihm Hammell. »Mach dir keine Sorgen.«

Christies Handy summte, und er las die Nachricht auf dem Display. Er war ein durchaus gut aussehender Junge, und sein maßgeschneiderter Anzug schien brandneu zu sein. Eine interessante Kleiderwahl. Der Anzug gehörte zur Welt der Erwachsenen, der Welt der ernst zu nehmenden Geschäfte. Hammell kleidete sich nachlässig, weil er es sich leisten konnte: Niemand würde ihn aufgrund seiner Klamotten falsch einschätzen. Darryl musste sich dagegen schon mehr anstrengen. In Jeans bestand immer die Möglichkeit, dass er irrtümlich für einen Niemand gehalten wurde.

»Was habe ich da über Fotos gehört?«, fragte Christie.

»Ihre Schwester hat eins verschickt«, erklärte Rebus. »Oder zumindest wurde es von ihrem Handy verschickt. Dasselbe ist vor einigen Jahren bei einem anderen Vermisstenfall geschehen. Im Moment ist das so ziemlich der einzige Anhaltspunkt, den wir haben.«

»Und einen getürmten Verdächtigen«, unterbrach ihn Hammell. »Wir haben ihn nicht zufällig in den Keller gesperrt, oder, Darryl?«

»Nicht dass ich wüsste.« Christies Handy summte erneut, eine weitere Nachricht.

»Immer diese Scheiß-SMS«, meckerte Hammell. »Den Jungen kann man ins Theater oder in die besten Restaurants einladen, egal, er guckt kaum vom Display auf.«

»So werden heutzutage nun mal Geschäfte gemacht«, murmelte Christie, während seine Fingerspitzen über den Touchscreen fuhren.

Hammell zog die Nase kraus und begegnete Rebus' Blick. »Menschen wie Sie und ich verhandeln lieber von Angesicht zu Angesicht. Früher gab's nichts anderes. Sie hätten mich heute Abend ja auch anrufen können, aber Sie sind lieber persönlich gekommen.« Er nickte anerkennend. »Sicher, dass Sie keinen Drink wollen?«

»Nein danke«, sagte Rebus.

»Aber mir kannst du einen anbieten«, merkte Darryl Christie an.

»Dann muss ich dich heute Abend wieder ins Taxi setzen.«

Christie ignorierte die Bemerkung und winkte mit dem Handy in Richtung seines Arbeitgebers. »Muss mich hier um was kümmern«, sagte er, drehte sich um und verließ den Raum.

»Nicht mal mehr ein ›Auf Wiedersehen‹ ist man heutzutage wert.« Hammell schüttelte den Kopf in gespielter Verzweiflung. »Ist aber ein guter Junge.«

»Wie lange kennen Sie seine Mutter?«

»Haben Sie mich das nicht schon mal gefragt?«

»Ich kann mich nicht erinnern, dass Sie geantwortet hätten.«

»Vielleicht weil Sie das nichts angeht.«

»In meiner Branche zählt jedes Detail. Kannten Sie Darryls Vater?«

»Derek war ein Freund.« Hammell zuckte mit den Schultern.

»Ist irgendwas dran an dem Gerücht, dass Sie ihn aus der Stadt vertrieben haben?«

»Kommt das von Ihnen oder von Ihrem Kumpel Cafferty?«

»Ich hab Ihnen schon mal gesagt, dass er nicht mein Kumpel ist.«

Hammell schenkte sich einen weiteren großzügigen Wodka ein. Rebus konnte ihn riechen. Der schlimmste Geruch auf der Welt …

»Cafferty ist sowieso am Ende. Game over.« Hammell kippte das Glas, leerte es in einem Zug.

»Können Sie mir mehr über Annette erzählen?«, fragte Rebus. »Oder geht mich das auch nichts an?«

»Annette ist ein richtiges kleines Fräulein – muss immer ihren Kopf durchsetzen.«

»Hab ich mir gedacht«, sagte Rebus und nickte verständig. »Mit dem Bus nach Inverness …«

»Einer meiner Jungs hätte sie gefahren!«, schimpfte Hammell.

»Haben Sie ihr das vorgeschlagen?«

»Natürlich, aber sie musste es ja unbedingt so machen, wie *sie* wollte – und das hat sie jetzt davon!« Hammell gab ein verärgertes Brummen von sich und schenkte sich erneut ein.

»Geben Sie ihr die Schuld?«

»Wäre sie vernünftig gewesen, hätte sie auf uns gehört, und nichts von alldem wäre passiert.« Er hielt inne, starrte in sein Glas, schwenkte dessen Inhalt. »Hören Sie, Sie kennen mich, oder? Sie wissen, wer ich bin … Es macht mich wahnsinnig, dass ich nichts tun kann.«

»Sie haben eine Belohnung ausgesetzt.«

»Und gebracht hat das nur, dass jetzt jeder Irre oder geldgeile Penner im Umkreis von vierhundert Meilen bei euch auf der Matte steht.«

»Ich glaube kaum, dass Sie etwas tun können, was wir nicht bereits täten. Problematisch wird es nur, wenn Sie auf eigene Faust tätig werden.«

»Ich sag's noch mal: Ich weiß nichts über diesen Robertson. Aber wenn Sie Hilfe brauchen, um ihn zu finden…« Hammell fixierte Rebus.

»Ich glaube nicht, dass das nötig ist – oder klug wäre.«

Hammell zuckte mit den Schultern. »Das Angebot steht. Und wie sieht's mit einem Bonus aus? Banker müssen ja nicht die Einzigen sein, oder?« Er hatte in eine seiner Hosentaschen gegriffen und ein dickes Bündel Fünfzigpfundscheine ausgepackt.

»Nein«, sagte Rebus.

»Aha«, stellte Hammell fest, als würde er die Wahrheit kennen. »Cafferty zahlt Ihnen schon ausreichend Vorschuss.«

Rebus fand, dass es jetzt an der Zeit war zu gehen, aber Hammell sah das offensichtlich anders.

»Man hat mir erzählt, Sie wären wie er, und das stimmt. Ihr beiden könntet Brüder sein.«

»Jetzt bin ich beleidigt.«

Hammell grinste. »Nicht doch. Allerdings hat *einer* von Caffertys Sorte immer schon gereicht.« Er starrte in seinen Drink, bevor er ihn an die Lippen hob. »Schade, dass Sie, als es sich im Krankenhaus ergab, nicht die Finger von ihm gelassen haben…«

28

Es war zwei Uhr morgens, als Darryl Christie wieder zu Hause in Lochend eintraf. Seine Mutter war vor dem Fernseher eingeschlafen, es lief einer der Shoppingkanäle. Er weckte sie und schickte sie ins Bett, wobei sie unbedingt noch umarmt werden wollte. Dafür nahm er ihr das Versprechen ab, es mit dem Alkohol und den Pillen nicht zu übertreiben.

Joseph und Cal hatten die Küche aufgeräumt und nach dem Essen Geschirr gespült. Darryl sah im Kühlschrank nach – jede Menge Fertiggerichte und Milch. Die zwei Zwanzigpfundscheine, die er für Lebensmittel auf den Tisch gelegt hatte, waren noch da. Oben lagen seine beiden Brüder in ihren Etagenbetten, der kleine Fernseher war noch warm, und über dem Boden verteilten sich Videospiele. Ein paar davon sahen aus, als würden sie Annette gehören. Joseph hatte gefragt, ob er ein oder zwei ausleihen dürfe, und Darryl hatte es erlaubt.

»Ich hoffe, ihr beiden schlaft schon«, warnte er sie, obwohl sie bestimmt nicht die Augen aufmachen und zugeben würden, dass sie nur schauspielerten. Er schloss die Tür, schlüpfte ins Zimmer seiner Schwester und machte Licht. Die Wände waren schwarz gestrichen und mit Postern und Aufklebern geschmückt. Da klebten kleine Sternchen und Planeten an der Decke, die im Dunkeln leuchteten – ein Weihnachtsgeschenk von ihm. Er setzte sich einen Augenblick auf ihr Bett. Er konnte ihr Parfüm riechen, vermutete, dass es vom Kissen kam. Er schnüffelte daran. Sie schien gar nicht fort zu sein –

jeden Moment konnte sie reinplatzen und fragen, was er da machte. Als sie jünger waren, hatten sie oft gestritten – Ohrfeigen, Tritte und Bisse waren an der Tagesordnung gewesen. Aber in letzter Zeit nicht mehr, inzwischen lebten sie in verschiedenen Welten.

»Komm bloß wieder nach Hause, du blöde Kuh«, sagte Darryl leise, stand auf und ging nach unten. Er legte sich vollständig bekleidet auf sein schmales Bett, ließ das Licht im Wintergarten aus, so dass er auch die Rollos nicht schließen musste. Dann gab er einen Namen in sein Handy ein und wartete, bis sich sein Vater meldete.

»Ich bin's«, sagte er.

»Was Neues?«

»Nichts.«

»Jetzt sind es schon zwei Wochen.«

»Ich weiß.«

»Wie geht's deiner Mutter?«

»Nicht so toll.«

»Ich kann nicht zurückkommen, Darryl.«

»Warum nicht? Hammell wird nicht wagen, dir was anzutun.«

»Ich hab jetzt ein neues Leben.«

Darryl Christie starrte sein kaum sichtbares Spiegelbild in der Glasscheibe über sich an. Schon wieder Lichtverschmutzung: keine Sterne zu sehen.

»Wir vermissen dich«, sagte er zu seinem Vater.

»*Du* vermisst mich«, korrigierte ihn Derek. »Ist Frank immer noch okay zu dir?«

»Ja.«

»Und Cal und Joe?«

»Denen geht's gut.«

Einen Augenblick lang herrschte Schweigen. »Ist Frank heute Abend da?«

»Er war nicht mehr hier, seit Annette verschwunden ist.«

»Will er das so oder deine Mum?«

»Weiß nicht genau.«

Sie redeten ein paar Minuten, bis Derek Christie seinen Sohn daran erinnerte, wie teuer der Anruf wurde.

»Ich sag's dir doch immer wieder«, sagte Darryl, »das geht auf Franks Rechnung.«

»Trotzdem …«

Und das war's – auf Wiedersehen und noch ein paar Worte über Darryls Reise nach Australien, die er eines Tages bestimmt antreten würde. Danach schwang er seine Füße auf den Boden und blieb auf der Bettkante sitzen. Er hatte seinen Vater angelogen: Zwar besaß er ein Handy, das von Frank Hammell bezahlt wurde, aber das war ein anderes. Dieses gehörte ihm selbst, und deshalb schickte er jetzt damit eine SMS an Cafferty. Er nahm an, der Alte würde tief und fest schlafen.

Vielleicht wachte er davon auf, vielleicht aber auch nicht. Er gab den Text ein und drückte auf »Senden«.

Dein Freund Rebus hat Hammell ins Herz geschlossen. Er war heute Abend im Jo-Jo's.

Einwandfreie Rechtschreibung und Zeichensetzung – für Mr Cafferty nur das Beste. Aber Darryl nahm doch noch mal sein anderes Handy, um eine letzte SMS zu versenden. Danach würde er vielleicht ein paar Stunden schlafen können. Mehr Schlaf schien er nicht zu brauchen. Um sechs oder halb sieben würde er sich an seinen Laptop setzen und mit der Arbeit beginnen. Er prüfte noch einmal die Formulierung, vergewisserte sich, dass es die richtige Nummer war, dann drückte er auf »senden« und legte sich wieder aufs Bett, die Augen geöffnet. Er griff nach der Fernbedienung und ließ die Rollos rundum und über sich herunter. Das System hatte ein Vermögen gekostet – dreimal so viel, wie er seiner Mutter gesagt hatte –, sogar noch nachdem Frank Hammell einen fetten Preisnachlass herausgeschlagen hatte. Darryl knöpfte sich das Hemd auf. Dem leuchtenden Display nach zu urteilen war auf einem seiner Handys bereits eine Antwort eingegangen …

Teil drei

And looking from a low ridge
To loch waters in the west
Where darkened hills are dreaming …

29

Es war ein Selbstläufer, wie Rebus James Page erklärte.

»Sie haben den Motor hier, läuft wie geschmiert. Ich bin höchstens die Ersatzglühbirne im Handschuhfach. Das Ersatzteil, auf das Sie verzichten können.«

Und Page hatte zugestimmt, trotz Clarkes Protesten, weshalb Rebus seinen Saab aufgetankt und wieder gen Norden aufgebrochen war. Erst Perth mit den vielen Kreisverkehren, dann Pitlochry und die Baustelle, weiter zum House of Bruar, wo er zu Mittag aß. Er parkte direkt vor einem Herrenbekleidungsgeschäft und warf einen Blick in die Schaufensterauslage, beschloss aber, dass er noch lange nicht alt genug für erdbeerfarbene Cordhosen war. Ein Schild am Drumochter Summit teilte ihm mit, dass er sich 1516 Fuß über dem Meeresspiegel befand. Die Berge auf beiden Seiten wirkten furchteinflößend, trotzdem hatten sich Wanderer aufgemacht – ihre Autos parkten in Straßenbuchten –, andere kehrten mit roten Wangen und dampfendem Atem wieder zu ihren Fahrzeugen zurück. In Aviemore blinkte er rechts, um einen Abstecher in die Stadt zu machen. Viel gab es dort nicht zu sehen, obwohl einiges los war. Loch Garten war ausgeschildert. Er erinnerte sich, vor dreißig Jahren mal mit seiner Tochter dort gewesen zu sein. Die Royal Society for the Protection of Birds hatte dort einen mit Fernrohren ausgestatteten Verschlag gebaut, aber von den berühmten Fischadlern keine Spur – nur ein leeres Nest. Wie alt war Sammy da gewesen? Fünf oder sechs. Ein Familienurlaub. Heutzutage musste er sie Samantha nennen, zumindest bei den seltenen Gelegenheiten, wenn er sie an den Hörer bekam. Sie schickte ihrem Vater lieber SMS-Nachrichten, als direkt mit ihm zu sprechen. Und Rebus konnte es ihr nicht verdenken, jedenfalls nicht, wenn die Gespräche – was seine Schuld war – fast immer mit einem blöden Streit endeten. Er hatte Nina Hazlitt gesagt, er wage sich gar nicht vorzustellen, was sie durchmache, dabei hatte auch er Sammy mehr als einmal fast verloren.

Er musste an der Einmündung warten, bis er wieder auf die A9 fahren konnte, hatte es aufgegeben, die Laster und Transporter zu zählen, hinter denen er nun herkroch und von denen er einige bereits viele Meilen zuvor, auf einem zweispurigen Abschnitt, überholt hatte. Er musste sich selbst ermahnen, dass er es nicht eilig hatte. CDs hatte er noch genug dabei, auch ein Päckchen Kaugummi, das er an der Tankstelle gekauft hatte. Außerdem Zigaretten in Reserve und eine Halbliterflasche Irn Bru. Als er an der Abzweigung zur Tomatin-Destillerie vorbeifuhr, grüßte er, wie auch schon fünfzig Meilen zuvor Richtung Dalwhinnie. Obwohl er jetzt nur noch zehn Meilen bis Inverness vor sich hatte und die Straße größtenteils zweispurig war, kam es ihm bis zum Stadtrand wie eine Ewigkeit vor. Das Schlachtfeld von Culloden befand sich in der Nähe – ebenfalls eine Sehenswürdigkeit, die sie in jenem Urlaub besucht hatten. Es war ein trister Ort mit einem kleinen Besucherzentrum in einem Gebäude nicht größer als eine Hütte. Sammy hatte immer wieder gesagt, wie langweilig und kalt ihr war. Im Radio kamen die Vieruhrnachrichten, als Rebus nach Inverness einfuhr. Der Verkehr war hier noch zähflüssiger, und er machte sich keine Freunde, indem er sich erst auf der falschen Spur einordnete und dann wieder wechseln wollte, um nicht in die Innenstadt fahren zu müssen. Er überquerte die Kessock Bridge nach Black Isle, dann eine weitere Brücke über den Cromarty Firth, wo er erneut einer

Destillerie winkte – Glen Ord. Er kannte die Strecke von der Landkarte an der Wand, hatte aber trotzdem vor seinem Aufbruch noch eine extra Karte gekauft. Im Wasser rechts stand etwas, das nach drei riesigen Bauplattformen aussah. Es regnete, und die Scheibenwischer bewegten sich in einem hypnotischen Rhythmus. Er brauchte einen Augenblick, bis ihm klar wurde, woran ihn das Geräusch erinnerte: aufwachen, wenn die Nadel auf der Auslaufrille kratzt. Alness lag vierzehn Meilen südlich von Tain und war stolze Heimat der Dalmore Destillerie, während aus Tain der Glenmorangie kam. Am nächsten Kreisverkehr fuhr er von der A9 ab und auf die A836, die Schilder wiesen nach Bonar Bridge, Ardgay und Edderton. Er hatte die Telefonnummer eines Farmers und gab diese nun in sein Handy ein.

»Bin in fünf bis zehn Minuten da«, sagte er und beendete das Gespräch.

Und so war es auch. Der Farmer hieß Jim Mellon und wartete neben seinem alten Landrover auf Rebus, dem er nun durch Handzeichen bedeutete, er möge am Straßenrand halten.

»Wir nehmen meinen«, rief Mellon, da er fand, der Saab sei der Aufgabe möglicherweise nicht gewachsen.

Rebus stieg aus und schloss die Tür ab, der Farmer grinste über die in seinen Augen vermutlich »städtische« Vorsichtsmaßnahme. Er war jünger, als Rebus erwartet hatte – glatt rasiert, blond und gut aussehend.

»Vielen Dank für Ihre Bemühungen«, sagte Rebus. »Und danke auch, dass Sie überhaupt Kontakt zu uns aufgenommen haben.«

»Sie sagten am Telefon, ich bin nicht der Einzige gewesen.«

Rebus nickte. »Da waren noch ein paar andere Ihrer Meinung.«

»Mal sehen, was Sie davon halten.« Mellon deutete auf seinen Landrover. »Sie sind doch nicht gegen Hunde allergisch, oder?«

Hinten im Wagen saß ein Collie – ein Hütehund, wie Rebus annahm. Intelligente Augen und keineswegs zu erniedrigenden Gesten bereit, nur um von einem Fremden getätschelt zu werden.

Der Motor sprang laut dröhnend an, und sie fuhren die schmale, matschige Straße hinauf, vorbei an einem Schild, das darauf hinwies, dass die Schneetore vor ihnen geschlossen würden, sobald die Lampen aufleuchteten.

»Wie oft wird die Strecke befahren?«, fragte Rebus.

»Ein paarmal am Tag«, vermutete Mellon. »Da oben ist nicht viel los.«

»Laut Beschilderung geht es hier nach Aultnamain.«

»Da ist auch nicht viel los – aber so weit wollen wir gar nicht.« Er bog auf eine noch schmalere Straße mit Ausweichbuchten ein. Sie war zwar asphaltiert, aber der Straßenbelag war schon rissig – in den Ritzen wuchs Gras. Nur ungefähr eine Minute später hielt Mellon ruckelnd an und zog die Handbremse. »Ich würde sagen, das ist es.«

Rebus machte die Tür auf und stieg aus. Er zog einen Ausdruck des Fotos aus der Tasche. Der Himmel war jetzt dunkler, aber noch nicht zu dunkel. Mellon zeigte ihm die Richtung. Rebus schaute, dann hielt er das Foto hoch, sein Blick wanderte zwischen dem Bild und der Landschaft hin und her.

»Kann zu jedem x-beliebigen Zeitpunkt aufgenommen worden sein«, informierte ihn Mellon.

Rebus wusste, was er meinte: Wahrscheinlich hatte sich in über hundert Jahren an dieser Landschaft nichts verändert.

»Die Sache ist nur«, sagte Rebus, »um diese Uhrzeit kann das Mädchen noch nicht viel weiter gekommen sein als bis Pitlochry. Als sie hier war, war es stockdunkel.«

»Dann ist das Foto doch nicht von hier, oder?«

Aber Rebus war nicht sicher. Er nahm sein eigenes Handy aus der Tasche und machte eine Aufnahme. Keine Profiqualität, aber er würde es trotzdem an Clarke schicken. Allerdings spielte sein Handy nicht mit.

»Kein Netz«, meinte Rebus.

»Normalerweise ist es ziemlich gut. Sie müssen einfach nur die richtige Stelle finden.«

»Also, selbst wenn das Foto hier aufgenommen wurde…«

»Hätte sie möglicherweise Schwierigkeiten gehabt, es zu verschicken.« Der Farmer nickte. »Gibt es noch andere Orte, die in Frage kommen?«

»Ein oder zwei.«

»Liegt einer von denen näher bei der Stelle, wo sie zuletzt gesehen wurde?«

»Ja, aber es gibt nicht so viele Übereinstimmungen wie hier.« Rebus blickte sich um. Manche würden den Ort als friedlich bezeichnen, andere als einsam. Der Wind pfiff um sie herum. Rebus wusste nicht genau, wonach er suchte, abgesehen von einem Gespür für das Warum und das Wer: Warum hier, und wer hatte diesen Ort gewählt?

»Ich nehme nicht an, dass Sie was Verdächtiges gesehen haben?«, fragte er Mellon. »Fremde, die länger als gewöhnlich Halt gemacht haben?«

Der Farmer stopfte seine Hände in die Taschen seiner Barbourjacke. »Nichts. Und ich habe rumgefragt, alle sagen dasselbe.«

»Reifenspuren, wo eigentlich keine hätten sein dürfen?«

Mellon schüttelte den Kopf.

»Und oben an der Straße?«

»An der Kreuzung links kommen Sie irgendwann wieder nach Alness.«

»Und rechts?«

»Auf die Straße nach Bonar Bridge.«

»Wie gut stehen die Chancen, dass ein Fremder diese Straße hier findet, Mr Mellon?«

Der Mann zuckte mit den Schultern. »Sie ist auf der Karte verzeichnet. Ich würde sagen, das Navi kennt sie auch.«

Rebus machte noch ein paar weitere Fotos, aber es wurde schon zu dunkel, als dass sie noch brauchbar gewesen wären. Er hatte einfach nur das Gefühl, etwas tun zu müssen.

»Sie sind weit gefahren«, sagte der Farmer. »Im Haus hab ich Tee, wenn Sie mögen.«

»Danke, aber ich hab noch ein paar Meilen vor mir.«

»Haben Sie genug gesehen?«

Rebus suchte den Horizont mit Blicken ab – jedenfalls das, was er noch erkennen konnte. »Ich denke schon.«

»Glauben Sie, das arme Mädchen ist irgendwo hier draußen?«

»Ich weiß es nicht«, gab Rebus zu.

Wieder im Landrover warf ihm der Hund einen Blick zu, den man für mitleidig hätte halten können.

30

Aus irgendeinem Grund – hauptsächlich weil er sich für nichts anderes entscheiden konnte – war er wieder auf der A9 und fuhr weiter Richtung Norden. Schon bald bog er nach Dornoch ab, fuhr vorbei an der Kathedrale (die nicht größer war als eine Dorfkirche) und hielt auf dem so gut wie menschenleeren Marktplatz. Ein Hotel und ein Geschäft hatten anscheinend geöffnet, aber die Straßen waren leer. Er stellte fest, dass er wieder Empfang hatte, und stieg aus dem Wagen, um beim Telefonieren ein bisschen auf und ab zu gehen.

»Und?«, fragte Siobhan Clarke.

»Ich bin ziemlich sicher.«

»Aber nicht hundertprozentig?«

»Nein.«

»Und was jetzt?«

»Ich hab ein paar Fotos mit meinem Handy gemacht, damit du siehst, was ich meine.«

»Bist du auf dem Rückweg?«

»Noch nicht. Ich hab in Dornoch Halt gemacht.«

»Bei dem Tempo bist du vor Mitternacht nicht zu Hause.«

Rebus' Gedanken wanderten zu der kleinen Reisetasche auf dem Rücksitz. »Die Sache ist die, Siobhan, sie kann das Bild nicht von ihrem Handy geschickt haben. Nicht aus Edderton, nicht zu der Zeit, zu der sie's geschickt hat.«

»Okay.«

»Also, wie kann es sonst versendet worden sein? Das Einzige, was mir einfällt, ist, dass es gar kein Foto war.«

»Was denn sonst?«

»Das *Foto* eines Fotos. Das könnte auch erklären, warum es leicht unscharf ist.«

»Und warum wurde es gesendet?«

»Um uns von der Spur abzubringen. Weil wir dann tagelang die Gegend um Pitlochry nach der Stelle absuchen, die wir für den Tatort halten.«

Clarke schwieg einen Moment. »Das können wir überprüfen«, sagte sie. »Wir brauchen nur jemanden, der sich mit Fotografie auskennt.«

»Genau.«

»Also bringt uns das Bild eigentlich gar nicht weiter?«

»Es sagt uns, dass wir's mit jemandem zu tun haben, der ein bisschen nachdenkt. Und wer auch immer es ist, anscheinend ist das seine Visitenkarte. Das sind zwei Dinge, die wir vorher nicht wussten.«

»Mir wären ein Name und eine Adresse lieber.«

»Mir auch.« Er hatte die Straße überquert und stand unter einem Straßenschild. *Zum Strand* war eine Möglichkeit.

»Ist Dornoch nicht der Ort, in dem Madonna diesen Regisseur geheiratet hat?«, fragte Clarke.

»Ich frag sie, wenn ich sie das nächste Mal treffe. Gibt's bei euch was Neues?«

»Immer noch keine Spur von Thomas Robertson. Aber es kommen ständig neue Ortshinweise rein.«

»Irgendwas Interessantes dabei?«

»Nichts, was wir nicht schon wüssten. Allerdings hat Durness eine weitere Stimme erhalten.«

»Schließt er jetzt zu Edderton auf?«

»Liegt direkt dahinter. Ach, und noch was – kannst du dich an Alasdair Blunt erinnern?«

»Der Schwerenöter, der glaubt, Zoe Beddows habe seine Ehe zerstört?«

»Wir haben ihm das Foto von Annettes Handy gezeigt.«

»Und?«

»Er sagt, er ist sich nicht sicher.«

»Ich sag dir, wer sich vielleicht besser daran erinnert …«

»Seine Exfrau? Ihr Name ist Judith Inglis.«

»Hast dir heute ein paar Fleißsternchen verdient, Siobhan. Was hat sie gesagt?«

»Könnte gut sein, denkt sie. Ich meine, das ist alles andere als eindeutig …« Rebus grunzte eine Antwort, und sie wechselte das Thema, fragte ihn, ob er schon Delphine gesehen habe: »Da oben soll's welche geben.«

»Ist schon ein bisschen zu dunkel«, erwiderte er. »Hast du Schluss gemacht für heute?«

»Mehr oder weniger.«

»Du Glückliche.«

»Wenn ich mich recht entsinne, war der Ausflug deine Idee.«

»War's auch.«

»Und du wolltest allein fahren.«

»Worauf willst du hinaus?«

»Hab mich nur gefragt, ob du möglicherweise eine Beifahrerin im Sinn hattest.«

»Du meinst Nina Hazlitt?«

»Hab ich das gesagt?«

»Schön, dass du so wenig von mir hältst.«

»Bist du wirklich allein da oben?«

Rebus sah die leere Straße hoch und runter. »Ja, das bin ich«, sagte er.

»Sie hat dich namentlich in einem ihrer Interviews erwähnt. Wundert mich, dass es dir nicht in den Ohren klingelt.«

»Was hat sie gesagt?«

»Anscheinend bist du eine der wenigen ›maßgeblichen Persönlichkeiten‹, die sie ernst genommen haben.«

»Ich bin eine maßgebliche Persönlichkeit?«

»Du darfst nicht alles glauben, was du hörst. Außerdem wird so was in James' Augen gegen dich sprechen.«

»Weil der Applaus nicht ihm gilt?«

»Wir arbeiten alle hart, John. Niemandem gefällt es, wenn einer herausgestellt wird.«

»Verständlich.« Er beendete das Telefonat mit dem Versprechen, ihr seine Fotos aus Edderton zu schicken. Das machte er, solange er noch Empfang hatte, dabei bemerkte er, dass der Akku fast leer war. Er ließ den Wagen an und fuhr eine schmale Straße hinunter, die an einem Campingplatz und einer Station der Küstenwache vorbeiführte, wo sie breiter wurde. Der Meereswind rüttelte am Saab, auf der Straße wirbelte Sand umher. Er fand sich auf einem leeren Parkplatz wieder, hinter ihm ein steiler grasbewachsener Hang. Da waren Stufen, die zum Strand hinunterführten, und der Mond beschien das anbrandende Wasser. Trotzdem er nur wenig erkennen konnte, sah er, dass sich der Strand über hunderte von Metern erstreckte. Felsen ragten aus dem Sand. Die Wellen hatten etwas Beharrliches, klangen aber nie gleich. Er fühlte sich zutiefst allein in der Welt. Keine Verkehrsgeräusche; keine anderen Menschen; nichts außer ein paar Wolken am Himmel. Nur sein Auto erinnerte ihn daran, in welchem Jahrhundert er lebte – und sein Telefon, das prompt klingelte. Es war Nina Hazlitt.

»Hallo?«, meldete er sich.

»Der Empfang ist schrecklich.«

»Ich glaube, das ist der Wind. Ich gehe zum Wagen zurück.«

»Stehen Sie auf einem Berg oder was?«

»Ich bin an der Küste.« Er stieg die Stufen hinauf, öffnete die Tür auf der Fahrerseite und schlüpfte ins Auto. »Besser so?«, fragte er.

»Das Wetter klingt grauenhaft da oben.«

»Wir sind es gewohnt. Was kann ich für Sie tun, Nina?«

»Eigentlich nichts. Ich wollte mich nur unterhalten.«

»Ich muss Sie warnen – mein Akku ist gleich alle.«

Sie hielt inne, als suche sie den richtigen Einstieg. »Wie kommen Sie mit dem Buch voran?«, fragte sie.

»Sehr interessant.«

»Das sagen Sie nur …«

»Der Burry Man, der Green Man, Selkies und Meerjungfrauen … Ich erinnere mich an den Selkie aus *Local Hero*.«

»War das nicht eine Meerjungfrau?«

»Möglich.«

»Klingt, als würden Sie's wirklich lesen.«

»Hab ich doch gesagt.« Er spähte hinaus auf die anschwellende See. Delphine. Nicht heute Abend. Und Selkies oder Gestaltwandler? Nicht in einer Million Jahren …

»Gibt es … Fortschritte?«

»Ein paar kleine«, lenkte er ein.

»Müssen Sie die vor mir geheim halten?«

»Es geht eher um Annette McKie.« Rebus dachte einen Augenblick nach. »Hatten Sie Gelegenheit, Sallys Freundinnen zu fragen?«

»Keine von ihnen erinnert sich an ein Foto.«

»War ja nur eine weit hergeholte Vermutung.«

»Weit hergeholte Vermutungen sind anscheinend meine Spezialität.«

»Meine auch. Und ich werde noch lange nicht damit aufhören.«

»Ich hoffe, das ist wahr, John.«

»Wäre aber schon ganz hilfreich, wenn Sie der Presse gegenüber meinen Namen nicht erwähnen würden.«

»Ach ja?«

»Das kommt bei den anderen nicht so gut an.«

»Daran habe ich nicht gedacht.« Sie hielt erneut inne. »Ich reite Sie immer wieder rein, nicht wahr?«

»Das konnten Sie nicht wissen.«

Das Telefonat dauerte noch ein paar Minuten. Er hatte den Eindruck, dass die Frau – trotzdem es in ihrem Leben einen Bruder gab – einsam war. Die Freunde hatten sich wahrscheinlich entfernt, weil die Bandbreite ihrer Interessen schmaler geworden war. Er war erleichtert, als sein Handy mit einem Piepen ankündigte, dass der Akku gleich den Dienst quittieren würde.

»Mein Handy gibt jetzt jede Sekunde den Geist auf«, erklärte er ihr.

»Mit anderen Worten, Sie wollen mich abwimmeln.« Ihr Tonfall war jetzt barscher.

»Nichts dergleichen, Nina.« Aber sie hatte bereits aufgelegt. Er atmete geräuschvoll aus und fuhr rückwärts aus der Parkbucht, hielt dann aber noch einmal und griff nach der Straßenkarte. Durness lag an der A838, die an der zerklüfteten schottischen Nordküste entlangführte. Um dorthin zu gelangen, musste er nur der A836 folgen, derselben Straße, die durch Edderton führte. Wie lange die Fahrt dauern würde, war eine andere Frage. Sein Handy hatte gerade noch genug Saft, um eine SMS von Siobhan Clarke zu empfangen: *Lieber David Bailey, schwer zu sagen – sieht aber vielversprechend aus.*

Er fuhr zurück ins Zentrum von Dornoch und sah das Hotel gegenüber der Kathedrale, hell erleuchtet und einladend. Dort würde es Bier geben und eine gute Auswahl an Malt Whiskys. Auch was Warmes zu essen, wenn er Glück hatte. Vor seiner Abreise hatte er extra noch Geld eingesteckt, weil er wusste, dass er wahrscheinlich auswärts übernachten würde, also parkte er den Saab direkt vor dem Hotel und nahm seine Tasche vom Rücksitz.

31

Er war früh wach und der Erste im Speiseraum. Ein üppiges Frühstück mit Rührei und Speck, dazu zwei Gläser Orangensaft und zwei Tassen Kaffee sorgten wieder für Klarheit in seinem Brummschädel. Über Nacht hatte es leicht gefroren, und eine milchige Sonne tat ihr Möglichstes, die dünne Wolkenschicht zu durchbrechen. Die Einwohner von Dornoch machten sich bereit für den Tag oder kehrten mit ihren Zeitungen nach Hause zurück. Rebus warf seine Reisetasche in den Saab, kratzte mit seiner Kreditkarte das Eis von der Windschutzscheibe und ließ den Motor an. Zuerst war die A836 eine zweispurige Landstraße, einigermaßen stark von Einheimischen, aber nur von wenigen Touristen befahren. Schwer mit Holz beladene Laster zwängten sich auf ihrem Weg in den Süden an Rebus' Wagen vorbei. Er tankte gleich bei der ersten Gelegenheit – er war nicht sicher, ob noch eine kommen würde. Der Mann im Tankstellenladen schien es auch nicht zu wissen.

»Kommt drauf an, wo Sie langfahren«, lautete seine Antwort.

»Da haben Sie recht«, entgegnete Rebus, außerstande, etwas gegen die Logik des jungen Mannes einzuwenden. Dann, als er merkte, wie viel ein Liter Treibstoff kostete, bat er um eine Quittung. Wieder im Wagen betrachtete er noch einmal die Karte. Die Berge hatten allesamt gälische Namen, von keinem hatte er schon mal gehört: Cnoc à Ghiubhais; Meall an Fhuarain; Cnoc an Daimh Mor. Es gab einen Whisky, der an-

Cnoc hieß, »Cnoc« musste also irgendetwas bedeuten. Vielleicht sollte er mal das Flaschenetikett lesen. Nach dem Dorf Lairg hatte die Straße nur noch eine einzige Spur und Ausweichbuchten, die Landschaft wurde einsamer. Wolken umgaben die Berggipfel, deren steile Hänge mit Schnee gesprenkelt waren. Er fuhr an Nadelholzplantagen vorbei, einige waren bereits abgeholzt, die Stümpfe wirkten wie Grabsteine auf einem riesigen Friedhof. Der Himmel war bleiern, verwitterte Schilder warnten vor »Lämmern auf der Straße«. Das Hotel in Altnaharra hatte das ganze Jahr über geöffnet. Er sah, dass einige wenige Autos dort parkten. Wanderer und Kletterer bereiteten sich auf die vor ihnen liegenden Anstrengungen vor. Er fuhr ran und blieb ein paar Minuten bei heruntergelassener Scheibe sitzen, hörte Gesprächsfetzen und sah zu, wie sich die Leute auf den Weg machten. Einige hatten Wanderkarten umhängen, die sie mit durchsichtigen Plastikhüllen vor den Elementen schützten. Proviant und Regenkleidung beulten ihre Rucksäcke aus, und die meisten hatten einen langen Wanderstock dabei – manchmal auch zwei –, um für die Herausforderung gewappnet zu sein. Er wartete, bis der letzte Wanderer über das Gatter gestiegen war und ihm den Rücken zukehrte, bevor er sich eine Zigarette anzündete und Rauch in die frische, unverschmutzte Luft blies.

Eine halbe Stunde später erreichte er das Dorf Tongue, von wo aus er auf die Straße westlich die Küste entlang bis Durness fahren wollte. Aber ein Abstecher lag noch vor ihm. In seiner Jackentasche steckte ein Foto. Er hatte es vor ein paar Jahren geschickt bekommen und benutzte es nun, um zu finden, was er suchte. Das Dorf selbst lag links der Straße, aber Rebus wollte zum Damm über den Kyle of Tongue. Das flache Gebäude befand sich direkt neben einer Jugendherberge. An der Klingel standen keine Namen. Er drückte drauf und wartete, dann klingelte er erneut. Die Aussicht war atemberaubend, aber die Elemente hatten dem Haus übel zugesetzt und würden dies auch weiterhin tun. Er spähte durch das Wohnzimmerfenster, dann ging er außen herum nach hinten. Kein Zaun trennte das Grundstück von dem Feld dahinter. Die Küche verriet, dass kürzlich jemand zu Hause gewesen sein musste: eine Cornflakespackung auf dem Tisch, die Milch wartete noch darauf, wieder in den Kühlschrank gestellt zu werden. Rebus kehrte zum Saab zurück und setzte sich hinein, überlegte, was er machen sollte. Er hörte Seevögel und Windböen und sonst nichts. Dann riss er eine Seite aus seinem Notizbuch und schrieb eine Nachricht, ging noch mal an die Haustür und schob den Zettel durch den Briefschlitz.

Anschließend fuhr er ohne Musik weiter, er war nicht in Stimmung für eine CD oder was auch immer der Radioempfang hergab. Schon bald fuhr er in den sogenannten »North West Highland Geopark«. Die Landschaft wurde fremdartiger, fast schon wie auf dem Mond, Felsen beinahe frei von jeglicher Vegetation. Aber hier und da gab es eine spektakuläre Bucht mit makellos weißem Sand und blauer See. Rebus fragte sich, ob er jemals in seinem Leben weiter von einem Pub entfernt gewesen war. Er blickte auf die Tankanzeige und das Zigarettenpäckchen. Bis nach Durness waren es noch einige Meilen, und er hatte keine Ahnung, was er dort finden würde. Er umfuhr Loch Eriboll, fuhr dann weiter in nördlicher Richtung. Durness war noch nicht ganz oben an der Spitze von Schottland – traute man es seinem Fahrzeug zu, konnte man weiter bis nach Cape Wrath fahren. Rebus hatte die Telefonnummer von einem Einheimischen, aber er hatte keinen Empfang. Durness selbst bestand aus wenigen Häuschen und einigen größeren modernen Gebäuden sowie ein paar vereinzelten Geschäften. Es gab sogar ein paar altehrwürdige Zapfsäulen, neben denen er Halt machte. Er überquerte die Straße zum Spar, um sich bei der Verkäuferin nach der Adresse von Anthony Greenwood zu erkundigen.

»Der ist heute Morgen nach Smoo gefahren«, sagte sie. »Ich bin nicht sicher, ob er schon wieder da ist.«

Rebus zeigte ihr das Foto.

»Sind Sie von der Polizei?«, riet sie. »Aus Edinburgh? Anthony hat uns alles erzählt. Die Stelle, die Sie suchen, befindet sich bei Keoldale.«

Zwei Minuten später und mit einem neuen Päckchen Zigaretten bewaffnet saß er wieder im Saab und fuhr zwei Meilen weiter, ihrer genauen – beinahe schon zu genauen – Wegbeschreibung folgend. Als er sich der Stelle näherte, wusste er, dass es die falsche war. Nicht *völlig* falsch; aber falsch. Als er hinunter zum Kyle of Durness blickte, wurde er von Windböen erfasst, dann besah er sich den kahlen Hang bergaufwärts hinter einer Reihe windgepeitschter Bäume, von denen einige chronisch gebückt standen.

»Nein«, sagte er. Der Hang war zu steil.

Aber das hatte er längst gewusst und seit Edderton sowieso. Er fuhr langsam die Straße rauf und runter, nur für den Fall, dass ihm etwas entgangen war, aber die Verkäuferin in Durness hatte ihn an die richtige Stelle geschickt.

Nur dass es eben nicht die *richtige* war.

Wieder zog er die Karte zu Rate. Er konnte dieselbe Strecke zurückfahren, die er gekommen war, oder weiterfahren. Die Straße machte eine Art Bogen, bevor sie wieder in die A836 mündete. Rebus war niemand, der denselben Weg gerne zweimal nahm, also machte er sich in südwestlicher Richtung auf nach Laxford Bridge. Die Straße war immer noch schmal und von Ausweichbuchten gesäumt, aber es gab keinen Verkehr.

Rebus schätzte, dass er seit Dornoch an die hundert Meilen gefahren war, ohne ein einziges Mal hinter einem anderen

Fahrzeug festzuhängen. Es gab das ein oder andere Touristenauto und auch ein paar Lieferwagen. Aber alle waren sehr höflich, ließen ihre Scheinwerfer aufblitzen, um ihm zu signalisieren, dass sie auswichen und er durchfahren könne, oder winkten ihm im umgekehrten Fall zum Dank. Als er die Westküste erreicht hatte, fuhr er wieder südöstlich ins Landesinnere, meilenweit nichts außer Landschaft und Schafe. Zweimal musste er wegen Schafen auf der Straße bremsen, und einmal sah er einen großen Raubvogel im Gleitflug über einem der Gipfel in der Ferne. Weiße Schneeflecken lagen dort oben, und der Himmel war weit und grau. Er fuhr an Seen vorbei, auf deren gläsernen Oberflächen Wildvögel hockten, und seine Reifen pressten die Kadaver verunglückter Kleintiere noch tiefer in den Asphalt. Gerade hatte er einen schmalen, abgelegenen See erreicht, als sein Handy klingelte. Ein Anruf in Abwesenheit. Er fuhr seitlich ran und meldete sich. Der Empfang war wunderbar.

»Dad?« Samanthas Stimme. »Wo bist du? Ich bin zurück und hab deinen Zettel gefunden …«

Rebus war ausgestiegen. Die Luft, die er einatmete, war klar und kalt.

»Ob du's glaubst oder nicht, ich war zufällig in der Gegend.«

»Nein, das glaube ich nicht.« Sie unterdrückte ein Lachen.

»Ist aber wahr. Ich musste was in Durness überprüfen.«

»Woher hast du gewusst, welches das richtige Haus ist?«

»Wegen des Bildes, das du geschickt hast.« Er hielt es hoch. Samantha vor ihrem Bungalow, den Arm um die Taille eines großen jungen Mannes neben sich geschlungen.

»Also, wo bist du jetzt?«, fragte sie.

»Nirgendwo. Im wahrsten Sinne des Wortes.« Er sah sich um, betrachtete den Berghang, der sich in der reglosen Oberfläche des Sees spiegelte. »Wenn ich mich noch erinnern könnte, was ich im Geographieunterricht gelernt habe, dann könnte ich's dir beschreiben.«

»Zu weit südlich, um noch mal kehrtzumachen?«

»Würde ich sagen. Ich glaube, ich bin sechzig Meilen vor Tongue.«

»Schade.«

»Das nächste Mal, hm?«, sagte er und rieb sich mit dem Daumen über die Stirn. »Oder vielleicht bist du ja mal in Edinburgh. Wie geht's dir überhaupt? Ist ja ein wunderschöner Ort …«

»Du hast durchs Fenster geguckt, oder? Bei uns sieht's aus wie auf einer Müllhalde.«

»Nicht schlimmer als bei mir. Wie geht's Keith?«

»Gut. Er arbeitet an der Stilllegung von Dounreay.«

»Hast du mal gemessen, ob er radioaktiv strahlt?«

»Ich brauche jedenfalls keine Nachttischlampe mehr«, meinte sie. Dann: »Du hättest mir sagen sollen, dass du kommst.«

»Das war eher spontan«, log er. »Tut mir leid, dass ich mich so lange nicht gemeldet habe.«

»Du hast viel zu tun. Ich hab gehört, wie dich diese Frau in den Nachrichten erwähnt hat.« Sie meinte Nina Hazlitt. »Warst du deshalb in Durness?«

»Kann man so sagen.«

»Das heißt, du kommst vielleicht noch mal wieder?«

»Glaube ich kaum. Ist denn alles in Ordnung bei dir und Keith?«

»Wir … Wir versuchen's mit künstlicher Befruchtung.«

»Ach ja?«

»Im Raigmore Hospital. Der erste Versuch hat nicht geklappt.«

»Tut mir leid.«

»Wir geben nicht auf – noch nicht.«

»Gut.« Er schloss die Augen und öffnete sie wieder. Es dauerte eine Weile, bis er die Landschaft wieder scharf sah.

»Ich wünschte, ich wäre da gewesen. Ich war nur kurz weg, eine Freundin besuchen. Ihr Baby ist neun Monate …«

»Wenigstens weiß ich jetzt, wo du wohnst. Wenn wir in Zukunft telefonieren, so wie jetzt, dann kann ich mir den Ausblick aus deinem Fenster vorstellen.«

»Ist ein schöner Ausblick.«

»Ja, wirklich.« Rebus räusperte sich. »Ich mach jetzt besser Schluss. Eigentlich bin ich ja im Dienst.«

»Pass auf dich auf, Dad.«

»Du auch, Samantha.«

»Ich bin ganz gerührt, dass du mich besuchen wolltest. Wirklich.«

Er beendete das Gespräch und rührte sich nicht vom Fleck, starrte vor sich hin, ohne etwas wahrzunehmen. Warum hatte er ihr nicht gesagt, dass er vorbeikommen würde? Wollte er ihren Gesichtsausdruck sehen, um herauszufinden, ob sie sich freute oder nicht? Wahrscheinlich. Aber da gab es noch eine andere Möglichkeit: Er hatte sie gar nicht zu Hause antreffen wollen. Auf die Art konnten sie sich nicht streiten. Er hatte sich die Mühe gemacht, aber sein Besuch würde keine negativen Folgen haben. Seit Durness zum ersten Mal erwähnt worden war, hatte er an Samantha gedacht, einen Vorwand gewittert, sie zu besuchen, ohne dass es so aussehen würde, als müsse er sich dafür ein Bein ausreißen.

Er hatte nur mal vorbeifahren wollen.

»Du bist ein hoffnungsloser Fall, John«, sagte er sich, als er zum Wagen zurückkehrte, dessen Motor immer noch lief. »Und wer will schon so einen zum Großvater haben?«

Künstliche Befruchtung: Davon hatte sie noch nie etwas erwähnt, eigentlich hatte sie überhaupt noch nie über Kinder gesprochen. Er fragte sich, wo das Problem lag. Sie war vor ungefähr zehn Jahren von einem Auto angefahren worden – konnte das Komplikationen ausgelöst haben? Oder lag es an Keith und seinem Job? Sie hatten schon einen Versuch gemacht, ohne ihm davon zu erzählen. Wollten sie ihn vielleicht überraschen? Oder spielte er einfach keine Rolle in ihrem Leben?

Anstatt bei Bonar Bridge rechts abzubiegen und erneut Edderton zu durchqueren, fuhr er an der Nordseite des Dornoch Firth entlang und bei Clashmore wieder auf die A9.

»Da sind wir wieder«, sagte er zu der Straße. Jetzt fuhr er Richtung Süden durch Tain, Inverness, Aviemore und Pitlochry. Kein Platz im Magen für ein spätes Mittagessen, aber er tankte den Saab an der einzigen Tankstelle auf, kaufte eine Zeitung und eine Flasche Wasser. Auf der gegenüberliegenden Spur hatte sich hinter einem Transporter mit einem Bagger auf dem Anhänger eine stattliche Schlange gebildet. Auf Rebus' Straßenseite lief der Verkehr flüssiger, wofür er dankbar war. Kurz hinter Aviemore fuhr er auf einen Rastplatz, vor ihm standen ein Sattelschlepper und ein Lieferwagen. Er stieg aus, um sich zu strecken und die Schultern zu lockern. Obwohl die Strecke viel befahren war, hatte er trotzdem das Gefühl, er könnte ein paar Dutzend Schritte in die hügelige Landschaft hinein machen und plötzlich an Orte gelangen, wohin nie zuvor jemand einen Fuß gesetzt hatte. Die Wildnis blieb unberührt, eben weil niemand Lust hatte anzuhalten. Er drehte sich um, als er hörte, wie die Tür des Lieferwagens aufging und der Fahrer heraussprang.

»Sie haben nicht zufällig Feuer?«, fragte der Mann und winkte mit einer Zigarette.

Rebus zündete sie ihm an.

»Der Zigarettenanzünder ist im Arsch«, erklärte der Mann und nickte zum Dank, bevor er gierig inhalierte.

»Was ist mit dem Sattelschlepper?«, fragte Rebus.

»Der Fahrer ist jenseits von Gut und Böse. Die Vorhänge sind zugezogen. Wir könnten ihm hinten die Ware ausräumen, der würde weiterschnarchen.«

Rebus quälte sich ein Lächeln ab. »Klingt, als hätten Sie sich's ernsthaft überlegt.«

»Nicht wirklich. Holländisches Kennzeichen, das heißt, wahrscheinlich holt man da eher ein paar Eimer Tulpen raus als Flachbildfernseher.«

»Sie haben sich's ja *wirklich* überlegt.«

Der Mann lachte und zog erneut an seiner Zigarette.

»Woher wissen Sie, dass alles in Ordnung ist?«, fragte Rebus und meinte den Lastwagenfahrer.

»Wenn er jeden Tag solche Dinger fährt, ist mit dem ganz bestimmt nicht alles in Ordnung.« Der Mann tippte sich mit einem Finger an die Schläfe, dann fragte er Rebus, ob er geschäftlich unterwegs sei.

»Ich hatte da oben zu tun«, war Rebus' vage Antwort.

»Inverness?«

»Weiter.«

»Wick?«

»Mehr im Nordwesten, Richtung Cape Wrath.«

»Wusste gar nicht, dass da oben überhaupt irgendwas ist.«

»Damit liegen Sie gar nicht falsch.« Rebus hielt inne, als ein Riesenlaster vorbeiratterte, gefolgt von einer langen Autoschlange. Der Luftdruck änderte sich, als wollte ihn eine unbestimmte Macht auf die Fahrbahn saugen.

»Auf der Autobahn ist das noch viel schlimmer«, sagte der Fahrer. »Versuchen Sie mal auf dem Seitenstreifen der M8 zu pissen.«

»Hab ich schon, schlimm. Fahren Sie oft auf dieser Strecke?«

»Wie ein Uhrwerk: Inverness-Perth-Dundee-Aberdeen. Ich könnte die Strecke mit verbundenen Augen fahren.«

»Lieber nicht, wenn ich in der Nähe bin.«

»Haben Sie Angst um Ihren Saab?«

Rebus schüttelte den Kopf. »Ich habe Angst, dass ich Sie dann verhaften müsste …«

32

Wieder in Edinburgh.

Lange Staus Richtung Innenstadt, Geschwindigkeitsbegrenzung auf sechzig Stundenkilometer, überall Radarfallen. Verfluchte Baustellen. Und dann, kurz vorm Ziel, verwiesen Schilder auf die Straßenbahnbaustelle mit entsprechenden Umleitungen und Straßensperren. Sein Rücken tat höllisch weh. Er hatte zu lange am Steuer gesessen, und besonders erholsam war die Fahrt nicht gewesen. Am Gayfield Square schob er das Polizeischild auf das Armaturenbrett, stieg aus, klopfte dem Saab aufs Dach zum Dank dafür, dass er ihn nicht im Stich gelassen hatte. Dann ging er hinein, machte sich auf die Begegnung mit seiner Erzfeindin gefasst. Stattdessen saß ein neues Gesicht hinter der Plexiglasscheibe. Die Beamtin akzeptierte Rebus' Ausweis auf Anhieb und drückte den Türsummer, um ihn einzulassen. Er stieg die Treppe hinauf und betrat das Büro des CID. Alle drängten sich um Christine Essons Computer.

»Hab ich was verpasst?«

Page blickte kurz auf. »Schön, dass Sie wieder da sind«, sagte er und machte Rebus Zeichen, sich etwas anzusehen.

»Das sind die Aufzeichnungen der Überwachungskameras auf dem Busbahnhof«, erklärte Siobhan Clarke. »Das Material war bereits gesichtet worden, zunächst nur um sicherzugehen, dass Annette auch wirklich in den Bus nach Inverness gestiegen war. Christine kam auf die Idee, ein bisschen weiter zurückzuspulen …«

Esson spulte mit ihrer Maus vor und zurück, jeweils nur ein paar Einzelbilder. Annette sprang auf die Busschlange zu, dann ging sie wieder ein Stück zurück, bis sie den Bildausschnitt ganz verließ. Dann Schnitt zu einer anderen Kamera, die das Geschehen aus größerer Entfernung zeigte. Ein anderer Winkel, aber offensichtlich zur selben Zeit aufgenommen. Zurück, zurück, zurück zur Glastür des Busbahnhofs. Die Tür öffnete sich, als Annette sich näherte, schloss sich hinter ihr, ihre Hand lag auf dem Metallgriff. Jetzt war sie auf dem Bürgersteig, die Sicht auf sie leicht verschwommen, die Glasscheibe war dazwischen.

»Können wir das ranzoomen?«, fragte Rebus.

»Nicht nötig«, sagte Page. »Sehen Sie sich an, was passiert.«

Eine Gestalt näherte sich ihr, sprach mit ihr. Rebus sog Luft durch die Zähne. Frank Hammell war eindeutig zu erkennen. Er packte sie am Arm. Und dann bewegten sich die beiden aus dem Bild heraus. Esson hielt die Aufnahme an und spielte sie noch einmal in Echtzeit ab. Hammell und Annette kamen ins Bild, er packte sie an der Hand, als wollte er sie nicht gehen lassen. Sie schüttelte ihn ab und stieß die Tür auf, ging zielstrebig über den Vorplatz. Wieder Schnitt zur anderen Kamera. War das Erleichterung in ihrem Gesicht? Sie hatte die Tasche über die Schulter geworfen und sich in die kurze Schlange vor dem Bus gestellt. Sie blickte nur einmal zurück, um zu sehen, ob Hammell noch da war.

»Frank Hammell, unverwechselbar«, sagte James Page und richtete sich auf. Er legte seine Hand auf Essons Schulter. »Gute Arbeit, Christine.« Dann klatschte er einmal in die Hände, hielt sie anschließend aneinandergepresst. »Also bestellen wir Mr Hammell, den guten Freund der Familie McKie, zum Gespräch.«

»Hat er nie erwähnt, dass er am Busbahnhof war?«, erkundigte sich Rebus.

Clarke antwortete mit einem Kopfschütteln. »Und wir haben gerade eine detaillierte Liste der Anrufe von Annettes Mobilfunkbetreiber bekommen. Sie hat ein Dutzend SMS aus dem Bus verschickt – zehn an ihren Kumpel Timmy, die anderen beiden an ein Handy, das Frank Hammell gehört. Danach wurde ihr Handy nur noch einmal benutzt, nämlich um das Foto an Thomas Redfern zu schicken.«

»Eingegangene Anrufe?«

»Die haben wir nicht.«

»Wäre interessant zu erfahren, ob Hammell geantwortet hat.«

»Das werden wir ihn fragen«, erwiderte Page knapp. »Der Mann ist vorbestraft, stimmt doch, John?«

»Kriminell ist er auf jeden Fall, aber bislang ist es uns nicht gelungen, ihm etwas nachzuweisen.«

»Na ja, er hat zumindest bei diesen Ermittlungen gelogen, und das genügt erst mal.«

»Behinderung von Ermittlungen ist das auf jeden Fall«, stimmte Ronnie Ogilvie zu.

Page nickte. »Dann alle zurück an die Schreibtische. Siobhan, häng dich ans Telefon, ruf Mr Hammell an und erbitte seine werte Anwesenheit.« Page sah Rebus an und deutete in Richtung seines Büros. Rebus folgte ihm, machte sich aber nicht die Mühe, die Tür zu schließen. Er hatte erst mal genug von geschlossenen engen Räumen.

»Wie lief's?«, fragte Page.

»Ich bin überzeugt, dass das Foto in Edderton gemacht wurde.«

»Siobhan scheint Ihre Ansicht zu teilen. Aber sie hat auch gesagt, dass es eine Art Trick sein könnte …?«

»Nicht direkt. Aber ich glaube, der Entführer spielt ein Spiel mit uns.«

Page brauchte einen Augenblick, um das zu verdauen. »Und Hammell?«, fragte er.

»Muss vernommen werden.«

»Er könnte ihr nach Pitlochry hinterhergefahren sein ...«

»Möglich«, gab Rebus zu.

Page blieb nachdenklich. »Wie war der Rest der Reise?«

»Weitgehend ereignislos.« Rebus reichte ihm die Tankquittung. »Spesen«, erklärte er.

Page betrachtete sie. »Mit dem Datum von heute.«

»Richtig.«

»Ich dachte, Sie sind gestern gefahren?«

»Der Ausflug hat länger gedauert als erwartet.«

»Sie sind über Nacht geblieben?«

»In einem Hotel«, sagte Rebus.

»Quittung?« Page hielt die Hand auf, aber Rebus schüttelte den Kopf.

»Geht sozusagen aufs Haus.«

Er wandte sich um und wollte gehen, aber Page war noch nicht ganz fertig mit ihm.

»Nina Hazlitt hat Sie lobend erwähnt.«

»Das tut mir leid.«

»Solange es Ihnen nicht zu Kopf steigt.«

»Ganz im Gegenteil, James, das kann ich Ihnen versichern ...«

Zurück im CID-Raum wurde Rebus erneut bewusst, dass er gar keinen Arbeitsplatz hatte, jedenfalls nicht, wenn das Team vollzählig anwesend war. Es gab einen Metallstuhl aus dem Vernehmungszimmer, aber keinen Tisch dazu. Rebus stellte ihn neben Clarke und vergewisserte sich, dass die Beine unter ihm nicht nachgeben würden.

»Hast du einen Platz für die Kisten gefunden?«, fragte er vorsichtig und zeigte mit dem Finger auf eine davon.

»Alles zu seiner Zeit.«

»Sonst hab ich mir ganz umsonst den Arsch aufgerissen und sie hergeschleppt.«

Sie starrte ihn an. »Du Armer.« Dann wandte sie sich wieder ihrem Computer zu: »Wie war die Fahrt sonst so?«

»Hab mir Durness angesehen.«

»Hab ich mir schon gedacht. Das erklärt, warum du jetzt erst zurück bist.«

»Durness scheidet aus.«

Auf ihrem Bildschirm hatte sie die Telefonnummer von Frank Hammell aufgerufen. Sie hielt sich den Hörer ans Ohr und wartete.

»Mr Hammell?«, sagte sie. »Hier ist DI Clarke. Ob Sie wohl für ein Gespräch zu uns auf die Wache kommen könnten …?« Sie tippte mit der Spitze ihres Kulis auf ein Notizbuch neben ihrer Tastatur. »Heute noch, wenn's irgend geht.« Sie lauschte seiner Antwort und fragte anschließend, wann er zurückkäme. »Na gut, wenn es nicht früher geht, Sir. Morgen Mittag. Bis dann …«

Sie beendete das Gespräch und sah Rebus erneut an. »Er sagt, er hat geschäftlich in Aberdeen zu tun.«

Rebus spitzte die Lippen. »Wegen Thomas Robertson?«

Clarke zuckte mit den Schultern. Rebus betrachtete die Karte an der Wand. Weitere Nadeln waren dazugekommen, wo neue Orte vorgeschlagen worden waren. Die größte Ansammlung fand sich immer noch um Edderton. Christine Esson trat an sie heran. »Haben Sie's ihm gesagt?«, fragte sie Clarke.

»Ihm was gesagt?«

»Dass sie gesehen wurde.«

»Oh.« Clarke machte den Mund auf, wollte etwas sagen, doch Page rief sie von seiner Tür aus, machte ihr Zeichen, zu ihm ins Büro zu kommen. »Erzähl du's ihm«, sagte sie zu Esson, während sie sich von ihrem Stuhl erhob und an Rebus vorbeischob.

»Ich bin ganz Ohr«, erklärte Rebus.

»Sie wissen ja, dass wir die digital bearbeiteten Fotos der vermissten Frauen rausgegeben haben?«, legte Esson los.

»Ja.«

»Ein paar Leute behaupten, die Frauen gesehen zu haben.«

»Okay …«

»Interessanterweise die meisten Sally Hazlitt.«

»Warum ist das interessant?«

»Weil sie am längsten vermisst wird. Das bedeutet, die Ähnlichkeit ist auf ihrem Bild eher geringer. Es ist leichter, ein Gesicht um ein paar wenige Jahre altern zu lassen als um ein Dutzend.«

Rebus nickte. »Und wo wurden die Frauen gesehen?«

Sie ging zurück an ihren Schreibtisch und kehrte mit einem Blätterstapel handschriftlicher Notizen zurück.

»Brigid Young wurde im vergangenen Jahr in Dublin gesehen, wo sie in einer Bar gearbeitet haben soll. Sie hat jetzt übrigens einen australischen Akzent.«

»Sind Sie einverstanden, wenn wir den Hinweis erst mal zurückstellen?«

Esson lächelte. »Ich glaube, wir können die meisten vergessen.«

»Aber nicht alle?«

Sie blickte wieder auf ihre Notizen. »Zoe Beddows wurde in Brighton, Bristol, Dumfries und Lerwick gesehen – und zwar jeweils in den vergangenen drei Monaten.«

»Na, die kommt vielleicht rum.«

»Und Sally Hazlitt …« Sie rechnete etwas aus, ihr Mund formte Zahlen. »Elfmal insgesamt, an allen möglichen Orten von Dover bis Dundee.«

»Aber da ist was, das Sie mir noch nicht gesagt haben.«

»Zwei Leute haben behauptet, sie in Inverness gesehen zu haben, angeblich hat sie in einem Hotel gearbeitet.«

»Beide Male dasselbe Hotel?«

Esson nickte. »Die beiden Anrufer kennen sich nicht und haben zu verschiedenen Zeitpunkten dort übernachtet, im September beziehungsweise Oktober. Das muss Zufall sein, oder? Ich meine, Inverness liegt an der A9 …«

»Wie heißt das Hotel?«

»Whicher's. Gehört zu einer Kette. Viel mehr weiß ich nicht.«

»War sie Zimmermädchen?«

»Saß am Empfang.« Esson hielt inne. »Ich bin sicher, das ist Quatsch.«

Rebus nickte langsam. »Und das war das einzige Mal, dass zwei Leute mit genau derselben Information angerufen haben?«

»Bis jetzt schon.«

»Na, ich denke, dann sollten wir's prüfen.«

»Hat aber keine Priorität?«

»Was meinen Sie?«

»Ich vermute, dass sie längst tot ist.«

»Und Annette McKie?«

»Da gibt es noch eine Chance – wenn auch eine geringe.«

»Weshalb wir uns auf sie konzentrieren müssen«, sagte Rebus. »Das war übrigens gute Arbeit – die Kamera am Busbahnhof. Da sieht man, was möglich ist, wenn man gründlich vorgeht.«

Sie ließ den Kopf ein kleines bisschen hängen. »Ehrlich gesagt hab ich deshalb ein schlechtes Gewissen.«

»Warum?«

»Weil wir ihn nicht gleich gesehen haben.« Sie blickte auf Pages geschlossene Tür.

»Siobhan hat sich das Filmmaterial zuerst angesehen?«, erriet Rebus. Esson nickte fast unmerklich. »Glauben Sie, sie muss sich eine Standpauke anhören?« Rebus sah, wie die junge Frau rot wurde. »Ich finde trotzdem, dass Sie eine Belohnung verdient haben – was halten Sie von einem schönen großen Becher heißes Wasser?«

33

In der Oxford Bar war um diese Zeit am Abend nicht viel los. Rebus saß mit einem IPA und der *Evening News* im Hinterzimmer, als Siobhan Clarke eintraf. Sie fragte ihn, ob er noch ein Bier wolle.

»Hast du mich schon mal Nein sagen hören?«

Sie ging und kehrte zwei Minuten später mit einem frisch gezapften Pint und etwas Grünem, Sprudelndem zurück.

»Limo mit Lime?«, riet er.

»Gin, Lime und Soda«, korrigierte sie ihn, hob das Glas, nahm einen Schluck und atmete geräuschvoll aus.

»War wohl ein harter Tag«, meinte er.

»Wir können uns ja nicht alle in die Highlands absetzen.«

»Hat dir Page eins übergebraten?«

»Weshalb?«

»Weil du Hammell am Busbahnhof nicht entdeckt hast.«

Sie sah ihn an. »Christine hat's dir erzählt«, stellte sie fest. Rebus zuckte mit den Schultern und wartete auf eine Antwort. »Ich glaube, ihn hat viel mehr genervt, dass er sich Frank Hammell erst morgen vorknöpfen kann.«

»Bin ich zu der Vernehmung eingeladen?«

»Nein.«

»Nur du und Physical Graffiti? Wie heimelig.«

»Fang gar nicht erst an.«

Er hob die Hände zum Zeichen, dass er kapitulierte. Ein oder zwei Minuten saßen sie schweigend da. Schließlich fragte sie ihn, ob was in der Zeitung stand.

»Nicht viel.«

»Hat dir Christine von den digital bearbeiteten Bildern erzählt?«

Er nickte.

»Die haben mich nachdenklich gemacht«, fuhr sie fort. »Vielleicht hatte die Buchhalterin Geldsorgen. Und die Friseurin endlich die Nase voll von verheirateten Männern …«

»Und Sally Hazlitt?«

Clarke zuckte mit den Schultern. »Viele Leute verschwinden, John, aus allen möglichen Gründen. Sieh dir Annette McKie an. Das ist ein wildes Mädchen. Sie hat Krach mit dem Freund ihrer Mutter und taucht eine Weile ab – vielleicht um ihn zu bestrafen oder es ihrer Mutter heimzuzahlen.«

»Und das Foto …«

»Hat vielleicht überhaupt nichts damit zu tun.«

»Du meinst, ich bilde mir was ein?«

»Dein Job besteht darin, alte Puzzleteile zusammenzufügen. Vielleicht gibt es hier aber gar keinen Zusammenhang.«

Er konzentrierte sich darauf, sein erstes Pint auszutrinken, damit er mit dem zweiten anfangen konnte.

»Wir müssen das zumindest in Betracht ziehen, John.«

»Das weiß ich.« Er wischte sich den Schaum von der Oberlippe. »Willst du mir damit höflich mitteilen, dass meine Dienste nicht länger erwünscht sind?«

»Ich hab das nicht zu entscheiden.«

»Dann eben Page? Erledigst du jetzt seine Aufgaben, damit du wieder einen Stein bei ihm im Brett hast?«

Sie funkelte ihn böse an. »James hat nicht den Eindruck, dass du irgendwas in der Hand hast. Jetzt muss *er* sich aber mit Thomas Robertson und Frank Hammell rumschlagen.«

»Warum sollte Hammell die Tochter seiner Freundin entführen?«

»Das müssen wir ihn selbst fragen.«

Rebus schüttelte langsam den Kopf, dann erkundigte er sich, ob sie noch einen Drink wolle. Sie sah auf ihrem Handy nach der Uhrzeit.

»Ich muss los«, sagte sie. »Bleibst du noch?«

»Wo soll ich denn hin?«

»Nach Hause?«

»Ich dachte, ich könnte dich zum Essen einladen.«

»Heute Abend nicht.« Sie hielt inne. »Aber ein anderes Mal, bestimmt.«

»Christine Esson macht sich Sorgen deinetwegen«, behauptete er, als Clarke aufstand.

»Sorgen?«

»Dass du ihr die Schuld dafür gibst, dass du zum Direx musstest.«

»Dafür kann sie nichts.«

»Vielleicht kannst du ihr das sagen, wenn du sie morgen siehst?«

»Klar.« Sie hängte sich ihre Tasche über die Schulter.

»Wie lange, glaubst du, habe ich noch, bis mich Page vor die Tür setzt?«

»Ich weiß es nicht.«

»Einen Tag? Vielleicht zwei?«

»Ich weiß es wirklich nicht, John. Wir sehen uns morgen früh.«

»Hoffentlich.« Rebus hob sein Glas und prostete ihr zu, als sie ihm den Rücken zukehrte und zum Ausgang ging. Er war wieder allein, die anderen Tische waren sauber gewischt und warteten auf Kundschaft. Rebus las die Zeitung zu Ende, während von der Bar Gelächter zu ihm herüberdrang. Dort saß die übliche Bande: ein halbes Dutzend bekannte Gesichter. Von einigen wusste er nicht mal, was sie beruflich machten. Hier spielte das auch keine Rolle. Und obwohl einige Stammgäste Spitznamen hatten, die auf ihre

Jobs schließen ließen, hatte sich noch niemand getraut, Rebus ebenfalls einen zu verpassen – jedenfalls nicht in seiner Gegenwart. Er war immer nur John. Als er auf den Tisch vor sich blickte, war das Pint, das Siobhan ihm gebracht hatte, leer. Er nahm die benutzten Gläser und wollte sich schon unters Volk mischen. Doch dann blieb er stehen und erinnerte sich an die Fahrt nach Tongue und zurück: an die Einsamkeit und Stille in einer immer gleichbleibenden Welt.

Wo bist du?

Nirgendwo. Im wahrsten Sinne des Wortes.

»Aber hier gefällt es mir besser«, sagte er sich und ging zur Bar.

34

»Nur ein paar Fragen, Mr Hammell«, sagte Page. Sein Anzug wirkte maßgeschneiderter denn je.

»Hier riecht's ja wie in der Hose eines Wrestlers«, erwiderte Hammell und verzog angewidert das Gesicht.

»Toll ist es nicht«, pflichtete ihm Page bei und ließ den Blick über die mitgenommenen Wände des Vernehmungszimmers schweifen. »Aber was anderes steht uns nicht zur Verfügung.«

»Also geht's nicht nur um Psychologie?«

Page sah ihn mit Unschuldsmiene an. »Wieso?«

»Sie wollen mich nicht verunsichern, damit ich etwas sage, das ich nicht sagen möchte …?«

Siobhan Clarke blickte zu Boden, tat, als würde sie mit der Zunge etwas aus den Zahnzwischenräumen entfernen. Das war die einzige Möglichkeit, um nicht zu grinsen. Hammell hatte Pages Gedanken haargenau entschlüsselt.

»Auf jeden Fall danken wir Ihnen, dass Sie sich die Zeit genommen haben«, sagte Page. »Ich möchte nur noch eine kleine Unstimmigkeit aufklären.«

»Ach ja?« Hammell hing breitbeinig auf dem Stuhl wie ein Boxer in der Pause zwischen den Runden.

»Wir haben uns gefragt«, schaltete sich Clarke ein, »warum Sie uns nicht gesagt haben, dass Sie mit Annette am Busbahnhof waren.«

»Ich erinnere mich nicht, dass Sie danach gefragt haben.«

»Das müssen wir Sie doch nicht extra fragen, Mr Hammell.«

»Wer sagt überhaupt, dass ich da war?«

»Die Überwachungskamera«, brachte sich Page wieder ein, der die Vernehmung keinesfalls Clarke überlassen wollte. »Es hat den Anschein, als hätten Sie eine Meinungsverschiedenheit gehabt.«

»Die Kamera lügt nicht. Ich habe ihr gesagt, dass einer meiner Männer sie nach Inverness fahren würde, aber sie wollte nicht.«

»Darf ich fragen, warum?«

»Weil sie ein stures kleines Fräulein ist und dachte, sie würde sich vielleicht dafür bedanken müssen.« Hammells Tonfall verriet seine Verärgerung. »Das Geld für den Zug hat sie allerdings nicht abgelehnt. Und bevor ich richtig gemerkt habe, was los ist, stand sie am Busbahnhof – der Bus ist billiger als der Zug, und den Differenzbetrag wollte sie behalten.«

»Haben Sie ihr heimlich nachspioniert?«, fragte Clarke.

»Sozusagen.«

»Warum?«

»Um mich zu vergewissern, dass sie die Wahrheit gesagt hat. So wie ich sie kenne, hätte sie auch einfach einen ihrer Junkie-Freunde in Sighthill besuchen und ein paar Tage dort übernachten können.«

»Also sind Sie ihr bis zum Busbahnhof gefolgt?«

»Erst mal bis Waverley Station. Dort hat sie sich die Preise angesehen, aber dann doch keine Fahrkarte gekauft. Also bin ich ihr bis zum St Andrew Square hinterher … Und dann, na ja, das haben Sie ja aufgezeichnet.«

»Sie haben sich gestritten«, sagte James Page.

»Ich habe ihr nur gesagt, dass sie den verfluchten Zug nehmen soll. Aber sie ist stur geblieben.«

»Und Sie haben uns nichts davon erzählt, weil …?«

»Zum einen, weil es keine Rolle spielt.«

»Und zum anderen?«, fragte Clarke.

Einen Augenblick lang huschten Selbstzweifel über Hammells Gesicht. »Ich wollte nicht, dass Gail davon erfährt.«

»Warum nicht?«

Hammell rutschte auf seinem Stuhl herum. »Ich war nicht sicher, wie sie's aufnehmen würde – dass ich ihrer Tochter nachschnüffele. Aber so bin ich nun mal. Ich behalte gerne die Kontrolle.«

Page dachte darüber nach, lehnte sich zurück und verschränkte die Arme. Er wollte etwas fragen, aber Clarke kam ihm zuvor.

»Was können Sie uns über Thomas Robertson erzählen?«

»Hören Sie, ich will ganz ehrlich zu Ihnen sein – die Karten auf den Tisch legen ...«

»Dafür sind wir Ihnen sehr verbunden, Mr Hammell«, versicherte ihm Page.

»Na schön.« Hammell hielt inne. »Das ist der, von dem Sie denken, dass er Annette entführt hat.«

»Waren Sie deshalb in Aberdeen?«

»Robertson ist vorbestraft.«

»Aber nicht wegen Entführung.«

»Nein, aber wahrscheinlich kennt er dort, wo er herkommt, ein paar andere Kriminelle.«

»Und Sie wollten herausfinden, ob einer von denen sie hat? Warum sollte jemand so etwas machen?«

»Um mir eins auszuwischen.«

»Und haben Sie was rausbekommen?«

»Die halten alle die Klappe. Aber Robertsons Name macht jetzt die Runde – die wissen, dass ich mich mit ihm unterhalten will ...«

Im Raum herrschte erneut Schweigen, bis Siobhan Clarke eine Frage stellte.

»Wer hat Ihnen gesagt, dass wir uns für Thomas Robertson interessieren?«

»Was?« Hammells Augen verengten sich.

»Das ist nicht allgemein bekannt.«

»Nicht?«

»Nein.«

»Na ja, inzwischen hat sein Name jedenfalls die Runde gemacht.«

»Ja, aber wer hat *Ihnen* davon erzählt?«

Sein Blick begegnete ihrem. »Das weiß ich nicht mehr«, sagte er mit emotionsloser Stimme.

Aus irgendeinem Grund wusste Siobhan Clarke trotzdem Bescheid.

Wer hätte es sonst gewesen sein können?

»Was machst du hier?«

Rebus sah von seinem getoasteten Sandwich auf. »Das ist ein Café, oder?«, entgegnete er. »Ich esse was.«

»Wie immer?«, rief der Mann hinterm Tresen Clarke zu.

»Nur einen Milchkaffee«, sagte sie und setzte sich Rebus gegenüber.

»Wusste nicht, dass du das Monopol auf diesen Laden besitzt«, merkte Rebus an, blickte durch das Fenster auf den Leith Walk.

»Tu ich auch nicht.«

»Aber du ärgerst dich, weil ich hier bin.«

»Ich ärger mich über dich, Punkt.«

Rebus legte sein Sandwich hin und wischte sich die Finger an der Papierserviette ab.

»Was hab ich denn jetzt schon wieder verbrochen?«

»Du bist los und hast mit Frank Hammell gesprochen, oder?«

»Hat er das gesagt?«

»Das musste er gar nicht.«

»Weiß Page davon?«

Sie schüttelte den Kopf. Der Kaffee kam. Instant, ein paar Granulatkörnchen schwammen noch oben.

»Wirst du's ihm sagen?«

Sie sah ihn an. »Wenn Fox und seine Leute davon wüssten, würden sie vor Freude auf der Straße tanzen.«

»Als Thomas Robertson stiften gegangen ist, war mein erster Gedanke, dass Hammell ihn sich gekrallt hat.«

»Was du lieber für dich behalten hast.«

»Ich hab Hammell einen Besuch abgestattet. Er hat es geleugnet.«

»Und dabei hast du ihm Robertsons Namen verraten?«

»Das halbe Internet wusste doch schon, dass wir jemanden vernommen haben. Er hätte keine zehn Minuten gebraucht, um selbst herauszufinden, was ich ihm erzählt habe.«

Sie stellte ihre Ellbogen auf die Tischkante und beugte sich zu ihm vor. »Du bist nicht beim CID, John. Das ist nicht mehr dein Job.«

»Woran ihr mich ja auch ständig erinnert.« Er hatte den Rest seines Toasts aufgeklappt, um den Belag zu begutachten: eine Scheibe Scheiblettenkäse und eine dünne Scheibe blasser Schinken. »Hat denn dein Gespräch mit Hammell Licht ins Dunkel gebracht?«

»Er sagt, sie haben sich gestritten, weil er ihr Geld für den Zug gegeben hat.«

»Hast du ihn gefragt, was er in Aberdeen wollte?«

»Er hat Robertson gesucht.«

Rebus starrte sie an. »Das hat er zugegeben?«

Sie nickte. »Ja, das bedeutet aber auch, dass er ihn nicht hat.«

»Vorausgesetzt, man glaubt ihm.«

»Was du vermutlich nicht tust, oder?«

»Ist doch seltsam, dass er dir das einfach so erzählt. Falls Robertson was zustößt, dann …«

»Hat sich Hammell gerade als Hauptverdächtiger ins Spiel gebracht.« Clarke hatte weitergedacht. Rebus hob seinen Becher Tee, auf der Oberfläche hatte sich kalter Schaum gesammelt.

»Ich brauche einen Drink«, sagte er.

»Brauchst du nicht.«

»Ich denke doch, sonst schmecke ich den ganzen Nachmittag noch diesen Schinken. Kommst du mit?«

»Ich bleib bei Kaffee.« Als er aufstehen wollte, packte sie ihn am Unterarm.

»Wenn Page was riecht …«

»Deshalb kann man in Kneipen Pfefferminz kaufen, Siobhan.« Und mit einem Zwinkern und einem Lächeln war er verschwunden.

Sie nahm den Kaffee und pustete. Fox hatte natürlich recht: John Rebus war ein wandelndes Pulverfass, für einen wie ihn war heutzutage bei der Polizei kein Platz mehr. Er hatte sie außerdem gewarnt, dass sich ihre Chancen auf Beförderung schon durch Rebus' bloße Nähe verschlechterten. Und war am Gayfield Square nicht alles wunderbar gewesen, bevor Rebus sich eingemischt hatte? Ein gutes Team, ein toller Chef und keine Probleme. Nicht dass es Rebus zuzuschreiben war, dass sie Hammell auf dem Überwachungsvideo übersehen hatte: Daran war sie ganz allein schuld, und sie hatte sich an jenem Vormittag auch schon bei James Page entschuldigt. Malcolm Fox' Worte summten in ihrem Kopf: *Sie können mich jederzeit anrufen, wenn Sie das Gefühl haben, er baut Mist – oder droht zu versinken …*

Aber so war Rebus nun mal: erst Staub aufwirbeln und dann sehen, was dabei ans Tageslicht kommt.

»Noch zu heiß?«, rief ihr der Mann hinter dem Tresen zu. Sie merkte, dass sie so heftig pustete, dass ihr Kaffee übergeschwappt war.

»Nein, wunderbar«, versicherte sie ihm. Und zum Beweis nahm sie einen Schluck.

In Wirklichkeit war der Kaffee in ihrem Becher bestenfalls lauwarm, aber sie trank ihn trotzdem.

35

Es half nicht gerade, dass Rebus wirkte, als würde er sich die Seele aus dem Leib husten, als Page ihm im Gang vor dem CID-Büro begegnete.

»Alles klar, John?«

»Ging nie besser«, erwiderte Rebus und fuhr sich mit der Hand über die Augen. »Mir ist was im Hals stecken geblieben.«

»Ein Zigarettenstummel vielleicht?« Page schnüffelte demonstrativ in die Luft. »Und Pfefferminzbonbons zum Mittagessen? Interessanter Speiseplan.«

»Mir schmeckt's.« Rebus zog die Schultern gerade.

»Ach ja, ich wollte sowieso mit Ihnen reden…«

»Geht's darum, dass ich meine Sachen packen soll?«

»Sie haben hier gute Arbeit geleistet, John, aber die Ermittlungen laufen jetzt offenbar doch in eine andere Richtung.«

»Während ich immer noch am Seitenstreifen stehe und den Daumen raushalte?«

»So würde ich es nicht ausdrücken. Aber Sie haben recht, ich bin der Ansicht, dass sich Ihre Zeit hier allmählich dem Ende zuneigt.«

»In diesem Fall möchte ich Sie um einen Gefallen bitten.«

Pages Blick verengte sich kaum wahrnehmbar. »Ja?«

»Erzählen Sie's nicht der SCRU. Ich brauche noch ein bisschen Zeit, um die Kisten wegzubringen.« Rebus deutete vage in Richtung Clarkes Schreibtisch.

»Das dürfte nicht länger als ein oder zwei Stunden dauern«,

entgegnete Page. »Ich kann veranlassen, dass Ihnen jemand vom Team hilft …«

Rebus schüttelte den Kopf. »Das wäre Ressourcenverschwendung, James. Ich mache das gerne. Morgen um diese Zeit sind Sie mich los.« Rebus streckte ihm eine Hand entgegen, die Page kurz musterte, bevor er einschlug.

Zehn Minuten später stand Rebus wieder im Leith Walk mit einem Kaffee zum Mitnehmen und einer Schachtel Paracetamol aus der Apotheke. Nachdem er zwei Tabletten geschluckt hatte, betrachtete er die Schaufenster der Geschäfte. In einem wurden gebrauchte Schallplatten verkauft, aber er wusste, dass er keine Zeit zum Stöbern hatte. Fest überzeugt, noch fahren zu können, ging er auf seinen Wagen zu, verstaute das POLIZEI IM EINSATZ-Schild unter dem Beifahrersitz und ließ den Motor an. Es war fast drei Uhr nachmittags, und er würde irgendwo auf der Strecke in den Berufsverkehr geraten, aber was spielte das für eine Rolle …

»Wieder im Sattel«, sagte er zu seinem Wagen und klopfte aufs Armaturenbrett in der Hoffnung, es würde ihm Glück bringen.

Ich könnte die Strecke mit verbundenen Augen fahren … Die Worte des Lieferwagenfahrers fielen ihm wieder ein, als er auf die M90 fuhr. Beim Verlassen der Innenstadt hatte er mit den üblichen Problemen zu kämpfen: provisorische Ampeln, Bauarbeitertrupps, die die Straßen aufrissen. Ein möglicher Schleichweg war gesperrt, was bedeutete, dass sich kaum etwas gewinnen ließ, indem man von der Ausfallstraße Richtung Norden abfuhr. Kurz vor der Forth Road Bridge wurde der Verkehr wieder zähflüssiger und blieb es bis hinter die Abzweigungen nach Dunfermline und Kirkcaldy. An der Raststätte Kinross machte Rebus Halt, um zu tanken. Die Frau an der Kasse nickte ihm zu, als würde sie ihn wiedererkennen. Vielleicht hatte sie ein gutes Gedächtnis, wahrscheinlicher aber war, dass er die Macken und Gewohnheiten eines Berufsreisenden angenommen hatte und sie ihn lediglich als Vertreter einer bestimmten Spezies erkannte.

Perth mit seinen stark befahrenen Kreisverkehren, dann das Ende der zweispurigen Fahrbahn und das Gefühl, dass die Zeit gegen jeden arbeitete, der auf dieser Straße unterwegs war. Turbogetunte BMWs und Audis scherten aus der Schlange aus und reihten sich wieder ein, am Steuer saßen Männer in Hemd und Krawatte, von denen jeder einzelne der Mann sein konnte, mit dem er sich an der Tankstelle in Pitlochry unterhalten hatte, der Mann mit den »Lösungen«.

Endlich kam Pitlochry und damit ein willkommener zweispuriger Straßenabschnitt, auch wenn das dazu führte, dass langsame Laster noch langsamere Laster überholten. Rebus fluchte laut, als er sich gezwungen sah zu bremsen. Im Vorbeifahren warf er einen Blick auf die Straßenarbeiten. Männer mit grell leuchtenden Sicherheitsjacken und Helmen hantierten mit Werkzeug und Maschinen. Bill Soames und Stefan Skiladz waren nirgends zu entdecken. Als die Michael-Chapman-CD zu Ende war, legte er Spooky Tooth ein und griff rüber zum Beifahrersitz nach der Wasserflasche, die er gekauft hatte. Am Himmel wurde es dunkel, Wanderer ließen sich heute keine blicken. Kein Halt in Bruar: weiter nach Glen Truim und vorbei an Newtonmore. Zu seiner Rechten tauchte Aviemore auf, und er betete, dass endlich mehr Laster abfahren würden, danach Tomatin und erneut ein Gruß in Richtung der Destillerie. Jetzt war es Abend, und der Himmel über Inverness leuchtete, auf den Zubringerstraßen herrschte immer noch Berufsverkehr. Erst als er sich der Stadt näherte, dachte er: Ich hätte auch den Zug nehmen können. Aber er mochte seinen Wagen zu sehr und tätschelte erneut das Armaturenbrett, um es ihn wissen zu lassen. Zehn Minuten später stand er auf dem Parkplatz am Whicher's Hotel, rollte die Schultern, renkte sich die Wirbelsäule wieder ein und lauschte dem langsam abkühlenden Motor des Saab.

Er hielt lange genug für eine Zigarette und betrachtete die Umgebung. Da war eine augenscheinlich neue Einkaufszone in Fußnähe, außerdem Büroräume, einige davon noch nicht vermietet. Die Gegend hier in der Stadt war eher was für Handlungsreisende als für Touristen. Als er schließlich an die Rezeption ging, fielen ihm der karierte Teppich und ein an der Wand hängendes Hirschgeweih auf. Dazu hölzerne Wandverkleidungen und Musikberieselung. Ein Mann im Nadelstreifenanzug checkte gerade ein.

»Dasselbe Zimmer wie immer, Mr Frazer«, versicherte ihm die Dame am Empfang.

Sie war jung – Anfang zwanzig, vielleicht sogar noch jünger. Lockiges blondes Haar und üppiger blauer Lidschatten. Hinter ihr war ein Mann im mehr oder weniger selben Alter mit Papierkram beschäftigt. Als Rebus an der Reihe war, schenkte ihm die Rezeptionistin dasselbe Lächeln wie zuvor schon Mr Frazer. Bis er ihr seinen Ausweis und das digital bearbeitete Foto von Sally Hazlitt zeigte.

»Erkennen Sie die?«, fragte Rebus.

»Sieht Susie ähnlich«, sagte die Rezeptionistin. »Was meinst du, Roddy?«

Der junge Mann wandte sich gerade lange genug von seiner Arbeit ab, um kurz zu nicken. Rebus fiel auf, dass seine Weste dasselbe Schottenmuster hatte wie der Teppich.

»Arbeitet Susie hier?«, fragte Rebus. Das Namensschild der Rezeptionistin wies sie lediglich als Amanda aus.

»Ja.«

»Wissen Sie, ob ihr jemand dieses Foto gezeigt hat? Es kam auch in den Nachrichten.«

»Wir arbeiten nicht in derselben Schicht.« Jetzt wurde sie misstrauisch.

»Wann wurde sie zuletzt gesehen?«

Die Rezeptionistin hatte zum Telefon neben sich gegriffen. »Sie sollten mit der Dienstleiterin sprechen …«

Der Name der Dienstleiterin war Dora Causley, und sie setzte sich mit Rebus in die Lounge, während eine Kanne Tee geholt wurde. Sie hielt das bearbeitete Foto in Händen und betrachtete es eingehend.

»Sieht ihr sehr ähnlich«, gab sie zu.

»Susie?«

»Susie Mercer. Sie ist jetzt fast neun Monate bei uns.«

»Aber heute arbeitet sie nicht?«

»Sie hat sich vor ein paar Tagen krankgemeldet. Eigentlich hätte sie inzwischen ein Attest vorlegen müssen …«

»Ich würde gerne mit ihr sprechen.«

Causley nickte langsam. »Ich kann Ihnen ihre Adresse geben.«

»Danke. Und wissen Sie zufällig, ob ihr jemand dieses Foto gezeigt oder erwähnt hat, dass es ihr ähnlich sieht?«

»Keine Ahnung, tut mir leid.«

Sie ließ ihn bei Tee und Shortbread sitzen und kehrte wenige Minuten später mit einem Zettel zurück: Anschrift und Telefonnummer.

»Wissen Sie, wo das ist?«, fragte Rebus.

Causley schüttelte den Kopf. »Ich bin erst seit zwei Jahren in Inverness. Amanda kann es Ihnen im Computer raussuchen.«

Rebus nickte zustimmend. »Was ist mit Susie Mercer? Ist sie von hier?«

»Sie hat einen englischen Akzent«, sagte Causley. »Das ist hier in der Gegend nicht selten.«

»Ist sie verheiratet?«

»Kann mich nicht erinnern, dass sie einen Ring trägt.«

»Ob ich einen Blick in ihre Personalakte werfen dürfte?«

»Dafür brauche ich eine Genehmigung.«

»Mein Wort reicht nicht aus?«

Ihr unerschütterliches Lächeln war Antwort genug.

Bewaffnet mit einer von Amanda aus dem Internet ausgedruckten Straßenkarte ging Rebus wieder auf den Parkplatz. Die Motorhaube des Saab war immer noch warm. »Tut mir leid, du Oldtimer«, entschuldigte sich Rebus. »Wir sind noch nicht ganz fertig.«

Die Adresse gehörte zu einer Wohnung über einem Secondhandladen im Stadtzentrum. Rebus klingelte und wartete. Er hatte seinen Wagen ins absolute Halteverbot stellen müssen. Anderswo schien parken nicht möglich. Er klingelte erneut, überprüfte noch einmal den Namen an der Tür: Mercer. Es gab noch eine andere Klingel, der Name war aber durchgestrichen. Rebus versuchte es trotzdem auch dort, und eine Minute später öffnete sich die Tür. Ein Mann Mitte zwanzig stand unten an der Treppe und mampfte sein Abendessen.

»Entschuldigung«, sagte Rebus. »Ich suche Susie Mercer.«

»Hab sie heute noch nicht gesehen.«

»Sie hat sich krankgemeldet. Ihre Kollegen machen sich Sorgen.«

Der Mann schien dies als Erklärung zu akzeptieren. »Ich wohne nebenan. Normalerweise höre ich ihren Fernseher.« Er führte Rebus die schmale Treppe ohne Teppich hinauf. Oben befanden sich zwei Türen, von denen eine offen stand und Einblick gewährte in ein, wie Rebus vermutete, möbliertes Zimmer: Sofa, Bett, Herd. Der Mann klopfte an Susie Mercers Tür.

Sie warteten kurz, dann versuchte Rebus die Tür zu öffnen. Ohne Erfolg. Es gab auch keinen Briefschlitz, durch den er hätte spähen können.

»Wann haben Sie sie zuletzt gesehen?«

»Vor ein paar Tagen. Meinen Sie, sie ist da drin?«

»Möglich.«

»Hoffentlich ist alles in Ordnung.«

»Gibt's einen Vermieter? Der müsste doch einen Zweitschlüssel haben, oder?«

Der Mitbewohner nickte zustimmend. »Soll ich ihn holen?«

»Wohnt er in der Nähe?«

»Ein paar Straßen weiter.«

»Das wäre sehr nett, tut mir leid, dass ich Sie beim Essen gestört habe.«

»Kein Problem«, sagte der Mann und ging nach drinnen, um seine Jacke zu holen. Er zögerte, machte Anstalten, seine Tür zu schließen, bot Rebus dann aber doch an, wenn er wolle, könne er im Zimmer warten.

»Das ist sehr nett«, sagte Rebus und nahm das Angebot an.

Das Zimmer war klein, das einzige Fenster stand ein paar Zentimeter offen, wahrscheinlich um Essensgerüche zu vertreiben. Anscheinend hatte er Chili aus der Dose gegessen, dazu eine Packung Nachos. Einen Fernseher gab es nicht, nur einen Computer auf einem Schreibtisch, neben dem die Schüssel mit den Essensresten stand. Ein Film war auf Pause gestellt. Rebus erkannte den Schauspieler, aber der Name fiel ihm nicht ein. Er stibitzte ein Nacho aus der Tüte und schob ihn sich in den Mund. Den Briefumschlägen auf dem Sims hinter der Tür nach zu schließen hieß der junge Mann G Fortune.

Neben dem schmalen Einzelbett stand eine Leselampe, und einige Taschenbücher mit starken Gebrauchsspuren lagen herum. Krimis, gekauft für zehn bis fünfzig Pence, möglicherweise aus dem Secondhandladen unten. Keine Musikanlage, abgesehen von einem MP3-Player, der an einen großen Kopfhörer angeschlossen war. Auch kein Kleiderschrank, nur eine Stange für Jacken, Hemden und Hosen, dazu eine verschrammte Kommode für alles andere. Rebus hörte, wie die

Tür unten aufging und wieder zufiel und zwei Paar Füße die Treppe heraufkamen.

Der Vermieter nahm Rebus' Hand, als er sie ihm entgegenstreckte, stellte aber sofort eine Frage.

»Sind Sie vom Hotel?«

»Das hab ich nicht gesagt«, erklärte Rebus.

»Geoff sagt, das haben Sie.«

Rebus schüttelte den Kopf. »Vielleicht ist der Eindruck entstanden …« Er zog seinen Ausweis aus der Tasche. »Ich arbeite für die Polizei, Mr …?«

»Ralph Ellis. Also, was geht hier vor?«

»Ich habe ein paar Fragen an Ms Mercer. Sie ist seit einigen Tagen nicht mehr an ihrem Arbeitsplatz erschienen. Hat sich krankgemeldet, aber kein Attest eingereicht.«

»Glauben Sie, sie ist vielleicht …?« Ellis nickte in Richtung der verschlossenen Tür.

»Es gibt nur eine Möglichkeit, das herauszufinden, Sir.«

Ellis haderte ein paar Sekunden lang mit sich, dann zog er einen Schlüsselbund aus der Tasche, fand den richtigen Schlüssel, öffnete die Tür und rief dabei Susie Mercers Namen.

Das Zimmer war dunkel. Rebus machte Licht. Die Vorhänge waren zugezogen, das Bett nicht gemacht. Der Raum ähnelte dem von Fortune bis hin zur Kleiderstange und Kommode. Die Kleiderbügel aber waren leer und die Schubladen ausgeräumt.

»Sieht aus, als hätte sie das Weite gesucht«, sagte Fortune.

Rebus machte einen Rundgang durchs Zimmer und den Duschraum. Alle Toilettenartikel waren verschwunden. Auf dem Boden neben dem Bett lagen noch ein paar Frauenzeitschriften. An der Wand über dem Bett waren Löcher. Rebus zeigte darauf.

»Haben Sie eine Ahnung, was für Bilder da hingen?«

»Ein paar Postkarten«, sagte Fortune. »Ein oder zwei Fotos von ihr und ihren Freundinnen.«

»Was für Freundinnen?«

Fortune zuckte mit den Schultern. »Hab sie nie persönlich gesehen.«

»Was ist mit einem Freund?«

»Hab hin und wieder Männerstimmen gehört …«

»Also«, unterbrach ihn der Vermieter, »sie ist nicht hier, und tot ist sie auch nicht, ich denke, wir können wieder abschließen.« Er sah Rebus an. »Es sei denn, Sie haben einen Durchsuchungsbeschluss …«

Rebus wollte noch nicht gehen. Andererseits sah er aber auch nichts, für das es sich zu bleiben lohnte. »Gehört der Fernseher ihr?«, fragte er.

»Ich denke schon«, sagte Fortune.

»Meiner ist es nicht«, setzte Ellis hinzu.

»Jetzt vielleicht schon«, sagte Rebus leise. Susie Mercer war überstürzt verschwunden, hatte nur mitgenommen, was sie tragen konnte. Er gab beiden Männern seine Visitenkarte.

»Für den Fall, dass sie sich meldet«, erklärte er.

»Das heißt, Sie glauben nicht, dass sie wiederkommt?«, fragte der Vermieter.

Statt einer Antwort schüttelte Rebus langsam den Kopf. Jetzt wo ihr Foto in Umlauf war …

36

Er saß im Wagen und überdachte die Lage. Dann fiel ihm der Polizist von der Northern Constabulary wieder ein, mit dem er gesprochen hatte, als er die Fallakten zu Sally Hazlitt und Brigid Young gesucht hatte. Er hatte sich Namen und Telefonnummer notiert, also rief er an. Die Zentrale meldete sich, und er stellte sich vor und sagte, dass er mit Sergeant Gavin Arnold sprechen wolle.

»Der ist nicht im Dienst«, teilte man ihm mit.

»Es eilt. Würde es Ihnen was ausmachen, mir seine private Telefonnummer oder seine Handynummer zu geben?«

»Das darf ich nicht.«

»Vielleicht kann ich Ihnen meine Nummer geben, und Sie können ihn benachrichtigen?«

»Ich will sehen, was ich tun kann.«

Nachdem er das Gespräch beendet hatte, wusste Rebus, er würde nichts anderes machen können als warten. In Inverness. Genannt *Dolphinsludge*, wo sich zählebige Delphine im Eismatsch wälzten … An einem öden Abend mitten in der Woche, während die Temperaturen rapide sanken. Er fuhr herum, ohne viel wahrzunehmen. Ein paar Supermärkte waren geöffnet und schienen gut besucht. Männer standen vor Pubs, zogen kräftig an ihren Zigaretten, konnten es kaum erwarten, wieder reinzugehen. Als sein Handy klingelte, fuhr Rebus seitlich auf den Bordstein.

»Was kann ich für Sie tun?«, fragte Gavin Arnold.

»Erinnern Sie sich an mich, Sergeant?«

»Ihretwegen habe ich fast einen halben Tag im Staub gewühlt und diese verfluchten Akten gesucht. Ich muss immer noch niesen.«

»Dafür bin ich Ihnen sehr dankbar.«

»Sind Sie weitergekommen?«

»Das ließe sich in einem Gespräch unter vier Augen leichter erklären.«

»Wollen Sie herkommen?«

»Ich bin schon da.«

»Sagen Sie's doch gleich – ich bin im Lochinver, am Bahnhof vorbei und immer geradeaus.«

»Wenn das ein Pub ist, dann glaube ich, dass ich vor zwei Minuten dran vorbeigefahren bin.«

»Ich bin im vorderen Raum hinten, am Dartboard. Spielen Sie?«

»Eigentlich nicht.«

»Schade. Heute ist Wettkampfabend, und uns fehlt noch ein Mann ...«

Vor dem Pub war schon wieder absolutes Halteverbot – die legalen Parkplätze waren alle besetzt. Rebus legte sein Schild sichtbar aufs Armaturenbrett, schloss den Saab ab und betrat das Lochinver. Arnold winkte ihm vom Tresen aus zu. Die beiden Männer gaben sich die Hand.

»Was trinken Sie?«, fragte Arnold.

»Nur eine Limonade.«

»Sie sind mit dem Wagen da, stimmt's?« Arnold guckte mitleidig. Er war Mitte vierzig, groß und schlank, trug eine dunkle Hose und ein offenes weißes Hemd. Seine Wangen glühten, aber das konnte auch vom Whisky kommen.

»Du bist dran, Gavin!«, wurde gerufen. Arnold lächelte Rebus entschuldigend an.

»Das hat Vorrang, fürchte ich.«

»Kein Problem«, sagte Rebus. Er stützte sich mit seinem

Gewicht auf einen Barhocker und sah dem Spiel zu. Arnold war gut, aber sein Gegner war ihm überlegen. Die Teamkameraden der beiden unterstützten sie jeweils lautstark von ihren Tischen aus. Arnold verlor, die beiden Männer gaben sich die Hand.

Wie sich herausstellte, war das Ergebnis spielentscheidend. Nach ein bisschen Geplänkel zwischen beiden Teams schob sich Arnold auf den Hocker neben Rebus.

»Pech«, meinte dieser.

»Ich hab das Schwein noch nie geschlagen«, erwiderte Arnold, und seine Stimme verriet Verärgerung. Aber er schüttelte sie ab, bestellte sich einen weiteren Whisky und wandte sich Rebus zu.

»Was führt Sie den weiten Weg von Edinburgh hierher?«

»Was hat Sie den weiten Weg von Lancashire hierhergeführt?«

Arnold grinste. »Eigentlich Yorkshire. Manchmal könnte man schwören, hier oben gibt's mehr Engländer als Schotten. Nicht dass man es ihnen immer gleich ansieht.« Er machte der Barfrau ein Zeichen, und sie kam lächelnd zu ihnen.

»Sue«, sagte er, »das ist ein Freund von mir. Sein Name ist John.«

»Schön, Sie kennenzulernen, John.« Sie griff zwischen den Zapfhähnen hindurch, um ihm die Hand zu geben.

»Gavins Freunde sind auch meine, wie man so schön sagt.«

»Sue gehört der Laden hier«, erklärte Arnold Rebus. Dann zu Sue: »John glaubt, er kann Akzente erkennen und ihrer Herkunft zuordnen.« Arnold sah Rebus an. »Na los – wo wurde Sue geboren? Ich gebe Ihnen sogar noch einen kleinen Tipp – ihr Nachname ist Holloway.«

Rebus betrachtete Sue Holloway. Ihr Lächeln sagte ihm, dass er das Spiel verlieren würde, aber er musste es trotzdem versuchen.

»Manchester?«, riet er schließlich.

»Sag's ihm, Sue«, meinte Arnold.

»Fast richtig, John«, lobte ihn Holloway. »Aber ich stamme ursprünglich aus Kirkcaldy.«

»Dann sind Sie ja aus Fife so wie ich«, sagte er.

»Wahrscheinlich sind Sie aber öfter noch mal da gewesen.«

»Erst kürzlich, hab aber die M90 nicht verlassen. Sie sind in Manchester aufgewachsen, hab ich recht?«

»Das stimmt«, gab sie zu. »Und dafür spendiere ich einen. Sind Sie sicher, dass Sie bei Limonade bleiben wollen …?«

Als sie frische Getränke vor der Nase hatten, warnte Rebus Gavin Arnold, dass die Geschichte, die er ihm erzählen wollte, etwas länger dauern könne.

»Solange Sie mögen«, versicherte ihm Arnold.

Rebus berichtete, trank die Limonade und ließ sich zu einer weiteren einladen. Arnolds Dartteam hatte sich schon verzogen, und die Kneipe war nur noch halb voll, als Rebus endlich fertig war. Am Ende bat er Arnold, in Ruhe darüber nachzudenken, während er selbst draußen eine Zigarette rauchen gehen wollte. Aber Arnold folgte ihm nach draußen in die Kälte.

»Sie glauben also, Mercer könnte die kleine Hazlitt sein?«

»Könnte«, meinte Rebus und blies Rauch in die Nachtluft.

»Und als die Fotos veröffentlicht wurden, fand sie, es sei an der Zeit zu verschwinden?«

»Ist eine Möglichkeit.«

Arnold dachte einen Augenblick nach. »Könnte ihre Personalakte Aufschluss geben?«

Rebus nickte. »Sie sind von hier, ich nicht. Es wäre leichter, wenn Sie danach fragen.«

Arnold sah auf die Uhr. »Schon ein bisschen spät …«

»Im Hotel wird es einen Nachtmanager geben«, vermutete Rebus.

»Trotzdem …«

»Ich wäre Ihnen wirklich sehr dankbar.«

»Mein einziger freier Abend«, brummte Arnold, lächelte aber dabei.

»Hinterher gebe ich einen Whisky aus«, sagte Rebus zur Ermunterung.

»Dann ist der Deal perfekt«, wurde ihm beschieden.

Sie nahmen den Saab und fuhren erst an der Polizeiwache in der Burnett Road vorbei, damit Arnold seine Uniform anziehen konnte.

»Sieht besser aus, offizieller«, erklärte er.

Danach fuhren sie, Arnold am Steuer, zum Whicher's. Der Nachtportier hatte seinen Dienst bereits angetreten, behauptete aber, ihnen nicht helfen zu können. Das Büro bleibe abgeschlossen, bis Dora Causley am Morgen aufschloss.

»Wie kontaktieren Sie sie im Notfall?«, fragte Rebus.

Der Portier zog eine Karte aus der Tasche seiner Schottenweste.

»Wählen Sie die Nummer«, befahl Rebus. Arnold stand direkt hinter ihm, sagte nichts, guckte aber streng, wie jemand, mit dem man sich besser nicht anlegt. Der Portier tat wie ihm geheißen, behielt dabei beide Männer im Blick.

»Nur die Mailbox«, sagte er schließlich.

Rebus deutete auf den Hörer, nahm ihn und sagte Causley, sie möge ihn »dringend zurückrufen«. Er gab seine Handynummer an, dann reichte er den Hörer zurück und erklärte dem Nachtmanager, sie würden warten.

»Ist die Bar noch auf?«

»Nur für Gäste«, erklärte er.

Arnold machte einen Schritt auf den Mann zu und sah ihn so lange finster an, bis er entschied, die Vorschriften ausnahmsweise großzügig auszulegen.

Ein Single Malt für Arnold, Tee für Rebus. Sie saßen in

der Lounge. Chesterfieldsessel mit Lederbezug, Musikberieselung. Nur noch drei weitere Gäste, die vor ihren Getränkeresten hockten und, so gut es noch ging, mit schwerer Zunge und müden Augen die am darauffolgenden Tag anstehenden Geschäftstermine besprachen.

Arnold hatte Jackett und Krawatte abgelegt, war aber nach wie vor als Gesetzeshüter erkennbar. Er fragte Rebus, wie lange er noch bis zu seiner Pensionierung habe.

»Ich bin schon in Rente«, gab Rebus zu. »Bin jetzt bei einer Einheit für ungeklärte Fälle, wo nur alte Säcke wie ich arbeiten.«

»Das haben Sie mir gar nicht gesagt.« Arnold schien zu überlegen, ob er daran Anstoß nehmen sollte oder nicht. Schließlich kicherte er in sein Glas. »Ich hab nicht mal nach einem Ausweis gefragt, oder? Sie hätten Gott weiß wer sein können.«

»Tut mir leid«, sagte Rebus.

Arnold schmunzelte erneut, aber diesmal müder. Er sah auf die Armbanduhr. »Wir können aber nicht die ganze Nacht hier warten, oder?«

»Wohl eher nicht.«

»Vielleicht ist sie gar nicht in der Stadt.« Arnold gähnte und reckte die Arme, so dass seine Hemdknöpfe spannten. »Wollen Sie wieder zurück in den Süden fahren?«

»Im Prinzip war das die Idee.«

»Ich könnte das Zeug morgen holen und Ihnen schicken.«

Rebus fiel etwas anderes ein. Er hatte zwar diesmal keine Reisetasche dabei, aber egal…

»Noch ein Absacker?«, fragte er Arnold und gab dem Barmann ein Zeichen. Als er Whisky für beide bestellte, wusste Arnold: Er konnte sich nicht mehr darauf verlassen, dass ihn sein vermeintlicher Fahrer nach Hause brachte.

37

Wieder Frühstück im Hotel.

Von den Geschäftsleuten aus der Loungebar keine Spur. Die meisten Gäste schienen wie Rebus allein unterwegs zu sein. Es war halb acht, an der Rezeption hatte Amanda ihm mitgeteilt, dass mit Dora Causley vor acht nicht zu rechnen sein würde. Diese Information hatte er Arnold gesimst, zusammen mit einer Einladung zu Frühstücksspeck und Rührei. Als Arnold jedoch vollständig uniformiert eintraf, frei von jeglichen Anzeichen, die auf den Alkoholkonsum der vergangenen Nacht hätten schließen lassen, wollte er nichts außer Kaffee und Orangensaft.

»Ich frühstücke nie«, erklärte er Rebus und zog einen Stuhl unter dem Tisch hervor.

»Ich eigentlich auch nicht, es sei denn, ich hab's schon bezahlt…« Rebus verputzte das letzte Stück Toast. »Gut geschlafen?«

»Wie ein Baby – hab dreimal ins Bett gemacht.«

Rebus lächelte, weil er glaubte, dass es von ihm erwartet wurde.

»Und selbst?«, fragte Arnold.

»Ich konnte in Hotelzimmern noch nie ausschlafen.«

»Ist eigentlich nicht fair, oder?«

»Eigentlich nicht«, pflichtete Rebus ihm bei.

Die Kellnerin schenkte gerade nach, als Causley, an der Rezeption bereits vorgewarnt, mit leicht blutunterlaufenen Augen auf sie zumarschierte.

»Gute Morgen«, sagte sie.

Rebus wollte gerade etwas erwidern, eine Bemerkung darüber verlieren, dass sie offensichtlich die Nachrichten auf ihrem Handy nicht abgehört hatte, aber Arnold war bereits aufgesprungen und gab ihr die Hand. »Sergeant Arnold«, erinnerte er sie. »Wir hatten bereits wegen des Einbruchs miteinander zu tun.«

»Ja, natürlich.«

»Gut, dass die Geschichte nicht in der Zeitung stand, was?« Arnold wandte sich an Rebus. »Wie sich herausstellte, war's nämlich einer der Mitarbeiter.«

Causley war dies sichtlich unangenehm. Arnold hielt noch immer ihre Hand, und sie wusste, was von ihr erwartet wurde.

»Sie wollen die Akte sehen?«, sagte sie.

»Wenn es nicht zu viel Mühe macht«, erwiderte Arnold und ließ die Hand los.

Nachdem Arnold seine Rolle gespielt hatte, fuhr er zur Arbeit, und eine halbe Stunde später checkte Rebus aus dem Hotel aus, Kopien von Susie Mercers Lebenslauf, ihrem Bewerbungsschreiben, ihren Zeugnissen und einem Probezeitbericht im Gepäck. Er setzte sich in den Saab und ging alle Unterlagen noch ein zweites Mal durch. Die Zeugnisse stammten von anderen Hotels, eins in Nordirland und eins auf Mull. Das aus Mull war jüngeren Datums, und Rebus rief zuerst dort an. Ja, wurde ihm erklärt, Susie Mercer habe im vorangegangenen Sommer bei ihnen gearbeitet. In dem Hotel in Nordirland allerdings wusste man nichts von ihr.

»Wir hatten in der besagten Zeit eine Susan Merton.«

Rebus wartete, bis die Frau ein Foto von Merton aus ihrer Personalakte gezogen hatte, dann beschrieb er Mercer.

»Kommt hin«, räumte sie ein. Rebus fragte, ob sie ihm einen Abzug des Fotos schicken könne. Sie fotografierte es mit ihrem Handy, und zwei Minuten später tauchte es auf seinem Display auf. Es war verschwommen, Frisur und Haarfarbe stimmten nicht, aber er hätte seine Rente drauf verwettet, dass Susan Merton und Susie Mercer ein und dieselbe Person waren. Er hatte noch ein halbes Dutzend Mal versucht Mercer anzurufen und ihr Nachrichten auf die Mailbox gesprochen. Jetzt schickte er ihr eine SMS, in der er sie bat, sich mit ihm in Verbindung zu setzen – ohne zu sagen, wer er war.

Ihr Lebenslauf führte weitere Anstellungen in Hotels und Restaurants an, außerdem in Kaufhäusern und auch eine Tätigkeit als Bürohilfe. Highschool in Aylesbury; College im selben Ort. Rebus hatte nur eine höchst ungenaue Vorstellung, vermutete Aylesbury aber in der Nähe von London. Ihr Geburtstag war der 1. Juni 1981, während Sally Hazlitt am 6. Januar geboren war – genau umgekehrt. 6.1. und 1.6. – leicht zu merken. Als sein Telefon klingelte, ging er automatisch dran. Es war Peter Bliss.

»Du wirst gesucht«, sagte Bliss mit leiser Stimme.

»Cowan?«

»Am Gayfield Square hat man ihm gesagt, du würdest heute Morgen wieder hier auftauchen.«

Gut gemacht, Page: eine winzige Spur von Rache …

»Ich bin in Inverness«, beichtete Rebus. »Ich brauche noch mindestens drei Stunden.«

»Inverness?«

»Ist eine lange Geschichte.«

»Dann schau mal bei Gregor Magrath vorbei.«

Rebus brauchte einen Augenblick, bis ihm einfiel, woher er den Namen kannte. »Der Mann, der die SCRU gegründet hat?« Er erinnerte sich an die Visitenkarte, die ihm Nina Hazlitt gegeben hatte, die mit Magraths Nummer.

»Der wohnt da oben.«

»Meinst du, Cowan wäre zufriedener, wenn ich ihm sage, was ich treibe?«

»Wahrscheinlich nicht.«

»Na gut, jedenfalls danke für die Warnung.«

»Also, dann bis heute Nachmittag?«

»Habt ihr schon Girlanden aufgehängt?«

Bliss unterdrückte ein Lachen, als er das Gespräch beendete.

38

Cowan telefonierte, als Rebus das Büro der SCRU betrat. Bliss zwinkerte ihm zu, und Elaine Robison winkte kurz, was vermuten ließ, dass sie das Arbeitsaufkommen in seiner Abwesenheit wunderbar bewältigt hatten.

»Jetzt ist er da«, sagte Cowan in den Hörer, Rebus fest im Blick. »Besser spät als gar nicht.« Er hielt inne, lauschte. »Ja, sag ich ihm. Ja sofort, ja.«

Er beendete das Gespräch und erklärte Rebus, er könne den Mantel gleich anlassen. »DCI Page will Sie sehen. Irgendeine Ahnung, worum es gehen könnte?«

Rebus war überfragt. Möglicherweise nahmen die Fallakten zu viel Platz in Anspruch und mussten weggeräumt werden.

»Wo zum Teufel sind Sie überhaupt gewesen?«

»Ich wusste nicht, dass Sie mich so sehnsüchtig zurückerwarten, Dan…«

Draußen auf dem Parkplatz entschuldigte sich Rebus erneut bei seinem Saab, bevor er den Motor anließ, der nach einem kurzen, trockenen Husten auch ansprang. Rebus wählte Siobhan Clarkes Nummer. Noch bevor sie etwas sagen konnte, erzählte er ihr, dass er gerade aus Inverness kam.

»Die Sache ist die, ich glaube, Sally Hazlitt ist noch am Leben. Und kaum waren die digital bearbeiteten Fotos in Umlauf, hat sie sich aus dem Staub gemacht. Ich nehme nicht an, dass das allein beweiskräftig ist, aber trotzdem…«

»Wirft das nicht deine ganze Serienkillertheorie über den Haufen?«

»Schon.«

»Die Sache ist die, John, es gibt da ein Problem – weshalb James dich sprechen will.«

»Ach?«

»So wie's aussieht, gibt's noch weitere Opfer. Wir erzählen dir alles, wenn du hier bist.«

Zwei Detectives sollten sich einen Schreibtisch teilen, damit sich Rebus an den frei gewordenen setzen konnte. Darauf und daneben stapelten sich die Kisten. »Die Schubladen sind tabu, soll ich Ihnen ausrichten«, sagte Page. »DC Ormiston lässt seine Sachen erst mal drin.« Sie befanden sich in Pages Büro. Er saß an seinem Schreibtisch, Siobhan und Rebus standen. »Siobhan sagt, Sie haben Ihre Meinung bezüglich des ersten Opfers geändert…«

»Und *mir* hat sie gesagt«, entgegnete Rebus, »dass es vielleicht noch weitere Opfer gibt.«

Page nickte und nahm ein Blatt, von dem er ablas.

»Es ist wegen des Fotos, das von Annette McKies Telefon gesendet wurde. Da hat's bei zwei Familien geklingelt. Beide haben in den vergangenen fünf Jahren Töchter im Teenageralter verloren. Man nahm an, sie seien ertrunken, aber keine der Leichen wurde je gefunden…«

»Und beide Mädchen haben Fotos von ihren Handys verschickt, bevor sie verschwanden?«, riet Rebus.

Page nickte. »In einem Fall existiert das Foto nicht mehr. Aber die Eltern schwören, dass es dasselbe war wie das in den Nachrichten.«

»Und die andere Familie…?«

»Hat alles aufgehoben, was der Tochter gehörte. Hier ist das Bild, das ihnen geschickt wurde.« Page tippte auf seinen Computerbildschirm. Rebus ging seitlich um den Tisch herum, damit er es sehen konnte.

»Ach du Scheiße«, war alles, was ihm einfiel.

Es war Edderton, daran bestand kein Zweifel …

An jenem Abend blieb Rebus lange im Büro. Clarke hatte freiwillig ihre Dienste angeboten, und die beiden räumten ein bisschen auf, sortierten alles aus den Kisten, was möglicherweise wichtig sein konnte. Page wollte eine Zusammenfassung, um sie dem Chief Constable vorzulegen.

Jetzt galt es, die Northern Constabulary davon zu überzeugen, bei den Ermittlungen zu kooperieren – die Gegend um Edderton musste abgesucht werden; Einheimische vernommen werden –, und das bedeutete, Fakten zusammenstellen, Einwände und Probleme voraussehen, mögliche Antworten vorbereiten. Clarke arbeitete an der Zeitschiene.

»Rechnen wir Sally Hazlitt mit oder nicht?«, lautete eine ihrer Fragen.

Rebus wusste es nicht.

»1999, 2002, 2008 und 2012. Jetzt kommen noch 2007 und 2009 dazu.« Sie starrte die Zahlen an. »Ich weiß, was ein Profiler dazu sagen würde.«

»Klär mich auf, wenn's sein muss.«

»Serientäter fangen langsam an und werden dann immer häufiger aktiv, je länger sie ungeschoren davonkommen.«

»Ach ja?«

»Drei Möglichkeiten: erstens, weil sie gefasst werden wollen; zweitens, weil sie aber *nicht* gefasst werden; drittens, sie werden süchtig danach – jedes neue Opfer verschafft ihnen eine immer weniger lang anhaltende Befriedigung.«

»Muss man so was heutzutage wissen, wenn man DI werden will?«

»Ich denke, es könnte sich lohnen, mal einen Blick auf die Texte zu werfen, die Christine ausgedruckt hat. Unser Mann stellt uns vor ein großes Problem: keine Leichenfundorte. Aber wir haben Edderton. Das muss etwas für ihn bedeuten.«

»Es sei denn, er hat den Ort ganz zufällig gewählt, um die Polizei von seiner Spur abzulenken. Vielleicht hat er nur ein einziges Mal dort Halt gemacht. Vielleicht hat sogar jemand anders das ursprüngliche Bild geknipst, und er hat es nur irgendwie in die Finger bekommen.«

Clarke dachte darüber nach, gab sich Mühe, nicht allzu entmutigt zu wirken. Sie arbeiteten schweigend einige Minuten lang weiter, bis sie ihn nach Inverness fragte und er ihr ausführlich von seiner Reise erzählte.

»Und der Saab hat nicht schlappgemacht?«

»Ist noch nicht reif für den Abdecker.«

»Anscheinend.«

Rebus streckte sich und rollte mit den Schultern. »Sind wir hier fertig?«

»Ich sollte das alles noch mal abtippen.«

»Um es dann gleich morgen früh Page vorzulegen?«

»Wäre sinnvoll.«

»Ein kühles Getränk wäre auch sinnvoll.«

»Gib mir noch eine halbe Stunde.«

»Und was mache ich in der Zeit?«

»Du bringst dein Abenteuer in Inverness zu Papier«, schlug Clarke vor.

Danach gingen sie in eine Bar in der Broughton Street, Clarke sog die Nachtluft ein, als dürfte sie nach langer Gefangenschaft zum ersten Mal wieder den Duft der Freiheit kosten.

Das Pub war hell erleuchtet und von Stimmengewirr erfüllt. Ein Bier und ein Gin mit Soda und Lime. Rebus war in Draufgängerlaune und spendierte außerdem noch gesalzene Erdnüsse und eine Tüte Chips.

»Wie geht's dir?«, fragte Clarke, als sie anstießen.

»Gut.«

»Ich meine, nach der ganzen Fahrerei.«

»Willst du mir den Rücken massieren?«

»Nein.« Sie lächelte und nahm einen Schluck.

»Ist seltsam da oben«, sagte Rebus, »wunderschön und trist und unheimlich, alles zusammen.« Er schluckte einen Mundvoll Bier. »Ganz besonders die Gegend südlich von Durness – ich möchte bezweifeln, dass sich seit der Zeit von Sir Walter Scott dort irgendwas verändert hat.«

»Du hättest einen zweiten Fahrer mitnehmen sollen.«

»Ich dachte, du würdest hier gebraucht.«

»Und ich weiß, dass das nicht die ganze Wahrheit ist.« Sie hielt inne, forderte ihn auf, etwas dazu zu sagen, aber stattdessen riss er die Chipstüte auf.

»Was ist mit Edderton?«, fragte sie schließlich.

»Landwirtschaft und Tourismus, wie's aussieht. Eine Destillerie nicht allzu weit entfernt, kein Problem für Pendler. Außerdem ein paar Ölbohrinseln im Cromarty Firth.«

»Und Dornoch?«

»Hübscher kleiner Ort. Ein verlockender Strand. Von Madonna allerdings keine Spur.« Er wischte sich den Schaum vom Mund. »Alles sah so … normal aus.« Er zuckte mit den Schultern. »Völlig normal.« Sein Handy klingelte, und er blickte aufs Display. »Nina Hazlitt«, ließ er Clarke wissen.

»Gehst du dran?« Sie sah, wie er den Kopf schüttelte. »Warum nicht?«

»Weil ich sie wahrscheinlich anlügen und ihr sagen würde, es gebe nichts Neues.«

»Warum sagst du ihr nicht die Wahrheit?«

»Weil ich hundertprozentig sicher sein möchte – vielleicht sogar hundertzehnprozentig.«

Sie wartete, bis das Handy zu klingeln aufhörte. Es machte noch ein Geräusch, um eine Mailboxnachricht zu melden.

»Wenn Sally lebt«, sagte Clarke, »was für eine Geschichte könnte dahinterstecken?«

»Ich habe keine Ahnung.«

»Wie sah ihr Zimmer in Inverness aus?«

»Ziemlich anonym. Ich meine, sie zieht häufig um, bleibt nie lange an einem Ort.«

»Vielleicht geht's ihr wie in dem Song – *she still hasn't found what she's looking for.*«

»Wer hat schon gefunden, was er sucht?«, fragte Rebus und hob sein Glas erneut an den Mund.

»Du schlägst dich gar nicht so schlecht«, meinte Clarke, woraufhin er eine Augenbraue hochzog.

»Seitdem du an dem Fall arbeitest«, erklärte sie, »bist du irgendwie voller Elan.«

»Ich könnte Fred Astaire Konkurrenz machen.«

»Du weißt, dass das stimmt…«

Er sah ihr direkt in die Augen. »Ich glaube nicht. Der Job hat sich verändert, Siobhan. Alles ist…« Er suchte nach Worten. »Das ist wie mit Christine Esson. Neunzig Prozent von dem, was sie macht, ist für mich ein Buch mit sieben Siegeln. Ihre ganze Denkweise ist mir fremd.«

»Du bist Vinyl, wir sind digital?«, schlug Clarke vor.

»Früher hat man alles mit Beziehungen geregelt. Das einzige Netzwerk, das eine Rolle spielte, war das draußen auf der Straße.« Er nickte Richtung Fenster und dachte, dass Frank Hammell in der Nacht im Jo-Jo Binkie's, nachdem Darryl Christie gegangen war, etwas ganz Ähnliches zu ihm gesagt hatte.

»Auf deine Art funktioniert's auch, John – Edderton; Susie Mercer. Das sind einwandfreie Ergebnisse. Also glaub bloß nicht, dass deine Art zu arbeiten überholt ist.« Sie zeigte auf sein fast leeres Glas. »Trinken wir noch was?«

»Warum nicht, hm?«

Er sah ihr zu, wie sie sich am Tresen anstellte. Dann klingelte sein Handy erneut, und er entschied dranzugehen.

»John?«

»Hallo, Nina.«

»Ich hab vor ein paar Minuten schon mal angerufen.«

»Der Empfang ist hier nicht immer so gut.«

»Klingt, als wären Sie in einem Pub.«

»Schuldig im Sinne der Anklage.«

»Und Sie klingen müde. Ist alles in Ordnung?«

»Den Umständen entsprechend.«

»Und die Ermittlungen?«

»Dito.«

Einen Augenblick herrschte Schweigen in der Leitung. »Stört es Sie, dass ich anrufe?«

Er schloss die Augen. »Nein«, sagte er.

»Und wenn Sie was Neues erfahren, sagen Sie's mir?«

»Ich hab's doch versprochen, oder?« *Ich glaube, Ihre Tochter lebt …*

»Versprechen werden nicht immer gehalten, John. Soll ich noch mal hochkommen? Ich würde Sie gerne sehen.«

»Ich glaube nicht, dass das eine gute Idee ist.« *Ihre Tochter lebt, aber warum ist sie abgehauen …?*

»Sie klingen …«

»Müde?«

»Nein, nicht bloß müde – merkwürdig. Ist wirklich alles in Ordnung?«

»Ich muss Schluss machen, Nina.« *Warum meldet sie sich nicht, obwohl sie weiß, dass Sie da draußen sind und verzweifelt nach ihr suchen?*

»John, ich …«

Er beendete das Gespräch genau in dem Moment, in dem Clarke an den Tisch zurückkehrte.

»Lass mich raten«, sagte sie und sah, wie er das Handy ausschaltete und auf den Tisch legte. Dann beim Hinsetzen: »Du willst ihr wirklich nichts von Susie Mercer erzählen?«

»Nein.«

»Ich verstehe ja, dass es die Sache noch schlimmer machen könnte. Aber andererseits …«

Rebus ignorierte sie und nahm sein frisches Bier.

»*Cheers*«, sagte er. »Auf uns.«

Als er trank, konnte er nicht anders, als an den schottischen Trinkspruch zu denken:

Wha's like us?

Gey few …

And they're a' deid …

39

Malcolm Fox trank üblicherweise Apfelschorle. Alkohol rührte er nicht an, nicht mehr. Er recycelte seine leeren Flaschen, außerdem Papier, Dosen, Plastik und Pappe. Jetzt forderte ihn die Gemeinde auf, auch noch Küchenabfälle gesondert zu sammeln, ständig rannte er mit Kisten und Tüten rein und raus. Im Garten hatte er längst einen Komposteimer, wobei dieser aber nur im Sommer befüllt wurde – mit dem geschnittenen Gras und dem wenigen Unkraut, das er sich die Mühe machte zu jäten. Fox war nicht davon überzeugt, dass irgendwas davon wirklich was brachte, und trotzdem sah er sich außerstande, sich den Auflagen zu widersetzen. Obwohl sein Haus allein stand, drehte er den Fernseher nie laut und hörte nur selten Musik. Lesen machte ihm Spaß – fast so viel wie arbeiten.

Die Akten über John Rebus mit nach Hause zu nehmen hätte gegen die Vorschriften verstoßen, zumal er sie gar nicht alle tragen konnte. Aber er bildete sich was auf sein gutes Gedächtnis ein, hatte sich seitenweise auffällige Details notiert, dazu jede Menge Vermutungen, Gerüchte und Behauptungen. Er hatte das Gefühl, den Mann in- und auswendig zu kennen. In diesem Moment saß Rebus wahrscheinlich irgendwo im Pub und ließ anschreiben, ohne die Rechnung je bezahlen zu müssen. Rebus würde das nicht als Bestechung betrachten, sondern als ganz normalen Vorgang. Früher hatten viele seiner Kollegen genauso gedacht, aber die Zeiten waren vorbei, und die ehemaligen Mitstreiter hatten das Feld längst geräumt. Fox wünschte, Rebus würde seinen Arsch einfach ins Ausland schieben und sich in irgendeine Strandtaverne pflanzen, wo er sich nach Belieben volllaufen lassen und seine Rente verprassen konnte. Stattdessen hatte er sich erneut für eine Stelle beim CID beworben.

Dass der überhaupt den Nerv besaß …

Und darüber hinaus hatte er zumindest einen Fürsprecher bei der Polizei – der Chief Constable hatte Partei für Rebus ergriffen und Fox klargemacht, wenn er offiziell Beschwerde gegen Rebus einreichen wolle, dann solle er gefälligst zusehen, dass die Vorwürfe hieb- und stichfest waren.

Werfen Sie mal einen Blick auf seine Bilanz, Malcolm. Wer sonst hat Big Ger Cafferty in den Bau gebracht?

Ja, das war ein großer Wurf, aber Fox blieb misstrauisch. Cafferty hatte keine lange Strafe bekommen. Wie angenehm, einen vermeintlichen Gegenspieler bei der Polizei zu haben. Entscheidend war der Begriff »vermeintlich«. Wer konnte sicher behaupten, dass die beiden nicht unter einer Decke steckten? Cafferty war offensichtlich stärker als je zuvor in die Stadt zurückgekehrt, sein Imperium hatte keinen Schaden genommen. Wie war das möglich, und warum war es niemandem gelungen, ihn seither erneut hinter Gitter zu bringen? Und wie praktisch, dass Rebus an Caffertys Krankenbett geweilt und ihn mit einer Herzlungenmassage ins Leben zurückgeholt hatte, als sein Herz stehen geblieben war? Wer würde schon seinen schlimmsten Feind von den Toten zurückholen? Die Mitarbeiter hatten Rebus wegzerren müssen, so verbissen hatte er sich der Lebensrettung gewidmet.

Feinde? Das sah Fox anders.

Der Chief Constable hatte ihn gebeten, Beweismaterial zusammenzutragen, und Fox hatte seinerseits um die Erlaubnis ersucht, Rebus' Telefonverbindungen ansehen zu dürfen – Festnetz und Handy. Der Chief hatte gezögert, aber Fox hatte nicht lockergelassen. Die entsprechenden Unterlagen waren unterwegs. Er hoffte, dort eine kleine Bombe zu finden.

Obwohl er es nicht gerne zugab, war da noch etwas anderes, das an ihm nagte. Rebus' Lebensstil. Seine Anzüge stanken ständig nach Rauch – sofern er überhaupt mehr als einen besaß. Dazu das bleiche, teigige Gesicht und die fünfzehn bis zwanzig Kilo zu viel, die er mit sich herumschleppte. Und dann die Sauferei.

Vor allem die Sauferei.

Fox hatte mit dem Alkohol Schluss gemacht, weil er Alkoholiker war, und Rebus trank einfach weiter. Alkohol vernebelte die Sinne und machte unbeherrscht. Man bekam Schweißausbrüche und das große Zittern, nachts hatte man die schlimmsten Alpträume. Rebus gehörte wahrscheinlich zu der Sorte, die nach einem Dutzend Malt Whiskys einfach nur besser schlief, dieser verfluchte Drecksack.

Außerdem hatte Fox Rebus in Aktion erlebt. Ihre gemeinsame Zeit beim CID war kurz gewesen, aber sie hatte gereicht, sein aufgeblasenes Ego ließ sich nicht übersehen – immer kam er zu spät, war ständig irgendwo unterwegs, und die Schreibtischarbeit blieb liegen, während er hustend Zigarettenpause machte. Im Zweifelsfall, hatte man Fox beschieden, versuchen Sie's im Pub gegenüber, da findet man ihn normalerweise, tief in Gedanken versunken, einen Whisky vor der Nase.

Habe ich Ihnen im Sandkasten die Süßigkeiten weggenommen, und jetzt wollen Sie sich rächen?

Darum ging es überhaupt nicht.

Über Generationen hinweg hatte man Beamte wie Rebus bei der Polizei toleriert und ein Auge zugedrückt. Aber Männer dieses Schlags gab es nicht mehr, und auch die Erinnerungen an sie verblassten. Beamte aus Fox' Generation waren nicht mehr bereit, Schwächen nachzusehen. Rebus war der letzte Vertreter seiner Art. Man musste ihn davon überzeugen, dass seine Zeit vorbei war. Und dann war da noch Siobhan Clarke: Kaum war sie Rebus' Einfluss entzogen, blühte sie auf. Jetzt, wo er wieder da war, konnte ihre Loyalität ihr zum Verhängnis werden. Fox setzte sich aufs Sofa, im Fernsehen lief ein Nachrichtensender, aber der Ton war abgedreht. Er ging durch, was er sich zu Rebus notiert hatte. Ehemals bei der Armee, geschieden, eine Tochter. Der Bruder hatte wegen Drogenhandels gesessen. Aktuell keine Beziehung, abgesehen von seiner Liebe zur Flasche und zu allen, die zufällig Tabak verkauften. Eine Wohnung in Marchmont, die er anlässlich seiner Hochzeit erworben hatte und die sich heute kein Polizist mehr leisten konnte. Eine ganze Reihe seiner Kollegen waren auf der Strecke geblieben, ein oder zwei waren sogar in Ausübung des Dienstes verstorben. Egal wie man es betrachtete, Rebus war untragbar. Siobhan Clarke musste das wissen. Sie war nicht dumm. Der Chief Constable musste es auch wissen. Hatte Rebus etwas gegen ihn in der Hand – war das die Erklärung? Tief in den Akten vergraben? Vielleicht hatte er ja auch DI Clarke in der Hand – hatte Fox trotz seiner Gewissenhaftigkeit etwas überlesen?

Er wusste, was er zu tun hatte. Noch mal lesen. Noch mal von Anfang an …

Informationen waren immer ihr Geld wert, so sah es Cafferty. Der Name des Polizisten war Ormiston, und er war nicht billig, aber heute Abend hatte er endlich geliefert.

Cafferty gab Darryl Christies Nummer in sein Handy ein und wartete. Der junge Mann meldete sich.

»Bist du allein?«, erkundigte sich Cafferty.

»Auf der Heimfahrt.«

»Das hab ich nicht gefragt.«

»Ich bin allein.« Es klang, als hätte Darryl die Freisprechanlage eingeschaltet. »Eigentlich dachte ich, ich würde früher von Ihnen hören…«

»Auf jeden Fall war's eine interessante Neuigkeit.«

»Glauben Sie, Rebus steht auf Franks Gehaltsliste?«

»Rebus traue ich alles zu. Aber ich rufe wegen Hammell an.«

»Ja?«

»Die Polizei hat ihn und deine Schwester auf einem Überwachungsvideo.«

»Wie meinen Sie das?«

»Am Busbahnhof, sie haben sich gestritten. Die Bullen haben Hammell zum Verhör geladen. Anscheinend ist er ihr von zu Hause bis zum Bahnhof gefolgt und dann weiter zum St Andrew Square.«

»Warum?«

»Er behauptet, sie habe sich Geld für den Zug geben lassen, und er habe sich geärgert, weil sie sich für die billigere Variante entschieden hat und den Bus nehmen wollte.«

»Sie sind ja ausgezeichnet informiert, Mr Cafferty.«

»Immer, Darryl.«

»Haben Sie das von Rebus?«

»Verrate ich nicht. Ich hatte nur das Gefühl, du solltest es wissen. Ich bin nicht sicher, ob deine Mutter im Bilde ist – und ich nehme an, Frank hat dir gegenüber nichts davon erwähnt.«

»Hat er nicht«, bestätigte Darryl Christie. »Sonst noch was?«

»Wie wär's mit einer Gegenleistung? Was treibt dein Chef so im Moment?«

»Er gibt eine Party bei sich zu Hause.«

»Leute, die ich kenne?«

»Ein paar Bekannte aus dem Norden – Calum MacBride und Stuart MacLeod.«

»Irgendwelche neuen Bündnisse?«

»Hab nicht mitbekommen, dass viel übers Geschäft geredet wurde.«

»Trotzdem interessant. Und wie geht's der Familie?«

»Unverändert.«

»Passt du immer noch gut auf deine Mum auf?«

»Wir kommen klar.«

»Natürlich. Aber denk dran, wenn ich helfen kann …«

»Danke, Mr Cafferty.«

»Dein Dad wäre stolz auf dich.«

»Mein Dad *ist* stolz auf mich.«

»Dann komm gut nach Hause, Darryl«, sagte Cafferty und beendete das Gespräch.

Darryl nahm einen Becher Tee mit in sein Zimmer. Es war wieder nach Mitternacht. Er hatte in beiden Pubs und im Club angerufen – nirgendwo war viel los. Er legte sich, das Handy eingeschaltet, aufs Bett und surfte auf der Suche nach Neuigkeiten im Netz, dabei ließ er sich die Ereignisse des Abends noch einmal durch den Kopf gehen. Frank Hammell wohnte in einem umgebauten Kutscherhaus in der Nähe des Raeburn Place. Er hatte Darryl die Bewirtung und Begrüßung der Gäste überlassen. Auch sollte er darauf achten, dass immer nachgeschenkt wurde. Für Darryl war das in Ordnung – dadurch konnte er so viele Gespräche belauschen, wie er wollte. Die Kisten mit Whisky, Wein und Champagner standen in dem Raum, den Hammell als Büro nutzte, weshalb es für Darryl kein Problem war, den Laptop seines Chefs anzuschmeißen und den mitgebrachten Memorystick anzuschließen. Er ließ ihn einfach arbeiten, während er weiter Getränke servierte. Frank Hammell gefiel es, den Gastgeber zu spielen, er behandelte Darryl wie einen Dienstboten – mehr Whisky, mehr Samosas, noch mehr von diesen Mini-Hamburgern. Und Darryl zeigte sich gerne gefügig. Hammell wuschelte ihm sogar durch die Haare und nannte ihn gegenüber Calum McBride »einen guten Jungen«.

Ein guter Junge, genau. Ein guter Junge, der fast jeden Aspekt des Geschäfts kannte und täglich dazulernte. Ein guter Junge, der Langzeitangestellte auszahlte und sie durch billigere, gierigere Leute ersetzte, Leute, die wussten, wem gegenüber sie loyal zu sein hatten.

Ausgestreckt auf dem Bett, ein Kissen unter dem Kopf und den Laptop auf dem flachen Bauch, schloss Darryl den Memorystick an. Bilanzen, nicht alle davon mit Passwort gesichert. Die gesicherten waren nicht für das Finanzamt bestimmt. Hammell hatte Darryl ein paar Passwörter anvertraut. Der Rest dürfte auch kein Problem sein. Darryl hatte einen Freund, der nichts anderes machte, als zu hacken – ein guter Grund, weshalb sich Darryl niemals auf Onlinebanking einlassen würde. Hammell aber hatte sich darauf eingelassen.

»Macht mir das Leben leichter«, hatte er gemeint.

Klar, wenn man blöd genug war.

Die Rollos waren noch nicht unten, und Darryl blickte in den Himmel. Es war wieder bedeckt; im Haus war es still, abgesehen vom Summen des Laptop-Ventilators. Er dachte an seine Schwester, die sich vom Liebhaber ihrer Mutter hatte Geld geben lassen. Bestimmt hatte sie weder bitte noch danke gesagt – und Frank Hammell hatte ihr das Geld aufgedrängt. Aber ihr nachzufahren, um sicherzugehen, dass sie wirklich in den Zug stieg? Dann am Busbahnhof mit ihr streiten? Darryl fragte sich, was das alles sollte. Auf keinen Fall konnte er ihn fragen, denn dann würde er seinerseits erklären müssen, woher er davon wusste.

40

Am darauffolgenden Morgen hatte Page gerade mit dem Briefing begonnen, als Rebus am Gayfield Square eintraf. Er bekam von Christine Esson neun zusammengetackerte Seiten überreicht, die er überflog, während Page weiterredete. Die letzten fünf Seiten bestanden aus dem Material, das sie in der Nacht zuvor zusammengetragen hatten, die anderen Seiten jedoch enthielten Angaben zu den beiden neuen Vermisstenfällen.

August 2007: Die fünfzehnjährige Jemima Salton war nach einer Party nicht nach Hause gekommen, ein Teil ihrer Kleidung wurde an einem Picknickplatz am Ufer von Loch Ness angespült. Die Party hatte in Invermoriston stattgefunden. Jemima wohnte ungefähr sechs Meilen davon entfernt in Fort Augustus. Sie hatte in den frühen Morgenstunden nach Hause laufen oder trampen wollen. Taucher waren entsandt worden, doch der See erstreckte sich über mehrere Meilen. Badeunfall lautete der Befund. Eine Leiche wurde nie gefunden, von Jemimas Handy und ihrer Tasche fehlte nach wie vor jede Spur. Ihre Familie ließ ihr Zimmer einem Altar gleich unberührt. Das Foto war um drei Uhr morgens geschickt, aber erst später entdeckt worden. Keine Nachricht. Daraufhin hatten ihre Eltern im Schlafzimmer nachgesehen. Keine Jemima …

November 2009: Die sechzehnjährige Amy Mearns hatte nach einem Streit mit den Eltern verschiedene Freundinnen in dem Dorf Golspie besucht. Sie fuhren zum nahe gelegenen

Strand, und irgendwann war Amy nicht mehr da. Am darauffolgenden Tag wurde ihre Jacke entdeckt, sie hing an einem Zaun am Meeresufer, möglicherweise war sie dort hingeweht worden. Amy selbst wurde nie wiedergesehen.

»Badeunfall«, erklärte Page erneut. Rebus konnte seinen Blick auf sich spüren. »Anhand der Karte werden Sie unschwer erkennen, dass Golspie an der A9 liegt, nördlich von Tain und Dornoch. Invermoriston liegt an der A82, im Süden von Inverness, ist aber von der A9 leicht zu erreichen. Es kristallisieren sich zwei Muster heraus – die Fotos, außerdem die Straße –, und das müssen wir sehr ernst nehmen.« Er hielt inne. »Irgendwelche Anmerkungen bis hierhin, John?«

Rebus blickte erst jetzt von seiner Lektüre auf. »Die Straße ist stark befahren. Touristenverkehr ebenso wie Lastwagen und Transporter. Außerdem zieht sie sich. Wird nicht leicht, da Ermittlungen zu lancieren …«

»Trotzdem«, bellte Page, schien aber nicht zu wissen, was er eigentlich sagen wollte. Clarke half ihm aus der Verlegenheit, indem sie vorschlug, die verschiedenen Constabularys zu informieren und eine Art Gipfeltreffen abzuhalten.

»Da gibt es jede Menge Fragen der Zuständigkeit und des Protokolls«, sagte sie.

Page nickte.

»Wir müssen es genauso machen wie John mit den anderen Fällen«, meldete sich Esson zu Wort. »Mit den Angehörigen und Freunden sprechen, um ganz allgemein eine bessere Vorstellung vom Leben der Vermissten zu bekommen, speziell vom Tag ihres Verschwindens.«

Page nickte auch hierzu.

»Das Foto ist eigentlich alles, was wir haben«, setzte Ogilvie hinzu. »Wenn wir sicher sind, dass es Edderton ist, dann sollten wir die Gegend durchkämmen lassen und alle vernehmen, die dort wohnen oder sich regelmäßig dort aufhalten.«

Page blies die Wangen auf, sichtlich entmutigt angesichts der Aufgaben, die vor ihnen lagen.

»Etwas dürfen wir nicht vergessen«, schaltete sich Rebus ein. »Das erste Opfer, Sally Hazlitt – ich komme allmählich zu der Ansicht, dass sie vielleicht noch lebt. Möglicherweise ist sie nicht die Einzige.«

»Wie viel lassen wir davon an die Medien durchdringen?«, fragte Clarke Page.

»Zu diesem Zeitpunkt so wenig wie möglich.«

»Wenn wir mit der ganzen Meute in Edderton einfallen, könnten sie's trotzdem spitzkriegen.«

»Wir müssen zuallererst mit der Grampian Constabulary sprechen – oder gehört Edderton zu Northern?«

»Letzteres«, erwiderte Rebus.

»Wir müssen außerdem so schnell wie möglich mit den Angehörigen von Jemima Salton und Amy Mearns sprechen«, sagte Clarke. »Sie befanden sich mehrere Jahre lang in dem Glauben, ihre Töchter seien ertrunken. Jetzt kommen wir auf einmal damit, dass sie möglicherweise entführt und ermordet wurden.«

»Guter Hinweis.« Page rieb sich das Kinn. »Wir brauchen eine Prioritätenliste – kann ich dir das übertragen, Siobhan?«

Sie nickte. »Du wirst den Chief Constable davon in Kenntnis setzen wollen«, sagte sie und gab sich alle Mühe, es nach einer Erinnerung und nicht nach der dringenden Empfehlung klingen zu lassen, die es in Wirklichkeit war.

»Ich rufe ihn an«, sagte Page und sah auf die Uhr. Einen Augenblick später war er wieder in seinem Wandschrank verschwunden. Im Raum herrschte Stille, alle Blicke richteten sich auf Clarke. Die ihrerseits jedoch Rebus anstarrte. »John«, sagte sie, »kannst du die alten ungeklärten Fälle aufteilen? Wir müssen alle Beteiligten noch einmal befragen. Hat unser Entführer auf der Lauer gelegen, oder kannte er die Frauen?

Kann ihn sein Job an die jeweiligen Orte oder zu seinen Opfern geführt haben?«

»Das ist ganz schön viel verlangt«, bremste Rebus sie.

»Aber einen Versuch ist es wert, meinst du nicht?« Sie sah ihn herausfordernd an.

»Absolut«, erwiderte er, und das Team rückte zusammen, um Anweisungen entgegenzunehmen.

Rebus hatte es aufgegeben, die Fälle zu zählen, an denen er gearbeitet hatte, häufig waren sie ebenso komplex gewesen wie dieser, hatten eine Vernehmung nach der nächsten, Aussage um Aussage nötig gemacht. Er dachte an das Material in den Kisten, über dem nun die Kollegen um ihn herum brüteten – Schreibtischarbeit, die belegen sollte, dass man sich anstrengte, die aber wenig Hoffnung auf ein Ergebnis versprach. Ja, er hatte schon Fälle wie diesen erlebt und andere, bei denen er schier verzweifelt war angesichts all der Türen, an die es zu klopfen, und all der ausdruckslosen Mienen, die es zu befragen galt. Aber manchmal tauchten ein Hinweis oder eine Spur auf, zwei Personen meldeten sich und nannten denselben Namen. Die Reihen der Verdächtigen lichteten sich. Alibis und Geschichten hielten nach der dritten oder vierten Schilderung nicht mehr stand. Konnte man den Druck aufrechterhalten, kamen genügend Beweise zusammen, um sie dem Staatsanwalt vorzulegen.

Und dann gab es noch die glücklichen Zufälle – wenn sich einfach etwas ergab und zum Durchbruch führte. Was nichts mit zäher Beharrlichkeit oder raffinierter Kombinationsgabe zu tun hatte: einfach reiner beschissener Zufall. War das Endresultat dadurch weniger verdient? Prinzipiell ja. Möglicherweise hatte er etwas in den Akten übersehen, eine Übereinstimmung oder einen Zusammenhang.

Als er das Team bei der Arbeit beobachtete, war er sich

nicht sicher, ob das Auftauchen eines Zusammenhangs in seinem Interesse wäre. Er würde dumm dastehen, faul, wirklichkeitsfremd. Andererseits: Sie brauchten einen Durchbruch, selbst auf Kosten seiner Eitelkeit. Also sah er ihnen zu, wie sie die Köpfe über die Unterlagen beugten, an ihren Stiften kauten, Sachen unterstrichen, sich Notizen machten oder ihre Gedanken in den Computer tippten. Sie stellten die einzelnen Ereignisse in ihrer Abfolge genauer dar, entschieden, wer befragt werden sollte, schlugen Herangehensweisen vor, die bislang vielleicht nicht versucht worden waren – entweder im Rahmen der ursprünglichen Ermittlungen oder von Rebus.

Es wurde weiter an Stiften gekaut. Und noch mehr Notizen geschrieben. Ausflüge zum Wasserkocher und zur Kaffeekanne. Gelegentlich bot jemand an, von unten was zu essen zu holen. Rebus war der Einzige, der Zigarettenpausen machte. Als er gerade wieder draußen stand und rauchte, vergewisserte er sich erst, dass in den Autos auf dem Parkplatz niemand saß, bevor er die Nummer in sein Handy eingab.

»Ich möchte mit Hammell sprechen«, sagte er zu der Person, die sich meldete. »Sagen Sie ihm, es ist Rebus.«

Nach ein paar Sekunden kehrte die Stimme des Mannes an Rebus' Ohr zurück. »Er kann im Moment nicht sprechen.«

»Sagen Sie ihm, es ist wichtig.«

»Er ruft Sie zurück.«

Und das war das Ende des Telefonats. Rebus starrte das Display an und fluchte leise. Er zündete eine zweite Zigarette an und ging auf dem Parkplatz auf und ab, der beengt zwischen der zweistöckigen Polizeiwache und der Rückwand eines georgianischen Wohnhauses lag. Viele Fenster, keine Spur von Leben. Die Tauben auf den Dächern machten, was sie immer machten. Ein großer, rot gemauerter Schornstein, der zu einem Künstleratelier auf der Union Street gehörte. Ein Flugzeug flog im spitzen Bogen auf den Flughafen zu.

Autohupen drang vom Leith Walk herüber, und in der Ferne jaulte ein Martinshorn, das allerdings nicht näher kam.

»Das Leben in all seiner Fülle«, murmelte Rebus, scheinbar an die freundliche Zigarette zwischen seinen Fingern gewandt. Ein paar Minuten später wollte er sie gerade wegschnippen, als sein Handy klingelte. Eine unbekannte Nummer. Er meldete sich mit Namen.

»Haben Sie mir was zu sagen?«, wollte Hammell wissen. Er klang sehr geschäftig; keine Zeit für einen Plausch.

»Thomas Robertson war's nicht«, erklärte Rebus.

»Und?«

»Er war's nicht. Sie müssen ihn laufen lassen oder aufhören, ihn zu suchen.«

»Was ist Ihnen lieber?«

»Kommt drauf an, ob Sie ihn haben oder nicht.«

»Warum sind Sie so sicher, dass er's nicht war?«

»Er saß im Gefängnis, als eine der anderen Frauen verschwand.«

»Das heißt nicht, dass er Annette nicht entführt haben kann.«

»Doch, das heißt es. Wir sind sehr sicher, dass die Fälle zusammenhängen.«

»Überzeugen Sie mich.«

»Haben Sie ihn, oder haben Sie ihn nicht?«

»Das ist doch Blödsinn, Rebus.«

Rebus wog einen Augenblick lang die Möglichkeiten gegeneinander ab, dann holte er tief Luft. »Sieht aus, als gäbe es mindestens zwei weitere Opfer, von denen wir bislang nichts wussten. Eine junge Frau verschwand im November 2009. Robertson saß zu der Zeit in Peterhead. In beiden neuen Fällen wurden Fotos von den Handys der Opfer verschickt, genau wie bei Annette.« Rebus hielt inne. »Ich bekomme Ärger, wenn ich Ihnen das sage, aber ich möchte, dass Sie's verstehen.«

»In Ordnung, ich hab's verstanden. Ich hab das kleine Arschloch sowieso nicht gefunden.«

Frank Hammell beendete das Gespräch.

Den Rest des Tages hingen sie irgendwie in der Luft. Alles Mögliche ereignete sich, aber nicht im Dunstkreis des Gayfield Square. Page hatte Clarke zu seinem Termin beim Chief Constable im Präsidium mitgenommen. Rebus hatte Clarke gebeten, ihn per SMS auf dem Laufenden zu halten, aber wahrscheinlich hielt sie es für ein Zeichen von schlechten Manieren, mitten im Gespräch mit dem Chief ihr Handy zu zücken.

Die zuständigen Beamten der Northern Constabulary hatten Kopien von allem verlangt. Esson und Ogilvie hatten die Aufgabe bekommen, das Material zusammenzustellen und zu verschicken. Gavin Arnold rief Rebus aus Inverness an und erzählte, auf der Wache sei der Teufel los. Rebus hielt den Gang für den besten Platz, um die Unterhaltung fortzusetzen.

»Wir müssen Beamte von überall her hinzuziehen«, erzählte Arnold. »Dingwall ist die nächste Wache von nennenswerter Größe, aber zu weit von Edderton entfernt. Wir werden irgendwo Schlafcontainer aufstellen.«

»Ich kenne einen freundlichen Farmer«, sagte Rebus und gab Arnold Jim Mellons Namen und Telefonnummer. »Er hat die Stelle als Erster identifiziert.«

»Danke, John – vielleicht bekomme ich dafür ein oder zwei Fleißsternchen.«

»Dann schulde ich Ihnen einen Gefallen weniger.« Rebus spähte durch den Türeingang. Das Team war unruhig, alle warteten ungeduldig auf die Rückkehr von James Page und auf neue Anweisungen. »Wie lange wird es dauern, bis die Medien davon Wind bekommen?«

»Einer meiner Kollegen verplappert sich garantiert just in diesem Moment gegenüber der Lokalpresse.«

»Ich schätze, das lässt sich nicht vermeiden.«

»Kommen Sie noch mal hier hoch?«

»Ich weiß es nicht.«

»Ich erinnere mich an das ertrunkene Mädchen – in Loch Ness. Damals hat sich niemand was dabei gedacht …«

»Dafür gab's auch keinen Grund. Was ist mit Golspie – können Sie sich daran auch erinnern?«

»Nein. Aber auch das liegt haargenau an der A9. Meinen Sie, dass man ihn später so nennen wird: den A9-Killer?«

»Ich hoffe nur, dass es das jetzt war.«

»Kommt drauf an, ob wir ihn zu fassen bekommen.«

»Ja, wahrscheinlich«, sagte Rebus.

»Die gute Nachricht ist, dass ein Chief Super namens Dempsey die Ermittlungen hier oben leiten wird.«

»Und ist der so gut?«

»Einer der Besten, den wir hier je hatten. Allerdings ist er kein Kerl – ihr Vorname ist Gillian.«

»Mein Fehler.« Rebus sah Page und Clarke die Treppe heraufkommen. »Ich muss Schluss machen, Gavin.«

»Rufen Sie mich an, wenn Sie in der Stadt sind. Und wenn es mich mal zu einem Auswärtsspiel in Ihre Ecke verschlägt …«

»Dann gehen die Getränke auf mich«, versicherte ihm Rebus und folgte den beiden ernsten Mienen in das Büro des CID. Es dauerte nur Sekunden, bis sich alle um Page herumscharten.

»Kurz gesagt«, fing er an, »der Chief ist von Edderton nicht ganz überzeugt. Wie er sagt, handelt es sich um ein Foto von einem Foto – das wurde übrigens bestätigt. Es kann jederzeit aufgenommen worden sein und möglicherweise einfach nur dazu dienen, uns von der Spur abzulenken. Andererseits ist die Verbindung mit der A9 zu auffällig, als dass wir sie außer Acht lassen könnten, und da wir in Pitlochry anscheinend nicht weiterkommen, hat er mit Inverness gesprochen und verlangt, dass die Gegend, wo das Foto aufgenommen wurde, abgesucht wird und die Einheimischen befragt werden. Die von der Northern Constabulary sind bereits aktiv geworden, aber ihnen fehlen noch ein paar Kräfte, weshalb wir einspringen müssen. Christine und Ronnie, ich möchte, dass ihr mit den Eltern in Golspie und Fort Augustus sprecht.«

»Die von der Northern haben nichts dagegen?«, hakte Esson nach.

Page schüttelte den Kopf. »Ich fahre mit Siobhan zu denen ins Präsidium.« Page hielt Ausschau nach DC Ormiston. »Dave, du übernimmst die Leitung hier.«

»Verstanden.«

Rebus sah Clarke an. Sie zögerte einen Moment, bevor sie das Wort ergriff.

»John war schon in Edderton, hat dort mit Leuten gesprochen. Könnte ganz hilfreich sein, ihn dabeizuhaben, zumindest fürs Erste …«

Page fixierte Rebus, während er nachdachte und eine Entscheidung traf.

»Gut«, sagte er.

Es war längst Nachmittag, als Nina Hazlitt anrief. Rebus ging nicht dran, hörte ihre Nachricht aber gleich ab.

»Stimmt es, dass zwei weitere Fälle aufgetaucht sind? Das Internet ist voller Spekulationen. Ich hätte es wissen müssen. Ist mir unbegreiflich, dass ich nicht in der Zeitung darüber gestolpert bin. Aber das bedeutet doch, dass ich recht habe, oder? Mit der A9 und damit, dass die Fälle zusammenhängen.« Sie schluchzte zwischen den einzelnen Sätzen. »Bitte rufen Sie mich an – Sie haben es versprochen. Sie haben gesagt, ich würde es als Erste erfahren. Ich muss wissen, was los ist. Mit Sally hat alles angefangen, John – vergessen Sie das nicht. Ich habe ein Recht… Haben Sie gehört? Schließen Sie mich nicht aus!«

Clarke kam aus Pages Büro und näherte sich gerade ihrem Schreibtisch, als Nina Hazlitt erneut aufschluchzte und den Anruf beendete.

»Hazlitt hat von den beiden Neuzugängen erfahren«, sagte er.

»So schnell?«

»Anscheinend übers Internet.«

Clarke kaute auf ihrer Unterlippe. »Das ist jetzt ganz ernste Scheiße, wie unsere amerikanischen Freunde sagen würden.«

»Das war es immer, Siobhan.«

»Stimmt«, räumte sie ein. »Aber jetzt wird's auch von allen ernst genommen.«

»War's schwierig im Präsidium?«

»Nicht besonders, obwohl man uns unmissverständlich mitgeteilt hat, wenn wir mehr in die Sache hineininterpretieren, als wirklich dran ist, dann…«

»Ihr könnt ja immer noch mir die Schuld geben«, schlug Rebus vor.

»Das werde ich mir merken.« Sie rang sich ein Lächeln ab. »Also… Morgen geht's nach Inverness.«

»Könnte fast ein Countrysong sein.« Rebus hielt inne. »Danke übrigens, dass ihr mich mitnehmt.«

»Ist das Mindeste, was ich tun konnte.«

»Und fast hättest du's nicht getan. Als würde mir mein Ruf vorauseilen.«

»Das auch.«

»Mir scheint, der Fokus hat sich von Annette McKie weg verlagert«, meinte Rebus.

»Nur weil wir keine neuen Spuren haben.«

»Ich kann mir nicht vorstellen, dass ihre Angehörigen begeistert sein werden.«

Clarke konnte nichts anderes tun, als mit den Schultern zu zucken. Dann: »Meinst du, ich sollte mit ihrer Mutter reden?«

»Wäre vielleicht ganz nett, wenn es jemand täte, bevor sie von Golspie und Loch Ness erfährt.«

»Ja, du hast recht.«

»Aber vielleicht schickst du Christine und Ronnie hin – das ist ein gutes Training vor ihrer Abreise in den hohen Norden. Und mach schnell – Neuigkeiten verbreiten sich heutzutage in DSL-Geschwindigkeit…«

41

Am Abend stand Cafferty bei Rebus vor der Tür.

»Kann doch nicht schon wieder so weit sein, oder?«, murrte Rebus.

»Hatte bloß Lust auf einen Drink«, erwiderte Cafferty. Wie gewöhnlich trug er eine schwarze Lederjacke mit einem schwarzen Polohemd darunter.

»Scheinst gut drauf zu sein«, sagte Rebus.

»Mir geht's bestens.«

Rebus hatte bereits gepackt und überlegt, ob er sich schon auf den Weg machen sollte. Ein Drink war eine ganz anständige Alternative. Danach würde er nicht mehr fahren können, und das bedeutete, er würde bei Tageslicht in Inverness eintreffen und nicht mitten in der Nacht.

»Irgendwo in Fußnähe«, verlangte er.

Cafferty neigte den Kopf. »Ich wage zu behaupten, dass du dich mit den Gaststätten hier auskennst.«

»Ich hole nur meinen Schlüssel. Und dieses Mal bleibst du vor der Tür…«

Das Tannery war ziemlich gut besucht. Im Fernsehen lief Fußball, und die meisten Gäste schienen gekommen zu sein, um das Spiel zu sehen. Rebus und Cafferty fanden einen Platz ganz hinten am Tresen, wo weniger los war, da man den Bildschirm von hier aus nicht richtig sehen konnte. Cafferty bestand darauf, die erste Runde zu bezahlen.

»Immerhin hab ich dich hergeschleift.«

Ein Mann war von einem der Tische aufgestanden. Er wartete, bis sie ihn ansahen, dann nickte er in Richtung Barmann. »Der ist zu jung, um zu wissen, wer Sie sind, aber ich nicht. Wir wollen hier keinen Ärger haben.«

Cafferty sah Rebus an. »Meint er dich oder mich?« Dann zu dem Mann: »Immer mit der Ruhe.« Er streckte ihm eine Hand hin, in die der Mann – vermutlich der Wirt – einschlug und sich anschließend mit erleichterter Miene wieder an seinen Tisch verzog.

»Hat uns nicht mal einen aufs Haus angeboten«, klagte Cafferty, vernichtete seinen Whisky und bestellte einen weiteren. »Also stimmt das mit diesen ganzen armen Mädchen?«

»Stimmt was?«

»Dass es jetzt sechs sind.«

»Tatsächlich?«

»Ich weiß, wie man mit einem Computer umgeht. Silver Surfer nennt man uns. Annette McKie ist nur die Letzte in einer langen Reihe.«

»Sieht so aus.«

»Vielleicht soll es so aussehen.«

Rebus stellte sein Glas ab. »Was willst du damit sagen?«

»Sie hat sich mit Frank Hammell gestritten, oder nicht?«

»Woher weißt du das?«

Cafferty grinste nur. »Kann er ihr gefolgt sein in der Hoffnung, den Streit beizulegen?«

»Du möchtest, dass wir Hammell ins Visier nehmen?«

Er tat die Unterstellung lachend ab. »Ich spekuliere nur.«

»Also, wie wurde das Foto von Annettes Handy verschickt? Wie kann Hammell von den anderen gewusst haben?«

»Frank hat seine Finger überall im Spiel.«

Aber Rebus schüttelte den Kopf. Er hob sein Pint. »Er wollte einfach nicht, dass sie den Bus nimmt. Wie sich herausstellte, zu Recht – im Zug wäre ihr wahrscheinlich nicht schlecht geworden.«

»Ich glaube immer noch, dass das zu einfach ist«, meinte Cafferty. »Hammell ist nicht irgendjemand, und sie ist so was wie seine einzige Tochter. Das kann kein Zufall sein, dass sie entführt wurde. Hast du mit Calum MacBride oder Stuart MacLeod gesprochen?«

»Ich kenne sie nicht mal.«

»Die kontrollieren Aberdeen. Zwischen ihnen und Hammell gibt es Spannungen …«

»Wieder dieselben Fragen: Wozu das Foto, und woher wussten sie davon?«

»Ich bin nicht bei der Polizei.«

»Nein, bist du nicht. Du bist immer noch dasselbe hinterhältige Arschloch, das du immer gewesen bist. Sechs vermisste Frauen, und du versuchst hier was zu deinem Vorteil zurechtzubiegen.«

Caffertys Blick verdüsterte sich. »Vorsicht mit dem, was du sagst, Rebus.«

»Ich sage, was ich denke.« Rebus schob seinen Drink beiseite und ging zur Tür. Der Wirt stand draußen, rauchte und presste sich sein Handy ans Ohr. Er erkannte Rebus und wünschte ihm alles Gute. Als ihm dämmerte, dass Cafferty jetzt allein drin saß, wirkte er beunruhigt. Rebus zündete sich ebenfalls eine Zigarette an und ging weiter.

Fox sah ihm hinterher. Er hing tief auf dem Beifahrersitz eines Ford Mondeo, der draußen auf dem Bordstein gegenüber dem Pub parkte, direkt vor einem bis spät geöffneten Lebensmittelladen. Darin stand sein Kollege Tony Kaye, damit es so aussah, als hätten sie angehalten, um einzukaufen. Kaye kam mit einem Viererpack Bier heraus und kaute einen Marsriegel. Er stellte die Dosen auf den Rücksitz und ging um den Wagen herum zur Fahrerseite.

»Cafferty ist noch drin«, sagte Fox. Aber nur ein oder zwei

Minuten später tauchte er auf. Er musste ein Taxi bestellt haben, denn es kam eins angefahren, hielt, und er stieg ein. Eine weitere Person verließ das Pub unmittelbar im Anschluss und joggte auf den Mondeo zu.

»Für mich?«, sagte der Mann, stieg hinten ein und machte sich ein Bier auf.

»Hoffentlich ist es das auch wert«, murmelte Kaye.

Joe Naysmith war das jüngste Mitglied in Fox' kleinem Team. Er schluckte und unterdrückte ein Rülpsen, bevor er seinen Bericht ablieferte.

»Fußballübertragung. Ein Heidenlärm.«

»Hast du *irgendwas* von dem gehört, was gesagt wurde?«, fragte Fox.

»Anscheinend ging's um Frank Hammell. Um ihn und das vermisste Mädchen.«

»Und worum genau?«

Naysmith zuckte mit den Schultern. »Wie gesagt, es war laut. Wenn ich näher gekommen wäre, hätten sie mich bemerkt.«

»Zu nichts zu gebrauchen«, brummte Tony Kaye. Er wandte sich an Fox. »Die ganze Mühe, Malcolm – wofür eigentlich?«

»Für ein Ergebnis.«

»Schönes Ergebnis.« Kaye hielt inne. »Von wem hast du den Tipp, dass die sich treffen?«

»SMS. Nummer unterdrückt.«

»Also wie gehabt. Da fragt man sich doch, oder?«

»Was?«

Kaye deutete in die Richtung, in der Rebus verschwunden war. »Ob ihm jemand eins auswischen will.«

Fox starrte seinen Kollegen an. »Hab ich was verpasst? Hat da nicht gerade ein pensionierter Detective – der sich übrigens aktuell im Polizeidienst befindet und seine Nase in laufende Ermittlungen steckt – Besuch von einem ausgewiesenen Gangster bekommen? Und sind die beiden nicht zusammen einen trinken gegangen und haben miteinander geplaudert?«

»Das hat doch gar nichts zu bedeuten.«

»Das hat *alles Mögliche* zu bedeuten, ganz besonders wenn sie über den Fall gesprochen haben, an dem Rebus gerade arbeitet. Nimm den Namen Frank Hammell dazu, und es wird immer interessanter.«

»Ich sehe das nicht«, sagte Kaye und schüttelte den Kopf.

»Ich aber«, erwiderte Fox. »Und letzten Endes kommt es einzig und allein darauf an.«

»Willst du eins?«, fragte Joe Naysmith und hielt Kaye eine Dose hin.

»Ach, warum nicht?« Kaye nahm sie.

»Dann fahre ich«, sagte Fox und machte die Beifahrertür auf.

»Hast du Angst, wir werden rausgewunken? Warum nicht mal ein Risiko eingehen?«

»Wir tauschen«, beharrte Fox.

Kaye sah ihn an und wusste, dass er nicht nachgeben würde. Er seufzte und tastete nach dem Türgriff.

Teil vier

I took a jar of pain to the soaking field …

42

Hätte er für die Fahrt eine Mixkassette aufgenommen, wären jede Menge Songs über Straßen drauf gewesen. Canned Heat und die Rolling Stones, Manfred Mann und die Doors. Er tankte in Kinross, fuhr an der Tankstelle im Norden von Pitlochry vorbei und machte in Bruar Halt auf einen Tee und einen Käsescone, dabei sah er auf sein Handy und stellte fest, dass er – zum vierten Mal – einen Anruf von Nina Hazlitt verpasst hatte. Außerdem hatte er eine Nachricht von Siobhan Clarke: Im Whicher's seien Zimmer für zwei Nächte reserviert. Wohl kaum Zufall. Vielleicht war es das einzige Hotel, das Clarke in Inverness kannte. Allerdings wollte er nicht direkt nach Inverness. Er blieb auf der A9, überquerte die Kessock Bridge. Alness gefolgt von Tain und schließlich die Abzweigung nach Edderton. Jim Mellon war verständigt worden und hatte der Polizei die fragliche Stelle gezeigt. Ein Wohncontainer wurde gerade von der Ladefläche eines Lasters geladen, der Schwierigkeiten haben würde, im Rückwärtsgang bis zur Hauptstraße zurückzufahren. Der Kran setzte den Container auf der schmalen Straße ab. Möglicherweise waren die Felder zu sumpfig für das Gewicht. Das Ergebnis aber war, dass Umleitungen nötig wurden. Bis zum Ende des Polizeieinsatzes würde hier kein Verkehr durchkommen. Ein uniformierter Beamter gab Rebus Zeichen, er möge seine Scheibe runterlassen. Rebus folgte der Aufforderung und zeigte seinen Ausweis. Mellon sprach mit einer Frau in einem eleganten Kostüm, beide zeigten auf die Berge. Die Frau hielt einen

Abzug des fraglichen Fotos von Annette McKies Handy in der Hand. Sie war für die Situation gerüstet, hatte ihre Schuhe gegen grüne Gummistiefel eingetauscht. Rebus wünschte, er hätte daran gedacht.

Er lenkte den Saab an den schmalen Straßenrand.

»Gebt mir Bescheid, wenn der Laster rausmuss«, sagte er dem Uniformierten. Der Mann nickte, notierte Rebus' Nummernschild auf seinem Klemmbrett. Mellon hatte ihn erkannt und winkte ihm zu. Rebus ging hin und schüttelte ihm die Hand. Die Frau wartete, bis er sich vorgestellt hatte.

»Ich bin John Rebus«, sagte er. »Ich habe mit den Ermittlungen in Edinburgh zu tun.«

Sie nickte. »Mr Mellon hat mir von Ihnen erzählt. Ich bin DCS Dempsey.«

»Ma'am?« Sie gaben sich die Hand, während sie einander taxierten. Sie war um die vierzig, etwas drall und Brillenträgerin, das aschblonde Haar trug sie schulterlang.

»Wo ist DCI Page?«, fragte sie.

»Noch unterwegs. Was halten Sie davon?« Rebus deutete auf das Foto in ihrer Hand.

»Ich denke, die Aufnahme wurde ziemlich genau an dieser Stelle gemacht.« Sie hielt inne.

»Obwohl ich immer noch nicht sicher bin, was das zu bedeuten hat.«

»Wenn derjenige, der es geschickt hat, schlau war, dann vergeuden wir hier Zeit und Mühe.«

Sie starrte ihn an. »Also beten wir, dass er so schlau nicht war?«

Rebus nickte.

»Hoffentlich.« Sie zeigte auf die Streifenwagen, die hinter dem Wohncontainer parkten. Sie würden Richtung Aultnamain fahren und in einem Bogen nach Hause zurück – an dem Hindernis kamen sie auf keinen Fall vorbei. Beamte wurden in Gruppen aufgeteilt, bekamen Karten gezeigt, auf denen vermutlich das Raster eingezeichnet war, das abgesucht werden sollte. »Wonach sollen sie Ausschau halten?«

»Alles, was ungewöhnlich ist«, empfahl Rebus. »Kleidung, Zigarettenstummel, weggeworfene Flaschen oder Dosen.« Er hielt inne. »Was ist mit den Befragungen?«

»Sechs Leute«, erwiderte sie. »So viele bewohnte Häuser gibt es hier gar nicht.«

»Wäre es unverschämt, Sie zu bitten, auch in Imbissen und Tankstellen nachzufragen?«

»In welchem Umkreis?« Ihre Augen verengten sich ein wenig, als würde sie ihn neu einschätzen.

»Dornoch, Bonar Bridge, Tain – zumindest für den Anfang.«

Damit verdiente er sich den Anflug eines Lächelns. »Kennen Sie sich hier aus?«

»Ein bisschen.«

»Was denken Sie?«

»Ein Reisender – niemand, der hier wohnt. Aber jemand, der die Gegend kennt.«

»Wir wollen sehen, was wir tun können.« Sie hatte ihn mit seinem Dienstgrad ansprechen wollen, dann aber gemerkt, dass sie diesen gar nicht kannte.

»Ich war Detective Inspector«, klärte Rebus sie auf.

»Präteritum?«

Er nickte wieder. Auf seinem Handy ging eine SMS ein.

»Sie haben Glück«, sagte Dempsey. »Ich habe gar keine Verbindung.«

»Ich auch nur gerade so«, sagte Rebus. »Und wie Mr Mellon Ihnen versichern wird, genügt ein Windstoß aus der falschen Richtung, und sie ist futsch.«

Die SMS kam von Clarke: Sie waren im Präsidium in Inverness eingetroffen, das Meeting mit den »Chefs« würde gleich beginnen. Aber Rebus wusste, dass der einzige wirklich wichtige »Chef« hier bei ihm stand. Als er aufblickte, sah er Dempsey auf einen der Suchtrupps zugehen. Sie hatten dünne Stöcke und Beutel für Beweismittel dabei und schienen sich auf die bevorstehende Aufgabe zu freuen. Als Dempsey ihnen, wie Rebus vermutete, eine kurze Einweisung gab, hörten sie aufmerksam zu.

»Tolle Frau«, sagte Mellon halblaut. »Wer so eine zu Hause hat, kann stolz auf sich sein …«

Der Uniformierte mit dem Klemmbrett stand direkt neben Rebus.

»Sie sollten Ihren Wagen jetzt wegfahren, Sir«, sagte er, als die Luftdruckbremsen unter der Ladefläche des Lasters ein lautes Zischen von sich gaben. »Wenn Sie wollen, dass Ihr Wagen heil bleibt.«

43

Nachmittag. Weder Page noch Clarke hatten sich blicken lassen. Ihrer SMS nach zu urteilen schien dies nicht die von Clarke bevorzugte Strategie zu sein, aber offenbar hatte Page gleich eine ganze Reihe Meetings einberufen, um sich selbst reden zu hören, und Clarke fühlte sich verpflichtet, bei ihm zu bleiben.

Von irgendwoher waren Sandwiches und Mineralwasser aufgetaucht. Sie nahmen den Rücksitz eines Streifenwagens ein, dessen Türen weit offen standen, so dass sich die Leute selbst bedienen konnten. Heißgetränke gab es keine, obwohl Mellon angeboten hatte, sich umzuhören, was sich machen ließ. In dem Wohncontainer befanden sich kaum mehr als ein Tisch und zwei Stühle. Auf dem Tisch lag eine Generalstabskarte des Gebiets. Die ganze Szenerie erinnerte Rebus an seine erste Fahrt zur Baustelle außerhalb von Pitlochry. Ein Generator, der sie mit Licht und Heizstrom versorgen sollte, war unterwegs. Noch ungefähr eine halbe Stunde, und die Suche würde für den heutigen Tag abgebrochen werden. Das Licht schwand – mindestens dreißig Minuten früher als in Edinburgh. Rebus trank Wasser, als der Transporter eintraf. Er parkte ganz hinten in der Reihe der Fahrzeuge. Keine Spur von dem Beamten mit dem Klemmbrett. Ein Uniformierter stieg auf der Fahrerseite aus und nickte Rebus einen Gruß zu. Rebus ging ein bisschen näher heran, um zu lesen, was auf der Seite stand.

Grampian Police Hundestaffel.

Die Türen hinten wurden geöffnet und ein Käfig aufgeschlossen. Ein gescheckter Springer Spaniel tauchte auf und begann eifrig den Straßenbelag zu untersuchen.

»Sie sind weit gereist«, meinte Rebus.

»Bei der Northern gibt's keine wie Ruby«, erklärte der Beamte.

»Kommen Sie aus Aberdeen?«

Der Mann nickte, seine ganze Aufmerksamkeit konzentrierte sich auf den Hund.

»Bisschen spät«, sagte Rebus mit Blick in den Himmel.

»Ruby sucht nicht mit den Augen. Das heißt, sie kann länger arbeiten. Sind Sie hier verantwortlich?«

Rebus schüttelte den Kopf. »Sie sollten mit DCS Dempsey sprechen, aber sie musste bereits zurück nach Inverness.«

»Vielleicht sollte ich dann einfach anfangen.« Der Hundeführer sah mit seinem mächtigen Bauch und dem roten Gesicht aus, als stamme er aus einer Farmerfamilie, die schwarzen Haare trug er aus der Stirn gekämmt. Das Gatter zum Feld stand offen, und Ruby konnte es kaum erwarten, sich dort umzusehen, aber bevor sie nicht die Erlaubnis bekommen hatte, rannte sie nirgendwohin.

»Brauchen Sie nicht …?«

»Was?«

»Ein Stück Kleidung oder etwas, das den Vermissten gehörte?«

»Das ist nicht Rubys Spezialgebiet«, entgegnete der Beamte.

»Was denn?«

»Sie ist ein Leichenhund.« Woraufhin er dem Spaniel ein Zeichen gab und Ruby über das Feld sauste. Einer der Suchtrupps kam zurück, magere Erträge in den Beweistüten. Sie gingen auf den Wohncontainer zu, um die Tüten abzulegen und aufzuschreiben, was sie gefunden hatten. Als die Leute zum Sandwichwagen weitergingen, warf Rebus einen

Blick auf die Beute. Ein verrosteter Kronkorken, Chipstüten und Schokoladenpapier, eine alte Bierdose, ein halber Backstein …

Etwas Zwirn …

Eine zerfetzte Plastiktüte …

Ein Mäuseskelett …

Ein paar Federn …

Bedeutungsloser Kram. Das Team, das zu Anfang noch voller Elan gewesen zu sein schien, wirkte jetzt sehr viel düsterer, Pessimismus machte sich breit. Rebus hatte den Hundeführer aus den Augen verloren, fand ihn aber wieder: Er hatte das Feld bereits zur Hälfte überquert und ging jetzt auf die Baumreihe dahinter zu. Ein anderer Suchtrupp, der sich auf dem Rückweg befand, kam ihm entgegen. Einer der Beamten beugte sich hinunter, als wollte er Ruby streicheln, richtete sich dann aber wieder auf – war wahrscheinlich ermahnt worden, wie Rebus vermutete. Ruby war zum Arbeiten ausgebildet, nicht zum Spielen.

Am Sandwichwagen wurde getuschelt. Handys wurden auf Nachrichten überprüft oder in der Hoffnung auf eine Verbindung hochgehalten.

»Morgen haben wir mehr Glück«, meinte jemand.

»Solange das Wetter mitspielt.«

Rebus fragte nach der Vorhersage.

»Schlecht«, wurde ihm beschieden.

»Möglicherweise Schneeregen«, setzte eine weitere Stimme hinzu. Dann: »Sind Sie aus Edinburgh?«

Rebus nickte.

»Ich hasse die Stadt«, sagte der Cop. »Kann sie auf den Tod nicht ausstehen.«

»Dann kommen Sie wohl aus Inverness?«

Der Mann warf Rebus einen finsteren Blick zu. »*Die* Stadt hasse ich auch. Mir reicht Dingwall vollkommen.«

»Ist es nicht schon wieder Zeit für deine Pillen, Bobby«, fragte jemand und sorgte für müdes Grinsen ringsum.

Eine halbe Stunde später kam die Nachricht aus dem Präsidium: Schluss für heute. Dempsey würde nicht wiederkommen. Jemandem wurde die Aufgabe übertragen, den Wohncontainer abzuschließen.

»Lassen wir die Beweismittel über Nacht hier?«, fragte Rebus.

»Wenn Sie das ›Beweise‹ nennen wollen. Die Chefin wird sich das Zeug morgen ansehen und entscheiden, was damit geschieht.«

»Wie viel haben wir noch vor uns?«

»Mehr als genug.«

Rebus sah zu, wie sich die Trupps auf ihre Abreise vorbereiteten. Gebrumme seitens derjenigen, deren Fahrzeuge auf der falschen Seite des Wohncontainers standen – vor ihnen lag ein weiter Umweg. Autos mussten an anderen Autos vorbeimanövriert werden. Eins blieb mit durchdrehenden Reifen stecken und musste angeschoben werden. Als der letzte Streifenwagen rückwärts die Straße zurückfuhr, winkten die vier Beamten darin Rebus kurz zu. Sie sprachen über ihn, grinsten ihn an. Rebus machte sich nicht die Mühe zurückzuwinken. Der Transporter des Hundeführers stand noch da, ungefähr zwanzig Meter trennten ihn von Rebus' Saab. Es waren die einzigen beiden Fahrzeuge. Die Dämmerung hatte sich herabgesenkt, und Rebus konnte nur noch ungefähr zwei Drittel des Feldes überblicken. Von Ruby und ihrem Kollegen keine Spur. Er lehnte sich an seinen Wagen und rauchte eine Zigarette, drückte sie hinterher im Aschenbecher des Saab aus – er wollte nichts zurücklassen, das irrtümlich für einen Hinweis gehalten werden konnte. Nicht dass die Suchtrupps so weit gedacht hätten. Brotrinden und Maiskörner verteilten sich an der Stelle der Straße, wo der

Sandwichwagen gestanden hatte. Sogar eine weggeworfene Wasserflasche lag im Graben. Rebus nahm sie und warf sie auf den Beifahrersitz.

Wahrscheinlich war das Zeitverschwendung, aber trotzdem …

In ungefähr fünfzehn Minuten würde es stockfinster sein – hier draußen gab es keinerlei Straßenbeleuchtung. Er konnte bereits ein paar Sterne am Himmel erkennen, es wurde kühler. Er hupte dreimal in der Hoffnung, der Hundeführer würde die Botschaft verstehen. Als er eine Pfeife hörte, hielt er dies für eine Antwort, aber es wurde immer und immer wieder gepfiffen – mit wachsender Dringlichkeit. Es war nicht die Art von Geräusch, die der Verständigung mit einem Hund diente. Es folgte ein Rufen irgendwo auf der anderen Seite des Feldes. Rebus konnte nichts sehen. Er hatte die Schuhe der Suchtruppleute gesehen und wusste, dass das Feld alles andere als trocken war. Er hatte keine Taschenlampe im Saab – wenn er sich verlief, würde ihm nur das Licht seines Handydisplays helfen.

Erneutes Rufen.

»Verfluchte Scheiße«, sagte Rebus und ging durchs Gatter.

Auf dem Feld gab es Senken und Mulden, sehr heimtückisch. Rebus merkte, wie er bis zu den Knöcheln einsank. Er fluchte noch einmal, ging aber schwer atmend weiter. Ein Zaun trennte das Feld von den Bäumen dahinter. Er war gut über einen Meter zwanzig hoch und oben mit Stacheldraht verstärkt. Rebus spähte darüber hinweg.

»Sind Sie da irgendwo?«, rief er.

»Hier«, antwortete der Hundeführer.

»Wo?«

Ein schmaler Lichtkegel tauchte auf. Der Wald war dichter, als Rebus angenommen hatte. Ruby und ihr Herrchen befanden sich irgendwo mittendrin. Rebus sah über den Zaun, dann nach links und rechts, er suchte einen Übertritt oder ein Gatter. Da er nichts dergleichen entdecken konnte, schüttelte er seinen Mantel ab, hängte ihn über den Stacheldraht und schob erst ein Bein über den Zaun, dann das andere. Er blieb mit der Hose hängen und hörte, wie sie riss. Ein scharfer Zinken hatte sich durch Mantel und Hosenbein gebohrt.

»Mist«, brummte er. Wieder sank er tief ein, hätte fast einen Schuh verloren, als er sich die flache Böschung hinauf in den Wald hineinschleppte.

»Wo zum Teufel sind Sie?«

»Hier«, sagte der Hundeführer und leuchtete wieder mit der kleinen Taschenlampe. »Können Sie einen Suchtrupp holen?«

»Die sind schon alle weg.« Rebus sah jetzt sowohl Hund wie Mann. Ruby saß auf dem feuchten Boden, wedelte mit dem Schwanz, die Zunge hing ihr aus dem Maul. »Was ist los?«, fragte Rebus nach Atem ringend. Statt einer Antwort richtete der Hundeführer den Strahl der Taschenlampe auf eine Stelle direkt hinter Ruby. Der Hund drehte den Kopf in dieselbe Richtung, leckte sich übers Maul. Die Erde war frisch aufgeworfen, und Rebus wusste, was er da gezeigt bekam.

Eine menschliche Hand ragte aus dem provisorischen Grab.

»Oh Gott«, zischte er.

»Und ich glaube«, sagte der Beamte und ließ den Lichtstrahl über die Lichtung tanzen, »Ruby ist noch nicht fertig – noch lange nicht …«

44

Die Dieselmotoren der Generatoren brummten. Ein halbes Dutzend Bogenlampen erleuchtete das Geschehen. Beamte waren mit Absperrband zugange. Der Feldweg, der von der Straße zu den Bäumen führte, war mit blau-weiß gestreiftem Band gesichert worden. Der Täter musste ein Fahrzeug gehabt haben; die Leichen konnten kaum die ganze Strecke gezogen oder getragen worden sein.

»Er muss Vierradantrieb gehabt haben«, hatte Rebus gegenüber Clarke argumentiert. »Wobei das wahrscheinlich auf drei Viertel aller Fahrzeuge hier in der Gegend zutrifft.«

Sie hatte genickt und ihn dabei angestarrt.

»Was?«, hatte er gefragt.

»Ich kann nicht fassen, dass du *hier* warst.«

Woraufhin er nur mit den Schultern gezuckt hatte.

Page beriet sich mit Dempsey. Er hatte gut daran getan, sich irgendwo Stiefel zu borgen. Rebus' Schuhe hätten dringend trocknen müssen – oder gleich entsorgt werden. Saubere Socken wären auch keine schlechte Idee, und was seine Hose betraf…

»Blutest du?«, fragte Clarke, als er den Schaden begutachtete.

»Bloß ein Kratzer.«

»Vielleicht brauchst du eine Tetanusspritze.«

»Ein Schluck Whisky wird's auch tun.«

Sie sprachen über alles, nur nicht über das, was vor ihnen lag. Bislang hatte Ruby drei Leichen gefunden und machte jetzt

Pause, der Hundeführer hatte eine Schale und eine Flasche Wasser aus dem Transporter geholt. Das Team der Spurensicherung war eingetroffen und bereits bei der Arbeit. Man hatte einen Arzt aufgetrieben, und einige Beamte machten sich mit Videokameras am Fundort zu schaffen.

»Und wie war dein Tag?«, fragte Rebus Clarke betont interessiert.

»Ach, na ja, das Übliche.« Sie verschränkte die Arme vor der Brust, um sich warm zu halten.

»Hast du schon im Hotel eingecheckt?«

»Scheint ganz okay zu sein.« Sie scharrte mit den Füßen. Sie standen ein gutes Stück von den drei Gräbern entfernt, da es nicht genug Überschuhe gab und sie nicht herumlaufen durften. Auch hier ging es um Spurensicherung; der Fundort durfte nicht »verunreinigt« werden – Page hatte Clarke mit genau diesen Worten erklärt, weshalb sie vorläufig auf der anderen Seite des Absperrbandes zu bleiben hatte. Rebus gegenüber hatte er keinerlei Entschuldigung für nötig gehalten und darüber hinaus seine Existenz nicht mal zur Kenntnis genommen.

Obwohl er derjenige war, der den Fund gemeldet hatte.

Oder vielleicht, *weil* er derjenige war, der den Fund gemeldet hatte?

Dempsey hatte sich bei ihm bedankt, woraufhin Rebus erwidert hatte, das Ergebnis sei doch eher Rubys Verdienst.

»Das ist ein wunder Punkt«, hatte Clarke hinterher zu ihm gesagt. »Wie ich im Präsidium gehört habe, sind sich die Northern Constabulary und ihre Nachbarn von der Grampian nicht besonders grün …«

Jetzt sah sie auf ihr Handy. »Viertel nach zehn.«

»Kommt mir später vor«, meinte Rebus.

»Wie lange bist du schon hier draußen?«

Rebus dachte lieber gar nicht erst darüber nach. Stattdessen machte er Platz, um weitere Leute von der Spurensicherung durchzulassen. Sie duckten sich unter dem Absperrband hindurch, trugen ihre weißen Kapuzenoveralls und elastische Überschuhe, die beim Gehen knisterten. Schleppten Kisten und Plastikplanen. Der Leichenwagen war noch nicht eingetroffen. Mit ihm würden auch die Leichensäcke kommen. Aber noch hatte niemand etwas bewegt. Lediglich über zwei der Gräber waren notdürftig Zelte errichtet worden. Jemand war unterwegs nach Inverness, um mehr Zelte zu besorgen.

»Das kann hier endlos dauern«, sagte Clarke, scharrte wieder mit den Füßen.

»Wir könnten uns in den Wagen setzen«, meinte Rebus. Sie lehnte den Vorschlag mit einem entschiedenen Kopfschütteln ab. »Wenn Page dich braucht, wird er dich schon finden.«

»Er wird mich genau hier finden«, erklärte sie.

»Na, also ich gehe eine rauchen.« Sie nickte, und er ließ sie stehen, ging auf die Straße und zündete sich eine Zigarette an. Als er zurückblickte, sah er die langen Schatten der Kollegen über die Lichtung huschen. Einer der Generatoren machte einen Höllenlärm, aber das war besser, als die Stille zu ertragen oder die Gespräche der Kriminaltechniker mit anhören zu müssen.

Es war ein einsamer Flecken. Er konnte nicht anders, als sich zu fragen, ob sie lebendig hierhergebracht worden waren, möglicherweise geknebelt und gefesselt oder bewusstlos. Oder vielleicht schon tot. Weiteres Spurenmaterial – im Fahrzeug musste es welches geben. Fasern von Kleidung; Haare; vielleicht sogar ein bisschen Speichel oder Blut.

War es Tag oder Nacht, als sie hergebracht worden waren? Er vermutete Letzteres. Aber ein Wagen, der nachts an der Straße parkte, wäre jedem Vorbeifahrenden verdächtig vorgekommen – ein weiterer Grund, damit in den Wald hineinzufahren.

Wo er möglicherweise Reifenspuren hinterlassen hatte, Farbkratzer an einem Baumstamm oder einem Ast.

Die Forensiker würden erst am Morgen tätig werden, sie brauchten Tageslicht für ihre Arbeit.

Die Straße war jetzt auf beiden Seiten gesperrt, Umleitungsschilder waren aufgestellt worden. Als sich ein Mann zu Fuß näherte, war Rebus alarmiert. Seine Schuhe und Hosenbeine waren feucht, was bedeutete, dass er die Wachposten umgangen hatte, indem er übers freie Feld gelaufen war.

Ein Journalist.

Er hatte sein Handy aus der Tasche gezogen und filmte. Rebus bedeckte sein Gesicht mit der Hand.

»Pack das verfluchte Ding weg, es sei denn, du willst die Nacht in einer Zelle verbringen«, blaffte er ihn an. »Und dann verzieh dich!«

»Darf ich Sie zitieren, Officer?« Der Mann war jung, sein helles lockiges Haar spähte unter der Kapuze einer grünen Barbourjacke hervor.

»Ich mein's ernst.« Rebus blickte auf und merkte erst jetzt, dass der Mann das Handy schon gesenkt hatte.

»Riesenpolizeieinsatz«, sagte der Reporter und stellte sich auf die Zehenspitzen, um über Rebus' Schulter zu spähen. »Spurensicherung und so. Ich nehme an, das bedeutet, dass Sie was gefunden haben.«

»Das wirst du genauso früh erfahren wie alle anderen auch«, knurrte Rebus.

»Was zum Teufel ist da los?«

Rebus drehte sich zu der Stimme um. DCS Dempsey näherte sich mit großen Schritten.

»Pressegesocks«, erklärte Rebus, aber ihr Blick blieb auf den jungen Mann gerichtet.

»Hätte ich mir denken können, dass du als Erster hier aufschlägst, Raymond.«

»Irgendwas, das Sie mir mitteilen möchten, DCS Dempsey?« Er berührte den Touchscreen seines Handys, um die Aufnahmefunktion zu aktivieren.

»Morgen Vormittag wird es eine Pressekonferenz geben.«

»Das ist zu spät für unsere Frühausgabe. Nur einen winzigen Hinweis, bitte. Das Internet ist unser aller Ende …«

Dempsey stieß einen übertriebenen Seufzer aus. »Wir haben vermutlich menschliche Überreste gefunden, aber viel mehr wissen wir noch nicht. Also los, zieh Leine.«

Als der Reporter eine weitere Frage stellen wollte, scheuchte sie ihn davon. Er grinste schief. »Dann bis Sonntag bei meiner Mutter, okay?«

Sie nickte, mied Rebus' Blick. Der Reporter hatte sich wieder zurück in die Richtung gewandt, aus der er gekommen war, und hing bereits am Telefon, um seiner Redaktion die Neuigkeiten mitzuteilen.

»Heißt er Raymond mit Vor- oder mit Nachnamen?«, erkundigte sich Rebus.

»Mit Vornamen«, bekannte Dempsey. »Und bevor Sie was sagen, er ist mein Neffe. Das heißt aber nicht, dass er bevorzugt behandelt wird.«

»Mir war so, als wurde er das gerade.« Sie antwortete nicht. »Na ja«, fuhr Rebus fort. »Ich hoffe, er hat spitze Ellbogen – wenn das hier bekannt wird, werden die Medien einen Riesenzirkus veranstalten.«

Sie standen eine Weile schweigend da. »Wie viele sind es jetzt?«, fragte er schließlich.

»Fünf, glaube ich. Vier bereits in fortgeschrittenem Verwesungszustand …«

»Und die fünfte?«

»Wollte jemand wetten, dass es sich um Annette McKie handelt, ich würde nicht dagegenhalten.«

Rebus sah Page und Clarke aus dem Wald kommen, Page

zog seine Überschuhe aus. Clarke prüfte mit versteinerter Miene ihren Handyempfang. Page wirkte blass und mitgenommen. Er wandte sich ab und musste aufstoßen, presste sich die Hand vor den Mund, um das Geräusch zu dämpfen. Rebus bot ihm das wenige Wasser an, das noch in seiner Flasche war. Page nahm es mit einem dankbaren Nicken an. Clarke war durchgekommen und teilte entweder Esson oder Ogilvie mit, dass sie die Strategie geändert hatten.

»Ich muss zurück nach Inverness«, verkündete Dempsey. »Einen Pathologen aus dem Bett klingeln und sehen, was vor morgen früh noch gemacht werden kann.« Sie musterte die drei Detectives aus Edinburgh. »Und Sie sollten sich aufs Ohr hauen – morgen wird ein langer Tag…« Sie ging mit hängenden Schultern auf ihren Wagen zu. Page wollte Rebus das Wasser zurückgeben.

»Behalten Sie's«, sagte dieser. Clarke beendete ihr Gespräch.

»Ob die Hotelküche noch geöffnet ist?«, fragte sie.

Rebus schüttelte den Kopf. »Ein Sandwich an der Bar, wenn du Glück hast. Tüte Chips dazu.«

»Könnt ihr beiden vielleicht aufhören, über Essen zu reden?«, verlangte Page und wandte sich ab, als ihn eine weitere Übelkeitsattacke überfiel.

45

Fast zwei Uhr morgens.

Page war vor einer Stunde zu Bett gegangen, Esson und Ogilvie wenig später. Nach dem ursprünglichen Plan hätten sie am Ende ihres Arbeitstages nach Edinburgh zurückfahren sollen, aber Clarke hatte verhindern wollen, dass einer von beiden am Steuer einnickte. Anscheinend war es ihnen recht. Sie hatten mit den Eltern der Opfer aus Golspie und Fort Augustus gesprochen, dabei aber nicht sehr viel herausbekommen.

»War komisch, Jemimas Zimmer zu sehen«, hatte Esson gesagt. »Es ist wirklich noch haargenau so, wie sie es zurückgelassen hat. Manche Leute können einfach nicht loslassen.«

An der Rezeption hatten Esson und Ogilvie kleine Zahnputzsets und zwei Zimmer zum »Last-Minute«-Tarif bekommen. Rebus vermutete, dass am folgenden Tag bedeutend mehr im Hotel los sein würde, je nachdem wie viele Nachrichtensender über den Fall berichten würden. Er war inzwischen bei seinem vierten Whisky des Abends angekommen.

»Bist du schon aufgetaut?«, fragte er Clarke.

»Halbwegs.«

»Ich bin kurz davor, noch mal rauszufahren«, sagte Rebus.

»Wozu soll das gut sein?« Sie starrte auf das Handydisplay, suchte mithilfe des hoteleigenen WLAN Einträge zu Edderton im Internet.

»Zu gar nichts«, lenkte Rebus ein. »Ich würde nur allen im Weg stehen. Andererseits glaube ich nicht, dass ich jetzt schlafen kann.«

»Reichen vier nicht mehr?« Sie zeigte auf sein Whiskyglas.

»Haben noch nie gereicht. Whisky macht nur stumpf.«

Sie pickte ein Salatfitzelchen von dem Teller vor sich. Sandwiches, Chips und Kirschtomaten waren bereitgestellt worden, aber Rebus hatte darauf verzichtet, weil er an jenem Tag, wie er meinte, bereits sein eigenes Gewicht in Weißbrot vertilgt hatte.

»Das ist erst der Anfang, oder?«, spekulierte Clarke. »Damit ist der Fall jetzt ganz anders gelagert.«

»Nein, eigentlich hat sich nichts verändert«, widersprach Rebus. »Unsere Vermutungen wurden bestätigt, das ist alles.«

»Hast du die ganze Zeit gewusst, dass es darauf hinauslaufen würde?«

»Die Möglichkeit bestand immer – das wussten wir alle, ob wir es ausgesprochen haben oder nicht.«

»Du kennst mehr dieser Fälle als ich: Wie machen wir jetzt weiter?«

»Befragungen vor Ort, Fundortanalyse, Hinweise aus der Bevölkerung …«

»Nach was für einer Person suchen wir?«

»Könnte einer deiner Profilerfreunde diese Frage nicht besser beantworten?«

»Ich habe keine Profilerfreunde. Und außerdem liegt das sowieso nicht mehr in meiner Hand.«

Rebus sah sie an. »Ich bin nicht davon überzeugt, dass unser Freund Page der Aufgabe gewachsen ist. Du solltest ein Auge auf ihn haben.«

»James kriegt das schon hin. Er war noch nicht an vielen Leichenfundorten.«

»Der Mann ist ein typischer Büroleiter, Siobhan – ob nun beim CID oder einer Firma, die Einbauküchen verkauft. Hier wird jemand gebraucht, der anders drauf ist.«

»DCS Dempsey hat das Sagen.«

»Das ist auf jeden Fall ein Pluspunkt. Aber nicht mal sie wird schon mit einem solchen Fall zu tun gehabt haben.«

»Aber du? Du willst, dass ich dich in die Chefetage einschleuse?«

»Mehr oder weniger.«

»Da wird's vielleicht ein bisschen eng – es sei denn, du willst, dass *ich* draußcn blcibc…«

Er schüttelte den Kopf. »Ich muss einfach nur dabei sein.«

»Das wird nicht immer möglich sein, John.« Sie trank ihren Orangensaft aus und sah auf die Uhr. »Wie ist das Frühstück hier?«

»Sehr nahrhaft.«

»Hab ganz vergessen zu fragen, ab wann serviert wird…«

»Sieben.«

Sie lächelte müde. »Du bist der perfekte Michelinführer.« Dann stand sie auf und wünschte ihm eine gute Nacht.

Er blieb noch auf einen letzten Drink sitzen, ließ ihn auf die Rechnung setzen. Sein Handy lag vor ihm auf dem Tisch. Er nahm es und spielte damit herum. Er könnte Nina Hazlitt anrufen. Oder Frank Hammell. Oder Darryl Christie. Am Morgen würde es in den Nachrichten sein, dank der Informationen von Dempseys Neffen. Nein, entschied er schließlich – gönne ihnen noch eine letzte Nacht in Ungewissheit, einen letzten von Hoffnung durchtränkten Schlaf. Als er aufstehen wollte, taten ihm die Beine weh: Er hatte zu lange in der Kälte herumgestanden. In der Bar gab es ein Bücherregal, und er fragte, ob er sich einen Band ausleihen dürfe.

»Dafür sind sie da, Sir.«

Er entschied sich für *Cracking the Code* – vor allem wegen des Titels. Rebus nahm das Buch mit nach oben ins Bett, wobei ihm die letzten Worte des Barmanns durch den Kopf gingen:

Träumen Sie schön…

46

Das erste Journalistenteam traf zur Frühstückszeit ein.

Rebus stand draußen und rauchte. Regen fiel in schweren Böen, er hatte sich neben dem Hoteleingang untergestellt. Die Journalisten unterhielten sich, als sie an ihm vorbeisprinteten. Sie hatten nicht reserviert, hofften aber das Beste; frühes Einchecken wäre sicher von Vorteil; kurz duschen und was essen, dann weiter nach Edderton. Englischer Akzent, unrasiert, übernächtigt: Rebus hatte den Eindruck, dass sie die Nacht durchgefahren waren, um jetzt hier zu sein. Er schnippte seine Zigarette fort und ging in den Frühstücksraum. Page telefonierte, während sich Clarke über die zweite Kanne Kaffee hermachte.

»Kleines Problem«, sagte Rebus und nickte in Richtung der offenen Tür. Clarke hatte einen unverstellten Ausblick auf die Rezeption. Einer der Neuankömmlinge trug eine große Fernsehkamera. Auch Page sah sie und sagte zu der Person, mit der er telefonierte, er würde zurückrufen.

»Wenn die hierbleiben, bleiben wir nicht«, bekundete er.

»Einverstanden«, sagte Clarke. Dann: »Gibt's was Neues von Dempsey?«

Page nickte langsam. »Die Autopsie beginnt in einer Stunde. Die Pathologin meint, es werde wohl zwei Tage dauern, bis sie mit allen durch sind. Die Forensiker sind jetzt am Fundort.«

»Das Wetter macht's nicht gerade leichter«, unterbrach Rebus.

»Sie haben so viel wie möglich mit Plastikplanen abgedeckt«, klärte ihn Page auf.

»Ich muss Gummistiefel kaufen«, sagte Clarke.

»Ich auch.« Rebus hob einen Fuß, damit sie seine notdürftig geputzten Schuhe begutachten konnte. »Und eine Hose, wenn ich schon dabei bin.« Am Empfang hatte er Nadel und Faden bekommen, aber was er geflickt hatte, würde nicht lange halten.

»Was ist mit einer Tetanusspritze?«

Rebus zuckte mit den Schultern. »Wie sind die Symptome?«

»Kopfschmerzen, trockener Mund…« Sie betrachtete die geflickte Stelle. »Fehlende Koordination von Hand und Auge.«

Page prüfte Nachrichten. »Sind Christine und Ronnie schon unterwegs nach Hause?«, fragte er.

»Ja«, bestätigte Clarke.

»Dempsey wird die Familien nach Inverness bringen lassen«, sagte Page. »Jetzt geht es um Mord.«

»Wobei mir einfällt, wir sollten Ruby einen schönen saftigen Knochen schenken«, sagte Rebus.

Alle drei sahen zu, wie das Reporterteam in den Speisesaal einfiel, einen Tisch besetzte und sich dann aufs Büfett stürzte. Sie hatten etwas Großtuerisches, als würde ihnen der ganze Laden gehören.

»Ich denke, das ist unser Stichwort«, sagte Page und stand auf.

Sie beschlossen, nicht auszuchecken – erst wenn sie sicher wussten, dass sie woanders unterkamen. Hinten in Clarkes Audi hatte man nicht viel Beinfreiheit, aber Rebus musste trotzdem dort sitzen. Auf dem Weg zum Präsidium der Northern Constabulary hatte Page es für nötig befunden, ihnen eine kleine Einführung über polizeiliche Etikette zu geben, sie

»repräsentierten« schließlich die Lothian und Borders Police und sollten ihre Fähigkeiten »zur Geltung bringen« und keine »Wellen schlagen« – oder sonst irgendeinen Mist bauen. Rebus hatte das Gefühl, der Vortrag sei vor allem an ihn gerichtet. Er begegnete Clarkes Blick im Rückspiegel, aber sie ließ sich nichts anmerken.

Das Präsidium befand sich neben einem Kreisverkehr und gegenüber einem rund um die Uhr geöffneten Tesco. Es war ein modernes dreistöckiges Gebäude aus rosafarbenem Stein und Rauchglas. Auf der Straße und dem Gehweg davor warteten Journalisten, bauten Kameras auf oder telefonierten. Ein uniformierter Constable prüfte Pages Dienstausweis, bevor er den Audi Richtung Parkplatz durchnickte. Rebus entdeckte ein Schild neben dem Eingang, auf dem sowohl auf Gälisch als auch auf Englisch das Motto *Protect and Serve – Schützen und dienen* – stand. Fürs »Schützen« war's ein bisschen zu spät; jetzt blieb ihnen nur noch das »Dienen«.

Kaum drinnen erfuhren sie, dass Detective Chief Superintendent Dempsey bereits bei der ersten Autopsie war. Sie fand im nahe gelegenen Raigmore Hospital statt.

Unwillkürlich fiel Rebus ein, dass es Sammy dort mit künstlicher Befruchtung versucht hatte. Page fragte gerade nach dem Weg dorthin, als ihn eine SMS erreichte.

»Dempsey«, erklärte er Clarke und Rebus. »Die zuständige Pathologin ist von der Anzahl der Anwesenden genervt, vor allem der lebenden, weniger der toten – sie würde es vorziehen, wenn wir der Veranstaltung fernblieben.« Er kaute auf seiner Unterlippe. Rebus wusste, was er dachte. Sie waren hier als Gäste der Northern Constabulary. Eigentlich war es gar nicht ihr Fall – jedenfalls nicht solange Annette McKie noch nicht offiziell identifiziert war. Und selbst dann gab es der gesunde Menschenverstand vor, dass man die Ermittlungen bündelte. Da die Leichen in Edderton gefunden wurden, lag der Fall im Zuständigkeitsbereich der Northern, keine Frage. Wenn sich Page beschwerte oder einen Aufstand probte, konnte es ihnen passieren, dass sie von jetzt auf gleich nach Hause geschickt wurden. Andererseits, wem konnten sie nutzen, wenn sie einfach nur hier herumhingen und darauf warteten, erzählt zu bekommen, was in ihrer Abwesenheit geschah?

»Wir könnten nach Edderton rausfahren«, schlug Clarke vor.

Nach einer kurzen Bedenkzeit nickte Page zum Einverständnis.

Also wieder zurück auf die A9. Es regnete immer heftiger, als sie die Kessock Bridge überfuhren und der Wind seitlich gegen den Wagen peitschte. Clarke hatte die Scheibenwischer auf Maximalgeschwindigkeit gestellt, aber sie kamen trotzdem kaum mit.

»Jetzt haben wir doch keine Gummistiefel gekauft«, meinte Rebus vom Rücksitz aus.

»Irgendwo da unten zu deinen Füßen liegt ein Schirm«, wurde ihm beschieden. Er griff hinunter und nahm ihn. Es war ein rosa Taschenschirm mit dem Durchmesser eines Schlagzeugbeckens.

»Kannst ihn haben, wenn du willst«, sagte Clarke.

»Danke«, erwiderte Rebus ohne große Begeisterung.

Der uniformierte Beamte an der Absperrung war dem Wetter entsprechend gekleidet. Ein Plastikschild schützte sein Klemmbrett vor Feuchtigkeit. Ihre Namen wurden notiert, ebenso das Nummernschild des Audi. Ein Kamerateam hatte sich hinten in den Transporter geflüchtet, die Tür stand offen, damit sie nichts vom Geschehen verpassten. Raymond – Dempseys Neffe – saß in seinem eigenen Wagen, einem weißen Polo. Er nickte Rebus durch die heruntergelassene Scheibe zu, als der Audi die Absperrung passierte und bergauf fuhr, Sturzbäche aus Regenwasser auf beiden Seiten. Der Container war offen und bot denen, die Pause machten, Zuflucht. Mitarbeiter der Spurensicherung hielten sich an Bechern mit Instantsuppe fest, um sich aufzuwärmen. Page beschloss, den Hang weiter hinauf bis zum Fundort zu gehen. Clarke drehte sich um und sah, dass Rebus ganz zufrieden wirkte und ihr Zeichen machte, ihrem Chef zu folgen. In dem Container war gerade noch genug Platz für Rebus. Zwei Mitarbeiter der Spurensicherung warteten darauf, dass der Wasserkocher endlich blubberte, und hielten ihre Becher bereit. Wasserflaschen; leere Instantsuppenbeutel. Keine Spur mehr von den Beweismitteln vom Vorabend – wahrscheinlich hatten die Laborleute sie mitgenommen.

»Nicht gerade der ideale Tag für so was«, sagte Rebus zu niemand Bestimmtem. »Und von dem Heizofen, der uns versprochen wurde, auch keine Spur.« Dann: »Sind jetzt alle Leichen weg?«

Bejahendes Nicken.

»Immer noch nur die fünf?«

»›Nur‹?«

»Ich denke, wir können froh sein, dass es nicht viel mehr sind.«

»Die haben den Hund noch mal für eine letzte Runde geholt«, sagte einer von der Spurensicherung.

»Irgendwelche Gegenstände in den Gräbern?«, fragte Rebus, bemüht, möglichst unverbindlich zu klingen.

»Verzeihung – wer sind Sie noch mal?«

»Ich gehöre zu dem Team, das im Fall Annette McKie ermittelt. Ich war hier, als Ruby die erste Leiche gefunden hat.«

Das schien allen zu genügen. »Keine Gegenstände«, bekam er mitgeteilt. »Keine Kleidung, kein Schmuck, nichts.«

»Und eine Leiche ist neueren Datums?«

Es wurde genickt.

»Müsste relativ leicht zu identifizieren sein«, räumte einer ein.

»Die anderen nicht?«

»Vielleicht über zahnärztliche Unterlagen. Oder einen DNA-Abgleich. Wollen Sie Suppe?«

Das Angebot verriet Rebus, dass man ihn endgültig akzeptiert hatte. »Gerne«, sagte er, obwohl er noch vom Frühstück satt war.

»Er schnappt sie sich auf der A9«, sagte ein anderer, »dann begräbt er sie hier und schickt ein Foto – es muss ein Einheimischer sein.«

»Oder jemand, der einfach nur die Straße gut kennt«, wandte Rebus ein. »Irgendwelche Reifenspuren da oben?«

»Bislang nichts Brauchbares.«

»Ist aber erst ungefähr drei Wochen her, seit er das letzte Mal hier war.«

»Kann Bodenfrost gegeben haben – in der Nacht, in der die kleine McKie verschwand, fielen die Temperaturen unter null.«

Rebus nickte. »Sie suchen weiter?«

»Bis wir nach Hause geschickt werden.«

»Vielleicht wurden Kleidung und persönliche Gegenstände ja separat vergraben.«

»Wir kommen später noch mal mit einem Metalldetektor, außerdem vielleicht auch mit einem Geophysiker.« Der Blick des Mannes war direkt auf Rebus gerichtet, er schien nur darauf zu warten, dass dieser den enormen Aufwand hinterfragte. Stattdessen aber pustete Rebus, damit die Suppe schneller abkühlte. Nie hatten ihn gefriergetrocknete Erbsen und Karotten so sehr fasziniert…

47

Am späten Nachmittag kamen sie erneut im Präsidium der Northern Constabulary in Inverness zusammen. Zur vollen Stunde sollte Dempsey eine Pressekonferenz abhalten, zuerst aber wollte sie ihr Team über den aktuellen Stand informieren. Die Stimmung war sehr ernst. Fotografien wurden herumgereicht. Laut Pathologiebericht waren alle fünf Leichen Frauen, aber nur eine ließ sich unmittelbar identifizieren. Rebus starrte in das Gesicht von Annette McKie. Ihre Augen waren geschlossen, und an ihren Wimpern, Haaren und Ohrläppchen hing noch ein bisschen Erde.

»Manuelle Strangulation«, verkündete Dempsey. »Wenn wir Glück haben, bekommen wir sogar einen Daumenabdruck. Wie Sie sehen, hat sie Blutergüsse am Hals, besonders im Bereich um den Kehlkopf. Große Hände, sagt die Pathologin. Dem Stadium der Zersetzung und Insektenaktivität nach zu urteilen ist das Opfer zwischen zwanzig und fünfundzwanzig Tage tot.« Sie sah in den Raum. »Heute ist es drei Wochen her, dass sie entführt wurde, also denke ich, können wir davon ausgehen, dass sie nicht mehr lange am Leben blieb.« Dempsey widmete sich wieder ihren Notizen. »Dem ersten Augenschein nach handelt es sich bei dem Opfer um Annette McKie, wobei die Familie erst noch aus Edinburgh anreist, um sie offiziell zu identifizieren.«

»Sind die anderen Opfer genauso gestorben?«, unterbrach jemand Dempsey in ihrem Redefluss. Sie blickte den Übeltäter finster an.

»Das lässt sich nicht mehr feststellen. Die Zersetzung ist zu weit fortgeschritten. Es lassen sich bei keiner Leiche Anzeichen für Stich- oder Schusswunden erkennen, aber mehr wollte die Pathologin vorläufig dazu nicht sagen. Was Annette McKie angeht, so hat es wahrscheinlich auch sexuelle Handlungen gegeben, bislang liegen aber keine Hinweise auf gewaltsame Penetration vor. Die Pathologin hat noch einen ganzen Berg Arbeit vor sich, und wir dürfen erst in einigen Tagen mit ihrem vollständigen Bericht rechnen. Unsere Freunde von Lothian and Borders haben uns sämtliche Angaben zu den vermissten Frauen zur Verfügung gestellt, und diese werden vorläufig sehr hilfreich sein. Ich muss betonen, dass die Identität der anderen Opfer bislang nicht sicher geklärt ist. Ich möchte nicht, dass jemand voreilige Schlüsse zieht.«

Nicken und zustimmendes Gemurmel. Clarke hatte die Hand gehoben. Dempsey überlegte einen Augenblick, bevor sie entschied, die Frage zuzulassen.

»Wer wird Annette McKie identifizieren?«

»Einer ihrer Brüder, denke ich. Offensichtlich ist ihre Mutter mit den Nerven am Ende. Wahrscheinlich hat sie die Live-Berichterstattung im Fernsehen gesehen.« Die Erwähnung des Fernsehens ließ sie auf die Uhr schauen. »Ich muss mich auf die Begegnung mit den Schakalen vorbereiten«, sagte sie. »Danach sollten wir zu einer weiteren kurzen Besprechung zusammenkommen. Bis dahin denken Sie scharf nach. Ich möchte konstruktive Ideen – so viele wie nur irgend möglich. Und jetzt alle zurück auf den Posten …«

Als sich die Versammlung auflöste, preschte Page vor, um seine Bitte vorzutragen, zur Pressekonferenz zugelassen zu werden. Rebus wandte sich an Siobhan Clarke.

»Wir haben keine ›Posten‹ zugewiesen bekommen, oder?«

Sie sah sich im Raum um. »Nein«, meinte sie, »haben wir nicht.«

»Und einen Schlafplatz für die Nacht haben wir auch nicht – es sei denn, wir riskieren's im Hotel.«

»Wohl wahr.«

»Und wir beide brauchen immer noch Stiefel.«

Auch das konnte sie nicht leugnen: Ihre Schuhe waren schlammverkrustet. »Schlägst du einen Einkaufsbummel vor?«

»Und vielleicht auch einen kurzen Abstecher ins Fremdenverkehrsbüro – mal die Lage in den Pensionen peilen.«

Clarke starrte in Richtung Page. Page lächelte Dempsey an und neigte dankbar den Kopf. Er war dabei. »Dauert bloß eine Stunde«, drängte Rebus.

»Schön«, presste Siobhan Clarke durch zusammengebissene Zähne.

Bewaffnet mit der Adresse einer Pension, in der man bereit war, sie aufzunehmen, betraten sie gerade erneut das Präsidium der Northern Constabulary, als das Interesse der Pressemeute erwachte. Ein Wagen traf ein, ein weißer Range Rover Sport mit getönter Heckscheibe. Frank Hammell fuhr, Darryl Christie saß auf dem Beifahrersitz, seine ganze Konzentration auf das Display seines Handys gerichtet. Ein paar Fotos wurden geschossen, Fernsehkameras auf Schultern gehievt, aber man machte ihnen Platz und behandelte sie durchaus mit Respekt, während sie in der ihnen zugewiesenen Lücke parkten und ausstiegen. Niemand rammte ihnen ein Mikrofon ins Gesicht und fragte nach ihrer Reaktion in dem Moment, in dem sie die Nachricht erfahren hatten. Rebus hielt Hammell und Christie die Tür auf, keiner der beiden schien ihn wiederzuerkennen, möglicherweise auch deshalb, weil sie jeden Blickkontakt mieden.

Während die beiden am Empfang ihre Namen angaben, zeigten Rebus und Clarke ihre Dienstausweise vor und gingen vor ihnen in den Gang.

»Dempsey will die beiden anscheinend zuerst hier sprechen«, sagte Clarke halblaut.

»Ist doch netter als im Leichenschauhaus.«

»Trotzdem werden sie da nicht drum herumkommen …«

Auch wieder wahr, dachte Rebus. Er war mehrere Dutzend Mal dabei gewesen, wenn vor Verwandten und Freunden – Müttern und Vätern, Partnern und Geliebten – das Leichentuch weggezogen wurde. Sie unterdrückten ihre Tränen, vielleicht entfuhr ihnen ein Stöhnen, ein erstickter Laut, anschließend wurden sie gebeten, die Identität der Person, die dort kalt und leblos vor ihnen lag, zu bestätigen. Keine schöne Aufgabe, und Rebus hatte sich hinterher immer als völlig unbrauchbar entpuppt, hatte nie die richtigen Worte oder eine tröstende Formulierung gefunden. Meist wollten sie alle dieselbe Zusicherung: dass er oder sie nicht hatte leiden müssen.

Es muss schnell gegangen sein. Das wurde von einem erwartet, egal ob es stimmte oder nicht. Eingeschlagene Schädel, Zigarettenbrandwunden, gebrochene Finger und ausgestochene Augen … *Es muss schnell gegangen sein.*

»Was machen wir jetzt?«, fragte Clarke.

»Mal sehen, was der Chef meint.«

Sie sah ihn an. »Hab dir doch gesagt, dass dir früher oder später die Songs ausgehen werden …«

Page telefonierte in dem überfüllten Ermittlungszimmer. Als er Clarke und Rebus entdeckte, beendete er das Gespräch und kam auf sie zu.

»Wo wart ihr denn?«, wollte er wissen.

»Wir haben Stiefel gekauft«, erwiderte Clarke. »Und Zimmer für heute Nacht gebucht, damit wir uns vom Medienrummel fernhalten können. Wie lief die Pressekonferenz?«

»Hat sie gut gemacht.« Das Lob klang missgünstig. Page fixierte Rebus mit einem Blick. »Sie möchte, dass Sie das Team einweisen.«

»Warum?«

»Weil sie die Abläufe zurückverfolgt hat bis zu Ihnen und Ihren Vermissten. Und sie braucht alle Einzelheiten zu diesen Fällen.«

»Von zweien wissen wir erst seit Kurzem.«

»Dann eben zu den anderen drei. Über Annette McKie habe ich die Kollegen bereits unterrichtet.«

»Uns fehlt eine Leiche«, setzte Clarke hinzu. »Sechs Opfer an der A9, fünf Leichen.« Jetzt war es an ihr, Rebus anzusehen. »Wirst du ihnen sagen, dass du glaubst, Sally Hazlitt sei noch am Leben?«

»Muss ich wohl«, stellte Rebus fest. Dann an Page gewandt: »Wann soll das Briefing stattfinden?«

»In ungefähr fünf Minuten.«

»Wären wir nicht rechtzeitig hier erschienen, wären Sie wahrscheinlich gerne für mich eingesprungen, oder?«

Page machte den Mund auf, um etwas zu sagen, überlegte es sich dann aber doch anders.

»Ich muss mal pissen«, sagte Rebus in die Stille hinein. Dann zu Clarke: »Willst du ihm erzählen, dass Hammell und Darryl eingetroffen sind?«

Das machte Clarke, während Rebus erst mal verschwand. Im Gang stand er plötzlich direkt vor Frank Hammell und Darryl Christie, die gerade von einem uniformierten Beamten in Dempseys Büro geführt wurden.

»Für einen kaputten alten Rentner«, sagte Hammell, dem wieder einfiel, woher er ihn kannte, »kommen Sie aber ganz schön rum.«

Rebus wandte sich an Darryl, der erst jetzt von seinem Handy aufsah. »Tut mir sehr leid wegen Ihrer Schwester«, sagte Rebus. »Wie geht es Ihrer Mutter?«

»Was glauben Sie wohl?«, fauchte Hammell. Rebus beachtete ihn nicht.

»Und Ihnen, Darryl? Geht's einigermaßen?«

Der junge Mann nickte. »Was passiert jetzt?«, fragte er ruhig.

»Sie werden zur Identifizierung ins Krankenhaus gebracht.«

»Und Sie sind sicher, dass sie's ist?«

Rebus nickte langsam. Darryls Mund zuckte, und er senkte erneut den Blick auf das Handydisplay, schrieb mit flinken Fingern eine SMS.

»Irgendein Arschloch wird dafür bezahlen«, presste Hammell hervor.

»Das ist hier wahrscheinlich der falsche Ort für solche Ankündigungen«, warnte ihn Rebus.

»Aber so ist es.« Er stocherte mit einem Finger Richtung Rebus. »Und wehe, es stellt sich mir einer von euch in den Weg.«

Weiter hinten im Gang öffnete sich eine Tür. Dempsey erschien im Türrahmen und fragte sich, weshalb ihre Besucher so lange brauchten.

»Alles in Ordnung?«, rief sie.

Hammell hatte gerade noch Zeit, Rebus einen letzten wütenden Blick zuzuwerfen, bevor er an ihm vorbei auf sie zuging. Rebus streckte Darryl Christie seine Hand hin, aber der junge Mann ignorierte sie, noch immer voll und ganz auf sein Handy konzentriert, und folgte Hammell in Dempseys Büro.

48

Rebus' Vortrag hätte nicht besser laufen können. Das Team stellte mehr als genug Fragen, keine davon war dumm.

»Schlaue Jungs und Mädels«, meinte er hinterher zu Clarke.

»So sind sie heutzutage.«

Sie checkten aus dem Hotel aus, fuhren zu der Pension in der Nähe des Schlachtfelds bei Culloden und inspizierten ihre Zimmer. Es gab kein Abendessen dort, weshalb sie wieder in die Stadt zurückkehrten und beim nächsten Inder Halt machten. Page war nicht mitgekommen, er war eingeladen, mit Dempsey und einigen anderen ranghohen Beamten zu speisen. Als Clarkes Handy klingelte, war sie gerade nicht am Tisch, sondern auf der Toilette. Rebus sah, dass der Anruf vom Gayfield Square kam, und ging dran.

»Hier Rebus«, meldete er sich.

»Ist Siobhan da?«

»Wer will das wissen?«

»Dave Ormiston – ich bin derjenige, an dessen Schreibtisch Sie sitzen.«

»Sie ist in einer Minute zurück. Kann ich helfen?«

»Thomas Robertson weilt wieder unter den Lebenden.«

»Ach?«

»Wir haben eine Nachricht aus Aberdeen erhalten. Er liegt dort im Krankenhaus.«

»Was ist mit ihm?«

»Soweit ich weiß, hat er eine ordentliche Abreibung von einem oder mehreren Unbekannten bekommen.«

»Wurde die Polizei vor Ort eingeschaltet?«

»Er wurde von der Polizei gefunden – zwischen ein paar Mülltonnen unten an den Docks. Bewusstlos, aber mit Ausweis in der Tasche. Kreditkarten und Bargeld unberührt, also offensichtlich kein Raubüberfall.«

»Wird er wieder gesund?«

»Scheint so.«

Rebus nahm einen Stift und griff über den Tisch nach einer Papierserviette. »Wie heißt das Krankenhaus?«, fragte er. »Außerdem hätte ich gerne den Namen und die Durchwahl des CID in Aberdeen, wenn Sie beides zur Hand haben.«

Ormiston gab ihm, was er hatte, und fragte, wie sie in Inverness vorankamen.

»Geht so«, sagte Rebus.

»Ich habe Sie in den Nachrichten gesehen – wie Sie Frank Hammell die Tür aufhalten.«

»Das gebietet die Höflichkeit.«

»Haben Sie auch mit ihm gesprochen?«

»Warum wollen Sie das wissen?«

»Nur so.« Ormiston machte ein Geräusch, als würde er sich räuspern.

»Normalerweise hat man einen Grund, wenn man eine Frage stellt«, beharrte Rebus.

»Diesmal nicht. Sie sagen Siobhan Bescheid wegen Thomas Robertson?«

»Natürlich«, erwiderte Rebus.

Als Clarke zurückkam, lag ihr Handy wieder an seinem Platz neben ihrem Wasserglas. Sie gähnte, legte sich den Handrücken auf den Mund.

»Ich könnte im Stehen schlafen«, sagte sie.

»Ich weiß, was du meinst«, gab sich Rebus verständnisvoll. »Wollen wir zurückfahren?«

Sie nickte und signalisierte dem Kellner, er möge die Rechnung bringen. »Ich bin übrigens dran«, sagte sie. »Ich kann das als Spesen abrechnen, und außerdem – ich lebe ja nicht von Rente …«

Wieder in der Pension blieb Rebus gerade lange genug in seinem Zimmer, um sein Handy aufzuladen und die schnellste Strecke nach Aberdeen herauszusuchen. Die A96 schien die Lösung zu sein. Trotzdem waren es hundertsechzig Kilometer bis hinauf in den Norden, und er zögerte. Andererseits gab es nichts, das Robertson davon abhalten könnte, sich aus dem Staub zu machen, sobald es ihm gut genug ging – vielleicht war dies Rebus' letzte Chance. Als er die Stufen des dreistöckigen Hauses hinunterschlich, fragte er sich, wie er dem schlafenden Saab die Neuigkeiten beibringen sollte.

Es war lange nach elf, als er in der Aberdeen Royal Infirmary eintraf. Er war seit Jahren nicht mehr in der Stadt gewesen und erkannte die Landschaft unterwegs kaum wieder. Öl war die Haupteinnahmequelle in Aberdeen, und die Industriekomplexe, an denen er vorbeifuhr, schienen allesamt damit zu tun zu haben. Er verfuhr sich ein paarmal, bevor er auf ein Schild stieß, das ihm den Weg Richtung Krankenhaus wies. Er parkte in dem für Krankenwagen reservierten Bereich und ging rein. Der Eingangsbereich war beengend, und wer auch immer hellbraune Wandfarbe herstellte, hatte hier offensichtlich einen Riesenreibach gemacht. Der übernächtigte Mann hinter dem Tresen schickte ihn zu den Fahrstühlen, und zwei Stockwerke weiter oben stieß er die Türen zur Station auf und erklärte der einzigen dort diensthabenden Schwester, dass er Polizeibeamter sei und mit einem Patienten namens Robertson sprechen müsse. Von den acht Betten waren sieben belegt. Ein Mann war wach, er hatte Kopfhörer auf den Ohren und ein Buch vor der Nase. Alle anderen schienen zu schlafen, einer schnarchte laut. Über Thomas Robertsons Bett befand sich eine Lampe, und Rebus knipste sie an, Licht fiel auf Robertsons zerschundenes Gesicht. Er hatte zwei Veilchen; am Kinn klaffte eine Wunde, die mit dicken schwarzen Stichen genäht worden war. Die Nase – vermutlich gebrochen – war verbunden. Am Fuß des Bettes lag eine Mappe, Rebus schlug sie auf. Ein gebrochener Zeh, zwei gebrochene Finger, eine angebrochene Rippe, ein ausgeschlagener Zahn, Nierenverletzungen …

»Da hat ja jemand ganze Arbeit geleistet, Tommy«, sagte Rebus, zog einen Stuhl heran und setzte sich. Auf dem Schränkchen neben dem Bett stand eine Kanne mit Wasser, und er schenkte sich ein Glas ein, stürzte es hinunter. Sein Kopf pochte nach der langen Fahrt, die Handflächen, mit denen er stundenlang das Lenkrad umklammert hatte, kribbelten. Rebus zog eine Schublade des Schränkchens auf und griff nach Robertsons Brieftasche. Kreditkarten und Führerschein, außerdem vierzig Pfund in bar.

Kein Raubüberfall, genau wie Ormiston gesagt hatte. Rebus legte die Brieftasche wieder zurück.

Taschentuch, Kleingeld, Gürtel, Uhr – Letztere mit eingeschlagenem Ziffernblatt. Er machte das Schränkchen wieder zu und beugte sich vor, so dass sein Mund nur noch Zentimeter von Robertsons Ohr entfernt war.

»Tommy?«, sagte er. »Erinnern Sie sich an mich?« Dann nahm er einen Finger und presste ihn dem schlafenden Mann an die Schläfe. Robertsons Lider flatterten, und er stöhnte leise. »Tommy«, wiederholte Rebus. »Zeit aufzuwachen.«

Robertson schreckte mit einem Ruck aus dem Schlaf, verfiel aber unmittelbar darauf in augenscheinlich schmerzhaftes Zucken, sein ganzer Körper schien zu verkrampfen.

»Guten Abend«, grüßte Rebus.

Robertson brauchte einige Augenblicke, um sich zurechtzufinden. Er leckte sich über die gesprungenen Lippen, bevor er seinen Blick aus geschwollenen Augen auf den Besucher richtete.

»Wer sind Sie?«, fragte er mit einem trockenen Krächzen.

Rebus schenkte erneut Wasser ins Glas und hielt es Robertson an die Lippen, damit dieser einen Schluck trinken konnte.

»Die Wache in Perth«, erinnerte ihn Rebus. »Ich stand hinten an der Wand.« Er stellte das Glas wieder auf das Schränkchen.

»Was machen Sie hier?«

»Ich habe ein paar Fragen zu Frank Hammell.«

»Wer?«

Rebus beschrieb Hammell und wartete. Robertson blinzelte und versuchte den Kopf zu schütteln.

»Nein?«, fragte Rebus. »Dann hat er vielleicht ausnahmsweise die Wahrheit gesagt, als er behauptet hat, Sie nicht zu kennen. Die Sache ist nur die, *irgendjemand* muss Ihnen das ja angetan haben.«

»Ich wurde überfallen, das ist alles.« Es zischte, wenn er sprach, Luft pfiff durch eine frisch geschlagene Zahnlücke.

»Überfallen?«

»Irgendwelche Arschlöcher.«

»Arschlöcher, die Ihnen nicht mal Ihre Sachen abgenommen haben? Unten an den Docks?«

»An den Docks?«

»Was glauben Sie, wo Sie sind, Tommy?« Rebus lächelte angestrengt. »Das wissen Sie gar nicht, oder? Die haben Sie hinter dem Pub in Pitlochry eingesammelt und irgendwohin verschleppt. Dort sind Sie so lange geblieben, bis die sicher waren, dass Sie nichts mit Annette McKie zu tun hatten – ich habe übrigens Neuigkeiten für Sie: Man hat ihre Leiche in einem Waldstück hinter Inverness gefunden. Neben vier weiteren Leichen. Deshalb haben wir Sie von unserer Liste gestrichen. Könnte auch erklären, weshalb Sie hier sind und nicht irgendwo tot in einer Grube liegen.«

Rebus sah, dass er die richtige Saite angeschlagen hatte. Plötzlich stand Angst in Robertsons Augen geschrieben.

»Was ist?«

»Nichts«, sagte Robertson und versuchte erneut, den Kopf zu schütteln. »Ich sag's Ihnen doch – ich wurde überfallen.«

»Und in welcher Stadt wurden Sie überfallen, Tommy? Nein, Sie wurden hierhergebracht und einfach irgendwo liegen gelassen.« Rebus hielt inne. »Übrigens ist Hammell jetzt wahrscheinlich mit Ihnen fertig. Aber als kleine Rückversicherung muss ich von Ihnen hören, dass er's war.«

»Wie oft soll ich das noch wiederholen? Ich hab nie von dem Mann gehört.«

Die Schwester stand am Fuß des Bettes. »Alles in Ordnung?«, fragte sie betont flüsternd.

»Ich muss schlafen«, sagte Robertson.

»Natürlich müssen Sie das.«

»Bekomme ich noch mal Schmerzmittel?«

»In zwei Stunden.«

»Wenn ich sie jetzt schon bekäme, könnte ich vielleicht bis zum Morgen durchschlafen.«

Die Schwester hatte Rebus eine Hand auf die Schulter gelegt. »Sie müssen jetzt gehen, bevor Sie die anderen Patienten wecken.«

»Noch fünf Minuten.«

Aber sie schüttelte den Kopf.

»Los, verschwinden Sie«, sagte Robertson.

»Ich kann morgen wiederkommen.«

»Kommen Sie, sooft Sie wollen. Ich werde Ihnen dasselbe sagen wie heute Abend.« Robertson wandte sich an die Schwester. »Das ist nicht in Ordnung, dass der mich so ausquetscht. Nicht wenn ich solche Schmerzen habe…«

»Ich bin weit gefahren, um Sie zu besuchen, Sie blöder Wichser.«

»Gehen Sie jetzt *sofort*«, sagte die Schwester und packte Rebus fester an der Schulter. »Sonst lasse ich Sie rauswerfen.«

Rebus überlegte kurz, ob sich Widerstand lohnte, entschied sich aber dagegen und stand auf.

»Wir sehen uns«, sagte er zu Robertson und drückte ihm fest die Hand, es war die mit den beiden verbundenen Fingern. Robertson stieß einen Schmerzensschrei aus, der laut genug war, den Schnarcher verstummen zu lassen und die anderen Patienten zu wecken.

»Vielleicht braucht er die Medikamente doch schon jetzt«, rief Rebus der Schwester zu, bevor er zum Fahrstuhl ging.

In jener Nacht saß Darryl in dem von der Northern Constabulary zur Verfügung gestellten und bezahlten Hotelzimmer am Schreibtisch, sein Laptop war angeschlossen, sein Handy lud. Er hatte bereits mit seiner Mutter und seinen Brüdern telefoniert, außerdem mit einer Nachbarin, die ein Auge auf alle drei werfen wollte. Danach hatte er seinen Vater angerufen und ihm von der Identifizierung erzählt, ohne jedoch zu erwähnen, dass Frank Hammell auch dabei sein würde. Schließlich war Morris Gerald Cafferty dran.

»Wie schlägst du dich?«, fragte Cafferty.

»Spielt keine Rolle. Ihre Idee, dass Frank was damit zu tun hat, hat sich doch jetzt zerschlagen.«

»Zugegebenermaßen.«

»Also, warum rede ich dann überhaupt mit Ihnen?«

»Weil du, egal was passiert, immer noch ein Junge mit Ambitionen bist.«

»Ich bin kein ›Junge‹. Und wissen Sie, der ganze Scheiß, den Sie mir über Franks Feinde erzählt haben – wie kommen Sie darauf, dass ich Sie nicht dazu zähle?«

»Entführungen sind nicht mein Stil, Darryl. Durch mich ist kein Unschuldiger je zu Schaden gekommen.«

»Ist das wirklich so?«

»Andere würden vielleicht widersprechen, aber ich bilde mir ein, einen gewissen Standard einzuhalten.«

»Ich bin nicht sicher, ob das zu den Geschichten passt, die ich über Sie gehört habe.«

»Geschichten, die Hammell erzählt hat.«

»Nicht nur er. Viele Leute sind verschwunden, die Falschen hinter Gittern gelandet …«

»Die Zeiten haben sich geändert, Darryl.«

»Genau das sage ich ja. Sie sind Geschichte, Cafferty.«

»Langsam, mein Sohn …«

»Ich bin nicht Ihr ›Sohn‹ – ich bin nicht Ihr Sohn und auch kein Junge!«

»Ganz wie du willst, Darryl. Ich weiß, dass du unter Stress stehst.«

»Sie wissen gar nichts über mich.«

Christie legte auf und ignorierte Caffertys Rückrufversuch. Er machte sich an seinem Laptop zu schaffen, steckte den Memorystick ein, dabei hallten Caffertys Worte in ihm nach.

Durch mich ist kein Unschuldiger je zu Schaden gekommen.

Erzähl das mal Thomas Robertson.

49

»Du siehst nicht aus, als hättest du viel geschlafen«, sagte Clarke am nächsten Morgen beim Frühstück.

Rebus kam als Letzter runter, hatte es gerade so geschafft, sich notdürftig zu rasieren und unter einem spärlichen Wasserstrahl lauwarm zu duschen.

»Wo ist Page?«, fragte er.

»Schon wieder im Präsidium.« Clarke bemühte sich, nicht gereizt zu klingen.

»Ich nehme an, deine Dienste wurden nicht verlangt.«

Die Pensionswirtin hatte angefangen, die beiden anderen Tische abzuräumen. Sie trug eine blau karierte Schürze über ihren sehr schicken Klamotten, ganz offensichtlich hatte sie sich mit ihrem Make-up große Mühe gegeben und auch eine ordentliche Ladung Parfüm nicht vergessen. Als sie sich entschuldigte, weil ihr der Speck ausgegangen war, erwiderte Rebus, er sei mit Kaffee und Toast zufrieden.

»Porridge? Oder vielleicht ein pochiertes Ei?«

»Toast ist wunderbar.«

Als sie wieder gegangen war, hielt Clarke eine Zeitung hoch, damit Rebus die Schlagzeile auf der ersten Seite lesen konnte:

A9-KILLER – MASSENGRAB ENTDECKT

»Kommt jetzt auch überall im Radio«, setzte sie hinzu. »Die haben sogar ein paar Leute aufgetrieben, die behaupten, sie würden die Strecke auf absehbare Zeit nicht mehr fahren…«

»Hast du das Gefühl, es könnte wieder ein langer Tag werden?«

»Meinst du, du kommst ohne Mittagsschlaf aus?«

»Ich? Bin putzmunter.«

Sie hatte ein paar Flyer neben sich auf dem Tisch liegen, und Rebus fing an, sie durchzublättern.

»Delphine beobachten?«

»Mrs Scanlon sagt, das kostet nichts – es gibt eine Stelle namens Chanonry Point, da kommen sie praktisch direkt bis vor die Küste.«

»Meinst du, wir haben Zeit, uns ein bisschen touristisch zu betätigen?«

»Hängt ganz vom lieben Chef ab.«

Die Wirtin kam mit dem Kaffee – nur eine kleine Tasse. Rebus starrte sie an.

»Bringen Sie lieber gleich die ganze Kanne, Mrs Scanlon«, riet ihr Siobhan Clarke.

Fernsehkameras filmten die Mutter und die Schwester von Brigid Young beim Verlassen ihres Hauses in Inverness, als sie nach Edderton aufbrachen. Die Mutter hatte einen kleinen Kranz dabei und ein gerahmtes Foto ihrer vermissten Tochter. Die Familie von Zoe Beddows hatte beschlossen, nicht in den Norden zu reisen, nicht bevor nicht endgültig und mit absoluter Sicherheit feststand, dass Zoe gefunden worden war. Man hatte bereits eine DNA-Probe von ihrem Vater genommen. Nina Hazlitt hatte Rebus per SMS verständigt, dass sie unterwegs sei, und ihn gefragt, ob er sich mit ihr treffen würde. Bislang hatte er noch nicht geantwortet. Im Ermittlungszimmer war ein Fernseher aufgestellt worden, um das Team auf dem Laufenden zu halten. Der Raum selbst war halb leer – einige waren in Edderton, andere im Leichenschauhaus oder im kriminaltechnischen Labor. Jemand hatte

Rebus den Weg zum Raigmore Hospital gezeigt – es befand sich gleich um die Ecke des Präsidiums der Northern Constabulary. Per Telefon kamen von allen drei Orten ständig aktuelle Informationen herein. Vom Bürofenster aus konnte Rebus zwei Kamerateams und eine Gruppe Zeitungsjournalisten sehen, außerdem einige neugierige Einheimische, die nichts Besseres mit ihrer Zeit anzufangen wussten. Darryl Christie hatte seine Schwester formell identifiziert, und auch er war jetzt unterwegs nach Edderton, saß auf dem Beifahrersitz von Hammells Range Rover. Einer der Nachrichtensender hatte Geld für einen Helikopter lockergemacht, und dieser verfolgte jetzt den Wagen, die Einstellung wurde mit Luftaufnahmen von Edderton und dem Waldstück geschnitten, in dem die Spurensicherung und die Suchtrupps weiterhin ihrer Arbeit nachgingen. Ruby und der Hundeführer waren inzwischen auf der Heimreise nach Aberdeen, ihre Dienste wurden nicht länger benötigt. Im Fernsehen sah Rebus den Container, dann das Feld, über das er im Dunkeln gestolpert war. Zwischen den Baumkronen konnte er gerade so die Planen über den Gräbern erkennen. In dem Helikopter selbst befand sich kein Journalist, der laufende Kommentar kam von einem Studiosprecher.

»Und wir schalten jetzt direkt zu unserem Mann vor Ort, Richard Sorley. Richard, was passiert dort gerade?«

Rebus sah die Polizeiabsperrung im Bild. Der Reporter hielt sich ein Mikrofon vors Gesicht und drängelte sich in Position, als Hammells Wagen eintraf und durch die Absperrung gelassen wurde, zwei Gestalten mit versteinerten Mienen vorn drin. Der Wagen fuhr wieder an, Steine wirbelten auf, die Kamera folgte ihm über den Feldweg.

Die Helikopterbilder zeigten, wie der Range Rover anhalten musste, weil ihm eine Reihe parkender Polizeitransporter die Durchfahrt versperrte. Die beiden Männer stiegen aus.

Wie schon zuvor klebte Darryl Christie auch jetzt wieder an seinem Handy. Hammell zeigte dem Helikopter einen Stinkefinger, vergrub die Hände in den Taschen und steuerte auf DCS Gillian Dempsey zu. Sie ging ihnen voran in den Wald, die beiden Gestalten verschwanden aus dem Blickfeld. Rebus merkte, dass Siobhan Clarke neben ihm stand.

»Ist Page da draußen?«

Sie nickte. »Wo denn sonst?«

Jetzt war wieder der Sprecher im Studio dran, kündigte an, dass er eine Liveschaltung zu Nina Hazlitt hatte. Hinter ihm tauchte ihr Gesicht auf einem Monitor auf. Sie rückte eine Hörmuschel zurecht. Die Bildunterschrift besagte, dass sie sich in Inverness aufhielt.

»Sie steht draußen vor dem Raigmore Hospital«, sagte Clarke, die das Gebäude im Hintergrund erkannte, während Hazlitt dem Sprecher erklärte, sie wolle ihre DNA zur Verfügung stellen, damit die Ermittler feststellen konnten, ob ihre Tochter Sally unter den Opfern sei. Als sie der Sprecher darauf ansprach, dass ihr als Erster aufgefallen sei, dass die Fälle über die A9 miteinander verbunden waren, nickte sie so heftig, dass ihr das Ohrstück herausrutschte und sie es wieder reinstecken musste.

»Ich fühle mich bestätigt, Trevor«, erklärte sie. »Bis vor Kurzem hat mich noch jeder Polizeibeamte, den ich darauf aufmerksam machen wollte, als Spinnerin abgetan. Ich möchte noch einmal John Rebus danken, einem pensionierten Detective Inspector aus Edinburgh, der sich meines Anliegens angenommen hat.«

»Ist sie nicht nett?«, fragte Clarke.

Rebus grunzte nur. Einer der anderen Beamten im Raum tat, als wolle er applaudieren.

»Und Sie können mich auch mal«, teilte ihm Rebus mit.

Am Ende des Gesprächs nahm Nina Hazlitt die Ohrmuschel heraus und gab sie einem Mitarbeiter des Nachrichtenteams, bevor sie sich zur Tür des Krankenhauses umdrehte und mit hoch erhobenem Kopf hineinging.

»Sie liebt das«, meinte Clarke. »Vielleicht ein bisschen zu sehr.«

»Sie hat lange darauf gewartet, dass man ihr zuhört«, entgegnete Rebus. Die Kamera schien ihr ins Gebäude folgen zu wollen, doch das Sicherheitspersonal des Krankenhauses ließ das nicht zu. Der Studiosprecher verkündete, man wolle nun wieder nach Edderton schalten, wo man aus dem Helikopter heraus beobachten konnte, wie der weiße Range Rover rückwärts den Feldweg zurückfuhr.

»Die haben nicht lange gebraucht«, sagte Clarke.

»Gibt ja nicht viel zu sehen.«

Ein weiterer Schnitt: diesmal wieder Richard Sorley an der Absperrung. Der Reporter reckte den Hals, um zu sehen, wie der Range Rover an eine Stelle gelangte, an der er wenden konnte. Als der Wagen wieder an der Absperrung ankam, blieb er stehen, und sowohl Hammell wie auch Christie stiegen aus. Hammell trug wie gewöhnlich Jeans und ein am Kragen aufgeknöpftes Sporttrikot, außerdem ein Goldkettchen um den Hals. Darryl Christie kam im dunklen Anzug mit weißem Hemd und schwarzer Krawatte, er wirkte von Kopf bis Fuß wie ein in Würde Trauernder. Hammell dagegen war das Blut ins Gesicht geschossen, er war bereit, mit jedem zu reden, der ihm Gehör schenkte.

»Wer auch immer das getan hat«, sagte er zu den Reportern, »wird in der Hölle schmoren. Ob er's glaubt oder nicht, genau dort wird er landen.« Er starrte direkt in die Kameras. »Ich will den Kerl an einem verfluchten Galgen baumeln sehen …«

An dieser Stelle wurde der Ton abgedreht, so dass nur noch die Bilder zu sehen waren. Der Sprecher entschuldigte sich bei den Zuschauern, bevor er auf Hammells Aussage aufbauend das Geschehen weiter kommentierte.

»Mr Hammell«, erklärte er, »ist als enger Freund der Familie verständlicherweise nach dem Besuch des Leichenfundorts sehr aufgebracht ...«

Rebus sah genau hin. Der zornige Hammell stand im Fokus der Kameras, aber über seine Schulter hinweg erkannte er Darryl Christie, dessen Miene keinerlei Emotion verriet. Als ihm jemand eine Frage stellen wollte, schüttelte er einfach nur den Kopf. Hammell stocherte jetzt mit einem Finger Richtung Kameralinse, als stünde der Schuldige höchstpersönlich vor ihm.

»Ich wünschte, ich könnte Lippen lesen«, sagte Clarke.

Weitere Mikros wurden Hammell vorgehalten, dem aber allmählich der Dampf ausging. Als ihm Darryl Christie eine Hand auf den Arm legte, nahm Hammell dies mit einem Nicken zur Kenntnis, und beide gingen zum Wagen. Aus dem Studio wurde nun wieder zu Richard Sorley geschaltet, der davon sprach, die Zuschauer seien gerade Zeugen einer »außergewöhnlichen Hasstirade« geworden. Der Range Rover hupte, als er im Slalom an der Absperrung und der Journalistenmeute vorbeifuhr und schließlich, auf der Hauptstraße angekommen, beschleunigte.

»Ich muss Sie unterbrechen, Richard ...«

Die Übertragung wechselte wieder zum Raigmore Hospital, das eine zitternde und aufgewühlte Nina Hazlitt gerade mit verweinten Augen verließ, wobei die Nachricht im Kern lautete: Ihre DNA werde derzeit nicht benötigt, und man würde sich zu einem späteren Zeitpunkt mit ihr in Verbindung setzen.

»Wie fühlen Sie sich?«, wurde sie von dem Reporter mit dem Mikrofon gefragt.

»Ich bin außer mir vor Wut. Ich habe alle meine Hoffnung

in die schottische Justiz gesetzt, und jetzt das: ein Schlag ins Gesicht, nicht nur für mich, sondern auch für alle anderen Angehörigen da draußen …«

»Irgendwie habe ich das Gefühl, dass du gleich noch eine SMS bekommst«, meinte Clarke zu Rebus. Oben im Bild erschien ein kleiner Kasten, in dem Dempsey und James Page hinten in einer großen schwarzen Limousine zu sehen waren, die gerade Edderton verließ.

»Gibt's irgendwas, das wir tun sollten?«, fragte einer der Beamten im Raum.

»Möglichst beschäftigt aussehen, wenn die hier eintreffen«, schlug jemand vor.

Fünf Minuten später klingelte Rebus' Handy. Es war Nina Hazlitt, mehr oder weniger prompt. Clarke beobachtete ihn, wie er langsam den Kopf schüttelte und wartete, dass sich die Mailbox einschaltete. Er starrte aus dem Fenster, sah sie aber nicht. Eine Dreiviertelstunde später trafen Dempsey und Page ein. Dempsey versammelte ihr Team und unterrichtete ihre Leute über den aktuellen Stand der Dinge. An Annette McKies Körper war ein einzelnes Schamhaar gefunden worden. Die Proben wurden gerade miteinander abgeglichen, aber es hatte den Anschein, dass es sich um keines ihrer eigenen handelte. Von den Angehörigen von Jemima Salton, Amy Mearns, Zoe Beddows und Brigid Young hatte man DNA-Proben genommen.

»Sally Hazlitt ist nicht darunter?«, unterbrach Clarke sie.

Dempsey schüttelte den Kopf. »Die Pathologin hält keine der Leichen bereits für so alt. Nicht mal bei 2002 ist sie ganz sicher, das Jahr, in dem Brigid Young verschwand. Sollte zum Schluss eine Leiche nicht zugeordnet werden können, käme Sally Hazlitt erneut ins Spiel.«

Clarke nickte, und Dempsey fuhr mit ihrem Briefing fort. Anschließend suchten Clarke und Rebus James Page.

»Wir kommen uns hier ein bisschen sitzen gelassen vor«, erklärte Clarke.

»Es gibt jede Menge zu tun«, schnauzte er sie an, den Blick fest auf Gillian Dempsey gerichtet, damit diese bloß nicht ohne ihn verschwand.

»Ein paar Anregungen würden vielleicht helfen.«

Gereizt schenkte er Clarke einen Augenblick seiner Aufmerksamkeit. »Wärst du vielleicht lieber wieder in Edinburgh? Das lässt sich jederzeit einrichten.«

»Du führst dich auf wie ein Groupie«, sagte sie. »Lässt dir jeden Scheiß bieten, nur um dranzubleiben.« Sie drehte sich um und stampfte aus dem Raum. Rebus blieb stehen, sah Page an.

»Sonst noch was?«, blaffte Page.

Rebus schüttelte den Kopf. »Ich genieße einfach den Moment«, erklärte er grinsend.

Clarke war nicht schwer zu finden. Sie saß in ihrem Wagen, die Hände am Lenkrad, und starrte durch die Windschutzscheibe. Rebus setzte sich auf den Beifahrersitz und schloss die Tür.

»Alles klar?«, fragte er.

»Mir geht's wunderbar.« Aber ihre Stimme zitterte.

»Ist nicht allein seine Schuld.«

»Nein, meine«, sagte sie. »In Edinburgh hab ich mich daran gewöhnt, gebraucht zu werden. Das ging so weit, dass ich dachte, ich würde den ganzen Laden schmeißen.«

»Und jetzt bist du nicht mal mehr Schlagzeugerin der Vorband?«

Ihre Gesichtszüge entspannten sich etwas. »Hab ich ihn wirklich gerade als Groupie bezeichnet?«

»Ich glaube schon.«

»Dafür werde ich mich entschuldigen müssen.« Sie atmete hörbar aus. »Also, was machen wir jetzt?«

»Wir könnten uns die Delphine ansehen.«

»Du meinst: ein bisschen rumfahren?«

»Das Wetter klart auf – da oben ist sogar ein Flecken Blau zu sehen.« Rebus nickte Richtung Himmel.

»Vielleicht sollten wir deinen Wagen nehmen.«

Rebus sah sie an, zur Erklärung hob sie ihre Hände vom Lenkrad. Sie zitterten.

»Wir nehmen meinen«, sagte Rebus.

50

Sie überquerten die Kessock Bridge und bogen rechts nach Black Isle ab. Bei Fortrose dann noch mal rechts bis zum Chanonry Point. Vor ihnen lag der Moray Firth und ein trotz heftiger Windstöße gut besuchter Golfplatz beidseitig der einspurigen Landstraße.

»Hast du mal Golf gespielt?«, fragte Clarke vom Beifahrersitz.

»Um Gottes willen.«

»Du musst es doch wenigstens mal versucht haben.«

»Was? Weil ich Schotte bin?«

»Ich wette, du hast es mal versucht.«

Rebus überlegte. »Als Kind«, räumte er ein. »Konnte dem aber nichts abgewinnen.«

»Ist schon ein komisches kleines Land, was?« Clarke starrte aus dem Fenster.

»Ist doch gar nicht so ›klein‹.«

»Sei nicht so empfindlich. Ich meine ja nur, manchmal ist es schwer zu fassen. Ich habe fast mein ganzes Leben hier verbracht, und ich versteh's immer noch nicht.«

»Was gibt's denn da zu verstehen?«

»*Alles.*«

Aus der entgegengesetzten Richtung kam ein Auto auf sie zu. Rebus fuhr in eine Haltebucht und nickte, als sich der andere Fahrer winkend bedankte. »Sind ganz normale Menschen«, sagte er. »Gute, schlechte und alles Mögliche dazwischen. Nur sind wir in der Regel gezwungen, uns eher mit der zweiten Sorte zu befassen.« Sie hatten einen Wendekreis mit ein paar Parkbuchten dahinter erreicht. Rebus hielt an. Das Wasser war aufgewühlt, der Kiesstrand voller Seetang und Muscheln. Über ihnen glitten Möwen dahin.

Parkende Fahrzeuge, aber keine Spur von den Insassen. Dann sah Rebus ganz weit links, noch hinter dem Leuchtturm, zwei Gestalten am Wasser.

»Sieht aus, als gäb's dort was zu sehen«, sagte er. »Kommst du mit?«

Siobhan Clarke wollte schon ihre Tür öffnen und aussteigen, aber er hielt sie mit Worten zurück.

»Ich hab's versaut zwischen dir und Page, oder?«

»Kann sein.«

»Nur weil ich nicht will, dass du dich unter Wert verkaufst und dich mit dem Zweitbesten zufriedengibst.«

»Du bist nicht mein Vater, John.«

»Das weiß ich.« Er hielt inne. »Eigentlich wollte ich dir noch was anderes sagen …«

»Was?«

Er blickte aufs Wasser. »Als ich neulich losgefahren bin – da gab es doch einen Grund, weshalb ich dich nicht dabeihaben wollte.«

»Ach?«

»Ich dachte, ich fahre mal bei Sammy vorbei.«

»Und, hast du's gemacht?«

Er nickte langsam. »Sie war aber nicht zu Hause.«

»Weil du ihr nicht gesagt hast, dass du kommst.«

»Ich hab's versäumt. Weißt du, Siobhan, ich hätte sie fast mal verloren. Vor Jahren, lange bevor du zum CID gekommen bist. Irgendein Irrer hatte sie sich geschnappt …«

»Also nimmst du diesen Fall persönlich?« Sie nickte, hatte begriffen. »Haben die dir das nicht auf dem College beigebracht? Gefühle haben bei der Arbeit nichts zu suchen.« Sie starrte ihn an, während er mit den Schultern zuckte. »Du bist schon manchmal echt kompliziert.«

»Wer ist das nicht?«

»Ich dachte, die Schotten sind alle ganz normal?«

»Und die Delphine auch – komm, wir gucken, ob wir einen sehen.«

Sie gingen Seite an Seite, Rebus hatte den Reißverschluss seiner Jacke bis ans Kinn hochgezogen, wünschte, er hätte irgendeine Art Mütze, um sich vor dem Wind zu schützen. Als sie näher kamen, sah er zirka ein halbes Dutzend Menschen alle in dieselbe Richtung schauen, fast wie Statuen, wenn auch mit Kameras. Einer hatte sogar ein Stativ und ein Zoomobjektiv dabei, außerdem ein Fernglas, einen Klappstuhl und eine Thermoskanne. Das war der einheimische Experte, wie Rebus vermutete, und er fragte ihn, ob es schon etwas zu sehen gegeben hatte. Der Mann nickte in die Richtung, in die alle blickten. »Ungefähr zehn oder zwanzig Meter in die Förde rein«, sagte er. Also drehte sich Rebus um und hielt ebenfalls Ausschau. Clarke hatte die Arme um ihren Oberkörper geschlungen, ihre Wangen waren gerötet, und sie blickte mit leicht zusammengekniffenen Augen aufs Wasser.

»Ist das einer?«, fragte sie und zeigte in die Ferne.

»Nein, noch nicht«, sagte der Mann.

Sie hielt weiter Ausschau, als der Mann ihr einen Rat gab: »Je genauer man hinsieht, umso mehr entdeckt man – besonders wenn man etwas entdecken möchte.«

»Allzu wahr«, pflichtete ihm Rebus kaum hörbar bei. Siobhan blieb der Mund offen stehen, als eine schlanke blassblaue Gestalt sich beinahe genau an der Stelle, auf die der Mann gezeigt hatte, aus dem Wasser erhob. Einen Augenblick später war die Kreatur wieder verschwunden, aber direkt dahinter schwamm offenbar ein zweiter Delphin. Und dann ein dritter. Die Schaulustigen lachten und jubelten.

»Fressenszeit«, erklärte der Experte. »Wenn die Strömung stimmt, dann bleiben sie hier, bis sie sich die Bäuche vollgeschlagen haben.«

»Hast du's gesehen?«, fragte Clarke Rebus.

»Ich hab's gesehen«, erwiderte er. Aber seine Aufmerksamkeit wurde vom gegenüberliegenden Ufer beansprucht. Augenscheinlich standen dort Festungsmauern.

»Fort George«, sagte der Mann auf dem Klappstuhl, als könne er Rebus' Gedanken lesen. Als die Delphine wieder aus dem Wasser sprangen, machte er sich an seiner Kamera zu schaffen. Clarke hatte ihr Handy aus der Tasche gezogen und machte ebenfalls ein Foto, war aber vom Ergebnis enttäuscht. Sie hielt das Display so, dass Rebus es sehen konnte. Die Entfernung war zu groß, und die Delphine der Farbe des sie umgebenden Wassers zu ähnlich.

»Hier«, sagte der Mann und reichte ihr sein Fernglas. Sie dankte ihm, hielt es sich vor die Augen und stellte es scharf. Rebus hatte die Hände in den Taschen vergraben. Ein paar der Zuschauer waren Touristen – sonnengebräunte Gesichter, brandneue Wanderjacken, mit denen sie sich gegen alles gewappnet fühlten, was das schottische Klima für sie bereithalten mochte. Immer wenn jemand Blickkontakt suchte, grinsten sie. Eine Frau hatte ihren Hund dabei, ging aber schon bald wieder weiter und warf einen Ball, den der Collie apportieren sollte. Nach ein paar Minuten verzog sich Rebus an eine windgeschützte Stelle an der Mauer des Leuchtturms, um sich eine Zigarette anzuzünden. Die Show war anscheinend sowieso vorbei. Clarke hatte das Fernglas zurückgegeben und ließ sich ein paar Bilder aus der Sammlung des Fotografen zeigen. Dann holte sie Rebus ein, und gemeinsam gingen sie wieder zurück zum Wagen.

»Spaß gehabt?«, fragte er sie.

Sie nickte. »Ist ganz gut, sich immer wieder ins Gedächtnis zu rufen, dass es da draußen auch noch eine andere Welt gibt. Man kann hier sogar Seehunde sehen, wenn man lange genug bleibt.«

»Oder Selkies.«

»Hast du das Buch zu Ende gelesen?«

Er schüttelte den Kopf, umrundete eine Pfütze auf dem Parkplatz. Vor dem Saab lag ein Steinhaufen, er ging hin, um einen Blick darauf zu werfen. Ein Schild klärte ihn darüber auf, dass es sich um das Werk einer nahe gelegenen Schule handelte und Brahan Seer gewidmet war.

»Na, das ist ja ein Zufall«, sagte Rebus.

»Was?«

Rebus nickte Richtung Steinhaufen. »Der wird in dem Buch erwähnt.«

»Wer war Brahan Seer?«

»Angeblich hat er die Existenz von Ölbohrinseln und den Caledonian Canal vorhergesagt. Wenn es ihn denn gegeben hat.«

»So wie Sawney Bean?«

»Genau.« Rebus schloss den Saab auf. Als sie beide die Türen wieder zugemacht hatten, ließ er den Motor an und drehte die Heizung hoch.

»Können wir einfach mal eine Minute sitzen bleiben?«, fragte Clarke.

»Klar.«

Sie rieb sich die Hände, um sich aufzuwärmen. »Und du kannst mir eine Geschichte erzählen.«

»Was für eine Geschichte?«

»Eine aus dem Buch.«

»Ich hab's doch noch nicht zu Ende gelesen.«

»Ach, komm schon«, ermunterte sie ihn.

Rebus starrte aufs Wasser und dachte nach. »Es gibt tatsächlich eine über einen Selkie«, sagte er schließlich. »Angeblich ist das im Südwesten passiert, an der Küste vor Kirkcudbright. Ein junger Mann sah ein Wesen aus dem Wasser steigen, und weil er sich erschreckt hat, hat er's getötet und damit die ganze umliegende Gegend ins Unglück gestürzt. Dem Gutsbesitzer gefiel das gar nicht, aber die Dorfbewohner wollten den Jungen schützen.«

»Haben sie gewusst, dass er dafür verantwortlich war?«

Rebus nickte. »Er hatte es seinem Vater gestanden. Der Gutsbesitzer fand aber, dass das ganze Dorf bestraft werden sollte. Er wollte die Leute hungern lassen. Und der Junge sah nur noch eine Lösung – er ging in den Solway Firth, bis die Fluten über ihm zusammenschlugen.«

»Damit war der Fluch gebrochen?«

Rebus nickte erneut. »Aber jede Nacht steigt sein Kopf über die Wasseroberfläche, und er blickt mit traurigen Augen aufs Land. Er war selbst ein Selkie geworden und wusste, wenn er jemals an Land käme, würde dort ein erschrockenes Kind mit einem Stein in der Hand auf ihn warten.«

Rebus hielt inne. »Ende.«

»Und die Moral von der Geschichte ...«

Er dachte ein Augenblick nach und zuckte dann mit den Schultern. »Muss es eine Moral geben?«

»Taten bleiben nicht folgenlos«, stellte Clarke fest. »Das nehme ich daraus mit.«

»Außerdem wird es immer wieder Leute geben, die Schuldige decken«, ergänzte Rebus und griff in seine Tasche nach seinem klingelnden Handy.

»Hazlitt?«, riet Clarke.

»Nein«, sagte Rebus mit Blick aufs Display und ging dran. »Was kann ich für dich tun, Peter?«

Peter Bliss von der SCRU. »Ich dachte, du würdest es wissen wollen: Die schieben uns aufs Abstellgleis.«

»Der Laden wird dichtgemacht?«

»Und zwar so gut wie sofort. Du solltest deinen Schreibtisch möglichst bald räumen.«

»Die SCRU wird abgeschafft«, erklärte Rebus Clarke. Dann wieder zu Bliss: »Wie hat Elaine die Nachricht aufgenommen?«

»Gefasst.«

»Und unser Herr und Meister?«

»Scheint recht zuversichtlich, dass er ganz oben auf der Liste der Kandidaten für den Crown-Office-Job steht.«

»Und wenn's nach ihm geht, steht auf der Liste nur ein Name.«

Bliss lachte, weil Rebus recht hatte. »Wo bist du überhaupt? Ist jemand bei dir?«

»Ich sitze hier mit Siobhan Clarke. Wir sind oben im Norden.«

»Hab ich mir gedacht. Die Fernsehkameras haben dich heute aber anscheinend noch nicht zu fassen gekriegt.«

»Bin gerade noch mal davongekommen.« Rebus zeigte durch die Windschutzscheibe, um Clarke auf einen weiteren Futter suchenden Delphin aufmerksam zu machen. »Im Moment sitzen wir im Wagen und beobachten vorüberziehende Delphine.«

»An Chanonry Point? Dann seid ihr nur Minuten von Gregor Magrath entfernt.«

»Ach ja?«

»Er wohnt in einem Ort namens Rosemarkie.«

»Warst du schon mal da?«

»Nur einmal. Er hat ein Cottage mit Blick auf den Strand. Die einzige rote Tür in der ganzen Straße, wenn ich mich richtig erinnere.«

»Vielleicht schauen wir mal vorbei.«

»Würdet ihr mir den Gefallen tun?« Bliss hielt inne. »Ich mein's ernst. Gregor möchte immer gerne wissen, was bei der SCRU los ist.«

»Und *ich* soll ihm die Nachricht überbringen, dass wir einpacken müssen?«

»Wäre netter als ein Anruf«, gab Bliss zu bedenken.

»Und erspart dir den Ärger«, entgegnete Rebus.

»Du bist ein Gentleman, John.«

»Oder anders gesagt: leicht rumzukriegen.«

»Wir gehen was trinken, wenn du wieder da bist. Stoßen noch mal auf den alten Laden an, bevor sie uns rausschmeißen.«

»Steht Cowan auch auf der Gästeliste?«

»Was glaubst du wohl?«, gab Peter Bliss zurück und beendete das Gespräch.

Clarke hielt immer noch Ausschau nach Meerestieren.

»Vielleicht gibt's weiter oben an der Küste noch mehr zu sehen«, schlug Rebus vor und ließ den Motor an. »Zum Beispiel einen pensionierten Detective und eine Tasse Tee …«

Rosemarkie lag nur fünf Minuten entfernt. Eine schmale Hauptstraße, eine Kirche und ein Pub. Rebus verlor die Küste aus den Augen, blinkte rechts, bog in eine enge Straße ein, bis er wieder aufs Meeresufer stieß. Eine Reihe Häuser mit Seeblick, eingerahmt von einem Spielplatz am einen Ende und einem Restaurant am anderen. Das Haus mit der roten Tür war ein Cottage mit Mansardenfenstern, die aus dem Dach ragten. Außerdem gab es eine kleine überdachte Veranda vor der Haustür mit Platz für einen einzigen Sessel. Der Mann, der dort saß, hielt sich eine Zeitung ganz dicht vor die Augen und starrte auf die Buchstaben. Neben dem Haus parkte ein altehrwürdiger olivgrüner Landrover, ansonsten war das Grundstück gerade groß genug für einen fünfzig Zentimeter breiten unkrautfreien Gartenstreifen. Der Mann begriff schließlich, dass Rebus und Clarke keine Passanten waren. Er legte die Zeitung beiseite und öffnete ihnen die Tür. Er hatte noch Kraft, aber die Jahre hatten ihn gebeugt und seine Bewegungen langsam werden lassen. Wahrscheinlich war er Mitte sechzig, sein Haar war silbergrau und akkurat geschnitten, seine Augen klein, der Blick durchdringend.

»Gregor Magrath?«, fragte Rebus.

»Das bin ich.«

»Ich bin John Rebus. Das hier ist Siobhan Clarke. Peter Bliss hat uns gebeten vorbeizuschauen.«

»Peter? Ich hab erst vor ein paar Tagen mit ihm gesprochen.«

»Wir sollen Sie herzlich von ihm grüßen.«

»Rebus?« Magrath musterte ihn. »Irgendwoher kenne ich den Namen…« Er dachte einen Augenblick nach. »Lothian and Borders CID?«

Rebus neigte bejahend den Kopf. »Siobhan ist dort als DI tätig.«

»Was führt Sie in den Norden?«

»Dürfen wir hereinkommen?«

»Ist ein bisschen unaufgeräumt…«

»Ich verspreche Ihnen, wir gucken gar nicht hin.«

Magrath ließ sie herein. Als sie durch die Haustür traten, befanden sie sich unmittelbar in einem kleinen, überheizten Wohnzimmer mit einer Kochnische. Dort standen eine gemusterte dreiteilige Couchgarnitur, ein Fernseher und Regale mit Büchern und Schnickschnack, darunter auch Erinnerungen an Magraths Zeit bei der Polizei.

»Leben Sie hier allein?«

»Meine Frau ist schon vor vielen Jahren gestorben.«

»Ich glaube, ich erinnere mich, dass mir Peter davon erzählt hat«, sagte Rebus mit einem Nicken.

Clarke schlug vor, Tee zu kochen. Magrath wollte ihr helfen, aber sie meinte, sie würde es schon hinbekommen. Während sie sich in der Kochnische zu schaffen machte, setzten sich die beiden Männer jeweils auf eine Seite des Elektrokamins.

»Sie müssen scheußlich hohe Rechnungen haben«, meinte Rebus.

»Das Haus ist nicht schwer zu heizen. Gute Fenster helfen.« Magrath schlug sich mit den Händen auf die Knie. »Sie wollten mir erzählen, was Sie hier fern der Heimat machen …«

»Sie müssen es in den Nachrichten gesehen haben«, sagte Rebus und blickte zum Fernseher. »Oder zumindest davon gelesen haben.«

»Die vermissten Frauen?«, riet Magrath.

»Fünf sind bislang gefunden worden.«

Magrath nickte in Gedanken versunken. »Schlimme Sache«, meinte er und rief Clarke zu, dass der Zucker in einer Schale neben dem Brotkasten sei.

»Sie wohnen schon eine Weile hier oben«, sagte Rebus.

»Seit meiner Pensionierung.«

»Ist ein wunderschönes Fleckchen Erde.« Rebus war aufgestanden und zum Fenster gegangen.

»Das ist es wirklich.«

»Kommen Sie ursprünglich von hier?«

»Nein. Ich hatte nur immer schon eine Vorliebe für den Ort. Und wie sieht's heutzutage in Edinburgh aus? Werden die langsam mal fertig mit der Straßenbahn?«

»Es werden immer noch Schienen verlegt.«

»Absolute Geldverschwendung. Der Council war von Anfang an nicht ganz bei Trost.«

»Ich arbeite für die SCRU«, verkündete Rebus und wandte sich wieder vom Fenster ab.

»Vielleicht kenne ich Ihren Namen daher. Peter hat Sie wahrscheinlich schon mal erwähnt.«

»Das hat er bestimmt«, sagte Rebus. »Ich habe gerade mit

ihm telefoniert. Er hat mich gebeten, Ihnen zu erzählen, dass die Tage der SCRU gezählt sind.«

»Will heißen, das Crown Office übernimmt?« Magraths Mundwinkel zuckten. »Überrascht mich eigentlich nicht.«

»Trotzdem schade.«

Magrath nickte langsam. »Ich habe die Einheit immer als mein Vermächtnis betrachtet. Gab mir das Gefühl, etwas Bleibendes hinterlassen zu haben.«

Clarke hatte ein Tablett gefunden und brachte alles von der Küchenzeile herüber.

»Kekse habe ich keine gesehen«, sagte sie.

»Wenn ich welche kaufe, esse ich sie immer gleich auf«, erklärte Magrath.

Als sie Rebus fragend ansah, wusste Magrath, warum. »Ihr Kollege hat die Neuigkeiten schon ausgepackt«, sagte er.

Sie tranken einen Augenblick schweigend Tee, dann erkundigte sich Magrath nach dem Befinden von Bliss.

»Er atmet noch«, antwortete Rebus.

»Und jeder einzelne seiner Atemzüge klingt, als wär's der letzte, hab ich recht?«

Rebus stimmte ihm zu. »Sagen Sie mir eins«, bat er. »Als Sie die Abteilung geleitet haben, wie viele Fälle konnten Sie abschließen?«

Magrath dachte einen Augenblick nach. »Nur zwei. Bei sechs weiteren sind wir einigermaßen vorangekommen, aber es gab keine Festnahmen.« Er beugte sich ein kleines Stück vor. »Und genau genommen ist uns einer der beiden gelösten Fälle auch in den Schoß gefallen – der Mann meldete sich freiwillig und gestand, weil er gehört hatte, dass die Ermittlungen wieder aufgenommen werden sollten. Ich glaube, er musste sich einfach von der Gewissenslast befreien.«

»Wäre nicht schlecht, wenn noch mehr Menschen so viel Gewissen besäßen«, meinte Clarke.

»Das ist allerdings richtig.«

»Ist das ein alter Schlagstock aus Holz?«, fragte Rebus und zeigte auf eines der Bücherregale.

»Das war vor Ihrer Zeit, da bin ich sicher.«

Rebus stand jetzt vor dem Regal. »Darf ich …?« Er nahm den Schlagstock und wog ihn in der Hand. Er hatte ein schönes Gewicht, dazu eine Schlaufe aus Leder und Rillen, die ihn griffig machten. »Heutzutage sind schon Handschellen kaum noch erlaubt«, meinte er.

»Aber Pfefferspray und ausziehbare Stöcke«, rief ihm Clarke in Erinnerung.

Rebus wedelte mit dem Schlagstock. »Haben Sie den schon mal benutzt?«

»War mir ein paarmal von Nutzen, das muss ich zugeben.« Magrath lehnte sich in seinem Sessel zurück. »Und Sie sind so weit gefahren, nur um mir von der SCRU zu erzählen?«

»Eigentlich wollten wir am Chanonry Point Delphine beobachten«, meinte Clarke.

»Bliss hat angerufen«, fuhr Rebus fort, »und gesagt, dass wir ganz bei Ihnen in der Nähe sind.«

Magrath lächelte und nickte vor sich ihn. »Er wollte mir die schlechte Nachricht nicht selbst überbringen.«

Rebus legte den Schlagstock wieder ins Regal. Dort standen Familienfotos, Gruppenbilder in vergoldeten Rahmen. »Sie kennen doch Nina Hazlitt, nicht wahr?«

Magrath brauchte anscheinend eine Sekunde, um den Namen zuzuordnen.

»Die Mutter von Sally Hazlitt«, half ihm Rebus. »Das Mädchen, das seit der Jahrtausendwende vermisst wird und zuletzt bei Aviemore gesehen wurde.«

»Ach ja.« Magrath nickte wieder. »Mein Gedächtnis ist nicht mehr das, was es mal war«, entschuldigte er sich.

»Die Mutter war vergangene Woche ständig in den Medien präsent«, setzte Rebus hinzu. »Sie ist voll des Lobes für Sie.«

Magraths Augen wurden größer. »Warum denn das?«

»Weil Sie ihr geglaubt haben, als es sonst niemand tat.«

»Ich habe mir ihre Geschichte angehört.«

»Und Sie sind der Sache nachgegangen.«

»Ja, das will ich meinen. Sie hatte von einer Frau gehört, die irgendwo in der Nähe von Strathpeffer verschwunden war – sie war überzeugt, dass es einen Zusammenhang mit dem Verschwinden ihrer eigenen Tochter geben musste.«

»Andere waren nicht annähernd so aufgeschlossen, und das hat sie nicht vergessen.«

»Ich glaube wirklich nicht, dass ich viel getan habe.«

»Ich will nur sagen: Wundern Sie sich nicht, wenn Ihr Name in den Nachrichten genannt wird.«

»Mir wäre lieber, sie würde mich nicht erwähnen.«

»Darf ich fragen, warum?«

»Weil es einer von vielen Fällen ist, bei denen wir nicht weitergekommen sind.« Magrath hatte sich aus seinem Sessel erhoben, anscheinend brauchte er die beruhigende Wirkung des unveränderlichen Ausblicks aus seinem Fenster. »Eine von vielen Niederlagen«, sagte er, mehr zu sich selbst als zu sonst einem der Anwesenden.

»Aber vielleicht hatte sie recht«, sagte Rebus. »Was die Entführungen angeht, meine ich.«

»Man fragt sich schon manchmal, was mit der Menschheit los ist, nicht wahr?«, sagte Magrath mit einem Seufzen.

Sie blieben noch einige Minuten, Rebus hörte zu, während Magrath Clarke erzählte, dass man gelegentlich auch Wale zu sehen bekam, und ihr den Unterschied zwischen Delphinen und Schweinswalen erklärte. Der Mann schien im Reinen mit seinem Rentnerdasein, dem Häuschen, dem Meeresblick und dem Leben im Dorf – schade nur, dass Rebus alldem überhaupt nichts abgewinnen konnte.

Als sie gingen, kehrte Magrath zu seinem Stuhl auf der Veranda zurück und winkte ihnen noch einmal, bevor er es sich wieder mit seiner Zeitung gemütlich machte.

»Meinst du, das ist sein Landrover?«, fragte Clarke.

»Das Baujahr kommt hin.«

Sie sah Rebus an. »Stimmt was nicht?«

»Nein, nein.«

»Du lügst.«

»Mein Eindruck war, dass sein Gedächtnis völlig in Ordnung ist. Und dem Stapel an Zeitungen neben seinem Sessel nach zu urteilen bekommt er auch sämtliche Nachrichten mit.«

»Und?«

»Warum tut er dann so, als würde ihm der Name Nina Hazlitt nichts sagen?«

51

Auf der Fahrt zurück nach Inverness bekam Clarke eine SMS von Page, der mit ihr essen gehen wollte.

»Lass dich drauf ein«, meinte Rebus. »Ihr beiden müsst miteinander reden.«

»Kommst du zu meiner moralischen Unterstützung mit?«

Rebus schüttelte den Kopf. »Ich muss heute mal früh ins Bett.«

Kaum im Präsidium der Northern Constabulary eingetroffen stieß Rebus allerdings auf Gavin Arnold.

»Wir werden Sie einfach nicht los, was?«, meinte Arnold und schüttelte Rebus die Hand. Rebus stellte ihn Clarke vor und versah sie mit allen notwendigen Informationen, indem er sagte: »Sergeant Arnold ist einer von den Guten.«

Darauf meinte Arnold, ob sie Lust hätten, später was trinken zu gehen. Clarke lehnte ab, während Rebus es sich überlegen wollte.

»Na, Sie wissen ja, wo Sie mich finden.«

»Am Dartboard?«, riet Rebus.

Arnold nickte. Man habe ihn und alle anderen Streifenbeamten im Umkreis von fünfzig Meilen zu den Ermittlungen hinzugezogen. Das Gebäude platze aus allen Nähten.

»Eigentlich sollte das alles in der Burnett Road stattfinden«, beschwerte er sich. »Da ist das CID.« Er deutete mit der Hand um sich. »Hier arbeiten nur Anzugträger und Erbsenzähler.«

»Warum ist die Ermittlungszentrale dann hier?«

»*Wegen* der Anzugträger und Erbsenzähler – damit die

sich wichtig fühlen, wenn sie an den Kameras vorbeigehen …«

Das Ermittlungszimmer war voller Menschen. Wer zuvor noch woanders gewesen war, war nun hergekommen, um einem weiteren Briefing durch Dempsey beizuwohnen. Die Ergebnisse der DNA-Analysen waren eingetroffen, und sie konnte nun zwei weitere Opfer namentlich benennen: Amy Mearns und Jemima Salton.

»Die Familien sind unterwegs hierher«, sagte sie, »um die Ergebnisse entgegenzunehmen.« Sie war heiser und machte eine Pause, um Wasser aus einer Plastikflasche zu trinken und sich anschließend zu räuspern. Sie sah blass und erschöpft aus, und Rebus wusste, dass sie für die Begegnung mit den Angehörigen und die damit verbundenen Emotionen erst noch Kräfte sammeln musste. »Gibt es Fragen?«, wollte sie wissen.

»Wie lange dauert es, bis die anderen Opfer identifiziert sind?«

»Nicht lange – morgen oder übermorgen liegen die Ergebnisse hoffentlich vor.«

»Todesursache?«

»Lässt sich noch immer nur schwer feststellen. Ich habe zwei weitere Pathologen aus Aberdeen angefordert, um die Sache zu beschleunigen.«

»Welche Schritte unternehmen wir als Nächstes?«

»Wir führen die Befragungen der Anwohner fort. Vielleicht gibt es auf einigen der Farmen Überwachungskameras, deren Material wir sichten können; dasselbe gilt für Geschäfte und Tankstellen. Wir müssen mit *allen* sprechen.«

»Die Beweismittel, die auf dem Feld und im Wald gefunden wurden …?«

»Befinden sich im Labor. Bislang gibt es da nichts Berichtenswertes.«

»Das Schamhaar …«

»Ja?«

»Wir wissen, dass es nicht von Annette McKie stammt.«

Dempsey nickte. »Wenn wir erst mal einen genetischen Fingerabdruck daraus gewonnen haben, werden wir alle männlichen Personen im näheren Umkreis von Edderton um eine Probe bitten.«

Die Beamten im Raum tauschten Blicke, weil sie wussten, welcher Arbeitsaufwand damit verbunden war.

»Ich weiß, dass ich viel von Ihnen verlange«, sagte sie. »Aber wir müssen unser Möglichstes tun.«

Ja, dachte Rebus, denn selbst wenn es zu sonst nichts gut ist, so könnte es doch den Killer enttarnen. Er erinnerte sich an die Taktik, über die er bei der SCRU nachgedacht hatte, und schlug Dempsey vor, den Medien gegenüber zu erwähnen, dass es belastendes DNA-Material gab, selbst wenn das gar nicht der Fall war. Daraufhin starrte sie ihn so durchdringend an, dass er sich genötigt fühlte wegzusehen.

»Haben Sie schon daran gedacht, einen Profiler einzuschalten, Ma'am?« Die Frage kam von Siobhan Clarke, möglicherweise um die Aufmerksamkeit von Rebus abzulenken. Dempsey sah sie direkt an.

»Für *vernünftige* Vorschläge bin ich jederzeit offen, DI Clarke.«

»In der Forschung gibt es neue Erkenntnisse über die Kriterien, nach denen Serienmörder die Orte auswählen, an denen sie ihre Opfer begraben. Fakt ist, dass die Opfer aus geographisch unterschiedlichen Gebieten stammten, zum Schluss aber alle am selben Ort landeten.«

»Was Rückschlüsse auf den Täter zulässt?« Dempsey nickte. »Ich habe diesbezüglich bereits einige E-Mails verschickt. Falls jemand einen freundlichen Profiler vorschlagen kann, der kein Vermögen kostet …« Sie sah sich im Raum um.

»Oder vielleicht würde DI Clarke sich im Internet umsehen, was sich machen lässt?« Dempsey fixierte Clarke erneut.

»Sehr gerne, Ma'am.«

»Gut.« Dempsey blickte auf die Uhr. »Gut, wenn es keine weiteren Fragen mehr gibt, ich muss mich auf das Treffen mit den trauernden Angehörigen vorbereiten …«

Im Raum wurden mitfühlende Laute vernehmbar. Page schob sich an einigen Beamten vorbei und ging auf Siobhan Clarke zu.

»Wo warst du denn?«, fragte er.

»Hier und dort«, erwiderte sie.

»Ich hab dich gesucht.« Er klang enttäuscht von ihr.

»Hättest ja anrufen können.«

»Mein Akku ist leer«, murmelte er. »Anscheinend hat keiner einen passenden Adapter. Hast du meine SMS wegen des Essens heute Abend bekommen?«

»Sie nimmt die Einladung gerne an«, schaltete sich Rebus ein und erntete dafür einen strengen Blick von Clarke. »Und auch wenn ich wahnsinnig gerne mitkommen würde, ich habe leider schon andere Pläne.«

Sagte es und verschwand.

An jenem Abend fuhr Rebus trotz ursprünglich bester Vorsätze mit dem Taxi von der Pension zum Pub. Er saß vorn und bemerkte gegenüber dem Fahrer, wie schwer er es finde, in Inverness einen Parkplatz zu finden.

»Sie müssten die Stadt mal am Wochenende erleben«, bekam er zu hören. »Parkhäuser, Supermarkttiefgaragen – alles voll, den ganzen Tag.«

»Das heißt, die Stadt boomt.«

Der Fahrer schnaubte. »Ich wünschte, davon würde ich auch was mitbekommen.«

Als Rebus das Lochinver betrat, warf Gavin Arnold gerade

einen Pfeil. Er landete knapp auf der falschen Seite der Drahtmarkierung, und Arnold schüttelte beständig den Kopf, während er zusah, wie sein Gegner das Spiel mit einer doppelten Siebzehn beendete. Sie gaben sich die Hand und klopften einander auf die Schulter. Als Arnold Rebus entdeckte, winkte er ihn an die Bar.

»Was trinken Sie?«

»Ein IPA wäre sehr willkommen.«

»Zwei bitte, Sue«, sagte Arnold. Sue Holloway lächelte Rebus einen Gruß zu und machte sich an die Arbeit.

Während sie ihr beim Einschenken zusahen, fragte Rebus Arnold, wie es denn so lief.

»Bin zum Klinkenputzen eingeteilt«, erwiderte er. »Die Stoßdämpfer an meinem Wagen sind wahrscheinlich schon hinüber, so viele Feldwege, wie ich abfahren musste.«

»Und keine nennenswerten Ergebnisse?«

»Was, wie DCS Dempsey behaupten würde, an sich schon ein Ergebnis ist. Eingrenzen, nennt sie das.«

»In gewisser Weise hat sie recht.«

»Ist nur eine verdammt langweilige Art, seinen Tag zu verbringen.«

»Hör auf zu jammern«, sagte Holloway. »Die beiden gehen aufs Haus, als kleines Dankeschön.«

»Wofür?«, fragte Rebus.

»Dafür, dass ihr das kranke Arschloch sucht, damit es so was nicht noch mal macht.«

»Na dann, prost«, sagte Arnold, stieß mit seinem Glas an dem von Rebus an und nahm einen Schluck. »Und bei dir, John? Irgendwelche Fortschritte?«

»Anscheinend gehöre ich zum Überschuss, Gavin. Hab den halben Tag mit einer Besichtigungstour verbracht.«

»Culloden?«, riet Arnold.

»Black Isle, um genau zu sein.«

»Wenn die Suche ausgedehnt wird, muss ich da auch bald hin. Wie fanden Sie's?«

»Ich hab Delphine gesehen.«

»Sind Sie nach Culbokie gefahren?« Arnold sah Rebus den Kopf schütteln. »Hübsches kleines Pub da mit Biergarten und Blick über den Cromarty Firth.«

Rebus erinnerte sich, woher er den Namen kannte – Culbokie war der Ort, an dem Brigid Young am Tag ihrer Entführung ihr Handy vergessen hatte.

»Hey, Gav«, rief einer der Dartspieler. »Hast du das gesehen?«

Der Mann meinte den Fernseher über der Tür. Ein Nachrichtensender lief. Auf dem Bildschirm war zu sehen, wie sich ein paar Leute um einen Tisch herum versammelten. Sah aus wie eine Bar, allerdings mit Speisekarten und Servietten. Blitzlichter, dann wurde die Kamera kurz angerempelt.

Rebus erkannte Frank Hammell und Nina Hazlitt. Sie gaben sich die Hand, als wären sie gerade einander vorgestellt worden. Außerdem standen dort zwei weitere Personen, die sich aufgrund der auf sie gerichteten Aufmerksamkeit und Kameras sichtlich unwohl fühlten.

»Das sind Brigid Youngs Schwester und ihr Mann«, erklärte Arnold. Quer über den unteren Bildschirmrand liefen die Worte TREFFEN DER A9-ANGEHÖRIGEN.

»Ist das nicht das Claymore?«, fragte Sue Holloway.

»Sieht ganz so aus«, pflichtete ihr Arnold bei. Dann zu Rebus gewandt: »Das ist hier gleich gegenüber.«

Jemand war zur Tür gegangen, um sich zu vergewissern. Rebus, Arnold und ein halbes Dutzend andere folgten. Und tatsächlich: Dort stand ein Ü-Wagen mit Satellitenschüssel auf dem Dach. Und in der Claymore-Bar huschten Scheinwerfer hin und her. Rebus überquerte die Straße und spähte durchs Fenster. Er sah den Tisch und die vier dort sitzenden Personen. Ein Mann kam hinten aus dem Ü-Wagen und baute ein Stativ mit einer Lampe auf. Er legte ein Kabel zurück zum Wagen und schloss sie an, tauchte das Innere der Bar in noch grelleres Licht. Hammell drehte sich zum Fenster um, seine Augen verengten sich, als er Rebus' Blick begegnete. Dann wandte er sich wieder den Mikrofonen zu und fuhr mit seiner Rede fort. Von Darryl Christie keine Spur. Nina Hazlitt bekam ein Getränk auf einem Tablett gereicht. Brigid Youngs Schwester klammerte sich mit einer Hand an ihren Mann. Als sich die anderen Schaulustigen um ihn herum immer dichter drängten, zog sich Rebus wieder ins Lochinver zurück. Arnold saß vor dem Fernseher und verfolgte das Geschehen. Jemand hatte den Ton laut gestellt.

»Spontane Pressekonferenz«, sagte Arnold. »Dempsey wird ganz und gar nicht erfreut sein.«

»Was haben sie gesagt?«, fragte Rebus.

»Mr Hammell beschwert sich über mangelnde Einsatzbereitschaft; Mrs Hazlitt möchte, dass eine DNA-Probe von ihr genommen wird.«

»Und die anderen beiden?«

»Wissen gar nicht, wie ihnen geschieht. Wie sieht's aus mit Nachschub?«

»Ich bin dran«, sagte Rebus, nahm Arnold das leere Glas ab und ging an die Bar. Als sein Handy piepte, glaubte er zu wissen, wer es war, aber er warf noch mal einen prüfenden Blick auf den Fernseher. Nina Hazlitt redete. Frank Hammell saß neben ihr, blickte auf das Display seines Handys. Rebus las die Nachricht:

Sind Sie noch da?

Er simste zurück, dann bezahlte er die Getränke. Es dauerte eine weitere halbe Stunde, bis Hammell hereinkam. Die einzige Überraschung war, dass er Nina Hazlitt mitbrachte.

»Das ist Nina«, sagte Hammell.

»John kennt mich«, sagte Hazlitt. »Obwohl man es nicht vermuten würde, so wie er sich benimmt.«

Dies schien Hammell neu zu sein, er hielt einen Zwanzigpfundschein in der Hand und versuchte Holloway auf sich aufmerksam zu machen. Rebus sah sich in der Kneipe um. Anscheinend hatten alle die Neuankömmlinge erkannt, taten aber, als würden sie sich nicht weiter um sie scheren. Arnold hatte eine weitere Runde Darts fast fertig gespielt, und es gelang ihm, Rebus einen sowohl fragenden wie auch warnenden Blick zuzuwerfen.

»Noch mal dasselbe?«, fragte Hammell Hazlitt.

»Warum nicht?«, erwiderte sie.

»Was ist mit Ihnen, Rebus?«

»Nein danke.« Rebus sah Hazlitt an. »Wie geht es Ihnen?«

»Mir würde es besser gehen, wenn ich etwas erfahren dürfte.«

»Morgen oder übermorgen, habe ich gehört.«

»Dann wissen Sie nicht mehr als wir«, stellte sie fest.

Als Hammell ihr ein Glas reichte, fragte Rebus ihn, wo Darryl Christie sei.

»Wieder in Edinburgh. Er muss jetzt für seine Mutter da sein.«

»Sollte das nicht auch Ihre Aufgabe sein?«

Hammell funkelte ihn wütend an. »Und was ist mit Ihnen? Sie sitzen hier und saufen, obwohl da draußen ein Irrer rumläuft, den Sie fangen sollten.«

»Ich bin sicher, John tut, was er kann«, unterbrach ihn Hazlitt. »Das könnte auch erklären, warum er keine Zeit findet, auf Nachrichten zu antworten …«

»Ich habe Thomas Robertson besucht«, sagte Rebus zu Hammell. Dieser hatte sowohl einen Whisky wie auch ein Bier bestellt und vernichtete erst gut zwei Fingerbreit des Letzteren, bevor er Ersteren daraufgoss.

»Wer war das noch mal?«, fragte er.

»Der Bauarbeiter aus Pitlochry«, half ihm Rebus auf die Sprünge.

»Und wozu erzählen Sie mir das?«

»Er hat zehn Runden gegen einen Rammbock überlebt.« Hammell zuckte mit den Schultern und nahm sein Handy aus der Tasche, um aufs Display zu sehen. Rebus wandte sich erneut an Nina Hazlitt. »Wozu sollte das gut sein, da gegenüber?«

»Öffentliches Bewusstsein«, erwiderte sie.

»War das Ihre Idee oder seine?« Rebus nickte in Richtung Hammell.

»Spielt das eine Rolle?«

Jetzt war es an Rebus, mit den Schultern zu zucken. Arnold, der gerade mit seinem Spiel fertig war, machte ihm vom Dartboard aus Zeichen. Rebus ging zu ihm.

»Was zum Teufel treiben Sie da?«, zischte Arnold.

»Ich kann nichts dafür, wenn die beiden hier einfach hereinspazieren.«

»War das Zufall?« Arnold klang nicht überzeugt. »Sind Sie sicher, dass die ganzen Fernsehleute bereits eingepackt haben? Wenn Dempsey davon erfährt…«

»Ich werde ihr nichts davon erzählen, wenn Sie's auch nicht tun.« Rebus zwinkerte und kehrte zur Bar zurück. Hammell fragte ihn, ob er jetzt endlich für ein Getränk zu haben sei. Rebus schüttelte den Kopf.

»Ich muss los. Der Tag fängt morgen wieder früh an.«

»Ein Drink mehr oder weniger…«, drängte ihn Nina Hazlitt mit einem gewissen Flehen im Blick. Rebus war sich nicht sicher, ob sie seine Gesellschaft um ihrer selbst willen wünschte oder nur nicht mit Hammell allein gelassen werden wollte.

»Hey, Leute!« Jemand stand mit hoch erhobenem Handy in der sperrangelweit geöffneten Kneipentür. Rebus, Hazlitt und

Hammell drehten sich unwillkürlich zu der Stimme um. Der junge Mann lächelte, als er sich von der Qualität der gerade gemachten Aufnahme überzeugte, und streckte einen Daumen nach oben, als er wieder hinaus auf den Bürgersteig trat. Die Tür schwang hinter ihm zu.

Rebus hatte Raymond wiedererkannt, Dempseys Journalistenneffen – Gavin Arnold ebenfalls. Die beiden Männer sahen sich an.

Wenn Dempsey davon erfährt …

»Ich nehme einen Whisky«, sagte Rebus zu Hammell.

»So ist's recht«, erwiderte Hammell und winkte Sue Holloway. Hazlitt entspannte sich. Sie lächelte Rebus an, bedankte sich dafür, dass er blieb …

Er lag schon im Bett, als es an seiner Tür klopfte. Kurz vor Mitternacht, laut seiner Armbanduhr. Er stand auf und tapste über den Fußboden.

»Ja?«, fragte er.

»Ich bin's«, sagte Siobhan Clarke. »Bist du angezogen?«

Rebus sah sich in dem kleinen Zimmer um. »Gib mir eine Minute.« Er zog sich seine Hose und ein Hemd über und öffnete die Tür.

»Stör ich dich bei irgendwas?«

»Schön wär's. Was ist los?«

»Hast du das schon gesehen?« Sie hielt ihr Handy hoch, damit er das Display erkennen konnte. Dort waren Meldungen aus einer der Lokalzeitungen aufgerufen. Das Foto aus dem Lochinver war dort abgebildet, daneben die Unterüberschrift: A9-ANGEHÖRIGE ERWARTEN ANTWORTEN.

»Nicht gerade dezent, was?«, meinte Rebus.

»Hast du was dazu zu sagen?«

»Ich bin was trinken gegangen. Gegenüber im Hotel haben Hammell und Hazlitt mit den Reportern gesprochen. Dann kamen sie ins Pub spaziert, und Tintin hat mit seinem Handy hantiert.«

Ihr Blick war ebenso ungläubig wie zuvor der von Gavin Arnold.

»Aber um zum wirklich Wichtigen zu kommen«, fuhr er fort. »Wie war euer Essen?«

»Wir haben uns Mühe gegeben.«

»Hast du ihm gesagt, dass du's nicht leiden kannst, wenn er dich wegen des Chief Super versetzt?«

»Könnten wir einfach nicht drüber sprechen?« Sie klang erschöpft.

»Tut mir leid«, sagte Rebus.

»Bis morgen dann beim Frühstück.«

»Wenn mich Dempsey bis dahin nicht schon rausgeschmissen hat.« Er deutete auf Clarkes Handy.

»Bei mir dauert's vielleicht auch nicht mehr lange. James meinte, es fiele ihm schwer, ›eine tragfähige Aufgabe‹ für mich zu finden.«

»Ein echter Charmeur.«

Clarke sah auf die Zeitanzeige ihres Handys. »Ich geh besser schlafen. Gute Nacht, John.«

»Wird schon alles werden«, sagte er, als sie schon die Tür zuzog. Er lauschte noch, wie sie über den Flur ging, die Treppe rauf zu ihrem Zimmer unter dem Dach. Eine weitere Tür öffnete sich, und Rebus vernahm Pages Stimme, die fragte, ob alles in Ordnung sei.

»Wunderbar«, war alles, was Clarke sagte, während die Stufen unter ihren Schritten knarzten.

52

Dempsey wartete nicht, bis sie im Präsidium eintrafen. Ihr chauffierter Wagen fuhr nach dem Frühstück vor, als Page und Clarke gerade die Pension verlassen wollten. Rebus, der bereits dabei war, sich eine Zigarette anzuzünden, fragte Dempsey, ob er eine Augenbinde bräuchte.

»Was in Gottes Namen haben Sie sich dabei gedacht?«, fragte sie ihn.

»Ich war im Pub, habe ganz in Ruhe was getrunken.« Er hatte Zeit gehabt, sich diese Version der Geschichte zurechtzulegen. »Hammell und Hazlitt waren im Hotel gegenüber. Nachdem sie vor den Kameras posiert hatten, standen sie plötzlich neben mir am Tresen. Wir kennen uns, also haben wir uns begrüßt. Und in dem Moment kommt Raymond reingeplatzt und macht seine Paparazzi-Fotos.«

»Worum geht's hier?«, fragte Page mit gerunzelter Stirn.

»Ihr Officer«, klärte ihn Dempsey auf, »ist eine Berühmtheit im Internet.«

»Dank Ihres Neffen«, rief Rebus ihr in Erinnerung.

Sie ignorierte die Spitze. »Und was haben Sie den beiden über die Ermittlungen erzählt?«

»Was habe ich denn zu erzählen? Ich bin nicht gerade auf dem aktuellen Stand.«

Dempsey zeigte auf ihn, sah dabei aber Page an. »Ich will, dass er verschwindet, haben Sie mich verstanden?«

»Laut und deutlich«, erwiderte Page. Dempsey stieg bereits wieder in den Wagen. Der Fahrer fuhr los.

»Danke für die Rückendeckung, Chef«, meinte Rebus.

»Gehen Sie wieder rein«, sagte Page, »packen Sie Ihren Kram und checken Sie aus – die Kollegen kümmern sich um die Rechnung. Wir sehen uns in Edinburgh.«

Rebus fiel alles Mögliche ein, was er sagen könnte, zum Beispiel: »Ich habe schon Morde aufgeklärt, da hast du noch in die Windeln geschissen.« Aber er sagte nichts. Er neigte nur leicht den Kopf in Clarkes Richtung, als wolle er ihr viel Glück wünschen, schnippte die Zigarette weg und tat wie ihm geheißen.

Als er wieder auf die Straße trat, folgte ihm Mrs Scanlon – wie immer tadellos zurechtgemacht – und wünschte ihm eine gute Reise. Page und Clarke waren nicht mehr da. Rebus sah zu, wie Mrs Scanlon die Tür schloss, dann rauchte er erst mal noch eine. Als sein Telefon klingelte, überlegte er, gar nicht dranzugehen, aber der Anruf kam vom Gayfield Square.

»Wer ist da?«, fragte er.

»Christine Esson.«

»Hallo, Christine. Falls Sie's noch nicht gehört haben, ich bin bald wieder bei euch.«

»Gibt's was Neues?«

»So wie's im Moment läuft, erfahren Sie das schneller aus dem Internet als von mir.«

»Das Foto von Ihnen mit Hammell und Hazlitt habe ich gesehen.«

»Und da dachten Sie, warum nicht mal voller Schadenfreude durchklingeln?«

»Wieso Schadenfreude?«

»Nur so.« Er trat seinen Zigarettenstummel aus und stieg in den Saab. Ob heute der Tag gekommen war, an dem er nicht mehr ansprang?

Der Motor erwachte böse grummelnd zum Leben; keine Warnanzeige leuchtete auf.

»Auch egal«, sagte Esson. »Jedenfalls hab ich gesagt, dass ich ihre Nummer weitergeben würde.«

»Wie bitte, Christine, ich hab den Anfang verpasst. Wessen Nummer?«

»Von der Frau, die angerufen hat und mit Ihnen über Sally Hazlitt sprechen wollte.«

Rebus verdrehte die Augen. Anscheinend meinte mal wieder jemand, Sally Hazlitt gesehen zu haben. »Wie durchgeknallt hat sie geklungen?«

»Eigentlich völlig normal. Hat mich gebeten, Ihnen ihren Namen zu nennen und Sie um einen Rückruf zu bitten.«

Rebus stöhnte, griff aber in die Tasche nach Notizblock und Stift. Als Esson den Namen der Frau vorlas, erstarrte er. Dann bat er sie, ihn zu wiederholen.

»Susie Mercer«, sagte sie noch einmal und sprach dabei den Namen korrekt und deutlich aus.

»Genau das habe ich auch verstanden«, sagte Rebus.

53

Glasgow.

»Ich muss Sie persönlich treffen«, hatte Rebus zu der Frau, die sich Susie Mercer nannte, gesagt.

Sie hatte den Grund wissen wollen.

»Weil ich sicher sein muss.«

Sie war in Glasgow. Das hieß: die A9 nach Süden, dann über die M80 nach Westen. Rebus traf kurz vor Mittag ein, parkte in einer Tiefgarage in der Nähe des Busbahnhofs und ging die kurze Strecke zur Buchanan Street zu Fuß. Wie verabredet rief er sie von dort aus erneut an.

»Ich bin hier«, sagte er.

»Wo?«

»Ich gehe auf die Buchanan Street zu.«

»Biegen Sie an der Royal Exchange links ab. Dort sehen Sie ein Café namens Thompsons. Setzen Sie sich an den Tresen auf der Fensterseite.«

»Ich bin nicht James Bond.«

»Machen Sie's einfach, sonst gehe ich.«

Also tat Rebus, was sie von ihm verlangte – bestellte einen Kaffee und einen Orangensaft und blieb davor sitzen, starrte die vorüberziehenden Einkaufslustigen an. Glasgow war nicht sein Pflaster. Im Vergleich zu Edinburgh war es viel zu zersiedelt. Solange er sich an ein halbes Dutzend Straßen hielt, fand er sich zurecht; außerhalb dieses Radius aber verirrte er sich.

Es dauerte gut fünf Minuten, bis sie hereinkam. Sie setzte sich auf den Hocker neben ihm.

»Ich musste erst sicher sein, dass *sie* nicht dabei ist«, erklärte sie.

Rebus betrachtete sie. Sie trug die Haare kurz geschnitten und gebleicht, die Augenbrauen waren so stark gezupft, dass sie fast nicht mehr vorhanden waren. Aber Augen und Wangenknochen waren noch immer die ihrer Mutter.

»Im Lauf der Jahre haben Sie richtig Übung darin bekommen«, sagte Rebus und starrte Sally Hazlitt in die Augen.

»Nicht genug«, gab sie unwirsch zurück.

»Das digital bearbeitete Foto hat allerdings eine gewisse Ähnlichkeit – kein Wunder, dass Sie in Panik gerieten.« Er hielt inne.

»Soll ich Sie Sally oder Susie nennen, oder haben Sie sich schon wieder einen neuen Namen zugelegt?«

Sie starrte ihn an. »Nina erwähnt Sie andauernd in den Nachrichten. Dann habe ich das Bild von Ihnen mit ihr zusammen gesehen …«

»Und?«

»Jemand muss ihr sagen, dass sie damit aufhören soll.«

»Aufhören, nach Ihnen zu suchen, oder aufhören zu glauben, Sie seien einem Mord zum Opfer gefallen?«

Sie sah ihm geradeaus in die Augen. »Beides.«

»Warum sagen Sie ihr das nicht selbst?«

Sie schüttelte den Kopf. »Auf keinen Fall.«

»Dann sagen Sie mir, warum Sie das getan haben.« Rebus führte den Kaffee an den Mund.

»Erst müssen Sie mir etwas sagen – warum macht sie das, was glauben Sie?«

»Sie ist Ihre Mutter. Warum sonst?«

Aber Sally Hazlitt schüttelte erneut den Kopf. »Hat sie Ihnen von unserem Leben erzählt?«

Rebus dachte einen Augenblick nach. »Ihre Mutter und Ihr Vater waren Lehrer. Sie lebten in London …«

»Mehr wissen Sie nicht?«

»Crouch End, hat sie gesagt – eine schönere Gegend, als sie sich eigentlich hätten leisten können. Aber eine Verwandte hat ihnen wohl etwas hinterlassen.« Er hielt inne. »Ihre Mutter wohnt übrigens noch in dem Haus, zusammen mit Ihrem Onkel Alfie. Ihr Vater hat Ihnen Geschichten vorgelesen, als Sie klein waren.« Er machte eine Pause, ohne den Blick abzuwenden. »Sie wissen, dass er tot ist?«

Sie nickte. »Gut so.« Und endlich glaubte Rebus zu verstehen. »Er wollte mir so einiges beibringen«, fuhr sie vielsagend fort. »Viel zu viel.«

Stille lag zwischen ihnen, bis Rebus das Schweigen brach, seine Stimme war jetzt sanfter.

»Haben Sie es Ihrer Mutter damals gesagt?«

»Das musste ich nicht – sie hat es sowieso gewusst. Das ist der Grund, weshalb sie sich vergewissern will, ob es mich noch gibt. Wenn ja, könnte ich immer noch was ausplaudern.« Sie blickte zu Boden, ihre Augen glänzten.

»Warum haben Sie bis Aviemore gewartet?«

Sie brauchte einen Augenblick, um sich wieder zu sammeln. »Ich wusste, dass ich nicht Englisch an der Universität studieren wollte – das war immer schon *seine* Vorstellung gewesen. Je länger wir alle in dem Ferienhaus in Aviemore zusammensaßen, über die Zukunft redeten, umso genauer wusste ich, dass ich es ihm nicht ins Gesicht sagen konnte …«

Rebus nickte zum Zeichen, dass er verstand.

»Zu dem Zeitpunkt … hatte er schon aufgehört. Er hat aufgehört, als ich vierzehn war.« Sie räusperte sich. »Klingt verrückt, aber damals dachte ich noch, es sei meine Schuld, und das machte es irgendwie noch schlimmer. Ständig dachte ich darüber nach, wie ich ihn bestrafen konnte, und in jener Nacht am 31. Dezember hatte ich mir genug Mut angetrunken – vor allem mit Gin. Plötzlich kam mir alles so viel leichter vor, als ich hunderte von Meilen von *ihnen* entfernt an einem fremden Ort war.«

»Aber als Sie erfuhren, dass er tot war …«

»Da war es schon zu spät. Ich wusste, dass ich nicht zurückgehen würde.«

»Es kann aber doch keinen Spaß machen, ständig mit der Angst vor Entdeckung leben zu müssen.«

»Deshalb müssen Sie ihr ja sagen, dass sie damit aufhören soll. Ich lebe, mir geht's gut, und ich möchte sie nie wiedersehen und nie wieder mit ihr sprechen.«

»Es wäre viel leichter, wenn Sie ihr das selbst sagen würden.«

»Nicht für mich.« Sie glitt von dem Hocker und stellte sich vor ihn.

»Also, sagen Sie's ihr?«

Rebus blies die Wangen auf. »Sind Sie sicher, dass Sie dieses Leben wollen?«

»Es ist das einzige, das ich habe.« Sie zuckte mit den Schultern. »Da draußen gibt es viele, denen es schlechter geht als mir. Das müssen Sie doch wissen.«

Rebus dachte einen Augenblick nach, dann nickte er.

»Danke«, sagte sie und rang sich den Anflug eines Lächelns ab. Rebus überlegte noch, was er sagen sollte, aber sie war schon an der Tür. Als sie draußen war, zögerte sie jedoch und kam noch mal zurück.

»Da ist noch was, das Sie anscheinend falsch verstanden haben – ich habe keinen Onkel Alfie. Auch keinen anderen Onkel.« Sie zog erneut die Tür auf und verließ das Café, ging mit ihrer Tasche über der Schulter und mit hoch erhobenem Kopf davon, bis sie vom Strom der Fußgänger verschluckt wurde. Rebus zog sein Handy aus der Tasche und gab ihre Handynummer in sein Adressbuch ein. Wahrscheinlich würde sie die Nummer ändern, ebenso wie sie sich wieder eine neue Identität und eine neue Vergangenheit zulegen würde. Er konnte nicht anders, als zu glauben, dass sie ihr Leben verschwendete – aber es war ihr Leben. Als er die Nummer gespeichert hatte, steckte er sein Handy wieder in die Tasche, fuhr sich mit den Händen übers Gesicht und ging die Begegnung noch einmal in Gedanken durch.

Er wollte mir so einiges beibringen.

Dann könnte ich immer noch was ausplaudern ...

Ich habe keinen Onkel Alfie. Auch keinen anderen Onkel.

»Also wer zum Teufel ist Alfie?«, fragte sich Rebus und starrte sein Spiegelbild im Fenster an.

Teil fünf

Smell of blood is everywhere –
Even in stone …

54

Als Rebus das Büro der SCRU im Präsidium in der Fettes Avenue betrat, sah er, dass die Umzugskisten schon da waren. Peter Bliss und Elaine Robison machten sich mit Etiketten und Bestandsverzeichnissen zu schaffen.

»Hilfst du uns?«, bat Robison flehentlich.

»Kommen die ins Crown Office?«, fragte er und stieß eine der Kisten mit der Schuhspitze an.

»Genau«, sagte Bliss. »Und zwar in verdammt viel besserer Ordnung, als sie hier eingetroffen sind.«

»Mach dir keine Sorgen«, setzte Robison hinzu, »wir haben dir eine oder zwei Kisten übrig gelassen. Wollten nicht, dass du das Gefühl hast, was verpasst zu haben.«

»Wo ist Danny-Boy?«

»Wieder mal beim Meeting mit den hohen Herren.«

»Er kriegt den Job, oder?«

»Sieht so aus«, gestand Bliss.

»Er wird unerträglich sein«, meinte Rebus.

»Aber das ist dann nicht mehr unser Problem, oder? Uns wird nichts anderes übrig bleiben, als den lieben langen Tag fernzusehen und Kreuzworträtsel zu lösen.«

»Statt ungelöster Fälle«, ergänzte Robison lächelnd. »Obwohl ich mir vielleicht erst mal einen kleinen Urlaub in Australien gönne.« Sie nahm das Foto von der Sydney Harbour Bridge vom Schreibtisch und küsste es. Dann sagte sie zu Rebus: »Wir wollten nächsten Freitag zusammen essen gehen und danach was trinken.«

Rebus schob eine leere Kiste von seinem Stuhl und setzte sich an seinen Schreibtisch. »Ich muss in meinem Kalender nachsehen«, sagte er.

»Wie war's in Inverness? Im Fernsehen sah's nach einem ganz schönen Zirkus aus.«

»Die Medien törnt nichts mehr an als ein moderner Sawney Bean, mit dem sie uns Angst einjagen können.«

»Ein was?«

»War ein Kannibale – wahrscheinlich bloß eine Legende.«

»Warst du bei Gregor Magrath?«, fragte Bliss.

Rebus nickte. »Ich hab ihm die Nachricht überbracht.«

»Wie hat er's aufgefasst?«

»Gelassen.«

»Hat sich da oben ein hübsches Plätzchen ausgesucht, was?«

»Ganz hübsch, wenn's ausnahmsweise mal nicht stürmt …«

Bliss schmunzelte. »Ja, vor seiner Pensionierung war Gregor ein echter Sonnenanbeter. Margaret und er sind immer braun gebrannt aus Teneriffa zurückgekommen.«

»War Margaret seine Frau?«, fragte Rebus und erinnerte sich an die Fotos im Bücherregal. »Wann ist sie gestorben?«

»Zwei Jahre bevor er in Rente ging. Verdammt schade – er kam immer mit Kreuzfahrtbroschüren an, hat allen erzählt, wo er mit Margaret überall hinfahren will, wenn er erst mal die goldene Uhr überreicht bekommt. Wie geht's ihm?«

»Anscheinend gut. Du hast noch nicht hier gearbeitet, als er mit Nina Hazlitt zu tun hatte, oder?«

»Ich glaube nicht. Er hätte sie vermutlich erwähnt.«

»Muss 2004 gewesen sein.«

»Dann war's vor meiner Zeit.«

»Hat er je mit dir über sie gesprochen?«

Bliss schüttelte den Kopf.

Jemand klopfte an die offene Tür. Rebus blickte auf und sah Malcolm Fox dort stehen.

»Können wir uns unterhalten?«, fragte Fox.

»Wenn's sein muss«, erwiderte Rebus.

»Vielleicht den Gang runter ...«

Rebus folgte ihm zum Büro der Inneren. Fox gab den Türcode ein, schirmte die Zahlenkombination mit der Hand vor den Blicken seines Besuchers ab. Der Raum war ungefähr so groß wie das Büro der SCRU und fast identisch geschnitten: Schreibtische und Laptops, dazu ein Fenster mit Blick auf die Fettes Avenue. Ein Mann im Anzug wartete dort auf sie. Er war in Fox' Alter, aber drahtiger, mit uralten Aknenarben auf einer Wange. Rebus hatte das Gefühl, dieser Mann würde bereitwillig den *bad cop* spielen, damit Fox die Rolle des Guten übernehmen konnte – oder umgekehrt. Fox stellte ihn als Tony Kaye vor, dann bat er Rebus, sich zu setzen.

»Ich stehe gerne.«

Fox zuckte mit den Schultern, dann schob er seinen Hintern auf eine Ecke von Tony Kayes Schreibtisch.

»Ich dachte, Sie wären vielleicht noch oben im Norden«, sagte Fox. »Deshalb habe ich zunächst in Inverness angerufen, bekam dort aber mitgeteilt, man habe Sie nach Hause geschickt.« Sein Blick durchbohrte Rebus. »Wären Sie so freundlich, mir zu erzählen, warum?«

»Ich habe die da oben wie Amateure aussehen lassen. Sie wissen ja, wie empfindlich die Kollegen bei so was reagieren.«

»Dann hatte Ihre vorzeitige Rückkehr nichts mit Frank Hammell zu tun?«

»Warum sollte sie?«

»Wegen des Fotos von Ihnen beiden bei einem Glas in aller Freundschaft«, brachte Tony Kaye ins Spiel.

»Reiner Zufall.«

»Verkaufen Sie uns nicht für blöd.«

Rebus wandte sich an Fox, wartete aber, bis dieser weitersprach.

»Morris Gerald Cafferty«, fuhr Fox fort, »und jetzt Francis Hammell. Sie suchen sich schöne Freunde aus, Rebus.«

»Das sind genauso wenig meine Freunde wie Sie.«

»Komisch«, sagte Kaye, »dass Sie dann mit uns noch nie einen trinken waren.«

Rebus hielt den Blick auf Fox gerichtet. »Wir verschwenden hier gegenseitig unsere Zeit.«

»Die SCRU wird aufgelöst, habe ich gehört. Damit scheiden Sie erneut aus dem Dienst aus.« Fox hielt inne. »Es sei denn, Sie wollen sich ernsthaft noch mal bewerben.«

»Das Leben als Zivilist scheint mir plötzlich auch Vorzüge zu besitzen«, erwiderte Rebus, drehte sich um und ging zur Tür. »Dann muss ich mir keinen Mist mehr von Ihnen anhören.«

»Ein schönes Leben noch, Rebus«, rief ihm Kaye hinterher. »Auch wenn nicht mehr viel davon übrig ist…«

Als er am Abend nach Hause kam, lag ein Zettel hinter der Tür. Er faltete ihn auseinander. Er stammte von MGC – Morris Gerald Cafferty –, der ihm auf diesem Weg mitteilte, wie enttäuscht er von ihm sei, weil »er sich mit Abschaum wie Frank Hammell« abgebe, das Wort »Abschaum« war dreimal unterstrichen. Rebus hob die restliche Post auf und ging damit ins Wohnzimmer. Es war stickig, weshalb er ein Fenster aufmachte und zum Ausgleich die Heizung hochdrehte. Der Plattenspieler war immer noch an, drehte sich träge. Rebus legte ein Album von Bert Jansch auf und senkte den Arm auf das Vinyl. Dann lud er sein Handy auf, bevor er ins Schlafzimmer ging, seine Reisetasche auspackte und zwei Plastiktüten mit Wäsche vollstopfte. Noch eine Stunde, bis der nächste Waschsalon zumachte, also beschloss er, das Zeug noch schnell abzugeben – und sich auf dem Rückweg etwas zu essen zu holen. Er ließ sein Handy liegen und nahm den

Tonarm von der Platte, schloss die Wohnungstür ab und stieg die Treppe nach unten.

»Ja, ich weiß.« Schon als er sich ihm näherte, entschuldigte er sich bei seinem Saab. Er hatte gerade die Schmutzwäsche auf den Rücksitz geworfen, als sein Name gerufen wurde. Plötzlich hellwach drehte er sich um und sah Darryl Christie aus einem schwarzen Mercedes M-Klasse steigen. Der Fahrer blieb hinter dem Lenkrad sitzen, ließ aber die Scheibe herunter, um das Geschehen besser im Blick zu behalten. Rebus erkannte den vorlauten Türsteher aus dem Jo-Jo Binkie's – Marcus oder so ähnlich.

»Hallo, Darryl«, sagte Rebus und lehnte sich an den Saab. »Lohnt es sich zu fragen, woher Sie wissen, wo ich wohne?«

»Wir leben im Informationszeitalter, falls Sie's noch nicht gemerkt haben.«

»Wie geht's Ihrer Mutter? Und dem Rest der Familie?«

»Wir müssen eine Beerdigung organisieren.«

»Und den Freund Ihrer Mutter zur Besinnung bringen.«

»Glauben Sie wirklich, um den mache ich mir irgendwelche Gedanken?«

»Ich glaube, dass Sie was in der Birne haben. In vielerlei Hinsicht sind Sie schlauer als Frank Hammell. Jemand muss ihn aus Inverness zurückpfeifen.«

»Morgen«, sagte Christie. Er trug immer noch denselben dunklen Anzug, aber mit einem frischen weißen Hemd und keine Krawatte. Er schob die Hände in die Hosentaschen und musterte Rebus. »Frank meint, vielleicht sind Sie okay.«

»Ich fühle mich geschmeichelt.«

»Obwohl Sie zu Cafferty gehören.«

»Tu ich nicht.«

»Egal. Frank fragt sich, ob Sie der Familie zuliebe die Ohren offen halten könnten. Falls irgendwelche Namen ins Spiel kommen – wir brauchen nur ein bisschen Vorsprung.«

»Dann will sich Frank also selbst drum kümmern, bevor jemand festgenommen wird?«

Christie nickte langsam. »Aber ich will das nicht.«

»Nein?«

»So was kann sehr unschön enden, und ich will nicht, dass meine Mutter noch mehr durchmachen muss.«

»Frank Hammell hat keine schlechte Erfolgsbilanz, Darryl. Wenn er jemanden in die Finger bekommt, wird es hinterher keine Spuren geben – zumindest sehr lange nicht.«

»Diesmal ist es anders. Ich hab noch nie erlebt, dass er so austickt.«

Jetzt war es an Rebus, den jungen Mann genau zu betrachten. »Sie sind wirklich schlauer als er, hab ich recht?«

»Ich bin im Moment einfach nur ein bisschen rationaler. Außerdem steht mein Job auf dem Spiel, wenn er Dummheiten macht.«

»Aber es geht um mehr als das. Ich würde sagen, Sie haben von Natur aus einfach mehr auf dem Kasten. Ich wette, Sie haben in der Schule immer aufgepasst und gute Noten bekommen. Sind immer schön vorsichtig geblieben und haben gelernt, wie's läuft und wie die Menschen so drauf sind.«

Darryl Christie zuckte mit den Schultern. Dann nahm er die Hände aus den Taschen, in der einen hielt er eine Visitenkarte. »Ich hab mehrere Handys«, sagte er. »Wenn Sie die Nummer hier anrufen, weiß ich, dass Sie's sind.«

»Glaubt ihr wirklich, dass ich euch den Täter liefere?«

»Name und Adresse; mehr brauchen wir nicht.« Er guckte durch das Fenster des Saab auf die Plastiktüten auf dem Rücksitz. »Man weiß ja nie – vielleicht ist dann auch eine neue Waschmaschine für Sie drin …«

Rebus sah, wie er sich umdrehte und wieder zum Mercedes ging. Sein Gang hatte nichts Angeberisches, wirkte gelassen und selbstbewusst. Der Fahrer behielt Rebus im Blick, als wollte er ihn warnen, Christies Wünschen bloß niemals zuwiderzuhandeln. Rebus bekam ein Zwinkern hin, während die Scheibe hochglitt, dann stieg er in den Saab und ließ den Motor an. Bis er rückwärts ausgeparkt und die Kreuzung an der Mündung der Arden Street erreicht hatte, war der Mercedes aus dem Blickfeld verschwunden.

Der Mann in der Reinigung meinte, es könne zwei Tage dauern. Rebus entgegnete, er habe aber keine zwei Tage Zeit, woraufhin der Reinigungsbetreiber mit den Armen in Richtung der Maschinen fuchtelte.

»So wie's im Moment aussieht«, sagte er, »bin ich kurz davor, Sie dafür zu bezahlen, wenn Sie die Maschine selbst vollmachen…«

Auf der Fahrt nach Hause konkurrierten Fish and Chips und Indisch miteinander. Der Inder gewann, Rebus hielt vor Pataka's und bestellte einmal Lamm zum Mitnehmen. Man bot ihm ein Bier an, doch er lehnte ab. Das Restaurant war gut besucht, überall an den Tischen saßen Pärchen, vor sich Essen und gekühlte Weinflaschen. Zwei Gehminuten entfernt befanden sich drei oder vier Pubs, aber Rebus blätterte stattdessen die *Evening News* durch. Als er damit fertig war, war auch sein Essen fertig. Unterwegs in die Arden Street lief Maggie Bell im Radio. Er fragte sich, ob sie wohl noch erfolgreich war…

Als er die Essensbehälter öffnete, erfüllten die verschiedensten Düfte seine Küche, er löffelte Fleisch, Soße und Reis auf einen Teller. Im Kühlschrank war noch Bier, also machte er sich eins auf und stellte es auf das Tablett, das er mit zum Esstisch nahm. Im Wohnzimmer war's jetzt kühler, so dass er das Fenster wieder schloss und erneut das Album von Bert Jansch auflegte. Ein Handyton ließ ihn wissen, dass eine SMS eingegangen war. Er fand, sie könne warten. Zwei Minuten später aber erinnerte ihn ein weiteres Signal noch einmal daran, und dieses Mal stand er auf und sah aufs Display. Ein Anruf in Abwesenheit; eine Nachricht auf der Mailbox.

Nina Hazlitt.

»Raten Sie mal, wo ich bin«, sagte sie …

55

Sie trafen sich in einer altmodischen Bar hinter dem Bahnhof. Hazlitt hatte den Schlafwagen nach London gebucht und vor der Abfahrt noch zwei Stunden totzuschlagen. Als er eintraf, saß sie schon am Tresen. Das Bier, das sie für ihn bestellt hatte, stand bereits eine Weile und war inzwischen schal. Rebus meinte, es mache ihm nichts aus.

»Ich dachte, Sie wären noch in Inverness«, sagte sie.

»Ich wurde nicht mehr gebraucht.«

»Sind jetzt alle Leichen identifiziert?«

Er nickte und nahm einen Schluck Bier.

»Von Sally keine Spur«, fuhr sie fort und senkte ihren Blick.

»Was bedeutet, dass sie mit dem Fall nichts zu tun hat«, schlussfolgerte er.

»Aber sie *muss*! Ich war doch die Erste, die überhaupt eine Verbindung gesehen hat.«

Der Barmann verwarnte sie mit einem Blick: Seine Bar war kein Ort, an dem man laut wurde. Rebus sah, dass ein Pärchen am Tisch neben dem Fenster gerade aufbrechen wollte. Er nahm sein Glas und Nina Hazlitts Koffer. Einen Augenblick später folgte sie ihm, nahm ihren Wodka Tonic mit. Als sie sich gesetzt hatten, wartete sie, bis er sie ansah. Ihre Augen waren blutunterlaufen, ihr Gesicht fahl und erschöpft wegen des Mangels an Schlaf und Antworten.

»Wie fanden Sie Frank Hammell?«, fragte Rebus.

»Er macht einen sehr mitfühlenden Eindruck.«

»Er ist ein Verbrecher.«

»Jedenfalls wird ihm das von der Presse unterstellt.«

»Er ist niemand, den Sie in Ihr Leben lassen sollten.«

»Er ist nicht *in* meinem Leben.«

»In Inverness wirkten Sie recht vertraut miteinander – wer von Ihnen beiden hat sich das mit den Kameras ausgedacht?«

»Spielt das eine Rolle?«

»Ich versuche nur mir über so einiges klar zu werden.«

»Ich sehe nicht, was Sie das angeht, John.«

»Mag sein.« Er hielt inne. »Was ist mit dem anderen Mann – ich nehme an, der geht mich auch nichts an?«

Sie seufzte. »Von welchem ›Mann‹ sprechen Sie jetzt?«

»Der bei Ihnen wohnt – heißt er wirklich Alfie?«

»Ich habe Ihnen doch gesagt, das ist mein Bruder.«

»Sie haben gar keinen Bruder, Nina.«

Ihr Mund klappte ein kleines Stück auf. Er sah, wie sie rot wurde.

»Woher wollen Sie das wissen?«, brachte sie schließlich hervor.

»Ich bin Polizist; wir sind ganz gut darin, Sachen herauszufinden.« Rebus machte eine Pause. »Also wer ist das?«

»Er … wohnt bei mir.«

Rebus nickte langsam. »Warum haben Sie gelogen?«

»Ich weiß nicht.«

»Dachten Sie, Ihre weiblichen Reize würden nicht mehr bei mir ziehen, wenn es da jemanden in Ihrem Leben gäbe?«

Sie hatte den Blick gesenkt. Ihre Hände ruhten nun in ihrem Schoß, die Handflächen nach oben. »Möglich«, gestand sie leise.

»Außerdem funktioniert die Nummer mit der trauernden Mutter in den Medien wahrscheinlich besser, wenn nicht noch jemand zu Hause wartet.«

»John …«

Er bedeutete ihr, nicht fortzufahren. Sein Bier war noch

nicht mal zur Hälfte ausgetrunken, aber er wusste, er würde es stehen lassen. Ihm war flau im Magen von dem unverdauten Fleisch und dem nachquellenden Reis. Er stand auf. Nina Hazlitt rührte sich nicht. Sie schien von ihren eigenen Händen fasziniert. Vielleicht war es aber auch einfach nur die Pose, die in der Vergangenheit immer gut funktioniert hatte. Rebus stützte sich mit den Fingerknöcheln an der Kante des kleinen Tischchens ab, beugte sich zu ihr hinunter und senkte die Stimme.

»Sie will Sie nicht sehen«, sagte er. »Aber wenn Sie mich fragen: Ich glaube nicht, dass sie die Absicht hat, der Welt etwas über ihren Vater zu erzählen.«

Nina Hazlitt zuckte zusammen, riss den Kopf hoch. »Wo ist sie?«, fragte sie.

Rebus schüttelte den Kopf und richtete sich auf.

»Haben Sie sie gesehen?«

Er wandte sich zur Tür. Sie stand jetzt ebenfalls. »Ich flehe Sie an!«, rief sie, und der Barmann ermahnte sie, leise zu sprechen. »Ich will mich nur entschuldigen, das ist alles! Werden Sie ihr sagen, dass es mir leidtut? John! Werden Sie ihr das sagen …?«

Aber Rebus hatte die Tür schon aufgezogen, ließ Nina Hazlitt und ihre Welt hinter sich. Auf der Heimfahrt rechnete er mit jeder Menge Anrufe oder SMS, aber es kam nichts. Nachdem er geparkt hatte, nahm er sein Handy und suchte die Nummer von Sally Hazlitt. Er gab eine Nachricht ein – *Sie sagt, es tut ihr leid* – und sendete sie, ohne zu wissen, ob sie jemals würde gelesen werden …

Nach Bert Jansch waren jetzt die Stones dran und anschließend Gerry Rafferty. Rebus hatte eine ganze Menge Highland Park intus und keine Ahnung, ob er sich dadurch besser oder schlechter fühlte. Er hatte das Nylonplektrum aus der Tasche gezogen, das die Firma Jim Dunlop vor so vielen Jahren hergestellt hatte, und rieb es zwischen den Fingern, während er über Nina Hazlitt nachdachte. Hatte er ihr aus reiner Bosheit die Wahrheit gesagt? Wäre es besser gewesen, er hätte nichts gesagt? Beinahe hätte er seine eigene Tochter angerufen, nur um für fünf Minuten ihre Stimme zu hören, aber es war schon zu spät.

Fünf Familien, die endlich trauern durften, dafür aber Entsetzliches durchmachten. Fünf Opfer, aus dem Leben gerissen, entkleidet und vergraben. Hob der Mörder Trophäen auf – hatte er ein Lager mit Kleidung, Handtaschen, Handys? Rebus hoffte es. Er wusste, dass Dempsey bei der nächsten Pressekonferenz genau beschreiben würde, welche Gegenstände die Frauen dabeihatten, als sie verschwanden, und um entsprechende Hinweise aus der Bevölkerung bitten würde. Er fragte sich, ob sie verheiratet war – sie trug keinen Ring, aber das hieß heutzutage nichts mehr. Vielleicht hatte sie Kinder. Rebus' Handy lag auf der Armlehne seines Sessels, und er sah es immer wieder an, fragte sich, ob er vielleicht Siobhan Clarke anrufen sollte, nur um ihr von seinem Abend zu erzählen. Stattdessen drehte er die Platte um, nahm etwas Lautstärke raus und schenkte sich einen letzten Malt ins Glas.

Der Fernseher lief stumm: die Nachrichten. Die A9 war in der Rangfolge der Dringlichkeiten durch eine aktuelle politische Krise in Europa abgelöst worden. Es gab ein neues Interview mit Frank Hammell, aber davon wurde nur eine halbe Minute gezeigt. Er hatte seinen Nachrichtenwert bereits eingebüßt. Als wieder ins Studio zurückgegeben wurde, wurde über der Schulter des Nachrichtensprechers ein Standbild von Hammell an der Absperrung in Edderton gezeigt. Hervorquellende Augen, Speichel in den Mundwinkeln, der Zeigefinger auf die Zuschauer gerichtet, als wolle er jemandem ein Auge ausstechen. Falls jemals ein Verdächtiger gefunden werden sollte und unmittelbar darauf spurlos verschwand, würde Hammell sowohl die Schuld wie auch die Lorbeeren dafür bekommen. Rebus versuchte aus Hammell schlau zu werden. War er so hitzig, weil das seinem Wesen entsprach, oder wollte er lediglich Annettes Mutter beeindrucken? Gefiel es ihm vielleicht einfach, im Fokus der Öffentlichkeit zu stehen? Die anderen Familien hatten sich in Geduld geübt oder sich an ihre Machtlosigkeit gewöhnt. Nicht so Frank Hammell, dabei gehörte er gar nicht zur Familie.

Er gehörte nicht zur Familie.

Er war Annette nachgefahren … Hatte mit ihr gestritten …

Gehörte aber nicht zur Familie.

Rebus dachte darüber nach, während er austrank und sich gegen einen weiteren Whisky entschied. Stattdessen kochte er sich einen Tee und spülte damit zwei Paracetamol hinunter. Danach rief er trotz vorgerückter Stunde Frank Hammell an. Eine weibliche Automatenstimme teilte ihm mit, die Nummer sei nicht vergeben. Er überprüfte sie und versuchte es noch einmal – mit demselben Ergebnis. Dann zog er Darryl Christies Karte aus der Tasche und gab dessen Nummer ein.

»So schnell?«, fragte Christie, der sofort dranging.

»Ich muss mit Hammell sprechen. Ich dachte, ich hätte seine Nummer …«

»Er ändert sie alle paar Wochen – aus Angst, dass ihr ihn abhört. Kann ich irgendwie behilflich sein?«

»Nein.«

»Würden Sie mir sagen, worum's geht?«

Rebus hörte leise Musik im Hintergrund. Soweit er wusste, wohnte Darryl noch zu Hause. Vielleicht war er in seinem Zimmer. »Ist nicht wichtig«, sagte Rebus.

»Rufen Sie häufig Leute um Mitternacht an, wenn's nicht wichtig ist?«

Meine Güte, der Junge war auf Zack. »Entschuldigen Sie

die Störung«, sagte Rebus und wollte das Gespräch beenden. Aber Christie bat ihn zu warten. Er schien etwas abzuwägen. Rebus hörte Gläserklirren und Husten. Eine Art Bar oder Club, aber voll konnte es nicht sein. Die Musik kam auf jeden Fall vom Band.

»Ist das Jazz?«, fragte Rebus.

»Mögen Sie Jazz?«

»Nicht besonders. Ich würde meinen, dass Sie ungefähr dreißig Jahre zu jung dafür sind.«

»Haben Sie einen Stift?«

»Ja.«

Christie diktierte ihm Hammells neue Nummer, die Rebus hinten auf die Karte schrieb. Anschließend bedankte er sich.

»Wenn Sie mögen, weihe ich Sie in das Geheimnis des Jazz ein«, sagte der junge Mann.

»Na gut.«

»Es geht um Kontrolle ...«

Als die Musik verstummte, begriff Rebus, dass Christie aufgelegt hatte.

Er starrte die Nummer auf der Karte an, plötzlich nicht mehr willens, mit Hammell zu sprechen. Er würde noch mal drüber schlafen – nachdem er die Nummer in seinem Handy gespeichert hatte.

In der Flasche waren noch drei Fingerbreit Whisky.

Rebus beschloss, sie dort zu lassen und dies als moralischen Sieg zu betrachten. »Es geht um Kontrolle«, sagte er sich, steckte das Plektrum in die Tasche und ging ins Bett.

56

Als Rebus am darauffolgenden Morgen das Haus verließ, wurde er angehupt: Hammell winkte ihm aus seinem weißen Range Rover Sport zu. Rebus überquerte die Straße, während Hammell das Fenster auf der Fahrerseite herunterließ.

»Ich muss wohl meine Adresse ändern«, beschwerte sich Rebus. »Anscheinend weiß jetzt jeder Penner, wo ich wohne. Seit wann sind Sie wieder da?«

»Bin mitten in der Nacht angekommen. Gab keinen Grund mehr, noch länger zu bleiben.« Hammell hatte sich seit mehreren Tagen nicht mehr rasiert und auch nicht viel geschlafen. »Darryl ging davon aus, dass Sie mich anrufen würden.«

»Das hatte ich auch vor.«

»Also, hier bin ich.«

»Da sind Sie«, musste Rebus ihm zugestehen. Hammell wartete auf mehr. Rebus schaute die menschenleere Straße auf und ab. »Ein Telefonat wäre vielleicht besser gewesen …«

»Warum?«

»Dann stünden die Chancen geringer, dass Sie wegen tätlichen Angriffs belangt werden.«

Hammells Augen verengten sich. »Spucken Sie's einfach aus.«

Rebus überdachte die Alternativen. »Na gut«, sagte er, beugte sich zum geöffneten Fenster hinunter und senkte die Stimme. »Ist Annette McKie Ihre Tochter?«

Die Autotür wurde abrupt aufgestoßen und erwischte den zurückweichenden Rebus leicht. Bis Hammell aus dem Wagen gesprungen war, hatte Rebus bereits einigen Abstand gewonnen. Sie standen mitten auf der Straße, zirka vier Meter auseinander.

»Was zum Teufel reden Sie da?«, fauchte Hammell.

»Sind Sie sicher, dass Sie das hier klären wollen, Frank?« Rebus zeigte auf Dutzende von Fenstern links und rechts.

»Sie war siebzehn«, fuhr Hammell fort und machte zwei Schritte mit geballten Fäusten auf Rebus zu. »Wollen Sie behaupten, ich hab's hinter Dereks Rücken mit ihrer Mutter getrieben?«

»Ich will sagen, dass Sie sich benehmen wie ein Vater – Sie fahren ihr hinterher, behalten sie im Auge, geben ihr Geld, dann streiten Sie sich mit ihr darüber, wofür sie's ausgibt und mit wem sie sich trifft. Und falls Sie nicht Ihr Vater sind …«

»Bin ich nicht«, blaffte Hammell.

»Dann müssen wir noch eine andere mögliche Konstellation ausschließen.«

»Und welche?« Hammell hatte die Augen weit aufgerissen und schnaufte, als wolle er sich für einen bevorstehenden Kampf aufpumpen.

»Es gibt gerichtsmedizinische Beweise, Frank. Ein Schamhaar, das nicht von Annette stammt. Es befindet sich im Labor, und wenn der genetische Fingerabdruck erst mal erstellt worden ist, dann wird er mit der DNA von Annettes Sexualkontakten abgeglichen. Man wird wissen wollen, ob das Haar von ihrem Mörder stammt oder von jemandem, mit dem sie zusammen war.«

Rebus war noch ein paar Schritte zurückgewichen, aber Hammell bewegte sich nicht mehr.

»Also muss ich Sie fragen, Frank – waren Annette und Sie ein Paar? Denn wenn Sie's waren, dann besteht die Möglichkeit, dass die DNA direkt zu Ihnen führt. Nur dass das Team zwischenzeitlich völlig sinnlos in der falschen Richtung gesucht haben wird und der wahre Mörder Zeit gewinnt, seine Spuren zu verwischen.«

»Sie fragen mich, ob ich mit der Tochter meiner Freundin geschlafen habe?«

Rebus sagte nichts.

»Ist das Ihre Frage?«, beharrte Hammell. Als Rebus weiter schwieg, stürzte er sich auf ihn, landete mit seinem ganzen Gewicht auf Rebus, und beide Männer gingen zu Boden. Rebus spürte, wie sämtliche Luft aus seinem Körper entwich. Hammell versuchte die Oberhand zu gewinnen, aber Rebus rollte herum, um seinen Angreifer abzuwerfen. Ein Lieferwagen war in die Straße eingebogen und stehen geblieben, der Fahrer stieg aus und guckte zu. Rebus stieß Hammell von sich und wollte sich aufrappeln, aber Hammells Fuß traf ihn zwischen die Rippen, und er sackte erneut zusammen und schürfte sich die Fingerknöchel auf dem Asphalt auf.

»Du blödes Arschl…«

Hammell bekam nicht mehr die Gelegenheit, seinen Satz zu beenden. Seine Weichteile befanden sich genau auf der richtigen Höhe für die Kopfnuss, die ihm Rebus verpasste. Hammell keuchte und krümmte sich, Rebus packte ihn an den Haaren und zog ihn so tief herunter, bis er mit dem Gesicht auf der Straße lag. Der Fahrer hatte sich den beiden Männern vorsichtig genähert.

»Auseinander!«, forderte er die beiden auf. »Gleich ruft jemand die Polizei!«

Rebus kam wieder auf die Beine, sein Herz raste, und sein Kopf dröhnte nach der unsanften Berührung mit dem Boden. Als er einatmete, knackten seine Rippen. Hammell kroch auf Händen und Knien, spuckte Blut. Rebus achtete darauf, einen Sicherheitsabstand zu ihm zu halten, und wartete darauf, dass er aufstand. Hammells Gesicht war fast lila und schmutzverklebt.

»Ich hab eine Scheißplombe verloren«, sagte er und wischte sich einen blutigen Spuckefaden vom Kinn. Rebus winkte den Lieferwagenfahrer weiter, ohne seinen Gegner aus den Augen zu lassen.

»Wahrscheinlich auch den halben Sack.« Hammell starrte Rebus durchdringend an. »Ein Dreckschwein von einem Kämpfer sind Sie.«

»Die einzige Möglichkeit, Sie zu bremsen, Frank«, sagte Rebus. »Können wir jetzt endlich reden?«

Hammell hatte einen Finger in den Mund gesteckt und prüfte den Schaden. Er nickte langsam.

»Dann kommen Sie zu mir rauf. Da können Sie sich waschen und Ihre Kleidung säubern ...«

Rebus ging voran. Bis er oben in seinem Stockwerk ankam, war er außer Atem. Seine Hand zitterte so sehr, dass er mehrere Anläufe brauchte, um den Schlüssel aus der Tasche zu ziehen und ins Schloss zu stecken. »Zum Badezimmer geht's da lang«, sagte er. Die Tür schloss sich, und er hörte, wie der Hahn betätigt wurde. In der Küche setzte er Wasser auf, dann tastete er an seinem Hinterkopf nach einer Platzwunde, die es nicht gab. Er zog seine Jacke aus und knöpfte sein Hemd auf. Seine Rippen taten bei Berührung weh, er würde blaue Flecken bekommen. Er hoffte nur, dass nichts angebrochen war. Seine Schuhe waren vom Asphalt verkratzt, aber sein Anzug hatte anscheinend nichts abbekommen. Er hielt seine Hände unter fließendes kaltes Wasser und spürte, wie sie beim Versuch, sie zu waschen, brannten. Als das Wasser kochte, hatte er sein Hemd wieder zugeknöpft und in die Hose gesteckt. Er machte zwei Becher schwarzen Kaffee und trug sie ins Wohnzimmer. Als Hammell dort auftauchte, saß Rebus am Esstisch.

»Zucker?«, fragte er. Hammell schüttelte den Kopf und setzte sich, tat, als würde er sich im Raum umsehen, damit er

Rebus nicht in die Augen schauen musste. Er hatte ein paar Kratzer im Gesicht, aber nichts allzu Dramatisches.

»Tut mir leid«, sagte Rebus. »Aber irgendwann wären Sie das sowieso gefragt worden.«

Hammell nickte langsam. Rebus streckte ihm über den Tisch eine Hand entgegen, und Hammell schlug ohne großen Enthusiasmus ein.

»Mann, tun mir die Eier weh«, gestand er.

Rebus wiederholte seine Entschuldigung, und die beiden widmeten sich ihrem Kaffee. Die Flasche Highland Park stand drüben am Sessel, es waren noch gut zwei Glasvoll drin, aber Rebus bot ihn nicht an, und Hammell bat auch nicht darum.

»Können die wirklich anhand eines einzelnen Schamhaars die DNA bestimmen?«, fragte Hammell schließlich. Rebus nickte. »Na gut…« Hammell räusperte sich. »Dann könnte es wohl meins sein.« Er wartete darauf, dass Rebus etwas sagte, aber er pustete in seinen Kaffee, verkniff sich jedes Urteil. Hammell schien sich etwas zu entspannen. »So was passiert, wissen Sie? Man hat sich nicht immer unter Kontrolle.«

»Haben Sie's geschafft, es geheim zu halten?«

»Wäre Gail sonst noch mit mir zusammen?«

Rebus dachte flüchtig an Nina und Sally Hazlitt, an Familien und ihre Geheimnisse, die sie vor der Welt verbargen. »Was ist mit Darryl?«

Hammell schüttelte den Kopf. »Also, was jetzt?«, fragte er. »Muss das alles rauskommen?«

»Nicht so wie Sie denken.« Rebus überlegte einen Augenblick. »Eine DNA-Probe zu nehmen dauert Sekunden, das muss niemand mitbekommen. Wenn sie mit dem Haar übereinstimmt, kann es als Beweismittel ausgeschlossen werden, und das Team kann sich auf andere Dinge konzentrieren.«

»Es sei denn, die wollen mir alle fünf anhängen.« Hammell

sah Rebus jetzt direkt an. »Das würde Ihren alten Freund Cafferty freuen …«

»Das wird nicht passieren«, versicherte Rebus.

»Glauben Sie wirklich, dass das nicht durchsickert? Wir wissen doch beide, wie's auf Polizeiwachen zugeht.«

»Ging das schon länger mit Ihnen und Annette?«

Hammell funkelte ihn böse an. »Kümmern Sie sich um Ihren eigenen Scheiß.«

»Sie war doch nicht schwanger, oder?«

»Was?«

»Ihr wurde schlecht im Bus.«

Hammell schüttelte den Kopf. Rebus' Festnetztelefon klingelte, aber er ignorierte es.

»Könnte wichtig sein«, sagte Hammell.

»Das ist garantiert eine Stimme vom Band, die mir was erzählt wegen einer Versicherung, die ich nie abgeschlossen habe.«

»Daran erkennt man den wahren Detective«, sagte Hammell.

»Sonst ruft mich niemand an.«

Als das Klingeln aufhörte, grinste Hammell bitter. »Das wird mit einer Riesenscheiße enden«, meinte er, »und trotzdem bring ich's nicht fertig, Sie zu hassen.«

Er machte Anstalten aufzustehen.

»Ich spreche mit DI Clarke«, sagte Rebus, »und bitte sie, die Information direkt an DCS Dempsey weiterzuleiten. Das Material für den Abstrich kann mit der Post an eine Adresse Ihrer Wahl geschickt werden.« Er zuckte mit den Schultern. »Mehr Diskretion geht nicht.«

Hammell musterte ihn. »Warum sollten Sie mir helfen wollen?«, fragte er.

»Ich bin Beamter im öffentlichen Dienst, Mr Hammell, und Sie – ob mir das gefällt oder nicht – sind die Öffentlichkeit.« Rebus stand auf, und die beiden Männer gaben sich erneut die Hand.

»Das nächste Mal mach ich Sie fertig«, kündigte Hammell an.

»Daran hab ich keinen Zweifel«, pflichtete ihm Rebus bei und brachte ihn zur Tür.

57

»Du weißt doch, wie's auf Polizeiwachen zugeht«, meinte Siobhan Clarke. Sie war noch in Inverness. Rebus stand an seinem Wagen, den er auf dem für Streifenwagen reservierten Platz draußen vor der Wache am Gayfield Square geparkt hatte, und hielt sich sein Handy ans Ohr.

»Das hat Hammell auch gesagt. Deshalb erzähle ich's auch nur dir, und deshalb solltest du's direkt an Dempsey weitergeben.«

»Schön und gut …« Sie klang skeptisch. »Ist ja nicht so, dass wir Frank Hammell was schuldig wären.«

»Es geht aber nicht nur um ihn. Haben Annettes Angehörige nicht schon genug zu verdauen?«

»Wahrscheinlich schon.«

»Na also.« Rebus wartete, bis der Verkehrspolizist näher kam. Der Mann musterte das Schild auf dem Armaturenbrett des Saab und ging weiter.

»Die Sache ist nur die«, sagte Clarke, »wenn James mitbekommt, dass ich das hinter seinem Rücken …«

»Es gibt keinen Grund, warum er's mitbekommen sollte.«

»Was hält Dempsey davon ab, es ihm zu sagen?«

»Du bittest sie, es nicht zu tun. Immerhin schuldet sie dir dann einen Gefallen. Überleg mal, wie viel Geld sie verpulvert hätte, wenn sie von jedem Mann da oben eine DNA-Probe hätte nehmen müssen.« Rebus hörte sie seufzen. »Und wie läuft's sonst?«, fragte er.

»Sämtliche Einwohner in und um Edderton wurden befragt. Aber dabei ist nichts herausgekommen, was sich zu berichten lohnt.«

»Irgendwelche Hinweise darauf, dass jemand gedeckt wird?«

»Nichts.«

»Und die Suche?«

»Nichts. Ich hab das Gefühl, dass Dempsey James und mir heute noch die Rückfahrttickets in die Hände drücken wird.«

»Dann rede lieber schnell mit ihr – und lieber von Angesicht zu Angesicht als am Telefon.«

»Ich freu mich schon wieder auf Edinburgh.«

»Die Stadt verzehrt sich nach dir, glaub mir. Sie heult sich just in diesem Moment an meiner Schulter die Augen aus.« Rebus hielt sein Gesicht in den Regen. Es war nur ein kurzer Schauer, im Westen klarte der Himmel bereits wieder auf.

»Also, was hast du heute vor?«, fragte sie ihn.

»Erst räume ich meinen Schreibtisch in *deinem* Büro, dann räume ich meinen Schreibtisch in *meinem* Büro.«

»Und das war's dann?«

»Game over, vor allem wenn's nach denen von der Inneren geht.«

»Du hast so viel für diesen Fall getan, John. Das muss denen mal jemand sagen.«

»Ich bin sicher, mein Fanclub steht schon mit Empfehlungsschreiben Schlange.« Er hielt inne. »Also, wirst du mit Dempsey sprechen?«

»Sie wird mich fragen, woher ich die Information habe.«

»›Vertrauliche Mitteilung‹.«

»Das wird ihr nicht gefallen.«

»Sie kann aber nichts dran ändern – du fährst bald nach Hause. Ich hab schon Luftballons und so bestellt.«

»Andererseits muss ich ihr ja sowieso einen Abriss liefern – Serienmörder und die Orte, an denen sie ihre Leichen ablegen.«

»Hast du was aus dem Internet gefischt?«

»Nur dass es in der Regel einen Grund für die Wahl des Ortes gibt – häufig in der Nähe des Wohnorts. Oder anders formuliert, ihr ›räumliches Verhalten‹ orientiert sich an ›empirischen Vorbildern‹.«

»Die erste Erklärung hat mir besser gefallen.«

»Dachte ich mir.«

Als sie fertig telefoniert hatten, ging er nach oben. Im Büro schienen alle irgendwie in der Luft zu hängen. Page und Clarke waren nicht da, Dempsey und ihr Team hatten sich den Fall unter den Nagel gerissen, niemand hatte wirklich etwas zu tun. Sehr viel harte Arbeit; ohne das Gefühl, etwas erreicht zu haben.

»Ich freue mich, Sie so untätig zu sehen«, sagte Rebus, »ich brauche nämlich Hilfe beim Verladen der Kisten ...«

Zum Schluss halfen Esson und Ogilvie ihm, alles runter zum Saab zu schleppen. Esson fragte, ob die Akten nach Inverness gebracht werden sollten. Er sagte, er wisse es nicht, und sie schlug vor, dass sie am Gayfield Square bleiben sollten, für alle Fälle.

»Wenn ich nicht bleibe, bleiben sie auch nicht«, erwiderte Rebus.

Danach feierten sie mit Tee (und heißem Wasser) und den Resten einer Packung Bourbon Kekse.

»Keine neuen Computererkenntnisse?«, fragte Rebus Esson.

Sie schüttelte den Kopf, biss winzige Stückchen von ihrem Keks ab, während Ogilvie seinen in den Tee tunkte und anschließend komplett vernichtete.

»Dann legen Sie am besten die Füße hoch, solange Sie können«, fuhr Rebus fort. »Sieht aus, als könnte Page heute Abend schon zurück sein.«

»Und Sie fahren wieder in die Fettes Avenue?«, fragte Ogilvie.

»Nicht für lange – die SCRU wird dichtgemacht.«

»Und was machen Sie dann?« Die Frage kam von Esson. Rebus zuckte theatralisch mit den Schultern.

»Vielleicht spiele ich Scrabble und sehe mir unzählige Wiederholungen der *Antiques Roadshow* an …«

Sie grinste, was sie noch jünger wirken ließ.

»War nett mit euch beiden«, sagte Rebus und sah sich ein letztes Mal im Büro um, winkte noch einmal in die Runde und ging. Oben an der Treppe blieb er stehen, als er Dave Ormiston heraufkommen sah, einen kleinen Stapel Blätter in der Hand, die er gerade las. Dann entdeckte Ormiston Rebus und quälte sich ein dürftiges Lächeln ab.

»Bekomme ich meinen Schreibtisch zurück?«, fragte er.

Rebus nickte.

»Dann sag ich wohl auf Wiedersehen.« Ormiston hatte die Hand ausgestreckt, aber als Rebus sich weigerte einzuschlagen, erstarrte er.

»Die Sache ist die«, sagte Rebus. »Sie waren am Telefon so neugierig, dass es mich ganz nachdenklich gemacht hat, auch wegen Big Ger Cafferty …«

»Ach ja?«

»Cafferty wusste nämlich von der Überwachungskamera am Busbahnhof, obwohl er das gar nicht wissen konnte.«

»Ist doch ein offenes Geheimnis, dass Sie mit ihm befreundet sind.«

»Aber Sie und ich wissen, dass es anders war, nicht wahr, Dave? Wir wissen, dass er jemanden schmiert – jemanden, der hier sitzt.« Rebus beugte sich zu Ormiston vor, bis ihre Gesichter nur noch wenige Zentimeter voneinander entfernt waren. »Hören Sie auf, so viel zu quatschen, sonst bin ich gezwungen, mir ein paar Fleißsternchen bei der Inneren abzuholen. Haben Sie die schon mal in Aktion erlebt, Dave? Die zapfen Ihr Telefon und Ihren Computer an. Gehen Ihre Ausgaben ganz genau durch. Die werden was finden. Und dann können Sie Ihrer Pension auf Wiedersehen sagen.« Rebus hielt inne. »Nur so als Warnung – gehen Sie auf Abstand zu Cafferty, und wenn Sie das gemacht haben, vergrößern Sie ihn …«

Wieder am Saab griff Rebus über das Armaturenbrett und nahm das POLIZEI IM EINSATZ-Schild heraus. Er wollte schon die Stufen hochsteigen und es am Empfang abgeben, aber dann zögerte er. Schließlich hatte es ja niemand zurückverlangt, oder?

Er war erst ungefähr fünfzig Meter Richtung Broughton Street gefahren, als sein Handy klingelte. Siobhan Clarke.

»Probleme mit Dempsey?«, riet er, sobald er das Telefon am Ohr hatte.

»Bist du in der Nähe eines Fernsehers?«

»Nein.« Er sah nach links und nach rechts. Jede Menge Pubs, in die er schnell springen konnte. »Ich versuche mal einen aufzutreiben. Gib mir zwei Minuten.«

Dann war die Leitung unterbrochen. Rebus fuhr seitlich ran, schob das Schild wieder aufs Armaturenbrett und eilte ins nächste Pub. Als der Barmann fragte, was er für ihn tun könne, erwiderte Rebus, er möge zuallererst umschalten.

»Sky oder BBC News«, tippte er.

Es gab keine anderen Gäste, die sich beschweren konnten, also tat der Mann, worum er gebeten wurde. Als sich herausstellte, dass auf BBC ein Bericht über Afghanistan lief, schaltete er auf Sky um, wo ein Reporter mit Jim Mellon, dem Farmer aus Edderton, sprach. Aber schon wurde wieder zurück ins Studio gegeben, und Rebus hatte nicht mal die Schlagzeile mitbekommen. Er hängte sich ans Handy und berichtete Clarke, was er gesehen hatte.

»Ich hab dir ein Foto geschickt«, sagte sie. »Ich hab kein UMTS, kann also eine Weile dauern.«

»Seid ihr vorangekommen?«

»Vorangekommen? Nein, die haben nur mit dem Farmer geredet, weil niemand Interessanteres zur Verfügung stand. Die halbe Medienmeute hat sich schon wieder verdünnisiert. Ruf mich an, wenn du das Bild bekommen hast.«

»Kannst du's mir nicht einfach erzählen?«

»Ist vielleicht gar nichts.« Sie hielt inne. »Wahrscheinlich.«

Wieder war die Leitung tot, und Rebus starrte auf das Display, versuchte die Ankunft von Clarkes SMS per Willenskraft zu beschleunigen. Der Barmann fragte ihn, ob er beim Warten etwas trinken wolle.

»Ich nehm ein kleines IPA«, tat ihm Rebus den Gefallen. Es wurde eingeschenkt, hingestellt, bezahlt und vernichtet, bevor eine neue SMS einging. Als er sie öffnete, sah er ein Bild des Fernsehinterviews – der Reporter mit Mellon. Sie standen auf dem Hof, und direkt hinter ihnen war ein kleiner weißer Transporter mit einer fetten schwarzen Beschriftung zu sehen.

MAGRATH.

Rebus rief Clarke zurück.

»Und?«, fragte er.

»Meinst du, das ist Zufall?«

»Ist kein besonders ungewöhnlicher Name.«

»Doch ist es – jedenfalls in der Schreibweise. Ich hab gerade im Telefonbuch nachgesehen.«

»Meinst du, Gregor Magrath betreibt nebenher eine Firma?«

»Ich hab's gegoogelt – es gibt im Umkreis von fünfzig Meilen nur noch einen einzigen anderen ›Magrath‹. Einen Elektriker in Rosemarkie.«

Rebus wurde nachdenklich. »Kam er dir wie ein Elektriker vor?«

»Eher wie ein typischer Rentner. Und der Transporter stand auch nicht da, oder?«

»Wahrscheinlich hat das nichts zu bedeuten«, sagte Rebus. Dann: »Hast du schon mit Dempsey gesprochen?«

»Noch nicht, aber sie ist irgendwo im Haus unterwegs.«

»Und du meinst, heute Abend seid ihr wieder da? Wollen wir was trinken gehen?«

»Aber kein Gelage – nur auf ein Getränk, ja?«

»Selbstverständlich.«

»Ich ruf dich an.«

»Ich trete gerne zurück, falls Page ein Gegenangebot macht.«

»Wiedersehen, John.«

Er lächelte ins Handy und ließ es in seiner Tasche verschwinden. Der Barmann stand hinter dem Zapfhahn und wollte nachschenken, aber Rebus schüttelte den Kopf und verließ das Pub.

Bei der SCRU halfen ihm Bliss und Robison, den Wagen auszuräumen, Robison stellte ihm dieselbe Frage, die ihm auch schon Esson gestellt hatte: Werden die Akten nach Inverness gebracht?

»Schon möglich«, mehr sagte er nicht.

In genau dem Augenblick, als sie die letzte Kiste auf dem Boden abgestellt und sich wieder aufgerichtet hatten, um sich den Schweiß von der Stirn zu wischen und Atem zu schöpfen, kam Daniel Cowan von irgendeinem Meeting hereingeschneit und wirkte adretter und selbstzufriedener als je zuvor.

»Ich bin niemand, der andere gerne kritisiert«, erklärte er, »aber sollten wir dieses Büro nicht lieber ausräumen, anstatt es mit Unterlagen vollzustopfen?«

»Das ist der A9-Fall«, klärte ihn Rebus auf. Plötzlich wirkte Cowan interessiert und fuhr sogar mit einem Finger über die Kante der obersten Kiste. Die A9, das waren richtige Ermittlungen, aktuell, live und in den Nachrichten. In Cowans Augen blitzte Verlangen auf: Er wollte den Fall und konnte ihn nicht haben. Wenn er in der Abteilung für ungelöste Fälle des Crown Office einen Posten bekam, würde er möglicherweise nie wieder an aktuellen Ermitlungen beteiligt sein.

»Ich wollte der Truppe gerade eine Runde KitKat in der Kantine spendieren«, sagte Rebus.

»Und ich bin nicht eingeladen?«, fragte Cowan.

»Ich dachte, Sie würden lieber hierbleiben und telefonieren wollen.«

Cowan sah ihn an. »Wieso telefonieren?«

»Mit Inverness – jemand muss denen mitteilen, dass die Akten hier sind, falls Bedarf besteht.«

Cowans Augen strahlten. »Ja, wahrscheinlich wäre es besser, wenn ich das mache, was?«

»Dann sehen wir uns später«, sagte Rebus und ging mit Bliss und Robison in die Kantine.

Als sie an einem der Tische Platz genommen hatten, erkundigte sich Rebus bei Bliss nach Gregor Magraths Fähigkeiten als Elektriker.

»Eine Glühbirne kann er wohl einschrauben«, sagte Bliss. »Ich bin nicht sicher, ob ich ihn eine Leitung legen lassen würde.«

Rebus erzählte von dem Transporter. »Hat er da oben noch Angehörige?«

»Nicht dass ich wüsste.«

»Das hätte er doch erwähnt, oder? Ich meine, ihr beiden seid in Verbindung geblieben – du hast ihn zu Hause besucht …«

»Andererseits könnte das erklären, warum er in den Norden gezogen ist und sich nicht irgendwo zur Ruhe gesetzt hat, wo die Sonne scheint.«

»Stimmt.«

Robison biss in ihren Apfel, nachdem sie die von Rebus angebotenen Kekse und Chips abgelehnt hatte. »Vielleicht heißt der andere einfach nur genauso«, meinte sie kauend.

»Vielleicht«, pflichtete ihr Rebus bei.

»Wenn wir alle schon mal hier sind, sollten wir uns überlegen, wohin wir an unserem gemeinsamen Abend gehen wollen…«

58

Am Abend traf sich Rebus mit Siobhan Clarke in der Oxford Bar. Sie setzten sich an einen Tisch im Hinterzimmer, und Rebus fragte sie, ob es etwas Neues aus Inverness gäbe.

»Die Mühlen mahlen«, sagte sie. »Es wurden noch ein paar Soldaten hinzugezogen. Dempsey dehnt das Suchgebiet aus – die Einheimischen stehen Schlange, um uns zu helfen, außerdem eine Abordnung der Feuerwehr.«

Rebus dachte an die ersten Vermisstenfälle. Jede Menge Klinkenputzen, damit einem nicht vorgeworfen wurde, man hätte nicht alles versucht. »Könnte schwierig werden«, meinte er, »falls einer der Einheimischen was zu verbergen hat.«

»Das weiß sie. Jedem Zivilistenteam wurde einer von unseren Leuten zugeteilt, der darauf achten soll, ob jemand nervös ist oder sich irgendwie seltsam benimmt.«

»Und all das in der Hoffnung, Kleidung oder sonstige Habseligkeiten zu finden?«

»Die müssen ja irgendwo sein.«

Rebus nickte und fragte, ob sie mit Dempsey gesprochen habe. Clarke nickte ebenfalls und hob ihr Glas.

»Ich habe ihr angesehen, dass sie mich am liebsten gefragt hätte, warum ich damit nicht zu *meinem* Chef gegangen sei.«

»Aber sie hat nicht gefragt?«

»Sie meinte nur, sie würde veranlassen, dass von Hammell eine Probe genommen wird.«

»Wie hat sie reagiert, als du ihr gesagt hast, dass Annette und Hammell was miteinander hatten?«

»Sie hat die Augenbrauen hochgezogen.«

»Und deine Quelle …?«

»Bleibt vertraulich.« Clarke hielt inne. »Es besteht immer noch die Möglichkeit, dass das Haar nicht von Hammell stammt.«

»Dann könnte es wieder als Hinweis dienen«, pflichtete ihr Rebus bei.

Sie nahm einen weiteren Schluck. »Übrigens hab ich bei dem Elektriker angerufen – ist keiner drangegangen. Glaubst du immer noch an einen Zufall?«

»Peter Bliss ist mit Gregor Magrath in Verbindung geblieben. Er kann ihn sich nicht als Elektriker vorstellen und weiß auch nichts von Angehörigen in der Gegend.« Er dachte einen Augenblick nach, dann griff er nach seinem Handy.

»Wen rufst du an?«

»Jim Mellon – mir ist gerade eingefallen, dass ich ja seine Nummer habe.« Mellons Frau ging dran. Ihr Mann war in einer der Scheunen und würde noch eine ganze Weile weg sein. Rebus gab ihr seine Nummer und bat darum, zurückgerufen zu werden. »Kann ich Ihnen nicht weiterhelfen?«, fragte sie.

»Na ja, doch, vielleicht können Sie das sogar. Mr Mellon war doch vorhin im Fernsehen …«

»Wenn Sie mich fragen, kommt er viel zu sehr auf den Geschmack.«

»Hinter ihm auf dem Hof parkte ein Transporter, der mir Rätsel aufgibt. An der Seite stand der Name Magrath. Ich glaube, es war der Wagen eines Elektrikers …?«

»Kenny Magrath«, sagte sie.

»Kenny Magrath«, wiederholte Rebus, damit Clarke den Namen ebenfalls hörte. »Wohnt der nicht in Rosemarkie?«

»Das ist richtig.«

»Ich kenne nämlich einen anderen Magrath in Rosemarkie, Gregor Magrath.«

»Könnte der Bruder sein.«

»Der Bruder?« Rebus sah Clarke an, während er weiterredete.

»Ich bin sicher, dass Kenny mal einen Bruder erwähnt hat.«

»Dann muss er's wohl sein«, erwiderte Rebus.

»Soll Jimmy Sie trotzdem zurückrufen?«

»Ich glaube, das wird nicht nötig sein. Sie haben mir sehr geholfen, Mrs Mellon.«

Rebus beendete das Gespräch, den Blick immer noch auf Siobhan Clarke gerichtet.

»Und?«, fragte sie.

»Also, Gregor Magrath kauft sich nach seiner Pensionierung ein Häuschen im Norden – obwohl er und seine Frau immer Urlaub in der Sonne gemacht haben …«

»Weshalb es einem komisch vorkommt, dass die Wahl ausgerechnet auf Black Isle fiel.«

»Es sei denn, er hat dort Familie – und genauso ist es. Aber warum hat er das gegenüber Peter Bliss nie erwähnt? Und auch als Bliss ihn besucht hat, war nie von einem Bruder die Rede.«

»Vielleicht sind sie zerstritten. Kommt in den besten Familien vor.«

»Aber da hingen auch Fotos an der Wand – eine Mutter und ein Vater mit zwei kleinen Kindern, dann dieselben Kinder schon ein bisschen größer. Das muss der Bruder mit seiner Familie gewesen sein.«

»Nicht unbedingt.«

»Diese positive Einstellung habe ich schon immer an dir geschätzt.«

»Früher war das mein Text.« Sie hielt inne, dann fragte sie ihn, was all das seiner Meinung nach zu bedeuten habe.

»Ich weiß es nicht.«

»Lohnt es sich, Dempsey noch mal ins Ohr zu raunen?«

Er zuckte mit den Schultern und konzentrierte sich auf sein Bier. Clarke sah auf ihrem Handy nach der Uhrzeit.

»Noch ein schnelles?«, schlug Rebus vor.

»Mein Zuhause ruft«, sagte sie und schüttelte den Kopf.

»Das bedeutet…?«

»Ungeöffnete Post, unbezahlte Rechnungen, ungewaschene Wäsche.«

Er nickte verständnisvoll und sah auf die Uhr: Er hatte den Zeitpunkt verpasst, seine Wäsche abzuholen. »Wir sprechen demnächst weiter«, sagte er.

Sie war aufgestanden und streckte ihm ihre Hand entgegen. Rebus schlug ein, und sie schüttelten sich die Hände, obwohl es sich komisch anfühlte, viel zu förmlich. War das ihre Art zu sagen, dass ihre gemeinsame Zeit vorüber war? Bevor er sie fragen konnte, war sie schon verschwunden.

»Bleiben nur noch du und ich, hm?«, sagte er zu seinem Bierglas. »So wie eh und je.« Dann beugte er sich vor und konzentrierte sich auf die Wand gegenüber, dachte noch ein bisschen über Gregor Magrath nach, über Familien und ihre Geheimnisse.

Es war Abend im Jo-Jo Binkie's. Frank Hammell war beim Zahnarzt gewesen. Niemand hatte gewagt, ihn nach der Platzwunde an seinem Kopf zu fragen. Von der Galerie aus sah er zu, wie der DJ an seinem Pult zuckte und tanzte. Nicht dass der Mann Platten aufgelegt hätte – die Musik kam von CDs und vom Laptop. Hammells Geschmack war das nicht, aber Darryl hatte es auf ein jüngeres Publikum abgesehen, das nicht so sehr aufs Geld achtete. Und der Laden war angesagter denn je, die Leute kamen von überall her – manchmal sogar mit Bussen aus dem Westen, aus Fife oder Borders. Ein paar Dutzend Tänzer verrenkten sich auf der Tanzfläche, Hammell musterte das Angebot. Da war eine dürre Blondine, der er fast bis zum Bauchnabel in ihr tief ausgeschnittenes, kurzes Kleid gucken konnte.

Fast.

Ein paar Mitarbeiter schritten den Rand der Tanzfläche ab, hielten Ausschau nach potentiellen Unruhestiftern. Hammell kannte ihre Namen nicht. Sie waren neu. Fast alle waren neu. Darryl hatte ihm erklärt, einige seien nicht pünktlich zum Dienst erschienen; andere hätten hinter Hammells Rücken schlecht über ihn geredet. Sie mussten ersetzt werden. Ein paar seien zu alt und dem Job nicht mehr gewachsen; manche zeigten keinen Einsatz. Als Hammell heute Abend durch seinen eigenen Club ging, hatte er an der Tür niemanden mehr erkannt. Selbst der so zuverlässige Rob war spurlos verschwunden. Mit den Angestellten in seinen Pubs war es dasselbe: raus mit den alten und rein mit den neuen. Darryl bezeichnete das als »Auffrischung der Marke«. Aber es kam Geld rein – eine beachtliche Leistung angesichts der herrschenden Rezession, wie Darryl selbst erklärt hatte –, und dank seiner kreativen Buchführung wurde auch nicht alles versteuert.

Hammell fuhr sich mit der Zunge über seine neue Plombe. Sie kam ihm nicht ganz glatt vor, aber er mochte die raue Oberfläche. Er spürte eine Bewegung neben sich, drehte sich um und sah Darryl. Er klopfte dem jungen Mann zur Begrüßung auf die Schulter.

»Ganz schön was los für einen Werktag«, überbrüllte Hammell die Musik.

»Es wird noch voller«, behauptete Darryl. Anscheinend trug er schon wieder einen neuen Anzug, dunkel mit blassgrünem Hemd darunter.

»Wo ist Rob denn heute Abend?«

Darryl wandte sich von den Tanzenden zu seinem Arbeitgeber um. »Ich musste ihn entlassen«, sagte er.

Hammell zog die Augenbrauen hoch. »Was war denn los?«

»Gar nichts war los. Aber als du oben im Norden warst, fiel's mir leichter, ihm zu sagen, dass er gehen muss. Er hat ein bisschen Geld bekommen, genau wie die anderen.«

»Aber Rob war ein guter Mann.«

»Er war *dein* Mann, Frank, das war das Problem mit Rob.« Christie deutete auf die Tanzfläche. »Jetzt sind hier nur noch *meine* Leute.«

Hammell zog die Schultern zurück und ballte die Fäuste. »Was zum Teufel ist hier los?«

Darryl Christie antwortete mit einem kalten Grinsen. »Du bist raus, Frank, das ist los. Dein Anwalt – der jetzt *mein* Anwalt ist – macht schon die Verträge fertig. Du wirst mir dein gesamtes Unternehmen für ein Pfund Sterling verkaufen.«

»Du Dreckschwein, mach, dass du hier wegkommst.« Hammell stand direkt vor ihm, Spucke spritzte ihm aus dem Mund. »Nach allem, was ich für dich getan habe? Du undankbares kleines Arschloch.« Er deutete mit dem Daumen Richtung Treppe. »Mach schon, bevor ich dir den Kopf abreiße!«

»Sieh noch mal genau hin«, sagte Christie ruhig. Hammell schaute und sah drei Männer oben an der Treppe. Türsteher. Männer, deren Namen und Gesichter er nicht kannte. Darryl Christies Männer.

»Ich habe alles«, fuhr Christie fort, seine Stimme immer noch eiskalt. »Passwörter, Kontonummern, *alles*. Die Offshore-Banken und die Nummern, von denen du glaubst, dass sie keiner kennt. Was für Al Capone gut genug war, wird für dich gerade billig sein. Das Finanzamt wird seine wahre Freude an dir haben ...«

»Was wird deine Mutter dazu sagen?«

»Gar nichts, weil du nicht noch einmal auch nur in ihre Nähe kommen wirst. Von jetzt an hältst du dich von meiner Familie fern.« Christie machte eine Pause. »Es sei denn, du möchtest, dass ich ihr von dir und meiner Schwester erzähle.«

Hammells Miene gefror.

»Annette hatte mir alles erzählt«, fuhr Christie fort. »So war sie – sie konnte nichts für sich behalten. Fast hätte ich dir dafür eins über den Schädel gezogen – dafür und für alles andere.«

»Ich werde auf gar keinen Fall irgendwas unterschreiben.«

»Dann trifft morgen ein Memorystick beim Finanzamt ein. Du hast nicht mal mehr Zeit, das Land zu verlassen – geht ja auch gar nicht, ich hab deinen Pass.«

Die drei Türsteher standen jetzt direkt hinter Hammell und warteten auf Anweisungen. Als Hammell Anstalten machte, sich auf Christie zu stürzen, packten sie ihn an den Schultern und hielten ihn zurück.

»Ich hab dich zu dem gemacht, der du bist«, knurrte Hammell und versuchte sich loszureißen. »Ich hab dir einen Job gegeben, dich in mein Haus eingeladen …«

»Und schon bald werde ich genau so ein Haus haben«, sagte Christie. »Aber es wird immer einen Unterschied zwischen uns beiden geben.«

Hammell funkelte ihn wütend an. »Und der wäre?«, fragte er unwillkürlich. Christie beugte sich dichter zu ihm heran.

»Ich vertraue *niemandem*«, bekundete er und machte den Türstehern Zeichen, Hammell ins Büro zu führen.

»Ich unterschreibe einen Scheiß!«, schrie Hammell, als sie ihn wegzogen. Aber Darryl war sich sicher, dass er unterschreiben würde. Als er die SMS tippte, stützte er sich mit den Unterarmen auf das Geländer der Galerie. Die Nachricht war für seinen Vater bestimmt. Sie war kurz und knapp.

Alles in Butter.

Obwohl er wusste, dass das nicht ganz stimmte …

59

Nach einer unruhigen Nacht traf Rebus auf dem Parkplatz des Präsidiums in der Fettes Avenue ein und fand ihn halb leer. Es war noch nicht ganz hell, die Straßenlaternen brannten noch. Er schloss seinen Wagen ab und betrat das Gebäude. An der Rezeption saß dieselbe Beamtin, die ihn damals bei der SCRU angerufen und Bescheid gegeben hatte, dass unten eine Besucherin wartete, die zu DI Magrath wolle. Hätte Rebus gerade Zigarettenpause gemacht, wäre jemand anders aus dem Team drangegangen.

Dann wäre alles ganz anders gekommen.

Er nahm lieber die Treppe als den Fahrstuhl – jedes bisschen Bewegung tat ihm gut, hatte ihm sein Arzt bei der letzten Routineuntersuchung erklärt. Trotzdem musste er sich am Geländer hochziehen und auf halber Strecke eine Verschnaufpause einlegen. Der Gang war menschenleer, ebenso die Büros, an denen er vorbeikam. Er öffnete die Tür zur SCRU und blieb an der Schwelle stehen. Der Raum wirkte wie in der Zeit stehen geblieben – halb gepackte Kisten; die Putzkräfte hatten die Papierkörbe geleert, die nun darauf warteten, erneut gefüllt zu werden; Marker und Büroklammern; benutzte Kaffeebecher. Auf seinem Schreibtisch fand er ein leeres Blatt Papier, er datierte es und notierte die Eckdaten seines Treffens mit Sally Hazlitt. Dann unterschrieb er, öffnete Hazlitts Akte und befestigte die Notiz am Deckblatt. Cowans Schreibtisch war, wie ihm auffiel, aufgeräumt wie immer – für den Fall, dass einer der Vorgesetzten reinschauen würde. Ein Tacker mit dem Namen COWAN stand dort, Cowan hatte ihn selbst gekauft, nachdem jeder einzelne seiner Vorgänger spurlos verschwunden war. Rebus nahm ihn vom Schreibtisch und steckte ihn ein, so wie er auch alle anderen eingesteckt hatte, dann verließ er den Raum und ging die Treppe wieder runter.

Es war kein schlechter Tag für eine Spazierfahrt, und er verspürte keine Lust, irgendwo anzuhalten. Er hatte den Saab auf dem Weg in die Fettes Avenue aufgetankt und wusste, dass er der Fahrt in den Norden abermals gewachsen war. Sobald alles vorbei war, schwor er sich, würde er dem alten Schlachtross eine Rundumwartung und Autowäsche spendieren als kleine Belohnung für die Strapazen. Rebus fuhr, trommelte mit den Fingern aufs Lenkrad, während im CD-Player Nazareth lief. Eigentlich dachte er an nichts anderes als an die Fahrt und deren Abschnitte: an das Ende eines bestimmten zweispurigen Streckenabschnitts; an Besonderheiten wie die Baustelle bei Pitlochry und das House of Bruar; inzwischen vertraute Schilder wiesen ihm den Weg zu Orten, die er höchstwahrscheinlich niemals aufsuchen würde, wie Waltzing Waters und Killiecrankie. Auf den meisten Bergen lag immer noch eine recht anständige Schneedecke. Schafe grasten unbeirrt der vorüberziehenden LKW, Transporter und Autos. Rebus erinnerte sich an Siobhan Clarkes Worte auf dem Weg zum Chanonry Point: *Ist schon ein komisches kleines Land... Ich versteh's immer noch nicht.* Sie hatte ihm vorgeworfen, empfindlich zu sein – dabei war das doch eine ganz natürliche Reaktion, eigentlich war er ja ihrer Meinung. Eine Nation von fünf Millionen Einwohnern, die sich dicht zusammendrängten, als ließen sie sich von den Elementen und der Ungeheuerlichkeit der sie umgebenden Landschaft einschüchtern, klammerte sich an Vorstellungen von einer Gemeinschaft und einer gemeinsamen Geschichte, wie sie in dem Buch beschrieben wurden, das ihm Nina Hazlitt geschenkt hatte. Selbst der böse schwarze Mann hatte seine Funktion, denn wenn es ihn gab, dann musste es »uns« auch geben, die wir uns von ihm abgrenzten, und wenn es ihn gab, dann war da jemand, dem man die Schuld geben konnte …

Aviemore.

Inverness.

Kessock Bridge.

Dann Munlochy, Avoch, Fortrose.

Endlich erreichte er sein Ziel: die Häuserreihe direkt an der Küste in Rosemarkie.

Keine Spur von Gregor Magrath auf der Sonnenveranda. Der altehrwürdige olivgrüne Landrover parkte an derselben Stelle wie zuvor. Rebus klopfte an die Tür des Cottage und wartete. Als niemand öffnete, spähte er durch das Wohnzimmerfenster, konnte aber keine Bewegung erkennen, nur schemenhaft die gerahmten Fotos im Bücherregal. Er richtete sich wieder auf, kämpfte gegen die Elemente, um sich eine Zigarette anzuzünden, dann stellte er sich neben den abkühlenden Saab und blickte aufs gegenüberliegende Ufer. Ein Hund bellte am Strand, von Rebus aus gesehen irgendwo weiter rechts, sein Herrchen hinkte einige Dutzend Meter hinterher. Am Wasser stand jemand. Rebus schirmte seine Augen mit der Hand ab und sah einen Mann am Saum der heranrollenden Wellen. Er machte sich nicht die Mühe, den Wagen abzuschließen, sondern ging dem Mann entgegen, während der Wind ihm Sand ins Gesicht blies.

»Mr Magrath!«, rief Rebus. Magrath drehte sich zu ihm um, schien ihn aber nicht zu erkennen. Er hatte Rebus schon wieder den Rücken zugekehrt, als dieser ihn ein zweites Mal rief.

»Sie schon wieder.« Magrath klang gereizt. Er bohrte eine seiner Schuhspitzen in den feuchten Sand, sah zu, wie sich das Loch mit Meerwasser füllte.

»Was ist los?«, fragte Rebus. »Können Sie's nicht ertragen, mir in die Augen zu sehen?«

Magrath nahm die Herausforderung an, die beiden Männer standen einen Augenblick lang schweigend da.

»Wie kommt es, dass niemand etwas von Ihrem Bruder weiß?«, erkundigte sich Rebus mit gesenkter Stimme.

»Kenny? Den kennt jeder.«

Rebus nickte. »Hier oben vielleicht. Aber immer wenn Sie mit Peter Bliss telefoniert haben … Und all die Jahre bei der SCRU … Und auch als Bliss Sie besucht hat und ich neulich bei Ihnen war …« Magrath hatte den Blick wieder abgewandt, sein Interesse galt nun dem Strand unter seinen Füßen. Er machte den Mund auf, sagte aber nichts. Zu hören war einzig das Rauschen von Wind und Wellen.

»Sie haben sich immer sehr für die Fälle bei der SCRU interessiert und Ihren Freund Bliss darüber ausgefragt.«

»Schließlich hab ich die Abteilung ins Leben gerufen«, meinte Magrath.

»Das haben Sie«, pflichtete ihm Rebus bei. »Aber ich glaube, da steckt noch was anderes dahinter. Eine Frau namens Nina Hazlitt kommt eines Tages zu Ihnen ins Büro, und wenig später verabschieden Sie sich in den Ruhestand – zu jedermanns Überraschung. Die SCRU ist Ihr Baby, aber plötzlich wollen Sie es nicht mehr. Sie ziehen in den Norden, in die Nähe Ihres Bruders. Nur verraten Sie das niemandem, nicht mal sein Name fällt …« Da Magrath nichts sagte, fuhr Rebus fort.

»Nina Hazlitt kam zu Ihnen, weil sie dachte, sie hätte einen Zusammenhang zwischen dem Verschwinden ihrer Tochter und dem Fall Brigid Young entdeckt. Dieser Zusammenhang war die A9. Sie hält Sie für freundlich, weil Sie sich ihre Geschichte anhören. Aber Sie haben es selbst gesagt – eigentlich sind Sie in der Sache gar nicht weitergekommen, es gelang

Ihnen nicht, jemanden für den Fall zu interessieren.« Rebus hielt inne. »Ich frage mich, ob Sie's überhaupt versucht haben …«

Magrath zuckte leicht zusammen, ging nun vom Strand Richtung Straße, Rebus blieb ihm dicht auf den Fersen.

»Ihr Bruder arbeitet bei Jim Mellon auf der Farm. Er kennt sich in der Gegend ausgezeichnet aus, fährt von Auftrag zu Auftrag.«

»Worauf wollen Sie hinaus?« Magrath hatte seine Schritte beschleunigt und atmete jetzt schwer.

»Das wissen wir beide«, sagte Rebus.

»Ich habe nicht den blassesten Schimmer!«

»Welches Haus ist das von Kenny, Mr Magrath? Ich möchte mich mit ihm unterhalten.«

»Lassen Sie uns in Ruhe.«

»Mr Magrath …«

Der Mann blieb stehen und drehte sich abrupt zu Rebus um. »Kann ich Ihren Dienstausweis sehen? Kann ich nicht, richtig? Weil Sie nicht mal ein verfluchter Polizist sind! Vielleicht sollte ich anrufen und mich über Sie beschweren. Fahren Sie nach Hause, Rebus. Lassen Sie uns in Frieden!«

Er stampfte weiter, Rebus hinterher.

»Wovor haben Sie Angst?«, fragte Rebus, bekam aber keine Antwort. »Schön, wenn Sie Dempsey und ihr Team hier haben wollen, das lässt sich einrichten.« Magrath war die Betonstufen hinaufgestiegen, die den Strand mit der Straße verbanden, und steuerte jetzt auf sein Cottage zu, zog einen Schlüsselbund aus der Tasche.

»Sie haben Peter Bliss zur SCRU geholt«, beharrte Rebus, »damit er für Sie die Augen und Ohren offen hält. Auf die Art wussten Sie immer, welche Fälle wiederaufgenommen wurden. Natürlich hätten Sie das auch mitbekommen, wenn Sie im Amt geblieben wären, aber Sie wurden hier gebraucht, in der Nähe Ihres Bruders, nicht irgendwo im Süden, der Ihnen eigentlich lieber gewesen wäre. Blut ist nun mal dicker als Sonnenmilch, stimmt's, Gregor?«

»Ich höre Ihnen gar nicht zu.«

»Denken Sie nur mal eine Sekunde nach«, meinte Rebus. »Dann ist es viel einfacher.«

Aber die Tür wurde ihm vor der Nase zugeschlagen. Durch die Scheibe sah er, wie Magrath die zweite Tür öffnete und im Haus verschwand. Auf dem Stuhl auf der Veranda lag eine Zeitung, der jüngste Artikel zum Fall in Edderton war aufgeschlagen. In allen Zeitungen, die sich auf dem Boden verteilten, waren ähnliche Artikel aufgeschlagen. Rebus hämmerte mit der Faust an die Tür, dann schepperte er mit der Briefkastenklappe. Nach einigen Augenblicken trat er einen Schritt zurück und ging zum Wohnzimmerfenster, gerade noch rechtzeitig, um zu sehen, wie Gregor Magrath die Vorhänge zuzog. Rebus wartete eine ganze Minute, dann ging er zum Nachbarcottage und klingelte. Eine Frau, die augenscheinlich die achtzig längst erreicht hatte, öffnete die Tür, trocknete sich die Hände an einem Küchenhandtuch.

»Tut mir leid«, erklärte Rebus lächelnd, »ich suche Mr Magrath.«

»Der wohnt nebenan.«

»Ich meine Kenny, den Elektriker.«

Sie zeigte die Straße runter. »Der Garten mit der Schaukel«, erklärte sie. »Aber die Haustür ist hinten, auf der anderen Seite.«

Rebus bedankte sich bei ihr und ging die Küstenstraße entlang. Hinter der Reihe mit den Cottages standen ein paar einzelne moderne Häuser mit steil abfallenden Gärten. Die Nachbarin hatte recht: Die Hinterseite der Häuser war zum Meer ausgerichtet. Jemand hatte einen achteckigen Wintergarten angebaut, davor stand das Metallgestell für eine

Schaukel, aber die Schaukel selbst fehlte, und das Gerüst rostete. Rebus ging den Weg am Ende der Uferstraße hinauf und bog dann links ein, bis er an die Tür kam, die er suchte. Er drückte auf die Klingel und hörte es drinnen läuten. Eine Frau mittleren Alters machte auf.

»Ja?«, sagte sie.

»Ich suche Kenny Magrath.«

»Er ist bei der Arbeit. Geht's um einen Auftrag?«

»Wann kommt er wieder?«

Ihr Gesichtsausdruck war freundlich, aber irritiert. Sie hatte eine rundliche, attraktive Figur und lockiges rotbraunes Haar, ihre Augen waren von demselben Olivgrün wie der Landrover ihres Schwagers.

»Kann ich Ihnen vielleicht weiterhelfen?«, fragte sie.

Rebus zückte seinen Ausweis. »Ich gehöre zum Ermittlerteam in Edderton«, erklärte er. »Ihr Mann war gestern bei Jim Mellon auf der Farm.«

»Das ist richtig.«

»Wir dachten, ihm könnte durch seinen Job vielleicht etwas Verdächtiges oder ein Fremder in der Gegend aufgefallen sein …«

»Na, aber dann hätte er's doch gesagt, oder?« Ihre Augen verengten sich ein wenig.

»Vielleicht«, entgegnete Rebus. »Aber manchmal erinnert man sich erst an etwas, wenn man direkt danach gefragt wird.«

»Ach?« Sie dachte einen Augenblick darüber nach. Rebus beschloss, die Stille mit einer weiteren Frage zu füllen.

»Wohnen Sie schon lange hier, Mrs Magrath?«

»Mein ganzes Leben.«

»Sind Sie schon lange verheiratet?«

»Erinnern Sie mich nicht dran«, scherzte sie.

Rebus rang sich ein breites freundliches Lächeln ab. »Sie haben zwei Kinder …?«

Sie erstarrte.

»Ich habe bei Gregor Magrath Fotos gesehen«, erklärte er. »Wohnen die beiden noch zu Hause?«

»Die sind schon über zwanzig.« Sie entspannte sich wieder ein bisschen. »Leben in Inverness und in Glasgow. Dann haben Sie mit Gregor gesprochen?«

»Nicht offiziell. Ich arbeite gemeinsam mit einem seiner ehemaligen Kollegen, und der hatte mich gebeten vorbeizuschauen und hallo zu sagen.«

Anscheinend hatte sie sich jetzt eine Meinung über Rebus gebildet. Sie trat einen Schritt zurück in den Flur und bat ihn hereinzukommen.

»Ich möchte keine Umstände machen.«

»Ich bitte Sie«, sagte sie. »Kenny hat gesagt, noch eine Station, dann kommt er nach Hause. Das Teewasser kocht schon …«

Das Haus war hell und hübsch eingerichtet. Jede Menge gerahmte Fotos an den Wohnzimmerwänden, die meisten zeigten die Sprösslinge in jedem Stadium ihrer Entwicklung von der Wiege bis zum Schulabschluss. Rebus versuchte sich nicht anmerken zu lassen, dass er herumspionierte.

»Hat Ihr Mann eine Werkstatt?«, fragte er.

»Eine Garage – da bewahrt er die Ersatzteile auf und was er sonst so braucht.«

»Und die Garage ist in der Nähe?«

Sie nickte. »Gegenüber vom Pub.« Dann hielt sie inne. »Tut mir leid, ich habe Ihren Namen nicht verstanden.«

»Rebus«, sagte er.

»Rebus?«

»Ist wohl ursprünglich polnisch.«

»In Schottland gibt's ja jetzt wieder viele Polen. Kenny ist das vor allem im Baugewerbe aufgefallen.«

»Hat er denn noch genug Aufträge?«

»Ach ja. Wir können uns nicht beklagen.«

»Immer hier in der Gegend?«

Sie sah ihn an, wollte begreifen, warum er diese Fragen stellte. Rebus versuchte es erneut mit seinem Lächeln.

»Tut mir leid, ich bin bloß neugierig«, sagte er.

»Kenny hat sich einen Namen gemacht.« Sie schenkte Tee aus einer Kanne ein und reichte ihm anschließend den Becher. Ein Teller mit Shortbread wurde ihm angeboten, aber er schüttelte den Kopf.

»Ist er sehr gefragt?«

»Und ob.« Sie nahm einen Schluck Tee. Rebus' Vater hätte ihn als »Sergeant Major Special« bezeichnet – er hatte die Farbe von Mahagoni und bildete einen Tanninfilm im Mund. Rebus betrachtete ein paar der Fotos.

»Sehen Sie Ihren Sohn und Ihre Tochter häufig?«

»Wann immer wir können. Mit Joanne ist es leichter ...«

»Lebt sie in Inverness?«, riet Rebus.

Mrs Magrath nickte. »Wobei Kenny Brendan auch erst vor ein paar Wochen gesehen hat.«

»Und Brendan lebt in Glasgow?«, vergewisserte sich Rebus.

»Ich konnte nicht mit – musste eine Freundin im Raigmore besuchen.«

»Ist ein ganz schöner Ritt von hier runter in den Westen, oder?«, gab sich Rebus verständnisvoll. Schließlich war er die Strecke neulich erst selbst gefahren. Auf der A9, dann über die M80, am Ende der Reise hatte ihn Sally Hazlitt erwartet.

Und wenn man tanken musste, würde man zum Beispiel bei Pitlochry abfahren ...

»Vor ein paar Wochen, tatsächlich?«, setzte Rebus hinzu. »Können Sie das präzisieren, Mrs Magrath?«

»Sind Sie jetzt wieder neugierig?« Ihr Tonfall kühlte merklich ab.

»Abschalten fällt mir manchmal schwer.«

»Es war ein Sams…«

Sie hörte den Transporter draußen vorfahren, noch bevor Rebus ihn hörte.

»Ein Samstag?«, hakte Rebus nach. *Derselbe Wochentag, an dem Annette entführt wurde.* »Etwas über drei Wochen ist das jetzt her, stimmt's, Mrs Magrath?«

»Kenny macht das immer so, er wird es Ihnen bestätigen: Fährt hier früh weg, isst mit Brendan zu Mittag, dann fährt er wieder nach Hause, damit er nicht in den Fußballverkehr kommt…«

Der Motor draußen heulte noch einmal kurz auf, ging dann mit einem Stottern aus.

»Das ist gut«, sagte Rebus. »Das muss ich mir merken.« *Kurz nach drei aus Glasgow raus… Zwischen halb fünf und fünf in Pitlochry…*

Eine ungeölte Transportertür ging quietschend auf und wurde wieder zugeschlagen. Mrs Magrath stand auf, als sich die Haustür öffnete.

»Ich hab nur zehn Minuten«, dröhnte eine Männerstimme. Kenny Magrath kam ins Zimmer, musste zweimal hinsehen, als er den Fremden dort entdeckte.

»Das ist Detective Rebus«, erklärte seine Frau.

»Ich weiß, wer das ist – Gregor hat mir deswegen gerade schon in den Ohren gelegen.« Er zeigte mit dem Finger auf Rebus. »Sie sind hier nicht willkommen.«

Seine Frau blickte von einem Mann zum anderen. »Was ist denn los?«

Kenny Magraths Blick durchbohrte Rebus. Er war größer und breiter als sein Bruder und ungefähr zehn Jahre jünger. Sein Haar war dicht und wurde erst allmählich silbrig an den Schläfen. Scharf geschnittene Gesichtszüge und tief liegende Augen unter buschigen Augenbrauen. Rebus hielt seinem Blick stand, hatte nichts dagegen, es mit ihm aufzunehmen.

Er war aufgestanden und hatte die Hände in die Hosentaschen geschoben, um anzuzeigen, dass er es nicht eilig hatte zu gehen. Die Finger seiner rechten Hand strichen über das Plektrum.

»Ich fordere Sie auf zu gehen.« Magrath wies Richtung Tür. Dann zu seiner Frau: »Maggie, ruf die Polizei.«

»Aber er *ist* doch von der Polizei.«

»Laut Gregor nicht.«

Maggie Magrath sah Rebus an, fühlte sich von ihrem Gast hinters Licht geführt.

»Ich habe mit den Ermittlungen in Edderton zu tun«, behauptete Rebus und starrte Magrath dabei unverwandt in die Augen.

»Er ist aus Edinburgh«, erklärte Magrath seiner Frau. »Hat hier überhaupt nichts verloren, platzt einfach bei unbescholtenen Leuten ins Haus …«

Rebus war kurz davor zu erwidern, dass man ihn hereingebeten hatte, aber er wollte Maggie Magrath nicht noch mehr in Verlegenheit bringen. »Wir müssen reden«, sagte er zu Magrath.

»Müssen wir nicht.« Magrath machte einen Schritt auf Rebus zu.

»Ich weiß immer noch nicht, worum es eigentlich geht«, beschwerte sich seine Frau.

»Es geht um die toten Frauen, Mrs Magrath«, antwortete ihr Rebus.

Magrath bleckte die Zähne und machte einen weiteren Schritt auf ihn zu. »Soll ich Sie rauswerfen?« Rebus wusste, dass eine Rangelei Maggie Magraths makelloses Wohnzimmer in Unordnung bringen würde. Er fixierte Magrath weiter.

»Vielleicht können wir uns draußen unterhalten.«

»Wir unterhalten uns nirgendwo!« Magraths Finger umklammerten jetzt Rebus' Unterarm.

»Lassen Sie mich los«, sagte Rebus leise.

»Erst wenn Sie tun, was ich verlange.«

»Ich gehe«, versicherte Rebus. »Sobald Sie Ihre Hand von meinem Arm nehmen und mir ersparen, sie brechen zu müssen.«

»Das klingt nach einer Drohung.« Magrath lockerte seinen Griff und machte einen Schritt von Rebus weg. »Am besten verschwinden Sie, solange Sie noch können.«

»Wer droht hier wem?«

»Ich drohe niemandem«, sagte Magrath. »Und meine Frau kann das bezeugen.«

Maggie Magrath brachte es nicht über sich, Rebus ins Gesicht zu sehen, und er merkte, dass sie plötzlich begriff – entweder wusste sie es, oder sie hatte einen Verdacht. »Gehen Sie einfach«, sagte sie mit brüchiger Stimme.

»Wir sprechen uns noch, so oder so«, sagte Rebus und ging zur Tür.

»Einen Teufel werden wir!«, erwiderte der Mann.

Draußen stand der kleine weiße Transporter mit dem Namen an der Seite: MAGRATH. Er hatte hinten Fenster, aber sie waren übermalt. Vorn lag nichts außer ein bisschen Werkzeug und einer alten Boulevardzeitung. Rebus gab das Kennzeichen in sein Handy ein und speicherte es, bevor er wieder zur Uferstraße ging.

60

»Was machen Sie hier?«, fragte Gillian Dempsey.

»Ich wollte zu Ihnen«, sagte Rebus. Er hatte eine Stunde draußen vor dem Präsidium der Northern Constabulary auf sie gewartet. »Ich hatte am Empfang darum gebeten, Ihnen Bescheid zu geben.«

»Ich hatte viel zu tun.« Sie ging zu ihrem Wagen. Der Fahrer hielt ihr bereits die Tür auf. Dempsey hatte Mühe zu verhindern, dass ihr der Papierstapel entglitt, den sie sich unter den Arm geklemmt hatte, während sie gleichzeitig auch noch eine Schulter- und eine Aktentasche schleppte. Die wenigen auf dem Bürgersteig wartenden Journalisten wussten bereits, dass sie nicht damit rechnen durften, Fragen beantwortet zu bekommen. Sie wurden von zwei uniformierten Beamten auf Abstand gehalten, denen es irgendwie gelang, diese undankbare Aufgabe zu erfüllen.

»Man wollte mich nicht reinlassen«, fuhr Rebus fort und ging neben Dempsey. »Mein Ausweis war nicht gut genug ...«

»Wir hatten Neugierige im Überfluss«, erklärte Dempsey. »Sogar ein paar Reporter haben auf diese Weise ihr Glück versucht.«

»Darunter Ihr Neffe?«, fragte Rebus fast schon reflexartig. Sie blieb stehen und sah ihn durchdringend an.

»Was wollen Sie, Rebus?«

»Ich glaube, ich bin da auf etwas gestoßen.«

»Schreiben Sie's auf, dann kann Page es mir vortragen.«

»Wir müssen den Dienstweg etwas abkürzen.«

»Warum?«

»Weil wir ihm sonst Zeit geben, Beweise zu vernichten.«

Sie dachte einen Augenblick nach. »Mit anderen Worten: Der Verdächtige weiß, dass Sie ihn im Visier haben?«

»Tut mir leid.«

Dempsey verdrehte seufzend die Augen. »Steigen Sie ein«, sagte sie. »Ich will mir anhören, was Sie zu sagen haben.«

Rebus kannte das Fahrtziel nicht und hatte daher auch keine Ahnung, wie viel Zeit ihm zur Verfügung stand. Er erzählte hastig und machte ein paar Fehler, so dass er sich wiederholen und korrigieren musste. Dempsey saß neben ihm, hatte die Armlehne zwischen sich und ihm heruntergedrückt. Klassische Musik dudelte leise vor sich hin – wohl eher ihre Wahl als die ihres Fahrers, vermutete Rebus. Hin und wieder stellte sie eine Zwischenfrage und sah ihn erst an, als er geendet hatte.

»Das ist alles?«, fragte sie. »Mehr haben Sie nicht?«

»Ich hatte schon weniger fundierte Verdachtsmomente.«

»Oh, das kann ich mir vorstellen.« Sie fing an, die Nachrichten auf ihrem Handy zu lesen. »Wir stecken bis zum Hals in Arbeit. Die Menschen verlangen ein Ergebnis, jeder Geisteskranke, der hier auf unserem Planeten wandelt, hat bei uns angerufen – angeblich um zu helfen – und entweder sich selbst oder einen verhassten Nachbarn angeschwärzt. Wir haben es mit Spiritualisten zu tun, die Verbindung zu den Opfern aufgenommen haben, und mit Geisterjägern, die nur mal für eine Nacht den Leichenfundort begutachten wollen. Jeder Mist muss archiviert, verzeichnet und in die Akten aufgenommen werden, und jetzt kommen Sie mir mit einem ›Verdachtsmoment‹?«

Sie schüttelte langsam den Kopf und lachte dann laut auf, um nicht, wie Rebus glaubte, vor Frustration und Wut loszuheulen.

»Eigentlich ist es ganz einfach«, argumentierte Rebus. »Sie lassen sein Haus, die Garage und den Lieferwagen durchsuchen. Außerdem überprüfen Sie die Aufzeichnungen der Überwachungskameras an der Tankstelle in Pitlochry von dem Tag, an dem Annette McKie verschwand. Dann fragen Sie ihn, wo er sich an den Tagen aufhielt, an denen die anderen Frauen entführt wurden.«

»Ich bin ungemein erleichtert, dass wenigstens einer von uns den Durchblick hat.«

»Mörder wohnen meist in unmittelbarer Nähe des Ortes, an dem sie die Leichen ihrer Opfer verschwinden lassen.«

»Das haben Sie von Ihrer Freundin Clarke.«

»Kenny Magrath *kennt* Edderton.«

Sie betrachtete ihn, als habe sie ihn noch nie zuvor gesehen. »Sie wirken übernächtigt«, sagte sie. »Übernächtigt *und* verkatert. Wann können Sie guten Gewissens behaupten, zum letzten Mal geradeaus gedacht zu haben? Mit klarem Kopf, ohne Kuddelmuddel oder Ungereimtheiten?«

»Sprechen wir jetzt von mir oder von Ihnen?«

»Von Ihnen.«

»Ich kann mir vorstellen, dass ein Fall wie dieser Sie dermaßen mürbemacht, dass Sie einfach nur noch wünschten, es würde aufhören.«

»Ich habe zu arbeiten, Rebus. Und ich meine arbeiten – nicht voreilige Schlüsse ziehen. Vergessen Sie nicht, dass wir möglicherweise immer noch eine Leiche zu wenig haben – trotz Ihres ›Verdachts‹ in Bezug auf Sally Hazlitt.«

»Sally Hazlitt lebt«, verkündete Rebus. »Ich habe sie in Glasgow getroffen.«

»Was?«

»Sie ist vor den Zudringlichkeiten ihres Vaters geflüchtet. Und, wie es aussieht, immer noch auf der Flucht.«

»Warum erfahre ich das erst jetzt?«

»Weil das an den Fakten nichts ändert. Da draußen läuft ein Killer frei herum, und ich habe Ihnen gerade einen Namen genannt.«

»Ich brauche *mehr* als einen Namen. Ich habe Dutzende von Namen! Wie konnten Sie es wagen, mir nichts von Ihrem Treffen mit der Frau zu erzählen?«

»Warum haben Sie nicht in die Akte gesehen?«, blaffte er sie unwillkürlich an.

Ihr Gesicht wurde noch finsterer, als sie sich an ihren Fahrer wandte. »Alex, halten Sie an! Sofort!« Dann zu Rebus: »Sie steigen aus.«

Der Wagen blieb mit quietschenden Reifen stehen. Rebus machte keinerlei Anstalten auszusteigen.

»Ich prophezeie Ihnen«, bohrte er weiter, »je länger Sie warten, umso dümmer stehen Sie später da.«

»Alex«, sagte Dempsey, und allein ihr Tonfall verriet dem Fahrer, was sie von ihm erwartete. Er stieg aus, kam auf Rebus' Seite des Wagens herum und riss die Tür auf.

»Sie müssen ihn festnehmen«, sagte Rebus noch, als ihn Dempseys Mann schon am Revers packte. Rebus schaute ihr noch einige Sekunden in die Augen, dann fand er sich auf dem Bürgersteig wieder. Der Fahrer schlug die Tür zu. Rebus beugte sich hinunter, um noch einmal in den Wagen zu sehen, aber Dempsey blickte in die andere Richtung.

»Vielen Dank auch, Alex!«, rief Rebus und winkte dem Fahrer hinterher. »Fahr schön vorsichtig!« Der Wagen blinkte, fuhr an und fädelte sich in den Verkehr ein. Rebus blieb an der Durchfahrtsstraße stehen.

Irgendwo am Stadtrand von Inverness. Er hatte keine Ahnung, wie er jetzt zu seinem Saab zurückkam.

»Das hast du mal wieder toll gemacht, John«, brummte er vor sich hin und griff in die Tasche nach seinen Zigaretten.

Am Ende lief es auf einen Fußmarsch von fünfunddreißig

Minuten hinaus, und nur einer der von ihm befragten Passanten schickte ihn in die falsche Richtung …

Die Garage war nicht schwer zu finden – er ging einfach ins Pub und fragte. Das Pub lag an einer scharfen Kurve am nördlichen Ende von Rosemarkie an der Straße, die runter zum Strand und den Häusern der beiden Magrath-Brüder führte. Die Garage stand direkt gegenüber neben einem modernen Bungalow und einer niedrigen Steinmauer, die beide voneinander trennte. Davor befand sich ein Kiesparkplatz, auf dem Rebus seinen Saab abstellte. Das hölzerne Garagentor war mit einem Vorhängeschloss verriegelt. Es gab nur ein Fenster, das von außen mit Maschendraht gesichert und von innen mit einer Art Plastiktüte abgedeckt war, um neugierige Blicke abzuhalten. Rebus kehrte zu seinem Wagen zurück und schaltete den CD-Player wieder ein. Außer warten gab es nichts zu tun. Er hatte sich im Pub mit Vorräten versorgt – zwei Tüten Käse-Zwiebel-Chips und zwei kleinen Tüten gesalzene Erdnüsse. Er hatte noch eine halb volle Flasche Wasser auf dem Beifahrersitz. Es kamen nicht viele Autos vorbei. Soweit er wusste, kam man auf der Straße nur nach Cromarty. Er sah auf der Karte nach und stellte fest, dass es die A832 war. Mit dem Finger fuhr er die Strecke zurück zur A9 und von dort bis ganz runter in den Süden nach Perth. Dann wieder rauf, dieses Mal blieb er auf der A9 bis zum Dornoch Firth, bog dann wieder ins Landesinnere ab nach Tongue. Sein Finger blieb dort liegen, als er sich an den Ausblick von Samanthas Haus erinnerte und wie es darin ausgesehen hatte, soweit man das durch das Wohnzimmerfenster hatte erkennen können. Was er gesehen hatte, vermittelte ihm eine Vorstellung von ihrem Leben. Durness und Laxford, Colaboll und Lairg, dann Edderton. Rebus presste die Handinnenflächen auf das Lenkrad seines Saab.

»Hast ganz schön was auf dem Buckel, du Oldtimer«, sagte er zu seinem Wagen.

Als die CD zu Ende war, versuchte er es mit dem Radio, aber der Empfang war unzuverlässig, und außer Ceilidh-Musik konnte er nichts störungsfrei empfangen. Also nahm er John Martyn aus dem Player, legte die frühen Wishbone Ash auf, lehnte sich zurück und schloss die Augen.

Als er aufwachte, war es absolut still. Sein Nacken fühlte sich steif an, er drehte den Kopf und sah auf die Uhr. Er konnte die Zeiger nicht erkennen, sah stattdessen aufs Handy. Zwei Uhr morgens. Das Pub lag im Dunkeln. Er nahm einen Schluck Wasser und stand auf, ging zur Garage und pinkelte an die Wand. Wieder im Saab sah er erneut auf sein Handy, checkte den Nachrichteneingang, aber da war nichts. Er rieb sich Arme und Beine, bis wieder Gefühl hineinkam. Die Temperaturen würden nicht unter null sinken: Dafür war die Wolkendecke zu dick. Eine Zeit lang starrte er auf das Vorhängeschloss an der Garagentür, dann verschwamm sein Blick, und ihm fielen die Augen zu.

61

Eine Faust an der Scheibe weckte ihn. Draußen wurde es schon hell, und als er den Kopf drehte, sah er Kenny Magraths Gesicht nur wenige Zentimeter vor seinem eigenen. Magrath riss die Tür des Saab auf.

»Was zum Teufel haben Sie hier verloren?«, herrschte er Rebus an.

»Ich will verhindern, dass Sie was fortschaffen.«

»Fortschaffen?«

»Beweise.«

»Sie haben nicht mehr alle Tassen im Schrank.«

»Es ist sieben Uhr morgens – was wollen Sie denn sonst hier?«

»Ich hole, was ich für die Arbeit brauche«, erklärte Magrath. »Vor mir liegt eine vierzigminütige Autofahrt.« Er starrte Rebus noch einen Moment länger an, dann schüttelte er langsam den Kopf und ging zur Tür, griff tief in die Tasche nach dem Schlüssel. »Kommen Sie, sehen Sie sich's an«, rief er. »Ich frage erst gar nicht nach einem Durchsuchungsbeschluss, Sie sind ja nicht mal Polizist.« Die Tür schlug auf, Magrath verschwand im Innern und machte Licht. Rebus stieg aus dem Wagen, streckte sich und blickte nach links und rechts. Niemand zu sehen. Keine Menschenseele. Er ging zum Eingang und blieb dort stehen. An einer Wand selbstgezimmerte Regale voller Plastikbehälter mit Elektroteilen: Steckdosen, Schalter, Sicherungen, Verteilerdosen. Eine Werkbank nahm die gesamte Länge der gegenüberliegenden Wand ein, wo sich auch das Fenster befand. An beiden Seiten des Fensters hingen Werkzeuge an Nägeln und Haken. Überall auf der Werkbank kaputte Geräte, die Einzelteile ordentlich nebeneinander aufgereiht, vermutlich in der Reihenfolge, in der sie zerlegt worden waren. Magrath stopfte sich Schrauben, Unterlegscheiben und Dübel in die Jackentaschen.

»Schauen Sie sich gut um«, sagte er. »Ziehen Sie die Schubladen auf, wenn Sie mögen. Da sind auch noch Kisten und Keksdosen unter der Werkbank – die dürfen Sie nicht vergessen …«

»Sehen Sie mich an«, sagte Rebus leise. Magrath drehte den Kopf. »Kennen Sie die Geschichte von Dennis Nilsen?«

»Sollte ich?«

»In den Abwasserkanälen in seiner Straße wurden menschliche Leichenteile gefunden. In dem Moment, als er den Beamten des CID die Tür aufmachte, wusste der Detective Bescheid.« Rebus hielt inne. »Das war in London, aber als ich Sie gestern gesehen habe, war es genauso. Ich *weiß* es, Kenny. Ich habe es in Ihren Augen gesehen. Vergessen Sie das nicht.« Er legte erneut eine Pause ein. »Wenn Sie den Schraubenzieher in Ihrer Hand benutzen wollen, ist das jetzt vielleicht Ihre einzige Chance …«

Magrath sah auf seine Hand und auf das Werkzeug, das er fest umklammert hielt. Er legte es wieder auf die Werkbank, ließ sich Zeit.

»Ich sehe, dass Sie methodisch vorgehen«, fuhr Rebus fort und ließ den Blick durch die Garage wandern.

»Sie sind ordentlich, und Sie sind vorsichtig. Das erklärt, warum Sie all die Jahre unter dem Radar abtauchen konnten – das und dass Sie einen Bruder haben, der sein Menschenmöglichstes getan hat, Sie im Auge zu behalten. Aber jetzt haben wir Sie auf dem Schirm, Kenny. Ganz eindeutig, und außer Ihnen kommt weit und breit kein anderer in Frage.«

»Ich habe nichts getan.«

»Jetzt gerade denken Sie an die Mädchen – vor allem an Annette McKie. Sie ist Ihnen noch am besten im Gedächtnis. Sie spüren noch Ihre Finger an ihrem Hals.«

»Sie sind ja irre.« Magrath sah sich um, als würde er überlegen, ob er etwas vergessen hatte. Er legte jeweils eine Hand auf seine ausgebeulten Taschen, dann ging er auf Rebus zu. Rebus trat einen Schritt zurück, damit Magrath das Licht ausschalten und die Tür wieder abschließen konnte.

»Haben Sie's Gregor erzählt, oder ist er Ihnen auf die Schliche gekommen? Vielleicht hat er die Warnsignale schon erkannt, als Sie noch Kinder waren.«

»Welche Signale?«

»Haben Sie Fröschen die Beine ausgerissen? Katzen und Hunden Böller an die Schwänze gebunden ...«

Magrath schüttelte den Kopf. »So bin ich nicht – gehen Sie und fragen Sie ihn.«

»Vielleicht mache ich das sogar. Es wird Zeit, dass er's sich von der Seele redet. Dasselbe gilt für Ihre Frau ...«

»Lassen Sie Maggie aus dem Spiel!«

»Dafür ist es ein bisschen spät.«

»Dann helfen Sie mir, ich ...« Magrath konnte seinen Zorn gerade noch so im Zaum halten. Als er tief Luft holte und wieder ausatmete, klang es wie ein Knurren. Rebus wich nicht zurück, wartete ab, was er als Nächstes tun würde. Magrath schien seine Möglichkeiten abzuwägen, wandte sich schließlich um und ging auf seinen parkenden Transporter zu.

»Wohin wollen Sie, Kenny?«

Keine Antwort.

»Sie waren in Pitlochry, nicht wahr?«

Magrath stieg jeden Blickkontakt meidend in den Transporter. Rebus ging langsam auf ihn zu. Der Schlüssel wurde im Zündschloss gedreht, und Magrath fuhr an, wollte in drei

Zügen wenden. Ein Kleinbus, der von Cromarty kommend um die Kurve bog, musste abrupt bremsen, um ihn nicht zu erwischen. Hinten drin saß eine Handvoll Schulkinder. Der Fahrer hupte, aber Magrath ignorierte ihn, dann rauschte der Transporter Richtung Fortrose davon. Rebus zündete sich eine Frühstückszigarette an und fand, er habe getan, was er tun konnte. Zwei Minuten später parkte er vor Gregor Magraths Cottage. Der Wind hatte nachgelassen, und am Strand sah man Leute mit ihren Hunden. Rebus entdeckte kurz etwas draußen auf See, das ein Delphin oder ein Seehund gewesen sein konnte. Er klopfte an Magraths Tür und wartete. Magrath kam auf die Veranda und musterte Rebus durchs Fenster.

»Wir müssen uns über Ihren Bruder unterhalten«, rief ihm Rebus zu.

Der Mann schüttelte langsam den Kopf.

»Sind Sie hergezogen, um ihn zu stoppen? Wenn ja, dann haben Sie versagt …«

»Verschwinden Sie!«, erwiderte Magrath.

»Die ersten Jahre war's noch in Ordnung, aber dann …«

»Verschwinden Sie!« Magrath schrie jetzt.

»Es geht zu Ende, Gregor«, beharrte Rebus. »Ich bin sicher, das wissen Sie. Es wird Zeit, die Notbremse zu ziehen und zu retten, was von Ihrem guten Ruf übrig ist.«

»Ich höre Ihnen gar nicht zu!«

»Sie müssen ihn überzeugen – es ist für alle Beteiligten leichter, wenn er sich selbst stellt. Sagen Sie ihm, er soll an Maggie denken, wenn schon an sonst niemanden …«

Gregor Magraths Blick war voller Abscheu, aber Rebus sah auch eine Spur Resignation darin. Der Mann wandte sich ab und ging wieder ins Haus. Rebus wartete, bis Magrath erneut auf der Veranda auftauchte, diesmal mit dem Holzknüppel bewaffnet.

»Der wird Ihnen nicht helfen«, sagte Rebus kopfschüttelnd und kaum merklich lächelnd. »Nicht mehr. Ich weiß, Sie wollen Ihre Familie schützen – und vielleicht auch Ihren eigenen Namen, wenn Sie schon mal dabei sind. Aber Ihr Umzug hierher hat Kenny von nichts abgehalten. Jetzt ist es Zeit für den nächsten Schritt, Gregor.«

»Fahren Sie zur Hölle!«

Magrath verschwand wieder im Innern des Hauses, und Rebus, der noch ein paar Minuten davor stehen blieb und ab und zu mit der Faust an die Tür hämmerte, wusste, dass der Mann nicht noch einmal zurückkommen würde. Er ging zu seinem Saab und rief Siobhan Clarke in Edinburgh an.

»Bisschen früh für dich«, beschwerte sie sich.

»Hab ich dich geweckt?«

»Fast.« Er glaubte zu hören, wie sie sich im Bett aufsetzte. Anscheinend hatte sie einen trockenen Mund und räusperte sich. »Also, wo brennt's?«

»Ich bin in Rosemarkie«, gestand Rebus.

»Und was genau machst du da?«

»Es ist Magraths Bruder, Siobhan, ich könnte drauf schwören.«

»Was?«

»Magrath ist in den Norden gezogen, um den Deckel draufzuhalten. Der Bruder ist ständig unterwegs. An dem Tag, an dem Annette McKie entführt wurde, war er in Glasgow, er muss über die A9 gefahren sein.« Rebus rieb sich mit seiner freien Hand über die Stoppeln auf Kinn und Wangen.

»Warte mal eine Sekunde.« Er lauschte, während sie in ein anderes Zimmer ging. »Kannst du das beweisen?«

»Ich hab Dempsey gesagt, die Spurensicherung soll sich Magraths Transporter vornehmen, außerdem sein Haus und die Garage ...«

»Das hast du Dempsey gesagt?«

»Sie beißt nicht an, solange ich ihr nichts Handfestes liefern kann. Deshalb dachte ich an dich.«

»Bist du noch ganz bei Trost?«

»Anscheinend glauben alle, ich hätte den Verstand verloren – aber ich *weiß*, dass er's ist.«

»So funktioniert das nicht, John.« Sie hielt inne, registrierte erst jetzt, was er einen Augenblick zuvor gesagt hatte. »*Wofür* brauchst du mich?«

»Die Telefonnummer der Tankstelle in Pitlochry. Ich will mir die Aufzeichnungen der Überwachungskamera ansehen. Wenn Annette die Stadt per Anhalter verlassen hat, dann muss Kenny Magrath dort gewesen sein.«

»Ist er zum Tanken von der A9 abgefahren?«

»Vielleicht.«

Sie ließ einen langen Seufzer hören. Er stellte sich vor, wie sie auf der Sofakante saß, einen Ellbogen auf dem Knie, die Hand an der Stirn, noch nicht bereit, dem Tag entgegenzutreten, und jetzt schon so was.

»Je länger er Zeit hat, desto mehr Möglichkeiten geben wir ihm, belastendes Material verschwinden zu lassen.«

»Dann warte mal eine Minute«, sagte sie und stand auf. Sie suchte die Nummer und diktierte sie ihm zweimal, während er sie aufschrieb und verglich.

»Danke, Siobhan.«

»Ich nehme an, Dempsey hat James Bescheid gegeben.«

»Ich wage zu behaupten, dass mir ein weiterer Anschiss bevorsteht.«

»Aber du bist kein Polizist mehr.« Sie hielt inne. »Was bedeutet, dass ich eigentlich nicht mal mit dir darüber reden sollte und *du* das gar nicht machen darfst.«

»Ich bin aber auch ungezogen«, sagte Rebus mit einem müden Lächeln. Dann: »Ich glaube, ich hab vorhin einen Delphin gesehen.«

»Oder war's vielleicht doch ein Selkie?«

»Willst du behaupten, dass ich Sachen sehe, die gar nicht da sind, DI Clarke?«

»Was für Lügen willst du denen an der Tankstelle auftischen?«

»So wenige wie nötig. Wir sprechen uns später.«

»Immer vorausgesetzt, dass man dir mehr als einen Telefonanruf zugesteht«, erwiderte sie.

Rebus gelang noch ein weiteres Lächeln, dann wählte er die Nummer, die sie ihm gegeben hatte. Aufzeichnungen vom Tag des Verschwindens von Annette McKie ließen sich dort allerdings nicht auftreiben.

»Die haben Sie doch schon«, wurde ihm mitgeteilt.

»In Inverness?« Rebus nickte, beendete das Gespräch und versuchte es mit einer anderen Nummer.

»John?« Gavin Arnold hatte sich gemeldet. »Was kann ich an diesem schönen, stressfreien Morgen für Sie tun?«

»Vielleicht das Stresslevel ein bisschen anheben«, schlug Rebus vor.

»Indem ich was tue?«

»Indem Sie ein paar Vorschriften umgehen«, erwiderte Rebus und machte sich daran, sein Anliegen zu erläutern.

62

Fox war meist der Erste im Büro der Complaints, nur heute nicht. Tony Kaye stand bereits hinter Fox' Schreibtisch. Einen Pappbecher mit Kaffee in der Hand blätterte er einen Teil der Unterlagen zu John Rebus durch.

»Unter die Frühaufsteher gegangen?«, fragte Fox, streifte seinen Mantel ab und hängte ihn auf.

»Ich dachte, wir könnten uns noch mal unterhalten, bevor Naysmith kommt.«

»Hast du dein Handy verloren?«

»Mir schien es besser, wir reden kurz unter vier Augen.«

»Spuck's aus.«

Kaye legte eine Hand auf einen der Aktenstapel. »Du weißt schon, was ich sagen will.«

»Dass wir unsere Zeit verschwenden.«

»Der Mann ist alte Schule, Malcolm. Es ist ein Wunder, dass einer wie er so lange überlebt hat.«

»Du meinst, er ist Vertreter einer gefährdeten Spezies, und wir sollten ihn mit Bambus füttern?«

»Ein guter Jäger weiß, wann er besser nicht abdrückt.«

»Du hast die Telefonverbindungen nicht gesehen, Tony: Gibt es einen Verbrecher in der Stadt, mit dem er nicht dicke ist?«

»DI Clarke hat es schon gesagt – solange Rebus am Fall McKie arbeitet, hat er mehr als genug Gründe, sich mit Frank Hammell zu unterhalten.«

»Und Cafferty?«

»War Hammells Arbeitgeber.«

Fox schüttelte den Kopf. »Der Mann ist eine Zumutung – und gefährlich ist er obendrein.«

»Das muss das Gremium entscheiden.«

»Auf Grundlage unserer Vorgaben – willst du behaupten, ich übertreibe?«

»Halt dich einfach an die *Fakten*. Lass es nicht persönlich werden.«

»Wer sagt, dass es was Persönliches ist?«

»Ich sage das. Du hast in St Leonard's beim CID gearbeitet, zur selben Zeit wie er.«

»Und?«

»Ich erinnere mich, dass du mal behauptet hast, nicht jeder gute Detective würde sich für die Complaints eignen.«

»Willst du damit sagen, dass ich's beim CID nicht gebracht habe?«

Jetzt war es an Kaye, den Kopf zu schütteln. »Ich will damit sagen, dass Rebus auf die alte Art Ergebnisse erzielt hat, auch wenn es so aussieht, als habe er seine Erfolge nicht verdient. Das hat er nur geschafft, indem er ein paar zwielichtigen Leuten auf eine Weise nahegekommen ist, wie du es niemals könntest. Du bist gut in dem, was du *hier* machst, Malcolm.« Kaye klopfte auf den Tisch. »Rebus' Spezialgebiet ist ein anderes – das macht ihn aber nicht gleich zum Feind …«

»Wir sind rechenschaftspflichtig, Tony. Rebus und Leute seines Schlags wollen das nicht einsehen. Tatsächlich glaube ich sogar, dass er uns mit dem größten Vergnügen den Stinkefinger zeigt.«

»Auch das macht ihn noch nicht zum Feind«, wiederholte Kaye ruhig.

Fox' Handy vibrierte. Eine Nachricht. Er blickte aufs Display, dann zu seinem Kollegen.

»Hast du dem Chief gegenüber was davon erwähnt?«

Kaye schüttelte den Kopf. »Wieso?«

»Weil er mich sprechen will.« Fox überflog die Massen an Unterlagen. Auf dem Boden neben seinem Schreibtisch standen ganze Kisten voll. Tausende von Seiten, auf denen Dutzende von Ordnungswidrigkeiten penibel dokumentiert waren. Außerdem unzählige Festnahmen. Nur eindeutige Beweise gab es keine. Dasselbe galt für Fox' Notizen zu Hause – allesamt unwesentlich; man konnte hineininterpretieren, was man wollte.

»Du glaubst, es geht um Rebus?«, fragte Tony Kaye.

»Worum sonst?«, erwiderte Fox und ging zur Tür.

»Dafür hätten die mich über die Klinge springen lassen können«, beschwerte sich Arnold, als er Rebus draußen vor dem Präsidium der Northern Constabulary begrüßte.

Rebus hatte eine braune Papiertüte dabei, die Arnold entgegennahm und öffnete. Er fischte ein Croissant heraus, in das er sofort hineinbiss. Dann bedeutete er Rebus, ihm ins Gebäude zu folgen, wo Rebus als Besucher registriert wurde und einen Ausweis ausgehändigt bekam, den er »jederzeit sichtbar« zu tragen hatte.

Arnold kaute noch, als sie das Ermittlungszimmer erreichten. Er machte eine weitere Geste – mit der er Rebus wissen ließ, dass er warten möge –, dann verschwand er durch die Tür. Als er wieder herauskam, hielt er einen transparenten Plastikumschlag mit mehreren DVDs in der Hand.

»Laptop?«, fragte er.

Rebus schüttelte den Kopf.

Arnolds Mundwinkel zuckten, als wollte er sagen, er habe nichts anderes erwartet.

Dann führte er Rebus den Gang entlang, bis er ein Zimmer mit einem unbesetzten Schreibtisch fand. Er wackelte an der Maus, aktivierte den Monitor und gab sein Passwort ein.

»CaleyThis?«, hakte Rebus nach.

»Die Abkürzung von Caledonian Thistle.« Arnold zog den Stuhl heraus und nickte Rebus zu, er möge sich setzen. Das Laufwerk befand sich unter dem Schreibtisch auf dem Boden, und er hockte sich davor und schob die erste DVD ein.

»Acht Stunden Material«, warnte er Rebus.

»Ich werde nicht annähernd so lange brauchen.«

»Wenn jemand fragt, erzählen Sie ihm irgendeine Geschichte.«

»In der Ihr Name nicht vorkommt«, ergänzte Rebus. Dann streckte er die Hand aus. »Danke, Gavin.«

Die beiden Männer gaben sich die Hand, und Arnold ließ Rebus allein.

Rebus glaubte, er könne sich auf eine bestimmte Stunde konzentrieren – die jeweils dreißig Minuten vor und nach Annette McKies Ankunft in Pitlochry. Die erste DVD brachte ihm gar nichts, da war es noch zu früh am Tag. Ebenso wenig die zweite und dritte DVD. Bei der vierten betätigte er den Suchlauf und behielt dabei die Uhr oben in einer Ecke des Bildschirms im Auge. Als er schließlich zufrieden war mit dem, was er dort sah, beugte er sich vor und beobachtete aufmerksam.

Dempsey konnte seinen Gesichtsausdruck zunächst nicht deuten. Als es ihr dann doch gelang, verhärtete sich ihre Miene. »Wie zum Teufel sind Sie hier reingekommen?«

Rebus hatte den Besucherausweis in seiner Tasche verschwinden lassen. »Ist doch kein Verbrechen, oder?«, fragte er.

»Genau genommen ist es das schon.«

Er hatte sie in einem der Besprechungszimmer gefunden. Sie hatte gesessen, war dann aber aufgestanden. Der Beamte, der mit ihr dort saß, fragte sich, was vor sich ging. Dempsey entließ den Mann mit einer Handbewegung und der Ankündigung, dass sie ihr Gespräch später fortsetzen würden. Kaum war sie mit Rebus allein, verschränkte sie die Arme und wartete.

»Ich habe ihn«, war alles, was Rebus sagte. Sie sah, dass er eine kleine silberfarbene Scheibe in der Hand hielt.

Noch am selben Nachmittag wurden beide Magrath-Brüder sowie Kennys Frau Maggie zur Vernehmung ins Präsidium gebracht. Dempsey war offensichtlich der Ansicht, dass die Bewilligung der beantragten Durchsuchungsbeschlüsse nicht lange würde auf sich warten lassen. In der Zwischenzeit wurden in Rosemarkie die Nachbarn befragt.

Die Medien reagierten prompt. Schon bald schlossen sich die Reihen der Reporter vor dem Präsidium, ein Sendewagen mit Satellitenschüssel wurde in Stellung gebracht. Das Fernsehen war bislang noch nicht eingetroffen, zumindest nicht, soweit Rebus das vom Fenster des Ermittlungsraums aus beurteilen konnte. Er hatte darum gebeten, bei den Vernehmungen dabei sein zu dürfen, aber Dempsey hatte es ihm untersagt. Er sei nicht mal mehr im aktiven Polizeidienst – ein Anwalt könne sich dies auf »potentiell verheerende Weise« zunutze machen.

»Tatsächlich«, wurde ihm von Dempsey beschieden, »wäre es das Beste, Sie würden nach Edinburgh zurückfahren. Und helfen Sie mir auf die Sprünge, wie sind Sie noch mal hier reingekommen …?«

Sie sagte, sie würde ihn anrufen, wenn es etwas Neues gab – sie wolle nicht, dass er sie für undankbar hielt. Bislang hätten sie aber nichts außer Mutmaßungen. Möglicherweise würde sich alles als dummer Zufall entpuppen.

Und das war's: Rebus wurde nach Hause geschickt.

Er sendete eine kurze Dankes-SMS an Gavin Arnold, da er ihn nicht fand, und ging. Raymond, Dempseys Neffe, nickte ihm draußen zur Begrüßung zu und fragte, ob er einen Kommentar abgeben wolle. Die anderen Journalisten runzelten die Stirn, da sie nicht wussten, wer Rebus war. Rasch scharten sie sich um Raymond, wollten unbedingt mit von der Partie sein. Rebus ließ sich Zeit, zündete sich eine Zigarette an und ergriff erst dann das Wort.

»Derzeit werden verdächtige Personen von DCS Dempsey und ihrem Team vernommen«, rückte er heraus.

»Irgendwelche Namen?«

Rebus behielt Raymond im Blick. Der junge Mann streckte ihm sein auf Aufnahme gestelltes Handy entgegen.

»Die verdächtigen Personen stammen aus der näheren Umgebung«, fuhr Rebus fort. »Zweifellos gibt es bereits Gerüchte …«

Dann stieg er in seinen Wagen und ließ den Motor an.

Sollte er nach Hause fahren? Er war sich nicht sicher. Erst mal nach Rosemarkie und an der Garage vorbei, wo Kenny Magraths Transporter parkte. Rebus hielt, stieg aus und spähte noch einmal durch die Scheiben. Alles sah noch genauso aus wie vorher, abgesehen von einer Brotdose und einer Thermoskanne – vermutlich das von Maggie zubereitete Mittagessen. Ein übrig gebliebenes Sandwich war durch den Plastikdeckel zu erkennen. An der Garagentür hing nach wie vor das Vorhängeschloss. Rebus ging um das Fahrzeug herum. Es war klein, hatte schmale Reifen mit abgefahrenem Profil. Konnte Magrath mit einem solchen Wagen durch die Wälder bei Edderton gefahren sein, ohne stecken zu bleiben? Rebus suchte nach Schäden, fand aber nur ein bisschen Dreck. Der Transporter war dem Nummernschild nach erst ungefähr ein Jahr alt. Er ging gerade noch einmal drum herum, suchte genauer nach nicht existierenden Kratzern und Dellen, als das Team der Spurensicherung eintraf. Sie waren zu viert – zwei saßen in einem Ford Transit und zwei in einem Vauxhall

Astra. Einer von ihnen erkannte Rebus aus dem Container in Edderton. Er schob sein Kinn vor und nickte mit dem Kopf, weiter wurde von Rebus keine Notiz genommen.

Bevor jemand einen Ausweis von ihm verlangen und ihn fragen konnte, wer er war, nahm Rebus all seine Autorität zusammen und erklärte, man würde die Garage aufgeräumt und mit nur wenigen auf den ersten Blick erkennbaren Versteckmöglichkeiten finden.

»Sie sollten auch die Umgebung absuchen«, setzte er hinzu. »Falls er Trophäen behalten hat, möchte ich bezweifeln, dass sich diese direkt vor Ihrer Nase befinden.«

»Wie kommen Sie darauf?«, wurde er gefragt.

»Ich war mit ihm hier. Er zeigte sich äußerst entspannt angesichts einer möglichen Durchsuchung.«

Der Fragende verstand und nickte.

»Wurden die Durchsuchungsbeschlüsse abgesegnet?«, erkundigte sich Rebus und erhielt ein weiteres Nicken als Antwort. »Die Häuser beider Brüder?«

»Genau.«

»Ich denke, der grüne Landrover draußen vor Gregor Magraths Haus sollte auch durchsucht werden. Ich weiß nicht, welchem der beiden Brüder er gehört, aber er sollte überprüft werden. Er ist geländetauglicher als der hier.« Rebus zeigte auf den Transporter.

»Warum veranlassen Sie das dann nicht?«, fragte der Teamleiter.

»Ist nicht mein Job«, erklärte Rebus und ging zu seinem Saab zurück.

63

Er fuhr wieder zum Whicher's. Jetzt, nachdem sich die erste Aufregung über den Leichenfund gelegt hatte, gab es auch wieder freie Zimmer, nur war sich Rebus nicht sicher, ob er über Nacht bleiben wollte. Er setzte sich in die Lounge, lud sein Handy auf und bestellte eine Portion Steak Pie mit Pommes, dazu eine Kanne Tee. Bei einem Gang zur Toilette wusch er sich und betrachtete sich im Spiegel. Er sah aus, als hätte er in seinem Wagen übernachtet. An der Rezeption ließ er sich ein Päckchen mit einer Zahnbürste, Zahnpasta, einem Rasierer und etwas Rasierschaum geben und kehrte noch einmal zur Toilette zurück, um die Mängel zu beheben.

Mit vollem Magen und einer bereits bestellten zweiten Kanne Tee im Anmarsch fühlte er sich schon wieder halbwegs wie ein Mensch. Es gab mehr als genug Zeitungen, mit denen er sich die Zeit vertreiben konnte, außerdem die hoteleigene Ausgabe von *Cracking the Code*. Er bat darum, dass ein Nachrichtensender eingeschaltet wurde, allerdings ohne Ton.

»Kein Problem, Sir«, versicherte ihm der Kellner in der üblichen Schottenweste.

Ein paar Stunden vergingen, ohne dass Dempsey von sich hören ließ. Rebus vergewisserte sich, dass sein Handy Empfang hatte. Als es endlich klingelte, verriet ihm das Display, dass Siobhan Clarke anrief. Rebus meldete sich.

»Dempsey hat gerade mit James Page gesprochen«, erzählte sie ihm. »Sie fragt sich, ob du schon wieder in Edinburgh bist.«

»Und?«

»James hat mit DS Cowan von der SCRU geredet, aber der hat dich auch nicht gesehen.«

»Komisch.«

»Bist du noch in Inverness?«

»Natürlich.« Er erzählte ihr von den Überwachungsvideos – Kenny Magrath hatte, keine fünf Minuten nachdem Annette McKie die Tankstelle zu Fuß verlassen hatte, dort getankt – und dass Kenny und Gregor Magrath zur Vernehmung aufs Präsidium gebracht worden waren. »Hat Dempsey Page auch gesagt, wann sie mit den Vernehmungen durch sein werden?«

»Keine Ahnung«, gestand Clarke.

»Ihr seid wohl nicht mehr die besten Freunde?«

»Lass das, John.«

»Schade – ich hatte ihn so gern.«

»Du kannst einfach nicht aufhören, oder?«

Rebus grinste in sich hinein. »Dempsey wollte mich auf dem Laufenden halten«, fuhr er fort. »Deshalb bin ich noch hier.«

»Du glaubst wirklich, dass es das jetzt war?«

»Ich hoffe es.«

»Na ja, ich bin mir nicht sicher, ob Dempsey klang, als stünde sie kurz vor dem Abschluss der Ermittlungen.«

Rebus erhielt einen weiteren Anruf. Nummer unterdrückt. Er sagte Clarke, dass er zurückrufen würde.

»Rebus?«, fragte Gillian Dempsey.

»Gibt's was Neues?«

»Beide wurden vernommen und wieder auf freien Fuß gesetzt.«

»Und?«

»Und viel mehr gibt es dazu nicht zu sagen. Kenny Magraths Arbeitsraum und der Transporter wurden durchsucht – einiges wurde ins Labor geschickt, aber das Team klang nicht sehr zuversichtlich. Dasselbe gilt für die Häuser der beiden.«

»Was ist mit dem Landrover?«

Dempsey hielt inne. »Ach so, dann war das also *Ihre* Idee? Na ja, unser lieber Staatsanwalt musste zusätzlich einen Durchsuchungsbeschluss dafür unterzeichnen, aber auch der Wagen scheint sauber zu sein.«

»Sauber oder gesäubert?«

»Vielleicht wurde er tatsächlich in jüngster Zeit mal gereinigt«, räumte sie ein. »Aber nicht mit der Gründlichkeit, von der Sie gerade ausgehen. Außerdem wissen wir, dass Kenny Magrath mit dem Transporter in Pitlochry war und mit keinem anderen Fahrzeug, nicht wahr?«

»Was sagt er über seinen Halt an der Tankstelle?«

»Er war auf der Rückfahrt von einem Besuch bei seinem Sohn in Glasgow, und sein Tank war fast leer.«

»Ist das nicht ein irrer Zufall?«

»Finde ich auch, und ihm geht's nicht anders – genau das hat er angeblich zu seiner Frau gesagt, als die Meldung über Annette McKie in den Nachrichten kam, und sie sogar gefragt, ob er sich melden sollte. Sie hatte aber gemeint, das würde nichts bringen, da er ja nichts gesehen habe.«

»Komisch nur, dass sie das mir gegenüber nicht erwähnt hat.« Rebus rieb sich die Augen.

»Sie glauben, sie deckt ihn?«

»So was soll vorkommen.«

»Tja«, fuhr Dempsey fort, »wenn die im Labor nichts finden, stecken wir fest.«

»Haben Sie ihn sich bei der Vernehmung angesehen? Ich meine, ihm *richtig* in die Augen gesehen?«

»Sogar mehr als das. Ich habe einen Psychologen im Nachbarraum vor die Übertragungsbilder gesetzt. Er hat nichts Beunruhigendes entdeckt. Magrath ist ein Familienmensch,

Rebus. Zwei erwachsene Kinder und eine treu ergebene Ehefrau. Die Nachbarn sind voll des Lobes für ihn, und er hat nicht mal einen Strafzettel wegen Geschwindigkeitsüberschreitung vorzuweisen.«

»Wenn Sie wenigstens noch ein bisschen weiterbohren? Überprüfen, wo er war, als die anderen Opfer verschwanden …«

»Das habe ich ihn gefragt. Er muss in seinen Unterlagen nachsehen.«

»Wäre das nicht *Ihre* Aufgabe?«

»Wir haben einen Beamten zum Haus geschickt, um die Sachen zu holen«, sagte sie kühl. »Aber im Moment hängen wir in der Luft.« Sie hielt inne. »Darf ich übrigens fragen, wo Sie sind? Klingt nicht, als säßen Sie im Auto.«

»Ich habe im House of Bruar Rast gemacht.«

»Dann sind Sie auf der Rückfahrt nach Edinburgh?«

»Wie befohlen.« Rebus klapperte mit der Tasse auf der Untertasse, damit sie's hörte. »Aber Sie geben mir Bescheid, wenn es was Neues gibt.«

»Natürlich. Ach übrigens – das spontane Statement, das Sie meinem Neffen gegeben haben? War nicht gerade der klügste Schachzug …«

Sie beendete das Gespräch, und er legte das Telefon auf den Tisch neben die Teekanne. Er war der Einzige in der Lounge. Die Zeitungen hatte er alle von vorn bis hinten gelesen, und im Fernsehen wurden immer noch die Bilder des in Ungnade gefallenen Fußballmanagers gezeigt. Anscheinend wurde die Geschichte in einer Endlosschleife alle fünfzehn Minuten wiederholt, jedes Mal dieselben Bilder, und über Edderton nichts, nicht einmal bei den brandheißen Tickermeldungen ganz unten am Bildschirmrand.

»Was zum Teufel soll ich jetzt machen?«, fragte sich Rebus. Dann wusste er die Antwort. »Zigarette«, sagte er und stand auf.

Vierzig Minuten später saß er wieder in der Lounge und starrte ins Leere, in seinem Kopf schwirrten die Gedanken, als er ein bekanntes Gesicht entdeckte: Gavin Arnold in voller Uniform, die Kappe unter den Arm geklemmt.

»Was machen Sie denn hier?«, fragte Rebus ihn.

»Sie suchen, auf Geheiß von DCS Dempsey. Das Hotel war die Nummer zwei auf meiner Liste.«

»Nach?«

»Dem Lochinver.«

»Wollen Sie sich setzen?«

Arnold schüttelte den Kopf, stand hoch aufragend vor Rebus.

»Ich hab behauptet, ich sei im House of Bruar«, fuhr Rebus fort.

»Offensichtlich ist sie nicht drauf reingefallen. Ich habe die Anweisung, Sie zur A9 zu begleiten und bis Daviot an Ihnen dranzubleiben.«

»Der Sheriff verweist mich also der Stadt?«

»So ist es. Also, auf geht's.«

»Ich habe Sie nicht verpfiffen, Gavin.«

»Das weiß ich. Aber wenn sie's sich erst mal in den Kopf gesetzt hat, wird sie keine fünf Minuten brauchen, um herauszufinden, dass ich Ihnen den Besucherausweis beschafft habe.«

»Dann sorgen wir mal schleunigst dafür, dass Dempsey wieder gut auf Sie zu sprechen ist.« Rebus erhob sich und griff nach seiner Jacke. »Falls Sie gerüchteweise was hören sollten …«

»Wären Sie dankbar für einen Hinweis?«, erriet Arnold lächelnd. »Sagen Sie mal, haben alle Ihre Freunde ständig das Gefühl, mit dem Kopf in der Schlinge zu stecken?«

»Das müssen Sie meine Heerscharen von Freunden schon selbst fragen.«

»Müssen Sie noch bezahlen?« Arnold nickte Richtung Teekanne.

»Schon passiert«, versicherte ihm Rebus.

»Dann sind wir so weit.«

Rebus blieb vor ihm stehen, ihre Gesichter waren nur Zentimeter voneinander entfernt. »Kenny Magrath ist es gewesen, Gavin. Ich war mir in meinem ganzen Leben noch keiner Sache so sicher.«

»Dann werden wir ihn fassen«, sagte Arnold.

»Werden wir das? Das gelingt uns nämlich nicht immer, wissen Sie?«

Als sie an der Rezeption vorbeigingen, dachte Rebus an Sally Hazlitt und die neue Identität, die sie sich zugelegt hatte. Wie sie fern von Freunden und Verwandten immer in Bewegung blieb, nie ganz sicher sein konnte, wem sie vertrauen durfte, ständig auf der Hut…

Arnolds Streifenwagen blieb bis zum Ortsschild von Daviot an Rebus dran, dann ließ er sich zurückfallen und blendete zweimal auf, als wolle er sich endgültig verabschieden.

Teil sechs

Woke up this morning, I had snow in my eyes
And I've been sleeping under terrible skies …

64

Nichts geschah.

Rebus ging jeden Tag zur Arbeit und sah zu, wie immer mehr Kisten verschwanden. Männer in Overalls holten sie mit Rollwagen ab, und jemand aus der Abteilung für ungelöste Fälle des Crown Office tauchte auf, um sich bei den Mitarbeitern der SCRU für ihre Dienste zu bedanken und ihnen zu versichern, dass keiner der Fälle bei Lothian and Borders in Vergessenheit geraten würde. Der Kollege schien Daniel Cowan bereits zu kennen, und gemeinsam verschwanden sie in eine ausgedehnte Mittagspause. Danach kam Cowan mit rosigen Wangen und einem breiten Grinsen wieder.

»Sie haben den Job, oder?«, fragte Elaine Robison, während Rebus und Peter Desinteresse heuchelten.

»Noch ist nichts offiziell.«

»Aber Sie haben ihn«, fuhr sie fort, und Cowans Grinsen wurde noch breiter.

Die SCRU sollte Ende der Woche abgewickelt werden, aber schon am Mittwoch waren alle Regale leer. Ein IT-Techniker machte sich an den Computern zu schaffen, speicherte Daten auf eine einzige tragbare Festplatte und löschte alles andere.

»Dann können wir die Geräte wiederverwenden«, erklärte er.

Rebus fühlte sich an die Szene in *2001: Odyssee im Weltraum* erinnert, in der die Stimme von HAL immer langsamer wurde.

»Da steckt viel Herzblut drin«, meinte Bliss.

Rebus war eines Abends mit ihm trinken gegangen und hatte ihm seine Theorien über Gregor und Kenny Magrath auseinandergesetzt. Bliss hatte nichts davon für möglich halten wollen und war schließlich grußlos gegangen, seither begegnete er Rebus nur noch mit professioneller Höflichkeit. Rebus hatte seinem Kollegen einen Zettel auf den Schreibtisch gelegt – *Versuch dich zu erinnern: Fällt dir was auf?* –, den Bliss zerknüllt und in den Papierkorb geworfen hatte.

»Sagt mal, ihr beiden«, hatte Robison geschimpft, »könnt ihr nicht nett miteinander spielen?«

»Er hat angefangen«, hatte Rebus erwidert in der Hoffnung, Bliss ein Lächeln abzuringen. Vergeblich, wie sich herausstellte.

Er telefonierte mit Siobhan Clarke, ließ sich von ihr über den aktuellen Stand der Ermittlungen in Inverness aufklären, da Gavin Arnold – vermutlich von Dempsey – verwarnt worden war. Clarke konnte nicht viel weiterhelfen. Jetzt, da das Team in Inverness sämtliche Informationen über Annette McKie aus Edinburgh bekommen hatte, ließ man James Page und seine Mitarbeiter am ausgestreckten Arm verhungern. Dempsey war sogar runtergefahren, hatte Gail McKie, Frank Hammell und Thomas Redfern höchstpersönlich noch einmal vernommen. Außerdem wurden die Aufzeichnungen der Überwachungskamera an der Bushaltestelle auf eine entsprechende Anfrage hin an das Präsidium der Northern Constabulary weitergeleitet.

»Nichts davon wird ihnen helfen«, hatte Rebus Clarke gesagt. »Die fischen im Trüben, weil sie sonst nichts zu tun haben.« Weder in Magraths Transporter noch im Landrover war irgendetwas Verdächtiges gefunden worden. Auch nach gründlichen Tests konnten keine weiteren Fremdkörper an Annette McKies Leiche gefunden und auf Kenny Magrath zurückgeführt werden – das Schamhaar stammte tatsächlich von Frank Hammell. Schließlich wurde ihr Leichnam zur Beerdigung freigegeben, und auch für die anderen vier Opfer fanden Trauerfeiern statt. Rebus verfolgte die Berichterstattung im Fernsehen: Darryl führte die Trauernden an, seine Mutter klammerte sich an seinen Arm, von Hammell weit und breit keine Spur. Rebus stellte fest, dass er den Friedhof kannte: Es war derselbe, auf dem Jimmy Wallace lag. Er erinnerte sich an jenen Tag, an die Sargträger, die wehklagende Witwe und an Tommy Beamish, der ihn angesprochen hatte.

Vielen geht's wie Jimmy – bekommen die goldene Uhr überreicht, und schon sind sie unter der Erde ... Arbeitest du deshalb immer noch?

Natürlich, verdammt noch mal. Was zum Teufel sollte er bloß nächste Woche machen? Angeln gehen? Sich einen Hund anschaffen? Oder doch lieber ins Glas stieren wie viele Rentner aus seinem Bekanntenkreis, die ihre Abstecher in die Kneipe fast wie einen Job betrachteten ...

Irgendwann war er Malcolm Fox auf der Treppe begegnet, und Fox war stehen geblieben, um ihm mitzuteilen, dass die Abteilung für Inneres nicht mehr »aktiv gegen ihn ermitteln« würde.

»Ach?«

»Das heißt natürlich nur vorläufig. Also viel Glück mit Ihrer Bewerbung.«

»Danke schön.«

»Ich mein's ernst«, sagte Fox, und sein Blick bohrte sich in Rebus. »Ich *möchte,* dass Sie wieder in den Dienst aufgenommen werden. Früher oder später werden Sie's vermasseln, und dann lernen wir einander besser kennen. Ich hoffe nur, dass Sie keine guten Leute wie Siobhan Clarke mit in den Abgrund reißen ...«

Am Donnerstag hatte Elaine Robison Zeit und Ort für ein paar Abschiedsdrinks am folgenden Abend verabreden wollen, aber Peter Bliss hatte nichts mehr von der Idee gehalten.

»Ich hab schon was vor«, hatte er gesagt.

»Dann am Wochenende?«

Bliss hatte den Kopf geschüttelt. »Lassen wir's einfach bleiben, oder? Gibt ja auch keinen Grund zum Feiern.«

»Peter ...«

Aber Bliss hatte sich entschieden. Er brachte es nicht einmal mehr über sich, Rebus direkt anzusehen. Erst wieder am Freitagnachmittag, als sie den Inhalt ihrer Schreibtischschubladen in Plastiktüten leerten und sich anschickten, das Büro zum allerletzten Mal zu verlassen. Daniel Cowan hatte sich bereits verabschiedet – er war voller Elan zu einer Besprechung mit seiner neuen Einheit entschwunden. Robison war auf dem Klo. Auf diesen Augenblick hatte Bliss gewartet, um Rebus zur Rede zu stellen.

»Gregor Magrath war immer einer von den Guten gewesen«, erklärte er. »Und für mich wird er das auch bleiben. Du willst sein Vermächtnis in den Dreck ziehen. Damit will ich nichts zu tun haben, und ich werde dir das niemals verzeihen.«

»Hast du mit ihm gesprochen?«, fragte Rebus.

»Er geht durch die Hölle. Aufgrund deiner Behauptungen musste er zur Vernehmung.« Farbe stieg in Bliss' Wangen, seine Stimme fing an zu zittern.

»Er hat seinen Bruder über Jahre gedeckt.«

»Leg eine andere Platte auf, Rebus.«

»Magrath hat dich ausgenutzt, Peter – ist es das, was dir so gegen den Strich geht?«

»Der Mann hat ein bisschen Achtung verdient.«

»Und was haben die Opfer verdient?«

Bliss machte ein kehliges Geräusch, schnappte sich die Tüte von seinem Schreibtisch, schob sich an Rebus vorbei und stampfte den Gang entlang. Robison kam zurück.

»Das war's dann wohl«, sagte sie. Erst da fiel ihr auf, dass Bliss bereits gegangen war.

»Er musste schnell weg«, entschuldigte ihn Rebus. Sie versuchte ihn böse anzusehen, aber es gelang ihr nicht. Sie umarmten sich, und sie gab ihm ein Küsschen auf die Wange.

»Auf zu neuen Ufern«, sagte sie und tätschelte ihm den Arm. Rebus zog die Tür hinter ihnen zu.

Am selben Abend, nachdem er einen über den Durst getrunken hatte, machte er den üblichen Anruf. Am anderen Ende der Leitung klingelte und klingelte es, bis eine Automatenstimme ihn aufforderte, eine Nachricht zu hinterlassen.

»Wir müssen reden, Gregor. Das wissen Sie. Es muss ein Ende haben.« Dann wiederholte er seine Telefonummer und legte auf. Bei den ersten halben Dutzend Versuchen war Magrath tatsächlich selbst drangegangen, hatte aber aufgelegt, sobald er Rebus' Stimme hörte. Später war nur noch der Anrufbeantworter drangegangen.

Rebus betrachtete sein Spiegelbild im Wohnzimmerfenster. »Freitagabend in der großen Stadt, hm?«, sagte er zu sich selbst, während der Regen gegen die Scheiben prasselte. Die Kopien der Vermisstenakten lagen immer noch auf dem Esstisch, er zog einen Stuhl heran und setzte sich davor. Eines Tages in nicht allzu ferner Zukunft würde er sich in der Lage fühlen, sie wegzuwerfen, aber jetzt noch nicht. Bislang hatte man nichts gefunden, das bewies, dass sich Kenny Magrath in der Nähe der anderen Frauen befunden hatte, als sie verschwanden. Magraths Aufzeichnungen hatten sich als unvollständig entpuppt, aber wer führte schon lückenlos Buch über das eigene Leben? Magrath hatte kein Tagebuch, keinen Kalender und keine Notizbücher, seine Frau ebenso wenig. Rebus griff nach der Bierflasche und nahm einen Schluck. Seine Hand lag auf einem Brief, der bereits seit ein paar Tagen dort auf ihn wartete, eine Einladung zum Vorstellungsgespräch beim Bewerbungsausschuss der Lothian and Borders Police. Es gab einen Termin für seinen medizinischen Check-up, außerdem einen Antrag, der ausgefüllt und unterschrieben zurückgeschickt werden musste. Rebus las ihn zum zigsten Mal durch und rieb das Plektrum zwischen seinen Fingern.

»Hätte ich damals doch bloß die Scheißgitarre gekauft«, brummte er vor sich hin, dann ging er einen Stift suchen.

Caffertys Haus war ein viktorianisches Landhaus in einer begrünten Seitenstraße der Colinton Road. Das Grundstück war einen Viertel Hektar groß, sogar eine Remise gab es. Meist zog sich Cafferty in sein Arbeitszimmer mit Blick auf den Garten hinter dem Haus zurück. Dort stand ein großer alter Sessel, den er besaß, seit er Mitte zwanzig war. Hier saß er, las Bücher und dachte nach. Heute dachte er über Darryl Christie nach. Christie hatte ihn zu Annettes Beerdigung eingeladen. Cafferty war pflichtschuldigst in der Kapelle erschienen, und bei der Gelegenheit war ihm nicht entgangen, dass der junge Mann Verstärkung mitgebracht hatte – ein halbes Dutzend Gesichter, die Cafferty nicht kannte. Jung, aber knallhart – möglicherweise ehemalige Armeeangehörige, zurückgekehrt aus dem Irak oder aus Afghanistan. Sie standen abseits der Phalanx der Trauernden und folgten in einigem Abstand, während sich der Trauerzug zur Grabstelle bewegte. Darryl und seine beiden jüngeren Brüder fungierten gemeinsam mit drei weiteren Männern als Sargträger.

Kein Frank Hammell. Kein Derek Christie. Die Polizistin aus dem Norden war da. Cafferty wusste nicht, wie sie hieß, aber er hatte sie im Fernsehen gesehen. Er hatte damit gerechnet, vielleicht auch Rebus zu begegnen, aber der ließ sich nicht blicken. Einer der durchtrainierten jungen Männer hatte sich zwischen den Trauernden hindurchgedrängt, kam auf Cafferty zu, beugte sich zu ihm hinunter und raunte ihm ins Ohr: »Mr Christie würde gerne mit Ihnen sprechen, bevor Sie gehen.« Also war Cafferty geblieben, hatte zugesehen, wie sich die Gäste für den Leichenschmaus bereit machten. Darryl hatte seiner Mutter in die Limousine geholfen, ihr ein Küsschen auf die Wange gegeben und die Tür zugeschlagen. Dann hatte er Jackett und Krawatte gerichtet und war auf Cafferty zugegangen. Cafferty hatte ihm eine Hand entgegengestreckt, was Christie jedoch ignorierte.

»Kommst du klar?«, hatte Cafferty der Höflichkeit halber gefragt.

»Das ist nicht die Frage, die Ihnen unter den Nägeln brennt.«

»Na gut – wo ist Frank Hammell?«

»Raus. Hat mir sämtliche Geschäfte übertragen.« Christies Blick ruhte jetzt auf Cafferty. »Ist das okay für Sie?«

»Warum nicht?«

»Weil Sie immer noch das Gefühl haben wollen mitzumischen. Aber wir beide wissen, dass das jetzt nicht mehr drin ist. Ich habe gesehen, wie Sie vorgehen, und das bedeutet, dass ich's jederzeit mit Ihnen aufnehmen kann, sofern Sie's drauf anlegen wollen.«

»Das hab ich alles hinter mir.«

»Gut gesagt, aber Sie müssen auch daran glauben. Ich habe aufgepasst, Cafferty, und ich weiß, welche Teile der Stadt Hammell unter Kontrolle hatte. So wie die Dinge liegen, will ich keinen Krieg – was Ihnen gehört, soll Ihnen bleiben. Allerdings kann sich meine Einstellung dazu auch sehr schnell ändern, falls Sie vorhaben sollten, auf fremdem Terrain zu wildern. Haben wir uns verstanden?«

Und erst dann hatte Christie Cafferty die Hand entgegengestreckt. Der Junge war achtzehn! *Achtzehn.* Mit achtzehn war Cafferty gerade mal ein einfacher Soldat gewesen. Und jetzt musste er sich von einem dürren Straßenkind mit Napoleonkomplex und einer Handvoll bezahlter Aufpasser erzählen lassen, wo's langging.

Aber er hatte trotzdem eingeschlagen.

Und als er jetzt in seinem Arbeitszimmer saß, wusste er, dass Darryl Christie den richtigen Zug zur richtigen Zeit gemacht hatte. Die Übernahme war glatt verlaufen. Hammell hielt den Ball flach, noch war nicht davon auszugehen, dass man ihn nicht mehr lebendig würde zu sehen bekommen.

Was Ihnen gehört, soll Ihnen bleiben. Allerdings kann sich meine Einstellung dazu auch sehr schnell ändern ...

Welche Dreistigkeit dieses kleine Arschloch besaß.

Aber ein schlauer kleiner Wichser war er, das musste man ihm lassen; man durfte ihn nicht unterschätzen. Cafferty war es peinlich, wenn er daran dachte, wie er die ganze Sache angegangen war – er hatte den netten Onkel markiert, ihm den Arm um die Schulter gelegt –, als Darryl längst alles durchgeplant hatte, so cool und berechnend, wie man es sich nur vorstellen konnte.

Das musste man bewundern, zumindest vorläufig. Aber schließlich und endlich war der Junge noch keine zwanzig. Ihm standen noch einige harte Lektionen bevor. Er würde Fehler begehen, sich Feinde machen. Niemand war unantastbar.

Niemand.

Weshalb sich Cafferty aus seinem Sessel erhob und vergewisserte, dass sowohl Vorder- wie auch Hintertür verriegelt waren ...

65

Am Samstagmorgen rief Rebus erneut Magrath an. Dieses Mal klingelte das Telefon nicht. Stattdessen hörte er eine automatische Ansage: Die von ihm gewählte Rufnummer sei nicht bekannt, und er solle es noch einmal versuchen. Beim zweiten Mal verwandte er mehr Sorgfalt, bekam aber genau dieselbe Ansage.

»Hast dir wohl eine neue Nummer geben lassen, Gregor?«, fragte er. Dann nickte er leise vor sich hin und ging duschen.

Am frühen Nachmittag parkte er in Rosemarkie, direkt gegenüber von Magraths Cottage. Er hupte ein paarmal, behielt die Fenster auf der Suche nach Lebenszeichen im Blick. Alle Vorhänge waren zugezogen. Als er schließlich nachsehen ging, vorbei an dem Landrover, fiel ihm die Post auf der Matte hinter der Eingangstür ins Auge. Er ging zum nächsten Haus, die Nachbarin öffnete.

»Erinnern Sie sich an mich?«, fragte Rebus. »Ich war schon mal hier.«

Die ältere Frau bestätigte, dass ihr Rebus nicht fremd sei.

»Ich wollte nur wissen, ob Sie vielleicht Gregor Magrath gesehen haben.«

»Gestern war er im Laden, um sich seine Zeitung zu kaufen.«

»Dann geht's ihm also gut? Ich frage nur, weil er nicht aufmacht und das Haus verlassen aussieht.«

»Da standen rund um die Uhr Reporter vor der Tür«, erklärte die Frau. »Und ich konnte hören, wie das Telefon un-

unterbrochen geklingelt hat.« Sie hielt inne, beugte sich zu Rebus vor und senkte die Stimme. »Haben Sie gehört, was passiert ist?«

Rebus nickte, was, wie er vermutete, von ihm erwartet wurde.

»Schreckliche Sache, einfach entsetzlich. Man glaubt doch nie, dass so was mal... Na ja, Sie wissen schon, was ich meine.«

»Im Dorf wird bestimmt viel geredet, oder?«

Die Frau warf den Kopf zurück. »Ist ja auch kaum zu glauben.«

»Finden es denn alle so unvorstellbar?« Rebus gab sich die größte Mühe, wie ein Einheimischer zu klingen. Er lehnte jetzt mit verschränkten Armen am Türrahmen – wie zwei alte Freunde bei einem Schwätzchen standen sie da.

»Unvorstellbar«, wiederholte die Frau.

»Keiner, der an ihm zweifelt?« Rebus hob eine Augenbraue. »Normalerweise gibt's so jemanden doch immer.«

»Hier gibt's kaum eine Familie, der Kenny Magrath nicht irgendwann mal geholfen hat.«

»Da bin ich sicher, trotzdem...«

Aber die Frau schüttelte resolut den Kopf.

»Sie halten also schön zusammen und schützen die eigenen Leute, ja?« Rebus' Tonfall war barsch geworden. Sie legte die Stirn in Falten und machte einen Schritt zurück in der Absicht, ihm die Tür vor der Nase zuzuschlagen.

»Hat Ihnen Gregor zufällig seine neue Nummer gegeben...?«

Die einzige Antwort, die er erhielt, war das Klicken der Tür, als diese ins Schloss fiel. »War nett, mit Ihnen zu plaudern«, brummte er, kehrte zu Magraths Cottage zurück und hämmerte erneut gegen die Tür.

Es hatte wieder zu regnen begonnen – dichter Eisregen

klatschte ihm auf Schultern und Rücken. Er rannte zum Saab zurück und blieb darin sitzen, wartete das Ende des Unwetters ab. Der Himmel war beinahe schwarz, und er schaltete den Scheibenwischer ein, jetzt kamen Hagelkörner herunter, hüpften auf der Straße und bedeckten sie mit einer weißen Schicht. Rebus ließ den Motor an, legte den Rückwärtsgang ein und fuhr zirka zwanzig Meter die Straße zurück, bis er direkt draußen vor Kenny Magraths Garten stand. Auch dieses Haus wirkte verlassen. Die Jalousien im oberen Stock waren geschlossen, und im Wintergarten brannte kein Licht. Die Windschutzscheibe beschlug, weshalb er das Gebläse einschaltete und sein Fenster zwei Zentimeter öffnete. Nach ein paar Minuten ließ der Hagel nach. Der Himmel war immer noch bleiern, aber es regnete nicht mehr, zurück blieb nur eine erdrückende Atmosphäre, als würde ein großes Gewicht auf dem Ort lasten. Rebus atmete tief durch und wischte sich den Schweiß von Stirn und Hals. Er nahm eine Zigarette aus dem Päckchen und merkte, dass seine Hände zitterten. Als ob es helfen könnte, presste er die Handflächen aneinander. Auch sein Herz schlug heftig.

»Noch nicht«, sagte er zu seinem Brustkorb und den Organen darin. »Jetzt noch nicht, okay?«

Dann fuhr er die Straße hinauf, bog links ein und stand auf der Vorderseite von Kenny Magraths Haus. Kein Transporter. Das Haus wirkte definitiv leer. Eine weitere kurze Fahrt zur Garage. Auch dort kein Transporter. Vielleicht arbeitete er ja auch samstags. Oder er hatte seine Frau überredet, ein bisschen Urlaub zu machen – und Bruder Gregor gleich mitgenommen. Eine schöne Gelegenheit, um die verschiedenen Versionen immer und immer wieder durchzugehen. Verdammt, vielleicht waren sie aber auch nur einkaufen gefahren, ein ganz gewöhnlicher Ausflug nach Inverness oder Dingwall. In der Presse waren, wenn auch nur für einen Tag, Fotos der beiden Brüder aufgetaucht. Wahrscheinlich mussten sie nicht fürchten, außerhalb ihres Wohnorts erkannt zu werden.

Rebus blieb sitzen, trommelte mit den Fingern. Er fragte sich, wie die anderen das Wochenende verbrachten. Kaufte Siobhan Clarke ein, oder war sie beim Fußball? Gönnte sich Daniel Cowan anlässlich seines neuen Jobs einen Anzug und ließ gerade dafür Maß nehmen? Plante Gillian Dempsey ein Familienessen, und gehörte vielleicht auch Neffe Raymond zu den Gästen? Die Supermärkte waren jetzt brechend voll, die Kinos machten sich bereit für den Ansturm der Massen. In Bars und Restaurants begann der Mittagstrubel, die Kreuzworträtsel waren gelöst, und in die Kofferräume der Kombis wurden Wanderstiefel geworfen. Skifahren, Bootfahren und Golf. Schwimmen und Wohnzimmerspiele. Kinder machten Hausaufgaben, Erwachsene Hausarbeit. An Autowaschanlagen und Tankstellen bildeten sich Schlangen. Jeder kümmerte sich um seinen Kram. Vielleicht reichte das Budget des Teams in Edderton ja sogar für Wochenendschichten. Aber was genau stand an? Weitere Vernehmungen, Schreibtischarbeit und Briefings? So etwas diente einzig und allein der Lohnaufbesserung …

»Was zum Teufel machst du hier, John?«, fragte er sich. Er fuhr zurück zu Gregor Magraths Cottage, schrieb eine Nachricht und klemmte den Zettel unter den Scheibenwischer des Landrover.

Darauf stand nur: *Es muss aufhören.*

Auf der Fahrt nach Hause fiel ihm auf, dass die Straßenarbeiten nördlich von Pitlochry offenbar abgeschlossen waren. Niemand arbeitete mehr dort – einer der Wohncontainer wurde gerade auf einen Sattelschlepper geladen, und die Dixiklos waren auch schon verschwunden. Er fragte sich, was wohl aus den Männern geworden war – ob neue Projekte auf sie warteten? War das ein niemals endender Prozess: erst die Straße aufreißen und dann mit einem neuen Belag versehen?

»Willkommen im Club«, sagte er laut.

Und was war mit Thomas Robertson? Rebus hatte vor ein paar Tagen im Krankenhaus in Aberdeen angerufen, aber natürlich war Robertson dort längst nicht mehr Patient. Vielleicht saß er wieder im Tummel Arms und erklärte Gina Andrews, warum er sie wegen seiner Festnahme angelogen hatte. Oder war er woandershin unterwegs, ohne festes Ziel?

Rebus sah, dass der Tank nur noch viertel voll war, weshalb er nach Pitlochry reinfuhr und durch das quirlige Zentrum kroch, bis er schließlich die Tankstelle erreichte. Als er an der Zapfsäule stand, hörte er jemanden rufen.

»Was ist aus dem Audi geworden?«

Rebus sah zur nächsten Zapfsäule und erkannte den Handelsvertreter, mit dem er sich unterhalten hatte, als Clarke an der Kasse Fragen gestellt hatte.

»Kleine Welt«, sagte der Mann lächelnd.

»Zigarettenpause?«, schlug Rebus vor. Der Mann schien sich zu freuen. Beide tankten schweigend fertig, gingen bezahlen und trafen sich dann auf dem Gehweg an der Hauptstraße. Ein Reisebus war vor der Bell's Destillerie eingetroffen, und die Touristen wurden ins Besucherzentrum geführt. Rebus nickte in Richtung Saab. »Um Ihre Frage zu beantworten, ich bin eher der klassische Fahrzeugtyp.«

Der Mann blies eine lange Rauchschwade aus. »Ich hab bei unserer letzten Begegnung gar nicht gefragt, was Sie beruflich machen.«

»Ich war Polizist.«

»Und jetzt?«

»Im Moment gewöhne ich mich daran, dass ich's nicht

mehr bin.« Rebus schnippte Asche auf den Boden. »Sie meinten, Sie finden ›Lösungen‹?«

»Das ist eine vornehme Umschreibung für den Vertrieb«, gestand der Mann.

»Sind Sie heute im Dienst?«

»Und morgen auch, wenn mich jemand empfängt. Da draußen weht ein rauer Wind, falls Sie's noch nicht gemerkt haben.«

»Ich hab's gemerkt. Was sagt denn Ihre Frau dazu?«

Der Mann zuckte mit den Schultern. »Heute Abend öffnen wir eine Flasche Wein und machen das Beste draus.«

»Haben Sie Kinder?«

»Eine Tochter.«

»Wie ich.«

»Laurie hat gerade mit der Highschool angefangen.«

»Meine ist schon lange flügge.« Rebus hielt inne, betrachtete die Spitze seiner Zigarette. »Ich sehe sie nicht oft…« Sie beobachteten den stadtein- und auswärts fließenden Verkehr. »Ich glaube, Sie haben erzählt, dass Sie jede Woche hunderte von Meilen fahren.«

»Häufig genug, um Gesichter und Firmen wiederzuerkennen.« Er nickte in Richtung eines LKW. »Blumen aus Holland. Der fährt bis rauf nach Aberdeen, lädt ab, und dann geht's zurück zur Fähre.«

»Ich glaube, den hab ich auch schon mal gesehen«, sagte Rebus und erinnerte sich an die Haltebucht und den Fahrer mit dem kaputten Zigarettenanzünder.

»Während der ersten zwei Jahre im Job«, sagte der Vertreter, »habe ich dem kaum Beachtung geschenkt. Genau genommen gar keine – da ging es einzig und allein um mich.« Er zog an seiner Zigarette und stieß Rauch aus. »Aber dann saß ich auf einmal in denselben Imbissstuben und Raststätten wie die Leute, denen ich schon mal irgendwo begegnet war.«

»Und Sie fingen an, sich mit ihnen zu unterhalten?«

Der Vertreter nickte. »Wäre sonst ein sehr einsames Leben, oder?«

»Wahrscheinlich.«

»Und Sie lernen bestimmte Stellen kennen wie den Imbisswagen neben dem Schild, auf dem *Welcome to the Highlands* steht…«

»Der Slochd Summit«, fiel Rebus ein.

»1328 Fuß über dem Meeresspiegel«, zitierte der Vertreter.

»Dewar's World of Whisky…«

»Zehn Meilen von der A9.«

Die beiden Männer grinsten sich an.

»Aber ich muss schon zugeben, dass es mir auch gefällt. Nicht dass ich das gegenüber meiner Frau zugeben würde. Aber im Büro oder vor der Glotze fühle ich mich nie so richtig wohl.« Er sah Rebus an. »Klingt wahrscheinlich irre.«

»Eigentlich nicht. Wenn man unterwegs ist, hat man immer ein Ziel und weiß, irgendwie wird man es erreichen, so oder so.«

Der Vertreter nickte. »Ganz genau.«

Sie rauchten einige Augenblicke schweigend weiter, bis der Mann hustete und sich räusperte.

»Das Mädchen, das hier in der Nähe ermordet wurde…«

»Annette McKie?«

Er nickte erneut, diesmal ernster. »Waren Sie das letzte Mal ihretwegen hier? Ich erinnere mich, dass Ihre Kollegin dem Mann an der Kasse Fragen gestellt hat.« Er sah, dass Rebus mit einer leichten Kopfbewegung bejahte. »Früher hab ich auch Tramperinnen mitgenommen, hab sie immer vor den Gefahren des Alleinreisens gewarnt. Damals gab es häufiger welche, aber ab und zu sieht man sie noch. Laurie musste mir versprechen, dass sie das niemals macht.« Er sah Rebus an. »Ich weiß, was Sie denken: Wir packen die Kinder in Watte.

Ich bin früher selbst viel getrampt, eine Ewigkeit ist das her – und meine Frau auch –, aber heute ist das was anderes.«

»Wahrscheinlich haben Sie recht.«

»Glauben Sie, Sie werden das Arschloch schnappen?«

»Schwer zu sagen.«

»Und selbst wenn, die werden doch heutzutage im Gefängnis mit Samthandschuhen angefasst, oder?« Er hatte seine Zigarette fertig geraucht und trat sie jetzt mit dem Fuß aus. Rebus überlegte sich mögliche Antworten auf die Frage, aber der Vertreter schien gar keine zu erwarten. »Ich mach mich besser auf den Weg«, erklärte er. »In meinem Job verdiene ich nichts, wenn ich nicht in Bewegung bleibe.« Er grinste mit einem Mundvoll professionell gebleichter Zähne. »Und meine Lösungen verkaufen sich nicht von allein.«

Die beiden Männer gaben sich die Hand und kehrten jeweils zu ihren Fahrzeugen zurück. Rebus sah den Vertreter mit einem Winken aus dem offenen Fenster davonfahren. Er war Richtung Norden unterwegs. Sechs oder sieben Tage pro Woche hielt er sich in einer höchst unbeständigen Welt auf, die ihm aber dauerhaft erschien, einer Welt der Raststätten-Sandwiches und Tankstellenstopps. Er lernte jede Straße sehr genau kennen, merkte sich Abkürzungen, fand Möglichkeiten, Staus zu umfahren, und lernte andere Menschen kennen, deren Alltag ähnlich aussah wie seiner, mit ihnen tauschte er Tipps, wo es das beste Fast Food gab, das billigste Benzin, die saubersten Toiletten. Rebus hatte Straßen immer für schlichte, stumme Dinge gehalten, aber jetzt wusste er es besser – auch sie besaßen ihren individuellen Charakter und Schwachstellen. Sie pulsierten vor Leben. Er blieb auf dem Tankstellengelände, zog sein Handy aus der Tasche und gab Samanthas Nummer ein.

»Ich bin's«, sagte er, als sie sich meldete.

»Hi, Dad.«

»Kannst du reden?«

»Außer faulenzen hab ich dieses Wochenende nichts vor.«

»Du Glückliche. Ich hab gedacht, ich ruf mal an und frage, wie's dir geht.« Er lehnte sich an die Kopfstütze, hielt sich das Telefon dichter ans Ohr und freute sich einfach nur, ihre Stimme zu hören.

»Alles in Ordnung?«, fragte sie. »Ich meine …«

»Was?«

»Sieht dir nicht ähnlich anzurufen.«

»Das heißt nicht, dass ich nicht an dich denke, Samantha. Ich denke sehr oft an dich.«

»Mir geht's gut.«

»Ich weiß.«

»Und du? Bist du bei der Jagd nach dem Irren weitergekommen?«

»Das werde ich ständig gefragt.« Er erinnerte sich an die Worte des Handelsvertreters: *Wenn man unterwegs ist, hat man immer ein Ziel und weiß, irgendwie wird man es erreichen, so oder so …*

»Und was antwortest du ihnen?«

»Meinst du wirklich, dass es ein Irrer ist?«

»Muss er doch sein.«

»Manchmal lässt sich das schwer sagen.«

»Mir läuft's kalt über den Rücken, wenn ich dran denke, dass der immer noch da draußen rumläuft. In ein paar Tagen hab ich einen Termin in Inverness zur künstlichen Befruchtung. Ich hab Keith gesagt, dass ich nicht ohne ihn fahre.«

»Wird schon nichts passieren.«

»Du hast gut reden.«

»Wahrscheinlich. Sagst du mir, wie's in der Klinik gelaufen ist?«

»Na klar.«

»Und vielleicht überlegst du dir mal, ein Wochenende mit

Keith in Edinburgh zu verbringen. Ich kann euch ein Hotel suchen – ich bezahl's auch.«

»Bist du sicher, dass es dir gut geht?«

»Nicht so frech, junge Frau.«

Ihr Lachen klingelte ihm in den Ohren …

66

An jenem Abend traf er Cafferty im Tannery.

»Danke, dass du gekommen bist«, sagte er und holte Getränke, bevor er sich für einen Tisch entschied.

»Ist das deine Art, dich zu entschuldigen?«, fragte Cafferty.

»Wieso entschuldigen?«

»Als wir das letzte Mal hier waren, warst du alles andere als freundlich.«

»So kann man's auch sehen.«

»Und?«

»Du willst mir doch nicht weismachen, dass ich deine Gefühle verletzt habe?«

Cafferty rang sich ein schmallippiges Lächeln ab. »Das vielleicht nicht«, gestand er. »Aber warum hast du mich sonst herbestellt?«

Rebus griff in die Tasche, faltete eine aus dem *Scotsman* herausgerissene Seite auseinander und breitete sie auf dem Tisch aus. Es war ein Bericht über Annette McKies Beerdigung, mitsamt Foto von einigen Trauergästen, unter anderem Cafferty, beim Verlassen der Kapelle.

»Die Familie hat mich eingeladen«, erklärte Cafferty.

»Ich wusste gar nicht, dass ihr euch kennt.«

»Ich kenne Darryl.«

»Seit wann? Ist noch nicht lange her, da wusstest du nicht mal, dass er für Frank Hammell arbeitet.«

»Den Tipp habe ich von dir.« Cafferty hob sein Glas, als wolle er ihm zuprosten.

»Und seitdem hast du dich bei der Familie eingeschleimt.«

»Darryl wollte, dass ich komme.«

»Aber warum?«

»Was Geschäftliches.« Cafferty nahm einen Mundvoll Whisky, kostete ihn aus, bevor er ihn hinunterschluckte.

»Ich hab Hammell nicht unter den Gästen gesehen.«

»Konntest du auch nicht.«

»Weil er abgesägt wurde?«, riet Rebus. »Du hast Darryl gegen ihn aufgebracht?«

»Du tust dem Jungen unrecht.«

»Was soll das heißen?«

»Nur dass meine Hilfe gar nicht nötig war. Der kleine Darryl hatte es von Anfang an auf Frank Hammell abgesehen.«

Rebus brauchte einen Augenblick, um das zu verdauen.

»Ich würde sagen, der wird deinen Leuten in den kommenden Jahren noch viel Kopfschmerzen bereiten«, fuhr Cafferty fort, »jedenfalls solange er's schlau anstellt und Glück hat.«

»Und wo ist Hammell jetzt?«

»Der hält den Ball flach.«

»Das kauf ich dir nicht ab.«

»Der Junge hat ihn abserviert. Hat Hammells Leute rausgeschmissen und seine eigenen installiert. Und zwar ohne dass Hammell Wind davon bekommen hat, was bedeutet, dass er sehr clever sein muss. Hätte Hammell was geahnt, läge Darryl jetzt irgendwo im Wald verscharrt.«

»Abseits der A9?«

»Ganz egal wo.«

Rebus schüttelte langsam den Kopf. »Darryl muss Unterstützung von dir bekommen haben.«

»Meinst du nicht, ich würde mir das Verdienst anheften, wenn ich könnte?«

»Er ist zu jung.«

»Aber blitzgescheit.«

»Was hattest du vor – ihn gegen Hammell aufbringen?«

»Kann sein.«

»Alles ein bisschen aufmischen?«

»Darin bist du selbst auch ganz gut – kein Wunder, dass sich die von der Inneren für dich interessieren. An unseren kleinen Zusammenkünften hat das aber nichts geändert, oder? Ich schätze mal, du würdest dich sonst langweilen.«

»Ach ja?«

Cafferty nickte. »Sag mal«, meinte er und stützte die Ellbogen auf den Tisch. »Der Streit zwischen Hammell und dem Mädchen – hast du eine Ahnung, worum's da ging?«

»Ich weiß sogar ganz genau, worum es ging.«

»Aber du sagst es mir nicht.«

»Nein – und Ormiston brauchst du gar nicht erst zu fragen, ich kann dir nämlich versichern, dass *er's* nicht weiß.«

Die beiden Männer taxierten sich gegenseitig. Hätten sie ein Schachbrett zwischen sich gehabt, hätten sie sich vielleicht auf ein Unentschieden geeinigt – ein weiteres Unentschieden in einer langen Reihe. Cafferty trank aus und stand auf. »Noch eins?«, fragte er und ging zur Bar, ohne die Antwort abzuwarten. Nachdem er für beide bestellt hatte, hörte er, wie hinter ihm die Tür aufgerissen und wieder zugeschlagen wurde. Als er sich umdrehte, war Rebus weg, hatte sein halb volles Glas und das Foto von der Beerdigung zurückgelassen.

Irgendwo in einem Wald …

Ganz egal …

Im Wald …

Wieder zu Hause wählte Rebus die einzige Telefonnummer, die er von Frank Hammell hatte. Es klingelte und klingelte, keiner ging dran. Er kippte sich den letzten Rest aus der Whiskyflasche in den Mund und schluckte. Dann stellte er sich ans Wohnzimmerfenster, der Ausblick war unverändert. Die beiden Kinder in der Wohnung gegenüber saßen im Schneidersitz auf dem Teppichboden und sahen fern. Er fragte sich, was das Leben wohl für sie bereithielt. Vielleicht die Abwesenheit eines Elternteils? College oder Arbeit direkt nach der Schule? Arbeitslosigkeit? Würden sie die wahre Liebe finden? Und dann zur künstlichen Befruchtung in der Klinik landen, die letzte Chance? Vielleicht würden sie selbst Eltern werden, sich Sorgen um die Zukunft machen und wünschen, sie könnten sehen, was sie bereithielt. Sein Handy klingelte, Hammells Name tauchte auf dem Display auf. Rebus zögerte, dann beschloss er dranzugehen.

»Ich glaube, wir sollten uns treffen«, sagte er.

»Warum?« Die Stimme klang trocken und hohl.

»Weil ich von der Sache zwischen Ihnen und Darryl erfahren habe.«

»Ich will den Namen dieses kleinen Arschlochs nie wieder hören!«

»Vielleicht müssen Sie das«, behauptete Rebus ruhig. »Aber ich glaube, es könnte sich lohnen.«

»Ich verpfeife niemanden, Rebus.«

»Das verlange ich auch nicht von Ihnen. Ich möchte nur, dass Sie eine Frage beantworten – hat nicht mal was mit Darryl zu tun.«

»Und?«

»Möglicherweise wäre Ihnen dadurch ein kleines bisschen Rache vergönnt.«

Es herrschte Stille in der Leitung, während Hammell nachdachte. Rebus hörte ihn ausatmen. »Wie lautet die Frage?«

»Kann sein, dass ich noch eine zweite habe, kommt ganz auf Ihre Antwort an.«

»Stellen Sie endlich Ihre verdammte Frage.«

»Okay.« Eines der Kinder gegenüber war ans Fenster gekommen. Es winkte Rebus zu. Er winkte zurück. »Wo würden Sie eine Leiche vergraben?«, fragte er Hammell, während das Kind erneut winkte, diesmal begleitet von einem breiten Zahnlückengrinsen.

Im Wald …

Rebus wollte gerade das Haus verlassen und die Tür hinter sich zuziehen, als er Siobhan Clarke auf dem Gehweg entdeckte.

»Ist Page auch da?«, fragte er und blickte nach links und rechts.

»Nein.«

»Also, was kann ich für dich tun?«

»Hab mir Sorgen gemacht, das ist alles.«

»Sorgen?«

»Du bist abgetaucht.«

»Vielleicht ist es deiner Aufmerksamkeit entgangen, aber ich bin nicht mehr im Dienst.«

»Trotzdem …«

»Was?«

Sie musterte ihn eingehend. »Ich hatte recht. Du hast diesen Blick. Du brütest was aus.«

»Ich brüte gar nichts aus.«

»Und dann verteidigst du dich plötzlich …«

Zum Zeichen seiner Unschuld breitete er die Arme aus, aber sie fiel nicht darauf rein.

»Wo willst du hin?«, fragte sie.

»Nur mal raus.«

»Was dagegen, wenn ich mitkomme?«

»Ja.«

»Dann gehst du gar nicht ins Pub?«

»Zum Kuckuck, Siobhan …« Rebus seufzte übertrieben verzweifelt. »Ich muss einfach nur was erledigen.«

»Hat es zufällig mit Kenny Magrath zu tun?«

»Schon möglich«, lenkte er ein.

»Und natürlich wirst du dich streng an die gesetzlichen Vorschriften halten.«

»Ich bin nicht die Polizei; ich bin nicht mal mehr Zivilist im Dienst der Polizei.«

»Und es würde dir nicht helfen, wenn du einen echten Detective dabeihättest?«

Er starrte sie an, dann schüttelte er den Kopf. »Du solltest auf Fox hören, Siobhan. Wenn du's zu was bringen willst, dann musst du dich von Typen wie mir fernhalten.« Er bohrte sich den Daumen in die Brust, um seine Behauptung zu unterstreichen.

»Karriere machen und so werden wie James Page oder Malcolm Fox?« Sie tat, als würde sie darüber nachdenken. »Auf deine Art macht es mir aber mehr Spaß.«

»Nein«, sagte er und schüttelte erneut den Kopf.

»Doch«, entgegnete Clarke. »Also erzähl, was du vorhast.«

Rebus rieb sich das Kinn. »Wenn ich's erzähle, ziehst du dann Leine und lässt mich in Frieden?«

Jetzt war es an ihr, den Kopf zu schütteln.

»Hab ich mir gedacht«, sagte er.

Frank Hammell wartete in einem Fast-Food-Restaurant neben einer Tankstelle. Der Laden war hell erleuchtet, wodurch zum Vorschein kam, wie blass Hammell war. Er war ungekämmt, und auf seinen Wangen sprossen graue Stoppeln. Er hielt sich an einem Kaffee fest, den Burger vor sich hatte er nicht mal halb gegessen, und seine Augen waren überall. Jedes Mal, wenn ein Gast zur Tür hereinkam, war ihm die Anspannung deutlich anzumerken.

»Glauben Sie, er will Ihnen ans Leder?«, fragte Rebus und rutschte in die Nische.

Clarke holte Getränke vom Tresen – Orangensaft für sich selbst und Tee für Rebus.

»Sie haben nicht gesagt, dass Sie jemanden mitbringen«, fuhr ihn Hammell an.

»Sie ist gar nicht hier – jedenfalls nicht offiziell.« Rebus rutschte, um Clarke Platz zu machen. Als diese nickend grüßte, ignorierte Hammell sie, er war ganz auf zwei gerade eintretende Neuankömmlinge konzentriert.

»Der kleine Wichser ist wahrscheinlich zu allem fähig«, brummte er schließlich.

»Aber hätte er dann nicht schon im Club zugeschlagen?«

Hammell schüttelte den Kopf.

»Zu viele Zeugen.«

»Anscheinend haben Sie drüber nachgedacht.«

»Was soll ich tun? Wenn ich auch nur den Hörer in die Hand nehme, um Gail anzurufen, erzählt er ihr von Annette und mir. Er hat sogar die Schlüssel zu meinem Haus …«

Hammells Augen waren voller Wut. »Wenn ich den Drecksack allein erwische, erwürge ich ihn.«

»Wir haben's vernommen. Aber wie wär's, wenn *wir* ihn stattdessen aus dem Verkehr ziehen?«

Hammell blickte Rebus an, als hätte er ihn nie zuvor gesehen. »Ist das eine Falle?«

»Ganz bestimmt nicht.«

»Was dann?«

»Ich will ein Ergebnis, und Darryl Christie ist ein Teil davon.«

»Verstehe ich nicht.«

»Ist auch besser so.«

Hammell musterte Rebus eindringlich, dann sah er Clarke an und anschließend wieder Rebus. »Was soll ich machen?«

»Wissen Sie noch, welche Frage ich Ihnen gestellt habe?«

»Ja.«

Rebus griff in seine Tasche und holte eine Straßenkarte von Schottland heraus.

»Zeigen Sie's mir einfach«, sagte er.

Danach gingen sie mit Hammell zurück zum Parkplatz. Von dem Range Rover hatte er sich noch nicht getrennt.

»Der ist ein bisschen zu auffällig«, warnte ihn Rebus.

»Das Autohaus, bei dem ich ihn gekauft habe, hat mir fünfzehntausend dafür geboten«, beschwerte sich Hammell. »Dabei ist er das Doppelte wert.«

»Trotzdem …«

Hammell zeigte auf Rebus' Saab. »Wollen Sie tauschen? Fünfzehntausend plus Ihren Wagen?«

»Das kann ich nicht machen, Frank.«

Also stieg Hammell in seinen eigenen Wagen, ließ den Motor an und fuhr mit Tempo auf die Hauptstraße. Rebus schloss den Saab auf, und Clarke schob sich auf den Beifahrersitz.

»Wäre ein guter Tausch gewesen«, meinte sie.

»Das alte Miststück und ich haben zu viel zusammen durchgemacht …« Rebus tätschelte das Lenkrad. »Da spielt Geld keine Rolle.«

»Also was jetzt?«, fragte sie, während sie sich anschnallte.

»Jetzt«, erwiderte Rebus, »schmieden wir Pläne.«

»Und was genau planen wir?«

»Wie wir Kenny Magrath den Schreck seines Lebens einjagen …«

67

Am Sonntag um die Mittagszeit rief er die Nummer auf der Karte an, die Darryl Christie ihm gegeben hatte. Wer auch immer sich meldete, Rebus erkannte die Stimme nicht.

»Ich muss den Chef sprechen«, erklärte er.

»Welcher Chef soll das sein?«

»Stell dich nicht blöd, Junge. Sag Darryl, John Rebus hat angerufen, und er soll sich bei mir melden.«

Dann legte er auf und wartete. Keine drei Minuten später klingelte sein Handy.

»Ich höre«, sagte Darryl Christie. Keine Höflichkeiten mehr; kein Small Talk. Alles ganz anders. Na schön, Rebus sollte es recht sein.

»Der Mann, den Sie suchen, heißt Kenny Magrath. Er wohnt mit seiner Frau in Rosemarkie. Ich kann Ihnen die Adresse geben.«

»Ich hab von ihm gehört«, unterbrach ihn Christie. »War alles online zu lesen – Dempsey und ihre Leute mussten ihn gehen lassen.«

»Mag sein«, sagte Rebus. »Aber hören Sie, was ich zu sagen habe, und entscheiden Sie dann selbst.«

»Sie haben zwei Minuten.«

Rebus brauchte etwas länger, um seine Argumente darzulegen: der Transporter an der Tankstelle; Gregor Magraths früher Ruhestand; Kenny Magraths Reaktion, als er auf die Taten angesprochen wurde. Als Rebus fertig war, herrschte Schweigen in der Leitung. Dann sagte Darryl Christie:

»Warum erzählen Sie mir das?«

»Weil ich nicht an ihn rankomme – er hat seine Spuren zu gut verwischt.«

»Zeichnen Sie unser Gespräch auf?«

»Wenn ich das täte, könnte ich gleich meinen eigenen Haftbefehl unterschreiben. Er muss verschwinden, Darryl. Und es muss aussehen, als hätte er sich aus dem Staub gemacht, sonst stehen wir beide sofort unter Verdacht. Seine Leiche darf nicht gefunden werden.«

»Leichen haben die hässliche Angewohnheit, immer wieder unerwartet aufzutauchen.«

»Kommt drauf an, wo man sie verschwinden lässt.«

»Sind Sie dabei?«

»Nein«, versicherte ihm Rebus. »Je weniger Sie mir verraten, umso besser. Magrath hat eine Werkstatt – eine Garage, gegenüber vom Pub am anderen Ende des Dorfes. Dort fährt er morgens als Erstes hin und abends kurz vor Feierabend noch mal. Ich würde sagen, am Abend wäre es am besten – um fünf Uhr ist es schon schön dunkel. Sein Transporter darf nicht zurückbleiben, wenn es aussehen soll, als wäre er getürmt.«

»Sie haben schon alles gründlich durchdacht.«

»Viel anderes hatte ich auch nicht zu tun – Sie haben es ja selbst gesagt: Dempsey hat sich als unfähig entpuppt.«

»Sie wissen, was ich mit Ihnen mache, wenn das eine abgekartete Sache ist?«

»Ja.«

»Oder ist das ein Trick, den sich Cafferty ausgedacht hat?«

»Nein.«

»Und was hält mich davon ab, einfach zu dem Arschloch hinzufahren und ihm die Haustür einzutreten?«

»Erstens hat er Nachbarn. Und zweitens müssten Sie sich dann auch was für seine Frau überlegen. Mein Vorschlag ist besser. Sie schleppen ihn irgendwo in einen Wald – da oben gibt's mehr als genug. Ich kann Ihnen ein paar Tipps geben, wenn Sie mögen …« Rebus verstummte, während er abwartete, was Christie entgegnen würde.

»Nicht nötig«, lautete die Antwort.

Was ein gutes Zeichen war: Es bedeutete, dass er bereits eine Stelle im Kopf hatte.

»Ich gehe davon aus, dass er ein Gewohnheitstier ist«, fuhr Rebus fort, versuchte möglichst emotionslos zu klingen. »Er hat's gerne, wenn das Essen auf dem Tisch steht, sobald er nach Hause kommt. Das bedeutet, dass sich seine Frau eher früher als später Sorgen machen wird. Wenn er eine halbe Stunde später dran ist als angekündigt und nicht ans Handy geht, wird sie ihn suchen, und dann wird es nicht lange dauern, bis sie sein Verschwinden meldet.«

»Kein Problem.«

»Wissen Sie schon, wo Sie den Transporter hinschaffen?«

»Soll ich's Ihnen verraten?«

»Ich möchte nur sicher sein, dass nichts schiefläuft – in unser beider Interesse.«

»Keine Skrupel?«

»Nicht im Geringsten.«

»Dies wird das letzte Mal sein, dass wir miteinander sprechen.«

»Hauptsache, ich kann den Fall abschließen, dann bin ich glücklich. Nennen wir's ein kleines Ruhestandspräsent, das ich mir selbst gönne.«

»Wenn das funktioniert, spendier ich Ihnen vielleicht noch eine hübsche Uhr für den Kaminsims. Andererseits, wenn nicht …«

Darryl Christie beendete das Gespräch, ohne sich die Mühe zu machen, die Drohung ganz auszusprechen. Rebus starrte sein Handy an, bis das Display erlosch.

»Und?«, fragte Siobhan Clarke. Sie stand im Wohnzimmer, die Hände um einen Becher Kaffee gelegt. Rebus erhob sich und schenkte sich einen Drink ein, überlegte es sich dann aber anders und schob ihn beiseite. Stattdessen zündete er eine Zigarette an, ging zum Fenster und schob es auf, damit Clarke nicht meckern konnte.

»Vielversprechend«, fand er und blies Rauch durch den Spalt. »Aber nicht mehr.«

»Hat er gesagt, welcher Wald?«

Rebus schüttelte den Kopf. »Aber er weiß, wohin sein früherer Chef hin und wieder gefahren ist. Und der ist perfekt – nicht viel weiter als fünfundvierzig Minuten von Black Isle entfernt. Wenn er gerade jemanden entführt hat, wird er nicht über Straßen fahren wollen, die er nicht kennt – schon gar nicht, wenn zu Hause eine Ehefrau wartet, die gleich die Polizei ruft.«

»Und der Transporter?«

»Den verklappen sie in einem See oder lassen ihn in einer Schrottpresse verschwinden, würde ich vermuten.«

»Man könnte es doch auch nach einem Unfall aussehen lassen? Der Transporter kommt mit Magrath am Steuer von der Straße ab.«

»Da kann zu viel schiefgehen – jeder halbwegs fähige Kriminaltechniker würde Lunte riechen.«

Clarke ließ sich auf dem Sofa nieder. Rebus' Karte lag dort, ein Waldstück kurz vor Aviemore war eingekreist. »Er wird doch nicht schon heute Abend dorthin rasen, oder?«

»Darryl gehört zu den Vorsichtigen – er wird sich Zeit lassen und die Sache erst mal gründlich durchdenken.«

»Was bedeutet, dass er vielleicht doch noch kalte Füße bekommen könnte?«

»Das ist immer möglich.«

»Aber du glaubst nicht daran?«

»Nein.«

»Und du denkst, er wird Mrs Magrath nichts tun?«

»Dafür ist er nicht der Typ. Er wird nach einem Fehler in der Planung suchen, vielleicht auch überlegen, ob es noch eine andere Möglichkeit gibt …«

»Wie viele Männer wird er mitnehmen?«

»Zwei oder drei – einer muss den Transporter fahren.«

»Brauchen wir Verstärkung? Ich kann Christine oder Ronnie fragen …«

Rebus schüttelte den Kopf. »Ich hab schon ein schlechtes Gewissen, weil ich *dich* dabeihabe.«

»Hattest ja keine andere Wahl.« Sie lächelte ihn über den Rand ihres Kaffeebechers an.

»Denk dran: Du bist die einzige Polizistin hier. Wenn Fox und seine Leute davon Wind bekommen …«

»Dann hab ich meine Chancen verspielt, jemals bei der Inneren einzusteigen.«

»Willst du für Fox arbeiten?«

»Er hat mir gesagt, ich wäre bestimmt gut in dem Job – ich glaube, das war nett gemeint.«

»Und?«

»Und was?«

»Hast du Lust drauf?«

»Ich müsste erst mal ein Schweigegelübde ablegen, oder?«

»Meinetwegen, meinst du?« Rebus blies erneut Rauch aus dem Fenster.

»Was ich denen alles erzählen könnte …«

»Schon wahr«, sagte er und drückte die Zigarette auf dem Fenstersims aus, dann schnippte er sie raus.

68

Am Montag standen sie um halb vier auf dem Posten. Sie hatten auf der schmalen Hauptstraße von Rosemarkie geparkt, Clarkes Audi stand in südlicher Fahrtrichtung, eingezwängt zwischen zwei anderen Fahrzeugen. Rebus' Überlegung war: Wenn sie sich Magrath geschnappt hatten, würden sie hier vorbeikommen – es sei denn, sie wollten mit ihm nach Cromarty.

»Wollen wir hoffen, dass du recht hast«, hatte Clarke erwidert. Die Schaufenster waren hell erleuchtet, und die Einheimischen gingen mit Tüten voller Lebensmittel vorbei. Rebus und Clarke hatten auch vor Magraths Werkstatt nachgesehen, aber dort konnte man nirgendwo unauffällig parken. Rebus vertrieb sich die Zeit damit, Clarke zu erzählen, dass es Darryl Christie gewesen sei, der Thomas Robertson entführt hatte.

»Darryl ist derjenige, der ständig im Netz surft – dabei muss er erfahren haben, dass einer der Bauarbeiter aus Pitlochry vernommen wurde. Kann kein Problem gewesen sein, ihn zu finden, die sind ihm zum Tummel Arms gefolgt und haben ihn sich gekrallt.«

»Und verprügelt?«

»Um ihn zum Reden zu bringen. Aber dann stellt sich raus, dass er's doch nicht gewesen sein kann, also setzen sie ihn in Aberdeen an die frische Luft.«

»Warum in Aberdeen?«

Rebus sah einen Wagen vorbeifahren – kein bekanntes Gesicht darin. »Vielleicht weil Frank Hammell Freunde dort hat und wir weiterhin denken sollten, dass er dahintersteckt und nicht sein pickliger Stellvertreter.«

Clarke nickte.

»Ich wollte dich noch was fragen«, fuhr Rebus fort.

»Was?«

»Fox hat mir gesagt, er will mich erst mal in Ruhe lassen – du hast doch nicht mit ihm gesprochen, oder?«

»Nein.«

»Er meinte, er hätte mich gerne wieder beim CID, damit er mich endgültig drankriegen kann.«

»Glaubst du ihm das?«

»Weiß nicht.«

»Hast du die Anträge unterschrieben?«

»Ich kann immer noch bei den medizinischen Tests durchrasseln.«

»Das lässt sich kaum leugnen.«

»Danke vielmals.«

Wieder ein Wagen: eine junge Frau am Steuer.

»Wird Magrath hier vorbeikommen?«, fragte Clarke.

»Kommt drauf an, wo er gearbeitet hat.«

»Immer vorausgesetzt, er hat überhaupt wieder angefangen zu arbeiten.«

»Ich hab nie behauptet, dass der Plan perfekt ist.« Rebus sah auf die Uhr. Das Tageslicht nahm rasch ab. Als er wieder aufblickte, sah er den schwarzen Mercedes M-Klasse.

»Klick, klack«, sagte er zu Clarke und wandte sich ab, damit sein Gesicht aus dem herannahenden Fahrzeug nicht zu erkennen war. Clarke beugte sich nach vorn, als würde sie sich an der Stereoanlage zu schaffen machen.

»Ich glaube, sie sind zu viert«, sagte sie, als sie sich wieder aufrichtete und in den Rückspiegel schaute.

»Darryl auf dem Beifahrersitz«, bestätigte Rebus.

»Nicht schlecht für den Anfang.« Sie atmete aus und entspannte sich etwas. »Die sind sogar ein bisschen zu früh dran.«

»Sie brauchen Zeit, um sich mit den örtlichen Gegebenheiten vertraut zu machen.«

»Falls Christie zu den Vorsichtigen gehört, wird er erst mal nach Fallen Ausschau halten.« Sie ließ den Motor an.

»Was denkst du?«

»Fahr noch ein Stück weiter, vielleicht parken wir besser in einer Seitenstraße. Wir wissen jetzt, wonach wir suchen – ein großer schwarzer Mercedes unterwegs nach Süden.«

»Hast du Angst, die kommen noch mal zurück und entdecken uns?«

Rebus nickte. Sie brauchten nicht lange, bis sie eine passende Stelle gefunden hatten. Diesmal parkten sie mit Blick auf die Hauptstraße. Clarke machte den Motor aus, überlegte es sich dann aber doch anders und ließ ihn wieder an.

»Bisschen wärmer so«, erklärte sie und drehte die Heizung auf.

»Gute Idee.« Die Anzeige auf dem Armaturenbrett gab fünf Grad Celsius Außentemperatur an. Es würde Frost geben – der Himmel war klar, ein paar Sterne waren bereits zu sehen. Rebus hielt die Hände vor die Belüftung und rieb sie sich.

Zwanzig Minuten später entdeckten sie Magraths Transporter mit dem kaum zu übersehenden Namen an der Seite.

»Auf dem Weg zur Garage«, stellte Rebus fest.

»Wir können die Strategie immer noch ändern«, gab Clarke zu bedenken, »sie direkt dort zur Rede stellen.«

Rebus schüttelte den Kopf. »Er muss einen Riesenschreck bekommen, schon vergessen?«

»Meine Methode ist aber weniger riskant.«

»Du darfst den Wagen einfach nur nicht verlieren.«

»Willst du sagen, dass du an meinen Fähigkeiten als Fahrerin zweifelst?«

Rebus warf ihr einen Blick zu, konzentrierte sich dann aber wieder auf die Straße. Kenny Magrath würde zwei Minuten bis zur Garage brauchen … Ihn fesseln und in den Wagen verfrachten … Sie würden schnell machen müssen. Aber was, wenn jemand aus dem Pub draußen stand und rauchte? Oder ein Bus mit neugierigen Einheimischen vorbeifuhr? Rebus hatte selten erlebt, dass die Zeit so langsam dahinkroch. Und gerade als er den Mund aufmachen und etwas in diesem Sinne sagen wollte …

»Transporter!«, rief Clarke. Er fuhr denselben Weg zurück, den er gekommen war, der Schriftzug MAGRATH war deutlich zu lesen. Die Gestalt hinter dem Lenkrad aber war nicht Kenny Magrath – zu klein, zu drahtig. Der schwarze Mercedes folgte nur wenige Sekunden später, die Insassen waren kaum zu erkennen. Clarke fuhr mit Abstand hinterher. Als ein Lieferwagen hinter ihr aufschloss, bremste sie ab, um ihn überholen zu lassen. Sie schaute auf die Straßenkarte, wusste, dass der Mercedes nur wenige Möglichkeiten hatte. Es gab bestimmte Manöver, anhand deren sich ein Fahrer vergewissern konnte, dass er nicht verfolgt wurde – langsam fahren und ausrollen lassen; an den Straßenrand fahren und abwarten; kehrtmachen und eine andere Strecke nehmen. Aber jetzt gerade war der Audi hinter dem Lieferwagen versteckt.

Die erste echte Entscheidung musste bei Munlochy getroffen werden. Der Mercedes blieb auf der A832.

»Die nächste riskante Stelle kommt beim Kreisverkehr in Tore«, sagte Rebus. »Dann geht's vermutlich über die A9 Richtung Süden.«

»Falls du den richtigen Riecher hast«, bremste ihn Clarke.

»So wenig Vertrauen.« Rebus gelang der Anflug eines Lächelns, aber Clarke wusste, dass er nervös war – er umklammerte den Griff der Beifahrertür nicht wegen ihres Fahrstils.

Als sie den zweispurigen Streckenabschnitt erreichten, folgte der Konvoi den Schildern nach Inverness. Rebus reckte den Hals, um zu sehen, was vor dem Lieferwagen vor sich ging.

»Die rauschen ab«, teilte er Clarke mit, woraufhin sie blinkte, ausscherte und zum Überholen ansetzte. Der Mercedes war an dem Transporter vorbeigezogen, schien aber möglichst nah bei ihm bleiben zu wollen.

»Die können Magrath auch just in diesem Moment schon den Hals umdrehen, weißt du das?«, meinte Clarke.

»Können sie«, gab ihr Rebus recht.

»Zum Schluss stehen wir vielleicht mit nichts da außer einer Leiche.«

»Schon möglich.«

»Würde dich wahrscheinlich kaum um den Schlaf bringen.«

»Ich bin kein Unmensch, Siobhan – aber wahrscheinlich würde ich es verschmerzen ...«

Über die Kessock Bridge und nach Inverness rein, immer auf der A9 und dann Richtung Süden aus der Stadt raus.

»So weit, so gut«, sagte Clarke leise wie zu sich selbst.

»Willst du die ganze Strecke an ihnen dranbleiben?«

»Warte mal noch ein oder zwei Meilen.«

Danach trat sie aufs Gas, lenkte den Audi auf die äußere Spur und überholte schließlich den Transporter, fädelte sich zwischen ihn und den Mercedes ein, beschleunigte anschließend erneut und überholte auch diesen. Der Tacho zeigte 150 km/h an, als sie die Scheinwerfer hinter sich zurückfallen sah.

»Die bleiben konstant auf knapp über 100.«

»Wollen schließlich nicht rausgewunken werden, oder?«, meinte Rebus.

Ein paar Meilen weiter kündigte ein Schild eine Haltebucht an. Clarke stellte sich hinter einen Sattelschlepper, der über Nacht dort parkte. Sie machte die Scheinwerfer aus und rutschte tiefer auf ihrem Sitz. Rebus tat es ihr gleich. Er spürte den Schweiß auf seinem Rücken, sein Hemd klebte.

»Da kommen sie«, sagte Clarke, den Außenspiegel fest im Blick. Nicht nur der Mercedes und der Transporter, sondern noch einige andere Fahrzeuge dahinter. Es war jetzt vollständig dunkel, sie konnten den Audi nicht gesehen haben, nicht bei dem Tempo, das der Konvoi draufhatte. Clarke schaltete das Licht wieder an und fuhr erneut auf die Straße.

»Auf der Strecke gibt's mehr als genug Möglichkeiten, eine Leiche verschwinden zu lassen«, meinte sie.

»Ihm fehlt die Erfahrung, Siobhan. Irgendetwas sagt mir, dass er sich an das halten wird, was er kennt, an die Orte, die man ihm gezeigt hat oder von denen er gehört hat.«

Zwanzig Minuten später fuhren sie an einem Schild vorbei, das den Weg nach Aviemore wies.

»Wo alles begann«, meinte Siobhan Clarke.

»Wahrscheinlich«, erwiderte Rebus und sah ein paar Schneeflocken vom Himmel fallen. Zwei Wagen blinkten links.

»Der Mercedes?«, riet Clarke.

»Ich würde Geld drauf wetten – allerdings nicht unbedingt mein eigenes.«

Doch der Mercedes bog ab, während der Transporter weiter auf der A9 blieb, seiner Verabredung auf dem Schrottplatz oder Ähnlichem entgegenfuhr.

»Und wir sind sicher, dass Magrath nicht gefesselt hinten in seinem eigenen Transporter liegt?«, fragte Clarke.

»So sicher, wie wir sein können.«

Der Audi folgte dem Mercedes noch immer durch einige andere Fahrzeuge getrennt.

»Ich glaube, es funktioniert«, meinte Clarke. »Jedenfalls haben sie uns noch nicht entdeckt.«

Doch schon bald bogen die Fahrzeuge, die ihnen Deckung gaben, in Neubaugebiete ab, so dass nur noch der Mercedes und der Audi übrig blieben – fünfzig Meter lagen zwischen ihnen.

»Soll ich anhalten und ihm Vorsprung lassen?«

»Ich weiß es nicht«, gestand Rebus.

»Wir könnten überholen und ihnen den Weg versperren – erzähl mir nicht, dass Magrath noch nicht starr ist vor Angst.«

»Zu früh.«

Sie sah ihn erneut an. Sein Blick wich nicht von dem Mercedes, die linke Hand umklammerte immer noch den Türgriff. Sie befanden sich in der tiefsten Provinz, ließen Aviemore immer weiter hinter sich und fuhren in eine Wildnis aus Wald und Bergen.

»Ich könnte noch mal überholen«, schlug Clarke vor und bremste, als sie sah, dass der Wagen vor ihnen, ohne zu blinken, auf einen Feldweg abbog. Dort war zwar ein Gatter, doch es stand offen. Clarke fuhr daran vorbei und weiter, während Rebus den Rücklichtern des Mercedes hinterhersah, bis sie von Bäumen geschluckt wurden.

»Das reicht«, sagte er. Clarke hielt an und wendete in drei Zügen, dann machte sie das Licht aus und ließ den Wagen langsam an das offene Gatter heranrollen.

»Genau wie Hammell gesagt hat«, murmelte sie. Der Mercedes war nicht mehr zu sehen. Clarke kurbelte ihre Scheibe herunter und horchte. »Die fahren noch.«

»Dann fahren wir auch.«

Der Audi schob sich vorsichtig den Feldweg entlang, die beiden vorderen Scheiben waren heruntergelassen. Rebus streckte trotz Schneegestöbers und klirrend kalter Nachtluft den Kopf hinaus, guckte und lauschte. Die Strecke führte bergauf in einen nach Kiefern duftenden Wald, der ihn an Edderton erinnerte. Als sie an eine Gabelung gelangten, hielt Clarke an, machte vorsichtshalber den Motor aus.

»Hörst du was?«

»Nein«, sagte Rebus.

»Auch kein Licht zu sehen.«

»Meinst du, die haben angehalten?« Er hatte die Stimme gesenkt.

»Möglich.«

»Links oder rechts?«

»Sag du.«

»Der Boden ist gefroren – schwer zu sagen, ob da Spuren sind oder nicht.«

»Und du willst bei den Pfadfindern gewesen sein.«

Rebus überlegte einen Augenblick. »Rechts«, sagte er. Dann: »Nein, links.«

»Sicher?«

»Ziemlich.«

»Du meinst, du rätst?«

»Die Chancen stehen fifty-fifty, Siobhan.«

»Ich glaube nicht, dass Magrath davon begeistert wäre. Wie wär's, wenn wir die Scheinwerfer anmachen und wie der Teufel losbrettern?«

»Oder den Rest des Weges zu Fuß gehen.«

»Zu Fuß?« Sie hatte die Augen ein kleines bisschen weiter aufgerissen und die Stirn in Falten gelegt.

»Zu Fuß.«

»Zusammen oder getrennt?«

»Verfluchte Scheiße, Siobhan, muss ich denn *alles* allein entscheiden?«

69

Kenny Magrath wurde der Sack vom Kopf gezogen. Er hatte ein paar Schläge abbekommen, und seine Augen brannten. Er blinzelte, bis er die Welt wieder scharf sah. Am dunstigen Himmel stand ein fast voller Mond, und es roch nach Moos. Magrath atmete durch die Nase, sein Mund war zugeklebt, seine Hände hinter dem Rücken gefesselt. Drei Männer bildeten eine Art Dreieck um ihn herum. Sie kamen ihm sehr groß vor, bis er merkte, dass er in einem nicht sehr tiefen Grab stand. Er wollte schreien, und eine Blutblase platzte aus einem seiner Nasenlöcher. Als er Anstalten machte, aus der Grube herauszuklettern, trat einer der Männer einen Schritt auf ihn zu und hob einen Spaten. Magrath wusste, was das bedeutete, und blieb, wo er war. Der Wagen, mit dem sie ihn hergebracht hatten, stand ungefähr ein Dutzend Meter weit entfernt, das Abblendlicht war eingeschaltet, beleuchtete die Szene, gelegentlich wurde eine Schneeflocke wie in Zeitlupe darin sichtbar.

»Du hast meine Schwester umgebracht«, sagte jemand. Magrath sah sich um, konnte den Sprecher nicht ausmachen, bis sich Darryl Christie leicht vorbeugte und ihn ansah. Er trug Jeans, ein dunkles Polohemd und Turnschuhe. Magrath schüttelte den Kopf, spürte erneut Übelkeit aufwallen, sein Gehirn pochte vor Schmerz.

»Dieses Grab wurde für einen anderen ausgehoben«, fuhr Christie fort. »Damals war's der Falsche. Du bist der, den ich suche, also versuch erst gar nicht, es zu leugnen.«

Aber Magrath konnte nicht anders, seine gedämpfte Stimme erhob sich schrill. Christie wandte sich ab, als würde ihn die Vorstellung langweilen. Er streckte dem Mann neben sich die Hand hin. Dieser legte den Spatenstiel hinein. Christie prüfte Gewicht und Griffigkeit, hob den Spaten über die Schulter und schwang ihn einige Male probeweise. Magrath weinte jetzt mit zusammengekniffenen Augen. Seine Knie gaben nach, und er landete im Schmutz, sein Kinn hing am Rand der Grube.

»Schhhhh«, machte Christie wie ein Vater zu einem Kind. Dann streckte er sich, holte mit dem Spaten aus und stach ihn direkt vor Magrath in den Boden. Der riss die Augen auf, starrte die glänzende, scharfe Kante des Spatens an. Christie zog ihn aus dem Boden, hockte sich hin und hielt dem verheulten, rotnasigen Magrath den Spaten vor die Nase.

»Du hast doch nicht geglaubt, dass es so schnell geht, oder?«, fragte er. »Vorher musst du noch einiges aushalten. So vielen Menschen hast du das Leben genommen. Nur so zum Spaß, oder? Ohne wirklichen Grund. Unerklärlich. Du kommst nicht ins Gefängnis, sondern in die Klapse. Tagsüber Brettspiele und Fernsehen, Spaziergänge im Garten und ein freundlicher Psychiater. Findest du das fair, hm? So viele Leben hast du zerstört, die der Lebenden ebenso wie die der Toten. Jetzt ist es Zeit für Vergeltung. Zeit, dass *du* leidest …« Er stand wieder auf und hob den Spaten, dieses Mal aber nur hüfthoch, machte sich bereit, ihn Kenny Magrath über den Schädel zu ziehen.

»Das reicht!«

Christie wirbelte herum. Rebus hatte die Fäuste geballt, als suche er Streit.

»Was wollen Sie hier?«, rief Christie.

»Sie verhaften«, sagte Siobhan Clarke, die auf die Lichtung trat und ihren Dienstausweis hochhielt. Christies

Männer blickten ihren Chef ratsuchend an. Christie zeigte auf Rebus.

»Sie wollten es doch so haben!«, beschwerte er sich.

Clarke ignorierte ihn und erklärte ihm, er sei festgenommen. Christie hatte einzig Augen für Rebus, sein Blick loderte.

»Zwei gegen drei?«, rief er. »Seht euch um – hier ist noch genug Platz für ein paar Gräber mehr.«

»Kann sein, dass Rebus ein bisschen bescheuert ist, aber ich bin's nicht«, fiel ihm Clarke ins Wort. »In fünf Minuten kommt Verstärkung.«

»Was machen wir?«, fragte einer von Christies Männern seinen Chef. Rebus erkannte ihn: Marcus, der Türsteher und Fahrer. Christie brauchte einen Augenblick, um die Möglichkeiten gegeneinander abzuwägen.

»Wir gehen«, sagte er. Dann an Magrath gewandt: »Es ist noch nicht vorbei. Wir sehen uns wieder.« Dann trat er zu, traf Magrath seitlich im Gesicht und marschierte anschließend zum Mercedes. Clarke sah Rebus an, aber Rebus rührte sich nicht. Die beiden Männer folgten ihrem Chef, Marcus preschte voraus, damit er die Beifahrertür aufhalten konnte. Christie warf Rebus einen hasserfüllten Blick zu, warf den Spaten zu Boden und stieg ein. Als sich alle Türen geschlossen hatten, trat Clarke einen Schritt nach vorn.

»Lassen wir sie fahren?«

»Willst du's drauf ankommen lassen?«, fragte Rebus, ging zu Magrath und nahm ihm das Klebeband ab.

»Aber die entkommen!«, stotterte der, rosa gefärbte Speicheltröpfchen spritzten aus seinem Mund. Der Motor des Mercedes war laut röhrend angesprungen, und der Wagen fuhr nun im Rückwärtsgang den Weg entlang, den er gekommen war.

»Ja«, sagte Rebus und lockerte die Fesseln um Magraths Handgelenke.

»Die wollten mich töten.«

»Haben wir mitbekommen.«

Magrath wirkte verstört. Er blickte von Rebus zu Clarke und wieder zurück. »Aber Sie werden die doch fassen? Die Verstärkung …«

»Es gibt keine Verstärkung«, erklärte Rebus. »DI Clarke hat uns damit nur die Haut gerettet.«

»Die wollten mich töten«, wiederholte Magrath mehr zu sich selbst als zu sonst jemandem.

»Ein Wort des Dankes wäre vielleicht angebracht.«

»Was?«

»Vergessen Sie's.« Rebus packte Magrath am Arm und zog ihn aus der Grube.

»Die haben meinen Transporter.«

»Den werden Sie nicht wiedersehen.«

»Die wollten mich …«

»Das haben Sie bereits erwähnt.«

»Wahrscheinlich steht er unter Schock«, meinte Clarke.

Magrath merkte, dass er von der Lichtung geführt wurde. »Wohin gehen wir?«

»Wir bringen Sie nach Hause – unser Wagen steht da drüben.«

»Aber die sind auch hier entlanggefahren!«

»Dann beeilen wir uns lieber, bevor sie kapieren, dass keine Verstärkung anrückt.«

»Moment mal«, sagte Magrath. »Haben Sie gesagt, Sie bringen mich *nach Hause*?«

»Wohin denn sonst?«

Magrath blieb stehen. »Ich kann nicht nach Hause. Die wissen, wo ich wohne… wo Maggie wohnt …«

»Vielleicht lassen sie Ihre Frau ja in Ruhe. Die haben's schließlich auf *Sie* abgesehen.«

»Warum haben Sie sie dann fahren lassen?«

»Wissen Sie, was die ausgesagt hätten? Die hätten behauptet, sie hätten Ihnen nur einen Schreck einjagen wollen. Wenn sie überhaupt ausgesagt hätten.«

»Aber Sie haben es doch gesehen!«

Rebus zuckte mit den Schultern und sah Clarke eindringlich an. »Anscheinend reicht es ihm nicht, dass wir ihm das Leben gerettet haben …«

»Wir haben getan, was wir konnten«, erwiderte Clarke.

»Sie können immer noch abhauen«, schlug Rebus dem Mann vor. »Beschaffen Sie sich eine neue Identität. Müsste aber richtig weit weg von hier sein – Darryl Christie hat viele Freunde …«

»Was ist mit Maggie? Und Gregor?«

»Die haben getan, was sie konnten. Jetzt ist es an *Ihnen*, ein paar Entscheidungen zu fällen.«

Magrath sah sich um, in seinem Kopf drehte sich alles. Er zitterte und das nicht nur vor Kälte.

»Ich kann nicht … Ich weiß nicht …«

»Ihre Entscheidung«, wiederholte Rebus und schob seine Hände in die Taschen. Magraths Blick wurde klarer. Er sah Rebus direkt an.

»Was soll ich machen?«, fragte er. »Sagen Sie's mir.«

»Sie wollen meinen Rat?«

Magrath nickte, während ihn ein weiterer Schauder durchzuckte. Rebus sah noch einmal in Clarkes Richtung, dann tat er kurz, als würde er nachdenken.

»Den können Sie haben«, sagte er, »aber nur unter einer Bedingung …«

Magrath blinzelte ein paarmal. »Ja?«

»Sie lassen uns aus dem Spiel.«

Magraths Lider flatterten erneut. »Aus welchem Spiel?«

»Ihrem Geständnis«, erwiderte Rebus.

Sie setzten ihn vor der Polizeiwache in der Burnett Road ab. Rebus hatte angerufen, und Gavin Arnold wartete bereits. Rebus und Clarke blieben im Wagen und sahen zu, wie Arnold Kenny Magrath hineinführte. Rebus hatte die Scheibe heruntergelassen, damit er eine Zigarette rauchen konnte. Seine Hand zitterte, aber nur ein kleines bisschen.

»Vielleicht überlegt er's sich doch noch anders«, sagte Clarke leise.

»Vielleicht«, gab ihr Rebus recht. »Andererseits ist er vor Darryl Christie nirgendwo so sicher wie in der geschlossenen Abteilung.«

»Das hast du ihm auf jeden Fall klargemacht.« Sie hielt inne. »Apropos ...«

Rebus drehte sich zu ihr um. »Christie?« Er sah sie nicken. »Kommt drauf an, was Kenny Magrath aussagt. Wenn er das mit dem Wald weglässt ...«

»Christie wollte ihn tatsächlich töten.«

»Provokation einer strafbaren Handlung, so heißt das vor Gericht.« Rebus blickte durch die Windschutzscheibe hinaus in die Dunkelheit. »Ich hab ihn schließlich dazu angestiftet.« Dann: »Wir sollten losfahren, bevor Dempsey auftaucht.«

»Willst du Darryl Christie wirklich davonkommen lassen?«

»Ich bin hier nicht der Detective, Siobhan.« Er wandte sich ihr erneut zu. »Das ist deine Entscheidung, nicht meine.«

Clarke konzentrierte sich auf die Tür zur Polizeiwache und das erleuchtete Schild obendrüber. »Die werden wissen, dass ihn jemand in die Mangel genommen hat. Die Chancen stehen nicht schlecht, dass dein Name fällt.«

»Solange deiner nicht erwähnt wird ... Außerdem bin ich Zivilist, schon vergessen? Ich habe seine Garage beobachtet, weil ich nichts Besseres zu tun hatte. Dabei hab ich gesehen, wie er entführt wurde, und beschlossen, ihm zu folgen, schließlich habe ich ihm das Leben gerettet. Nur für den Fall, dass er sich doch entscheidet, meinen Namen zu nennen.«

Sie blickte immer noch weg, als sie erneut das Wort ergriff. »Als Christie mit dem Spaten ausgeholt hat, hab ich für einen Augenblick gedacht, du lässt es geschehen.«

»Wirklich?«

»Ja, wirklich.«

»Magrath tot und Christie unter Mordanklage?«

»Ja.«

»Na, das wäre wohl auch ein Ergebnis gewesen.«

»Und auf die Ergebnisse kommt es an, nicht wie man dazu kommt.«

»So war das früher.«

»Aber jetzt nicht mehr.«

»Vielleicht nicht.« Er lehnte sich zurück. »Das Grab war nicht für Magrath bestimmt.«

»Nein?«

Rebus schüttelte den Kopf. »Eigentlich war es für Thomas Robertson gedacht. Als ich ihn im Krankenhaus besucht habe, erwähnte er ein flaches Grab. Er hatte eine Wahnsinnsangst davor, und jetzt wissen wir, warum – sie hatten ihn dorthin gebracht und es ihm gezeigt. Ihm einen Riesenschrecken eingejagt …«

»Aber Christie hat ihn gehen lassen.«

Rebus nickte. »Darryl ist kein Killer, Siobhan. Vielleicht hätte sich einer seiner Jungs um Magrath gekümmert, aber mehr als einen Spaten in die Erde zu rammen bringt Darryl nicht fertig.« Er wirkte einen Augenblick wie in Gedanken verloren. »Aber du weißt, was das bedeutet?«

»Ich bin nicht sicher.«

»Das bedeutet, dass ich die ganze Zeit recht hatte mit diesem verdammten Song …«

Er schnippte die Zigarette weg, und Clarke drehte den Schlüssel im Zündschloss.

»Mit welchem Song?«, fragte sie, als Rebus die Scheibe hochfuhr.

Lust auf mehr Spannung von Ian Rankin?

Dann lesen Sie hier weiter …

Auf den nächsten Seiten
finden Sie eine exklusive Leseprobe
aus Ian Rankins nächstem Rebus-Roman
»Schlafende Hunde«.

Viel Spaß damit!

MANHATTAN

Prolog

»Wo fahren wir hin?«

»Nur ein bisschen durch die Gegend.«

»Aber wohin?«

Rebus drehte sich zu seinem Beifahrer um. Sein Name war Peter Meikle. Er hatte fast die Hälfte seines Erwachsenendaseins in verschiedenen schottischen und englischen Gefängnissen zugebracht und jetzt die typisch käsige Gesichtsfarbe und schlechte Körperhaltung eines ehemaligen Sträflings. Eine Rasur wäre dringend nötig gewesen, und seine eingefallenen Augen waren schwarz umrändert, wie argwöhnische Nadelöhre. Rebus hatte ihn vor einem Wettbüro auf der Clerk Street aufgelesen. Ein paar Ampeln weiter bogen sie Richtung Commonwealth Pool in den Holyrood Park ab.

»Lange nicht gesehen«, sagte Rebus. »Was treibst du so?«

»Nichts, worüber ihr euch Gedanken machen müsstet.«

»Sehe ich aus, als würde ich mir Gedanken machen?«

»Sie sehen genauso aus wie 1989, als Sie mich eingebuchtet haben.«

»So lange ist das schon her?« Rebus schüttelte theatralisch den Kopf. »Aber du musst fair bleiben, Peter, du hast dich der Festnahme widersetzt – und du kannst ganz schön aufbrausend sein.«

»Sie etwa nicht?« Als Rebus nicht antwortete, starrte Meikle weiter durch die Windschutzscheibe. Er lenkte den Saab jetzt über den Queen's Drive, umrundete die klippenartigen Salisbury Crags nach St Margaret's Loch. Ein paar Touristen verfütterten Brot an Enten und Schwäne, wobei ein Schwarm

Möwen im Sturzflug mehr als seinen gerechten Anteil ergatterte. Rebus blinkte rechts und bog in die Straße ein, die sich zu Arthur's Seat hinaufschlängelte. Sie fuhren an Joggern und Spaziergängern vorbei, die Stadt verschwand aus ihrem Blickfeld.

»Könnte auch irgendwo in den Highlands sein«, meinte Rebus. »Kaum zu glauben, dass gleich da unten Edinburgh liegt.« Er drehte sich erneut zu seinem Beifahrer um. »Hast du nicht mal hier in der Gegend gewohnt?«

»Das wissen Sie ganz genau.«

»Northfield, wenn ich mich recht entsinne.« Der Wagen wurde langsamer, Rebus fuhr an den Straßenrand und hielt. Er nickte zu einer Mauer mit offenem Gatter. »Das ist doch eine Abkürzung, oder? Wenn man zu Fuß in den Park will? Von Northfield aus?«

Meikle zuckte nur mit den Schultern. Er trug eine Daunenjacke. Wenn er sich bewegte, machte sie Geräusche. Er sah zu, wie Rebus ein frisches Päckchen Zigaretten anbrach, ein Streichholz anstrich und sich eine anzündete. Rebus stieß erst genüsslich eine Rauchwolke aus, dann bot er Meikle das Päckchen an.

»Hab letztes Jahr aufgehört.«

»Wusste ich gar nicht, Peter.«

»Natürlich nicht.«

»Na schön, wenn ich dich nicht in Versuchung bringen kann, dann lass uns kurz aussteigen.« Rebus schaltete den Motor aus, löste seinen Sicherheitsgurt und stieß die Tür auf.

»Wozu?« Meikle rührte sich nicht.

Rebus duckte sich in den Wagen. »Ich will dir was zeigen.«

»Und wenn's mich nicht interessiert?«

Rebus zwinkerte und schlug die Tür zu, ging um den Wagen herum und über das Gras auf das Gatter zu. Der Schlüssel steckte noch im Zündschloss, und Meikle starrte ihn gute zwanzig bis dreißig Sekunden lang an, bevor er sich leise fluchend einen Ruck gab und die Beifahrertür öffnete.

Rebus stand auf der anderen Seite der den Park umgrenzenden Mauer, die östlichen Vororte lagen unter ihm.

»Ist ein steiler Aufstieg«, sagte er und beschattete die Augen mit seiner freien Hand. »Aber damals warst du ja auch noch jünger. Oder bist du vielleicht gar nicht zu Fuß gegangen – wahrscheinlich hast du dir von einem Freund einen Wagen geliehen. Musstest ja nur behaupten, dass du was zu transportieren hast.«

»Ach, es geht um Dorothy«, stellte Meikle fest.

»Um wen sonst?« Rebus schenkte ihm ein müdes Lächeln. »Fast zwei Wochen sind vergangen, bis sie vermisst gemeldet wurde.«

»Das ist elf Jahre her ...«

»Zwei Wochen«, wiederholte Rebus. »Du hast behauptet, sie sei bei ihrer Schwester. Weil's ein kleines Zerwürfnis zwischen euch beiden gab. Na ja, das konntest du jedenfalls nicht leugnen – die Nachbarn haben gehört, wie ihr euch angebrüllt habt. Warum nicht gleich das Beste draus machen?« Erst jetzt wandte sich Rebus wieder dem Mann zu. »Zwei Wochen und selbst dann war's noch ihre Schwester, die uns kontaktiert hat. Keinerlei Hinweise darauf, dass Dorothy die Stadt verlassen hat – wir haben uns an allen Bahn- und Busstationen erkundigt. Als wärst du ein Zauberer und hättest sie in eine deiner Kisten gesteckt. Deckel auf, und weg war sie.« Er hielt inne und trat einen halben Schritt auf Meikle zu. »Aber sie *ist* da, Peter. Irgendwo in dieser Stadt.« Er stampfte mit dem linken Fuß auf. »Tot und begraben.«

»Ich wurde damals verhört, schon vergessen?«

»Als Hauptverdächtiger«, ergänzte Rebus langsam nickend.

»Vielleicht ist sie was trinken gegangen, dem falschen Mann begegnet ...«

»Wir waren in Hunderten von Pubs, Peter, haben ihr Foto herumgezeigt und die Stammgäste befragt.«

»Dann ist sie vielleicht per Anhalter weg – in London kann man leicht verlorengehen.«

»Wo sie keine Freunde hatte? Und ohne ihr Konto anzurühren?«

Rebus schüttelte den Kopf.

»Ich hab sie nicht umgebracht.«

Rebus zuckte demonstrativ zusammen. »Peter, wir sind unter uns. Ich bin nicht verkabelt oder so; hier geht es nur um meinen Seelenfrieden, mehr nicht. Wenn du mir sagst, dass du sie hergebracht und vergraben hast, dann war's das.«

»Ich dachte, Sie arbeiten nicht mehr an ungelösten Fällen?«

»Woher hast du das denn?«

»Das Büro in Edinburgh wurde dichtgemacht und verlegt.«

»Schon richtig. Aber ist ja nicht jeder so gut informiert wie du.«

Meikle zuckte mit den Schultern. »Ich lese Zeitung.«

»Mit besonderem Augenmerk auf Polizeibehörden.«

»Ich weiß, dass alles Mögliche umstrukturiert wird.«

»Woher das Interesse?«

»Schon vergessen, dass ich so meine Erfahrungen mit euch gemacht habe? Apropos, wieso sind Sie eigentlich nicht pensioniert – Sie müssten doch inzwischen Rente kassieren?«

»Ich war pensioniert – da hab ich für die Cold Case Unit gearbeitet, die alten Hasen, die's einfach nicht lassen können. Und du hast recht, unsere Fälle wurden woandershin verschoben.« Rebus' Gesicht war jetzt nur noch wenige Zentimeter von Meikles entfernt. »Aber mich haben sie nicht verschoben, Peter. Ich bin noch da, und ich wollte mich gerade in deinen Fall vertiefen, als er mir weggenommen wurde. Aber du kennst mich ja, ich bringe zu Ende, was ich angefangen habe.«

»Ich hab nichts zu sagen.«

»Sicher?«

»Wollen Sie mich wieder gegen eine Mauer schleudern oder bewusstlos schlagen? So seid ihr ja immer gerne mit Verdächtigen umgesprungen …«

Aber Rebus hörte nicht zu. Seine Aufmerksamkeit galt jetzt dem Handy in Meikles rechter Hand. Rebus griff danach und sah, dass es aufnahm. Boshaft grinsend warf er es in einen Ginsterstrauch. Meikle entfuhr ein kleiner Protestschrei.

»Willst du, dass es so weitergeht, Peter?«, fragte Rebus und drückte seine Zigarette an der Mauer aus. »Dass du dir ständig über die Schulter gucken musst, Ausschau halten nach jemandem wie mir? Willst du weiter auf den Tag warten, an dem ein Hund irgendwo herumschnüffelt, wo er nicht schnüffeln sollte, und zu graben anfängt?«

»Sie haben nichts, und Sie sind nichts«, blaffte Meikle.

»Da irrst du dich gewaltig. Siehst du, immerhin hab ich *dich.*« Ein Finger bohrte sich in Meikles Brust. »Und solange dein Fall ungelöst ist, musst du dir wegen mir Sorgen machen.«

Er drehte sich um und ging durch das Gatter zurück. Meikle sah zu, wie er in den Saab stieg und den Motor anließ. Der Wagen raste davon, stieß eine Qualmwolke aus. Leise vor sich hin fluchend trottete Meikle zu dem Ginstergestrüpp und suchte sein Handy.

Der Chief Constable feierte seine Abschiedsparty in der Kantine des Präsidiums der Lothian and Borders Police in der Fettes Avenue. Er bekam einen neuen Posten südlich der Grenze, und anscheinend wusste niemand, ob seine alte Stelle überhaupt neu besetzt würde. Die acht regional gegliederten schottischen Polizeieinheiten sollten schon bald zu einem einzigen Verband, der Police Scotland, zusammengelegt werden. Der Chief Constable von Strathclyde sollte die Leitung übernehmen, und seine sieben Kollegen suchten nun nervös nach neuen Möglichkeiten.

Jemand hatte den halbherzigen Versuch unternommen, die Kantine festlich zu schmücken – ein paar Spruchbänder, Luftschlangen und sogar circa ein Dutzend Partyballons hingen an den Wänden. Auf den Tischen lagen Papierdecken, darauf Schalen mit Chips und Nüssen, außerdem Wein- und Bierflaschen.

»In einer halben Stunde kommt die Torte«, klärte Siobhan Clarke Rebus auf.

»Dann bin ich in zwanzig Minuten weg.«

»Magst du keine Torte?«

»Ich mag die Reden nicht, die dann gehalten werden.«

Clarke grinste und nahm einen Schluck Orangensaft. Rebus hatte eine offene Flasche Lager in der Hand, aber beschlossen, sie nicht auszutrinken – zu viel Kohlensäure und auch nicht kalt genug.

»Also, DS Rebus«, sagte sie, »was hast du heute Nachmittag getrieben?«

Er starrte sie an. »Wie lange willst du noch darauf rumreiten?« Womit er seinen Dienstgrad meinte – er war nur Detective Sergeant, sie Inspector. Vor zehn Jahren war es noch umgekehrt gewesen. Aber als Rebus sich nach seinem Abstecher zur Cold Case Unit erneut beworben hatte, musste er sich wegen der Schwemme an DIs herunterstufen lassen.

»Das oder gar nichts«, hatte man ihm beschieden.

Also ließ er sich drauf ein.

»Noch eine ganze Weile«, sagte Clarke jetzt und grinste noch breiter. »Und du hast meine Frage nicht beantwortet.«

»Ich habe einen alten Freund besucht.«

»Du hast gar keine Freunde.«

»Allein in diesem Raum könnte ich dir ein Dutzend zeigen.«

Clarke überflog die Gesichter. »Und wahrscheinlich ebenso viele Feinde.«

Rebus schien darüber nachzudenken. »Okay, kann sein«, lenkte er ein. Und außerdem hatte er sowieso gelogen. Ein Dutzend Freunde? Nicht mal annähernd. Siobhan war eine Freundin, vielleicht die beste, die er je hatte – abgesehen vom Altersunterschied und der Tatsache, dass ihr kaum etwas seiner Musik gefiel. Er sah Menschen, mit denen er gearbeitet hatte, aber so gut wie niemanden, den er freiwillig auf einen Whisky und eine Unterhaltung zu sich nach Hause einladen würde. Dafür gab es einige, denen er gerne mal in den Arsch getreten hätte – zum Beispiel den drei Beamten von Professional Standards. Sie standen abseits der anderen, womit sie ihren Außenseiterstatus unterstrichen. Aber jetzt hatten sie etwas Gejagtes – mit ihnen wurde genauso verfahren wie mit der Cold Case Unit: Auch sie wurden im Zuge der Umstrukturierung versetzt. Plötzlich kam ihm durch die Menschentraube ein Gesicht aus der Vergangenheit entgegen. Der Mann streckte Rebus eine Hand hin, und er schlug ein.

»Verdammte Scheiße, hätte dich fast nicht erkannt«, gestand Rebus. Eamonn Paterson klopfte auf das, was von seinem Bauch übrig war. »Gesunde Ernährung und Bewegung«, erklärte er.

»Gott sei Dank – hab schon gedacht, irgendeine Krankheit hätte dich ausgemergelt.« Rebus wandte sich an Clarke.

»Siobhan, das ist Eamonn Paterson. Er war DS, als ich DC war.« Während sich die beiden die Hände gaben, fuhr Rebus mit der Vorstellung fort.

»Siobhan ist Detective Inspector und sitzt daher dem grausamen Irrtum auf, sie sei meine Chefin.«

»Na, dann viel Glück«, sagte Paterson. »Von mir hat er sich nie was sagen lassen, dabei war er damals noch grün hinter den Ohren. Egal, wie oft ich ihm auch in den Arsch getreten habe.«

»Manche Dinge ändern sich nie«, pflichtete ihm Clarke bei.

»Eamonn wurde früher Porkbelly genannt«, sagte Rebus. »Einmal ist er aus dem Urlaub in den Staaten zurückgekommen und hat erzählt, er habe in einem Restaurant so viel Schweinebauch gefuttert, dass er von den Betreibern ein T-Shirt geschenkt bekam.«

»Das T-Shirt hab ich noch«, sagte Paterson und hob sein Glas, um darauf anzustoßen.

»Wie lange sind Sie schon in Rente?«, fragte Clarke. Paterson war groß und schlank, hatte dichtes Haar; sie hätte ihn für keinen Tag älter als Rebus gehalten.

»Jetzt sind's fast fünfzehn Jahre. Sehr nett, dass ich immer noch Einladungen bekomme.«

Er schwenkte sein Weinglas in Richtung Party.

»Vielleicht bist du ja so was wie das Vorbild aller Polizeipensionäre.«

»Kann sein«, stimmte er lachend zu. »Dann sind das also die letzten Zuckungen von Lothian and Borders, oder wie?«

»Soweit wir wissen.« Rebus wandte sich an Clarke. »Wie soll's in Zukunft noch mal heißen?«

»Es wird zwei Abteilungen geben – Edinburgh und außerdem Lothians and Scottish Borders.«

»So ein Blödsinn«, brummte Paterson. »Sämtliche Dienstausweise müssen geändert werden, außerdem die Schriftzüge auf den Streifenwagen – wie zum Kuckuck wollen die damit Geld sparen?« Dann an Rebus gewandt: »Kommst du zu Dod?«

Rebus zuckte mit den Schultern. »Du?«

»Könnte auch ein Fall von letzten Zuckungen sein.« Paterson wandte sich an Clarke. »Wir waren früher zusammen in Summerhall.«

»Summerhall?«

»Die Wache neben der Tierarztschule am Summerhall

Place«, erklärte Rebus. »Wurde abgerissen, stattdessen wurde dann St Leonard's eröffnet.«

»War vor meiner Zeit«, meinte sie.

»Praktisch in der Steinzeit«, pflichtete ihr Paterson bei. »Von uns Höhlenmenschen sind nicht mehr viele übrig, hab ich recht, John?«

»Inzwischen hab ich gelernt, wie man Feuer macht«, entgegnete Rebus, zog eine Schachtel Streichhölzer aus der Tasche und schüttelte sie.

»Du rauchst doch nicht etwa noch?«

»Einer muss es ja tun.«

»Und ab und zu trinkt er sogar was«, vertraute ihm Clarke an.

»Ich bin schockiert.« Paterson musterte Rebus' Statur.

»Ich wusste nicht, dass ich mich hier um den Job als Mr Universum bewerbe.«

»Nein, tust du nicht«, erwiderte Clarke, »trotzdem ziehst du schon mal vorsorglich den Bauch ein.«

»Erwischt«, sagte Paterson und lachte erneut, klopfte Rebus auf die Schulter. »Also, kommst du jetzt mit zu Dod oder nicht? Stefan ist wahrscheinlich auch da.«

»Kommt mir ein bisschen makaber vor«, meinte Rebus. Er erklärte Clarke, dass Dod Blantyre vor Kurzem erst einen Schlaganfall erlitten hatte.

»Er hat sich ein letztes Treffen der alten Garde gewünscht«, setzte Paterson hinzu und hielt Rebus einen mahnenden Zeigefinger vor die Nase. »Du willst ihn doch nicht enttäuschen – sonst wird Maggie …«

»Mal sehen, wie sich's einrichten lässt.«

Paterson versuchte Rebus mit einem Blick zu erweichen, dann nickte er langsam und klopfte ihm erneut auf die Schulter. »Also schön«, sagte er und ging weiter, um einen anderen alten Bekannten zu begrüßen.

Fünf Minuten später, als Rebus gerade einen Vorwand suchte, um auf eine Zigarette rauszugehen, betrat eine neue Gruppe die Kantine.

Die Männer sahen aus wie Anwälte, und genau das waren sie auch – Angestellte der Staatsanwaltschaft. Sie waren gut gekleidet und strahlten zuversichtlich, ihnen voran ging Generalstaatsanwältin Elinor Macari, Solicitor General von Schottland.

»Müssen wir jetzt alle einen Diener machen, oder was?«, murmelte Rebus Clarke zu, die sich die Ponyfransen aus dem Gesicht schob. Macari gab dem Chief Constable jeweils ein Küsschen auf beide Wangen.

»Würde schon reichen, wenn du nichts sagst, das dir hinterher leidtun könnte.«

»Du bist die Chefin.«

Macari sah aus, als hätte sie auf dem Weg zur Party einige Zwischenstopps eingelegt: Friseur, Visagist, Boutique. Ihre große schwarze Brille betonte das Durchdringende ihres Blicks. Im Bruchteil einer Sekunde hatte sie den Raum gescannt, wusste genau, wen sie begrüßen musste und wen sie ignorieren durfte. Der Kollege, der das Begrüßungskomitee anführte, wurde ebenso mit Küsschen bedacht wie der Chief Constable. Andere Gäste mussten sich mit einem Händeschütteln oder Kopfnicken begnügen. Ein Glas Weißwein wurde geholt, aber Rebus bezweifelte, dass es mehr als ein Requisit sein würde. Auch fiel ihm auf, dass seine Flasche Lager jetzt doch leer war, obwohl er sich geschworen hatte, sich seinen Durst für etwas Lohnenswerteres aufzusparen.

»Hast du ein paar warme Worte parat, falls es sie in unsere Richtung verschlägt?«, fragte Clarke.

»Ich würde sagen, wir befinden uns in einer ganz anderen Umlaufbahn.«

»Mag sein. Aber jetzt, wo sie da ist, werden die Reden nicht mehr lange auf sich warten lassen.« Rebus hielt sein Päckchen Zigaretten hoch und zeigte nach draußen.

»Kommst du wieder?« Sie sah seinen Blick und verzog das Gesicht, weil ihr eine so blöde Frage herausgerutscht war. Gerade als er die Kantine verlassen wollte, entdeckte Macari einen weiteren Bekannten und marschierte schnurstracks auf ihn zu, sodass Rebus ihr ausweichen musste. Sie runzelte die Stirn, als wüsste sie nicht, wohin sie ihn stecken sollte, blickte ihm sogar noch hinterher. Doch inzwischen hatte sie ihr Opfer erreicht. Siobhan Clarke sah, wie Schottlands Generalstaatsanwältin Malcolm Fox am Arm nahm und von seinen Kollegen aus der Professional-Standards-Abteilung wegzog. Was auch immer sie mit ihm zu besprechen hatte, es schien ein Mindestmaß an Verschwiegenheit zu erfordern. Eine Kantinenangestellte stand jetzt mit der Torte im Eingang, doch ein Handzeichen des Chief Constable signalisierte ihr, dass die Zeremonie warten musste, bis Elinor Macari bereit war …

Tag eins

Der Abschleppwagen war eingetroffen, der Name des Schrottplatzes stand an den Türen. In der vorangegangenen Nacht war die Unfallstelle bereits notdürftig mit siebeneinhalb Zentimeter breitem Plastikband abgesperrt worden, in regelmäßigen Abständen war darauf der Schriftzug POLICE zu lesen. Das Band reichte von einem unbeschädigten Baum über einen Zaunpfosten und von dort wieder bis zu einem anderen Baum. Der Fahrer des Abschleppwagens war einfach drübergefahren und machte sich jetzt daran, den verunglückten VW Golf an einer Winde den Hang hinauf auf die bereits wartende Rampe zu ziehen.

»Kein schlechter Nachmittag«, sagte Rebus, zündete sich eine Zigarette an und begutachtete die Umgebung. Ein schmaler Landstraßenabschnitt am Rand von Kirkliston. Der Flughafen Edinburgh war nicht weit entfernt, und das Dröhnen landender und startender Passagierflugzeuge störte die ländliche Szene. Sie waren in Clarkes Vauxhall Astra hergefahren. Rebus parkte am gegenüberliegenden Straßenrand, die Warnblinkanlage sollte herankommende Fahrer auf die Unfallstelle aufmerksam machen. Anscheinend näherte sich aber niemand.

»Die Straße macht keine Kurve«, sagte Clarke. »Sie war nicht glatt, auch nicht vereist oder ölverschmiert. Muss ziemlich schnell gefahren sein, gemessen am Schaden …«

Wohl wahr: Die Kühlerhaube des Golf hatte sich beim Aufprall gegen die ehrwürdige alte Eiche ziehharmonikaartig zusammengefaltet. Sie gingen an dem kaputten Zaun vorbei und den Hügel hinunter. Der Fahrer des Abschleppwagens schob zur Begrüßung das Kinn vor, machte ansonsten aber keinerlei Anstalten sich zu erkundigen, wer sie waren oder was sie dort wollten. Clarke hatte eine Mappe dabei, was ihm vollkommen genügte – es bedeutete, dass sie von offizieller Stelle kamen und man ihnen deshalb am besten aus dem Weg ging.

»Geht's ihm gut?«, fragte Rebus.

»Ist eine Sie«, korrigierte ihn Clarke. »Der Wagen ist auf Jessica Traynor zugelassen. Auf eine Adresse im Londoner Südwesten. Jessica liegt im Krankenhaus.«

Rebus ging um den Wagen herum. Er war noch kein Jahr alt, perlmuttfarben. Soweit er feststellen konnte, hatten die Reifen ausreichend Profil. Die Windschutzscheibe war herausgebrochen, Fahrertür und Kofferraum standen sperrangelweit offen, beide Airbags waren aufgegangen.

»Und wir sind hier, weil …«

Clarke schlug die Mappe auf. »Hauptsächlich, weil ihr Vater anscheinend Beziehungen hat. Kam von ganz oben: Achte drauf, dass wir nichts übersehen.«

»Was gibt's denn zu übersehen?«

»Hoffentlich nichts. Aber die Gegend ist bekannt dafür, dass halbstarke Autoraser ihr Unwesen treiben.«

»Aber sie ist doch keine Halbstarke.«

»Fährt aber einen Wagen, der bei denen sehr beliebt ist.«

»Wenn du's sagst.«

»Ich glaube, der Golf gilt immer noch als ›heißer Schlitten‹.«

Rebus spazierte auf den Abschleppwagen zu. Der Mann vom Schrottplatz ließ ein Seil mit einem riesigen Haken herunter. Rebus fragte ihn, wie viele Golfs in der Schrottpresse landeten.

»Einige«, räumte er ein. Er trug einen ölverschmierten Blaumann unter einer abgewetzten Lederjacke, in seine Handflächen und unter seine Fingernägel hatte sich tief der Schmutz gegraben. Die Basecap, die er trug, war so dreckig, dass die

Schrift nicht mehr zu entziffern war, und ein dichter graumelierter Bart bedeckte Kinn und Hals. Rebus bot ihm eine Zigarette an, aber der Mann schüttelte den Kopf.

»Werden die Straßen hier oft als Rennstrecken missbraucht?«, fuhr Rebus fort.

»Kommt vor.«

»Sind Sie auf Diät?« Der Mann sah ihn an. »So wie Sie mit Worten knausern«, erklärte Rebus.

»Ich mach nur meine Arbeit.«

»Aber das ist nicht der erste Unfall, den Sie hier sehen?«

»Nein.«

»Wie oft kommt so was vor?«

Der Mann überlegte. »Alle zwei Monate. Wobei wir letzte Woche erst einen hatten, hinter Broxburn.«

»Und das waren auch Autoraser? Haben Sie eine Ahnung, wer diese Rennen organisiert?«

»Nein«, erwiderte der Mann.

»Danke für die Auskunft.« Rebus ging zurück zum Golf. Clarke spähte durch die offene Tür, begutachtete das Innere.

»Schau mal«, sagte sie und reichte Rebus ein Foto. Es zeigte einen braunen Wildlederstiefel auf dem Boden des Wagens, anscheinend eine Damengröße.

»Ich sehe keine Pedale.«

»Weil der Stiefel im Fußraum des Beifahrersitzes liegt.«

»Okay.« Rebus gab ihr das Foto zurück. »Willst du damit sagen, sie hatte einen Beifahrer?«

Clarke schüttelte den Kopf. »Das ist einer von zwei Ugg Boots, die Jessica Traynor trug. Der andere befand sich noch an ihrem linken Fuß.«

»Ugg?«

»So heißen die.«

»Dann hat sie ihn beim Aufprall verloren? Oder als die Sanitäter sie aus dem Wrack gezogen haben?«

»Einer der Streifenbeamten, die als Erste am Unfallort waren, hat ein paar Fotos mit seinem Handy gemacht – darunter auch das vom Stiefel. Zu dem Zeitpunkt befand sich Jessica noch im Wagen. Der Krankenwagen kam erst ein paar Minuten später.«

Rebus dachte darüber nach. »Wer hat sie gefunden?«

»Eine Frau, kam aus Livingston und fuhr nach Hause. Sie hatte Schichtdienst im Supermarkt.« Clarke las etwas von einem Blatt in ihrer Mappe. »Die Tür auf der Fahrerseite stand offen, kann beim Aufprall passiert sein.«

»Oder die Fahrerin wollte aussteigen.«

»Sie war bewusstlos. Der Kopf lag auf dem Airbag. Kein Sicherheitsgurt.«

Rebus nahm Clarke die Fotos ab und betrachtete sie, während Clarke weiterredete. »Die Supermarktangestellte hat kurz nach zwanzig Uhr die Notrufnummer gewählt, am Himmel war kein Licht mehr. Straßenlaternen gibt's auch keine, nur das in der Ferne leuchtende Edinburgh.«

»Der Kofferraum ist zu«, sagte Rebus und reichte ihr die Fotos zurück.

»Das ist er«, pflichtete ihm Clarke bei.

»Jetzt aber nicht mehr.« Rebus ging um den Wagen herum. »Haben Sie den aufgemacht?«, fragte er den Mann vom Schrottplatz und bekam ein Kopfschütteln als Antwort. Der Kofferraum war leer, abgesehen von einem dürftig bestückten Werkzeugkasten.

»Vielleicht wurde er geplündert?«, vermutete Clarke. »Der Wagen stand die ganze Nacht hier.«

»Und warum wurde das Werkzeug nicht geklaut?«

»Ist vermutlich nicht viel wert. Den Kofferraum kann jeder aufgemacht haben, John – der Fahrer des Krankenwagens, unsere Kollegen …«

»Wahrscheinlich.« Er versuchte den Kofferraum zu schließen. Er war unbeschädigt und blieb, einmal geschlossen, auch zu. Der Schlüssel steckte noch im Zündschloss, und Rebus drückte erneut auf den Knopf zum Öffnen. Ein dumpfes Knacken verriet ihm, dass er aufgeschnappt war.

»Die Elektrik scheint noch zu funktionieren«, sagte er.

»Zeichnet einen guten Wagen aus.« Clarke überflog ihre Unterlagen. »Also was denken wir?«

»Wir denken, der Wagen ist zu schnell gefahren und von der Straße abgekommen. Keine Anzeichen für eine vorangegangene Kollision. Hat sie vielleicht telefoniert? Soll ja schon mal vorgekommen sein.«

»Sollten wir überprüfen«, pflichtete ihm Clarke bei. »Und der Ugg Boot?«

»Manchmal ist ein Stiefel einfach nur ein Stiefel.«

Clarke las eine SMS auf ihrem Handy. »Offenbar ist seine Besitzerin wieder ins Reich der Lebenden zurückgekehrt.«

»Wollen wir mit ihr sprechen?«, fragte Rebus.

Der Blick, mit dem Clarke ihn bedachte, genügte ihm als Antwort.

Jessica Traynor hatte im Royal Infirmary ein Zimmer für sich allein. Die Krankenschwester erklärte, sie habe Glück gehabt – Verdacht auf einen Knöchelbruch, ein paar angestauchte Rippen und einige kleinere Verletzungen, die üblicherweise mit einem Schleudertrauma einhergehen.

»Sie trägt eine Halskrause.«

»Kann sie sprechen?«, fragte Clarke.

»Ein bisschen.«

»Spuren von Alkohol oder Drogen im Blut?«

»Anscheinend gehört sie zur anständigen Sorte. Jetzt gerade hat sie allerdings Schmerzmittel intus, wird also benommen sein.« Die Schwester zögerte. »Wollen Sie vielleicht zuerst mit dem Vater sprechen?«

»Ist er hier?«

Die Schwester nickte erneut. »Mitten in der Nacht eingetroffen. Da lag sie noch in der Notaufnahme …« Sie war an einem Fenster im Gang stehen geblieben. Von hier aus konnte man in Jessica Traynors Zimmer sehen. Ihr Vater saß an ihrem Bett, hielt ihre Hand und streichelte sie. Sie hatte die Augen geschlossen. Die Metallstütze war dick mit Schaumstoff gepolstert. Ihr Vater blickte auf und entdeckte die Gesichter hinter der Scheibe. Er vergewisserte sich, dass seine Tochter schlief, dann legte er ihre Hand vorsichtig aufs Bett und stand auf.

Als er den Raum leise verließ, fuhr er sich mit den Fingern durchs silbergrau melierte Haar. Er trug eine Nadelstreifenhose – das passende Jackett hing über der Lehne des Stuhls neben dem Bett seiner Tochter. Das weiße Hemd war zerknittert, und die Manschettenknöpfe hatte er abgenommen, um sich die Ärmel hochzukrempeln. Rebus bezweifelte, dass es sich bei der augenscheinlich teuren Uhr an seinem linken Handgelenk um ein Imitat handelte. Irgendwann in der Nacht hatte er seine Krawatte abgelegt und die beiden oberen Hemdknöpfe geöffnet, sodass jetzt angegrautes Brusthaar hervorlugte.

»Mr Traynor«, sagte Clarke, »wir sind von der Polizei. Wie geht es Jessica?«

Unter seinen Augen hatten sich aufgrund des Schlafmangels dunkle Ringe gebildet, und sein Atem roch nach Automatenkaffee.

»Es geht ihr gut«, sagte er schließlich. »Danke.«

Rebus fragte sich, ob Traynor seine Sonnenbräune einem Studio oder einem Winterurlaub zu verdanken hatte. Letzteres wahrscheinlich.

»Wissen Sie inzwischen Näheres?«, fragte er Clarke.

»Wir glauben nicht, dass ein anderes Fahrzeug an dem Unfall beteiligt war, falls Sie das meinen. Vielleicht war einfach ein überhöhtes Tempo …«

»Jessica fährt nie schnell. Sie war immer schon supervorsichtig.«

»Der Wagen hat einige PS, Sir«, warf Rebus ein.

Aber Traynor schüttelte den Kopf. »Sie hat die Geschwindigkeitsbeschränkung nicht überschritten, das können wir von vornherein ausschließen.«

Rebus warf einen Blick auf die Schuhe des Mannes. Schwarze Halbschuhe. Von Kopf bis Fuß verkörperte er den erfolgreichen Geschäftsmann. Er sprach mit englischem Akzent, aber nicht ganz lupenrein. Rebus erinnerte sich an Jessicas Alter, das er in Clarkes Unterlagen entdeckt hatte: einundzwanzig.

»Ihre Tochter studiert?«, vermutete er. Traynor nickte. »An der Universität in Edinburgh?« Erneutes Nicken.

»Welches Hauptfach?«, fragte Clarke.

»Kunstgeschichte.«

»Welches Semester?«

»Drittes.« Traynor schien ungeduldig zu werden. Durch die Scheibe betrachtete er seine Tochter. Ihre Brust hob und senkte sich fast unmerklich. »Ich muss wieder rein …«

»Wir müssen Jessica ein paar Fragen stellen«, erklärte Clarke.

Er sah sie an. »Zum Beispiel?«

»Um sicherzugehen, dass wir alle Fakten kennen.«

»Sie schläft.«

»Vielleicht könnten Sie sie wecken?«

»Sie ist schwer verletzt.«

»Was hat sie Ihnen über den Unfall erzählt?«

»Sie hat gesagt, es täte ihr leid wegen dem Golf.« Traynors Aufmerksamkeit war wieder zur Glasscheibe gewandert. »Er war ein Geburtstagsgeschenk. Die Versicherung war fast so teuer wie der Wagen …«

»Hat sie auch etwas über den Unfall selbst gesagt, Sir?«

Traynor schüttelte den Kopf. »Ich muss jetzt wirklich wieder rein.«

»Darf ich fragen, woher Sie kommen, Mr Traynor?«, erkundigte sich Rebus.

»Wimbledon.«

»Aus dem Londoner Südwesten?«

»Ja.«

»Als Sie von Jessicas Unfall erfahren haben, war es für einen Flug nach Schottland doch sicher schon zu spät – haben Sie den Zug genommen?«

»Ich verfüge über ein Privatflugzeug.«

»Dann waren Sie also die ganze Nacht wach und den halben Tag heute auch? Würde Ihnen sicher guttun, mal die Augen zu schließen.«

»Ich hab ein oder zwei Stunden da auf dem Stuhl geschlafen.«

»Trotzdem … Ihre Frau konnte nicht mitkommen?«

»Wir sind geschieden. Sie lebt in Florida mit einem Mann, der halb so alt ist wie sie und sich als ›Personal Trainer‹ bezeichnet.«

»Aber Sie haben sie über Jessicas Unfall in Kenntnis gesetzt?«, vergewisserte sich Clarke.

»Noch nicht.«

»Meinen Sie nicht, dass sie Bescheid wissen sollte?«

»Sie hat uns vor acht Jahren verlassen – Jessica bekommt von ihr nicht mehr als einen Anruf zu Weihnachten.« Seine Worte waren von Bitterkeit gefärbt. Traynor war zwar erschöpft, aber nicht in der Stimmung zu verzeihen. Er wandte sich an die beiden Detectives. »Sind Sie hier, weil ich meine Beziehungen habe spielen lassen?«

»Sir?« Clarke hatte die Augen zu schmalen Schlitzen verengt.

»Ich kenne zufällig ein paar Leute bei der Met – hab vom Flieger aus angerufen, weil ich sicher sein wollte, dass hier oben alles mit rechten Dingen zugeht. Aber wie Sie schon selbst gesagt haben, handelt es sich offenbar um einen Unfall, wie ihn jeder hätte haben können.« Sein Tonfall wurde schärfer. »Deshalb sehe ich keinen Grund, weshalb Sie mit Jessica sprechen müssten.«

»So direkt haben wir nicht gesagt, dass es ein Unfall wie jeder andere ist«, mischte sich Rebus ein. »Eine gerade Strecke auf einer abgelegenen Straße – der Wagen kann nicht ohne Grund von der Straße abgekommen sein. Die Einheimischen in der Gegend dort veranstalten nach Sonnenuntergang öfter mal Wettrennen …«

»Ich habe Ihnen bereits erklärt, dass Jessica am Steuer stets auf Sicherheit bedacht ist.«

»Dann müssen Sie sich doch auch fragen, was dazu geführt hat, dass sie so schnell gefahren ist. Wurde sie von einem aggressiven Fahrer drangsaliert? Wollte sie jemanden abhängen? Das sind Fragen, die nur *sie* beantworten kann, Mr Traynor.« Rebus hielt inne. »Fragen, von denen ich gedacht hätte, dass auch Sie sie beantwortet sehen möchten.«

Er wartete, bis die Bemerkung angekommen war. Traynor fuhr sich erneut mit der Hand durch die Haare und stieß dann einen langen Seufzer aus.

»Geben Sie mir Ihre Nummer«, lenkte er ein. »Ich rufe Sie an, wenn Jessica aufwacht.«

»Wir holen uns was aus dem Café«, erklärte ihm Rebus. »Die nächsten zwanzig Minuten sind wir also noch hier.«

»Wir können Ihnen ein Sandwich mitbringen, wenn Sie mögen«, ergänzte Clarke, mit inzwischen etwas sanfterem Gesichtsausdruck.

Traynor schüttelte den Kopf, nahm aber die Karte entgegen, die sie ihm reichte.

»Handynummer steht hinten drauf«, sagte sie. »Ach und noch was – dürfen wir einen Blick auf Jessicas Handy werfen?«

»Was?«

»Ich nehme an, es liegt auf ihrem Nachttisch …«

Traynor wirkte abermals verärgert, drehte sich aber um, ging ins Zimmer und tauchte ein paar Augenblicke später mit dem Telefon in der Hand wieder auf.

»Danke, Sir«, sagte Clarke, nahm es ihm ab, drehte sich um und ging mit Rebus den Gang hinunter.

Rebus verzog sich zum Rauchen nach draußen, während Clarke etwas zu trinken kaufte. Als er wiederkam, brachte er einen heftigen Husten mit.

»Soll ich mal nachsehen, ob auf der Lungenstation noch ein Bett frei ist?«, erkundigte sich Clarke.

»Ich war da draußen nicht einsam – schwer zu sagen, ob mehr Patienten oder mehr Mitarbeiter geraucht haben.« Er nahm einen Schluck aus seinem Pappbecher. »Ich vermute, das soll Tee sein.«

Sie nickte, und einen Augenblick lang tranken sie schweigend. Das Café bot Ausblick auf den Krankenhausvorplatz. Gegenüber war ein Laden, in dem Leute bis vor die Tür anstanden, um Süßigkeiten und Chips zu bezahlen. Ein Stück weiter, in einem anderen Laden, der sich auf gesunde Ernährung spezialisiert hatte, war überhaupt nichts los.

»Was hältst du von ihm?«, fragte Clarke.

»Von wem? David Dickinsons Doppelgänger?«

Clarke lächelte. »Ein bisschen George Clooney ist auch dabei.«

Rebus zuckte mit den Schultern. »Er trägt teure Anzüge und reist mit seinem Privatjet – ich will ihn natürlich heiraten.«

»Stell dich hinten an.« Ihr Grinsen wurde breiter. »Aber eins musst du ihm lassen – er liebt seine Tochter. Wahrscheinlich ist er der Boss irgendeines großen Unternehmens, trotzdem lässt er alles stehen und liegen und reist zu ihr in den Norden.«

Rebus stimmte ihr nickend zu, zwang sich, einen weiteren Schluck Tee zu trinken, dann schob er den Becher weg.

»Was du da über einen möglichen anderen aggressiven Fahrer gesagt hast«, fuhr Clarke fort, »wie kommst du darauf?«

»Ich hab einfach nur überlegt, aus welchem Grund eine vorsichtige Fahrerin plötzlich Gas gibt.«

»Und das ist eine Möglichkeit. Meinst du, sie wohnt in der Innenstadt?«

»Bestimmt – wahrscheinlich sogar in einer Wohnung, die Mr Großkotz für sie gekauft hat.«

»Also was wollte sie da draußen? Die Straße führt mehr oder weniger ins Nirgendwo.«

»Noch was, das wir sie fragen sollten«, pflichtete Rebus ihr bei. »Was gibt ihr Handy her?«

»Unbeantwortete Anrufe und Nachrichten.«

»Kein Hinweis darauf, dass sie während der Fahrt telefoniert hat?«

Clarke schüttelte den Kopf. »Andererseits, wenn ihr Dad so raffiniert ist, wie er sich kleidet …«

»Hat er vielleicht längst sämtliche Belege ihrer Blödheit verschwinden lassen.«

Rebus nickte bedächtig.

Clarkes eigenes Telefon piepte, machte sie auf eine SMS aufmerksam. »Das ist Page«, sagte sie mit Blick aufs Display. »Er will ein Update.«

»Wird nicht lange dauern.«

Wieder ein Piepen.

»Perfektes Timing: Jessica ist wach.« Clarke erhob sich vom Tisch.

»Nimmst du deinen Tee mit?«, fragte Rebus.

»Was glaubst du wohl?«, lautete die Antwort.

Bei ihrer Rückkehr verließ wieder dieselbe Schwester wie zuvor Jessica Traynors Zimmer.

»Bitte schont sie ein bisschen«, sagte sie.

»Dafür sind wir bekannt«, versicherte ihr Rebus.

Das Kopfteil des Bettes war immer noch nicht hochgestellt, die Patientin starrte an die Decke. Sie bewegte die Augen, blinzelte ein paarmal, als wollte sie die Neuankömmlinge fokussieren. Ihre Lippen waren feucht, als hätte sie gerade aus der Schnabeltasse auf dem Tablett neben sich getrunken. Ihr Vater saß wieder, hielt wie auch schon zuvor ihre Hand.

»Jessica«, begann Clarke, »ich bin Detective Inspector Clarke, und das ist Detective Sergeant Rebus. Wie fühlen Sie sich, oder ist das eine blöde Frage?«

»Wie nach einem Autounfall.«

»Wir haben Ihren Golf gesehen. Der Airbag hat Ihnen wahrscheinlich das Leben gerettet. Schon ein bisschen dumm, sich nicht anzuschnallen.«

Traynors Körperhaltung verkrampfte, als er dies hörte. Jessica riss die Augen auf. »Ich schnalle mich immer an«, protestierte sie.

»Die Fahrerin, die Sie gefunden und die Polizei gerufen hat, meinte, Sie wären nicht angeschnallt gewesen.«

»Kann sich der Gurt beim Aufprall gelöst haben?«, fragte Traynor.

»So was habe ich noch nie gehört«, erklärte Clarke. Dann an seine Tochter gewandt: »Haben Sie eine Ahnung, wieso einer Ihrer Stiefel auf der Beifahrerseite gelandet ist?«

»Das verstehe ich nicht.« Jessica Traynors Augen flatterten von einem zum anderen.

»Sie saßen auf der Fahrerseite«, führte Clarke die Frage aus, »aber irgendwie ist einer Ihrer Uggs auf der anderen Seite der Mittelkonsole gelandet. Auch das habe ich noch nie gesehen.«

– LESEPROBE –

Ihr Vater beugte sich zu ihr herunter. »Die Beamten haben mich vorhin gefragt, ob vielleicht jemand hinter dir zu schnell gefahren ist und gedrängelt hat.«

»Ich weiß nicht, wie's passiert ist.« Tränen füllten Jessica Traynors Augen.

»Fand eine Art Wettrennen statt?«, fragte Clarke. »Vielleicht sind Sie hineingeraten und wurden von der Straße abgedrängt?«

»Nein ...«

Traynor hatte sich von seinem Stuhl erhoben. Seine Tochter hatte die Augen fest geschlossen, er fragte sie, ob sie Schmerzen habe.

»Ich möchte nicht daran denken«, sagte sie. »Ich möchte mich am liebsten gar nicht erinnern. Der Wagen ist von der Straße abgekommen, das ist alles.«

Mit ihrer Hand noch in seiner drehte sich Traynor zu den beiden Detectives um. »Wahrscheinlich ist es das Beste, wenn Sie jetzt gehen. Lassen Sie ihr Zeit, sich zu erholen.« Sein Ton verriet unmissverständlich, dass er keinen Widerspruch dulden würde. Trotzdem zögerte Clarke. Rebus war es aber, der das Wort ergriff.

»Wir brauchen Jessicas Adresse hier in Edinburgh.«

»Wozu?« Die Frage kam vom Bett. Jessica hatte ihre freie Hand zur Faust geballt. Sie hielt die Augen immer noch geschlossen, aber ihr Gesichtsausdruck wirkte gequält.

»Weil wir sie brauchen«, sagte Clarke.

Traynor gestikulierte Richtung Gang. »Jessica«, sagte er, »versuch dich zu entspannen. Ich bringe die Beamten raus.«

»Ich verstehe immer noch nicht, warum die hier sind.«

»Deshalb gehen sie ja jetzt auch.« Er drückte noch einmal ihr Handgelenk, dann ließ er los, streckte einen Arm aus, um anzuzeigen, dass Rebus vorangehen möge.

Als sie draußen im Gang waren und die Tür hinter sich geschlossen hatten, gab Traynor ihnen Jessicas Adresse. Clarke tippte sie in ihr Handy ein.

»Apropos …« Traynor hielt die Hand auf. Clarke kramte das Handy seiner Tochter aus der Tasche und überreichte es ihm.

»Hat Jessica Mitbewohner?«, fragte sie.

»Eine Studentin. Sie heißt Alice oder Alison – ich bin ihr nur einmal begegnet.«

»Weiß sie, was passiert ist?«

»Wenn sie's wüsste, wäre sie vermutlich hier.«

Rebus hatte noch eine Frage. »Ist Jessica mit jemandem zusammen?«

»Sie meinen, ob sie einen Freund hat? Es gab mal einen gewissen Forbes. In letzter Zeit hat sie ihn aber nicht mehr erwähnt.«

»Forbes mit Vor- oder Nachnamen?«

»Ich habe wirklich keine Ahnung.« Traynor hatte seinen Blick auf die Scheibe und das Bett dahinter gerichtet. »Ich muss wieder rein.«

»Wenn sie Ihnen noch etwas anvertraut …«

Er drehte sich zu Rebus um, nickte langsam und ging zurück in das Zimmer seiner Tochter. Sie beobachteten, wie er erneut Platz nahm.

»Du glaubst nicht, dass sie alleine unterwegs war«, meinte Clarke.

»Ich glaube nicht mal, dass sie überhaupt gefahren ist«, erwiderte Rebus.

Ian Rankin,

geboren 1960, ist Großbritanniens führender Krimiautor. Seine Romane sind aus den internationalen Bestsellerlisten nicht mehr wegzudenken. Für seine Verdienste um die Literatur wurde Ian Rankin sogar mit dem »Order of British Empire« ausgezeichnet, außerdem erhielt er den British Book Award und zahlreiche andere renommierte Preise. Ian Rankin lebt mit seiner Frau und seinen beiden Söhnen in Edinburgh. Mehr Informationen zum Autor und seinen Büchern unter www.ian-rankin.de

Mehr von Ian Rankin:

Die Rebus-Romane in chronologischer Reihenfolge:

Verborgene Muster • Wolfsmale • Blutschuld • Ein eisiger Tod (auch als E-Book erhältlich) • Das Souvenir des Mörders (auch als E-Book erhältlich) • Die Sünden der Väter • Die Seelen der Toten • Der kalte Hauch der Nacht • Puppenspiel (auch als E-Book erhältlich) • Die Tore der Finsternis (auch als E-Book erhältlich) • Die Kinder des Todes • So soll er sterben (auch als E-Book erhältlich) • Im Namen der Toten (auch als E-Book erhältlich) • Ein Rest von Schuld (auch als E-Book erhältlich)

Die Malcolm-Fox Romane:

Ein reines Gewissen (auch als E-Book erhältlich)
Die Sünden der Gerechten (auch als E-Book erhältlich)

Ian Rankin als Jack Harvey:

Die Kassandra Verschwörung (als E-Book erhältlich)
Bis aufs Blut (als E-Book erhältlich)
Sein Blut soll fließen (auch als E-Book erhältlich)

Außerdem lieferbar:

Eindeutig Mord. Zwölf Fälle für John Rebus • Der diskrete Mr. Flint. Roman (als E-Book erhältlich) • Der Mackenzie Coup. Roman (als E-Book erhältlich) • Das dunkle Herz der Schuld. Roman

GOLDMANN
Lesen erleben